LES THÉBAINES

PIÈGES ET PARFUMS DU NIL

Vents et Parfums

suivis de

L'ombre du Prince

DU MÊME AUTEUR

CHEZ POCKET

LES ATELIERS DE DAME ALIX

1. LES LICORNES
2. LES VIERGES DU VATICAN
3. AUGUSTE ET LA SIBYLLE
4. LES SCÈNES GALANTES
5. DAVID ET BETHSABÉE
6. LES TRIOMPHES

LES THÉBAINES

1. LE TEMPLE D'ÉTERNITÉ
2. PIÈGES ET PARFUMS DU NIL

JOCELYNE GODARD

LES THÉBAINES

PIÈGES ET PARFUMS DU NIL

Vents et Parfums

suivis de

L'ombre du Prince

LE SÉMAPHORE

Le papier de cet ouvrage est composé de fibres naturelles, renouvelables, recyclables et fabriquées à partir de bois provenant de forêts plantées et cultivées durablement pour la fabrication du papier.

ISBN 978-2-266-21657-9

SOMMAIRE

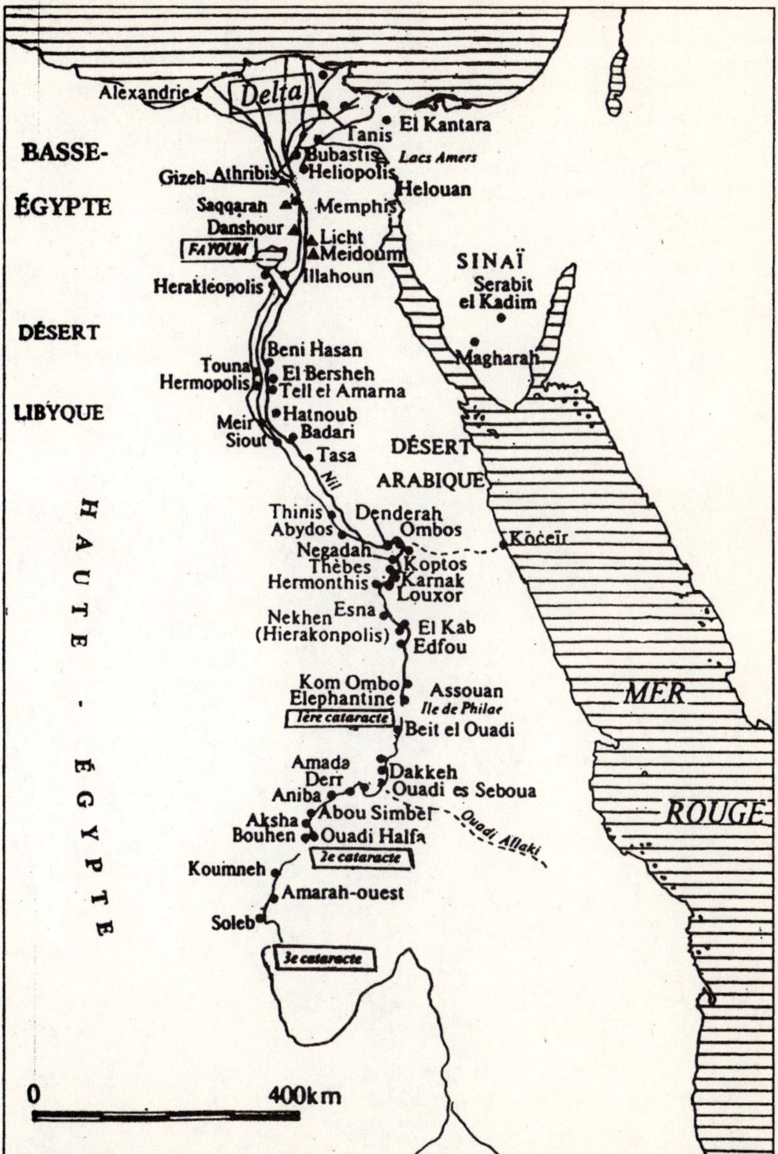

Carte de l'Égypte ancienne au temps de la pharaonne Hatchepsout (XVIIIe dynastie)

LA XVIIIe DYNASTIE ET SES PHARAONS (en encadré)

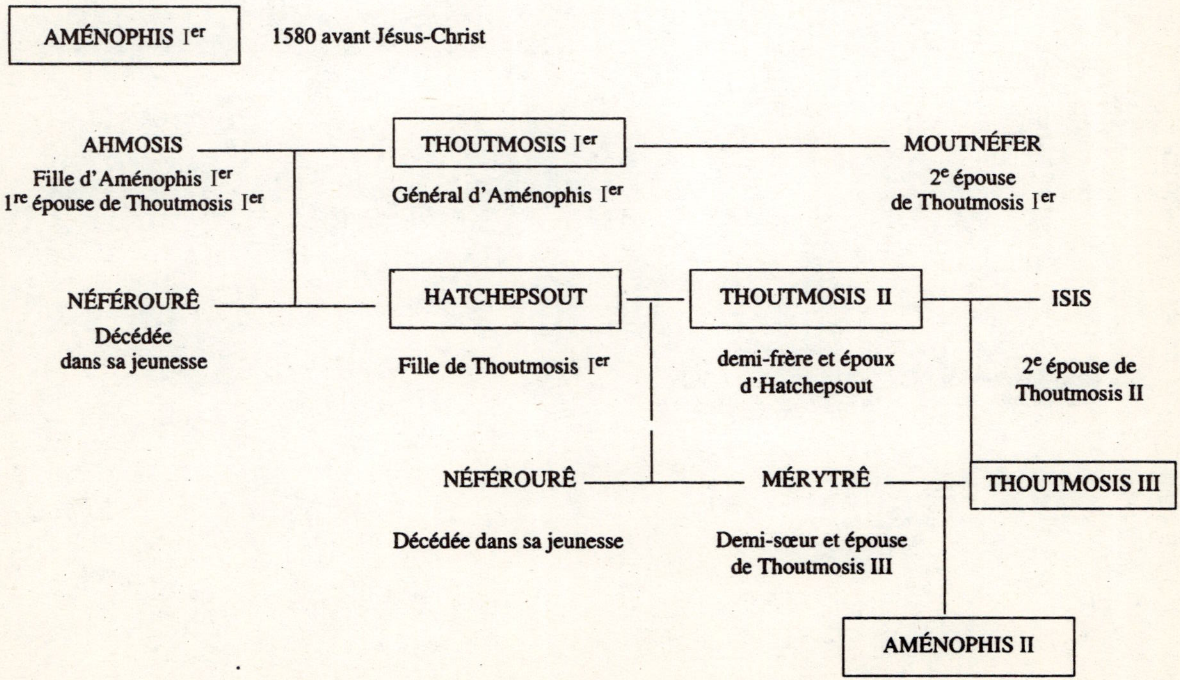

Vents et Parfums

« Ma frontière du Sud va jusqu'aux rivages du Pount,
ma frontière de l'Orient jusqu'aux confins de l'Asie. »

(Extrait de bas-relief du Temple de Deir el-Bahari)

HISTORIQUE

Quand le père d'Hatchepsout – Thoutmosis Ier – meurt, ne laissant que sa fille héritière du trône, celle-ci décide de régner en co-régence avec son époux et demi-frère qui, de son règne assez bref, ne laisse que peu de traces dans les annales de l'Égypte Ancienne.

À cette époque de la XVIIIe dynastie, les envahisseurs sont tous refoulés des frontières, Hyksos au nord et Nubiens au sud. Seul, demeure le royaume du Mitanni qui, par la suite, devait devenir un redoutable adversaire.

Dans cette poussée plutôt favorable, reste à développer l'agriculture et l'artisanat qui, depuis longtemps, subissaient les aléas des guerres, accroître le commerce des matières premières : le calcaire, l'albâtre et les turquoises, enfin reprendre les échanges avec les pays voisins en favorisant davantage les transports et la navigation. Et, pour satisfaire ce vaste programme, il fallait un règne de paix qu'Hatchepsout s'apprête à suivre.

Ahmosis, Aménophis et Thoutmosis, les prédécesseurs d'Hatchepsout avaient, ainsi, ouvert une nouvelle dynastie qui, de prestige en prestige, devait durer des siècles.

Quand Hatchepsout se fait sacrer Pharaon des Deux Égyptes, endossant la double couronne, tenant le sceptre et le fouet symbolique, posant la barbe postiche sous son fin menton, elle prend conscience que son pays n'a plus besoin de guerre, mais d'harmonie intérieure.

Elle s'entoure de quelques vieux fidèles ayant servi son père et s'adjoint de loyaux collaborateurs tels que Hapouseneb le Grand Prêtre d'Amon, Pouyemrê le Grand Trésorier, Senenmout, l'Architecte et Néhésy le Chef de toutes les Polices.

Le règne de la pharaonne Hatchepsout se partage entre le temps des constructions et le temps des voyages.

C'est en abordant cette époque de paix où l'armée n'a plus sa place qu'Hatchepsout agrandira et fortifiera Karnak et son temple d'Amon, élèvera des obélisques à pointe d'électrum, rénovera les villes de Thèbes, Edfou, Abydos, Denderah et, descendant jusqu'à la deuxième cataracte, multipliera les temples aux frontières nubiennes. Puis, sur sa lancée de bâtisseuse, elle ordonnera la construction de sa demeure éternelle sur le site prodigieux de Deir el-Bahari.

Une autre partie de son règne concernera les voyages. Une expédition dirigée par Néhésy partira d'Égypte vers le célèbre pays du Pount, pays étrange qu'il fallait trouver en accédant par l'une des embouchures du Nil ou directement par le port de Koser, sur la côte de la mer Rouge. L'expédition en rapportera les parfums indispensables au plaisir des dieux, ceux-là mêmes qui ont placé Hatchepsout sur le trône et qu'elle ne veut pas trahir.

Après un règne d'environ dix-huit ans, Hatchepsout disparaîtra dans des circonstances que nous ignorons – trop de textes inscrits sur les bas-reliefs ont été effacés après sa mort pour que l'on puisse en savoir plus – laissant la place au troisième des Thoutmosis, fils bâtard de son époux qui, bien entendu, n'attendait que ce jour pour effacer enfin la mémoire d'Hatchepsout.

Ces multiples inscriptions disparues, retrouvées parfois, ajoutées à toutes celles qui malgré tout sont restées, peuvent témoigner de la grandeur et de la longévité du règne d'Hatchepsout.

Résumé du tome précédent :
Les Thébaines – Le temple d'éternité

Égypte, XVIIIe dynastie. À l'ombre des sycomores et des palmiers dattiers, la jeune Hatchepsout a accédé aux plus hautes fonctions. Les dieux en ont décidé ainsi : elle est Pharaon. Charge à elle de maintenir la paix que ses pères ont su donner aux Deux Royaumes. De restaurer les temples. D'agrandir les villes. Entre la fortification de Karnak et l'érection de Deir el-Bahari, le nouveau « Taureau puissant » développe l'artisanat, l'agriculture, le commerce. Le temps des guerres est loin – et dans le sillage de la Pharaonne, les Thébaines se taillent, elles aussi, un destin. Parmi ces Égyptiennes modernes, qu'une ère nouvelle encourage, la Grande Scripte Séchat brave les pires complots – les femmes sont au pouvoir et rien, ou presque, ne peut les arrêter…

CHAPITRE I

Depuis presque dix ans qu'elle régnait, Hatchepsout ne s'était jamais sentie autant abattue. Même le jour où, posant elle-même la double couronne sur sa tête et s'accrochant la barbe postiche sous son fin menton lisse et blanc, ses veines n'avaient pas battu aussi fort.

Le trône de pharaon que lui avait laissé son père, faute d'héritier mâle, et qu'elle occupait avec éclat et sagesse depuis l'âge de vingt-cinq ans, avait pourtant durci son caractère et affermi ses opinions.

Écartant les grands dignitaires, à l'exception de ceux qui lui étaient fidèles et dont elle s'entourait depuis le début de son règne, Hatchepsout gouvernait avec grandeur, diplomatie et efficacité.

Elle avait accompli la première partie de sa tâche essentielle qui consistait à rénover le temple d'Amon, restaurer Karnak, embellir et agrandir villes et monuments qui sillonnaient le Nil.

Thèbes, Edfou, Abydos, et même Bouhen vers la deuxième cataracte n'étaient-elles pas, à présent, de grandes et spacieuses artères qui rehaussaient le prestige de l'Égypte ?

Elle avait élevé, haut dans le ciel, deux obélisques à pointe d'électrum au bas desquels figuraient les hiéroglyphes qui racontaient son règne. Elle avait développé les échanges, favorisé le commerce de l'or et des pierres précieuses, protégé les scribes et les artisans.

Enfin, au prix de bien des efforts qu'avaient consentis d'innombrables hommes, paysans sans travail, soldats sans guerre, prisonniers sans autre espoir que celui de voir luire un soleil trop ardent, elle avait ordonné la construction de son temple funéraire sur le site prodigieux de Deir el-Bahari.

Son père, le grand pharaon, premier des Thoutmosis, pouvait être fier de sa fille. Même s'il n'avait pas pu engendrer d'héritier mâle, sa fille Hatchepsout avait su combler la faille qui l'avait un moment torturé.

Hatchepsout attendait, assise sur son trône et, bien qu'elle essayât d'effacer le chagrin qu'elle enfermait en elle, depuis la mort de sa fille aînée, son visage était infiniment triste.

Mais, qui comprenait sa douleur de femme meurtrie, de mère inconsolable ? Un pharaon devait rester insensible devant ses sujets. Seule, l'intimité de ses appartements privés pouvait la voir fléchir, pleurer. Bientôt, chacun allait ruminer les titres ronflants qu'elle laisserait tomber un à un, comme de succulents os entre les crocs d'un chien.

Il devait découler de cette assemblée une réforme, non une entrevue protocolaire. Une refonte de tout son conseil d'où ressortirait la sanction, si dorée soit-elle, qu'elle devait infliger à ses deux adversaires les plus redoutables.

Mériptah, chargé du recrutement des esclaves lors des grands travaux royaux et Ouser des recensements de matières premières dans le delta, là où s'accumulaient les malfrats et les bandits, avaient trempé dans plusieurs affaires sombres dont la dernière avait failli coûter la vie de la reine.

Hatchepsout devait agir avec prudence, méthode, ruse et intelligence. Des qualités qui collaient à sa peau.

Méthode ! Car la chose s'avérait compliquée.

Ruse et intelligence ! Car Hatchepsout ne devait pas chuter, faute d'y laisser son trône. Prudence ! Car nombre de nobles et de hauts dignitaires savaient que Mériptah utilisait des bandes de malfaiteurs comme boucs émissaires pour parvenir à ses fins, se servant du motif de pillage pour camoufler la véritable raison : destituer la reine de son trône et y placer le jeune Thoutmosis, bâtard du pharaon précédent.

Ouser agissait avec d'autres méthodes. Si la tactique de Mériptah tournait plus volontiers au règlement de comptes où une femme au pouvoir était à évincer, celle d'Ouser consistait à endoctriner les dignitaires de province contre le gouvernement d'Hatchepsout.

Très vite, l'entretien prit un caractère de réunion d'information. En fait, Hatchepsout avait tout prévu et entendait que rien ne vînt contrecarrer ses projets.

Dans la grande salle d'audience où elle trônait en majesté, un silence intense, compact, régnait et nul ne vint en perturber l'ordre établi depuis des décennies.

Installée à la tête de son royaume qui s'étendait sur plus de deux mille kilomètres le long du Nil, rejoignant les cataractes du Soudan au delta de la Méditerranée, Hatchepsout se sentait parfaite dans son rôle de pharaon et n'admettait qu'aucun ne puisse penser autrement.

Elle aurait volontiers esquissé, ce matin-là, le sourire ambigu qui effleurait si souvent ses lèvres pulpeuses, si elle n'avait eu à l'esprit la mort encore trop récente de sa fille.

Senenmout, son fidèle conseiller la regardait, prêt à lui insuffler l'infime parcelle d'énergie qui pouvait manquer à son jugement perturbé momentanément. Mais il était dit qu'Hatchepsout, pharaon des deux Égyptes, ne faiblirait pas, même si la vision de la petite Néférourê venait troubler son esprit.

Elle avait revêtu son fourreau blanc en signe de deuil. La barbe postiche et le lourd pectoral d'or, exceptionnellement absents, lui manquaient affreusement. Elle avait l'impression d'être nue, dépouillée, vidée, en proie à toutes les indiscrétions qui surgissaient du sol et du ciel. La tenue de pharaon lui donnait ce pouvoir auquel même une reine ne pouvait accéder.

Hatchepsout qui, habituellement, ne redevenait femme qu'en privé, loin des regards inquisiteurs et des lèvres trop bavardes, avait au cours de cette audience une allure si féminine que plus d'un regard convoiteur osa se poser sur elle. Elle en apprécia et en détesta à la fois l'impression qu'ils lui procurèrent et elle s'efforça d'en oublier la teneur.

En femme, Hatchepsout restait l'épouse du dieu, la reine toute-puissante, mais fragile aux yeux du peuple. En homme, elle rehaussait un prestige qu'elle s'était bâti au fil des jours. Elle gouvernait en majesté et si elle semait le trouble dans l'esprit de ceux qui parlaient d'illégitimité, elle se construisait un masque à l'effigie de son père derrière lequel elle puisait un pouvoir toujours plus fort et plus puissant.

Bien des nuits d'insomnie s'étaient déroulées avant qu'elle ne prît les ultimes décisions. L'œil aux aguets, les gestes prompts pour apaiser les colères et les paroles prêtes pour étouffer l'alerte naissante, Hatchepsout se tenait prête.

Il fallait mater en douceur, gouverner dans la paix, maîtriser un pays serein et fort. Elle devait faire de son règne une époque de renaissance culturelle plutôt qu'un temps de guerre et de discorde.

Gavés d'or, d'esclaves et de titres ronflants, ses conseillers attendaient, immobiles, dans l'incertitude, les mots qui sortiraient de sa bouche. Elle ne rechignait jamais devant une promotion à donner, faisant ainsi taire ses sujets les plus récalcitrants.

Bien que, avant son sacre, ces mêmes sujets – du moins les plus intimes – l'aient courtisée, elle n'admettait plus, dorénavant, qu'une adulation purement symbolique. Bien entendu, échappaient à cette règle le favori Senenmout et, parfois, le beau nubien Néhésy qui s'amusait à dépasser les prescriptions autorisées par sa reine.

Lorsqu'elle régnait, Hatchepsout n'était plus femme. Les dieux, eux-mêmes, l'avaient consacrée « Nature Divine ». Qui pouvait se vanter, sur toutes les rives méditerranéennes, de commander des millions d'hommes réunis devant sa suprême volonté ?

D'un bout à l'autre de l'immense vallée, poussiéreuse de l'infini désert ou verdoyante de fraîches oasis, les temples vénéraient la magnificence de son peuple.

Elle avait élevé ses obélisques, reconstruit les temples en ruine, fortifié les enceintes de Karnak, restauré les colonnes et les pylônes en y apposant les sculptures les plus détaillées et les peintures les plus fines de son siècle.

Certes, Hatchepsout faisait de son règne un temps de bâtisseurs, un temps pétri de roche et d'argile et le grand succès dont elle s'enorgueillissait était le temple d'Amon et la structure qu'elle y avait donnée.

Élevé à son apogée, le clergé du dieu suprême restituait toutes les traditions et Hatchepsout s'en félicitait. Pas un seul des Grands Prêtres ne s'était abstenu dans les choix décisifs. Inlassablement, tous avaient répété les rites qui remontaient à la nuit des temps. Et, même si Hatchepsout connaissait ses sujets les plus vulnérables, voire les plus indociles, aucun n'avait contredit la décision finale.

Son temple était bien ce qu'elle avait de plus fidèle et, pour cette raison essentielle, la pharaonne désirait plus que tout lui rapporter des riches encens, des parfums introuvables, des offrandes que jamais encore les dieux n'avaient ni sentis ni vus.

Certes, Hatchepsout accomplissait son rôle de pharaon dans sa forme la plus parfaite et sa continuité la plus irréprochable. Les hommages aux dieux avaient tous été scrupuleusement respectés, les processions s'étaient déroulées dans l'allégresse la plus totale.

Le jour de son sacre, majestueuse et glorieuse, la barque d'Amon avait glissé sur les bords du fleuve avec la cadence et la régularité que les prêtres d'Amon lui avaient fait prendre.

C'était là un tracé si souvent répété au cours de ces derniers siècles qu'il apportait, aujourd'hui en cette dix-huitième dynastie déjà bien amorcée, l'inhabituelle conviction qu'on pouvait être femme et pharaon.

La barque d'Amon ouvrait une voie nouvelle, insolite et Hatchepsout se frayait le chemin divin de son pays. Certes, elle naviguait entre tous les écueils et restait consciente de la fragilité de son peuple. Révoltes sociales, guerres, famines, sécheresse, inondations, invasions de sauterelles qui dévastaient des cultures entières, pouvaient d'un instant à l'autre tomber sur ses épaules et l'écraser comme un élément qui doit disparaître.

À l'instant où les trompettes des hérauts venaient d'annoncer, dans une sonorité rassurante, l'arrivée du dernier dignitaire, Hatchepsout poussa un soupir et se cala soigneusement sur son trône, les coudes appuyés sur les larges accotoirs d'or.

Djéhouty qui, souvent, était le dernier des arrivants avança dans sa tenue sobre et sa noble prestance. Il se courba devant la reine, sans excès afin de garder sa dignité, mais suffisamment pour marquer son respect et sa déférence.

À présent, ils étaient tous réunis et regardaient le pharaon-femme, maître de la Haute et de la Basse-Égypte, dieu du peuple. À son tour, Hatchepsout les observa. Chacun avait ce détail précis qui caractérisait sa nature intime.

Mériptah et Ouser plissaient l'œil, la détaillant d'un regard franchement hostile. Pouyemrê ouvrait sur elle ses prunelles comme si une astuce allait en sortir et Senenmout la scrutait avec cette quasi-assurance qui lui faisait redresser le buste sans que personne n'ait rien à redire.

Antef, de ses petits yeux retors, toujours à la recherche d'un regard aussi fourbe que lui, plaquait son hypocrisie dans l'œil allumé de Mériptah.

Séchat ne disait rien. Elle respirait à peine. De ses grands yeux allongés, toujours interrogateurs, elle semblait questionner la reine, lui rappelant dans un mutisme parfait la promesse qu'elle lui avait faite.

Séchat ! L'amie d'enfance d'Hatchepsout, élevée avec elle au palais parce que sa mère était la compagne fidèle de la reine Ahmosis.

Dans sa robe diaphane, Hatchepsout eut un frisson, non de plaisir mais d'angoisse, à paraître aussi féminine devant les membres de son assemblée.

Hapouseneb, le seul peut-être à oublier qu'Hatchepsout était femme, tendait vers elle un regard franc et direct, attendant avec sa tolérance habituelle les aléas qui pouvaient surgir.

Quant à Djéhouty, il scrutait de son regard flegmatique la silhouette d'Hatchepsout, s'efforçant de ne pas attirer l'attention sur l'intérêt qu'il portait à Séchat.

Une rangée de scribes, tous serrés les uns contre les autres, attendaient les premiers mots pour les transcrire aussitôt en signes hiératiques, écriture plus rapide que les hiéroglyphes. Chacun devait atteindre le degré de compétence réclamé dans la rédaction d'un rapport complet et authentique.

Senenmout et quelques administrateurs de province étaient assis autour de la grande table de l'audience au bout de laquelle trônait le siège du pharaon. Il était à la droite d'Hatchepsout et scrutait, de son œil d'aigle toujours à l'affût, le détail qui pouvait aiguiser ses craintes, ses doutes et parfois ses certitudes.

Aussi, avait-il fort bien remarqué le geste mesuré de Djéhouty s'inclinant devant Hatchepsout sans excès, ni désinvolture. De même qu'il avait déjà jaugé la qualité du bijou de bronze où s'incrustaient des ivoires d'un mat vieilli, bijou qui entourait son cou et qui descendait jusque sur sa puissante poitrine.

Certes, d'autres avaient revêtu leurs poignets et leurs bras de lourds et coûteux bracelets, mais aucun n'avait la superbe patine du pectoral de Djéhouty.

Les yeux de Senenmout firent promptement le tour de l'assemblée, s'attardèrent sur Ouser, puis sur Mériptah et, d'un glissement imperceptible de paupière, s'assurèrent de l'attitude de Séchat. Elle était droite, immobile, montrait un visage impénétrable. Comme il savait que, la veille, la reine lui avait généreusement accordé un long entretien, il craignit un instant qu'elle ne lui ait extorqué une promesse dont il n'avait pas connaissance.

Enfin, Hapouseneb, Grand Prêtre du Temple d'Amon à qui revenait le privilège d'ouvrir les débats des séances, fut le premier à se lever.

— Nous commençons la séance, Grand Pharaon, en soulignant notre peine devant le chagrin qui emplit votre cœur. Quand la princesse Néférourê aura rejoint le domaine d'Osiris, par la célébration de ses obsèques, nous reparlerons du destin qui échoit à la seconde de vos filles, la princesse Mérytrê.

Se levant à son tour, Mériptah fit des yeux le tour de l'assistance et jeta obséquieusement en direction d'Hapouseneb :

— Le destin du jeune Thoutmosis nous paraît peser davantage que celui de la princesse Mérytrê. Le prince Thoutmosis ne doit-il pas, dès sa dixième année, assister aux séances ?

Hatchepsout s'interposa aussitôt :

— Dois-je te rappeler, Mériptah, que le jeune Thoutmosis n'a que la moitié du sang divin et que cette énorme tare peut l'empêcher de remplir certaines fonctions jusqu'à l'âge de seize ans ? Nous attendrons donc ce temps-là.

— Qu'il accomplisse déjà les tâches qui lui reviennent puisqu'il vient d'avoir ses dix ans, jeta Ouser en glissant son regard oblique vers la reine.

— Le fils de feu mon époux n'est qu'un enfant ! jeta-t-elle en crispant l'une de ses mains sur l'accoudoir de son trône.

— Alors, puisque vous parliez à l'instant du destin de Mérytrê, qu'on les marie de suite. Ce ne sera plus un enfant.

Un murmure d'approbation parcourut la salle d'audience, mais Néhésy se leva, cassant de son grand corps le conflit naissant.

— Marié ou non, dit-il d'un ton acerbe, à dix ans il ne sera toujours qu'un enfant.

— Ose dire, toi le chef de toutes les polices et de toutes les armées, cria Mériptah, que sa robuste constitution n'en fait pas déjà un jeune combattant plein de zèle et d'autorité !

Néhésy le toisa d'un regard arrogant.

— Je n'ai jamais dit le contraire.

— Alors, sois logique. À dix ans, le prince reste-t-il un enfant ou non ?

La réplique sous forme d'insulte balaya l'espace en un clin d'œil. Les yeux sombres, Néhésy s'apprêtait à rétorquer lorsque Hatchepsout coupa sèchement :

— Vous semblez oublier ma fille.

— Celle qui te reste ?

— Celle qui doit épouser le bâtard de mon époux. Peux-tu nous dire, Mériptah si, à trois ans, elle est une femme ?

Un ricanement dans l'assemblée se fit entendre, rehaussé aussitôt par une pléiade de sourires équivoques.

— Ce débat-là est inutile, jeta Hapouseneb froidement, puisque la princesse Mérytrê doit épouser le jeune Thoutmosis et que personne ne conteste ce point. Abordons donc un autre sujet.

Senenmout admira la délicate prouesse du Grand Prêtre pour dévier une affaire aussi épineuse. Mais Ouser revenait à l'attaque.

— Autre règne, autre cas.

— Que veux-tu dire ?

— Ceci ! Qu'à l'âge de seize ans, la reine Hatchepsout, ici présente en pharaon, dit-il en pointant son index vers la reine, n'a épousé Thoutmosis II que sur les instructions de son père.

Il plissa les yeux comme un vieux renard et les reporta sur l'assemblée afin de juger l'intérêt qu'il suscitait. Puis il reprit d'un ton où se mêlaient satisfaction et autorité :

— Faut-il vous rappeler que nous sommes devant un cas où il n'y a pas de père ? Nous devons prendre nous-mêmes la décision.

Séchat se leva à son tour. Il était dit qu'à chacune des assemblées où elle serait présente, elle prendrait la défense d'Hatchepsout. Courroucée, elle se tourna vers l'assemblée :

— Ne pouvez-vous donc attendre que les obsèques de la princesse Néférourê se terminent avant d'entrevoir la suite que prendra le destin de l'Égypte ? Il me semble que c'est la première des courtoisies envers votre pharaon.

— Le retour à tes fonctions, ma chère Séchat, jeta Ouser plein d'ironie, n'a guère amoindri tes facultés oratoires, il me semble.

— La poursuite des tiennes par contre, mon cher Ouser, a nettement affaibli ta mémoire, répliqua la jeune femme. Ne te rappelles-tu donc pas qu'un décret, voté sous le règne du Grand Aménophis, laisse à tout pharaon endeuillé le temps d'accomplir les processions rituelles pour annoncer ses projets ?

— Seulement si le défunt est un fils, jeta Mériptah dont les couleurs commençaient à s'empourprer quand il entendait les prouesses oratoires de sa plus farouche adversaire.

En effet, Séchat, Grande Scribe des Artisans, était la seule femme haut dignitaire de l'Assemblée. Jeune veuve du capitaine Menkh, mort en guerre contre le Mitanni, elle s'était fixé pour objectif de réussir pleinement sa mission administrative auprès d'Hatchepsout.

— Je regrette, dit-elle promptement à la face de Mériptah. En l'absence d'un prince, la fille royale est en jeu. Je te ferai porter une copie du document, Mériptah, afin que tes doutes s'étouffent dans ta méconnaissance profonde de nos lois et nos décrets.

D'une voix où l'agressivité prenait le pas sur l'ironie, Ouser lui lança :

— Nous ne contestons plus depuis longtemps ton savoir, Séchat. Néanmoins, nous attendons copie de ce décret que tu vas sans doute tirer d'une pile bien poussiéreuse de tes précieuses archives.

Mériptah rehaussa la tête et la jeta en arrière tel un faucon planant en plein zénith, toutes ailes déployées, grandes ouvertes. L'un de ses bras traîna dans l'espace en un geste circulaire. Il s'apprêta à rétorquer quelque réplique désobligeante à la face de la jeune femme, mais il se reprit et se tourna vers la reine en laissant retomber son bras.

— Majesté, il peut y avoir dérogation à ce décret, puisque c'est le sort du futur pharaon qui se joue. Or, le jeune Thoutmosis est un mâle, lui !

Les yeux d'Hatchepsout lancèrent des éclairs. Sa main qui tenait habituellement la barbe postiche s'agita et l'une de ses sandales d'or battit nerveusement le sol. L'assemblée vit que Mériptah avait poussé un peu trop loin sa réplique.

La reine se leva et pointa sa crosse d'or en direction de son rival.

— Voudrais-tu donc dire que l'Égypte réclame un homme ?

Une blancheur mortelle envahit ses pommettes. Ses joues parurent plus creuses encore. Elles étaient si haut plantées qu'elles rejoignaient presque la ligne de khôl qui cernait ses yeux noirs. Et, bien que la colère empoignât son visage, cela lui donnait un air d'extrême jeunesse. Cependant, elle tremblait d'impuissance.

Sans même lui laisser le répit d'une réflexion, Mériptah poursuivit :

— Un homme ! Certes. Que faites-vous de la guerre ?

Quelques fonctionnaires de province, satisfaits de la tournure que prenait le ton de l'assemblée, se levèrent, prêts à prendre la parole pour le cas où l'un des hauts dignitaires les interrogerait. Mais, déçus que personne ne se tournât vers eux pour les prendre à partie, ils reprirent leur position assise en silence.

Les scribes travaillaient. Rapides, organisés, structurés, ils restaient muets, concentrés. Dans toute leur attitude figée, seuls, leurs doigts habiles s'agitaient sur le rouleau de papyrus qu'ils noircissaient de signes à vue d'œil.

— La guerre ? répéta Hatchepsout. Notre pays est dans une phase de paix. Qui veut donc la guerre, ici ? Qui l'appelle ?

Debout, courroucée, elle fit des yeux le tour de ses sujets. Au loin, plus d'un certes paraissait hostile. Brusquement, elle planta son regard dans les yeux de Senenmout. Puis, elle se leva, abandonnant prestement son trône et s'en fut d'un pas agile se planter devant Néhésy.

— La guerre ! Qui veut la guerre ? répéta-t-elle d'une voix forte.

Elle passait sa crosse d'or nerveusement d'une main à l'autre.

— La guerre, Majesté, coupa Néhésy prudemment, n'est certes pas la première de nos préoccupations. Mais, le Sud reste encore chargé d'espoir. Nous pouvons descendre plus bas. Quant au Nord, les Hittites deviennent gourmands et le Mitanni ne répond plus aux marchés que nous lui proposons. Il faudra bien, un jour, faire tomber leur imprenable capitale de Kadesh.

Un murmure s'amplifia, mais personne ne prit la parole.

— Cependant, reprit-il en esquissant une moue condescendante, rien ne presse. Disons que pour l'instant nous pouvons envisager des expéditions pacifiques.

Le ton conciliant de Néhésy calma aussitôt la révolte naissante, bien que dans les esprits des plus belliqueux le mot « guerre » n'ait pas été enterré.

— Certes, fit Hatchepsout en réintégrant son trône. Vu sous cet angle, je te donne raison. Nous verrons tout cela dès que mon temple de Deir el-Bahari sera entièrement achevé. Nous attendrons même le retour de mon voyage au pays du Pount.

D'un regard moins irrité, elle fit à nouveau le tour de ses sujets.

— Le pays est calme. Personne ne peut prétendre le contraire. Mon père et son armée ont maté toutes les contrées avoisinantes. Il est donc temps de préparer l'expédition qui doit enrichir notre pays des multiples parfums qui seront agréables à nos dieux.

À nouveau, elle lâcha ses accoudoirs d'or et se leva, mais ses pas étaient moins heurtés, moins nerveux. Elle se dirigea vers Séchat. La jeune femme la regarda s'approcher d'elle avec une apparente sérénité. La reine posa une main sur son épaule.

— L'ordre est rentré auprès des artisans. Tes missions, Séchat, ont toujours été fort bien exécutées. Je te laisse la charge de Grand Directeur des Orfèvres, ajoutée à celle de l'Intendance Artisanale que tu conserves.

Séchat ne broncha pas. Elle se leva et se contenta de s'incliner devant la reine. Sentant les regards fixés sur sa personne, elle réprima un sourire et, le temps d'une seconde, ferma les yeux à demi. « Dieu Thot ! Que ma gratitude aille au-devant de toi. Quelle promotion ! »

Senenmout lança son œil de fauve en direction de la jeune femme. Ses lèvres minces et serrées s'entrouvrirent et tous crurent un instant qu'il allait émettre une objection. Mais un regard impérieux d'Hatchepsout les lui fit refermer.

Profitant de cette muette algarade, Séchat et Djéhouty prirent le temps de se jeter une œillade complice mais, voyant que Hatchepsout avait lâché le regard sombre de son conseiller, ils revinrent aussitôt à la concentration du débat. D'ailleurs, sans attendre, Hatchepsout poursuivait :

— Pouyemrê, si je t'enlève l'orfèvrerie, je te nomme Grand Vizir de tous les pays du Nord. De Thèbes à Memphis. C'est une charge exceptionnellement lourde que tu n'aurais pu concilier avec celle qui t'incombait déjà.

Elle se glissa vers lui et se pencha sur son épaule. Le parfum subtil dont l'avait ointe Yaskat vint effleurer les narines de l'orfèvre. Il frétilla du nez, mais ne broncha pas, attendant vraisemblablement qu'elle poursuivît l'exposé de son commandement.

— Tout le commerce interne et extérieur reposera sur tes épaules et tu devras combattre les incessantes agressions des peuples de la Mer.

Elle le quitta tranquillement et ce fut Djéhouty qu'elle vint torturer de son parfum entêtant. S'approchant de lui, elle susurra d'une voix rauque :

— Tu prendras les mêmes fonctions, mais au Sud. Te voici maître de Thèbes jusqu'à la profonde Nubie, comme l'était le grand Nekbet, l'aïeul de Séchat. Mais, je veux que tu descendes jusqu'à la cinquième cataracte, plus bas que le pays du Koush.

— Majesté ! Voulez-vous donc atteindre...

— Napata ! Oui, atteindre Napata, jeta triomphalement Hatchepsout. Dans cette ville, il y a fort à faire, construire des temples, des chapelles, des nécropoles, élever des obélisques. Nos dieux peuvent s'y ériger en maîtres tout-puissants.

— Souhaitons, renchérit Djéhouty, que le peuple ne se montre pas trop hostile. Il a ses propres croyances, Majesté.

— Mate-le. Comme l'a fait Nekbet à Bouhen.

— Majesté, coupa prudemment Séchat, mon illustre grand-père a offert bien des présents au peuple de Bouhen avant de le mater.

— La construction d'un temple n'est-elle donc pas suffisamment compensatoire, selon toi ?

— Non, Majesté, reprit Séchat, en affrontant le regard de la reine.

Puis elle se tourna vers Djéhouty :

— Pour réussir pleinement cette opération, il faut faire l'inverse.

— C'est-à-dire ? coupa Hatchepsout.

— Assurer au peuple de Napata une vie sûre et confortable en lui aménageant des greniers à blé, en posant des chadoufs pour cultiver ses terres, en lui procurant des bœufs et des chèvres, en développant l'importance de ses marchés agricoles et des foires à bestiaux.

Satisfaite, la pharaonne hocha affirmativement la tête.

— Ce n'est qu'en échange de toutes ces prouesses que le peuple de Napata se convertira à nos dieux, poursuivit Séchat. Alors, Majesté, vous pourrez construire temples et obélisques sur toute la région et même descendre jusqu'à Méroé et Aloa.

— La Haute-Nubie ! siffla Néhésy admiratif devant cette idée. C'est tout à fait plausible.

Il fit un bond aussi souple que celui d'un chat et se retrouva devant Djéhouty.

— Si nous pouvons descendre aussi bas, pourquoi ne traverserions-nous pas le sud du désert libyen ? Nous n'en connaissons que le nord, peut-être y trouverions-nous d'autres tribus à mater.

Il tendit sa main à Djéhouty.

— Je suis ton homme si tel est ton souhait. Ma police sera prête à soumettre ces peuples à nos idées et à nos croyances. Peut-être même rapporterons-nous des esclaves.

Déjà, Néhésy supputait les joies d'un rôle qui s'apparentait fort aux prémices d'une expédition guerrière.

Il serra la main de Djéhouty avec chaleur, puis il la lâcha d'un geste onctueux et souple – il était étonnant de voir comment cet homme qui dirigeait toutes les armées d'Égypte pouvait paraître charmeur et caressant – et la ramena sur l'épaule de son compagnon, l'encerclant de ses longs doigts sombres.

— Alors faites équipe, intervint Hatchepsout et que l'apport de l'armée, Djéhouty, te serve à sillonner tout le désert libyen. Ouvre de nouvelles carrières, trouve de nouveaux métaux. Fais en sorte d'enrichir l'Égypte par ce biais-là.

Elle planta son regard dans celui de Djéhouty.

— Des objections ? fit-elle en haussant le sourcil.

— Aucune.

— Des questions ?

— Juste une.

À l'exception d'un claquement de pied nerveux du côté de Mériptah et d'un grognement insondable dans le fond de la salle, l'assemblée ne broncha pas et Senenmout garda ses lèvres soudées en une ligne qui s'apparentait fort à un rictus.

— Laquelle ?

L'éclatant contentement qui s'était allumé brusquement sur le fin visage d'Hatchepsout s'éteignit aussitôt, ramenant au galop doutes et angoisses.

— Laquelle ? répéta-t-elle d'un ton impatient.

— Justement, j'y viens, fit Djéhouty en dégageant son épaule de la main fraternelle de Néhésy.

Puis, le raccompagnant courtoisement à sa place, il arpenta de quelques pas flegmatiques la salle, prenant soin de passer discrètement derrière chacun. Cela incitait toujours au silence.

— J'y viens, Majesté. J'y viens par le biais de votre temple. Deir el-Bahari est la construction la plus glorieuse de toutes les civilisations antérieures et sans doute de toutes celles à venir.

Néhésy hocha la tête en signe d'assentiment. Son grand collier d'argent serti de turquoises, qui lui tombait jusqu'à la taille, vint cogner le rebord de la table dans un bruit mat. Comme tous les autres, il portait une perruque coupée au carré, ceinte sur le front d'un bandeau de couleur. Le sien avait la teinte de sa tunique bleue.

Djéhouty s'arrêta. La reine pointa vers lui un index à l'ongle carminé.

— Parle.

— Le désert, commença Djéhouty, n'est pas un terrain comme un autre. Il faut former une police spéciale, habile à manier le char ou à monter le cheval, experte à lancer le javelot, à se battre, attaquer, se défendre. Les bédouins ne sont pas toujours pacifiques. En plein cœur du désert, ils sont les maîtres. Nous, Égyptiens, restons faibles et inexpérimentés dans ces sables mystérieux et inconnus. Pour se mesurer aux forces de ces étranges régions désertiques, souvent malveillantes, il faut recruter les meilleurs éléments, capables de se priver d'eau, de coucher sur le sable inhospitalier, d'affronter le khamsin, les cobras, les oryx et les scorpions. Capables aussi de défier le lion qui surgit brusquement de ces terres brûlantes et arides.

— C'est une police du désert que tu suggères là, Djéhouty, fit Néhésy en réfléchissant.

— En quelque sorte, oui. Y vois-tu quelque obstacle ?

— Non, si ce n'est celui de me laisser le temps pour la former.

— Alors ! fit Hatchepsout, que cette nouvelle armée soit plus hardie que celle qui n'a pu lever le petit doigt pour me défendre sur la route de Thèbes à Deir el-Bahari, la saison dernière.

— Majesté, ce n'était pas une police qui vous accompagnait. C'était votre garde personnelle, une garde formée exclusivement pour vous protéger derrière les murs de votre palais, non sur une route désertique et périlleuse.

— C'est juste, admit la reine. Forme donc cette nouvelle police pour protéger l'Égypte de toutes les agressions du désert et qu'elle serve à Djéhouty qui en aura besoin pour sillonner les routes d'une région inconnue.

Néhésy s'inclina.

— Votre temple, Majesté, qui est hors des voies les plus empruntées, n'est malheureusement pas hors des regards indiscrets, des convoitises et de la rapacité des êtres sans vergogne. Ne craignez rien, votre nécropole sera gardée nuit et jour par cette police-là.

— Que l'œil de la déesse Hathor veille sur Deir el-Bahari et qu'elle protège les morts qu'elle y ensevelira ! souffla Hatchepsout sans autres commentaires.

Une pause se fit et les hérauts vinrent sonner à nouveau de la trompette. C'était l'instant où on se congratulait, se remerciait, se promettait un échange de bons services.

Pourtant, quelques regards suspicieux sous des sourcils ombrageux, quelques gestes nerveux ou quelques ambigus sourires glissaient insidieusement en des directions bien ciblées.

On apporta des collations fraîches, on étira ses jambes, son cou, ses bras, on parlementa, on fit quelques pas éloignés de la terrasse ombragée et on revint s'asseoir.

Les hérauts s'avancèrent et, dans un ensemble parfait, annoncèrent que la séance reprenait.

La pharaonne paraissait plus détendue. Elle avait tant craint le sujet abordant la succession de son neveu qu'elle se sentait soudain libérée à l'idée qu'il n'avait été qu'effleuré et qu'on le remettait à plus tard.

Elle savait à présent que le jeune Thoutmosis ne présiderait pas les séances des assemblées, conjointement avec elle, avant qu'il n'ait épousé sa fille. Or, grâce à l'intervention de Séchat, elle avait obtenu que le pays attende son retour du pays du Pount. Certes, ce n'était qu'un sursis et il fallait, à présent, qu'elle hâte son départ.

Le Pount ! Enfin, elle pouvait y rêver. Hatchepsout se prit à sourire. Elle pensait revenir de ce pays magique couverte d'honneurs et déballant, devant les yeux émerveillés de son peuple, fourrures, bois précieux, essences diverses, parfums enivrants, tigres, léopards, lynx et chats sauvages.

D'un regard serein où l'ambre doré de ses yeux jetait des lueurs plus engageantes – elle prit même le temps de sourire à Senenmout – Hatchepsout leva la main et engagea la poursuite des débats.

L'atmosphère semblait détendue, les fonctionnaires calmés, les scribes attentionnés. À elle, maintenant, d'expédier au plus vite ses deux adversaires les plus farouches pour libérer la voie au-devant de Séchat et, bien sûr, au-devant d'elle-même.

— Senenmout, tu as mené admirablement bien l'organisation de cette construction qui est mienne. Deir el-Bahari ! Je l'ai proclamé et le proclame encore : c'est une vraie merveille. Tu y veilleras donc, tout comme Néhésy, sans discontinuité, avec l'acuité de ton bon sens et la vigilance de ton esprit toujours en éveil.

Senenmout resta impassible. L'assemblée avait remarqué depuis longtemps déjà qu'il ne s'inclinait jamais outre mesure devant la reine. Une telle attitude prouvait bien qu'il se considérait au-dessus des autres. Il se contenta de fixer le regard d'Hatchepsout. Regard qu'elle soutint sans nul effort.

Ce fut l'instant où l'insidieux et désinvolte Ouser pensa qu'il était bon de jeter son plaidoyer.

— Le pays est bien gardé, bien approvisionné en bijoux et métaux. Il l'est aussi en céréales, en blé et en légumes. Il l'est encore plus en bois de construction. Et, par votre long voyage, Majesté, vous allez l'enrichir davantage des plus prestigieux parfums dont nos dieux ont besoin.

Il leva ses deux bras, haut dans l'espace. Les manches de sa tunique volèrent.

— Vous ne voulez pas la guerre, malgré le renforcement de vos polices. Soit, fit-il en rehaussant le ton. Alors, reste le problème de la magistrature.

Souriante, Hatchepsout secoua la tête. Que voulait dire ce léger balancement qu'elle lui faisait prendre entre le consentement et le refus ?

— La magistrature ! Nous y voilà, fit-elle en stoppant subitement l'oscillation de son visage. C'est une charge que tu convoites depuis toujours, Ouser. Je ne sais si tu ferais un excellent juge, car tes compétences semblent parfois dépasser le cadre de ton travail et tu risquerais de condamner ou de gracier non pas en fonction de la réalité, mais de tes propres intérêts.

Elle prit une longue aspiration et poursuivit :

— Tu ne seras pas juge, Ouser. Je vais te donner un territoire bien plus grand à défendre et des fonctions bien plus pesantes encore.

Le grand nez busqué d'Ouser frémit et ses prunelles bleues prirent soudain une lueur d'affolement. Hatchepsout ressentit un fort plaisir à le voir ainsi déstabilisé, ne serait-ce qu'un bref instant.

Elle caressa de ses doigts son menton fuselé. L'instant de surprise qu'elle parut marquer à ne pas y trouver la barbe postiche ne put échapper à personne. Il y eut des sourires, des grattements de gorge et des piétinements. Mais Hatchepsout ne se troubla pas :

— Ton territoire sera vaste, Ouser. Très vaste.

Elle se tourna vers Mériptah.

— Le tien aussi, d'ailleurs. Vous vous partagerez les pays extérieurs à l'Égypte. De la Syrie à la Libye en passant par la Crète et tous les pays de la Mer, le Mitanni, la Babylonie, la Judée, la Canée.

Mériptah marqua un étonnement non moindre que celui de son compagnon. Mais Hatchepsout poursuivait encore :

— Les prochaines fêtes d'Opêt terminées, vous partirez pour Memphis. De là, vous pourrez préparer vos déplacements, délimiter vos territoires. Si les peuples de la Mer s'agitent un peu, c'est parce qu'ils ont besoin d'aide. Vous la leur donnerez.

Dans l'assemblée, un murmure d'étonnement se mit à courir. Voilà une décision qui en stupéfiait plus d'un parmi les hauts fonctionnaires de province. Certains s'attendaient à un faux pas inévitable de la reine. D'autres pensaient à une sanction mal venue envers Ouser et Mériptah que ceux-ci auraient aussitôt retournée contre Hatchepsout.

Ils étaient tous obligés d'admettre que la pharaonne avait joué, là, un vrai coup de maître. D'une position de coupables, voilà qu'Ouser et Mériptah se retrouvaient élevés aux plus hautes fonctions à l'extérieur du pays.

Les rumeurs s'amplifièrent et les deux nouveaux ambassadeurs des pays du Nord se regardaient avec un doute au fond des yeux. Cette soudaine promotion les laissait ébahis. Ils auraient pu en apprécier plus vite la teneur s'il n'y avait eu la contestation étouffée du plus haut dignitaire de Memphis.

— Majesté ! Ne faites-vous pas double emploi avec ces deux nominations ? objecta-t-il avec prudence.

« Tiens, tiens, pensa aussitôt la reine. Je croyais que celui-ci était un de leurs amis. Voilà qui va rafraîchir leurs ardeurs. Dévorez-vous, mes amis, ce n'est plus mon problème. Le mien est momentanément résolu. »

Elle attendit quelques secondes avant de lâcher :

— Ces pays sont trop vastes et trop compliqués pour qu'il n'y ait qu'un responsable. Voilà pourquoi je viens d'en nommer deux. Cela donne l'importance considérable de la tâche. Toi, Nofrout, Grand Directeur de Memphis, qui refoules ou retiens les commerçants des peuples du Nord, tu devrais en savoir quelque chose.

Comme pour venir en aide à son voisin de Memphis, l'administrateur d'Hermopolis, un petit homme au visage chafouin et à la barbe taillée en pointe, crut bon de souligner :

— Majesté ! En ce qui concerne les peuples de la Mer, ne confondez-vous pas soutien et…

Hatchepsout coupa sèchement :

— Je ne confonds rien. Et je désire qu'il n'y soit accompli que des expéditions pacifiques. Néhésy l'a fort bien souligné tout à l'heure. Je me range à son avis.

— Méfiance ! Méfiance ! jeta le dignitaire, enhardi par l'assentiment du regard de Nofrout.

— Pire, suspicion ! lança Ouser.

— Certes, méfiance et suspicion, fit la reine, conciliante. N'oubliez pas pour autant qu'une vigilance à toute épreuve est nécessaire. Munissez-vous d'hommes qui vous rapporteront chaque fait et geste. Vos cibles doivent toucher juste. Pour l'instant, ces pays sont en veille. Les soutenir, certes, mais les ramener à une juste cause. La nôtre.

Ramenant son regard sur le petit administrateur qui avait osé la critiquer, elle attendit quelques instants ses objections. Comme elles ne venaient pas, elle fit un tour de tête et ramena son regard vers Ouser et Mériptah.

— Ne vous écartez pas de cet objectif. Regardez, étudiez, espionnez… Je crois que vous êtes l'un et l'autre fort habiles en ce domaine.

Ouser ignora l'allusion.

— Pour nous aussi, votre police sera nécessaire.

— Il ne faudrait pas trop mobiliser les hommes pour leurs seuls besoins, rétorqua Néhésy.

— Veux-tu donc tout monopoliser ? rugit Mériptah.

— Vous pouvez fort bien recruter sur place.

— Les villes de garnison du Nord sont faibles, jeta Ouser, en lançant un regard d'insulte à Néhésy. S'il faut prévoir une expédition en Libye, Majesté, autant mettre tous les atouts de notre côté. J'affirme que ce pays s'enhardit et n'augure rien de bon.

— Il est facile de renforcer les villes de garnison, rétorqua Néhésy en reprenant le ton agressif d'Ouser. Il suffit de réquisitionner toute une main-d'œuvre agricole et ouvrière, comme l'ont fait tant de nos ancêtres. Cette solution empêcherait de toucher à l'armée.

— Je pense que Néhésy a raison, Majesté, jeta Séchat qui, jusqu'à présent, s'était tue. J'ai sillonné le delta dans ses repaires les plus reculés et j'y ai vu de nombreuses familles pauvres et affamées. L'agriculture s'y développe bien, mais se trouve mal répartie. Tout est luxuriant dans le fayoum, mais autour, il n'y a que des sols désertiques faits pour l'élevage de chèvres. Dans ces régions-là, beaucoup d'hommes ont une condition de vie misérable. Ils n'ont ni travail ni même l'espoir d'en trouver et je crois qu'ils seraient heureux de s'enrôler pour la Libye, la Syrie ou quelque autre pays proche de la Mer.

— Et leurs familles ?

— Il ne s'agit pas de guerre. Ils seraient donc assurés de leur retour.

Hatchepsout réfléchissait. Les suggestions des uns et les objections des autres n'effaçaient pas pour autant les décisions qu'elle s'était promis de prendre. Au passage, elle ne put pourtant s'empêcher de penser que le jeu subtil et la maîtrise de Séchat en abattait toujours plus d'un.

Comme pour abonder pleinement dans son sens, elle fit logiquement observer :

— Il sera fait ainsi. Engagez tous les hommes agricoles du delta qui accepteront de vous suivre.

— Je pensais, Majesté, fit encore Mériptah qui gardait toujours une dernière pierre à jeter à la face de sa rivale, que vous désiriez avant tout renforcer le pouvoir des dieux pour écarter les fléaux que peut engendrer notre pays.

— Que veux-tu dire ?

— Que les greniers à blé peuvent se remplir davantage et que nos vignes peuvent s'accroître plus encore. Si vous enlevez tous les paysans du delta, cette région-là cessera de prospérer. Le temple d'Amon ne peut soutenir cette idée.

— D'autant plus que ses coffres sont vides, assura un petit homme à l'allure souffreteuse qui se plia aussi bas que possible devant la reine, courbant sa maigre échine et ses épaules creuses.

Mériptah le regarda, satisfait. Celui-là ne pouvait que prendre sa défense. Il l'avait bien dressé au temps où Moutnéfer, la Seconde Épouse de Thoutmosis Ier, régnait sur le harem et où lui-même avait, en ce temps-là, droit de regard sur les finances du palais.

Petit homme acariâtre, avare, aigri, Antef, l'intendant du harem qui travaillait dans l'ombre à rehausser le pouvoir futur du jeune Thoutmosis, ne dépensait vraiment que pour satisfaire les besoins du prince.

Aussi misogyne et retors que Mériptah, toujours à la recherche d'un piège à tendre ou d'une manœuvre illégale à peaufiner, le petit intendant du palais ne subissait vraiment que le charme du prince.

— De quoi te plains-tu ? jeta la reine excédée. Ton harem est riche.

— Je proteste, Majesté, aussi pauvre que ces régions dont vous parliez à l'instant.

— Les trésors s'y sont pourtant entassés depuis le pharaon Aménophis, dit calmement Hapouseneb, et il ne semble pas qu'actuellement, les anciennes épouses et favorites vident inconsidérément les caisses de ce trésor-là.

Antef eut un mauvais rictus.

— Dans peu de temps, le jeune Thoutmosis aura besoin d'une armée que nous devons former. Il va sans dire, Majesté, que je puiserai dans ce coffre.

— Ce temps n'est pas encore arrivé, Antef. Alors, en attendant, développe donc les exercices de ces jeunes écoliers.

— Est-ce vraiment votre désir, Majesté ? ricana Antef.

Il se retourna vers Mériptah qui l'encouragea vivement du regard.

— Tu me connais mal, mon cher Antef, ironisa Hatchepsout à son tour, comme d'ailleurs tu connais aussi mal les autres femmes. Mais, en ce qui me concerne, tu devrais te souvenir que les jeux de combats, le tir à l'arc et la conduite des chars ne m'ont jamais déplu. N'as-tu donc jamais entendu dire que je m'y étais moi-même exercée fort honorablement dans ma jeunesse ?

— Une armée se forme longtemps à l'avance, répliqua Antef.

— Il suffit. Je ne veux plus réfléchir sur ce sujet, fit la reine agacée. Dépense tout l'argent qu'il te plaira pour le bon plaisir du prince. Je n'y vois pas d'objection. Mais, de grâce, ne parle pas encore de sa future armée.

Elle sentit qu'elle évitait de justesse la remise en question du point qui la touchait si fortement. Le prince ! Aussi, se tourna-t-elle vivement vers Senenmout et ordonna :

— Abordons plutôt le problème de la justice.

Ce furent Djéhouty et Pouyemrê, avec le plein accord de Senenmout, qui suggérèrent à la pharaonne de placer le Grand Prêtre d'Amon à la tête de la magistrature égyptienne. Personne ne souleva d'objection et Hapouseneb se vit élever à la charge de Grand Vizir Suprême.

⁂

Soixante-dix jours après la mort de la petite Néférourê, les praticiens avaient commencé le long travail de la momification dans le pavillon des embaumeurs du palais.

Dans la pièce où le corps de l'enfant était enfin prêt, des relents de natron et de térébenthine montaient jusqu'aux terrasses avoisinantes. Vaguement dissous par les effluves des lauriers-roses en fleur qui entouraient le bâtiment, ils rappelaient les esprits à la mémoire d'Osiris.

Le dieu observait les morts avec une acuité sans cesse en éveil. Isis l'aidait dans sa tâche en veillant sur les corps vidés de leur substance vitale et en s'efforçant de les rendre aussi naturels que possible.

Le maître momificateur qui travaillait avec une compétence due à des années d'expérience avait mis tout son art dans le délicat emmaillotement des bandelettes. L'odeur de l'huile de cèdre et les vapeurs douceâtres de l'oliban ne l'entêtaient plus depuis longtemps. Ptah admira son travail dont la perfection dépassait tout ce qu'il avait fait jusqu'à présent.

Lorsque enfin il avait vu le petit visage qui ne présentait plus aucune crispation de douleur, senti que les paupières et les joues de la fillette étaient redevenues soie et velours et que les traits avaient repris cette régularité et cette finesse de l'enfance endormie, un soupir de soulagement était sorti de sa poitrine. Dieu d'Osiris ! Il était bien le plus grand embaumeur de toute l'Égypte.

Enfermé dans son sanctuaire depuis soixante-dix jours, il était sans doute le seul à ne pas apprécier les lauriers-roses du palais qui dégageaient leur délicat arôme et dont chacun essayait de s'imprégner avant de humer la forte odeur du natron.

Ptah restait muet devant son travail. Chacune des momifications qu'il entreprenait lui apportait cette exaltation peu coutumière qu'il ne ressentait pour nulle autre chose.

Certes, son équipe d'une dizaine de praticiens avait largement contribué à la réalisation d'une telle merveille. Neb-Amon lui-même, le médecin de Thèbes, qui ne s'intéressait pas particulièrement à ce travail d'embaumement était obligé de reconnaître que c'était là un travail de génie.

Comment expliquer l'état bienheureux de Ptah lorsque, après les processions d'usage et les prières traditionnelles, il avait frappé dans ses mains pour annoncer le grand moment où la pharaonne Hatchepsout et les hauts dignitaires devaient se prosterner devant la momie de Néférourê.

Il avait si bien énuméré, les unes après les autres, toutes les opérations effectuées que le langage qu'il utilisait devenait lui-même sacré. Personne d'autre que Ptah n'expliquait aussi parfaitement la façon dont le crâne avait été vidé de sa substance cérébrale avec les fins crochets d'or. Personne d'autre que lui ne pouvait décrire l'adresse et la souplesse avec lesquelles ils avaient pénétré les narines, les effleurant juste sans en abîmer l'intérieur.

— La cavité orbitale est intacte, avait-il précisé. Les poumons, l'estomac, le foie et les intestins ont été retirés sans erreur ni dégradations. Ils sont dans ces urnes-là.

Il avait fait lentement le tour de la momie et l'avait regardée avec une fierté si évidente qu'elle n'était guère passée inaperçue.

— Les entailles sur le corps sont minuscules et si bien refermées que la peau est intacte.

Hatchepsout avait senti ses yeux s'embuer. Par tous les dieux du temple dont les voix résonnaient à ses oreilles, pourquoi voyait-elle, en cet instant précis, les yeux enjoués de sa fille, ses gestes spontanés et ses rires enjôleurs ?

Ptah s'était courbé si bas devant la pharaonne, mains posées à plat sur le sol, que son buste frôlait la poussière.

— Majesté, avait-il murmuré en se levant sur les instructions d'Hatchepsout, tous les liquides corporels ont été écoulés dans les canopes. À présent, il faut les fermer définitivement.

Puis, il s'était relevé et, récitant quelques incantations, avait saisi pieusement les couvercles aux effigies des dieux et des déesses et les avait tendus à la reine qui avait longuement hésité avant de les prendre.

— En es-tu sûr ? avait-elle murmuré.

— Qu'à l'instant, Osiris sépare mon âme de mon corps si j'affirme une inexactitude ! avait-il protesté à voix basse. Chaque viscère a été nettoyé et passé à l'eau aromatisée, puis recouvert de natron pulvérisé mêlé au sel du fayoum, le meilleur qui soit, Majesté !

— Et le cœur ?

— Le cœur ! Il repose pour l'éternité dans ce quatrième canope. L'âme de votre fille, la princesse Néférourê, devenue l'oiseau du Bâ, viendra lui rendre visite.

Cette certitude qui ne pouvait que soulager la reine l'avait en fait déstabilisée. Le cœur de sa fille ! Enfermé dans ce petit canope de grès rose au couvercle qui représentait Bastet, la déesse au visage de chat, le cœur de Néférourê battait encore pour Hatchepsout.

Elle avait observé longuement la momie de sa fille. Après quarante jours de dessiccation dont trente avaient été réservés aux onctions et à l'embaumement, puis vingt aux massages et rembourrages, Ptah et ses hommes avaient comblé de toile et de natron la cavité des yeux et bouché les narines avec de la cire d'abeille.

Puis, le long travail de l'emmaillotement avait commencé. D'épais rouleaux de bandelettes, tissées avec le lin le plus fin d'Égypte, s'étaient savamment entrecroisés sur le buste de la fillette. Virevoltant habilement entre les mains des momificateurs, les bandes de lin s'étaient emparées des bras et des jambes de l'enfant, avaient emprisonné chevilles et poignets, puis, un par un, chaque doigt de main et de pied avait été enfermé de la sorte.

Ptah s'était assuré que les bandelettes étaient suffisamment imprégnées de résine de genévrier et de natron. Entre chaque couche de linge, il avait réclamé un saupoudrage supplémentaire.

La tête de l'enfant avait été recouverte, tout d'abord, d'un triple bandage. Puis, chaque partie du corps ayant subi le même travail, l'ensemble s'était vu recouvrir de bandes plus épaisses, plus rigides, reliées et collées entre elles par de la résine parfumée.

— Majesté, pas une seule parcelle de membre n'est tombée.

— Tu es si expert, Ptah, avait jeté la reine, un peu lasse, qu'avec toi, il n'en tombe jamais.

Le praticien pouvait relever son buste. Il était fier.

Oui, il était fier ! Car il arrivait souvent avec d'autres momificateurs, qu'une oreille ou un doigt se détache du corps et qu'il faille les placer dans l'urne qui contenait un viscère.

Une dernière fois, le regard d'Hatchepsout s'était attardé sur sa fille. Remarquait-elle le parfait dessin des bandelettes qui s'entrecroisaient sur son corps ? En tout cas Ptah, lui, les admirait.

La pharaonne avait écouté les chants des pleureuses et ceux des prêtres aveugles au crâne rasé et à l'ample tunique jaune d'or. Puis, les hommes aux masques à tête d'Ibis et de faucon étaient arrivés, psalmodiant des cantiques aux intonations rauques. Ils furent suivis des inévitables invocations dédiées à Osiris.

Enfin, dans les rues de Thèbes et de Karnak, dans les grandes allées du temple d'Amon et sur les berges du Nil que descendait la Barque Sacrée transportant le corps de la princesse, commencèrent les longues processions afin qu'elle rejoigne en paix le pays auquel on la destinait. Osiris prenait la relève des vivants.

Séchat suivait la procession en silence, rêvant à sa fille qui jouait dans les jardins du palais. Dans quelque temps, le port de Thèbes s'agiterait dans des turbulences et des remous divers : marins, dockers, scribes, surveillants, commerçants s'activeraient pour le départ au pays du Pount et Séchat ferait partie des leurs.

Neb-Amon, le jeune médecin des quartiers pauvres de Thèbes qui peut-être aurait pu sauver la princesse, suivait lui aussi la procession en silence, ne sachant encore si l'aventure du voyage servirait favorablement son destin.

CHAPITRE II

La construction des cinq navires de la flotte royale s'achevait sous l'œil vigilant de Senenmout. Depuis six mois, esclaves, menuisiers, mariniers, dockers et surveillants s'activaient.

Comme il s'agissait non d'une expédition guerrière, mais d'un long voyage dont le but était de rapporter des arbres à pain, des étoffes, des bois précieux, des épices et surtout des encens et de la myrrhe, parfums sacrés entre tous et appréciés des dieux, la foule regorgeait de délire.

Sakmet s'agitait, lui aussi. Nouvellement engagé par Néhésy pour surveiller la police et l'armée navale, il s'était vu enrôlé comme second intendant de la Marine royale.

Une promotion à laquelle, certes, il ne s'attendait pas et qui, en cet instant, le laissait encore pantois d'étonnement et de plaisir. Et, s'il n'avait été aussi ambitieux, toute cette agitation l'eût laissé quasi indifférent. Mais, trop impatient de commander un peuple dont il avait été l'esclave, Sakmet regardait avec supériorité les gens qui s'activaient et qui, dorénavant, se trouvaient sous ses ordres.

Le Nil abordait son sixième mois de turbulences. Jamais encore, il n'avait vu un tel déploiement de cris et d'énervement. Pourtant, malgré les coups qui tombaient sur les épaules des esclaves et des prisonniers enrôlés pour achever au plus vite la construction des navires, Senenmout s'efforçait de traiter l'ensemble du travail avec un calme qui, bien entendu, n'était qu'apparent.

Sur le quai, il surveillait les derniers préparatifs du départ aux côtés de Sakmet.

Il regarda avec satisfaction les cinq embarcations qui se suivaient les unes derrière les autres, le mât central élevé dans l'azur du ciel, la proue qui se recourbait comme la queue agressive d'un scorpion et les épais cordages qui s'enroulaient sur les ponts de bois, tels de volumineux reptiles prêts à se dérouler dès que la houle se ferait sentir.

À peine Hatchepsout avait-elle parlé du projet de cette expédition que Senenmout avait refusé d'utiliser les kébénits, ces bateaux parfaits pour la navigation du Nil, mais qui ne pouvaient pas tenir la haute mer. Même s'ils étaient construits hors d'Égypte, avec des bois plus résistants que le sycomore ou l'acacia, le kébénit ne représentait en rien l'embarcation qu'il fallait pour affronter le grand océan.

Thouty, le riche armateur, avait réussi à persuader Hatchepsout et Senenmout qu'il fallait construire des navires spéciaux. En cela, son avis rejoignait celui de l'intendant. Il fallait des bateaux solides, performants, faits pour naviguer sur une mer houleuse, démontée, un vaste océan qui, disait-on, faisait souvent chavirer les embarcations trop légères.

Les navires de Thouty avaient donc fait l'objet d'une étude détaillée, concise, parfaite en tout point. Ils comportaient de longues coques, munies à l'avant d'un éperon et à l'arrière d'une énorme ombelle qui se relevait comme la queue d'un scorpion. De gigantesques câbles soutenus par des pieux fourchus reliaient les extrémités de la coque. Les mâts étaient maintenus par de solides cordages et se dressaient au centre. Deux postes d'observation se trouvaient de part et d'autre de l'embarcation.

Ces grosses et puissantes constructions étaient plus volontiers connues des ambassadeurs qui les utilisaient fréquemment dans des voyages de haute mer qui les emportaient hors d'Égypte.

Mais, pour effectuer en toute sécurité l'expédition hasardeuse de la pharaonne, il fallait bâtir mieux encore et Hatchepsout savait que Thouty, travaillant pour les Crétois et les Syriens – ce qui d'ailleurs avait assis plus que confortablement sa fortune – pouvait se surpasser dans l'ingéniosité de ses constructions.

L'armateur égyptien était sans doute un des plus riches Thébains qui résidât dans la ville. Peut-être même était-il le plus fortuné. Seuls, quelques grands dignitaires pouvaient comparer leur fortune à la sienne.

Thouty était fin, rusé et diplomate. Il achetait en quelque sorte les faveurs d'Hatchepsout en effectuant d'innombrables offrandes au temple d'Amon. Et ceci d'autant plus fréquemment depuis que Hapouseneb, le Grand Prêtre, était son gendre.

Les dons de Thouty qui entraient dans les caisses du temple et dans celles de Karnak permettaient ainsi un confort de vie plus étendu au sein de la grande communauté des prêtres d'Amon.

Senenmout avait donc fait comprendre à l'armateur égyptien qu'il lui fallait construire une escadrille de cinq gros navires, sûre, puissante, efficace, qui ne craignît ni les dangers du delta, ni les flots remuants de la grande mer. Une flotte pouvant non seulement les déposer au pays du Pount, mais les ramener emplis à ras bord des trésors les plus lourds et les plus fabuleux.

Sakmet admirait en silence le quatrième navire de la file. Celui qu'il devait diriger. Bien que l'unique voile ne soit pas encore levée, il l'imaginait sans peine, plus large que haute, avec un vent qui s'y engouffrait allègrement, la gonflait et, lentement, faisait avancer le bateau.

Les derniers jours avant l'expédition marquaient de leur impatience les esprits les plus nerveux. Parmi les marins et les dockers, Senenmout surveillait l'organisation du chantier tandis que Sakmet en dirigeait les travaux.

Dans une permanente poursuite à travers la région, qu'il effectuait avec un discernement sans faille, Néhésy achevait son recrutement pour former une police navale qui devait embarquer sur les navires.

Sakmet ramena ses yeux sur le chantier et se reprocha d'avoir distrait son temps de quelques secondes rêveuses. Sur la fin des travaux, les esclaves se relâchaient un peu. Il fallait les reprendre en main promptement, sous peine de ne pas être prêts pour l'imminent départ.

Enrôlés pour leurs sérieuses connaissances maritimes et le goût qu'ils avaient à monter sur un bateau, de nombreux Libyens commençaient à souffler, soulagés de voir qu'ils en avaient bientôt terminé et que, peut-être, quelques-uns d'entre eux seraient choisis pour l'expédition.

Hélas, ceux-là ignoraient encore que, s'ils étaient embarqués, ce ne serait certes pas pour rêver, accotés nonchalamment au bastingage du navire, mais plutôt pour ramer comme des esclaves lorsque les voiles seraient abaissées.

Sakmet les regarda et s'agita :

— Foutu dieu de Seth ! jura-t-il. Cette poutre doit être posée ce soir. Celui que je prends à traînasser goûtera de mon fouet !

Il fit cingler sa lanière de cuir. Elle chuinta et fit quelques moulinets dans l'espace, puis vint se replacer le long de son corps bruni par le soleil.

Sakmet avait le buste dénudé. Le court pagne qu'il portait découvrait ses cuisses puissantes, râblées et lorsqu'il écartait les jambes, ses pieds prenaient fermement une assise solide sur le sol.

Il est vrai que le fouet qu'il tenait en main claquait souvent sur le dos des esclaves les moins acharnés au labeur. Cela remettait de l'ordre dans le bon déroulement du travail, disait-il à Senenmout qui, lui aussi, en tenait un, à double lanière de cuir d'hippopotame.

Mais, contrairement à Sakmet, l'intendant de la reine ne s'en servait que rarement. On eût cru pourtant que cet homme intransigeant, aux yeux de fauve et à la bouche sinueuse et pincée pût se permettre plus de cruauté envers les esclaves.

Leurs méthodes de surveillance étaient très différentes. Sakmet s'acharnait sur un travail bien précis et en demandait une exécution rapide. Il agitait facilement son fouet sur les dos courbés mais, quand l'heure du repas sonnait, il accordait à tous la galette d'orge, l'oignon et la bière qu'ils avaient mérités.

Senenmout avait un esprit de synthèse plus développé. Il surveillait l'ensemble avec un sens critique sans cesse en éveil et s'il ne griffait pas de son fouet le dos de ses esclaves, s'il se contentait de le passer nerveusement d'une main à l'autre, tout en vociférant des ordres, il restait moins généreux sur le plan de la nourriture qu'il ne leur accordait qu'assez parcimonieusement.

Depuis quelques instants, Sakmet était tendu, agité.

— Faites glisser la poutre horizontalement ! cria-t-il en épongeant son front embué de sueur.

Il s'assura que la poulie glissait normalement pour venir se placer au centre de l'embarcation.

Jambes écartées, il observait le lent passage de la poutre sur la glissière de bois. Elle semblait en position stable et avançait progressivement au fur et à mesure que les hommes la tiraient.

— Sakmet ! entendit-il dans son dos.

Surpris, il se retourna. Lorsqu'il aperçut Séchat, il abaissa son fouet et cessa aussitôt de donner ses ordres. Elle avait un pagne blanc qui laissait ses jambes découvertes. Son visage mat et lisse n'était pas maquillé et elle n'avait pas de perruque.

— Séchat ! s'exclama-t-il en se dirigeant vers la jeune femme. Que fais-tu là ?

— Je te regarde travailler, répondit-elle en souriant.

— Par tous les dieux de Seth qui nous dévoreront tous...

— Tu jures, à présent ?

Il attacha son fouet à la boucle de sa ceinture, s'approcha de la jeune femme et la serra dans ses bras.

— Voici combien de temps ? Trois ou quatre saisons ! Peut-être plus. Pourquoi es-tu là ? Vas-tu faire partie du voyage ? Comment va ta fille ?

Elle se mit à rire.

— Par quelle question vais-je commencer ?

Elle se dégagea de ses bras musclés qu'il attardait autour de son corps.

— Si je me souviens bien, fit-elle, c'est près de Memphis que nous nous sommes vus la dernière fois et, si je me souviens mieux encore, c'est grâce à toi si j'ai retrouvé ma fille.

Elle glissa un regard joyeux dans les prunelles sombres du jeune homme.

— J'embarque avec une équipe de scribes pour relater le voyage. La reine réclame un récit complet, détaillé, où chaque fait sera mentionné depuis le départ jusqu'au retour qui, par tous les dieux, interviendra on ne sait quand.

Comme il la regardait sans rien dire, elle reprit :

— Je crois que je vais faire du bon travail. Et toi ?

— Je commande le quatrième navire de la flotte.

— Et moi, j'embarque sur le cinquième. Connais-tu le commandant ?

— C'est un homme d'équipage de Thouty. Il est sérieux et connaît son travail. Je pense que tu n'auras aucun problème avec lui.

Il claqua sèchement deux de ses doigts l'un contre l'autre.

— Quelle sottise ! Si j'avais su que tu étais du voyage, nous aurions pu nous retrouver sur la même embarcation.

— Nous aurons de nombreuses escales. De Thèbes à Hermopolis, la reine veut s'arrêter dans chaque ville, voir son peuple, faire des offrandes aux temples, rencontrer les Grands Prêtres, organiser des processions et des fêtes.

Ils firent quelques pas en direction de la coque du navire où les hommes achevaient de tirer la poulie. Elle était enfin placée au centre du pont, là où elle devait s'élever parallèle au mât central.

— Sais-tu, Sakmet, que j'ai peur de ce voyage ?

— Peur !

— Je crains les flots. Ils sont monstrueux, paraît-il, sur l'océan que nous allons parcourir. Ils n'ont plus rien à voir avec notre Nil pacifique et tranquille. Il paraît que, dans certains cas, lorsque le vent souffle trop fort, les bateaux se retournent.

— Sais-tu nager ?

— Ta question est décourageante, mais rassure-toi. Je sais nager, dit-elle en plaisantant. J'ai manié, bien souvent, les embarcations de mon grand-père sur le Nil.

— Alors, ne crains rien. Ces bateaux, dit-il en désignant les énormes navires, sont à l'envergure de la grande mer, comme les barques le sont à celle du Nil.

Il regardait Séchat et ne put s'empêcher de prendre sa main.

— Tu n'as pas changé depuis…

— Ne parlons plus de cela, Sakmet. J'ai retrouvé Satiah. C'est un souvenir que je ne veux plus aborder. Ma fille est en sécurité, élevée au harem du palais, comme je l'ai été moi-même.

Elle retira sa main. Son geste fut un peu nerveux, mais elle sourit aussitôt. Elle n'avait nulle envie de se remémorer le rapt de sa fille alors âgée de six mois, qu'elle n'avait retrouvée que deux ans plus tard après avoir sillonné l'Égypte entière [1].

— Je sais que nous aurons l'occasion, maintes fois, de nous rencontrer à terre et j'en suis très heureuse. Mais, dis-moi, Sakmet, je t'observais de loin. Tes méthodes de travail sont intransigeantes. On dit que tu nourris bien tes hommes et que tu

1. *Cf. Les Thébaines*, tome 2, *De roche et d'argile*, Le Sémaphore ; Pocket, nº 14789.

leur laisses des haltes suffisantes de repos. Mais pourquoi abuses-tu si souvent de ton fouet ?

— Parce qu'ils ne feraient rien sans lui.

— En es-tu sûr ?

Il ne répliqua pas, l'observa en silence et, déviant la question, reprit :

— Ainsi, nous allons nous revoir durant tout ce voyage. C'est à peine si j'ose le croire.

Elle eut envie de lui dire qu'elle aussi se sentait joyeuse à l'idée de le sentir à ses côtés durant ce long périple étrange et hasardeux. Mais elle se retint de tout commentaire.

Brusquement, un cri surgit du pont. Sakmet et Séchat se retournèrent.

La gigantesque poutre qui, tout, à l'heure, glissait lentement le long de la coque du navire et que soutenait une centaine d'esclaves s'affaissait à une extrémité, bloquant quelques hommes sous son énorme poids.

Ils n'avaient pu réussir à la soulever et la base de la poutre avait malencontreusement ripé sur le côté, entraînant les hommes avec elle. Sakmet se reprocha aussitôt les quelques minutes de déconcentration qu'il venait de s'accorder.

— Il faut du renfort ! s'écria Séchat. Dans un instant, ces hommes vont être broyés.

Talonné par la jeune femme, Sakmet courut à la poulie et jura.

— Nous n'avons pas assez d'hommes. Ils sont occupés ailleurs.

— Il suffit d'en récupérer une dizaine.

Déjà, Séchat se retournait pour se faire une idée de l'ensemble du chantier. Mais Sakmet saisit son bras et le pressa de façon à ce qu'elle sentît la fermeté qui n'admettait aucune réplique.

— Laisse, Séchat. Je dirige mon chantier comme il me plaît. Et, si l'on ne peut rien faire, ces hommes seront écrasés. Ainsi va leur destin.

Ses yeux se durcissaient sous l'éclat du soleil. La pression de sa main sur son bras se faisait encore plus insistante.

— Tu as raison, fit-elle sèchement. Ce n'est pas mon chantier. Je te souhaite une excellente journée.

Elle tourna les talons, mais il la saisit rapidement par le bras.

— Allons, Séchat, voilà qu'à peine embarqués sur ces navires, nous nous heurtons pour un accident qui chaque jour arrive.

Puis, comme elle ne répondait pas et s'apprêtait à repartir, il jeta un bref coup d'œil en direction de la poutre.

— Allons voir, proposa-t-il, afin d'atténuer la colère de sa compagne.

Se hissant à un cordage qui pendait à un mât, il escalada habilement la coque du navire, se balança quelque temps dans le vide au-dessus du port et, prestement, s'élança d'un bond acrobatique sur le pont.

La poutre avait glissé sur le sol, bloquant la jambe de deux hommes. L'un s'était évanoui, mais l'autre que la peur étouffait regardait, avec de grands yeux hagards, les quelques hommes qui tentaient de les dégager. La douleur crispait son visage et son torse ruisselait de sueur.

Et, c'est à ce moment que Séchat vit un homme d'une trentaine d'années, grand, souple, les cheveux et les yeux clairs, vêtu d'une tunique longue et blanche, sauter sur le pont et se pencher sur les deux blessés.

Il venait de poser une trousse en cuir sur le sol, l'ouvrait et en retirait un petit instrument qu'il glissa sur le torse du blessé évanoui. Lorsqu'il retira l'instrument, ses yeux croisèrent ceux de Séchat. Alors, elle vit qu'il avait un regard vert et doré comme les blés qui mûrissent à la saison du chemou.

On réussit à dégager les deux hommes, mais celui que le jeune médecin venait d'ausculter était mort.

Sakmet hésita. Il aurait aimé que Séchat restât les yeux fixés hors du chantier. Mais, le regard qu'elle venait d'échanger avec le médecin semblait se prolonger et cette attitude le crispa davantage.

Il pensa lui reprendre le bras pour lui signifier de partir. Mais il n'en fit rien. Attrapant le cordage, il cria à ses hommes de reprendre la poulie.

Pendant que la lourde poutre s'élevait à nouveau, Séchat regardait l'autre blessé qui gémissait entre les bras du médecin.

⁂

Néset contourna les bâtiments désaffectés qui, à la sortie de Thèbes, conduisaient à l'extrémité du port, là où rôdaient les enfants désœuvrés issus des plus modestes familles.

Depuis quelques mois, ils observaient tous, d'un œil allumé d'envie et de curiosité, les cinq grands vaisseaux qui élevaient leur mât dans le ciel. De loin, même en cette partie de la ville retirée du centre, on les apercevait et les garçons les plus dégourdis, à moitié nus et tête rasée, s'aventuraient silencieusement jusqu'auprès des coques au risque de recevoir le coup de fouet qu'un maître de chantier destinait à l'un de ses esclaves.

Cette partie de la ville où vivaient les plus démunis des Thébains traversait tout le Nord et venait mourir sur les berges d'un désert où les champs n'existaient pratiquement plus et où les cailloux remplaçaient les jardins. D'ailleurs, aucun chadouf ne venait en désaltérer la terre asséchée. Seules, quelques rigoles çà et là parcouraient les maigres parcelles de terrain que cultivaient quatre ou cinq paysans moins infortunés que les autres.

Les ruelles du quartier restaient sombres en quasi-permanence, n'offrant aux habitants que l'ombre des murs décrépis qui ne s'élevaient jamais plus haut que le rez-de-chaussée.

Ces rues souvent malodorantes, étroites et sinueuses, plongées du matin au soir dans une pénombre continuelle permettaient aux « sans-logis » de dormir à l'abri d'un soleil bien souvent mortel. C'était au moins un avantage dont disposaient les plus pauvres.

Les masures se faisaient face. Dans les plus grandes, considérées comme les moins misérables, cohabitaient souvent un âne, une oie, quelques chèvres et, sur le sol durci de la pièce principale, une jarre d'huile ou d'olives, un maigre tas de poireaux, de concombres, de fenouil ou de petits melons venaient en atténuer la rudesse, tandis qu'aux murs de terre séchée qui prenaient la couleur du temps pendaient les oignons.

Il y avait une telle concentration dans ces ruelles que chacun y laissait quelque infortune si ce n'était quelques coups. Un pauvre volait un autre pauvre, un adolescent prenait la rossée destinée à son frère, une fille trouvait à se vendre à plus disgracié qu'elle et, à l'intérieur des masures, attablés devant une mauvaise bière, les ivrognes tentaient d'imposer une loi que les femmes acceptaient pour ne pas que périssent de faim les enfants qui s'accrochaient à leur pagne.

Le quartier pauvre de Thèbes gardait pourtant cette agitation fébrile et intense qui le faisait vivre et le rattachait si bien à l'ensemble de la ville.

Il arrivait même, parfois, que la police vînt en surveiller les abords quand le tumulte se faisait trop violent. Car, bien que prudent et avisé, lequel parmi ces Égyptiens que les dieux semblaient avoir définitivement oubliés n'avait pas, un jour ou l'autre, abrité un malfaiteur notoire poursuivi par la police pour acquérir les quelques débens qui venaient enjoliver leur triste vie quotidienne.

Ce jour-là, Néset avait revêtu un court pagne de toile brune et ordinaire attaché solidement autour de ses reins et qui retombait sur ses cuisses que le soleil avait brunies depuis longtemps.

Un vêtement aussi rustique n'était guère pour lui plaire. Il grattait désagréablement sa peau fine et tombait avec une telle raideur qu'il lui semblait fait en grossières fibres de corde. Cependant, elle le passait toujours lorsqu'elle se rendait chez sa mère. Comment pouvait-elle s'habiller de luxe et de confort quand elle venait dans ce misérable quartier qui l'avait vu naître ?

Jamais Néset n'avait paru devant sa mère autrement qu'avec ce pagne de toile brune dont le tissage commun était le même que celui que portaient toutes les femmes qu'elle croisait dans ce triste quartier. La seule différence que l'on pouvait remarquer était que le sien offrait une propreté irréprochable et ne portait aucun accroc. Certes, nuance considérable quand on voyait tous ces indigents vêtus de vêtements informes et sans couleur.

Avant d'atteindre la ruelle étroite où habitait sa mère, Néset devait traverser une partie du port, la plus étroite et la plus sombre.

L'exiguïté se faisant de plus en plus sentir, Néset fit un brusque écart dans un nuage de poussière causé par les roues d'un char. Des enfants couraient derrière en criant des mots qu'elle ne comprit pas. Ses yeux plissés s'étonnèrent. Ce conducteur était bien aventureux de se perdre en un endroit aussi risqué avec un attelage de nanti !

Elle observa quelque temps les deux chevaux qui prenaient de la distance sur les garçons irrités et furieux, vociférant après une prise manquée. Il est certain que, si l'audacieux conducteur était tombé entre leurs mains, il n'aurait plus à cette heure ni bourse ni char et chevaux.

Le nuage de poussière n'étant déjà plus qu'un vague souvenir, Néset reprit tranquillement son chemin. Elle bifurqua sur sa gauche et tourna dans la ruelle qui menait à la masure de sa mère. Là, on apercevait encore le bout du port. À cette heure où le soleil était en plein zénith, hommes, femmes et enfants se terraient chez eux, attendant que les rayons solaires se fissent un peu moins ardents.

Néset hâta le pas. À la section de deux ruelles, elle heurta un homme grand, imposant, vêtu d'une tunique bariolée et la tête ceinte d'un turban assorti.

Ce personnage haut en stature et d'allure apparemment dégagée portant une barbe noire, fournie et bien taillée, devait être un marchand et, bien qu'il parût de taille à pouvoir se défendre seul, Néset fut surprise qu'il choisisse un tel secteur pour faire du commerce.

Elle le toisa avec un brin d'insolence :

— Qui viens-tu voir dans ce quartier qui ne devrait pas être le tien ? questionna-t-elle avec cet aplomb dont elle se servait toujours lorsqu'elle voulait en imposer.

— Et toi ! Que viens-tu faire ici avec cette allure de fille avertie que tu essayes de cacher ? Tu ne sembles guère être du coin.

— J'y suis née.

Il se mit à rire, découvrant une large rangée de dents saisissantes de blancheur dans sa ténébreuse barbe.

À son tour, Néset sourit. Elle le toisa avec moins d'arrogance et plissa même ses yeux jusqu'à n'en montrer qu'un rai de lumière qui, dans l'obscurité de la ruelle, atteignit l'homme de plein fouet.

— Allons, que vends-tu ? fit-elle conciliante.

— De l'huile de cèdre et du henné.

— Du henné ? Est-il de qualité ?

— Le meilleur qui soit et, si tu en doutes, je te mets au défi.

Allons ! Ce commerçant astucieux pouvait encore faire du négoce avant de quitter cet infortuné quartier. Il fronça le sourcil, sembla réfléchir et, le sourire engageant, questionna :

— N'as-tu jamais connu le henné le plus pur ? Celui qui transforme les femmes en de belles et désirables créatures ?

D'un mouvement souple de la hanche, elle se glissa sur le côté, aussi hardie que lui.

— Crois-tu donc, marchand, que j'ai besoin de cet artifice pour séduire ?

— Évidemment non ! Mais c'est tout de même un atout qui peut te différencier parmi bien d'autres.

— Peux-tu m'en fournir ?

— Alors, viens me voir. Je tiens boutique dans le quartier nord de la ville, sur la route de Negadah. Tu la trouveras facilement.

— Quel est ton nom ?

— Demande Lévy, l'Hébreu. Je suis connu. Mon échoppe est à quelques mètres des carrières de calcaire. Elle jouxte les ateliers des potiers. Je leur vends aussi des couleurs.

— Negadah ! Peut-on s'y rendre à pied ?

— Allons ! Veux-tu me faire croire que tu n'as pas de mule ?

Néset eut un sursaut et planta son regard audacieux dans celui du marchand. Pour qui se prenait-il donc ? Un âne ! Une mule ! Quand elle pouvait disposer d'un char. Si elle venait à pied dans ces ruelles, c'était une autre histoire qui ne regardait qu'elle.

Puis soudain, retournant complètement son état d'âme, Néset eut honte. Elle venait faire la charité à sa mère et voilà qu'elle s'apprêtait pompeusement à faire du commerce avec ce marchand bourgeois qui lui proposait ses services.

— Je viendrai, fit-elle en lui adressant un signe d'adieu. Et je verrai si ton henné est de meilleure qualité que celui que j'achète sur le marché de la place de Thèbes.

Puis, elle le quitta et se dirigea vers les premières masures de la ruelle où s'estompaient les dernières vues du port.

Entre deux rais de lumière, elle aperçut au loin une silhouette penchée sur un amas de poissons déjà séchés par le soleil. Sans doute étaient-ils tombés de quelques filets de pêcheurs. Après leur passage, il y avait toujours des enfants ou des femmes qui venaient les ramasser.

En observant le dos voûté de la vieille femme, elle crut un instant que c'était sa mère qui, tous les matins, allait glaner les quelques oignons ou melons tombés eux aussi des chargements qui s'entassaient sur le port.

Quand la vieille femme se releva, elle vit que ce n'était pas elle. C'est à ce moment que s'approcha un enfant, un garçon qui n'avait pas dix ans.

— C'est ma grand-mère, fit-il en désignant du doigt la silhouette qui, lentement, se relevait en enfouissant dans une calebasse sa maigre pêche.

Néset quitta des yeux la vieille femme et regarda l'adolescent qui se dandinait d'une jambe sur l'autre. Comme presque tous les enfants du quartier, il avait le crâne rasé et portait un pagne brun, sale et déchiré, retenu à sa taille par une corde grossière.

— Mais tu es Ken, le fils du gardien des entrepôts de briques !

— Mon père n'est plus gardien. Il n'a plus de travail.

— Alors, c'est ta grand-mère qui te nourrit, fit Néset en tournant la tête vers la vieille femme qui, lentement, s'approchait d'eux.

Elle n'osa demander à l'enfant si c'était les effets de l'alcoolisme qui avaient fait perdre l'emploi de gardien à son père et préféra le questionner sur ce qui l'intéressait avant que la vieille femme ne les rejoigne.

— Ken, as-tu vu mon frère, ces jours-ci ?

L'adolescent secoua la tête en un signe négatif.

— C'est lui que tu viens voir ? dit-il en la regardant avec une ruse bien déterminée au fond de l'œil.

— Pas précisément. Je viens voir ma mère et ma sœur. Mais, j'aimerais aussi parler à Sorenth.

— Il n'est pas rentré depuis la dernière crue. Ne le savais-tu pas ?

— Non, Ken ! Car mon dernier passage ici date précisément de ce temps-là. Allons, ne sais-tu rien à son sujet ?

À nouveau, l'enfant secoua la tête.

— Personne ne l'a vu.

Elle s'approcha vivement du garçon et lui tira l'oreille. L'enfant se mit à hurler.

— Tu mens, fit Néset en lâchant l'enfant. Tu sais où est parti mon frère. Tu restais toujours dans son sillage, le suivant, l'observant, l'admirant comme s'il était le roi du quartier.

— Alors, donne-moi l'un de tes bracelets et tu sauras où le trouver.

Néset connaissait la loi. Il était juste qu'en retour elle paye généreusement le service. Trop investie dans ce genre de rapport où seul un renseignement peut faire avancer toute spéculation ou transaction, elle savait que chaque information se monnayait d'une façon ou d'une autre.

Or, aujourd'hui, l'aide que pouvait lui apporter son jeune frère était indispensable. Sans lui, sa mission était compromise, car tout à l'heure, Némen la questionnerait sans qu'elle puisse lui répondre. Cela risquait de compliquer les choses et peut-être même faire échouer l'affaire qui se présentait à elle. Or, Néset se targuait toujours d'assumer aussi bien ses activités d'espionne que son métier de prostituée.

La jeune fille n'en était pas à son premier coup. Quand un noble de Thèbes – car Néset ne travaillait et ne se donnait qu'à des hauts dignitaires – lui réclamait un service, la besogne était bien faite.

Déjà, elle avait trempé dans l'affaire de plusieurs vols de sceaux royaux importants qui permettaient de signer de faux documents. Elle renseignait quelques hauts personnages que l'ambition et la corruption faisaient dévier de leurs fonctions. Elle avait même été à l'origine d'un rapt d'enfant dont la mère faisait justement l'objet de son prochain forfait.

Oui, Néset n'avait que vingt-deux ans et sa carrière était déjà bien remplie.

Elle tendit le bras devant le garçon qui l'observait d'un œil avide et détacha l'un des anneaux d'argent qui s'enroulaient au-dessus de son coude, seul luxe qu'elle se permettait quand elle revenait dans le quartier de son enfance. Néset savait trop, pour en avoir vécu maintes fois l'expérience, que ceux-ci servaient à délier les bouches trop fermées.

Ken saisit brusquement le bijou et le porta aussitôt à sa bouche.

— Me crois-tu donc capable de porter autre chose que de l'argent ? fit-elle, moqueuse. Tu peux le mordre, il ne pliera pas.

L'enfant fit la moue et se mit à rire.

— Que veux-tu savoir exactement ?

— L'endroit où se trouve Sorenth.

— Depuis des mois, ton frère n'a pas quitté la carrière de Coptos.

— La carrière de Coptos ! Mais elle est inexploitable et les bâtiments qui sont restés tout autour sont à présent désaffectés.

— Justement, rétorqua le garçon, Sorenth dit que c'est l'endroit idéal pour être à l'abri de la police du désert et des oreilles indiscrètes. Il est parti avec Penthy, le balafré.

Néset eut un sourire satisfait. Penthy, le balafré, saurait toujours la tirer d'affaire si quelques complications venaient freiner son travail.

Elle passa une main caressante sur le crâne rasé du garçon et sentit la peau tiède qu'une pousse de cheveux naissante commençait à rendre rugueuse.

— Merci, Ken. Je te revaudrai ça.

Puis elle se tut, car la vieille femme qui avait empli sa calebasse d'aliments divers, récupérés çà et là, arrivait à leur niveau.

— Viens-tu voir ta mère ? fit-elle en clignant de l'œil, la lourde calebasse faisant pencher son épaule sur le côté.

— Ma mère, bien sûr. Mais je viens voir aussi ma sœur, répondit Néset en regardant la vieille femme édentée qui, debout, restait le dos voûté et la regardait de biais.

La peau de son visage était ridée comme celle d'une figue sèche et ses mains étaient si décharnées qu'elles ressemblaient à des serres de vautour s'agrippant à une proie. Un corsage informe tombait sur son pagne tissé de lin grossier qui découvrait des jambes où couraient de grosses varices brunes et saillantes.

— Tu devrais emmener la petite avec toi, fit-elle en relevant la tête.

Néset soupira. Cette réplique ne l'étonnait guère. Depuis un an que son abject beau-père forçait la jeune Mina à partager la couche de ce vieux porc de Mérath, sa mère tremblait pour l'enfant. Mais cela rapportait de quoi vivre à la maisonnée et, bien qu'assez chétive, la petite était pubère.

— Que ferais-je d'elle ? soupira-t-elle encore. Mina n'a que douze ans.

— Raison de plus, fit la vieille. Elle peut te servir de servante. Ta position n'est-elle pas assez haute pour que tu l'engages ?

Néset ne répondit pas, sachant que tout à l'heure sa mère lui tiendrait le même propos.

⁂

À l'entrée de la cabane, Néset s'arrêta. D'un simple regard, elle vit que sa mère venait de piler du grain dans le mortier où elle préparait la bouillie de son. Elle soupira de soulagement en voyant que sa famille n'était pas au moment le plus bas de son infortune. De là, bien sûr, à rouler des galettes ou à fabriquer un pain de blé, il fallait à sa mère plus de grains qu'elle devait en avoir.

Un peu contrariée, pourtant, de ne pas voir claudiquer à l'ombre de la masure l'oie ou la sarcelle qui eût annoncé de meilleurs jours encore, Néset se consola en pensant qu'avec le dében qu'elle donnerait à sa mère, elle pourrait en acheter deux ou trois.

Et, si la chance était avec elle – il fallait pour cela que son ignoble beau-père fût absent – elle serait en mesure de lui donner les trois débens nécessaires pour l'achat d'une poule et d'un âne. Chaque jour, l'une lui donnerait un œuf et l'autre permettrait de soulager son dos des chargements auxquels elle était obligée de s'astreindre.

Néset fit lentement le tour de la masure et vit qu'au bas du mur avait été déposé un tas de bettes et de poireaux et qu'au clou fixé sous le toit pendaient quelques oignons.

Voyant que son beau-père était à l'intérieur de la pièce, Mina, qui ne voulait jamais le rencontrer seul à seul, avait dû les déposer là en attendant le retour de sa mère.

C'est donc avec une extrême prudence que la jeune fille entra dans la cabane. Il n'y avait qu'une seule ouverture, si basse qu'il fallait se courber pour pénétrer dans l'unique pièce au sol battu.

La pénombre rafraîchissante lui fut agréable, mais elle ne put s'empêcher d'être irritée à la vue de l'homme avachi devant l'unique table, la tête posée sur l'un de ses bras recourbé, un ronflement sinistre sortant de la gorge.

Au bruit des pas de la jeune fille, il releva le buste.

Néset reçut son visage de plein fouet. Des traits réguliers, presque beaux – s'ils n'avaient été déformés par le rictus mauvais qu'il gardait au coin des lèvres et l'inexpression de ses yeux rougis par l'alcool – s'animèrent béatement sur la jeune fille qui s'avançait vers lui.

— Où est ma mère ? jeta Néset d'une voix forte.

Importuné dans sa somnolence, l'homme releva le sourcil. Son regard rouge et fade sembla s'éveiller. Il ricana.

— Elle est partie au champ aider le père Menkef.

Aider le père Menkef était un bon signe pour la mère de Néset. Cela lui permettait de rapporter quelques melons, quelques fèves ou pois chiches et parfois même un peu de lait de chèvre quand elle aidait à la traire.

— Et Mina, où est-elle ? L'as-tu encore envoyée chez ce vieux cochon de Mérath ?

L'homme se leva lourdement et s'avança vers Néset. Son pas n'était pas sûr et il dut se raccrocher au rebord de la table pour ne pas glisser sur le côté.

— Si tu ne veux pas qu'elle couche avec Mérath, cria-t-il en colère, emmène-la avec toi ! Elle apprendra tes belles manières et elle nous rapportera, elle aussi, de quoi manger copieux et gras.

— Manger plus gras ! railla Néset en posant un poing sur sa hanche. Ignores-tu donc que tu dépenses le moindre argent pour boire ?

D'un bras, il battit l'air et de l'autre, il s'agrippa violemment à elle, accrochant ses épaules de ses mains qui n'étaient pas vilaines, puisque aucune besogne ne venait en écorner la peau.

Il faut dire qu'autrefois Sénitou avait été un scribe, non un paysan. Il travaillait dans un petit grenier à blé de province jusqu'au jour où, pris dans une vilaine affaire de viol de fille à peine pubère, il avait été renvoyé, puis condamné à quelques années de prison. Depuis, il n'avait plus jamais trouvé d'emploi.

— Donne-moi l'argent ! s'écria-t-il.

— Il est pour ma mère, pas pour toi.

Il ricana de nouveau.

— C'est la même chose. As-tu oublié que Thouéris est ma femme ?

Des couleurs montèrent aux joues de Néset en même temps qu'une colère difficile à contenir.

— Vas-tu encore la battre pour qu'elle te le donne ?

Il lâcha les épaules de la jeune fille et grogna :

— C'est la seule manière pour qu'elle comprenne.

Néset eut envie de le gifler. Elle se retint pourtant, car la seule fois où elle avait osé accomplir ce geste d'emportement, il l'avait envoyée sans connaissance contre le rebord du mur, le corps roué de coups et de blessures.

— Veux-tu que ta mère subisse le bâton par ta faute ? Non ! Alors, donne ! cria-t-il.

Elle eut un recul instinctif, mais sut qu'il était inutile de chercher à le narguer davantage, car à tout moment, Sénitou pouvait devenir violent. Ses larges épaules balayèrent la pièce dans un mouvement de mauvaise humeur, puis il sembla prendre quelque assurance dans la tenue de ses mouvements.

Dieu de Seth ! pensa la jeune fille, pourquoi sa mère, sage et tranquille veuve depuis la mort de son père, avait-elle un jour ouvert sa porte à ce bel homme, certes, mais sans un sou qui sortait tout droit de prison ? Pourquoi s'était-elle laissé prendre à ses belles manières, ses douces paroles et ses caresses ensorcelantes qui, très vite, avaient tourné en cris, en coups et en cauchemars ?

— Donne ! hurla-t-il en agrippant de nouveau les épaules de Néset.

— Lâche-la, jeta soudain une voix sèche dans leur dos.

Une femme pénétrait dans la pièce. Elle était usée, ridée, mais jeune et belle encore. Néset se précipita vers elle puis, fouillant la ceinture de sa taille, elle sortit un petit sachet de papyrus d'où elle retira les quelques pièces qui feraient le bonheur de sa mère.

— Tiens, ne les donne pas à ce vieux soûlard. Laisse-le plutôt pourrir dans les vapeurs de sa bière.

La fureur s'empara de Sénitou. Il se jeta férocement sur elles, mais Néset fut plus rapide. Elle noua son pied agile à celui moins assuré de son beau-père et le déséquilibra.

Surpris, il trébucha et voulut se rattraper à la table, mais Néset, plus prompte encore, bouscula la planche qui n'était que posée sur des tréteaux et l'homme chuta lourdement sur le sol en déployant ses larges bras qui vinrent battre l'air avant de se replier sous son corps.

Voyant que, pris par son excès de boisson, il ne se relevait pas, elle saisit la chope de grès qu'il venait de vider et lui en asséna un léger coup sur le crâne.

— Voilà qui ne le fera pas mourir, dit-elle à sa mère en regardant le visage tendu de Thouéris. Ne t'inquiète pas, il va simplement dormir quelques heures et se réveillera pour aller quérir une nouvelle bière.

À la vue de Sénitou étalé sur le sol comme un mort, Thouéris hésita, mais la pensée qu'il n'avait pas réussi à s'approprier l'argent de sa fille lui parut un bonheur indescriptible. Aussi, regarda-t-elle Néset avec des yeux encore incrédules.

— Viens, fit Néset en tirant sa mère par le bras. Allons acheter tout ce dont tu as besoin avant qu'il nous rattrape.

Lentement, en un geste qui n'était qu'un réflexe, Thouéris acquiesça de la tête, mais elle la tournait trop vers Sénitou pour que Néset ignorât plus longtemps le dilemme qui naissait en elle.

Sénitou respirait faiblement et sa bouche, collée contre le sol, était restée ouverte.

Thouéris eut un tremblement. À nouveau, le remords la saisit. La pauvre femme tenait le bord de son pagne entre ses mains et le roulait nerveusement entre ses doigts. Que craignait-elle à présent qu'elle était libre d'acheter ce qui constituait pour elle une vie plus facile ?

— Allons, fit sa fille, agacée de la voir aussi peu empressée. Ne pense à rien d'autre qu'aux acquisitions que nous allons faire. Regarde, tout est pour toi et pour Mina.

Le nom de Mina sembla la sortir de sa torpeur. Devant elle, passa le visage apeuré de sa fille lorsque Sénitou avait voulu la violer. Seule, l'arrivée impromptue de Thouéris avait sorti sa fille des immondes griffes de son époux. Dégrisé, les vapeurs de bière retombées, Sénitou s'était excusé. Hélas, pour éloigner Mina de la maison, il n'avait rien trouvé de mieux que la vendre à plus ignoble que lui, le lubrique et débauché Mérath.

— Mina est malheureuse, souffla Thouéris en regardant Néset, pourquoi ne l'emmènes-tu pas avec toi ?

— Tu sais bien qu'elle est trop jeune pour travailler à mes côtés.

— Crois-tu que ce qu'elle fait avec ce vieux Mérath est préférable ?

Depuis quelques instants, Néset attendait cette réplique de sa mère. Propos qui la déroutait à chaque fois, tant il paraissait naturel.

Comment lui dire qu'elle ne pouvait se charger de sa jeune sœur quand des missions trop périlleuses l'attendaient ? Mina était fragile, un peu simple d'esprit et tellement vulnérable. Elle n'avait aucune chance, dans le monde pervers et dangereux de Néset, de se tirer seule d'un mauvais pas qui demandait l'audace et l'impavidité qui, pour Néset, collaient si bien à sa peau.

— Ne t'inquiète pas à son sujet, fit-elle à sa mère qui reprenait ses esprits. Dès que je pourrai le faire, je tirerai Mina des sales griffes de Mérath et je réunirai l'argent nécessaire pour la marier décemment.

Vaincue sur ce point, Thouéris soupira.

— C'est une chance au moins que Mérath ne la batte pas.

Elle saisit la main de sa fille et reprit d'un air las :

— Ah ! Si ton frère pouvait revenir !

Néset observa le visage de sa mère. Il reprenait des couleurs et un peu d'assurance. Ses yeux noirs allongés, enfouis dans une multitude de petites rides, n'étaient pas aussi pétillants qu'autrefois. Mais il lui restait un sourire doux et tranquille qui éclairait encore son visage lorsqu'il n'était ni agité ni troublé.

— Sénitou n'osait pas toucher Mina quand il était là, poursuivit-elle. Dès que Sorenth est parti, il a cherché à la violer et comme je m'y opposais, il a voulu s'en débarrasser comme d'un paquet de vieux linge sale. Néset, je t'en prie, il faut la tirer de là. Toi seule peux le faire. Tes clients sont des nobles de Thèbes. Ils ont de l'influence, de la puissance, des amis et des connaissances.

— Et moi, je te dis qu'elle n'est pas faite pour cela.

— Faut-il donc attendre le retour de Sorenth ?

— Et pourquoi reviendrait-il ? Il ne supporte pas ton odieux mari et, par tous les dieux de Seth, soupira la jeune fille, je le comprends fort bien.

— Alors, comment peut-il aider Mina, s'il ne revient pas ?

Néset préféra ne pas dire à sa mère qu'elle savait où le trouver. De toute façon, que pouvait-il faire pour sa sœur dans son repaire de Coptos ? C'était pour une tout autre affaire qu'elle devait voir Sorenth et un faux pas de sa part pouvait tout faire basculer.

— Ne t'inquiète pas. Le temps venu, nous trouverons un gentil paysan pour elle. Un agriculteur qui lui assurera gîte et repas. Elle pourra même te donner de l'orge et des légumes et tu n'auras plus à les quémander à droite et à gauche.

Elles quittèrent enfin la cabane et marchèrent dans les ruelles, à l'abri du soleil. À cette heure chaude de la journée, hommes, femmes et enfants se reposaient à l'ombre.

— Menkef peut-il te céder un âne pour deux débens ?

— Je pense que oui, il gardera la mule qui est jeune et agile et me laissera le vieil âne qui peut servir encore.

— Alors, nous ne lui donnerons qu'un dében. Gardons les autres pour acheter du blé et de l'huile en quantité suffisante pour que tu puisses attendre mon prochain passage.

— Quand reviendras-tu ?

— Hélas, dans deux ou trois saisons, car je vais quitter Thèbes pour un certain temps. Mais ne crains rien, ajouta-t-elle en riant, nous allons revenir avec l'âne chargé comme il ne l'a jamais été.

Puis, rieuse, elle détacha les bracelets d'argent qu'elle avait autour du coude et les tendit à sa mère.

— Tu en donneras un ou deux à Mina. Les autres serviront pour t'acheter une oie.

Elles arrivaient au bout du village, chez le vieux Menkef qui, autrefois, avait été l'ami du père de Néset et de ses frères et sœurs. Mort alors que Mina n'avait que quelques mois, laissant Thouéris dans la douleur, car il avait été bon mari et bon père, Menkef avait un peu veillé sur les enfants de la veuve. Mais l'arrivée de Sénitou avait rompu leurs fréquentes relations.

Néset, alors âgée de seize ans, avait très vite fui son beau-père et, quelques années plus tard, Sorenth avait suivi son exemple, laissant leur mère et la petite Mina essuyer les fréquentes violences de Sénitou.

Sage, fidèle, compréhensif, tolérant, le vieux Menkef n'avait qu'un défaut : il était avare et ne donnait rien, même à son amie Thouéris, sans qu'une besogne ne vînt payer ce qu'elle emportait.

Aussi trayait-elle le lait de la chèvre quand il lui en laissait un pot, pilait-elle tout son grain pour qu'elle en ait une ou deux poignées, arrosait-elle laitues, radis et concombres en attachant sur ses épaules la barre transversale qui reliait les deux seaux pour gagner quelques salades ou autres légumes.

En fait, le vieux Menkef rageait à l'idée que Thouéris ait pu préférer ce bellâtre, ce vaurien de Sénitou quand lui, le vieil ami, aurait pu le remplacer si avantageusement. Que les dieux étaient parfois injustes dans les faveurs qu'ils accordaient aux humains ! Mais alors, pour Thouéris qui n'avait que trente-six ans et dont les formes pulpeuses étaient encore avenantes, le fidèle Menkef n'était ni beau ni jeune.

Elles arrivèrent chez lui alors que le soleil était en plein zénith. Celui-ci dormait sous l'ombrage d'un gros sycomore où poussaient quelques herbes que broutait une chèvre blanche.

Au loin, ce n'était que cailloux et terre séchée. Il fallait marcher plus d'une heure pour atteindre les maigres jardins qui bordaient le désert, là où un petit bras du Nil osait s'aventurer dans la rocaille.

Le jardin de Menkef se tenait à l'arrière de sa maison. Ce n'était qu'un minuscule carré de verdure qu'il avait réussi à imposer, sur cette terre sèche et désertique, à force de travail et de fréquents arrosages.

L'arrivée des deux femmes troubla son sommeil et il ouvrit les yeux. Menkef avait soixante-quatre ans, mais il avait tant besogné qu'il en paraissait presque quatre-vingts. Cependant, il gardait bon pied bon œil et, bien que parcimonieux, il mangeait et buvait à sa faim.

— Néset ! Ma fille, s'étonna-t-il. C'est bien de venir voir ta mère. Quelles nouvelles apportes-tu dans notre misérable quartier ? Cette expédition d'Hatchepsout va-t-elle enfin démarrer ?

— Peu nous importe les affaires du royaume, rétorqua aussitôt Thouéris. Nous venons te proposer un marché.

— Un marché ? Ta fille est-elle en cause ?

— Trois débens contre ton vieil âne, un baril d'huile et un autre d'orge, attaqua précipitamment Néset.

— Quatre débens, jeta le vieil homme en plissant ses yeux qu'on ne voyait même plus tant les rides sillonnaient son visage.

— Trois, rétorqua Néset et un cercle d'argent.

Thouéris s'empressa de présenter le bracelet à Menkef. Il était mince, mais d'un beau métal gris et brillant. Le vieil homme le saisit et l'inspecta, le tournant entre ses doigts noueux.

— Deux anneaux d'argent, répliqua-t-il.

— Alors, ajoute trois pots de miel et des fromages de chèvre.

Le vieux plissa ses yeux déjà invisibles dans son visage tanné comme celui d'un vieil hippopotame. Son crâne était rasé, ce qui accentuait les plis profonds qu'il portait sur le front.

— As-tu un troisième bracelet ?

— Seulement si tu donnes dix mesures de poissons séchés et dix mesures de fèves. Et je t'en offre un quatrième, le dernier, celui qui est tout ciselé, si tu laisses ma mère emporter une oie.

— Eh là ! fit le vieux Menkef en riant, c'est que je n'ai qu'une oie.

— Tu pourras en acheter une autre. Tu sais bien que ma mère ne peut garder d'argent chez elle sans que ce vaurien ne le dépense en boisson.

— Néset ! reprocha Thouéris.

— Ta fille a raison. Si tu n'avais pas épousé cette canaille, tu ne serais pas dans l'embarras.

Il brandit son doigt aux phalanges tordues et à l'ongle noirci vers la mère de Néset.

— Ne viendras-tu plus travailler chez moi après toutes ces acquisitions ?

Thouéris haussa les épaules.

— Tu sais bien que je serai toujours là pour t'aider, fit-elle d'un air las. Ces provisions ne seront pas éternelles.

Soulagé, Menkef soupira. Allons ! Il n'était pas si avare qu'on le criait sur tous les toits du quartier et ses maigres biens étaient encore assez substantiels pour qu'il puisse jouer le débonnaire.

— Prends aussi un panier de coings et des gousses d'ail. Je t'en fais cadeau pour montrer à ta fille que je suis meilleur bougre que ton ivrogne d'époux qui te laisse sans ressources.

⁂

La taverne de Min s'éclairait de quelques lampes à huile qui diffusaient une pâle clarté tout autour des tables. Les lueurs vacillaient, ocrées et silencieuses, dessinant sur les murs blanchis à la chaux de curieuses formes sombres et mouvantes.

Personne n'était encore arrivé à l'exception de deux hommes qui paraissaient perdus dans leurs pensées. Mais lorsque Néset passa la porte d'entrée, ils la regardèrent et leur visage s'éclaira, comme s'ils étaient dans l'expectative. Pourtant, ils ne bougèrent pas et attendirent qu'elle vînt à eux.

La fumée n'avait pas encore obstrué la salle, mais tout à l'heure, lorsque les premiers clients auraient commencé à consommer vins et bières, les vapeurs opaques mêlées aux relents d'alcool entameraient la quiétude qui, pour l'instant, planait dans la grande salle.

Néset tourna son regard vers le fond de la pièce, là où passé la porte de communication, chaque salle débouchait sur une autre : cinq pièces se suivaient ainsi. Elle les avait tant de fois occupées, respectant les jours et les horaires qu'on lui imposait, qu'elle en connaissait les moindres recoins.

À présent qu'elle travaillait pour elle-même, ce genre d'obligations ne la préoccupait plus. Mais, dieu de Seth ! Qu'il fallait s'investir et garder la tête froide pour réussir une telle affaire, laquelle devait lui apporter outre les plaisirs du voyage, la satisfaction d'espionner dans le sillage direct d'Hatchepsout !

La « Taverne de Min » que dirigeait Nakht depuis quelques années avait été installée confortablement avec des finances dont l'origine restait trouble. On disait que Nakht avait trempé dans une affaire de pillage de tombes, mais que rusé, habile et suffisamment réfléchi pour ne pas attirer l'attention de la police, il ne s'était jamais fait prendre.

L'auberge était un bel établissement carré, cossu, avec un toit en terrasse où Nakht faisait sécher et confire tous ses fruits, lesquels étaient les plus parfumés et les meilleurs de Thèbes. On venait de la proche province pour lui en acheter et, un jour, curieux de cette renommée qui s'étendait jusqu'à Denderah et même Hermopolis, le harem du pharaon lui avait passé commande. Depuis, Nakht était resté le fournisseur du palais.

Une vigne aux raisins dorés courait tout le long des murs extérieurs. Les grappes serrées mûrissaient au soleil dans un feuillage qui rougissait juste après la saison du chemou.

Le temps venu, des enfants que Nakht employait cueillaient les grappes et foulaient de leurs pieds les grains mûrs dans une immense cuve qui dégageait des effluves enivrants.

Puis, le jus était versé dans de grandes jarres d'argile après qu'on y eut ajouté de l'anis et du genièvre, parfois des graines d'origan ou de jujubier. On laissait le tout s'affiner en attendant le jour où Nakht, y mêlant un peu de miel, le faisait goûter à ses clients.

L'auberge était reconnue pour son sérieux et le soin qu'elle mettait à satisfaire ses hôtes, surtout lorsqu'un grand dignitaire venait y passer quelques moments de plaisir.

À la « Taverne de Min », jamais encore un consommateur ne s'était plaint. Les vins riches et capiteux, les filles réputées pour leur esprit et leur silhouette aussi resplendissante que l'astre solaire, les chambres spacieuses, parfumées, agréables, formaient un tout que Nakht savait diriger fort habilement.

Méfiante envers les échoppes de la ville, la police de Néhésy toujours à l'affût de quelques illégalités entraînant un irrespect de la loi les surveillait étroitement. Mais, jamais encore la « Taverne de Min », depuis son ouverture, n'avait suscité le moindre soupçon.

Les clients venaient y boire un excellent vin rouge que Nakht faisait venir de Magahrah, au nord de la mer Rouge. Et comme le commerce des prostituées était toléré en Égypte, Nakht ne craignait rien sur ce point. Quand les scribes collecteurs passaient, il s'acquittait sans broncher de l'impôt qu'il redevait à l'État, même s'il était plus conséquent qu'il n'aurait dû être.

L'aubergiste passa un linge sur son visage épais. Son front était embué de sueur tant la chaleur du soir tombait lourdement sur la ville. À cette heure tardive, le port s'activait encore. Toute cette agitation engendrée par le proche départ de l'expédition d'Hatchepsout perturbait les habitudes des Thébains.

Charpentiers, cordiers et dockers n'avaient pas encore quitté le chantier. Marins et autres hommes d'équipage ajustaient les voiles, les drisses, les cordes et les câbles.

Ce soir-là, à la « Taverne de Min » une affaire étrange pesait et l'atmosphère semblait un peu lourde, chargée du poids du dieu Seth qui n'apportait qu'ennuis et difficultés.

Mais Nakht n'entrait jamais dans les complots qui se tramaient à l'arrière de ses salles les plus renfoncées et les conflits s'étouffaient, grâce au barrage que faisaient les musiciens installés dans la pièce qui jouxtait la salle principale.

Nakht ne posait aucune question indiscrète. Il se contentait de juger d'un regard avisé celui qu'il n'avait jamais vu. Et, ce soir-là, les deux hommes qu'il ne connaissait pas lui paraissaient des clients fort acceptables.

L'un d'eux ne portait pas de perruque. Ses cheveux drus, noirs et frisés lui tombaient au ras du cou, lequel était aussi carré que celui d'un taureau. Son buste dénudé laissait sa peau briller d'une huile dont une servante avait dû l'enduire avant son départ.

L'autre était vêtu d'un pagne long, blanc et tissé dans un lin suffisamment fin pour que l'on puisse détecter un personnage influent.

La perruque qu'il portait était coupée au carré comme celle des scribes de Thèbes. Il buvait à petits coups rapides, les lèvres touchant à peine le bord de sa chope. Ses mains étaient fines et le soin évident qu'il avait apporté à la propreté de ses ongles révélait aussi un hôte de marque.

Enfin, l'homme au pagne long se leva quand Néset fut près de lui.

— Je te présente Kiffit. C'est l'homme que j'ai choisi pour ta mission. Il n'est pas scribe et ses excellentes manières peuvent tromper le plus méfiant des policiers. Il connaît toutes les escales que les vaisseaux de l'expédition vont faire tout au long de Thèbes à Memphis. Il sait où se trouve chaque point de contact, chaque relais dont nous aurons besoin pour discuter et il est en mesure de discerner les failles qui pourraient surgir.

Néset fixait Kiffit avec un réel intérêt. L'homme était séduisant, charmeur, une moue un peu méprisante au coin des lèvres qui, cependant, se relevait à chacun de ses sourires, faisant naître une fossette au bas de ses joues creuses.

Après ce premier examen silencieux, ce fut Kiffit qui observa la jeune fille. Elle avait un visage gracieux, une bouche pulpeuse et des yeux impudiques, mais terriblement séduisants.

Puis, il fixa d'un regard connaisseur sa silhouette élancée, dissimulée savamment sous un fourreau à demi transparent qui ne cachait nullement ses formes.

Facilement blasée sur ce genre de test, Néset avait observé Kiffit sans aucune faiblesse de jugement. Elle admit aisément que son corps paraissait aussi séduisant que son visage. Il avait passé sur ses bras et ses cuisses un onguent parfumé qui excitait les narines. Néset détecta un encens citronné auquel devait s'ajouter un peu de jasmin et de térébinthe.

Quant à la minceur de sa taille, Néset avait remarqué lorsqu'il s'était levé qu'elle tranchait avec la largeur de son buste et de ses épaules. Ce qui lui donnait une allure dégagée, sportive, presque athlétique.

Quand Némen vit qu'ils s'étaient suffisamment détaillés l'un et l'autre, il sut qu'ils deviendraient complices bien au-delà de l'affectation de leur besogne. Mais il connaissait suffisamment Néset pour savoir qu'avec elle, les moments de plaisirs ne gâchaient jamais ceux du travail.

Nakht attendait ses clients derrière une longue table qui constituait son bar, les chopes en grès s'y alignaient, serrées les unes contre les autres. Sur le sol de terre battue, des barils de bière fraîche étaient posés, mêlés à des caisses emplies de fruits séchés.

Dans quelque temps les premières mesures des flûtes et des petits tambours accentueraient la bonne humeur de la soirée. Sans doute, se mêleraient-elles aussi aux sons des grelots, des sistres et des hautbois.

— Nakht ! jeta Némen en regardant l'aubergiste, nous avons à discuter et ne pouvons rester ici où chaque oreille indiscrète peut surprendre nos paroles.

Le tenancier fit un geste compréhensif et leur fit signe de les suivre. C'était un gros homme à double menton, double ventre et peut-être aussi double vue, car il remarqua aussitôt la fine chaînette que Néset avait passée à la cheville de son pied et qui indiquait que nul homme, ce soir, ne ferait son affaire.

Nakht les précéda, ondulant des hanches, balançant sa taille, faisant virevolter ses bras dans l'espace. Quand il marchait, on pouvait croire qu'il dansait, tant il remuait son corps malgré l'embonpoint qu'il entretenait à coups de viandes farcies, de gâteaux au miel et de fruits confits.

Néset, Kiffit et Némen le suivirent sans un mot.

La salle qui faisait suite était séparée par une alcôve d'où tombaient des tentures colorées. Néset reconnut le sofa d'osier où, tant de fois, elle avait pris place, attendant nonchalamment le bon plaisir de son partenaire.

La pièce recelait une forte odeur de myrrhe et d'encens, un peu trop suffocante à son goût, mais elle ne fit aucun commentaire qui eût fait référence à ses passages d'antan quand les effluves d'encens lui paraissaient moins agressifs.

Quelques tables basses disséminées çà et là, à côté desquelles plusieurs nattes tressées se dissimulaient sous des coussins moelleux, invitaient les couples à s'étendre.

Un large paravent tressé d'ajoncs, et dont chaque montant était en fibre de papyrus décoré d'oiseaux et de fleurs, séparait les tables. Les couples allongés ne pouvaient donc ni se reconnaître ni se voir. Quant à s'entendre, ce n'était guère évident, vu la musique qui devait étouffer les mots et les rires les plus hauts.

Bientôt, une odeur de jasmin effaça celle de l'encens, et les narines délicates de Néset en furent satisfaites. Le parfum se faisait plus subtil à mesure qu'on avançait vers les pièces reculées et s'amalgamait savamment à celui des vins fins et des huiles diverses dont les pots traînaient au sol.

— Tu ne vas pas nous installer là, Nakht, fit Némen à l'aubergiste. Nous sommes encore trop près de tes clients.

D'un geste onctueux, souple et d'une envolée majestueuse de la main qui signifiait l'accord, il les fit entrer dans la salle suivante. C'était la dernière, la plus étroite et la plus sombre. Y brillait la faible lueur d'une torche allumée.

Enfin, Némen et Kiffit parurent satisfaits. Quand la pénombre s'accorda à leurs yeux, ils distinguèrent des sièges bas, des palmes pour s'éventer et deux tables allongées sur lesquelles boissons fraîches, pâtisseries et fruits étaient disposés.

— Tu savais donc que nous viendrions ici, railla Némen en glissant son regard sur les mets froids arrangés avec un art extrême.

Nakht se courba.

— Seigneur, je comprends tout et je prévois tout.

Néset restait silencieuse. Quelques instants, elle revint en arrière, bien qu'elle refusât toujours de s'adonner à cet exercice qui faisait jouer sa mémoire sur sa vie passée.

Son dernier passage dans cette pièce datait du temps où deux jeunes nobles de Thèbes l'avaient enrôlée pour dérober un enfant à sa nourrice alors que la mère, haut dignitaire du palais, était partie en mission pour visiter une mine d'or aux frontières nubiennes [1].

Il est vrai que Néset s'attachait plus volontiers à détruire le destin privilégié des femmes que celui des hommes dont elle se servait amplement pour réussir. Pourtant, lorsqu'il fallait en déstabiliser un, parce qu'elle était payée par un autre, elle ne reculait devant rien.

Mais, pour en revenir aux femmes, celles dont le sang était noble, celles qui n'avaient manqué ni d'eau ni de blé, celles qui ne connaissaient pas l'angoisse de la mort parce qu'une tombe attendait leur vie éternelle, Néset était insensible, intolérante, féroce.

Furieuse que les dieux ne lui aient pas accordé une naissance plus élevée, elle s'en prenait à elles, comme un boucher à ses quartiers de viande.

Néset n'avait vraiment de sentiment que pour sa mère et sa sœur. Elle les trouvait si vulnérables dans leur désarroi qu'elle eût voulu les combler comme Hathor aurait dû le faire pour elle-même. Mais la déesse en avait exaucé d'autres et la jeune fille restait sur sa rancœur en attendant que la chance se tourne véritablement vers elle.

En se remémorant le rapt d'enfant qu'autrefois elle avait organisé, aucun frisson de regret ne parcourut sa peau veloutée à l'idée que c'était la même femme, celle à qui la fillette avait été volée, qui faisait l'objet, aujourd'hui, de sa mission.

Dans un instant, Némen et Kiffit lui demanderaient froidement de neutraliser Séchat la scribe, l'Intendante des Potiers de Thèbes qui s'était distinguée lors d'une révolte des artisans qu'elle avait su étouffer.

Un sourire ambigu vint fleurir sur les lèvres de la jeune fille. Elle préférait la complication à une affaire banale. Et, cette fois-ci, le cas allait lui résister, comme au temps où l'Intendant du Harem lui avait demandé de déstabiliser le Grand Prêtre d'Amon pour écarter du temple le fidèle conseiller d'Hatchepsout.

— Nakht, c'est parfait, fit Némen d'une voix satisfaite, cette pièce me paraît acceptable. Nous allons nous y installer.

1. *Op. cit.*

Néset revint à elle. Ses compagnons l'observaient. Elle ne parut guère gênée par l'œil allumé qu'ils dirigeaient sur elle. Ses charmes en troublaient plus d'un et elle ne craignait pas la provocation.

Sa coiffure était simple et retombait sur son dos en nappe sombre et soyeuse, ce qui lui donnait un air d'extrême jeunesse assez paradoxal avec l'agressivité de son immense gorgerin de perles et de turquoises qui entourait son cou et qui retombait sur ses seins nus.

— Allons, fit Némen à Kiffit, raconte à Néset comment s'organise la vie sur un vaisseau. Il faut qu'elle connaisse tout dans les moindres détails pour mieux s'y faufiler.

⁂

Thouty habitait de l'autre côté du débarcadère, sur les berges du Nil. Là où les dernières résidences plantaient leurs arbres séculaires et leurs murs d'enceinte qui les cachaient des regards indiscrets.

À cette heure, le port de Thèbes grouillait d'une agitation intense.

Des soldats patrouillaient en permanence, le javelot en main, levant d'un coup sec leurs pieds chaussés de sandales en fibre de papyrus. Ils avaient le torse ceint d'une armure en cuir d'hippopotame, tannée aussi dur qu'un bois de sycomore et la tête surmontée d'un casque où deux ailes de faucon se dépliaient comme en plein vol.

Sur le quai, des scribes s'affairaient. Occupés à transcrire le dernier rapport qui devait renseigner le garde-chef du port de Thèbes, un petit homme aux yeux rouges et au visage racorni comme celui d'un macaque, ils s'efforçaient de n'oublier aucun détail dont chacun, à leurs yeux, avait une importance.

Le garde-chef en référait ensuite à son supérieur hiérarchique, le Grand Intendant du port de la ville. Ses propres scribes reprenaient scrupuleusement le rapport qui devait informer les services de Néhésy, le chef de toutes les polices.

Marchandises, cageots de fruits et légumes, fûts de bière, jarres d'huile avaient été déchargés depuis longtemps. Dans les ruelles étroites et avoisinantes, les auberges commençaient à s'ouvrir, laissant l'air et le soleil pénétrer dans les obscures pièces qui restaient fermées la nuit entière.

Les chalands qui devaient livrer leurs marchandises à Coptos ou à Memphis passaient lentement sur la surface d'un fleuve qui s'éveillait aux multiples bruits du soir. Voiles gonflées, emportées par un vent nocturne qui rafraîchissait les corps chauffés par le soleil de la journée, ils étaient si lourds qu'ils enfonçaient leur cale dans l'eau profonde et sombre du Nil.

De l'autre côté de l'embarcadère, derrière les chantiers navals où les bateaux en construction s'alignaient, la maison de Thouty était l'une des plus belles de Thèbes.

Cachés par les multiples terrasses en gradins, derrière un sombre mur de verdure, les hauts sycomores s'élançaient dans un ciel qui pointait le dard lumineux de ses premiers rayons.

Toute une forêt d'arbres et de fleurs développait ses effluves que le vent de l'aube emportait jusqu'aux abords du fleuve qui, face à la maison, descendait en pente douce.

Entre les bosquets de papyrus qui abritaient des grues cendrées, des ibis au bec rouge, des oies cahotantes et des passereaux aux plumages étranges, les figuiers, les tamaris et les grenadiers s'étendaient devant une immense palmeraie qui offrait un désert d'ombre et de verdure.

Sakmet s'approcha de la résidence. Il avait ce pas sec et rapide qu'ont tous les gens convaincus de leur autorité. Un peu en retrait, Séchat marchait, perdue dans sa réflexion. Il lui paraissait presque étrange d'être en la compagnie de ce grand gaillard, devenu marin par ambition. Ce garçon qu'elle avait rencontré, un jour, lorsqu'elle était adolescente et qu'elle se promenait sur le vaste domaine de son grand-père.

Sakmet n'était alors qu'un pauvre petit scribe, formé pour recenser les milliers de ballots de grains de blé qui entraient dans les gigantesques greniers qu'avait fait construire Nekbet, l'aïeul de Séchat, l'ancien vizir de Haute-Égypte.

Séchat s'arrêta, laissant Sakmet la devancer. Sa mémoire se confondait à présent avec les délicieuses senteurs des tamaris qui lui arrivaient aux narines. Au moment où elle avait connu Sakmet, elle n'était pas encore mariée à celui qu'elle avait appris, peu à peu, à oublier. Menkh, son tendre époux, mort glorieusement lors de la dernière expédition guerrière de Thoutmosis Ier dans le pays du Mitanni.

Séchat vit Néfret leur faire un signe. Elle soupira une dernière fois et s'avança. Sakmet se pencha vers elle, hésita à lui prendre la main. Il était incontestable qu'il cherchait à pénétrer dans cette maison avec une idée bien précise en tête. Celle de se prouver qu'il bénéficiait de quelques privilèges auprès d'une famille influente égyptienne.

Néfret se laissa prendre la main. Sakmet était un de ces hommes de la même trempe que Senenmout, abrupt, direct, issu d'un bas milieu social, et plus préoccupé par la réussite de ses entreprises que par ses charmes agissants qui, en l'occurrence, n'étaient certes pas inexistants.

Séchat fit une simple inclination du buste devant Néfret. Derrière elle, arrivait un homme dont la taille et la carrure dépassaient la hauteur normale. Ceux qui ne connaissaient pas Thouty voyaient à première vue que ce n'était pas un Égyptien de pure souche. Cet homme-là devait avoir du sang palestinien dans les veines. Certains disaient que, dans sa jeunesse, l'un de ses aïeuls était venu de Jérusalem pour s'installer en Égypte et y faire du commerce.

Son visage était à la fois rouge et basané. Ses cheveux ni noirs ni blonds se teintaient curieusement d'un roux clair, comme la coque des amandes lorsqu'elles tombent mûres de leurs branches. Et bien entendu, Thouty ne portait aucune perruque pour en dissimuler l'étrangeté, pas plus qu'il ne portait de pagne blanc. Il se vêtait de longues tuniques bariolées de vives couleurs, faites dans de luxueuses étoffes provenant des pays du Nord.

L'homme aurait été un pauvre cultivateur ou un simple artisan, sans doute aurait-il subi honte et aversion du peuple égyptien et ces anomalies l'eussent plus desservi qu'aidé.

Mais Thouty était l'un des plus riches et des plus influents personnages de Thèbes et, peut-être même, de l'Égypte entière.

Parfait marin, aussi solide de corps que d'esprit, l'armateur ne se laissait que rarement séduire par ceux qui l'approchaient et, apparemment, Sakmet semblait avoir fait partie de ceux-là. Il suffisait à Séchat de voir la cordiale entente entre les deux hommes pour se rendre compte de l'évidente amitié nouée récemment entre eux.

Néanmoins, Sakmet se sentait redevable envers Thouty, car si l'armateur connaissait à fond les problèmes de la navigation fluviale, il n'ignorait nullement ceux de la navigation maritime. Et, dans ce domaine, Sakmet avait tout à apprendre.

Thouty était un vieux loup de mer. Chacun savait qu'il arpentait la Méditerranée comme il arpentait le Nil. Ayant la mainmise sur la plupart des grosses constructions navales égyptiennes, il lui avait été facile de convaincre la reine et son Intendant de la solidité et de la perfection de ses embarcations. La forte influence dont il jouissait en Égypte et dans les pays voisins avait, certes, fait le reste.

Séchat s'avança sur la première terrasse. Une fontaine de marbre rose écoulait une eau claire et parfumée. Néfret, moulée dans un long fourreau bleu, lui adressa un sourire de sympathie qu'elle ponctua d'une pointe charmeuse qu'elle savait doser à sa juste valeur.

Âgée de presque quarante ans, Néfret était incontestablement restée une très belle femme dont la grâce et la bonne humeur allaient toujours au-devant de l'invité comme un geste naturel, bienveillant, généreux.

— Séchat, nous avons maintes fois entendu parler de toi, dit-elle en signe de bienvenue pendant que son époux saluait Sakmet.

D'un œil averti et connaisseur que, pesamment, il avait jeté en coulisse vers la jeune femme tout en saluant Sakmet, Thouty avait jaugé Séchat. Il s'approcha d'elle en élevant les bras au ciel et en s'exclamant d'une voix forte :

— Belle, jeune, intelligente et hardie ! dit-on en parlant de toi. Aurais-tu, Grande Séchat, le désir d'apprendre à manier le gouvernail pour nous accompagner au Pount ?

— Je sais déjà tenir le gouvernail d'une petite embarcation, dit Séchat en riant. Cela dit, Grand Thouty, rien ne s'oppose à ce que vous m'appreniez à tenir celui d'un grand navire.

Il abaissa ses bras et tendit ses deux mains, paumes ouvertes.

— Qui ne connaît tes multiples compétences ? Il paraît que tu tiens aussi bien les rênes de tes chevaux lorsque tu es debout sur ton char.

— C'est exact.

Thouty se mit à rire bruyamment et prit les mains de la jeune femme.

— Je suis d'un naturel ironique, moqueur. Mais, par tous les dieux d'Amon ! Questionne mon épouse qui me supporte depuis vingt ans. Elle te dira que je ne suis ni méchant ni vindicatif et si parfois...

Néfret l'interrompit d'un grand éclat de rire. Un joyeux tintement frais et cristallin qui sortait du fond de sa gorge, qu'elle avait blanche et recouverte, ce matin-là, d'un large collier de cornaline.

C'est donc sur un ton de bonne humeur qu'ils abordèrent la seconde terrasse, celle qu'éclairaient les lueurs naissantes du jour.

Néfret frappa dans ses mains. Quatre servantes nubiles apparurent.

— L'eau vive rafraîchira vos mains et vos pieds. La chaleur est toujours excessive à ces heures naissantes.

L'une des jeunes servantes glissa un œil de velours sur Sakmet qui ne broncha pas. Elle s'appliqua pourtant à dérouler devant lui sa sinueuse habileté pour l'entraîner, puis l'installer sur le sofa d'osier qui, l'on supposait, attendait toujours le visiteur inopiné en cette fraîche et agréable demeure.

Elle portait une large ceinture argentée autour des reins. Deux pans en tombaient, cachant le minimum de son corps qui s'allongeait nonchalamment sur deux jambes aux mollets parfaitement galbés et aux pieds nus que des orteils aux ongles rouges venaient gaiement distraire.

Une autre servante, plus jeune encore, aux allures d'adolescente à peine pubère, vint lui tendre un drap de bain et un flacon d'onguents. Elle avait cet air à la fois mutin et puéril qu'ont les fillettes lorsqu'elles quittent le monde de l'enfance.

Une autre, enfin, s'occupa de Séchat et la fit asseoir sur un siège bas, en fibres de papyrus, décoré de fleurs et d'oiseaux.

Sakmet et Séchat apprécièrent aussitôt le calme de la terrasse ombragée. D'une petite fontaine, coulait une eau bleutée parfumée au jasmin et, pendant que la maîtresse de maison était partie aux cuisines pour se préoccuper du repas qu'elle offrirait à ses hôtes, les servantes entreprirent de dénouer leurs sandales.

Elles emplirent une grande coupelle de cette eau fraîche et en firent couler un délicieux filet sur leurs pieds et sur leurs mains pendant que Thouty assistait jovialement à cet échange de bonne courtoisie. Un préambule de délassement qui ne se pratiquait que dans la haute société.

Séchat sentit en elle un bien-être extrême. Cette maison lui rappelait celle de son beau-père, le grand architecte Inéni, mort peu de temps après la disparition de son fils.

Le pauvre homme, que Séchat avait tant admiré pour la hardiesse de ses grands travaux royaux, ne s'était jamais remis depuis qu'il avait entendu de la bouche même de Néhésy que Menkh n'était pas revenu de la bataille du Mitanni. Déjà, la mort de son vieil ami le pharaon, le premier des Thoutmosis, l'avait fortement ébranlé. Puis, quelques mois plus tard, la disparition de sa petite-fille odieusement kidnappée à Bouhen avait achevé le vieil homme.

Séchat posa ses yeux sur la grande terrasse qui laissait filtrer les lueurs bleutées d'un matin chaud et sec. Oui ! Cette vaste villa ressemblait à celle du père de son défunt époux.

C'était le genre de grande maison thébaine, construite en dehors de la ville, sur le bord du fleuve, un style de maison à la fois rurale et citadine, possédant tout le confort d'un petit palais et l'agrément d'une étendue de verdure que seule la campagne peut apporter.

Séchat regarda le filet d'eau parfumée qui coulait sur ses pieds. Une odeur forte de jasmin arrivait jusqu'à elle.

Elle jeta les yeux sur l'adolescente. C'était une fillette de dix ans environ, les cheveux noirs tressés, le visage rond et plein. Une ceinture blanche lui couvrait les hanches. Le reste était nu, doré, pulpeux. Ses jeunes seins à peine formés offraient une petite aréole rose au regard des invités.

Lorsqu'elle jugea les pieds de Séchat suffisamment rafraîchis, elle les essuya, puis les massa soigneusement avec l'huile embaumée que lui tendait l'autre jeune fille qui venait d'en finir avec Sakmet.

Revenue de ses cuisines, Néfret observait avec plaisir cet agréable spectacle que seule une maison riche et noble pouvait offrir à ses invités.

— Passons à côté, voulez-vous, fit-elle d'un ton satisfait lorsqu'elle eut remarqué que ses invités paraissaient pleinement détendus. Vous prendrez bien, l'un et l'autre, une collation de fruits, de gâteaux et de vins frais.

S'attablant en un lieu tout aussi ombragé où de grandes plumes s'agitaient au-dessus de leurs têtes pour distribuer une fraîcheur bénéfique, Néfret frappa encore dans ses mains. Une nuée d'autres servantes arrivèrent, apportant plats et coupelles de fruits séchés, de pâtisseries au miel, de raisins et de grenades.

Ces jeunes filles-là semblaient plus âgées, plus habituées aussi. Leur regard était audacieux et n'hésitait pas à se poser sur celui des hommes qui acceptaient volontiers de le soutenir.

L'une d'elles, au visage bruni marqué d'un fort métissage qu'une chevelure crépue et dense ne pouvait démentir, déposa une cruche de lait arrosé de miel devant Sakmet.

Elle était aussi peu vêtue que ses compagnes, mais portait un gorgerin suspendu à son cou qui tombait sur sa poitrine dont il ne couvrait qu'à peine les pointes frémissantes et brunes. Lorsqu'elle posa ses yeux hardis et désinvoltes dans le regard brun de Sakmet, celui-ci les détourna brusquement.

Grenades, raisins, pâtes d'amandes et gâteaux de miel recouvrirent en quelques secondes les tables basses disposées devant les invités.

— Nous ne pourrons pas embarquer demain, jeta soudain Thouty. L'appareillage n'est pas fonctionnellement prêt.

— Je sais, rétorqua Sakmet. Les équipes sont lasses et ralentissent leur travail. Pourtant, je les ai copieusement nourries et le repos qu'elles ont pris était suffisant pour qu'elles puissent accroître le rendement.

— Ne les as-tu pas un peu malmenées ? reprit Thouty. Ces équipes ne sont guère habituées à travailler sur un navire.

Saisissant une grenade mûre à point, Séchat répliqua :

— C'est une pénible besogne que d'avoir à monter de lourdes charges sur un bateau qui tangue sans arrêt.

— Pas plus que de travailler au fond d'une carrière étouffante, rétorqua Sakmet.

— Certes, fit Thouty, conciliant, et ces hommes-là n'ont encore rien vu.

— Et que vont-ils voir ? s'enquit Séchat.

— Ils auront à ramer durement par tous les temps, tous les vents, toutes les intempéries que l'océan leur offrira.

Il se tourna vers Séchat.

— N'as-tu jamais encore navigué sur la haute mer ?

— Non.

Néfret grignota une amande, puis se leva et passa un bras léger sur les épaules de Séchat.

— Vous allez vous y faire. La première fois que mon tendre époux m'a emportée sur ces monstrueuses vagues, sombres et effrayantes, aussi diaboliques que le pays de notre dieu Seth, je n'ai pas quitté ma cabine de huit jours. Puis, lasse d'attendre, j'ai glissé un œil inquiet, puis un pas timoré sur le pont et j'ai été saisie par la beauté de l'horizon, la masse bleue et mouvante, les côtes blanches de soleil. J'ai donc décidé de ne plus craindre ce genre de voyages. Tu t'y feras aussi, Séchat.

La regardant, Sakmet eut un sourire entendu. Il se tourna vers Thouty :

— Que dit la reine de ce retard imprévu ?

— Elle est sage et compréhensive. Elle préfère que nous retardions le départ de quelques jours, voire quelques semaines, plutôt que de prendre un mauvais risque dès le début du voyage.

Sakmet soupira, soulagé.

— Ces maudits esclaves ont décidément tout fait pour retarder.

— Je ne pense pas, souffla Séchat. Ils font leur besogne d'esclaves. N'es-tu jamais fatigué, toi, Sakmet, le nouveau commandant du quatrième navire de la flotte royale *L'Horus*, qui te déposera serein sur les riches terres du Pount ?

— Serein !

— Disons satisfait, admit Séchat en haussant l'épaule. Les esclaves, eux, ne peuvent plus jamais l'être. C'est un état d'esprit qu'on leur a ôté.

Puis, sans abandonner son idée, elle s'enquit d'un ton détaché :

— J'ai vu un homme soigner des blessés sur le pont. Qui était-ce ?

Néfret parut surprise, mais Thouty répondit.

— C'est Neb-Amon, un médecin du quartier pauvre de Thèbes.

— Neb-Amon ?

— Il paraîtrait, poursuivit Néfret, qu'il aurait vu la princesse Néférourê mourante. Mais, soignée par les médecins royaux, la reine ne lui aurait pas fait confiance. Cet homme descendait de trop basse extraction pour qu'on lui porte attention.

— Et alors ? ne put s'empêcher de questionner Séchat.

— Alors, il s'est trouvé que la princesse est morte et que le médecin de Thèbes a sauvé un garçonnet, fils d'artisan, qui éprouvait les mêmes symptômes.

— La reine ne s'est pas encore pardonné cette erreur de jugement. Elle se culpabilise à l'idée que ce médecin aurait peut-être pu sauver sa fille. Depuis, elle ordonne qu'il la suive dans tous ses déplacements. C'est ainsi qu'il fera partie de l'expédition.

Brusquement, Sakmet rompit le dialogue qui portait sur un personnage dont il refusait d'entendre énumérer les compétences. Visiblement, le tour de cette conversation lui déplaisait. Il préféra vanter à Séchat les effets bienheureux qu'allait lui procurer un océan magique et fascinant qu'il comptait bien lui faire découvrir en toute intimité.

Sakmet était ainsi. Il saisirait l'opportunité qui lui était offerte. S'il avait autrefois perdu Séchat, rencontrée inopinément dans un grenier à blé de Bouhen, ce n'était certes pas pour laisser glisser ailleurs la jeune veuve, alors que le destin devait la placer de longs mois près de lui.

D'autant plus que, désormais, il pouvait réaliser ce qu'il n'avait pu faire autrefois. Comment aurait-il pu courtiser, lui le pauvre et triste petit scribe, une aussi jolie fille, noble et riche de surcroît, qui ne désirait que l'aider dans son infortune ?

Sakmet eut un regard bref vers sa compagne. Elle conversait avec Néfret. Un instant, sa mémoire le ramena dans la cabane d'une sombre carrière désaffectée où, pour la seconde fois, il avait revu Séchat [1]. Prisonnière d'une bande de brigands qui convoitait le sceau de Thot que conservait son père, ligotée, bâillonnée à côté de Reshot, sa servante, il l'avait sauvée d'une mort probable.

Sakmet soupira en s'attardant un instant encore sur leur troisième rencontre. Mais elle était alors trop empreinte de son

1. *Op. cit.*

récent veuvage et, surtout, elle ne pensait qu'à sa fille volée par une équipe de malfaiteurs peu scrupuleux de la douleur d'une mère.

Et, pour la troisième fois, Sakmet avait dû s'incliner.

Certes, à présent, il y avait un bruit qui courait sur elle, répercutant que le Grand Vizir de Haute-Égypte, Djéhouty, l'avait enfermée dans ses filets séducteurs.

Tous ces échecs étaient désormais vaincus. Ce long voyage ponctué d'heures interminables qu'ils passeraient ensemble sur le pont d'un navire, à terre ou sur le sol d'une région inconnue, arrivait à point pour les réunir.

Ce n'était pas un jeune médecin étranger qui, à présent, allait tout faire basculer.

⁂

Hatchepsout embrassa l'enfant sur le front.

— Ce voyage sera-t-il très long, ma tante ?

— Suffisamment pour qu'à mon retour, on te retrouve un peu plus grand.

Mérytrê regarda sa mère. Assise près du prince sur un fauteuil bas, vêtue d'une simple ceinture entourant ses reins et ses hanches, elle caressait une poupée de chiffon dont les yeux en pâte de verre étaient aussi noirs que les siens.

Sa mine était sombre et triste depuis que sa sœur aînée n'était plus là pour la faire rire, lui conter quelques histoires magiques de dieux et de déesses, pour jouer au crocodile ou au cheval articulé ou faire tourner sa toupie de bois rouge. Quand Mérytrê partait en promenade hors du palais, sa sœur ne tressait plus ses cheveux avec des fils d'or et des fleurs comme elle savait si bien le faire. Pas une nourrice n'avait la main aussi douce que Néférourê lorsqu'elle coiffait sa petite sœur.

Depuis que la jeune princesse avait quitté la terre des vivants, le jeune Thoutmosis semblait, lui aussi, déstabilisé et cherchait le moyen d'oublier la fillette par un désir excessif de provoquer ses compagnons aux jeux de combats. Tir à l'arc, lancer de javelots, courses de char, rien ne manquait pour apaiser les esprits bouillonnants et fougueux du prince.

Lorsque sa tante Hatchepsout lui avait expliqué avec toutes les formes de l'art, pour en amoindrir la dureté que, désormais, c'était Mérytrê qui plus tard devrait épouser sa condition de bâtard engendré par le dieu-pharaon, il avait seulement haussé le sourcil, mais n'avait rien rétorqué, sachant déjà qu'il ne pourrait gouverner qu'à cette seule condition.

Il se tourna vers Mérytrê qui triturait nerveusement sa poupée de chiffon et jeta sur elle un regard indifférent mêlé de mépris. Jamais il n'avait vu Néférourê jouer avec des poupées. Elle tirait plutôt des petits chevaux articulés ou des chars en miniature dont les roues faisaient avancer des soldats en bois qu'elle plaçait selon son bon plaisir.

Parfois, elle tirait à l'arc avec lui, rapportant sans cesse que sa mère, lorsqu'elle était jeune, avait appris cet exercice masculin et le maîtrisait aussi bien que les garçons de son âge.

Mérytrê ne savait que tenir ses poupées contre elle, les habiller, les coiffer, les gronder, les embrasser ou remplir des petits plats en terre cuite de friandises ou d'eau parfumée pour simuler avec elles la prise d'un repas.

Tout cela l'agaçait. Comment pourrait-il, un jour, unir son destin de pharaon avec cette pâle fillette toujours dans les jupes de ses nourrices ?

Il revint à sa tante.

— Au retour de ce voyage, me conterez-vous l'histoire des grands flots déchaînés ?

Mais Mérytrê avait beau rester morose et ressembler à une pâlichonne fillette, plus retenue et plus modeste que sa sœur disparue, elle ne pouvait supporter que son demi-frère vînt lui voler les instants que lui consacrait sa mère.

— Mère, me rapporterez-vous des jouets du Pount ? dit-elle à son tour.

— Bien plus que cela, Mérytrê, je te rapporterai du Pount des petits singes tout noirs. Ils sont, paraît-il, minuscules et savent jouer avec les enfants. Je sais que le pays en regorge. Et pour toi, Thoutmosis, je te ramènerai un couple de léopards et peut-être un javelot à manche en bois d'ébène.

Les enfants se regardèrent. La mine austère de Mérytrê se détendit. Hatchepsout caressa la joue satinée de sa fille.

« Néférourê, pensa-t-elle, serait venue se jeter dans mes bras, à l'idée qu'on lui rapporte des présents du Pount. Elle était si instinctive, si spontanée qu'aucun événement ne pouvait freiner son enthousiasme. »

De petite taille, sa fille cadette restait assez chétive, bien qu'elle ne soit jamais malade. Mais le teint pâle et le geste alangui, l'enfant rappelait à la mère cette sœur cadette qu'elle avait perdue dans sa jeunesse.

Fait étrange et que nul ne pouvait discuter, le dieu des morts avait exigé que ce soit son aînée, vive, exubérante, ouverte à la vie et aux plaisirs, peu encline à l'obéissance, mais hardie, autoritaire et courageuse, qui partît dans l'au-delà rejoindre le royaume éternel.

En exigeant d'elle cette cruelle séparation, les dieux avaient-ils manifesté un mécontentement ? Certes, elle ne pouvait le certifier, mais elle sentait qu'il fallait, désormais, leur apporter de nouvelles offrandes afin de calmer leurs désirs, peut-être même leur courroux.

Regrettaient-ils d'avoir posé une femme sur le siège du pharaon ? Une telle pensée faisait frémir Hatchepsout. Que les dieux vinssent à manifester leur désaccord et elle ne pèserait guère plus dans le plateau du destin de l'Égypte. Il lui fallait rapporter au plus vite des parfums et des encens qui les séduisent.

Kénit, la servante, s'approcha de la reine, tenant un linge frais et parfumé pour essuyer le visage et les mains de Mérytrê.

La fillette se laissa faire.

— Où est ta nourrice, Mérytrê ? questionna la reine. N'est-ce pas l'heure de ton bain ? Et toi, Thoutmosis, ne dois-tu pas aller rejoindre tes compagnons ?

— Si, ma tante ! Et je sais qu'ils m'attendent. Nous devons, nous aussi, préparer nos futures expéditions hors d'Égypte. Aborder chaque pays et en soupeser chaque détail. C'est pourquoi, je veux qu'on me rapporte, outre les léopards et le javelot que vous m'avez promis, tous les détails qui concernent ce pays du Pount.

— Vous n'avez rien à ordonner, prince, jeta une voix sèche dans son dos. Grandissez donc encore un peu avant d'énoncer vos désirs de conquête.

L'enfant et la reine se retournèrent brusquement. Senenmout était entré sans se faire annoncer. Hatchepsout marqua un geste de contrariété. Elle n'aimait pas que l'arrivée de son intendant la prenne ainsi au dépourvu. Où était donc Yaskat, sa fidèle suivante ?

Cependant, ne voulant pas le déconsidérer devant Thoutmosis, elle ne fit aucun commentaire et se contenta d'approuver la réflexion d'un hochement affirmatif de la tête.

La petite fille courut vers Senenmout, celui que chacun considérait, au palais, comme le tendre favori de sa mère. Elle s'arrêta juste devant lui, frôla de sa chétive silhouette le corps puissant de l'intendant puis levant le regard et haussant les pieds pour se grandir à ses yeux, demanda :

— Néférourê est-elle déjà partie au pays du Pount ?

Senenmout eut l'air embarrassé. Certes, Mérytrê n'était pas sa favorite et d'ailleurs personne n'ignorait comment il avait comblé de cadeaux et de caresses la fillette disparue.

Il se pencha sur l'enfant et lui prit la main.

— On te rapportera de très beaux coffrets d'ébène et tu pourras y déposer tous tes trésors. Mais je ne crois pas que Néférourê soit au Pount. Elle est dans des pays bien plus lointains encore.

— Le pays d'Osiris n'est donc pas le même que le pays du Pount ?

— Non, c'est une région bien différente.

— Qu'y fait-elle ?

Ce fut la reine qui interrompit Senenmout.

— Sans doute, prépare-t-elle ta place lorsque les dieux auront décidé que tu ailles la rejoindre.

— Même si c'est dans très longtemps ? Même si, un jour, tu es très vieille ?

La fillette vit que Thoutmosis haussait les épaules. Elle sentit qu'il désirait se venger de la remarque désobligeante que lui avait lancée, tout à l'heure, Senenmout au sujet de son âge. Chacun savait que l'adolescent n'était guère dans ses bonnes grâces. Ce qui, d'ailleurs, était réciproque.

Mais Thoutmosis ne répliqua rien, se contentant de regarder Senenmout avec froideur. Puis, s'inclinant devant sa tante, il déclara sans autre modestie :

— Vous reverrai-je avant votre départ, ma tante ?

— Non ! Thoutmosis, c'est là notre adieu.

— Alors, j'attends impatiemment votre retour. Et, puisque je dois grandir, lorsque vous reviendrez, je serai en âge d'assister aux assemblées d'État.

Le ton était suffisamment éloquent pour jeter le trouble dans l'esprit de la reine et de son conseiller.

Senenmout l'observa un instant. Il savait que si l'enfant avait eu quelques pouvoirs, il l'aurait exilé sans attendre, loin de Thèbes, peut-être même loin d'Égypte. Mais, Thoutmosis n'aurait jamais son mot à dire tant qu'Hatchepsout serait à ses côtés.

— Nous avons tout le temps pour y réfléchir, répondit la reine. Maintenant, va retrouver tes compagnons. Ils doivent t'attendre avec autant d'empressement que tu en as à les rejoindre.

Lorsqu'il fut parti, Senenmout s'approcha silencieusement de la reine et lui prit la main qu'il porta dévotement à ses lèvres.

— Pardonne-moi, ma bien-aimée souveraine, de ne pas avoir attendu que Yaskat m'annonce. Tu sais qu'elle ne m'aime guère et qu'elle aurait encore trouvé un prétexte pour retarder notre rencontre.

Hatchepsout sourit. Elle aimait que Senenmout s'abaissât parfois devant elle. Il le faisait si rarement avec autrui que c'était presque une jouissance de le voir ainsi contrit, inquiet et, surtout, peu sûr de lui. Senenmout le Grand, qui ne pliait devant personne.

Elle lui tendit ses lèvres. Mérytrê, qui sentait que la conversation ne tournerait plus en sa faveur, s'impatienta.

— Vous ne verrez plus Thoutmosis, Mère, mais…

— Je viendrai t'embrasser avant mon départ, coupa sa mère en se dégageant aussitôt de l'étreinte naissante de Senenmout. C'est promis.

Puis, elle s'approcha de sa fille et la serra contre elle.

— Je viendrai te souhaiter un dernier adieu. Et demain, si tu es accompagnée de tes nourrices, d'Horem, d'Antef et de toute la garde du palais, tu pourras venir sur le port de Thèbes pour voir les grands vaisseaux partir.

Enfin, Yaskat et les nourrices vinrent chercher l'enfant. Kény lui tenait la main. Elle croisa une dernière fois le regard de sa fille et vit une lueur d'inquiétude traverser ses grands yeux mélancoliques.

Souriante, elle lui fit bon visage et, de la main, esquissa un petit signe rassurant en la regardant s'éloigner.

— J'espère que, mariée à Thoutmosis, cette enfant ne sera pas trop soumise. J'ai si peur qu'il ne la relègue au harem et ne s'entoure de femmes plus hardies.

— Elle a ton sang, Majesté. Aux yeux de l'Égypte, elle sera toujours différente des autres femmes.

— Je le souhaite tant, Senen.

Elle s'allongea sur la couche aux épais coussins moelleux, détendit ses jambes, rehaussa le buste et laissa Senenmout lui retirer sa tunique.

— Profitons de cette longue nuit, Senen, car sur notre grand vaisseau, bien des yeux nous épieront, et sans doute n'aurons-nous que de brefs instants intimes.

Il vint s'allonger près d'elle. Elle se fit ronronnante, la bouche humide, l'œil libertin.

— Avant que nous nous perdions dans les profondeurs de notre longue nuit, fit-elle en se frottant contre lui, n'as-tu pas quelques propos sérieux à me tenir ? Dans ce cas, nous nous rattraperons dans quelques instants.

Déjà allongé sur elle, il se redressa vivement et passa un bras autour de ses épaules.

— Thouty refuse d'accoster à Quoser.

— Je m'en doutais. Sans doute a-t-il raison ?

— Je t'assure, ma souveraine maîtresse, chuchota-t-il à son oreille, que le trajet de Coptos au port de Quoser, qui se trouve directement sur la grande mer, nous ferait gagner un temps précieux.

— Senen ! objecta-t-elle aussitôt en dégageant ses jambes de celles de son compagnon qui les enserrait dans un geste quasi dominateur. Où est donc ton précieux temps s'il faut le perdre bêtement à traverser le désert et ensuite remonter pièce par pièce les cinq navires, sur le port de Quoser ?

— Et s'il faut chercher indéfiniment le chemin des flots qui nous mènent à cette mer, ne perdrons-nous pas un temps plus précieux encore ?

Elle se retourna, embrassa la bouche de Senenmout et cala son visage dans le creux de son épaule.

— Thouty est un vieux marin qui connaît son problème. Il faut le laisser agir à sa guise. Il nous mènera à bon port. Je le sais.

D'un mouvement négatif, Senenmout secoua la tête.

— S'il préfère aborder la grande mer par le delta, reprit la reine, c'est qu'il peut y arriver.

— C'est trop risqué.

— Rebâtir correctement les vaisseaux après une longue traversée dans le désert te paraît donc une réussite assurée ?

— Sakmet est de mon avis. Il pense que Thouty se trompe.

— Sakmet ! N'est-il pas ce jeune marin à qui Néhésy a laissé le commandement de l'un des vaisseaux ?

— *L'Horus*. Le quatrième navire de la flotte. C'est exact.

— La charge est bien importante. Ce marin te paraît-il un bon élément ?

— Je le crois attaché à celui qui rehausse son pouvoir.

— On dit que Thouty le protège, fit la reine.

— C'est possible, répondit Senenmout.

Puis, comme il fallait que cette brève discussion en finisse, il la coucha doucement sous lui et sentit son haleine fraîche se propulser contre sa propre bouche. Mais, c'était mal connaître Hatchepsout que de penser qu'elle arrêterait là ses investigations sur ce jeune inconnu.

— Quels sont tes rapports avec lui ?

Senenmout desserra son étreinte. Voilà une question d'Hatchepsout qui ne le surprenait guère.

— Ils sont cordiaux.

— Cordiaux ! s'étonna-t-elle. Veux-tu dire que tu as enfin trouvé un ami ?

— Peut-être. D'autant plus qu'il partage mon opinion sur la manière la plus facile de nous rendre au Pount, et peut-être qu'à son tour, il pourra persuader Thouty.

— À moins que ce ne soit lui qui te prouve le contraire. Tu dis que ce Sakmet est ambitieux, mais est-il vulnérable ?

Ne voulant plus répondre, il reprit ses lèvres et la discussion échoua dans un mutuel consentement de leurs deux corps réunis.

CHAPITRE III

Serrée, bruyante, enveloppée du halo de l'aube naissante, la population de Thèbes accourait au port pour le départ des cinq vaisseaux.

Les acclamations fougueuses de la foule montaient dans un délire sans cesse croissant. L'agitation était à son comble et les rumeurs les plus fantasques circulaient avec beaucoup d'aplomb et un rien d'insolence.

Une femme-pharaon qui partait en expédition ! Et de plus, un voyage dont on ne connaissait ni le trajet, ni la durée, ni même l'issue ! Cela ne s'était jamais vu. Les pharaons partaient en guerre ou effectuaient des incursions à titre indicatif pour être renseignés sur les dispositions d'un pays étranger.

Mais, jamais encore, un pharaon n'avait quitté l'Égypte pour aller quérir des essences divines afin de satisfaire les dieux.

Fallait-il que ce soit une expédition bien incertaine pour que les bruits qui circulent se fassent, eux aussi, très hasardeux.

En son absence, Hatchepsout et son conseil avaient remis l'Égypte entre les mains fidèles et sûres d'Hapouseneb, le Grand Prêtre d'Amon. Restaient à ses côtés Pouyemrê, le Grand Trésorier d'Égypte et Djéhouty, le Vizir de Haute-Égypte, aidés de quelques autres hauts dignitaires ralliés à la cause de la reine.

Le pays était suffisamment sain pour qu'il puisse attendre en toute sérénité le retour d'Hatchepsout. Si les récoltes de la saison dernière avaient été insuffisantes en raison des trop fortes inondations, les greniers à blé étaient bien remplis et le fleuve poissonneux. Quant aux caisses du temple d'Amon, elles étaient assez pleines pour voir venir en toute tranquillité bien d'autres crues du Nil.

Les vaisseaux pouvaient donc prendre le départ. Tout était prêt jusqu'à la plainte d'un petit vent d'est qui, doucement, s'engouffrait dans les grandes voiles montées si haut sur les mâts qu'elles se mêlaient au ciel démesurément bleu.

Le crissement des cordages ne pouvait s'entendre tant les cris de la foule s'amplifiaient et les bastingages de bois croulaient sous le poids des passagers qui agitaient leurs bras en direction du quai qu'ils allaient bientôt quitter.

Seule, la reine n'avait pas encore pris possession du *Sceptre d'Amon*, le premier des vaisseaux qui devait la véhiculer aux côtés d'une petite cour qu'elle avait dû restreindre.

Debout sur la barque royale, entourée des Grands Prêtres, du vizir et de quelques dignitaires, elle regardait Hapouseneb qui, avançant sur le grand tapis déroulé, agitait l'encensoir empli d'herbes parfumées.

Hatchepsout aspira en une longue bouffée l'odeur de ce fleuve sacré qui devait la mener dans un pays qu'elle méconnaissait et dont elle rêvait depuis si longtemps. Un instant, elle ferma les yeux et n'entendit plus que les bruits et les acclamations. Une onde délicieuse, aussi dorée que les rayons de son dieu Amon, envahit subitement sa tête et descendit dans tout son corps. Alors, elle revit ce songe d'adolescente qui, pas un instant, ne l'avait quittée depuis son règne.

Elle releva ses paupières et vit le Grand Prêtre d'Amon agiter l'encens dans un geste lent et mesuré. Les mouvements oscillatoires, rythmés par les incantations des prêtres, lui rappelèrent aussitôt ses devoirs de pharaon. Dans un an ou deux, peut-être plus, puisque l'expédition ne pouvait fixer aucune date de retour, l'encensoir d'or d'Hapouseneb regorgerait de parfums divers et surtout de la divine myrrhe que l'on ne trouvait qu'au pays du Pount.

Les prêtres psalmodiaient les incantations en agitant leurs sistres et leurs crotales. Sur le port, face aux navires, on avait demandé aux musiciennes du temple d'accompagner les prières rituelles. Leurs doigts agiles et souples couraient sur les cordes de leurs instruments. Lyres et petites harpes faisaient merveille. Elles laissaient tomber des notes aussi mélodieuses que le bruit du vent jouant dans les bosquets de papyrus.

Derrière la barque sacrée et celles des prêtres d'Amon, les cinq navires se suivaient. Sur la proue décorée de bois précieux et de feuilles d'or, figuraient de beaux et grands hiéroglyphes qui traduisaient le nom des embarcations, *Le Sceptre d'Amon*, *L'Hathor*, *L'Horus*, *L'Œil de Thot* et *L'Anubis*.

Sur le premier, *Le Sceptre d'Amon*, celui de la pharaonne, embarquaient Senenmout, les dix gardes personnels de la reine, ses suivantes, le médecin, quelques servantes et plusieurs musiciennes.

Néhésy, qui commandait le second vaisseau, *L'Hathor*, avait préféré détacher sur le navire de la reine les dix soldats qui devaient la préserver de toute agression extérieure. Mais chaque vaisseau comportait une vingtaine d'archers, tous des tireurs d'élite, et une cinquantaine de rameurs dont trente étaient des hommes d'équipage qui ne devaient pratiquement pas bouger de la place à laquelle ils étaient assignés.

L'Horus était entre les mains de l'habile Thouty et *L'Anubis* entre celles de Sakmet. Il devait commander son vaisseau avec un zèle qu'il apprendrait à cerner, maîtriser, peaufiner, sous l'œil vigilant de son nouveau protecteur.

Trop fin psychologue pour risquer des bévues qui l'écarteraient à coup sûr des promotions à venir, Sakmet avait décidé de n'utiliser le fouet qu'à bon escient. Aussi, tentait-il de l'oublier lorsque accroché à sa ceinture celui-ci battait ses flancs.

Mieux encore ! Une profonde réflexion l'avait amené à se rapprocher des hommes d'équipage, tous de fins marins, certes plus habitués à la navigation fluviale qu'à la navigation maritime, mais suffisamment courageux pour aborder l'océan qu'ils ne connaissaient pas. En cela, Sakmet ne différait pas. Il avait donc décidé de le découvrir avec eux.

Quant à *L'Œil de Thot*, le dernier et cinquième des vaisseaux, il était affecté à Séchat et à son équipe de scribes. Le commandant de bord était un homme de Thouty, assez renfermé, mais bon marin, rude au travail, qui connaissait les problèmes de haute mer.

Bien que Séchat subît une déception en remarquant qu'elle ne disposait d'aucun homme d'armes pour sa sauvegarde personnelle, la contrariété ne fut que passagère et elle préféra ne pas s'attarder sur le fait qu'elle pouvait en avoir besoin.

Réclamer des gardes eût amené – elle le savait trop par expérience – la fatale réplique qu'exerçant un métier d'homme, elle devait en affronter les aléas.

Et qu'aurait-elle pu rétorquer, sachant que son embarcation comptait vingt scribes et, qu'en plus, la cale du navire recélait les trésors et cadeaux destinés au roi du Pount ?

Après un temps bref d'hésitation, elle dut se faire à l'idée qu'elle serait seule à bord en compagnie des hommes d'équipage et de ses vingt scribes tous formés à des tâches qui n'incluaient guère le sport ou l'art de la défense.

Les cinq navires de la flotte égyptienne étaient enfin prêts à quitter les rives de Thèbes pour le plaisir des dieux.

Maintenant que la reine avait quitté la barque sacrée pour rejoindre son vaisseau, elle se tenait debout, tel un dieu, auréolée de son prestige et de ses multiples pouvoirs, s'appuyant à la proue d'où se détachaient les hiéroglyphes d'or du *Sceptre d'Amon*.

À ses côtés, Senenmout avait déjà la tête emplie des splendeurs qu'il allait bientôt posséder et qu'il chargerait sur les navires. Et si ce n'était l'angoisse de manquer l'étroit passage menant au Pount qui le tenaillait, il se serait dressé face à la foule avec plus d'orgueil et d'outrance.

Sur *L'Hathor*, Néhésy fixait la foule. Il sentait son échine rigide, son mollet dur et son pied nerveux. Une attitude contraire à ses habitudes. Lui, souple comme un chat, prudent, flexible, sans doute un peu méfiant, enfermait une autre hantise que celle de Senenmout. Les équipes de soldats seraient certes insuffisantes en cas d'agression extérieure.

Habitué à circuler à la tête de ses armées, Néhésy se voyait ridiculement entouré de quinze archers et de quelques policiers. Qu'il faille compter avec le chargement du Pount pour le retour n'atténuait pas ses craintes. La conclusion restait évidente, il était le responsable du bon déroulement de l'expédition, le maître de l'équilibre et de l'ordre, le chef de la défense.

Sakmet et Thouty, sur leurs vaisseaux respectifs, devaient quant à eux assumer les éventuelles possibilités de naufrage ou d'erreur de navigation qui n'étaient certes pas à écarter. Les dangers de ce voyage lointain et hasardeux restaient multiples et les moyens de les combattre plus risqués encore.

Thouty observa ses vaisseaux avec un plaisir évident. Un bien-être cependant teinté d'une appréhension qui grandissait chaque jour davantage. Si Thouty était sûr de la solidité de ses navires, de leurs possibilités et de leurs éventuelles performances, il se demandait comment se comporteraient les marins, car exception faite des liaisons fréquentes et régulières entre le delta et Thèbes, entre Thèbes et Bouhen, ses hommes d'équipage n'avaient aucune expérience pour la navigation de haute mer.

L'expédition du Pount allait devoir affronter des flots jamais encore rencontrés. Des pièges non prévus allaient sans doute surgir. En cas de tempête, il faudrait parer au plus vite et l'unique et large voile, accrochée au grand mât, n'était cousue que pour se gonfler doucement sur une brise régulière et légère, fort coutumière du Nil.

Thouty avait prévu de multiples cordages, durs, solides, aussi résistants que ceux qui transportaient les lourds obélisques ou les énormes blocs de pierre venant des carrières. Il fallait des câbles indéfectibles pour parer les éventuelles brisures de mâts, des voiles de rechange en cas de déchirure, des rames droites, dures, qui raclent bien les flots en cas de gros temps.

Il avait ordonné qu'on relève plus que d'ordinaire les bords avant et arrière des vaisseaux afin que les tempêtes n'emplissent pas d'eau les ponts et les cales qui seraient surchargés au retour. Il ne fallait pas que la crête sauvage des vagues s'imaginât dominer le vaisseau.

Thouty avait même prévu des balustrades construites en bois de cèdre, assurant un minimum de maintien, un semblant d'équilibre pour protéger le capitaine à sa barre.

Oui ! Thouty était prêt. Mais son équipage l'était-il suffisamment pour mener à bien cette expédition qui devait aboutir on ne savait encore où ?

Et, pendant que tous attendaient de rencontrer l'étrange océan, dévoreur d'ombres et de lumières – on disait même qu'il recélait des monstres bien plus malveillants encore que les crocodiles – chacun appréhendant d'aborder des rives inconnues, capitaines, soldats, archers, scribes et rameurs percevaient déjà au plus profond de leurs tympans les roulis à venir.

Mais savaient-ils que l'infernal mouvement oscillatoire ne cesserait plus de les agiter pendant des jours et des mois, peut-être même des années ?

Alors que les vaisseaux s'apprêtaient à s'ébranler, seule Séchat, la passagère de *L'Œil de Thot*, n'était pas encore à bord.

⁂

Certes, ils avaient tous pensé aux éventuels accidents de parcours. Thouty craignait pour ses hommes, Néhésy pour sa défense, Senenmout pour l'insuccès de l'entreprise.

Pourtant, même si Sakmet et Senenmout s'inquiétaient du chemin à suivre pour arriver au Pount, seule Séchat avait prévu le cas où, arrivés dans le delta, ce labyrinthe mortel aux multiples bras tentaculaires, les navires ne sauraient comment s'orienter.

Séchat avait tant discuté du voyage avec son vieux père Sobek, grand scribe royal à l'époque du premier Thoutmosis, qu'elle seule, probablement, en connaissait les vrais dangers.

Dans les archives du palais dont il avait été si longtemps le conservateur, Sobek avait vu défiler toutes les cartes géographiques anciennes qui devaient exister en Égypte. Lui seul en connaissait la teneur et, petite fille, Séchat en avait tenu quelques-unes entre les mains et s'y était intéressée.

Immanquablement, Sobek avait mis en garde sa fille contre le risque de se perdre dans l'inévitable delta qui ouvrait sur les peuples de la Mer. Or, ces peuples ne menaient pas au Pount. Pire, ils lui tournaient le dos.

Pourvue de ce premier repère qu'ignoraient Sakmet, Senenmout, Thouty et les autres commandants de bord, la route s'étudiait déjà sur de meilleures bases. Sobek avait ensuite conté à Séchat comment les marins confondaient l'immensité de cet océan du Nord avec les flots qui menaient au pays du Pount.

Une voie sans issue. Un chemin qui se situait à l'opposé de celui qu'il fallait prendre. Un passage à trouver coûte que coûte, sous peine d'être obligé de faire lamentablement marche arrière, sans pour cela avoir la certitude de tomber sur la bonne direction.

Oui. Mais Sobek n'en savait pas plus. Même si sa fille restait avertie, à présent, qu'il fallait suivre la route opposée aux peuples de la Mer, cela n'indiquait pas pour autant le chemin. Les vieilles cartes du Pount n'étaient plus que dans sa mémoire.

Si près du but et ne voulant pas en rester là, Séchat et son père avaient entrepris de longues et méthodiques recherches dans les archives royales. Certes, ils avaient retrouvé des cartes que la jeune femme avait précieusement gardées, bien décidée à les étudier pour ne pas les emporter avec elle. Le risque de vol était trop grand.

Elles indiquaient des lieux, des endroits non connus, des indices précieux pour éviter les écueils, les impasses, les trous. Pourtant, aucune ne précisait la brèche qui donnait sur la mer conduisant au pays du Pount.

Soudain, Séchat eut un déclic. Mais il était bien tard pour réparer ce manque de mémoire qui lui avait fait défaut ces dernières semaines.

Elle parla à son père du très vieil astrologue qui l'avait aidée à rechercher Satiah, sa fille kidnappée quelques années plus tôt. Le vieillard détenait, outre le savoir et la sagesse, des cartes du ciel, des documents maritimes, de vieux papyrus introuvables dont il avait dû se servir, maintes fois, dans son intense et longue vie.

Mais le vieil homme était à Denderah. Comment s'y rendre et ne pas manquer le départ de l'expédition ? Séchat avait réfléchi toute une nuit. De longues heures où la solution ne s'était pas dégagée.

Que faire ? Pouvait-elle embarquer à Denderah plutôt qu'à Thèbes puisque les navires devaient s'y arrêter ? Certes, dévoiler son idée aurait été une initiative tant appréciée qu'on l'aurait même accompagnée sur les lieux, encadrée d'une équipe d'hommes d'armes pour être plus sûr du résultat.

Il fallait donc ne rien dire et trouver une excuse de poids. Séchat, qui n'était pas une oie bête, savait que ces documents-là, si elle les obtenait du vieil astrologue, devraient voyager avec elle. Il était hors de question que les honneurs de la réussite du voyage reviennent à un autre, fût-ce un Néhésy ou même un Sakmet, encore moins ce présomptueux de Senenmout qui ne l'appréciait guère.

Peut-être encore que ce vieux malin de Thouty se réserverait le privilège de pouvoir lire les inscriptions mystérieuses des cartes séculaires.

Séchat devenait méfiante par expérience. Trop de difficultés et de complications avaient surgi devant elle, dans ses activités professionnelles, pour qu'elle réagisse différemment.

La nuit qui suivit sa décision, la chance tourna de son côté. Ravie, elle apprit le retard de l'expédition. Elle décida de parler à Sakmet d'un problème de famille afin qu'il freine davantage l'appareillage, ce qui, en reculant les dernières précautions d'usage, lui était fort possible, d'autant plus qu'il avait le soutien entier de Thouty.

Pourvue de cette ultime sécurité, et n'ayant pas pour autant dévoilé le véritable motif de son retard, elle partit un matin avec Wadjmose qui filait sur son char à une allure d'enfer, longeant comme un dément les routes qui suivaient le bord du Nil.

Depuis plus de quinze ans que Wadjmose était au service de Séchat, il la connaissait si bien qu'il n'avait nul besoin de la questionner pour sentir que cette mission était de la plus haute importance.

D'ailleurs, Wadjmose, à qui Séchat avait ordonné le retour à Thèbes dans un délai minimum, sous peine de ne pouvoir embarquer sur le navire, tenait à presser l'allure afin d'accompagner sa maîtresse au Pount, ce pays merveilleux qu'il voulait tant connaître.

Wadjmose était un colosse bien bâti. Courageux, hardi, il savait aussi bien attaquer que se défendre. D'une quarantaine d'années, le torse puissant, râblé, les épaules roulant sur des muscles qu'il aimait exhiber, il pouvait se battre jusqu'à l'épuisement, tenant farouchement son adversaire, quitte à le maintenir sous le poids de son corps musclé pour le laisser, ensuite, étalé sur le sol comme une vieille serviette usagée.

Deux jours après le départ, ils étaient aux portes de Denderah. Quand Séchat reconnut le vieux temple du pharaon Pépi, dédié à Horus, elle sut que son entreprise réussirait. Le dieu lui soufflait une énergie nouvelle.

Juste avant Denderah il fallait traverser le village de Kéna et se rendre au bout de la ville. Ils passèrent devant des maisons basses, assez pauvres, mais bien entretenues. Elles étaient blanches, construites en pisé, et bordaient quelques cultures où dominaient des champs de concombres et d'oignons.

Séchat se souvenait de son dernier passage. Trois crues du Nil étaient passées depuis. Il lui semblait que la région était plus calme, plus reposante. Sans doute, le tumulte qui grondait en elle lorsqu'elle cherchait sa fille avait pris le pas sur ses visions personnelles. À cette époque, peu de régions qu'elle avait vues, connues, sillonnées, lui étaient apparues sereines. Seul, cet étrange delta, obscur et remuant, où elle avait retrouvé Satiah lui avait montré un visage tranquille.

Près de Denderah, la végétation était différente de ce qu'elle voyait habituellement. Les dunes libyennes commençaient à poindre sur un calcaire raviné qui croulait de la montagne, laissant un sable rougeâtre semblable à celui de Deir el-Bahari.

Ici, la terre n'était pas riche et noire, traînant les alluvions salutaires des crues, mais jaune et rouge, parfois blanchie par un soleil extrême. Cependant, il y avait suffisamment d'oueds rafraîchissants pour que, le soir, on s'y reposât d'une rude journée de voyage. Mais, trop inquiète de manquer l'appareillage de Thèbes, Séchat n'en avait ni le temps ni l'envie.

Passé les maisons basses de Kéna, la ville apparut dans toute son agitation. Une ville qui en appelait d'autres et qui pressentait un important carrefour de l'industrie et du commerce. Chaque chose, chaque personne vibrait. Dans ce lieu retentissait comme un appel lointain qui venait du delta.

Cette région mouvementée recélait des puits si nombreux, si profonds qu'ils permettaient aux nombreux voyageurs de boire autant d'eau qu'ils le souhaitaient et de remplir toutes les gourdes qu'ils désiraient.

La diversité et la régularité des caravanes qui passaient, jour après jour, n'étaient plus à discuter. On sentait l'ambiance agitée du fayoum et celle plus angoissante du delta.

Les dernières maisons de Denderah étaient construites en boue séchée. La jeune femme se rappela que celle du vieil astrologue était bâtie en brique. Elle reconnut à sa porte les quelques chèvres qui, paisiblement, broutaient de l'herbe séchée. À l'arrière de la maison, un carré de verdure exhibait quelques concombres et quelques oignons qui sortaient de terre.

Wadjmose arrêta son char, calma les chevaux et attendit tranquillement que sa maîtresse revînt.

Le mur principal qui se trouvait de face avait une unique ouverture, sans porte. Séchat hésita, puis avança. La pièce dans laquelle elle s'apprêtait à entrer était sombre, mais fraîche. Elle attendit quelques instants, tendit l'oreille, hésita encore.

Ses narines furent chatouillées par une étrange odeur de plantes séchées. Il se dégageait un arôme qu'elle connaissait, mais qu'elle ne pouvait analyser. Elle s'approcha de quelques pas.

— Entre, entendit-elle, je t'attendais.

— Tu m'attendais !

— Hélas ! Je ne vois plus guère, mais j'ai reconnu ton pas.

Le vieil homme était identique à celui qu'elle avait rencontré trois saisons précédentes. Ses mains étaient toujours aussi longues, brunes et décharnées. Sur son visage, le poids des ans s'inscrivait avec un peu de lassitude. Mais dans ses yeux brillait une lueur d'éternelle jeunesse.

— Que veux-tu de moi, aujourd'hui, jeune femme ?

Comme Séchat ne répondit pas, il poursuivit d'un ton si engageant qu'elle respira de soulagement.

— La réussite ? fit-il d'une voix aigrelette.

— Non ! La justice, s'exclama-t-elle.

— La justice !

Le vieil homme se leva. Mais ses jambes osseuses pouvant à peine le porter, il se rassit en hochant la tête.

— Pourquoi voudrais-tu obtenir la justice ? Même ton pharaon n'y a pas droit. Sa fille aînée est morte alors qu'elle devait régner en co-régence avec le jeune prince qui, un jour, montera sur le trône.

Il fixa de ses yeux creux la jeune femme. L'orbite était enfoncée, mais une lumière en jaillit.

— La justice n'est pas pour les hommes d'ici-bas. Elle est destinée aux morts, à ceux qui ont rejoint Osiris.

— Je sais, souffla Séchat honteuse. Alors, laisse-moi m'exprimer autrement et te présenter ma requête plus modestement.

— Parle.

— Vieil homme ! Tu es le plus Sage d'entre tous les Sages. Tu vois les choses à travers les heures et les étoiles.

— Justement, il te faudra à nouveau chercher l'étoile d'Orion. Te rappelles-tu ? Celle qui correspond à l'œil.

— Ne peux-tu m'éviter de tout observer, tout étudier, tout comprendre ? Lorsque nous serons dans le delta à chercher la brèche qui mène à la grande mer du Pount, je n'aurai pas ce temps dont tu me parles. Les flots nous engloutiront avant que nous trouvions ce que nous cherchons.

À nouveau, le vieil homme tenta de se lever. Séchat courut à lui.

— Tu ne perdras pas de temps, dit-il en prenant appui sur le bord de sa longue table de bois sombre. Car j'ai ce que tu cherches.

Les yeux de Séchat s'allumèrent, une intense satisfaction détendit son visage. Elle saisit la main du vieil homme et l'aida à se rasseoir.

— Me confieras-tu cette carte ?

— Je ne sais pas encore. Mais je vais te la montrer.

— Est-elle très vieille ?

— Bien plus que moi.

Il se leva encore. Cette fois Séchat retint solidement son bras. De l'autre, il repoussa lentement une pile de papyrus entassés, serrés les uns contre les autres et reliés par un fil de lin. Les documents glissèrent contre des godets en terre cuite dans lesquels Séchat vit des graines et des herbes séchées.

— Aide-moi, fit-il en se penchant en avant.

Séchat qui tenait l'astrologue par un bras l'empêcha de retomber sur le bord de la table. Il se redressa et esquissa un pas traînant, puis un autre. Ses pieds étaient nus, décharnés eux aussi. Ils essuyaient la poussière du sol. Le vieillard se tassa sur lui-même et, aidé par la jeune femme, se dirigea jusqu'à un meuble bas et bancal dont les portes, disjointes, ne fermaient plus.

Son dos se courba sur le meuble, ses mains se posèrent à plat sur la paroi supérieure, mais il faillit tomber et sans l'effort que fit Séchat pour le retenir, il eût sans doute croulé sur le sol.

— Tiens, attrape ce rouleau de papyrus dont tu aperçois le bord jauni et rongé par les souris. Celui qui se trouve sous la serviette, jaunie elle aussi.

Séchat attrapa le document. Il devait être en effet bien vieux et compte tenu de son âge, il était encore dans un état très acceptable. Elle le tendit au vieil homme.

— Non ! Garde-le et ramène-moi plutôt là où j'étais assis tout à l'heure.

Lorsqu'il fut installé, il la pria de dérouler le papyrus. La carte mystérieuse s'étala devant les yeux fascinés de Séchat. Enfin, devant elle était ce pays dont elle avait si souvent rêvé. Elle suivit d'un doigt incertain le long ruban du Nil inscrit sur la carte. Puis, elle le remonta vers le delta. Le fleuve était inscrit non pas comme elle s'y attendait par des traits fins et multiples, mais par une étrange masse obscure striée de noir.

— Vois-tu cette tache ? fit l'astrologue.

Séchat l'effleura du doigt.

— Descends ton doigt et porte-le sur la droite. Non, quitte le Nil. Ne remarques-tu pas une tache plus claire ?

— Oui.

— C'est un cours d'eau qu'il faut emprunter. Maintenant, trouve un trait si fin et si minuscule qu'il faut le connaître pour le remarquer. Il a été tracé juste en dessous.

— Le voilà.

— C'est la brèche qu'il faut suivre jusqu'au bout. Maintenant, descends toujours ton doigt et porte-le encore sur la droite. Laisse tomber toutes ces grandes rayures obscures qui ne veulent rien dire et qui ne sont là que pour tromper celui qui ne sait pas lire cette carte. Là, vois-tu un point ?

— Oui. Il est là.

— Ce point est trompeur. Celui qui a compris jusqu'à présent les astuces de cette carte se heurtera toujours à ce point. Il indique un canal étroit, étendu sur une très courte distance, assombri par les montagnes qui l'encadrent.

— Faut-il suivre aussi ce canal ?

— Il n'y a que ce chemin. J'ai lu dans de très vieux écrits que, autrefois, nombre de marins arrivant jusque-là se heurtaient à cet engorgement brutal et faisaient demi-tour sans même savoir qu'ils étaient à la porte du Pount.

— J'ai tout inscrit dans ma tête. Je n'ai presque plus besoin de ces cartes.

— Emporte-les quand même. Quand je serai mort, ce n'est pas ma fille, nourrice des grands chemins, qui préservera ces documents. Ils seront mieux entre tes mains.

— Je vénérerai longtemps l'étoile d'Orion qui m'a placée sur ta route, murmura Séchat. Merci, vieil homme.

— Va, car je sais que le temps presse pour toi. Mais, n'oublie pas que la justice n'existe pas en ce monde. Elle s'exerce dans l'au-delà.

— Je n'oublierai pas.

Séchat tenait les cartes enroulées contre elle. Il lui sembla qu'elles battaient comme un cœur à l'unisson du sien. Elle se souviendrait longtemps de chaque mot prononcé par le vieil astrologue.

— Tu ne retireras pas seule le bénéfice de tes connaissances, jeta-t-il d'un ton bas.

Elle eut un haut-le-corps.

— C'est pourquoi j'ai voulu t'expliquer la lecture de la carte, poursuivit-il. Aucun autre que toi n'a pu entendre et ne peut savoir. Ainsi, quoi qu'il arrive, tu sauras et tu conduiras.

Il eut un hoquet. Dieu, qu'il était vieux !

— Ce sera là ton seul atout, murmura-t-il. N'oublie pas et reste toujours humble.

Il s'affaissa un peu sur la table, mais fit signe à Séchat de partir. Une petite toux sèche remplaça le hoquet.

— Va ! À présent, ne perds plus ton temps. *L'Œil de Thot* te protège et t'attend.

⁂

Néset arriva à Coptos par un chemin désertique où pas une touffe d'herbe n'apparaissait entre les cailloux. L'air était pesant, sec, chargé de silence et d'incertitude tant le lieu étrange où la jeune femme se rendait paraissait encore loin.

Néset leva les yeux. Le ciel commençait à se cribler d'étoiles parmi lesquelles éclatait en puissance la belle Orion, aussi scintillante que le collier d'or que la jeune femme avait glissé dans la ceinture du grossier pagne enroulé autour de sa taille fine.

Ce soir-là, Néset ne pensait pas que la nuit tomberait aussi vite. À chaque pas, les ombres rendaient sa marche menaçante. La jeune femme soupira d'énervement. Pourquoi refusait-elle toujours d'apprendre à mener un cheval ? Elle repoussait systématiquement l'âne ou la mule pour ne pas se donner l'impression de retomber dans la condition d'une classe sociale qu'elle rejetait.

Néset avait toujours craint le cheval. Ces animaux musclés et puissants, forts en poitrail, le sabot nerveux et la crinière toujours en bataille lui faisaient peur. Elle les redoutait depuis le jour où, dans une ruelle du quartier pauvre de Thèbes, un attelage de quatre chevaux l'avait heurtée violemment, la laissant effrayée, morte d'angoisse, écrasée contre le mur d'une maison avoisinante.

Dieu de Seth ! Elle n'apercevait pas encore la carrière désaffectée derrière laquelle se cachaient les bâtiments où elle devait trouver son frère. Elle craignit un instant l'avoir dépassée, car les ombres effaçaient de plus en plus les lieux obscurs et silencieux qu'elle foulait d'un pas prudent.

Elle heurta un gros bloc d'albâtre qui la fit trébucher, mais elle put se rattraper à une racine qui lui offrit l'appui de ses tentacules morts et desséchés.

À nouveau, elle éleva les yeux et vit que les arrogantes étoiles ne répondaient pas à sa muette question. Certains Égyptiens savaient s'orienter la nuit par rapport à la position d'Orion. Son ignorance lui parut si grossière qu'elle frappa rageusement du pied la racine qui l'avait accueillie tout à l'heure. Pourquoi ne savait-elle pas, non plus, lire la carte du ciel ?

Dieu de Seth ! Que sa haine contre ces filles nobles, riches et cultivées était monstrueuse ! Comme elle les détestait, les maudissait et les vouait au plus triste destin ! C'était ainsi, Néset n'y pouvait rien. Ces filles nées dans les maisons les plus cossues et pourvues des plus hauts privilèges lui donnaient la nausée.

Elles savaient tout et Néset ne savait rien si ce n'était s'illusionner, ruser, tromper, espionner et vaincre par la destruction.

Comment ces femmes – qu'elle exécrait – auraient-elles pu l'aider ? Néset crispa sa mâchoire d'impuissance et de dégoût. Si, à cet instant, elle avait pu toutes les supprimer, certes elle n'aurait pas hésité une seconde.

Hélas ! La belle Néset n'était pas assez psychologue pour comprendre qu'ici-bas tout n'était que maniements, pièges et illusions et que ces filles nanties étaient, elles aussi, en proie à bien des traquenards. Néset ignorait, certes, que le filet tendu par les hommes était parfois si serré que même les plus privilégiées et les plus fines ne pouvaient en sortir.

Mais, pour l'instant, le chemin se faisait si rocailleux qu'à présent Néset oubliait ses griefs et ses rancœurs pour se concentrer sur ses pas que l'obscurité rendait de plus en plus incertains.

Mettre un pied devant l'autre devenait hasardeux. Elle heurtait sans cesse quelque chose et le plus petit caillou devenait un sommet qu'il fallait surmonter. Elle cogna un monticule rugueux dont l'angle écorcha son genou. Tâtant l'obscurité de ses deux mains tendues, elle ne trouva rien qui pût l'aider à avancer.

Cette fois, Néset comprit qu'elle ne trouverait plus son chemin. Elle frémit à l'idée de dormir là où serpents et scorpions allaient bientôt sortir de leur repaire pour entamer une nuit riche en découverte. Elle regretta de ne pas avoir pris un bâton pour les écarter, c'eût été la plus élémentaire des précautions.

Pauvre Néset ! Que savait-elle faire d'autre que haïr les femmes et attirer les hommes bien nés sur sa couche ? Elle entreprenait une course scabreuse et n'avait pensé ni à la nuit tombante ni aux pièges mortels du désert.

Pas un moment elle ne pensa que mieux valait marcher, même épuisée, pour se protéger des agressions constantes de la nuit, plutôt que s'étendre sur le sol, abattue et sommeillante.

Mais cette nuit-là, le dieu Seth, le seul qu'elle appelait souvent à l'aide, fut avec elle, car au loin s'avançait une lueur scintillante accompagnée d'une claudication qu'elle reconnut pour être celle d'un âne.

— Oh ! là, cria-t-elle.

Le clopinement de l'âne stoppa.

— Si tu n'étais pas une femme, je passerais mon chemin, entendit-elle à quelques pas d'elle. Et, par ta voix, je sais que tu es belle.

Si Néset n'avait pas été en posture aussi fâcheuse, elle aurait certes jeté une audacieuse réplique. Mais, la peur tenaillait son ventre et elle n'en pouvait plus de cet odieux endroit d'où elle ne pouvait plus sortir.

— Qui es-tu ? fit-elle d'un ton à peine agressif.

— Celui que tu attends, répondit la voix railleuse.

— Approche, montre-toi.

Il braqua la torche sur elle. La lumière fit cligner ses yeux. Elle aperçut la tête grise de l'âne, mais ne vit pas le cavalier. L'homme devait être derrière l'animal.

— Montre-toi, je te dis.

— C'est un ordre qui me paraît bien inutile. Ignores-tu à ce point que tu as fort besoin de mon aide ?

— Je le sais, mais je veux voir ton visage.

— Que vas-tu me donner si je viens à ton secours ?

— Je n'ai rien à monnayer, fit Néset en frémissant à l'idée qu'il découvre le collier d'or destiné à ceux qui devaient l'aider dans sa mission.

— Alors, je te laisse aux vipères à cornes et aux scorpions venimeux qui hantent ces lieux jusqu'à l'aube.

Il abaissa sa torche et tout redevint noir.

— Tu n'as aucune chance, belle aventurière.

— Attends, cria Néset dont la nuit cachait la subite blancheur qui avait envahi son visage. Ne peut-on discuter ?

— Dis-moi d'abord où tu vas.

Voyant que l'homme était prêt à parlementer, elle reprit un peu d'assurance et se dit qu'elle pouvait peut-être l'amener au repaire de Sorenth.

Elle hésita, mais se dit qu'elle ne pouvait s'en tirer autrement.

— Connais-tu la carrière désaffectée ?

— Celle de Coptos ?

— Oui.

Il ramena sa torche sur elle. Néset sentit un souffle dans son cou. L'homme venait de tourner autour d'elle sans lâcher son visage de la faible lueur qui l'éclairait.

Elle sentit sa présence dans son dos. Mais elle n'eut pas peur. Cela faisait presque partie de son travail quotidien. Si Néset se laissait prendre au dépourvu dans un désert empli de pièges, elle restait à l'aise dans une situation qui, depuis longtemps, ne mettait plus son honneur de femme en jeu.

Instinctivement, elle sut donc qu'elle n'avait plus qu'à monnayer son corps pour se retrouver, avant l'aube, près de son frère et de ses compagnons de fortune.

— La carrière est là-bas. Tu lui tournes le dos. Je l'ai dépassée quand le ciel était à peine empli d'étoiles.

— Peux-tu m'y accompagner ?

— Si tu me payes.

— Que veux-tu de moi ?

— Toi, si tu n'as pas autre chose.

D'un bond, elle saisit la torche et la planta devant l'homme. Il ne fit aucun geste pour la reprendre.

— Qui me dit qu'après tu vas m'y conduire ?

— Ma parole d'homme.

Elle se mit à ricaner et approcha la lumière du visage de l'inconnu. Alors, elle vit un regard sombre et un sourire dissimulé dans une barbe mal taillée.

— La parole des hommes est souvent fausse.

— La mienne est vraie.

Il reprit la torche, mais sans violence. Puis, il la fit aller sur la silhouette obscurcie de Néset.

— Tu es grande et bien faite. Ta bouche est pulpeuse et tes reins me semblent souples et agiles, bien que tu doives être affaiblie et moins performante.

— Qui es-tu pour me jauger ainsi et te permettre de me rabaisser en jouant sur mon épuisement passager ?

Il ricana à son tour.

— Je suis celui qui va te mener là où tu veux te rendre. N'est-ce pas pour toi l'essentiel ? Tu sembles beaucoup tenir à cette mission.

Il posa la torche à terre, lâcha la bride de son âne et s'approcha si près de Néset que son grand corps toucha le sien.

— J'accepte de te conduire sur mon âne, après t'avoir possédée là, à l'instant, debout et consentante.

— Debout ?

— Veux-tu que les serpents qui rôdent en ce lieu obscur nous conduisent au pays d'Osiris ?

— Certes non, fit-elle en claquant la langue. Mais, en principe, danger ou non, l'homme me paye avant. Tu dois me conduire et me prendre ensuite.

Son rire vint se mêler au braiment de son âne. L'animal secoua son sabot contre un caillou qui le frôlait.

— Et tes compagnons me tomberont dessus avant que tu ne m'aies payé. Regarde, même Œil habile, mon âne, se moque de ton propos. Tu me connais mal, belle aventurière.

Il venait d'agripper la ceinture de Néset. Elle eut un sursaut en pensant au collier qu'il pouvait découvrir.

— Jamais un homme ne me déshabille. Ce n'est pas ce désert insolite qui changera mes habitudes. Ôte tes mains de moi et laisse-moi faire.

D'un geste assuré, elle détacha son pagne en s'assurant que le bijou était toujours fixé dans la boucle de la ceinture. Puis, elle le laissa tomber sur le sol, offrant ses hanches arrondies aux mains impatientes de l'inconnu.

Il la pressa de quelques pulsions hâtives et nerveuses et reporta ses mains sur le corsage de la jeune femme qu'il ôta dans un mouvement sec et précipité avant qu'elle ne rechigne. Ses gestes n'étaient pourtant ni violents ni sauvages et Néset respira de soulagement quand elle vit qu'elle n'avait pas affaire à un violeur de bas chemin.

C'était là une besogne quotidienne pour Néset et, malgré l'étrange endroit et la complexité du cas, elle accomplit son travail avec la seule appréhension que l'homme pouvait ne pas tenir sa parole.

⁂

Dans la nuit, les bâtisses semblaient inexistantes. Il fallut que, des yeux, Néset les cherchât pour qu'elles lui apparussent sur toutes leurs longueurs, faites de bois, de terre et de paille séchée et s'étalant sur tout un pan de la vieille carrière d'albâtre qui, depuis presque dix ans, n'était plus exploitée.

S'y faufilaient voleurs et truands de toute envergure. Repaire de brigands, certes, mais aussi asile pour les pauvres hères qui, traversant le désert et perdus sur leur chemin, s'arrêtaient pour y passer une nuit, deux parfois si les bandits, qui ne s'éloignaient guère, ne les avaient pas abattus d'un coup de matraque ou de poignard.

Néset regarda l'homme s'éloigner sur son âne claudiquant. Pas un regard, pas un signe d'adieu. L'aide dont elle avait eu besoin avait été largement payée. Par chance, l'homme avait été correct et, sans plus discuter, l'avait amenée à proximité de la carrière.

Échevelée, la jeune femme rectifia sa coiffure et l'attacha rapidement derrière sa tête. À sa ceinture était toujours accroché le collier d'or et ses pieds malmenés avaient repris leur souplesse.

Elle s'arrêta avant d'entrer. Pagne et corsage rajustés sur son corps à peine endolori, Néset ne pensait déjà plus au prix qu'elle avait payé pour un service aussi inhabituel, satisfaite de s'en être tirée à si bon compte.

La porte qu'elle s'apprêtait à franchir était une simple ouverture fermée par une bâche en fibres de papyrus. Elle retint quelques instants les bords entre ses doigts avant d'avancer davantage. Si son frère n'était pas là, elle risquait de se fourvoyer dans une impasse dont l'issue ne jouerait guère en sa faveur.

Des voix lui parvinrent. Le souffle de l'obscurité devait les déformer, car elle ne reconnut pas celle de son frère. Elles étaient basses et graveleuses. L'une d'elles, plus forte que les autres, couvrait toutes sortes d'interjections, assentiments ou objections que formulaient les autres.

Néset laissa tomber les pans de la bâche et se hasarda dans la pénombre de la pièce. À la lueur de quelques torches, elle vit que des nattes jonchaient le sol. Un baril vide était retourné, un autre renversé. À terre, des épluchures et divers autres débris s'amoncelaient. Une odeur d'oignons et de sueur se mêlait à l'âcreté de la fumée qui s'évaporait en volutes épaisses.

Plusieurs têtes se tournèrent vers elle. Elle n'en connaissait aucune. À nouveau, elle craignit l'éventuelle absence de Sorenth, mais la fumée lui cachait les autres visages disséminés au fond de la longue pièce et elle ne put savoir s'il était là ou non.

Le plus costaud s'approcha d'elle. Il était barbu et avait cette allure de chef de bande que personne, apparemment, ne contestait. Roulant des épaules, il fit tournoyer entre ses gros doigts, sans le détacher, le couteau à manche de bois qui pendait à sa ceinture.

— Voilà une belle femelle, fit-il en claquant la langue. D'où viens-tu, ma jolie ? Si tu es perdue, nous allons te remettre sur le bon chemin.

Puis, il se mit à rire grassement pendant que ses compagnons l'imitaient en s'approchant de Néset à pas feutrés, l'œil plissé, la narine ouverte et la main sur le ventre.

— Hé ! fit le chef en ricanant toujours, voyez-moi ça, c'est de la belle marchandise qui nous arrive.

En un clin d'œil, un jeune fauve fut sur lui. Le cheveu dru et noir, le visage mat, l'œil sombre et le geste agile, il tomba sur lui si soudainement que celui-ci recula brusquement jusqu'au mur qui l'arrêta dans un bruit mat.

— C'est ma sœur. Laisse-la.

Néset resta bouche bée devant Sorenth tant il avait changé. Ce n'était plus l'adolescent qui avait quitté Thèbes voilà déjà deux crues du Nil. Son grand corps balayait l'espace comme celui d'un géant digne de garder l'entrée d'un temple. Ses muscles étaient devenus ronds et puissants, mais sa taille était assez fine, offrant des hanches minces malgré des cuisses épaisses et suffisamment velues pour que sa virilité ne soit plus mise en doute.

— Sorenth ! Petit frère, si tu n'étais venu à mon secours, je n'aurais pu te voir dans cette âcre fumée qui fait pleurer mes yeux.

Puis, prenant le parti d'ignorer les hommes qui l'avaient agressée, elle poursuivit d'un ton joyeux :

— Que tu as changé ! Te voilà aussi beau qu'un pharaon. Tiens ! Plus séduisant encore que le dieu Seth lui-même.

Il s'esclaffa bruyamment pour tenter de tromper son entourage, mais Néset vit qu'il jetait un regard inquiet sur ses acolytes.

— L'as-tu donc vu, ce dieu de malheur ?

Elle se mit à rire et prit le bras de son frère, cherchant à dissimuler ses craintes sur le comportement du chef de bande et de ses hommes. Non pas que la situation l'effrayât, car Néset en avait subi bien d'autres dans sa vie pour appréhender celle-ci, mais plutôt pour mener à terme son affaire.

— Le dieu Seth ! Jamais vu, plaisanta-t-elle. Pas plus que Thot, Anubis ou les autres dont je me fiche éperdument.

Elle lâcha le bras de son frère.

— Sorenth, j'ai un travail à te proposer.

Elle savait que les autres, restés sur la défensive, écoutaient. Ayé, le chef de bande qui triturait toujours son couteau dans sa main grasse et velue, s'approcha de la jeune femme et, du plat de la main, la repoussa violemment.

— C'est moi le chef, hurla-t-il, et s'il y a un travail, c'est moi qui le commande !

— Et c'est moi qui paye, fit Néset en bravant le regard courroucé d'Ayé, d'autant plus qu'il était furieux d'avoir eu à subir, tout à l'heure, la menace de Sorenth.

Étonnés par la tournure des événements – car cette belle femelle avait vraiment l'air de s'y croire – ils s'apprêtaient à sauter sur elle, comme des porcs sur leur mangeoire, au moindre signe de leur chef, gardant cependant en tête qu'habituellement la meilleure part était pour lui et qu'eux se partageaient les restes. Mais ils ricanaient déjà, car ces reliquats-là leur semblaient bien appétissants.

— Et tu payes quoi ?

Elle posa son index à l'ongle joliment soigné sur le buste épais de l'homme.

— Je paye. C'est tout.

Ayé eut un rictus. Sa bouche s'étira, son front se plissa et les narines de son nez épaté frémirent comme deux feuilles de saule agitées par le vent. Il les gratta longuement de ses gros doigts boudinés. Puis, les lâchant enfin, il fit un signe de la main et, aussitôt, un homme se glissa entre lui et Sorenth.

Jambes écartées, mains sur les hanches, son visage parut monstrueux à Néset. Son nez était coupé et n'offrait plus qu'un trou béant au-dessus d'une bouche dont les lèvres étaient pratiquement inexistantes.

— Fouille-la, dit Ayé en portant la main à son ventre.

L'homme au nez coupé fit un pas. Néset recula.

— Ne me touche pas ! cria-t-elle. Si tu poses la main sur moi, je te jure qu'avant la saison prochaine elle volera d'un coup net pour retomber à terre comme ton nez a sauté sous le couteau du bourreau.

La menace fit reculer l'homme. Mais, déjà Sorenth barrait de son corps puissant celui de sa sœur. Néanmoins, que pouvait-il faire contre tous ? Pointés vers lui, les visages l'observaient, sourcilleux, renfrognés, méfiants.

Un geste d'Ayé fit se ruer trois hommes sur lui, le ligotant au mur en un tour de main. Sorenth se vit quasiment immobilisé, incapable de faire un mouvement, alors que Néset fut projetée avec brutalité à l'autre bout de la pièce.

— Fouille-la, fit Ayé d'un ton sec à l'homme au nez coupé.

Le regard que lui lança Néset le fit hésiter.

— Fouille-la ou je t'abats comme un chien.

Le truand au visage mutilé fit la grimace, un rictus affreux qui accentua l'atrocité de son visage. Avait-il le choix ? Perdre une main n'était pas la mort – encore que cette fille eût dû crâner pour se rendre intéressante – tandis que la vue de son grand corps abandonné dans la rocaille de ce satané désert et jeté en pâture aux vautours ne lui plaisait guère.

— Fouille-la ! fit Ayé en portant la main à sa taille pour y décrocher le couteau qui pendait.

Puis, le pointant sur son compagnon, il se fit menaçant.

Le bandit au nez coupé n'hésita plus une seconde. Il tira si violemment la ceinture de Néset que le pagne lui resta entre les mains, laissant les hanches rondes et les cuisses de la jeune femme découvertes.

Il lança l'étoffe à ses compagnons qui, dans un rugissement de fauves, l'attrapèrent au vol. Puis, tirant sur le corsage de Néset et frôlant au passage de ses ongles sales sa peau veloutée, il ne put s'empêcher de se repaître de son forfait.

Tandis que Sorenth tentait de se dégager de la brutale intervention de ses deux geôliers, Ayé observa le corps dénudé de la jeune femme.

— Crois-tu donc t'en tirer de la sorte ? siffla-t-elle entre ses dents.

Les hommes s'étaient tous retournés vers la lueur qui éclairait la nudité de Néset. Celle-ci se tenait immobile, le feu dans l'œil et la rage à l'âme, soupesant la vengeance qui viendrait à son terme.

Un sifflement arrêta court la protestation que Sorenth, toujours enchaîné, s'apprêtait à lancer.

— Regardez-moi ça ! fit Ayé en secouant le collier d'or que les hommes venaient de découvrir. Et tu voulais le donner à ton frère, alors que moi, son chef, je vais en faire un bien meilleur usage ?

— Tu n'es qu'un petit voleur de maigre envergure et ton esprit vole aussi bas que la poussière des chemins, jeta Néset méprisante. Car, à présent, tu n'obtiendras plus rien de moi. Alors que tu aurais pu tout avoir. Tu n'es qu'un sot et tes hommes sont d'une bêtise aussi monstrueuse que l'affreux visage de ton ami. Tant pis pour toi.

Majestueuse, elle tendit la main.

— Maintenant, rends-moi mon pagne et dis à tes hommes stupides de libérer mon frère. C'est avec lui que je veux travailler. C'est lui qui aura tout l'or qui me reste. Et j'en ai encore, crois-moi.

Ayé commençait à entrevoir son erreur. Certes, son intelligence n'était pas plus aiguisée que son esprit obtus, mais il se rendait compte, à présent, que ce collier pouvait en appeler d'autres. Il gratta de nouveau ses grosses narines épatées.

— Je te propose un marché.

— Lequel ? fit Néset, sachant que son frère ne pourrait rien faire sans l'aide de ses comparses.

— Explique-moi et repartons à zéro.

— Dieu de Seth ! s'exclama la jeune femme. Crois-tu que je vais oublier les sales mains de ton compagnon dénudant sauvagement mon corps habitué à des gestes plus prévenants ?

— Bah ! Tu aurais pu subir un plus triste sort, fit observer Ayé en crachant à terre, et je pourrais me contenter de ce collier sans vouloir quérir autre chose qui n'existe peut-être pas.

— Tu es moins bête que je pensais, fit Néset. Allons, c'est d'accord, nous reprenons au départ. Mais avant, dis à tes hommes de lâcher mon frère.

Elle se tourna vers l'homme au nez coupé.

— Donne-moi ton couteau.

Comme il ne s'exécutait pas, elle le lui arracha et le tendit à Sorenth.

— Coupe-lui la main.

Ayé se mit à rire, mais tous restaient là, interdits, groupés autour de leur chef, le souffle coupé et la gorge sèche. Certes, à quoi pouvait servir la main de ce truand alors que mille autres attendaient de servir Ayé ?

Sorenth se jeta sur celui qu'il aurait voulu voir étendu raide mort et cisailla d'un coup net son poignet. Il n'y eut qu'un cri et du sang gicla. L'homme regardait sa main pendante avec des yeux agrandis d'effroi.

— Tu as choisi, jeta froidement Néset en prenant le pagne que lui tendait Sorenth.

Elle s'habilla en silence, savourant sa victoire et celle de son frère. À présent, elle savait qu'ils seraient tous à sa solde, même cet imbécile d'Ayé qui commençait à la regarder d'un autre œil.

— Tu as le collier et tu me dois un travail. Si tu ne l'exécutes pas, tu ne seras pas payé davantage.

— Que faut-il faire ? jeta Sorenth.

— Suivre les vaisseaux de la reine, s'arrêter à chacune de leurs escales et pister l'un des membres de l'expédition.

— C'est tout !

Elle eut un sourire entendu.

— C'est plus complexe que tu ne le penses. Trois ou quatre hommes suffiront. Je veux que Sorenth en fasse partie. C'est lui qui me rendra compte des faits et gestes de la personne en question.

— Qui est-ce ? questionna son frère.

— Une femme.

⁂

La foule de Thèbes était toujours agglutinée sur le port, saluant la pharaonne et criant des bons vœux de retour, bien que, parmi les moins favorisés, certains d'entre eux osaient grommeler – si ce n'était vociférer – qu'encore une fois ce n'était pas ce retour-là qui favoriserait leur misérable condition.

Les plus acharnés à cette idée étaient rapidement cernés par les hommes de police et entraînés dans un sombre cachot d'où ils ne sortiraient qu'après avoir pu acquitter une amende qui, parfois, allait jusqu'à deux seaux de blé, une chèvre ou même un bœuf. Et pour les pauvres diables, l'impossibilité de payer risquait fort de les laisser en prison à vie.

Senenmout s'apprêtait à détacher l'amarre qui retenait au quai le premier navire. Lorsque *Le Sceptre d'Amon* s'ébranlerait sur les eaux calmes du Nil, le second se mettrait lui aussi en position de départ, suivrait tranquillement le chef de file, et ainsi de suite jusqu'au dernier vaisseau.

Depuis quelques instants, Néhésy était descendu de *L'Hathor* pour surveiller la foule dont le délire de ceux qui s'étaient approchés jusqu'à l'embarcadère risquait de provoquer des remous gênants.

De l'eau jusqu'aux cuisses, deux gamins voulurent enjamber le pont et furent saisis par quatre poignes fortes qui les obligèrent à faire demi-tour. Un homme arriva même à se glisser sous la coque pour réapparaître derrière l'embarcation. Mais un coup de matraque sur le crâne le rejeta aussitôt à l'eau et personne ne vit s'il refaisait surface.

Sur *L'Anubis*, l'inquiétude de Sakmet était à son paroxysme. Il savait que Séchat n'était pas à bord. Pourquoi ne lui avait-elle pas donné la raison de son retard ? Il aurait peut-être pu la disculper aux yeux des conseillers et la faire embarquer à Denderah. Ce manque de confiance le perturbait d'autant plus qu'il sentait mûrir un élément qui lui échappait complètement. Pas un instant, il n'avait cru son histoire de famille.

Néhésy s'obligea à respirer un grand bol de cet air de Thèbes qu'il allait bientôt quitter. Sur le quai, la foule de plus en plus compacte l'empêchait de voir au-delà, mais il savait que dans les ruelles les plus étroites et sur les places les plus reculées, chacun se bousculait en essayant de prendre un peu de bon temps.

Ce soir-là, il en était conscient, les prisons regorgeraient de monde malfamé, de brigands, de voleurs et, il fallait bien le dire, de pauvres êtres pris dans la mêlée dont certains devraient assumer le pire des destins.

Quand les quelques désordres, aux alentours du quai, furent estompés, Néhésy monta sur son bateau et ordonna le départ. Déjà, *Le Sceptre d'Amon* s'était ébranlé et glissait nonchalamment sur le fleuve.

Thouty, lui, était paré depuis longtemps et deux hommes d'équipage s'apprêtaient déjà à lever l'ancre. Mais, sur un signe de leur chef, ils attendirent que l'intervalle entre chaque vaisseau qui les précédait soit identique au sien. L'harmonie du coup d'œil avant tout !

Thouty esquissa un sourire, inconscient que, derrière lui, Sakmet s'énervait de ne pas voir Séchat arriver.

Pourtant, près des gens qui hurlaient, se piétinaient, s'injuriaient, un char conduit par un homme expert se heurtait sans cesse aux pas trébuchants des spectateurs. Comment deux roues pouvaient-elles avancer dans cette insurmontable cohue ?

— Le char n'avance pas assez vite. Nous ferions mieux d'aller à pied, cria Reshot en s'essuyant le front tant il était humide.

Depuis qu'elle attendait Séchat à la porte nord de Thèbes, Reshot s'irritait. La peur de ne pas l'y rencontrer, puis à présent, celle de manquer l'embarquement l'oppressait.

Par prudence – car Reshot était toujours bien avisée – elle avait demandé à Kaméni de l'accompagner et d'attendre Séchat avec elle. Deux présences sûres valaient mieux qu'une.

Assise sur le bord de la route, Kaméni à ses côtés, elle ne fut à demi rassurée que lorsque, au loin, dans un nuage de poussière, elle avait enfin reconnu la silhouette de Jour et Nuit. Les chevaux filaient à une telle allure qu'il avait fallu à Wadjmose exercer tout l'art de son métier de charrier pour s'arrêter pile devant elle.

— C'est impossible, jeta Séchat, Kaméni et l'attelage vont se faire piétiner. Il faut que Wadjmose lui serve de garde du corps.

Comme celui-ci ne paraissait pas approuver cette idée, Séchat poursuivit en hurlant, tant les cris empêchaient toute voix normale de se faire entendre.

— Dégage-toi de cette foule au plus vite et rejoins-moi sur le vaisseau. S'il est parti, tu prendras une barque amarrée au quai. Je t'attendrai à la poupe.

— Et si les soldats me retiennent ?

— Alors, embarque à Coptos. Je sais que les navires s'y arrêtent.

Les derniers mots furent absorbés par les vociférations de la foule et Reshot fut presque jetée à bas du char tant la poussée devenait violente.

— Tu entends, Wadjmose ? hurla Séchat. Au pire, retrouve-nous à Coptos !

Elles virent le char basculer, mais n'eurent pas le temps d'en regarder plus, car le temps pressait et l'on annonçait sur le quai que *L'Anubis* s'apprêtait à jeter l'ancre.

La foule était si dense que Reshot et Séchat se trouvèrent serrées, bâillonnées entre des torses, des bras, des visages. Elles durent jouer des coudes et des pieds pour se frayer un semblant de chemin en direction du quai.

Un enfant se jeta dans leurs jambes et tomba. Il se mit à pleurer si violemment que la mère, indignée, leur jeta des insultes grossières, ponctuées de coups sur la tête. Séchat faillit s'arrêter pour se disculper, mais Reshot la tira brutalement par le bras.

— Veux-tu manquer le départ, oui ou non ? cria-t-elle, indignée à son tour.

Elles échappèrent tant bien que mal à la mégère, laissant traîner un arrière-goût d'irritation et de méfiance. Le quai était encore loin et ce nuage sombre de monde les empêchait de voir la distance qui les séparait des navires.

Sortant d'un imbroglio de bras et de jambes, un gros homme attrapa la tunique de Séchat. Il avait un visage rouge, énorme, carré, des yeux exorbités, un double menton, et portait une tunique sale d'une grossière étoffe. Il était suivi d'un homme maigre et borgne, au nez coupé, plus laid encore, qui clopinait avec difficulté dans son dos.

— Où cours-tu, ma belle ? Laisse tomber ces gros oiseaux de malheur et viens plutôt boire un verre de bière avec moi.

Séchat se dégagea, mais l'homme rondelet tirait avec acharnement la manche de sa tunique. L'étoffe finit par céder et craqua. Le gros homme se mit à rire. D'un geste rapide, il avait saisi le bas de sa robe.

— Un verre de bière, je te dis. Allons, laisse-toi faire. Ces gros oiseaux ne t'amèneront que des malheurs.

La tunique se déchira et l'homme eut dans ses mains un bout entier d'étoffe qu'il passa sous son gros nez épaté.

— Eh ! Renifle-moi ça, dit-il au borgne qui, soudainement, tomba sur lui comme un morceau de calcaire qui se détache de la falaise pour s'empiler sur un morceau plus gros encore.

Le gros bouscula le borgne et l'envoya ricocher sur un homme qui se mit à vociférer.

— C'est que ça sent bon, ricana-t-il, en frottant l'étoffe contre ses narines énormes. Ton amie semble contrariée. Tiens, regarde, y a mon copain qui peut s'en occuper.

Le borgne se redressait. Sans doute avait-il aussi un pied coupé. Mais nul ne pouvait l'assurer, car dans le fracas de cette masse humaine, chacun trébuchait, tombait, se relevait.

Pendant que l'homme reniflait avec appétit le morceau d'étoffe, Reshot en profita pour lui décocher un coup de pied en plein ventre. Plus surpris que blessé, car l'élan manquait d'envergure, l'homme ramassa son rire, jeta l'étoffe à terre, et regarda stupidement les deux jeunes femmes s'esquiver dans la foule peu encline à les aider.

Le quai était tout proche, mais la cohue était trop compacte pour leur permettre d'y accéder rapidement. Les trompettes sonnaient, annonçant le départ de *L'Anubis*.

En levant les yeux, elles aperçurent avec effroi la voile se gonfler, s'agiter doucement.

— Sakmet ! hurla Séchat. Sakmet !

D'un coup de reins, une femme les bloqua, les heurtant de sa galette d'orge grillée qu'elle mangeait goulûment. Reshot la reçut en plein menton. Elle sentit une odeur d'oignons lui soulever le cœur et elle dut freiner une envie de vomir.

Les trompettes s'arrêtaient chaque fois qu'un navire s'ébranlait.

Encore quelques pas et elles y étaient. Mais il fallut encore pousser, crier, heurter, tomber. Reshot voulut relever Séchat que le choc d'un corps dur avait fait violemment chuter quand une main d'homme vint se porter à son secours. Elle agrippa et retint son épaule.

Voyant que Séchat risquait de se faire durement piétiner par la folie de cette masse déchaînée, l'homme la saisit avec douceur et l'entraîna pendant que Reshot arrivait au ponton où Sakmet enfin les reconnut.

Séchat était à moitié inanimée. Le choc avait frappé sa tête. Elle titubait et si l'homme ne l'avait retenue solidement entre ses bras, elle se serait écroulée sur le sol.

Ahuri, Sakmet les observait de loin. C'est à peine s'il regarda l'homme qui venait de les aider.

— Montez, jeta l'homme aux deux jeunes femmes. Vous rejoindrez *L'Œil de Thot* plus tard.

— Mais, rétorqua Reshot. Nous devons embarquer sur notre bateau.

— Dans l'état où est ton amie ? fit l'inconnu en souriant. Cela serait gênant.

Puis il posa son regard sur la presque nudité de Séchat, tant sa tunique était déchirée et pendait lamentablement en loques sur ses hanches.

Entre-temps Sakmet s'était approché et posait ses yeux sur l'inconnu qui osait détailler le corps dénudé de sa compagne. Puis il le reconnut.

— Qui es-tu ? bredouilla Séchat, qui commençait à réagir.

— Je suis Neb-Amon, médecin des quartiers pauvres de Thèbes et désigné par le pharaon Hatchepsout pour suivre cette expédition.

— Mais que fais-tu là ?

— Je suis comme toi, très contrarié d'être en retard, mais satisfait d'avoir mis au monde, il y a une heure à peine dans une masure de Thèbes, un enfant vivant alors que je le croyais condamné.

Ses yeux dorés plongèrent dans ceux de Séchat.

— N'es-tu pas blessée ?

Sakmet s'énerva.

— Apparemment, seule sa robe est déchirée, jeta-t-il sèchement. Allons, montez, c'est mon navire qui doit partir.

CHAPITRE IV

Au matin suivant, Séchat avait réintégré son navire. Sa cabine n'était pas grande, mais suffisamment spacieuse et confortable pour qu'elle puisse y travailler en toute tranquillité lorsque le besoin s'en ferait sentir. Une lourde besogne l'attendait, l'obligeant à ouvrir l'œil, tendre l'oreille et laisser son cerveau en éveil permanent.

La première tâche qu'elle s'imposa fut de visiter la cale de *L'Œil de Thot*. On y avait regroupé les multiples présents destinés au roi du Pount.

Statues d'or, vases d'albâtre, pots d'argile ou en pâte de verre multicolore, divers objets en bronze ornés de cornaline, de perles, de turquoises, de lapis-lazuli, avaient été posés soigneusement les uns contre les autres, éblouissant de leur éclat les regards qui se posaient sur eux. Certes, les gens du Pount ne pourraient plus détacher leurs yeux de telles merveilles.

Dans des coffres en bois de sycomore, ciselés par les meilleurs artisans d'Égypte, étaient entassées les armes, poignards à manche d'argent, javelots, flèches à pointe d'électrum, massues, gourdins, projectiles d'attaque et de défense.

S'éloignant d'un coffre empli d'armes, Séchat s'approcha d'une bâche en toile de papyrus et en souleva le pan qui retombait au sol. Elle vit une urne en marbre vert dont les poignées avaient été sculptées en or massif. Elles représentaient les cornes de la déesse Hathor et la forme de l'urne était si éthérée qu'on eût dit la déesse elle-même.

Puis, d'un immense bahut de bois, elle sortit une pièce d'étoffe confectionnée dans un lin en provenance des ateliers de Bouhen, là où s'étendaient les immenses filatures qu'avait construites le vieux Nekbet, son grand-père.

Elle en caressa l'étendue soyeuse. C'était du lin de la meilleure qualité, celui dont on faisait des pagnes et des tuniques pour la haute noblesse et le pharaon lui-même. Un lin blanc tissé si fin qu'au toucher on eût cru la surface du pétale d'un lotus. Le bahut en regorgeait. Les rouleaux d'étoffes étaient si serrés qu'ils ne laissaient pénétrer ni la lumière ni le soleil. Encore que cela eût été difficile en cet endroit obscur et silencieux.

L'Œil de Thot débordait de présents. Dans un coin, entre le mur et l'énorme bahut de bois, posé sur un piédestal que l'on avait façonné pour qu'il serve d'encastrement parfait, un immense buste en granit rose représentait Hatchepsout avec le dieu Amon. Car, parler des dieux égyptiens aux gens du Pount ferait partie des tâches essentielles de cette expédition.

Aussi souple et silencieuse qu'un félin, Séchat sortit de la cale. Le jour lui cingla le visage et elle dut fermer un instant les yeux pour éviter l'éblouissement. Sur le pont, elle respira à pleins poumons une bouffée d'air du Nil. La nuit passée lui revenait en mémoire.

Perplexe, oui ! Elle restait hésitante sur la continuité de ce rapport nouveau qu'elle venait d'entretenir avec Sakmet.

Quand les hérauts à bord avaient clamé au son des trompettes la gloire d'Hatchepsout, Séchat était restée au bastingage jusqu'à ce que le dernier rayon de Râ s'abaissât et ne devînt plus qu'un grand feu rougeâtre embrasant le ciel.

Indécise de ce qu'elle devait penser, dire, faire. Jamais encore Séchat n'avait été dans cet état d'esprit. Et pendant que le fleuve s'éveillait à d'autres rumeurs, d'autres senteurs que celles qui fleurissaient sur ses berges, Sakmet avait tenu Séchat entre ses bras.

Ce souvenir lui apportait un frisson, un curieux pincement qui venait narguer la peau de son dos, lorsqu'elle pensait à l'instant où tout s'était déclenché. Alors qu'il s'apprêtait à lui poser une question concernant son retard, lors de l'embarcation, elle avait approché inconsciemment sa bouche de la sienne et l'interrogation de Sakmet était restée suspendue.

Puis les choses s'étaient précipitées. Sakmet n'avait pratiquement plus quitté la bouche de sa compagne, imposant à celle-ci qu'elle réponde à ses fougueux baisers. Séchat s'était alors dit qu'une telle attitude l'empêcherait vraisemblablement d'avoir à s'expliquer.

Lorsque le manque de respiration l'avait suffoquée, lorsque l'intransigeance de Sakmet s'était faite plus aiguë, elle s'était dégagée, avait relevé la tête et murmuré :

— Est-ce bien sérieux ?

Pour toute réponse, il l'avait entraînée dans sa cabine. Un lieu exigu, mais qu'il ne partageait avec personne d'autre.

Sakmet paraissait agité. Ses gestes s'étaient faits pesants, précis, soudain trop hâtifs, comme s'il n'allait pas pouvoir terminer ce qu'il avait commencé.

Il semblait à Séchat que, soudain, si l'idée lui était venue de fuir, il l'eût malmenée tant la violence de son désir était étrange. D'ailleurs, perdant la tête, le sang de ses veines s'était mis à courir avec tant de fureur qu'il explosa avant même que Séchat n'en eût apprécié les bienfaits. Sa sève bouillonnante avait jailli hors d'elle.

Avec lenteur, Séchat s'était dégagée, puis levée avec l'impression qu'un poids la soulageait.

— Il faut maîtriser tes ardeurs, Sakmet, avait-elle murmuré.

Comment aurait-elle pu oublier, en cet instant d'extrême irritation, les gestes calmes et pondérés de Djéhouty, sa parfaite assurance tranquille, la décence de ses propos, de ses envies, de ses actes ? Mais son ancien ami était resté à Thèbes, ressassant amertume et désespoir devant le refus de Séchat à poursuivre avec lui un impossible amour.

Sakmet, lui, avait abusé de sa force masculine. Jamais il ne saurait la combler. Il était aux antipodes de ce qu'elle recherchait.

Sakmet jouait toujours sur deux plans. Avec elle, il feindrait aussi. Trop ambitieux pour être honnête, il choisirait toujours le côté le plus rentable, celui qui risquait de le hisser plus haut encore.

Elle regarda les lueurs de l'aube se lever, la tête encore bourdonnante de ses réflexions. Pourquoi échouait-elle aussi lamentablement dans sa vie affective ? Pourquoi les dieux refusaient-ils qu'elle accordât sentiments et profession ? Séchat n'accumulait que regrets et amertume.

Certes, non ! Elle ne voulait pas d'une telle vie pour sa fille. Aussi avait-elle décidé que Satiah serait heureuse au harem.

⁂

À la poupe du navire, les vingt scribes de Séchat l'attendaient, immobiles, assis en tailleur, la palette posée sur les genoux.

Séchat se sentait un peu lasse. Elle s'efforça d'oublier les trop rudes caresses de Sakmet pour ne plus penser qu'à la besogne qui l'attendait.

Elle examina quelques instants en silence la double rangée de scribes et passa devant chacun d'eux, prenant le temps de les observer, s'efforçant d'inscrire dans sa mémoire chaque regard, chaque expression et geste.

Leurs visages restaient fermés, presque hostiles, mais Séchat était accoutumée à cet état d'esprit qu'elle rencontrait lorsque, pour la première fois, elle se mesurait à de nouveaux éléments avec qui elle devait travailler.

Elle s'arrêta devant celui qui la jaugeait avec un sourire dominateur, presque arrogant depuis qu'elle venait d'apparaître. Sa palette était retournée. Séchat le toisa et, défiant son attitude déjà rebelle, sourit à son tour. Puis, le quittant du regard, elle fit quelques pas devant eux et parla :

— Je suis votre chef pour la durée de cette expédition. Ainsi l'a voulu le pharaon Hatchepsout.

— Un pharaon ! Qui est le pharaon ? Je ne vois pas d'homme !

Un petit scribe assez chétif, à la perruque parfumée, les yeux passés au khôl, la paume de la main rougie de henné parut satisfait du propos qu'il venait de lancer.

— Et toi ! rétorqua Séchat, es-tu sûr d'être un homme ?

Un hoquet peu discret qui devait être les prémices d'un rire se fit entendre parmi les scribes.

L'homme au sourire arrogant la regardait en tapotant l'envers de sa palette. Il avait une belle stature et portait fière allure.

— C'est un homme ! Veux-tu qu'il te le prouve ?

— Pourquoi parles-tu à sa place ? A-t-il besoin que tu le défendes ?

Séchat commençait à craindre que les présentations d'usage soient plus complexes qu'elle ne l'avait imaginé. « Dieu de Thot ! pensa-t-elle, pourvu que ces scribes ne soient pas de la plus mauvaise espèce. »

Quand un scribe – et Séchat le savait – se mettait en tête d'être un rebelle, elle savait que rien ne pouvait l'arrêter, dût-il être banni de sa corporation. Sachant lire, écrire et compter, un scribe licencié pouvait toujours trouver un petit travail rémunérateur dans une quelconque exploitation agricole ou chez un commerçant analphabète.

Un gros homme s'agita. Il avait des yeux arrondis de chouette et des sourcils aussi fournis qu'un nid d'hirondelles. Sa corpulence était telle qu'il prenait la place de deux hommes sur le rang qu'occupaient les scribes.

— Hatchepsout est une reine, pas un roi, fit-il d'une voix rocailleuse. Elle n'est pharaon que par accident.

— Ton esprit est bien borné, petit scribe, et tu n'iras pas loin. Je crains même que ton ventre rebondi fasse, un jour, tomber l'écritoire sur laquelle tu le poses.

Alors que, parmi les scribes, quelques-uns osèrent jeter un rire étouffé, l'homme arrogant la toisa. Il tapotait toujours, d'un ongle coupé ras, le rebord de sa tablette retournée.

— Crois-tu mater les scribes comme tu as maté les artisans ? siffla-t-il, en glissant sur elle un œil bleu pervers.

— Je n'ai maté personne. Et dis-toi bien, pauvre ignorant, que certains artisans gagnent plus que toi ! Avec tes propos acerbes et stupides, tu ne leur arrives pas à la cheville.

— Je ne travaillerai pas pour toi.

Elle se planta devant lui et, bien que son cœur battît la chamade dans sa poitrine essoufflée, elle garda sur le sol le pied assuré et l'allure dégagée.

Puis, s'abaissant, elle saisit promptement la tablette du scribe récalcitrant.

— Je ne te retiens pas. Tu peux partir ! Mon serviteur Wadjmose te déposera en barque sur la berge.

Puis, désignant l'écritoire, elle ajouta dans un sourire qu'elle s'efforça de rendre naturel, malgré l'exaspération qui commençait à tenailler son visage :

— Cette tablette appartient à l'État, il est normal que je te la reprenne.

Cette fois, l'homme rentra son sourire. Mais Séchat, déterminée, résolue à l'abattre plus qu'il ne le croyait, poursuivit :

— Bien entendu, tu n'auras pas de gages puisque tu n'as commencé aucun travail.

L'homme sembla réfléchir. Mais, avant qu'il ne parle, le petit scribe à la perruque parfumée le retint d'une main dure. Il avait une poigne plus forte qu'il n'apparaissait, car la pression qu'il exerçait sur le bras de son compagnon raidissait ses doigts.

— Reste.

Quand l'autre voulut se lever, il l'immobilisa d'un mouvement sec.

— Reste, répéta-t-il, et dis-lui que tu acceptes de travailler pour elle.

— Je n'ai rien à accepter ! vociféra Séchat. Je commande.

Elle se tourna vers le scribe chétif et malingre.

— Lâche-le. Il a deux secondes pour se décider. Il reste ou il part.

Cependant, le petit homme efféminé n'en avait pas terminé. De ses doigts volontaires, il arracha l'écritoire des mains de Séchat et la jeta sur les genoux de son ami.

— Il reste et il travaille pour toi.

Enfin ! La première algarade était passée. Elle pouvait se permettre, à son tour, de leur lancer un sourire conquérant.

— Nous travaillerons par équipe. Vous êtes vingt. Que les plus matinaux se désignent pour commencer dès l'aube.

Pas un mot ne se fit entendre, mais quelques têtes se courbèrent, montrant ainsi qu'ils étaient d'accord.

— Je n'en compte que cinq, il m'en faut deux ou trois supplémentaires. Car je suppose qu'il y aura peu de volontaires pour besogner lorsque le soleil sera planté haut dans le ciel.

Aucun homme ne bougeait et pas une tête ne se baissa.

— Pour ceux-là, il y aura un salaire double, mais un temps de travail équivalent.

Elle marcha de long en large, s'arrêtant parfois pour les observer. Certains laissaient volontairement traîner leurs yeux sur leur écritoire, d'autres, au contraire, les tenaient obstinément levés sur elle, cherchant à la déstabiliser. Séchat soutint ces regards-là. Pas une seule fois, elle n'abaissa les yeux.

— Pour le cas où vous seriez fluctuants, j'accepte des équipes transmutables. Je reconnais qu'en plein midi, l'heure est suffocante et que, parfois, il est pénible de tenir la route.

Elle porta sa main à son visage, il était pâle et non maquillé. Du doigt, elle parcourut la courbe de son menton. Un geste qu'accomplissait fréquemment Hatchepsout, lors des assemblées du conseil et que Séchat se prenait à faire de temps à autre.

— Enfin, les dix derniers formeront l'équipe du soir. C'est le groupe le plus important. Car tout se passe quand les rayons de Râ sont tombés. Il faut tout observer, tout voir, tout entendre et penser que chaque fait a son importance.

Elle laissa tomber son regard sur l'un des scribes qui la regardait plus attentivement que les autres.

— Encore qu'il faille ouvrir l'œil à l'aube, car il s'y passe aussi des événements qui ne sont pas de moindre intérêt.

Le scribe qui la regardait posément, le front droit levé sur elle, avait un visage en longueur et des cheveux naturels tombant à ras des épaules. Ses larges yeux gris s'allongeaient sous de fins sourcils et un pli profond barrait ses joues, s'arrêtant à la commissure de ses lèvres minces.

Séchat soutint son regard qui ne semblait pas agressif.

— Je veux des rapports complets, précis, couvrant tout le cadran solaire.

Elle s'approcha du scribe aux yeux gris qui, pas une seule fois, n'avait souri ni bronché ni soufflé, mais qui l'observait toujours avec insistance.

— Tu t'appelles Mettouth.

— C'est en effet mon nom.

Elle pointa son doigt sur lui.

— L'administration m'a parlé favorablement de ton travail et de tes compétences. Tu as, paraît-il, l'esprit d'analyse et de synthèse. Deux qualités que j'apprécie dans le travail lorsqu'elles sont conjuguées harmonieusement.

Comme il la regardait sans sourciller, elle poursuivit :

— Tu seras donc chargé, chaque mois, de faire un rapport sur l'ensemble du travail. Il te faudra rassembler les récits en un seul que tu me soumettras le dernier jour du mois.

Le gros homme aux yeux de chouette eut un ricanement étouffé, ce qui fit basculer l'écritoire qui glissa de son ventre. Il la rattrapa d'une main agile.

— Quelque chose à dire ? s'enquit Séchat en le regardant froidement.

Comme l'homme ne répondait pas, se contentant de jeter à son voisin maigrelet un sourire entendu, elle reprit :

— Non ? Alors, je poursuis. Chaque fin de mois, je prendrai connaissance du rapport général. Si tout se passe bien, chacun sera rémunéré comme il le mérite.

Elle jeta un œil sur la palette toujours retournée du scribe le plus récalcitrant qui, d'ailleurs, ne se départait pas de son sourire malveillant.

— Comment t'appelles-tu ?

— Kiffit.

— Alors, Kiffit, sache que je n'admettrai aucune contestation sur ce bateau, encore moins une rébellion. Celui qui s'opposera à mes principes, mes méthodes de travail ou simplement mon autorité sera débarqué sur le prochain port. Tu peux partir, dès à présent. Si, demain, je ne te vois pas à bord, je n'en serais nullement contrariée.

Elle recula d'un pas, fit un dernier tour d'horizon sur la rangée d'hommes restés immobiles.

— Ce conseil est d'ailleurs valable pour tous. Ne resterait-il que deux ou trois d'entre vous, nous ferions la même besogne. Car, sachez que, si je sais commander, je sais aussi travailler.

⁂

Depuis que les navires prenaient un peu d'allure, Reshot avait la mine si creuse et le teint si décomposé, tant elle vomissait tripes et entrailles, qu'elle ne quittait plus la cabine qu'elle partageait avec Séchat.

Les deux nattes en fibres de papyrus où elles dormaient étaient posées côte à côte. En face, une table de travail s'appuyait contre le mur et deux sièges se glissaient en dessous ainsi qu'un coffre de dimension modeste, car il fallait ruser avec l'espace restreint qu'offraient les cabines.

Reshot eut un haut-le-cœur lorsque le bateau glissa sur la droite.

— Nous accostons à Denderah, fit Séchat. Ne veux-tu pas sortir, ce soir ? Je n'ai aucun travail à faire avant d'avoir lu les premiers rapports des scribes.

— Sortir ! Mais où veux-tu aller ? fit Reshot en posant la main sur son cœur malmené et en avalant une large rasade d'air qui parut lui ramener quelques couleurs.

— Nous connaissons la ville. Dès que nous serons à quai, nous chercherons une petite auberge et nous y dînerons. Cela te fera le plus grand bien.

— Je n'ai guère envie de dîner.

— Reshot, tu n'as rien avalé depuis deux jours. Regarde tes joues ! Elles sont creuses et livides. Tu as besoin de tâter le sol de tes pieds, cela te remettra d'aplomb. Allons ! Habillons-nous et ne traînons plus.

— Mais, Séchat ! Nous n'avons aucune escorte.

— Nous emmènerons Wadjmose avec nous, si cela te rassure, bien que je me sente fort capable d'affronter, seule avec toi, la clientèle d'une auberge.

Reshot fit la moue et reprit une attitude alanguie. *L'Œil de Thot* venait d'accoster. Deux hommes d'équipage jetaient l'ancre. Le navire s'était immobilisé.

— Allons, la pressa de nouveau Séchat, regarde ta mine. Un bon repas sur le sol ferme et tu retrouveras ta forme.

Séchat passa une robe à bretelles en lin bleu et l'agrémenta d'un collier de turquoises. Puis, elle dessina un trait de khôl autour de ses yeux, les allongeant considérablement et, laissant ce soir-là sa perruque tressée, elle demanda simplement à Reshot d'oindre ses cheveux d'huile parfumée.

Sur le bastingage, elles se heurtèrent au commandant de bord. C'était un homme d'une quarantaine d'années, carré, massif, sévère. Il avait le visage si foncé et le cheveu si frisé qu'on eût dit un Nubien. Séchat se dit qu'après tout, il pouvait fort bien descendre de ce pays voisin d'Égypte, d'autant plus que Thouty n'était pas homme à choisir ses amis en fonction de leur origine.

Ils se saluèrent cordialement et lorsqu'elles passèrent près de lui, il proposa courtoisement de les aider à descendre. Séchat remercia, mais refusa. Sa barque personnelle l'attendait. C'était une petite embarcation légère qui ne faisait qu'un court trafic entre le navire et le quai.

Séchat avança le cordage qui la reliait au vaisseau, puis le détacha et, en quelques coups de rame, elles furent sur le quai du port.

Elles avaient finalement décidé de ne pas emmener Wadjmose avec elles, préférant garder une intimité plus complète.

À peine avaient-elles quitté les abords du fleuve et approché le centre de la ville qu'elles tombèrent sur une auberge accueillante. C'était un établissement assez bas, carré et cossu, confortablement situé au fond d'une placette entourée de sycomores d'où se dégageait un fumet agréable.

Les jeunes femmes pensèrent que la cuisine devait y être bonne. Lorsqu'elles entrèrent, l'unique salle les surprit par sa grandeur et sa clarté.

Habituellement, les échoppes des aubergistes restaient souvent sombres. Celle-ci était vaste et s'éclairait grâce à des torches disséminées tout au long des murs où s'accrochaient des pots d'argile et de la vaisselle en grès.

Sur le pas de la porte, elles hésitèrent, attendant que l'homme qui servait vînt à elles.

À l'une des tables, celle d'extrême gauche, était installée une fille brune aux yeux verts. Elle était entourée d'un halo de fumée à travers lequel Séchat distingua des traits d'une beauté sauvage presque agressive.

Elle était seule et semblait attendre. Un geste nerveux s'empara de ses doigts qui tapotaient le rebord de la table.

Ses cheveux noirs étaient relevés en un chignon naturel, épais, dans lequel elle avait juste piqué une fleur de jasmin.

Plus loin, deux autres tables étaient occupées par des clients lourdauds, gros, au visage rouge et parlant bruyamment. Mais, la finesse de leur tunique et les bijoux de bronze qui entouraient leur cou signifiaient l'importance des personnages.

D'un regard exercé, l'hôtelier jaugea les jeunes femmes, parut satisfait de leur prestance et vint les placer à une table qui jouxtait celle de la jeune fille brune.

Dans l'entrebâillement de la porte, venait un autre personnage. Grand, de belle allure, il portait une tunique rayée, ample et de vive couleur. Sa barbe noire, taillée avec soin, et son air sévère le faisaient apparemment passer pour un riche commerçant juif.

Il salua et s'avança, tandis que l'aubergiste se dirigeait vers Séchat et sa compagne.

— Que voulez-vous prendre, nobles dames ? s'enquit-il en se courbant vers elles.

— Un bon repas, fit Séchat en souriant. Que nous proposes-tu, hôtelier ?

— Un gardon farci de courgettes et d'oignons dont vous me direz des nouvelles.

Il renifla en levant le nez et, au passage, heurta le regard du commerçant juif.

— Entendu pour ton gardon. As-tu des galettes de blé grillées ?

— Certes, noble dame. Assorties du miel le plus parfumé de la région.

Deux autres clients arrivaient. L'aubergiste les regarda, s'inclina devant le commerçant et lui fit la même proposition.

Peu à peu la salle s'emplissait et le bruit assourdissait les oreilles les plus fines. Soudain, la porte s'ouvrit sur une silhouette qui fut de suite familière à Séchat.

— Sakmet, murmura-t-elle, alors qu'il ne l'avait pas encore vue.

Avant qu'il ne l'eût aperçue, elle vit sa voisine, la jeune fille aux cheveux noirs, se lever précipitamment.

Mais à peine était-elle contre lui que Sakmet aperçut Séchat. Il eut un léger sursaut, sembla hésiter quelques secondes et choisit soudain la désinvolture.

— Séchat ! s'exclama-t-il aussitôt, pourquoi ne m'as-tu pas dit que tu venais ici ?

— Mais…

Un bruit de chaise lui fit tourner la tête. La fille brune avait brusquement repoussé Sakmet et venait vers elle, l'apostrophant avec audace.

— Le dieu des scribes me viendrait-il en aide, es-tu bien l'Intendante des Artisans ?

Surprise, Séchat acquiesça d'un bref mouvement de tête.

— Es-tu aussi le chef des scribes qui œuvrent pour l'expédition du Pount ?

À nouveau, Séchat acquiesça. Un coup d'œil en direction de Sakmet l'assura qu'il n'était en rien gêné, ce qui l'étonna davantage.

La fille dardait sur elle ses prunelles sombres que des lueurs douceâtres allumaient comme une braise incandescente.

— C'est bien moi. Que me veux-tu ?

— Connais-tu Ménenn ?

— Non. Qui est-ce ?

— Mon fiancé. Un de tes scribes.

Elle parut gênée. Pourtant ses yeux hardis, dont la lueur semblait ne pas quitter ses prunelles, incendiaient chacun de ses mots.

Elle se tortilla comme une enfant et fit la moue. Sa bouche était pulpeuse, rouge, sans doute très parfumée.

— Nous sommes fâchés, fit-elle en rougissant légèrement. Il ne veut plus me voir.

— En quoi cela me concerne-t-il ?

— C'est que... Vous pouvez peut-être m'aider.

— Vous aider !

— Je viens de Thèbes. Je suis arrivée dans cette ville pour me réconcilier avec lui. Veux-tu lui remettre cette bague ?

Elle ôta de son index un anneau sur lequel était sertie une perle blanche.

Séchat saisit le bijou que lui tendait la jeune femme et l'observa.

— Il comprendra ainsi que je souhaite cette réconciliation. S'il garde la bague, je saurai qu'il veut me revoir.

— Et s'il me la rend ?

— Tu pourras la remettre à Sakmet ? Nous nous connaissons depuis longtemps, lui et moi.

— C'est donc pour cette raison que tu m'as fait venir, répliqua celui-ci en riant. Pour arranger tes affaires de cœur ?

— Quand j'ai vu la Grande Séchat, fit la jeune fille, j'ai tout de suite compris que mon message passerait mieux par elle.

Elle se tourna dans sa direction et prit sa main qui tenait le bijou.

— Je vous en supplie. Parlez-lui. Je suis malheureuse depuis que nous ne nous voyons plus. C'est ma seule chance de le contacter puisqu'il m'est interdit de monter à bord de votre vaisseau.

— Bien sûr. Je te promets de la lui remettre.

— Tu es bonne et compréhensive et je suis soulagée. Maintenant, je vais pouvoir prendre mon repas.

— Ne peux-tu te joindre à nous ?

Séchat désigna Reshot.

— Voici ma compagne. Nous pouvons peut-être partager ce dîner. Nous parlerons davantage.

— Je ne veux pas vous importuner.

— Qui parle de gêne ?

La jeune fille brune eut un sourire ambigu.

— Je m'appelle Néset et je vis à Thèbes avec ma mère et ma sœur. Nous tenons un commerce d'étoffes.

Elle se tourna vers Sakmet qui, malgré son assurance, restait assez perplexe.

— Tiens, assieds-toi. Puisque Séchat nous propose si gentiment de dîner ensemble, faisons-lui l'honneur d'accepter.

Elle paraissait tout à coup volubile. Ses gestes se firent hâtifs, tous les muscles de son visage étaient en mouvement.

— Je vais commander un petit vin régional que je me ferai un plaisir de vous offrir.

Elle se pencha à l'oreille de Séchat.

— Je suis sûre que vous gagnerez ma cause auprès de Némenn. Il ne vous résistera pas.

Puis, joyeuse, elle se dirigea vers le tenancier de l'auberge et lui parla à voix basse. Lorsqu'elle revint, elle portait deux coupes pleines.

— Laisse-moi t'offrir ce petit vin de Coptos et buvons à notre amitié.

Elle tendit à Séchat la coupe, mais Sakmet la heurta si violemment que le vin se répandit en partie sur le sol, salissant la tunique des deux jeunes femmes.

Puis il courut à la porte qui venait de s'ouvrir, tourna la tête de droite à gauche et revint en maugréant.

— J'ai cru apercevoir l'homme qui m'a dérobé mon poignard, tout à l'heure, lorsque je cherchais cette auberge.

Il hocha la tête devant le tenancier qui arrivait ahuri.

— Je crois m'être trompé. Ce n'était pas lui.

Il prit soudain un air fortement contrarié en regardant les deux tuniques souillées.

— Je suis désolé. Il ne me reste plus qu'à me faire pardonner. Aussi, vous êtes mes invitées, et que personne d'autre que moi ne débourse le plus petit dében.

Il héla à voix forte l'aubergiste qui repartait vers son comptoir.

— Allons, apporte-nous ce gardon farci aux aubergines et cette grande cruche de vin que tu viens de prendre sur la table de ce client qui n'a rien bu.

Tout était si précipité que Séchat ne savait quoi penser. La discussion fut assez terne. D'ailleurs, Néset regarda la clepsydre qui annonçait une heure tardive et prétexta une grande fatigue pour prendre congé de ses invités.

Silencieuse, Séchat réfléchissait. Une coupe de vin renversée sur sa robe avait, autrefois, ouvert la voie à de multiples traquenards dont elle était le centre.

CHAPITRE V

Hatchepsout ne réclama Séchat qu'à l'approche d'Hermopolis. La fête du dieu Thot s'y déroulait sur les bords du fleuve et son effervescence s'étendait jusque sur les places publiques de la ville pour atteindre les rues et ruelles les plus étroites.

Le fleuve avait perdu cette teinte de malachite que prenaient ses eaux calmes aux derniers jours de la saison d'akhit. Au-dessous du vol alourdi des oiseaux migrateurs, le Nil commençait à rouler de gros flots brunâtres qui annonçaient la crue.

Plus les navires s'avançaient dans le fayoum et plus la végétation changeait de formes et de couleurs. Les bosquets de papyrus devenaient denses et chargés de mystère. Par hordes, les hippopotames descendaient le Nil et les grues cendrées s'aventuraient, hardies et majestueuses, jusqu'aux abords des villages.

Dès l'aube, Séchat avait quitté *L'Œil de Thot* pour rejoindre *Le Sceptre d'Amon* d'où la reine et sa suite devaient amorcer la procession.

Mais déjà, la fête du dieu Thot battait son plein depuis deux jours et, ce matin-là, la journée s'annonçait plus agitée dans la ville et plus nerveuse encore par l'arrivée de la pharaonne et de ses vaisseaux.

Encadrée de Senenmout et de Séchat, Hatchepsout fut portée dans sa litière à travers les rues d'Hermopolis. Néhésy la précédait avec les cinquante soldats embarqués et, à l'arrière du convoi royal, suivaient Thouty, Néfret son épouse et Sakmet. La foule acclamait son pharaon comme il se devait.

Dignitaires, prêtres, commerçants, artisans, agriculteurs, tous criaient les vivats d'usage et les ovations qui s'imposaient. Beaucoup d'entre eux n'avaient pas encore vu le visage de celle qui remplaçait le dieu vivant de l'Égypte et certains, s'ils n'étaient pas convaincus de l'authenticité du Taureau Puissant, applaudissaient cependant pour ne pas attirer une attention qu'il eût été gênant de montrer.

Perdue dans les palmiers et la verdure qui ombrageaient les alentours, la ville s'agitait de bruits, de tumultes et de couleurs. Les prêtres balançaient en cadence leur encensoir d'où sortait une fumée aux senteurs d'eucalyptus. Les volutes serpentaient au-dessus de leurs visages, dévoilant à peine leurs lèvres qui murmuraient les incantations divinatoires destinées au dieu Thot.

Quand ils cessèrent leurs psaumes, les chanteurs entonnèrent des hymnes graves aux intonations nostalgiques comme s'ils devaient, à un moment donné, s'étouffer dans l'épaisseur des marais avoisinants.

Il semblait à Séchat que ces chants, dont l'intensité ne s'élevait pas en plein ciel comme sur les bords de Thèbes, se teintaient plutôt d'une lourdeur qui annonçait la complexité d'un territoire étrange, celui des peuples de la Mer.

Les musiciens agitaient leurs sistres et leurs crotales en un rythme lent, cadencé par le pas des soldats qui avançaient vers les colonnes du temple de Thot.

L'œil inquisiteur de Senenmout allait au-delà de toute possibilité d'observation. Quant à celui de Sakmet, dont l'assurance sortait tout droit de sa montée en puissance, il suivait le déroulement du défilé royal, prenant le parti d'oublier Néset qui, le pas dans le sien, suivait en silence, un sourire ambigu sur les lèvres.

Elle avait beau se faire anodine, insignifiante parmi les autres, son allure insolente jaillissait de tous les pores de sa peau. Et, pourtant, pas un seul instant, elle ne se douta que Séchat l'avait identifiée et que ses recherches l'avaient amenée à connaître son identité. Une identité lourde de conséquences.

On déposa la litière d'Hatchepsout sur la place, face au temple dont les épaisses colonnes blanches s'élevaient en plein ciel.

Large, spacieuse, la place offrait une vue dégagée aux abords de la ville. Elle était agréablement bordée de palmiers et d'acacias qui diffusaient l'ombrage indispensable à l'ordonnancement de cette halte. Deux fontaines se faisaient face où coulait une eau fraîche et le bruissement léger du filet limpide sur la pierre blanchie se mêlait aux murmures incantatoires de la procession.

Jusqu'au soir, le cortège des manifestations défila devant la reine et sa suite.

C'est alors qu'entre les deux fontaines et le bruissement de leur jet cristallin, vint une fillette au teint mat et à la chevelure brune éparpillée sur ses frêles épaules. Deux grands yeux d'une teinte incertaine s'ouvraient sur les ailes d'un nez fin et d'une petite bouche rouge et pulpeuse.

Bien que la nuit commençât à tomber, on pouvait remarquer son extrême jeunesse doublée d'une réelle beauté. Sa grâce était telle que les hommes ne cessaient de porter leur regard sur les déhanchements de sa jeune silhouette, car sitôt devant la reine, elle se mit à danser.

Ses gestes étaient parfaits et gracieux et si les hommes restaient rivés sur la sinuosité onctueuse de ses mouvements, les femmes, elles aussi, ne pouvaient rester insensibles. Même les plus professionnelles n'auraient pu contester son art.

Hatchepsout la remarqua, mais n'y porta pas une attention particulière. Elle se tourna vers Séchat.

— La journée s'achève et nous n'avons pas encore eu le temps de discuter ensemble malgré mon désir de parler avec toi. J'avais envie de te voir, Séchat. Il m'est agréable d'observer le dynamisme qui te caractérise et qui, à nul moment, ne te quitte. Dis-moi, tes scribes te donnent-ils satisfaction ?

Séchat hésita avant de parler. Que devait-elle répondre ? Ses doutes n'atteindraient pas la reine. Ses craintes – car elle avait vu cette fille qui se disait fiancée à l'un de ses scribes suivre le convoi royal – ne s'élevaient qu'à sa propre hauteur. Même Sakmet ne paraissait pas troublé.

— Oui, Majesté, répondit-elle. Nous allons faire de l'excellent travail.

Sa peau frémit un instant. De l'excellent travail ! Alors que la plupart de ces hommes lui étaient hostiles ! Et que, la veille, dans une taverne, une coupe renversée sur sa robe l'obligeait à tirer des conséquences fâcheuses. Contenait-elle un soporifique ou un poison ? La question ne cessait de l'obséder. Par pure précaution, elle n'avait pas lavé sa robe. C'eût été une folie que de faire disparaître trop vite les traces d'un tel acte.

Le lendemain, avant que les cordages du bateau ne soient détachés et qu'il ne quitte le port de Coptos, elle avait ordonné à

Wadjmose d'aller quérir à l'auberge le nom et la profession de cette fille. La réponse l'avait anéantie, engloutie dans un abîme de réflexions inextricables.

Néset ! Cette fille qui connaissait Sakmet s'appelait bien Néset. Mais elle n'était pas fille de commerçant. Elle travaillait à Thèbes à la « Taverne de Min ». L'auberge l'accueillait chaque soir où elle rencontrait un noble qui taisait son nom. Qu'elle en vînt à faire le rapprochement avec ses rivaux les plus acharnés, Ouser ou Mériptah qui n'avaient pas encore quitté le pays, devenait inévitable.

Le coup avait tant ébranlé la jeune femme qu'elle n'en avait pas fermé l'œil de la nuit. N'aurait-elle donc aucun répit ? Ne pouvait-elle accomplir son métier de scribe dans la sérénité de ses pouvoirs ?

Néset ! Ce n'était certes pas une pure coïncidence que ce fût, là, le nom de la soi-disant nourrice qui autrefois avait enlevé sa fille à Bouhen.

L'intrigante, qui partageait sans scrupules la couche de Mériptah et celle d'Ouser, avait déjà séduit Sakmet. Et, bien que celui-ci se soit défendu de toute assiduité à son égard, Séchat savait maintenant qu'il n'en était rien et que les charmes de Néset continuaient à l'exciter.

Fallait-il donc que Séchat retournât dans son esprit des situations toujours embrouillées, des questions qui restaient sans réponses et pour lesquelles d'incessants doutes amenaient en elle des scrupules sans fin ?

De nouveau, Séchat se trouvait déstabilisée. Pourquoi Sakmet l'avait-il empêchée de boire la coupe que Néset lui tendait ? Pour qui travaillait-il ?

Se pouvait-il qu'elle ait fait une grossière erreur en lui dévoilant l'existence des cartes du Pount lorsqu'elle était entre ses bras ?

Elle dut cependant écarter pour un temps ses soupçons, car Hatchepsout lui parlait encore :

— Je suis sûre, Séchat, que tu vas faire de l'excellent travail, car, souviens-toi, je veux que l'on rapporte faits et gestes de cette expédition et qu'on les inscrive sur les bas-reliefs de mon temple à Deir el-Bahari.

Ses yeux retournèrent à la fillette qui, en des circonvolutions très étudiées, cherchait visiblement à attirer l'attention du public.

— Regarde cette petite, fit la reine. Elle est très jeune, elle danse bien et sa beauté n'est pas ordinaire.

L'adolescente avait à peine terminé les mouvements frénétiques de sa danse qu'elle en esquissa aussitôt de plus lents, prenant appui sur ses jambes écartées, cambrant les reins, virevoltant. Elle ployait tant le dos à l'arrière qu'elle touchait le sol de son front et, lorsqu'elle se relevait, ses pieds nus soulevaient la poussière et disparaissaient dans l'espace comme des feuilles légères emportées par le vent.

Soudain, l'arrêtant dans un nouvel élan, deux soldats apparurent et lui prirent brutalement le bras.

— Allons, viens, fit l'un d'eux.

Il avait sans doute la poigne forte, car la petite se mit à gémir.

L'autre la poussa violemment dans le dos.

— Laissez-moi, jeta la fillette d'une voix rauque. Je ne fais rien de mal.

Et d'un coup de reins brusque, elle se dégagea. Mais elle n'eut pas raison de la force des deux hommes qui la tinrent plus solidement encore, la forçant à s'agenouiller sur le sol.

— Indisposer de la sorte Sa Majesté le Pharaon est une insulte, dit le plus grand en faisant ployer ses épaules à terre. Excuse-toi.

Se levant de sa chaise à porteurs, la reine s'interposa, écartant de la main les deux flabellifères qui, postés derrière elle, l'éventaient.

— Que lui voulez-vous ?

Les soldats lâchèrent la danseuse et se prosternèrent, mains à plat sur le sol. Le moins grand se releva plus vite que son compagnon.

— C'est une danseuse publique, fit-il d'un ton mauvais. Elle gêne les yeux de votre Majesté.

Hatchepsout se mit à rire.

— En tout cas, elle ne gêne nullement les yeux de cette foule, car je vois plus d'un homme dans cette assemblée qui la regarde avec un air de convoitise.

N'osant se relever, la jeune fille jeta ses yeux inquiets sur elle.

— Qui vous a dit que la danse de cette petite m'indisposait ? Elle ne gêne nullement mes yeux. Bien au contraire et je rends hommage à sa grâce et à sa beauté naissante.

Puis, elle se tourna vers l'adolescente.

— Qui es-tu, fillette ?

— Méryet, je suis orpheline depuis deux ans et je danse pour gagner ma vie.

— N'as-tu donc aucune famille ?

— Juste un oncle qui me forçait à garder les chèvres dans les marais. Il me nourrissait à peine malgré les travaux ménagers que j'effectuais, chaque soir, lorsque je rentrais à la cabane.

— Où est cet oncle ?

— Quelque part dans le fayoum. Je me suis échappée, Majesté.

Appréciant la franchise de la jeune danseuse, la reine l'observa plus attentivement.

— N'as-tu pas d'autre famille ?

— Aucune, Majesté. Hélas, les prêtres me fuient. Ceux du temple de Thot comme ceux d'Héliopolis ou de Thèbes. Ils disent que je vais mal tourner. Ne voulant faire aucun effort en ma faveur, ils m'obligent ainsi à danser dans les rues, sur les places publiques, pour la foule ou devant les boutiques des commerçants.

Elle hésita et, voyant que la reine jetait à nouveau un œil compatissant sur son cas, elle poursuivit.

— Mais ce sont les danses sacrées qui me plaisent.

— Les connais-tu ?

— Toutes, Majesté.

Hatchepsout fit un geste à ses flabellifères qui l'éventèrent aussitôt, car la chaleur ne s'était guère atténuée et le soir s'annonçait étouffant.

— Allons jusqu'à cette oasis de verdure que j'aperçois là-bas. Nous y serons au frais et à l'aise. Tu vas me montrer ce que tu sais faire. Qu'on aille chercher les musiciennes.

Comme la nuit était tombée, rude, chaude et que l'obscurité commençait à envahir les environs, elle donna les instructions afin que les porteurs de torches vinssent éclairer la placette où chacun s'installa en position assise sur un sol devenu plus frais.

Pour Hatchepsout, on déroula un tapis en feuilles de papyrus et des jeunes filles vinrent y jeter des fleurs de lotus dont l'effluve parfumé emplit aussitôt l'air du soir.

Enfin, on apporta des coussins et la reine réclama à voix forte que Séchat vînt s'asseoir à ses côtés. Pour une fois, Senenmout qui ne quittait plus la reine depuis l'agression qu'elle avait subie dans le désert de Deir el-Bahari, resterait derrière elle.

Plus loin, imperturbable mais vigilant, Néhésy tenait la garde, entouré de son armée. Au moindre bruit singulier, fût-ce le bruissement du feuillage devenu un peu trop sonore par le vent du soir qui s'y engouffrait, les archers tendaient leurs arcs.

La jeune fille faisait face à la reine, nullement craintive, juste respectueuse, comme il le fallait. Cette enfant avait en elle un don inné de grâce et de majesté.

Lorsque les musiciennes furent installées autour d'elle, jouant de la harpe et de la flûte, agitant leurs sistres et leurs crotales, Méryet se mit à danser. Chacun la regardait, médusé. Les gestes collés à sa peau, elle attirait tous les regards.

Soudain, en une suite de circonvolutions compliquées, elle s'approcha, puis frôla de la hanche une musicienne qui agitait son sistre. S'abaissant, elle glissa une épaule frétillante vers la musicienne et, tout en poursuivant sa danse, s'empara du sistre et l'agita en rythmant ses pas sur le son qui en sortait.

Étonnée, la musicienne se laissa faire. Méryet secouait le sistre et accorda ses pas sur le rythme qu'elle donnait à sa danse. Elle s'approcha d'Hatchepsout et, à ses côtés, Séchat remarqua qu'elle frôlait presque la reine tant elle était près.

L'effleurant de son corps, Méryet dansa quelques secondes, puis d'un bond se plaqua au sol et, d'un coup sec, frappa le sistre à terre.

Elle venait de trancher en deux un énorme scorpion qui s'apprêtait à grimper sur l'une des jambes des jeunes femmes, sans que l'on sache s'il devait choisir celle de la reine ou celle de la scribe.

Aussitôt les soldats se précipitèrent et la saisirent. D'un bond de fauve, les yeux enflammés par la fureur, Senenmout se leva.

Méfiante depuis l'aube, Séchat fut la première à réagir.

— Majesté, cette jeune fille vient de nous éviter un bien vilain destin, fit-elle d'un ton apparemment paisible.

Puis, tranquillement, elle se pencha sur la queue coupée du scorpion qui, sous le choc de la mort, s'était enroulée en une monstrueuse volute.

— Lâchez cette enfant ! s'écria la reine à son tour en se tournant vers les gardes. Ne voyez-vous pas qu'elle vient de me sauver la vie ?

Séchat s'efforçait de ne pas trembler. Un fort pressentiment l'avertissait que le scorpion lui était destiné. Quant à Hatchepsout, elle était pâle, mais sa main restait ferme. Elle la tendit à l'adolescente.

— Allons, fit-elle d'un ton détaché, tu as bien mérité que je t'engage au temple d'Amon. Tu y rentreras dès notre retour à Thèbes. En attendant, veux-tu nous suivre au Pount ?

Méryet s'inclina, ses petites mains mates posées à plat sur le sol. Puis, sur un signe d'Hatchepsout, elle releva la tête et baisa le bas de sa robe.

— Je vous suivrai là où vous désirez, Majesté.

— Sais-tu lire et écrire ?

La petite fit un geste négatif de la tête.

— Alors, Séchat t'apprendra. Tu ne peux avoir meilleur professeur. Chaque matin, tu iras sur son navire prendre tes leçons.

Elle se tourna vers Séchat.

— Pourras-tu, de temps à autre, distraire quelques heures pour enseigner l'art des hiéroglyphes à cette enfant ?

— Certes, Majesté. Méryet saura lire et écrire lorsque nous rentrerons à Thèbes.

⁂

Les navires restèrent appareillés encore deux jours. Ils ne devaient quitter le port d'Hermopolis qu'à la fin des fêtes du dieu Thot.

Ce soir-là, afin d'éviter Séchat, il fut décidé entre Sakmet et Néset qu'ils se retrouveraient là où elle ne pouvait se rendre.

C'était une vulgaire maison de bière dans un quartier sombre de la ville. Des masures en brique crue, aux murs craquelés et aux toits inexistants, d'autres plus rudimentaires encore, en boue séchée, sans fenêtres, avec une simple ouverture basse et étroite où le jour n'entrait jamais, bordaient l'étroite ruelle.

Marins, dockers, rôdeurs, étrangers aux allures louches, colporteurs aux mines de prisonniers évadés, venaient autant y absorber des rasades de mauvaise bière qu'y chercher une vulgaire fille pour passer quelques instants de plaisir.

Sakmet exécrait ces lieux sordides qui lui rappelaient une adolescence défavorisée, une jeunesse où il n'avait accès ni au luxe ni même aux simples loisirs que tout Égyptien de modeste envergure peut s'offrir une ou deux fois l'an.

Dans une des encoignures de l'unique pièce qui sentait la bière, le vin et la sueur, un homme trapu, borgne et poilu étreignait à même le sol une fille qui, depuis longtemps déjà, avait ôté sa tunique défraîchie. Le vêtement usagé et fripé traînait dans la poussière du sol en terre battue.

Un tréteau sur lequel étaient posés des pots de bière encombrait le fond de la pièce et, derrière, debout et titubant, à moitié endormi par les mauvaises vapeurs d'alcool, l'homme qui servait les clients ne devait guère distinguer leurs visages.

Sakmet regarda froidement Néset dont les yeux restaient imperturbables. Sa bouche rouge et sinueuse esquissa un sourire ambigu, peu avenant, presque malveillant.

— Néset ! Si, à nouveau, tu mets en jeu la vie de Séchat, je te dénoncerai.

La jeune femme se mit à rire, nullement troublée.

— D'accord, mais tu te dénonceras toi-même.

Il eut un geste de colère.

— Alors, tue-la et je te supprimerai. Foi de Sakmet !

— C'est un air que tu m'as déjà joué, fit-elle en prenant lascivement sa grande main brune dans la sienne.

Elle fit jouer ses doigts fuselés et blancs sur la peau sombre de son compagnon.

— Ne crains-tu pas de me lasser avec de tels arguments ?

Il retira brusquement sa main qu'elle égratigna au passage.

— Cette fois, je tiendrai promesse. Ne t'avais-je pas déjà dit de laisser sa fille ? Ce rapt d'enfant a été la plus grosse erreur de ta vie d'intrigante et d'espionne. C'est une faute que tu paieras un jour. Même si je suis étranger à cette dénonciation.

— C'est Ouser qui me l'a ordonné, fit-elle d'un ton sec. Ton avis, Sakmet, était de bien petite portée à côté de celui qui deviendra l'ambassadeur de tous les pays du Nord.

Elle prit le pot de bière posé au centre de la table et le tendit à son compagnon.

Deux hommes entrèrent, se tenant par l'épaule. Ils étaient ivres, titubaient, se raccrochaient l'un à l'autre et, plaisantant à voix forte, finirent par rejoindre l'homme qui servait les clients derrière le tréteau de bois.

— Cette scribe n'est pas à plaindre. De quoi te mêles-tu ?

— Cela me regarde.

— N'a-t-elle pas retrouvé sa fille ? Il n'a jamais été question de tuer cette enfant.

— Et hier soir ?

— Ce n'était qu'une petite pincée d'extrait de laurier-rose et d'eucalyptus. Cela parfume le vin et n'aurait fait que l'endormir jusqu'au soir suivant. As-tu eu peur à ce point ?

Sakmet grommela une imperceptible réponse. Comme il ne buvait pas, elle reprit le pot et le porta à ses lèvres.

— Es-tu amoureux d'elle ?

— Cela ne te regarde pas, lança-t-il avec défi. Mes sentiments pour autrui ne te concernent en rien.

Elle se fit enjôleuse, lui jetant un œil de velours.

— Autrefois, tu n'étais pas si avare de tes sentiments envers moi.

— Ce temps-là est fini, Néset. Tu m'as séduit naguère, certes, mais je ne t'aime pas.

— Es-tu donc certain d'échapper à mon filet de séductrice ?

— À présent que j'en connais chaque maille, aucune ne me prendra désormais. Tes charmes n'ont plus d'effet sur moi, Néset.

— En es-tu si sûr ?

Le couple qui s'étreignait sur le sol tout à l'heure se sépara sans plus de façon. La fille remit sa robe sale et fripée et se dirigea vers l'un des hommes ivres qui la dévisageait avec concupiscence.

Néset fixa Sakmet de ses yeux allongés sous le khôl qui la maquillait avec grâce. Elle se leva, quitta son siège de bois dur, puis vint s'asseoir sur ses genoux. Il la repoussa sèchement.

— Je ne t'ai jamais aimée, Néset. Je t'ai simplement désirée.

— Qui te parle d'amour avec moi ?

Il eut un air de mépris, regarda la fille du bar qui s'offrait, à présent, à l'un des ivrognes récemment entré. Elle se collait vulgairement à l'homme qui s'essoufflait déjà, le pagne relevé, les jambes écartées.

En quoi Néset pouvait-elle être dissemblable ? Juste un maintien plus gracieux, une robe tissée dans un des plus beaux lins d'Égypte, un collier d'or et des bagues en pierres fines, un maquillage parfait qui lui donnait des yeux de gazelle et une bouche en bouton de lotus.

Certes, à part cette apparence, Néset n'était guère différente de cette pauvre prostituée qui se donnait aux hommes pour quelques poignées de figues, quelques grenades ou deux ou trois pains d'orge. La fille qui s'offrait vulgairement à ces hommes avait-elle seulement reçu dans sa vie un bracelet ou quelques débens de cuivre ?

Comme si Néset prenait conscience du cruel examen de son compagnon sur sa personne, elle plaqua violemment ses lèvres sur les siennes et chercha l'unisson de sa bouche. Mais, détournant rageusement la tête, il refusa la communion du baiser qu'elle lui offrait.

— Soit, fit-elle dans un soupir alangui. Je ne toucherai plus à ta Séchat. Cependant, si un autre que toi l'ordonne, seul son avis comptera.

Il lui glissa un regard en biais. Elle réagit aussitôt.

— Mais, comment veux-tu que je dérobe la carte du Pount si je ne l'écarte pas un moment de sa cabine ? Elle sort à peine. Cette soirée nocturne d'hier était une aubaine. À Coptos, elle est descendue, juste quelques heures, pour se réapprovisionner en feuilles de papyrus et en encres diverses.

— L'espionnes-tu donc à ce point ?

Elle haussa les épaules.

— Et pire encore ! Sa servante garde toujours la cabine. Sur le pont, elle est malade comme un chien empoisonné.

Elle se mit à rire et s'approcha à nouveau de Sakmet, se fit tendre, voluptueuse.

— Si tu veux cette carte, je dois la neutraliser.

— Tu as des amis, il me semble, des espions, des gens que tu paies avec les charmes de ton corps. Tu peux obtenir ainsi tous les renseignements que tu désires.

— Ce n'est pas toujours aussi simple, murmura-t-elle.

— C'est ton affaire, Néset. Je veux cette carte sans que tu touches un seul cheveu à la tête de Séchat. Ne me dis pas que tu es incompétente ?

— En douterais-tu ?

Il se fit presque brutal.

— En effet, je commence à douter. Nous serons dans quelques jours aux portes du delta et nous aurons besoin d'étudier la route qui mène au Pount. Or, nous n'avons encore aucun détail.

Elle fit la moue et frotta son nez sur la joue lisse de Sakmet.

— Cette femme est méfiante, trop méfiante. Elle semble sentir tous les pièges qu'on lui tend. Ne peux-tu me donner un indice ? Ne peux-tu l'occuper une journée entière ?

— C'est impossible, Thouty dispose de tout mon temps. Et depuis que tu as failli l'empoisonner, elle se méfie de moi.

Elle se pressa contre lui. Un vacarme se fit du côté du tréteau où s'entrechoquaient les pots de bière. Deux nouveaux venus, des hommes costauds au visage anguleux, aux mains carrées et puissantes, se disputaient la fille.

Dans un tel cas de confrontation, l'homme qui servait les clients et qui semblait, à présent, s'éveiller à de plus justes réalités, s'absenta quelques instants et revint avec deux autres filles.

Elles étaient aussi douteuses que la première. Plus sales et plus fripées encore. Mais plus hardies aussi, car l'une d'elles se plaqua devant Néset et toucha son bras d'un doigt à l'ongle écorché.

— Ton mâle est un bien bel homme, fit-elle en louchant sur le bas-ventre de Sakmet. Laisse-le-moi un peu.

Néset la regarda, se dégagea de Sakmet et lui tendit l'un de ses bracelets d'argent. La fille remercia d'un sourire gras, plongea à nouveau son regard sur les parties les plus intimes de Sakmet et partit en direction d'un des hommes qui lui arracha aussitôt le bracelet des mains.

Néset haussa les épaules. Après tout, que lui importait la suite de cette histoire, si cette fille était assez stupide pour se faire voler son présent !

Elle s'enroula autour de Sakmet. Cette fois, il ne résista pas quand elle colla sa bouche fougueuse sur la sienne.

— Je te trouverai cette carte.

Elle saisit sa main pour la plonger dans l'ouverture qu'offrait la profonde échancrure de sa robe.

— Je la trouverai, dussé-je exterminer tous les passagers de *L'Œil de Thot*.

Puis elle se mit à rire.

— Méfie-toi, cependant, murmura-t-elle en goûtant le baiser qu'il acceptait de lui rendre. Méfie-toi, tu ne pourras pas toujours jouer sur deux plans.

Il écarta sa bouche de la sienne, mais laissa sa main fureter dans l'échancrure de la robe. Trouvant le sein frémissant et gonflé, plein du désir qui commençait à le chatouiller, il sentit la pointe se durcir.

— À mon tour de te critiquer, Sakmet, chuchota-t-elle dans un frissonnement qui en appelait d'autres. Un jour, tu seras bien obligé de choisir ton camp. Ton ambition n'est pas gratuite.

— Et celle d'Ouser ? Celle de Mériptah ?

— Ils sont puissants. Toi, tu n'es rien. Juste remarqué par une hiérarchie qui te fait grimper selon les bons services que tu lui rends.

— Et eux ?

— Eux n'ont pas de facture à payer. Tout leur est toléré. Ils peuvent se permettre de rester entre deux camps ennemis, sans que rien de fâcheux leur arrive.

Elle se frotta à lui, pressentant d'autres caresses plus assidues.

— Regarde ! Après leurs intrigues à demi découvertes, la reine Hatchepsout les écarte, certes, mais leur accorde un poste plus élevé encore, alors que si l'on découvre tes trahisons, tu redescendras plus bas que d'où tu viens.

— C'est pourquoi il me faut cette carte.

— D'accord ! Mais, que crois-tu ? fit-elle d'un ton désabusé. Que tu partageras la couche de la reine après lui avoir montré le droit chemin du Pount ?

De rage, il serra entre ses doigts nerveux l'extrémité du mamelon déjà dressée, prête à poindre dans l'agressivité d'un petit matin nébuleux. Bien qu'elle sentît la douleur, elle ne se plaignit pas. Elle se colla à lui davantage, écartant lascivement ses jambes pour laisser libre cours à la caresse de ses doigts.

— Laisse tomber cette aventure, Sakmet, conseilla-t-elle dans un murmure à peine distinct.

— Pourquoi ?

La main qui parcourait l'intérieur de ses cuisses douces et veloutées s'arrêta en plein parcours.

— Parce que Néhésy s'intéresse fort à cette carte et que Senenmout, lui aussi, doit en connaître l'existence. Tu n'es pas de taille, Sakmet.

— Est-ce toi qui as parlé ?

Il la balança rageusement sur le côté. Sa robe se souleva, découvrant la nudité de ses hanches.

— As-tu parlé ? cria-t-il.

— Non.

Quand il la prit brutalement à même le sol, il vit une lueur équivoque poindre dans son regard allumé.

⁂

— Soigne-toi, Reshot, et surtout ne t'inquiète pas.

— Ne veux-tu pas que je t'accompagne ?

Séchat passa son pagne plissé et court autour de ses hanches et saisit un corsage assorti qui recouvrait ses épaules.

— Non. Je t'assure. Reste et repose-toi. Tu n'as pas fermé l'œil de la nuit tant tu as été malade.

Elle glissa quelques bracelets d'argent autour de ses poignets et les remonta jusqu'à l'articulation des coudes.

— Dès que j'aurai visité le temple de Thot, je reviendrai.

— Prends ton temps.

— Hélas ! j'ai trop de travail pour m'attarder.

— N'aie crainte, Séchat. Je garderai la cabine pendant toute ton absence, affirma Reshot, l'œil endormi et le corps alangui sur la couche de papyrus qu'elle partageait avec sa compagne.

— Tant que ces cartes du Pount seront cachées, je craindrai le pire.

Reshot ne l'écoutait que d'une oreille. En fait, elle aurait été incapable de suivre sa compagne tant la fatigue l'assommait. Trop malade à bord lorsque *L'Œil de Thot* voguait, elle essayait de dormir lorsqu'il restait à quai.

— Pourquoi ne veux-tu pas que Wadjmose t'accompagne ? dit-elle d'un ton que le manque de sommeil appauvrissait.

— Parce que tu auras besoin d'aide s'il arrivait quelque chose.

— As-tu peur à ce point ? s'enquit sa compagne en rehaussant son buste pour attraper une grappe de figues posée près d'elle.

— Tiens ! fit Séchat d'un ton joyeux, tu as faim. C'est bon signe. Veux-tu que j'aille te chercher autre chose avant de partir ?

Mais, sur l'affirmation de son amie que tout allait bien, elle l'embrassa sur la joue et partit.

À la porte de la cabine, elle se heurta à Wadjmose qui, lui aussi, somnolait en cette heure la plus chaude du jour. Assis près d'un paquet de cordages enroulés, Séchat vit que, malgré son air assoupi, il avait l'œil aux aguets.

Elle se pencha vers lui et murmura afin que personne, aux alentours, ne l'entende :

— Tu dois rester là jusqu'à mon retour. Tu ouvres l'œil et tu veilles. Personne ne doit entrer dans ma cabine. Si tu as des ennuis, tu assommes purement et simplement celui qui te résiste.

Il fit un signe affirmatif en la regardant s'éloigner.

Se dirigeant vers l'arrière du navire, elle gagna le pont et traversa la passerelle qui séparait les cabines et menait sur le bord externe du bateau. Au bas, il y avait l'escalier de cordage qui descendait jusqu'aux rameurs, actuellement au repos. En haut, la passerelle donnait accès à la voie d'appontage qu'elle gagna d'un pas rapide.

Sautant dans la petite embarcation qu'il fallait détacher du navire pour arriver sur le bord du quai, elle n'eut à faire que quelques mouvements pour la libérer et, ramant quelques minutes, elle arriva sur le sol où venaient mourir les franges bleues du Nil.

Séchat attacha avec précaution la barque afin de l'y retrouver à son retour et se dit, sans s'inquiéter davantage, que si elle n'y était plus, elle rejoindrait le navire en quelques brassées à la nage.

Posant les pieds sur le sol, observant la vue qu'elle avait devant elle, elle remit en place l'épaulette de sa tunique qui, dans ses mouvements, avait glissé. Debout, le buste tendu, le regard et l'ouïe en alerte, elle huma l'air chaud qui l'étouffait déjà sous le soleil dur et brûlant.

Le bord du quai était tranquille et tout le port paraissait dormir sous cette chaleur suffocante qui oppressait chacun des passagers lorsqu'ils n'étaient pas à somnoler quelque part, à l'ombre d'un cordage, d'un mât, d'une voile tendue ou dans l'encoignure fraîche d'une cabine.

À cette heure, Séchat ne risquait pas de trouver un importun au temple de Thot.

Elle contempla quelques instants les cinq longs navires amarrés sur le bord du Nil. *L'Œil de Thot* était en bout de file. Les quatre vaisseaux qui le précédaient avaient fière allure. Même les voiles démontées, ils paraissaient grandioses et s'imposaient sur le fleuve comme d'immenses habitations inviolables, ne craignant ni dieux ni hommes, défiant le sol et n'admettant aucun passager étranger à bord.

Quittant le port, elle s'engagea dans la ville. La fête du dieu Thot était maintenant terminée et Hatchepsout avait réintégré *Le Sceptre d'Amon*.

Comment Séchat pouvait-elle ignorer le lieu sacré où Thot avait élu domicile ? Ce dieu qui l'avait si fidèlement servie et pour lequel elle éprouvait une admiration et un respect sans limite. Thot ! Dieu des scribes et de la sagesse qui, de son regard imperturbable et volontaire, inculquait aux hommes son savoir et ses connaissances. Ce dieu l'avait tant inspirée dans son adolescence et sa jeunesse !

Après le temple d'Amon, celui de Thot était le plus renommé d'Égypte. Vénéré autrefois par tous les pharaons, il restait un des lieux les plus visités. Quelques prêtres assuraient encore des offices et les offrandes arrivaient toujours en abondance, même si le culte s'y pratiquait moins.

L'entrée principale était ouverte. À cette heure, les prêtres reposaient, attendant qu'un souffle plus frais tombe sur la ville. Séchat pénétra dans le temple. Il était vaste, un peu sombre, frais. Elle soupira d'aise au contact de cette atmosphère rassurante. Quelques lampes disséminées dans les murs l'amenèrent vers des couloirs dont elle suivit les méandres jusqu'à la salle des offrandes.

Dans le creux des pierres, la lueur des torches vacillait. La chambre des offrandes n'était pas grande. Elle s'y attarda quelque temps, déposa ses bracelets d'argent dans l'urne qui recueillait les présents et leva les yeux sur le dieu qui la regardait.

Une onde de plaisir la parcourut tout entière. Depuis si longtemps qu'elle désirait prier Thot en son temple sacré, elle se sentait, tout à coup face à lui, si petite et ignorante, qu'elle ne put trouver d'instinct les mots de sa prière.

Alors, elle se prosterna devant lui et ne se releva que lorsque le silence l'appela à d'autres pensées. La statue d'albâtre blanc, striée de veines longues et translucides, devenait ocrée en épousant les délicates lueurs des lampes accrochées au mur.

« Dieu Thot ! murmura-t-elle, je te reste fidèle et je te rends grâce pour les titres et les connaissances dont tu m'as si généreusement pourvue. Puisses-tu faire que je les conserve et que je les mérite. »
Un souffle dans son dos lui fit tourner la tête.

L'homme qu'elle vit, mais ne reconnut pas de suite, se courbait devant la statue du dieu. Lorsqu'il se releva, sa haute stature la déstabilisa un instant. Puis, elle distingua les traits de son visage fin et pâle.

Ce nez délicat, ce front haut et droit, ces grands yeux dorés, éclairés par la lueur des torches suspendues lui parurent, tout à coup, une oasis de paix et de détente.

Il hocha lentement la tête. Séchat jeta ses yeux dans les siens.

— N'es-tu pas celui qui soigne les pauvres dans les bas quartiers de Thèbes ?

Il ne répondit pas et, de nouveau, hocha la tête.

— N'es-tu pas celui qui m'a montée à bord au départ de Thèbes ?

La jeune femme crut discerner un sourire un peu moqueur sur les lèvres minces qui lui faisaient face.

— Alors, le dieu Thot et moi te remercions, dit-elle en souriant à son tour. Si j'avais manqué l'embarquement, sache que cela m'aurait compliqué les choses.

— Tu aurais pu embarquer à Negadah ou à Ombos puisque les navires s'y sont arrêtés.

Elle eut un mouvement d'hésitation et il reprit :

— Mais il fallait qu'à l'aube tes scribes t'accueillent.

Ce fut elle qui hocha silencieusement la tête.

Ils se turent durant un long instant et regardèrent ensemble le dieu à tête d'ibis qui semblait les observer de son œil perçant, mais approbateur.

Ensemble, ils se prosternèrent et prièrent en silence. Quand ils se relevèrent, elle murmura :

— J'ai l'impression de te connaître depuis toujours.

— Ressemblerai-je à ton mari défunt ?

— Peut-être, murmura-t-elle. Qui t'a dit que mon mari était mort ?

— Les rumeurs.

— Et que disent encore les rumeurs ?

— Je ne les écoute guère, fit-il d'un ton bas. Sauf celles qui concernent les souffrances du corps.

— Cela t'aide-t-il ?

— Sans doute, puisque, en écoutant les rumeurs qui concernent mon métier, j'ai entendu dire, un matin, alors que je soignais un garçonnet pour une fièvre aux origines inconnues, que la fille aînée de la reine Hatchepsout avait les mêmes symptômes que mon petit malade.

— As-tu sauvé ce garçonnet ?

— Oui. Mais avant qu'il ne soit guéri, je me suis présenté au palais et la reine a préféré suivre les conseils de ses médecins qui n'ont pas su cerner le mal de la princesse.

Il y eut un silence où le dieu Thot souffla sur eux un air de tranquille sérénité.

— Viens, dit Séchat. Allons parler à l'extérieur. L'ombre des murs de ce temple nous protégera de l'agression du soleil.

— Crains-tu à ce point de distraire le silence de ton dieu ?

— Thot aime la paix et la discrétion. Ne le distrayons pas plus.

— Le vénères-tu donc autant ?

— Je crois qu'il va m'aider dans les fonctions qui m'attendent.

— Sont-elles si ardues ?

La jeune femme soupira. L'air brûlait, devenait sec et n'arrivait pas à résorber la chaleur du soleil qui battait son plein et dont l'intensité s'épaississait chaque minute davantage.

Sur la gauche du temple, un petit lac s'étendait calme et paisible, mais aucun arbre ne le bordait, si bien que la chaleur s'y faisait tout aussi crue.

Ils contournèrent le temple. Accoté aux pierres blanches, un abri d'ombre semblait les attendre. C'était un amoncellement de socles de statues et de blocs de marbre en éclats, dont les plus gros formaient un toit improvisé.

— Sont-elles si ardues ? répéta le médecin.

— Depuis que je suis adolescente…

Elle s'arrêta, soupira et reprit :

— Que dis-je, depuis que je suis fillette, étudiante à l'école du palais aux côtés d'Hatchepsout, bien des heurts ont contrarié mes projets.

Elle entraîna son compagnon sous une roche imposante qui offrait l'ombre de son pignon renversé.

— Hatchepsout, elle, était fille de pharaon et personne n'osait la critiquer. Plus tard, quand j'ai suivi l'école de Thèbes, j'ai essuyé les mêmes difficultés. Mais rivaliser avec des étudiants de dix-huit ans devenait épuisant.

Il l'observait si intensément qu'elle vit ses prunelles se dilater, puis se contracter comme s'il ne savait quel comportement adopter.

— À présent, ce sont les hauts dignitaires que je combats à mains nues. Je les crains, mais je les brave et les défie.

Elle hésita, s'assit sur une pierre qu'une fente avait fait éclater en deux. Elle offrait un siège confortable.

— Voilà pourquoi je prie le dieu Thot qui m'a toujours aidée, poursuivit-elle. Je ne pouvais passer à Hermopolis sans le saluer.

— N'y es-tu donc jamais venue ?

— Si, une fois.

— Et tu n'es pas entrée au temple !

— Non, car c'est plutôt la déesse Hathor qu'il fallait que j'implore.

— La déesse de la vie, de l'amour, de la fécondité, fit-il, surpris par l'intimité de cette révélation.

Soudain, Séchat éprouva l'envie de parler, se détendre, se confier, du moins sur un passé qui ne pouvait entraver son avenir.

— Je cherchais ma fille.

— Ainsi, tu as une fille.

— Les rumeurs ne te l'ont donc pas dit ?

Il venait de s'asseoir en tailleur sur l'autre moitié de la pierre fendue. La parcelle d'ombre n'était pas grande, mais suffisait à recouvrir leur visage.

Elle l'observait en silence. Son regard était étrange, pur et direct. S'il avait le profil et les traits égyptiens, la couleur de ses cheveux aux reflets presque blonds, leur absence de frisure – ils étaient courts et légèrement ondulés – et la blancheur de son visage dénotaient des ascendances qui devaient lui venir des pays du Nord.

— Les rumeurs ! Encore ces maudites rumeurs, fit-il en levant les yeux au ciel. Elles m'ont appris que tu étais respectée des artisans de toute la région de Thèbes et que ta renommée allait même jusqu'aux confins du Sud.

— C'est vrai, admit-elle.

— Pourquoi cherchais-tu ton enfant ? S'était-elle évadée ? Pourtant, tu ne sembles guère âgée pour avoir une fille en âge de faire des fugues.

— C'est d'un bébé dont je parle. Une enfant qui n'avait pas dix mois et que l'on m'a dérobée alors que j'étais partie en expédition dans les mines d'or au sud de Bouhen.

— Dérobée ! C'est un acte odieux.

— C'est ainsi. Lorsque je suis rentrée de cette expédition, Satiah avait été enlevée. Je l'ai cherchée moi-même, pendant toute une année. Je l'ai trouvée chez une vieille gardienne de chèvres, tout là-haut, dans les marais du delta [1].

— Et les voleurs ?

Séchat soupira. Elle ne faisait jamais resurgir ce passé-là. Au contraire, plus elle l'enterrait, plus elle allégeait son corps et son esprit.

— La filière remontait à de hauts dignitaires. Il a fallu étouffer l'affaire.

Il prit sa main. Elle faillit la retirer, mais quelque chose l'empêcha d'accomplir un geste qu'elle aurait pu regretter par la suite. Cet homme tranquille et bon lui apportait un réconfort. Comment le lui faire comprendre si elle refusait un geste qu'il lui offrait avec une générosité de cœur dont elle mesurait le poids ?

— N'y pense plus, fit-il, c'est une triste histoire qui aurait pu se finir bien plus mal.

— Certes. Mais je n'avais pas projeté de laisser ma fille au harem. Il paraît que là où elle est, sa vie n'est plus en danger.

— Y avait-il donc risque de récidive ?

— Sans doute. Mon travail réclame de si longues absences.

— Qu'as-tu contre le harem ?

— J'ai l'impression qu'il lui tendra des pièges auxquels elle ne saura pas se soustraire.

— C'est là ton avis et tu réagis selon ta nature. Mais, ta fille aura son propre caractère. Seul son comportement décidera pour elle.

— C'est exactement ce que me dit la reine Hatchepsout.

⁂

Ils s'attardèrent dans la ville d'Hermopolis sans souci du retour. Séchat aurait aimé poursuivre cette promenade pendant des heures entières, tant elle était détendue.

1. *Op. cit.*

Sur la même place, où défilés et processions avaient eu lieu quelques jours auparavant, se tenait le marché de la ville. Aux abords des étals, un énorme brouhaha les assaillit. Des cris leur arrivaient en plein visage. Des gestes agités heurtaient la proximité de leurs corps.

Les commerçants côtoyaient les paysans venus vendre leurs produits. Il semblait à Séchat que leur condition de vie était supérieure à celle des habitants du Sud. Était-ce l'approche du delta qui apportait cette amplitude de points de vue dans leurs façons d'aborder les autres ?

Certes plus aisés que les paysans de Bouhen, ceux du fayoum traitaient directement le commerce de leurs produits avec les étrangers qui venaient du Nord. Seule, la méfiance arrêtait parfois un marché en passe d'être mal conclu.

Séchat était loin du marché de Bouhen, là où le patrimoine de son grand-père l'attendait quand son travail demandait grâce. Bouhen ! Un village presque nubien et des terres innombrables au-dessous d'Assouan, à la limite de la deuxième cataracte.

Outre le grand marché qui s'étalait sur la place, une fois la semaine, Bouhen, c'était aussi les greniers à blé à la structure moderne. Des constructions de forme conique, à base circulaire où cinq étages superposés et juxtaposés étaient reliés entre eux par une rampe de briques qu'empruntaient les ânes chargés des lourds sacs de blé.

Bouhen ! C'étaient encore les grands sycomores qui ombrageaient le sol, la succession des chadoufs qui apportaient la vie à la terre. Ici, dans le Nord, l'eau arrivait en abondance et la verdure était à l'honneur. Là-bas, à peine sortis des déserts de Nubie, les cours d'eau devenaient plus rares, mais plus herbeux. On y trouvait de merveilleuses oasis où chameaux et gazelles venaient côte à côte se désaltérer.

Les régions du Nord étaient peut-être plus riches, plus denses, mais ne s'y inscrivait pas le bruit des peuplades au teint sombre, vêtues de couleurs chatoyantes et se mouvant dans une atmosphère de tam-tam et de musique.

Bouhen ! C'étaient enfin les innombrables plantations de papyrus et ses ateliers de tissage. C'était la petite boucle du Nil qui se faisait ondulante, charmeuse et qui offrait chaque jour sa palette de couleurs introuvables ailleurs. Bouhen, c'était la renaissance, la vie.

À la vue de ce grand marché d'Hermopolis, comment Séchat pouvait-elle oublier celui de Bouhen ?

Le brouhaha devenait indescriptible. Les chauds rayons du jour commençaient à perdre leur violence et leur intensité sans pour autant que l'ombre apportât sa fraîcheur.

De vieux pêcheurs, à la peau ridée comme celle d'une figue desséchée, présentaient leurs poissons tout fraîchement acquis. Dans les nasses d'osier tressées, gardons et tanches frétillaient encore, l'écaille brillante et l'œil grand ouvert. Une nasse vide indiquait que le pêcheur avait déjà fait recette. Alors, le sourire fleurissait sur ses lèvres minces qui n'offraient plus qu'une bouche édentée.

Des Égyptiennes, pas plus jeunes que les vieux mariniers qui les côtoyaient, vêtues d'une ample tunique de grossière toile, disposaient leurs ultimes trésors composés de quelques ustensiles en écorce de papyrus ou quelques autres objets en diverses vanneries.

D'autres, plus jeunes et plus dénudées dont le pagne court couvrant leurs hanches remplaçait l'ample tunique des vieilles, offraient des onguents aux relents d'oignons lorsque leur place jouxtait celle d'un marchand de légumes.

Une matrone aux seins lourds et à la taille inexistante tendit à Séchat un foulard de laine aux couleurs bariolées. Une autre, non moins grosse, mais plus avenante, lui cria que ses courgettes étaient les meilleures de tout le pays.

Ici, comme à Bouhen, on troquait un gros poivron contre une galette d'orge ou quelques poignées de pois chiches, un gâteau fourré de miel contre un poisson frit ou un oignon.

Les marchandises étaient étalées le plus souvent à terre sur des tapis en feuilles de papyrus ou, pour les plus pauvres, à même le sol séché, craquelé par la chaleur intense. Parfois, l'ombre d'un auvent – seuls, les riches commerçants pouvaient se permettre un tel étal de luxe – les abritait des rayons brûlants.

La matrone aux gros seins, qui n'avait que son châle de laine épaisse à vendre, revint à la charge. Elle le tendit de nouveau à Séchat. Comme celle-ci regardait la fillette qui, assise à son côté, remuait la tête anormalement en levant ses yeux au ciel, elle lui mit l'étoffe grossière sous le nez.

— Elle n'est pas belle, mon étoffe, elle n'est pas belle ? Elle te plaît pas ?

Mais Séchat regardait dans la même direction que son compagnon. Intrigués tous deux par cette fillette qui, assise sur le sol, se dandinait gauchement de droite à gauche, l'air absente.

— Cette enfant est aveugle, dit Neb-Amon le médecin.

— Eh oui, mon bon seigneur, fit la matrone en plaçant sous son nez l'étoffe qu'elle brandissait tout à l'heure à Séchat. Tu le prends ou tu le prends pas, ce châle ?

Mais, d'une main énergique, le médecin repoussa l'étoffe.

— Elle est aveugle, cette fillette, insista-t-il.

La grosse femme reprit le châle, le posa sur le sol et soupira :

— Elle voyait déjà mal à sa naissance. Mais, dans sa tête, y a quelque chose qui va pas.

L'enfant s'était brusquement immobilisée. Le médecin l'observa quelques instants en silence, puis agita sa main devant ses yeux grands ouverts. Elle ne bougea pas. Mais lorsqu'il la retira, la petite se remit à se dandiner de droite à gauche.

Intriguée, la matrone ne pensait plus à son châle. De ses petits yeux plissés que deux grosses joues mangeaient à l'aise, elle regarda cet homme qui ne semblait pas être un client normal.

— Serais-tu docteur, par hasard, mon bon seigneur ?

Il ne répondit pas et recommença le va-et-vient de sa main devant les yeux de la fillette. Chaque fois qu'il approchait ses doigts du visage, l'enfant s'arrêtait de bouger et chaque fois qu'il les retirait, elle reprenait son lent mouvement.

— Sais-tu où sont amarrés les grands navires qui s'en vont en voyage ?

— Les grands bateaux du roi. Ce qu'il a d'la chance, celui-là, de s'en aller dans des pays où y a pas de misère.

Bien que la situation ne fût guère drôle, car Séchat s'apitoyait devant l'enfant aveugle, la réplique de la matrone la fit sourire. Apparemment, la pauvre femme ignorait que le pharaon était une femme.

Mais, de tous les temps, c'était ainsi. Dans les classes trop défavorisées, on ignorait jusqu'au nom du pharaon. Peu leur importait, d'ailleurs, que ce fût un dieu, un homme, une femme. Pouvoir manger devenait leur seul souci quotidien. Morts, ils n'avaient pas droit à une sépulture, encore moins à la vie dans l'au-delà. Que pouvaient-ils bien faire des histoires de dieux, de déesses et de pharaons ? Survivre sur cette terre était bien leur seule préoccupation.

— Oui, les grands bateaux du roi, répéta Neb-Amon, sais-tu où ils sont ?

— Comment qu'on saurait pas où y sont ? dit la vieille. Tout le monde en parle.

— Alors, après ton marché, viens rejoindre le dernier bateau de la file. Si je n'y suis pas, attends-moi sur le quai et reste à l'arrière pour ne pas te faire arrêter par les gardes. Je te donnerai une pommade pour les yeux de la petite. Tu lui passeras sur les paupières matin et soir jusqu'à épuisement du petit flacon.

La matrone prit un air ahuri. Elle saisit tout à coup le châle et le tendit à Séchat.

— Prends-le, les soirées sont fraîches sur les bateaux, dit-elle en essuyant son œil humide. Il te sera utile.

Séchat lui sourit et lui tendit un bracelet d'argent.

— Alors, si ton châle m'est utile sur le navire, ce bijou te sera utile pour manger. Prends-le.

Neb-Amon prit le bras de Séchat.

— Rentrons, maintenant.

Il pointa son index vers la vieille qui avait pris sa fille dans les bras et la berçait comme un bébé.

— Et n'oublie pas. Derrière le dernier navire, attends-moi et, si je n'y suis pas, patiente. Même s'il fait nuit, je viendrai.

Puis, précipitamment, il prit le bras de Séchat et l'attira hors de la foule.

— Rentrons. Je n'ai pas une minute à perdre si je veux soulager le mal de cette enfant.

— Parle-moi de toi, fit la jeune femme. N'as-tu toujours soigné que les pauvres ? Cette vieille est incapable de te payer et tu le sais.

— Qu'importe.

— Mais comment vis-tu ?

— Mal, jusqu'à présent, éclata-t-il de rire. Mais la pharaonne s'est mis en tête de m'enrichir. Comme je n'ai ni maison ni lien ni aucune autre attache, j'ai accepté sa proposition.

— Tu as bien fait.

— Je suis d'origine pauvre. Je ne vois pas comment j'aurais pu soigner les riches.

— D'où viens-tu ?

— D'El Kantara, tout près de la mer Méditerranée. Mon père était un très modeste médecin du delta. Il se faisait payer en lait de chèvre, en galettes d'orge et en légumes divers lorsque ses patients en avaient. Parfois, on lui donnait une chèvre ou un bœuf lorsqu'il tombait, exceptionnellement, sur un malade reconnaissant et plus fortuné ou lorsqu'il effectuait une opération chirurgicale. Quelques trépanations réussies lui ont permis d'achever de payer mes études.

— Est-ce lui qui t'a appris la médecine ?

— Lorsque j'étais enfant, oui.

— Et après ?

— Quand j'eus atteint l'adolescence, chaque fois qu'on lui donnait une chèvre, un bœuf, une peau de serpent ou un objet de plus grande importance, il les vendait contre un ou deux débens de cuivre, quelquefois d'argent. Puis, quand il en eut accumulé assez pour monnayer mes études, il m'envoya à la Maison de Vie du temple de Memphis. C'est là que j'ai appris le reste.

— C'est noble et généreux de la part de ton père.

— Heureusement, dit-il d'un ton enjoué, il ne lui a pas fallu plus de débens qu'il n'en avait économisé, car il m'avait appris tout ce qu'il savait.

— Cela t'a donc aidé.

— Bien plus. Cela m'a fait dépasser rapidement les autres qui devaient tout apprendre. Je savais déjà établir un diagnostic, tenir un instrument de chirurgie, reconnaître les herbes, préparer les potions calmantes, les onguents qui guérissent, les huiles qui soulagent.

— Et ton père ? T'a-t-il aussi enseigné…

— Non ! Les herbes, c'est à ma mère que je dois de les connaître si bien. Nous avions un petit lopin de terre sur lequel elle cultivait les principales. Les autres, nous allions les chercher là où elles poussaient.

Il se mit à rire doucement.

— Je crois qu'avant de savoir parler, ma mère m'avait appris le nom de toutes les plantes médicinales et je les ramassais avant même de savoir marcher.

— Nous sommes arrivés, annonça Séchat d'un ton grave en apercevant le quai au détour de la rue qui s'incurvait.

Puis elle se mit à rire elle aussi et jeta joyeusement :

— Je crois que ma petite élève doit m'attendre.

— S'agit-il de Méryet ?

— Elle-même. La reine m'a ordonné de lui apprendre à lire et à écrire. C'est sa première leçon et me voici en retard.

Elle détacha de sa ceinture la petite clepsydre qu'elle transportait toujours avec elle et regarda l'heure qu'elle marquait.

— Dieu de Thot ! s'écria-t-elle. Déjà cette heure. Que va dire Reshot ? Et ta pommade, Neb-Amon, tu dois la préparer.

— Ce ne sera pas long, j'ai tout ce qu'il faut pour la confectionner.

Arrivés près du quai, il n'y avait plus une seule barque pour aborder les navires.

— Attends-moi, fit Neb-Amon, je vais chercher celle qui est amarrée là-bas. Elle ne nous appartient pas, mais je saurai la monnayer au marinier et je te laisserai sur le pont de ton bateau.

Pour toute réponse, elle se mit à rire et plongea dans l'eau du Nil. Il la regarda nager quelques instants. En quelques brassées, elle atteignit l'échelle de corde suspendue au-dessus de la coque.

Elle nageait avec grâce et souplesse. Il admira le corps parfait que moulait la robe ruisselante de la jeune femme. Sans façon, elle monta prestement les marches de corde et escalada aussi lestement le pont de *L'Œil de Thot*.

Séchat s'ébroua, fit un signe à Neb-Amon et disparut dans les dédales du vaisseau. Contrairement à ce qu'elle pensait, Reshot l'attendait sans inquiétude à l'ombre de la cabine, conversant avec la jeune Méryet qui s'était assise à son côté.

— Je lui ai dit que tu serais un excellent professeur, que c'était toi qui m'avais inculqué l'art des hiéroglyphes et que tu lui enseignerais le maximum de tout ce que tu savais.

— Eh ! fit Séchat en riant, veux-tu être scribe ou danseuse ?

— Danseuse sacrée, précisa la fillette.

— Alors, toute danseuse recrutée au temple d'Amon doit savoir lire et écrire.

— Cela va-t-il prendre beaucoup de temps ?

Séchat regarda Méryet et lui sourit.

— Cela dépend de toi. Si tu es une bonne élève, tu apprendras vite. Sinon, tu deviendras laide et vieille avant de connaître ton alphabet. Que veux-tu ?

— Je veux plaire à la reine Hatchepsout.

— Alors, commençons de suite. Tiens, prends cette tablette. Elle est très ancienne. C'est mon père qui m'en a fait cadeau pour mon huitième anniversaire. Elle te portera chance.

La fillette retourna dans ses mains légères la tablette en grès rose et parut satisfaite.

— Nous allons aborder la naissance de l'écriture, dit Séchat en observant le visage de l'adolescente. Sais-tu que l'on a conservé des vases peints, des couteaux, des morceaux d'argile qui datent de plus de mille crues du Nil sur lesquels nous avons retrouvé de très vieilles écritures ?

Les yeux de la fillette s'arrondirent en une expression de surprise.

— Vais-je apprendre plusieurs formes d'écriture ? s'inquiéta-t-elle aussitôt.

— Nous verrons. Pour l'instant, celle que je vais t'enseigner est essentiellement basée sur les images.

— Ce sont les hiéroglyphes ? Je les ai beaucoup regardés sur les pierres du temple d'Hermopolis.

— Bientôt tu sauras les lire. Je vais commencer par t'apprendre à dessiner le nom du dieu Amon, puis celui du dieu Râ.

— Et celui de tous les autres dieux !

— Bien sûr. Après nous écrirons quelques mots symboles comme ceux de : *puissance, amour, travail*. Ensuite, nous formerons une toute petite phrase qui dit cela : « *Que le tout-puissant Thot m'aide et me guide dans l'enseignement qu'il m'apprend.* »

— Pourrai-je l'écrire toute seule ?

— Bien sûr. Tu pourras même t'exercer jusqu'à ce que tes signes soient parfaitement formés. Enfin, nous tracerons les mots qui ne devront plus se dissocier de ton esprit : « *beauté, générosité, grandeur, loyauté, courage* ».

Méryet écoutait, attentive, le regard posé sur celui de Séchat. Sa main malhabile traça les premiers signes. Les noms des dieux furent à jamais inscrits dans sa mémoire.

Après deux heures de labeur, elle éleva soudain les bras, les étira en hauteur, puis en largeur et tourna sa tête de gauche à droite en petits coups successifs.

— Méryet, reprocha Séchat, ce n'est pas un cours de danse que je te donne là, mais d'écriture.

— Au bout de quelques heures, je ne peux m'empêcher de bouger, répondit la jeune fille, mais je t'assure que je t'écoute.

— Alors, danse un peu, si cela doit te concentrer davantage. Et si, après, tu fais correctement tes signes, nous lirons tout à l'heure les mots que tu désires.

L'adolescente exulta. Elle se leva, s'étira sur la pointe de ses pieds et, levant haut la jambe droite, en amena l'extrémité jusqu'au sommet de sa tête. Puis, elle se courba en deux, le dos rejeté en arrière, les mains accrochées au sol. Ses pieds ne touchaient plus terre. Ils vinrent se juxtaposer en position horizontale. Méryet avait le visage en bas. Elle souriait et semblait parfaitement détendue.

Lorsqu'elle revint en position normale, elle avait repris toute sa concentration et ne pensait plus à sa danse.

— Veux-tu m'apprendre les mots de la liberté : « *ciel, nuage, oiseau, barque, poisson, soleil* ».

— Bien sûr, mais tu dessineras aussi ceux qui traduisent les contraintes : « *épreuve, responsabilité, labeur, difficultés et obstacles* ».

CHAPITRE VI

Mettouth, le premier scribe, enroula son papyrus avec satisfaction. Il venait enfin de terminer le long rapport des fêtes d'Hermopolis en y insérant faits, mots et gestes comme l'avait souhaité Séchat.

Il avait longuement travaillé dans la cabine, près de sa couche, évitant les lieux agités du pont et du centre de *L'Œil de Thot* où se plantait le grand mât qui agitait sa voilure blanche.

Mettouth commençait à prendre goût au léger balancement du vaisseau qui rendait malade plus d'un de ses compagnons, d'autant plus que l'approche de la crue rendait indociles les flots du fleuve et perturbait les oiseaux dans le ciel dont le vol s'alourdissait de jour en jour.

Mettouth longea les cordages entassés au pied de la voilure tendue et bifurqua vers le pont arrière où les scribes se réunissaient à la tombée du jour.

Il y trouva une agitation singulière dont l'intensité ne s'était d'ailleurs pas résorbée depuis le premier jour où la Grande Scribe s'était présentée avec cette assurance qui en avait agacé plus d'un.

Mettouth avait tenté plusieurs fois de les apaiser. Mais, comment leur faire comprendre que leur sort était lié à cette femme durant toute cette expédition et, surtout, qu'à hiérarchie égale, ses compétences valaient bien celles d'un homme ?

Il décida que, ce soir-là, il parlerait à Ménenn et s'il le fallait à Kiffit, bien que l'idée fût saugrenue et que les inciter à ne pas jouer les fortes têtes pouvait au contraire durcir l'atmosphère.

Kiffit ne craignait peut-être pas Séchat, mais il ne craignait ni Ménenn, encore moins le commandant de bord et son second, pas plus qu'il ne craignait la pharaonne. Il disait n'avoir ni loi, ni dieu, ni maître et Mettouth s'interrogeait sur le devenir de ce discernement.

Les brouhahas et les clameurs qui montaient tout à l'heure sur le pont arrière s'amplifiaient considérablement. Quand Mettouth arriva sur le lieu du rassemblement des scribes, l'agitation était à son comble. Il frémit en observant le spectacle.

Séchat était déjà là. Elle se tenait au centre du pont et se dressait face à Ménenn, brandissant sous son nez un rouleau de papyrus. Elle arpentait le pont – du moins l'espace qui lui était imparti – de grands pas agités. Rouge de colère, elle s'écria :

— Tu ne me feras pas croire que ce texte-là est cohérent. Quand elle a tué le scorpion, la jeune Méryet ne s'est pas précipitée entre la reine et Senenmout, mais s'est jetée entre elle et moi.

Rageusement, elle rabaissa le papyrus et tendit vers lui l'index de sa main gauche.

— Méryet peut l'affirmer. Tout le monde l'a vue. À qui veux-tu faire croire cette histoire ?

Le petit scribe sec et efféminé qui lui tenait tête porta l'une de ses mains à sa perruque parfumée.

— Tu as visé le Grand Intendant, affirma-t-il, car il te gêne et ne t'aime guère. C'est toi qui as glissé sur le sol le scorpion dont la piqûre est mortelle. Toi ou ta servante. Tu as voulu tuer Senenmout.

Séchat ouvrit la bouche pour se défendre, mais quelqu'un derrière elle vint à son secours.

— Cette légende est insensée, jeta Mettouth qui, soudain, apparut de l'autre côté du pont. Je ne signerai pas une telle absurdité.

— Tu signeras.

— Jamais.

— Alors, je ferai parvenir ce papyrus à Senenmout sans ton accord.

Mettouth vint se placer aux côtés de Séchat. Il paraissait tranquille, sûr de lui et la jeune femme admira la maîtrise de son propos.

— Il ne prendra jamais connaissance d'un document sans la signature d'un supérieur. Tu le sais.

— Alors nous ferons grève, s'écria Ménenn.

Il leva la main et la dirigea dans un geste de colère vers la rangée de scribes assis en tailleur qui, pour l'instant, n'avaient pas encore bronché.

— Tous sont d'accord avec moi.

— Non, pas tous.

Un murmure s'éleva, un grondement sourd, quelque chose tout d'abord d'incertain, puis une réalité qui emplit d'espoir le cœur de Séchat. Une dizaine de scribes se levèrent lentement et, un à un, vinrent rejoindre Mettouth.

Furieux, Kiffit se tourna vers les indécis, ceux qui n'avaient pas bougé, les incitant à hausser la voix.

— Nous ne travaillerons pas tant que ce papyrus ne sera pas signé de toi, Mettouth.

— Alors, vous serez renvoyés à Thèbes et quitterez la corporation pour insubordination.

Il se tourna vers Kiffit.

— Qu'en dis-tu ?

— Je préfère t'étriper plutôt que de détruire ce papyrus.

Prévoyant l'attaque, Mettouth sortit un couteau de la ceinture de son pagne. Il le dirigea vers Houysis, le gros scribe aux yeux de chouette qui semblait prendre quelque influence sur les subordonnés.

— Déchire ce document.

— Et si Kiffit disait vrai !

— Tu sais que c'est faux.

Le couteau virevolta dans la main de Mettouth. À son tour, Kiffit sortit un petit poignard à manche d'ivoire. Les deux courtes lames s'affrontèrent, se heurtèrent.

D'un coup sec, Kiffit fit sauter le couteau des doigts de Mettouth.

— Laisse, tu n'es pas de taille.

Un revers de manche l'attrapa en plein menton. Surpris, Kiffit fut déstabilisé, mais se rééquilibra aussitôt. Son couteau vint se planter dans l'épaule de Mettouth qui ne put l'éviter tant le mouvement avait été rapide. Le sang coula sur son bras, laissant une trace brunâtre que l'air chaud de l'atmosphère sécha aussitôt. Les scribes restèrent immobiles.

Mais Mettouth était leste et la blessure n'était qu'égratignure. Malhabile au maniement de l'arme, il était cependant aussi vif que son adversaire. D'un coup de poing dans l'estomac, il le balança contre le rebord du pont.

— Avec ça, suis-je de taille ? ironisa-t-il, attendant qu'il se relève.

Par-derrière, Ménenn lui assena un coup dans la nuque qui l'immobilisa, lui coupant la respiration. Kiffit en profita pour décharger dans son ventre une série de coups bien placés qui ne pouvaient que l'anéantir davantage.

Craignant une aggravation brutale de la situation, Séchat s'interposa.

— C'est bon, faites la grève. Je me débrouillerai autrement. La moitié de mes scribes me suffiront pour effectuer le travail.

Puis, elle se pencha sur Mettouth pour lui venir en aide.

⁂

Les navires ne s'arrêtèrent ni à Tana ni à Beni-Hassan et la flotte poursuivit son lent périple, entre un ciel inexorablement bleu et dur et un fleuve qui s'agitait de remous par suite d'une crue qui tardait à venir. Puis Thouty décida d'amarrer les vaisseaux au port de Memphis.

Il était dit qu'Hatchepsout ne pouvait effectuer ce voyage sans s'arrêter dans l'ancienne capitale des pharaons.

La journée s'annonçait exécrablement lourde, aussi pesante que le vol des oiseaux migrateurs qui effleuraient la crête mouvante du fleuve.

Dans sa cabine où la fraîcheur ne se glissait que par le courant d'air provoqué de deux ouvertures qui se faisaient face, Hatchepsout essuyait son front moite de sueur.

— Servantes, éventez-moi ! jeta-t-elle en attrapant elle-même le chasse-mouches pour écarter les insectes volants qui, chargés du poids de la crue à venir, tournoyaient autour d'elle et agaçaient ses yeux.

— Ces inondations sont vraiment trop tardives, reprit-elle en tendant le chasse-mouches à une jeune fille qui accourait à son ordre. Évente-moi un peu, puis va dire à Yaskat que j'aimerais me baigner dans le fleuve.

Hatchepsout avait à peine prononcé le nom de sa suivante qu'elle apparut au seuil de sa cabine.

— Yaskat, il faudrait dire à Senen que les fêtes des dieux étant toutes passées, nous pouvons prendre le temps de nous détendre. J'ai très envie d'aller me baigner sur le bord du Nil.

— Majesté, Senenmout va répliquer que vous devez vous montrer au peuple de Memphis.

— Certes, Yaskat. C'est bien mon intention. Mais, je veux prendre du repos avant ces longues journées de fatigue. Nous avons le temps de nous montrer au peuple. Laissons-le s'organiser pour ces festivités puisqu'elles doivent être grandioses. Nous resterons accostés à Memphis plusieurs semaines.

— Plusieurs semaines ! s'étonna Yaskat en prenant vivement le chasse-mouches des mains de la servante.

— Je croyais que tu craignais le moment où nous prendrions le chemin des grands flots, ironisa la reine.

Yaskat fit la grimace. Certes, comme toutes ses compagnes, elle appréhendait ce moment où les vaisseaux tangueraient dangereusement sur un océan immense et inconnu.

— Resterons-nous longtemps à bord, quand nous serons sur la mer agitée ?

Hatchepsout réfléchit.

— Des semaines ? insista la suivante incapable de cacher son inquiétude.

— Des semaines ! Tu veux rire, Yaskat. De longs mois, veux-tu dire. La grande mer n'a aucun port, ni horizon ni rivage.

Yaskat se mit à frémir et, d'un geste nerveux, écarta la jeune servante restée plantée derrière la reine.

— Allons, Yaskat, ne tremble pas à cette idée. À l'issue de cet angoissant voyage, nous découvrirons une terre d'accueil si magique que tu ne voudras plus la quitter.

— Cela m'étonnerait, grommela Yaskat.

Pourtant, Hatchepsout savait qu'il y avait à l'extrémité de ce périlleux parcours une région si fascinante qu'aucun de ceux qui l'avaient vue ne pouvait l'oublier. C'était écrit dans les vieux papyrus. L'ancien Empire d'Égypte ne pouvait se tromper. Combien de fois, elle et Séchat, lorsqu'elles étaient adolescentes, en avaient-elles parlé ?

Aucun pharaon, depuis cette époque lointaine, tous trop préoccupés sans doute par leur désir de guerres et de conquêtes, n'avait osé entreprendre cette expédition. Combien, pourtant, aurait pu en ramener un prestige marquant, glorifiant plus encore un règne quelquefois terne ou simplement trop court ?

Une seule crainte altérait sa joie, d'autant plus qu'au fil des jours une angoisse s'infiltrait insidieusement dans l'esprit de ses plus proches sujets. Sauraient-ils la mener jusqu'au terme de cette expédition ?

Senenmout devenait aussi taciturne qu'une vieille chouette, refusant de quitter le vaisseau, sauf quand l'arrêt devenait impératif. Encore tentait-il de dissuader la reine d'effectuer une escale inutile.

Quant à Néhésy, il troquait depuis peu son flegme habituel contre des colères incompréhensibles qui laissaient ses soldats béats d'étonnement.

Thouty, lui, répondait aux questions de la reine par des réponses évasives, sans teneur et sans assurance. Et, si chaque jour, il venait sur *Le Sceptre d'Amon* lui rendre hommage, il s'en écartait dès qu'elle abordait, seule avec lui, le problème du chemin du Pount.

Restait cet étrange Sakmet qu'elle ne connaissait pas assez pour savoir si ses soudaines réactions changeaient en fonction de la crainte qu'ils semblaient tous éprouver. S'était-elle seulement posé la question d'un éventuel échec ?

Hatchepsout commençait à douter et ce n'était qu'à présent, bientôt arrivée à l'embouchure du Nil, qu'elle s'apercevait de l'imprécision que ses conseillers apportaient à ses interrogations.

S'ils échouaient, certes, elle n'abandonnerait pas. Mais il faudrait faire demi-tour, revenir à Thèbes et, de Coptos, passer par le désert pour rejoindre le port de Quoser. C'était depuis toujours la solution que préconisait Senenmout.

Mais cela exigerait un travail long et fastidieux. Il faudrait démonter les bateaux afin de traverser les sables du désert et les transporter en morceaux sur des bœufs récalcitrants. Puis, après une longue et pénible marche dans la mouvance des sables chauds, après avoir subi la pénurie d'eau avant de trouver une oasis bienfaitrice, frôlé le danger des fauves et l'agressivité des hordes de bédouins, il serait impératif de remonter les navires à Quoser pour embarquer directement sur la mer Rouge.

De plus, le retour paraissait incertain, hasardeux. Il était périlleux de retraverser le désert avec le chargement qu'on rapporterait du Pount. Comment des arbres à encens pouvaient-ils supporter le brûlant soleil d'un désert mortel, sans être arrosés fréquemment ?

— Allons, fit Hatchepsout, va de suite annoncer que je veux me baigner dans le Nil.

Un tel ordre alla bon train. Le vaisseau était de taille bien exiguë comparé aux vastes étendues du palais de Thèbes et, s'il traînait des oreilles à toutes les portes, bien qu'elles fussent calfeutrées, ici elles ne manquaient pas de rester collées sur chaque parcelle du navire.

Une servante apparut à la porte de la cabine royale. Elle était accompagnée de Méryet.

— Majesté, fit-elle en se courbant devant la reine, le commandant de *L'Hathor* désapprouve votre désir. La région, paraît-il, est infestée de crocodiles.

— Ce n'est pas tout à fait juste, Majesté, dit Méryet en s'inclinant devant la reine, je connais les abords de Memphis. Il existe sur le fleuve des lagunes isolées où les sauriens ne viennent qu'en période prolongée de crue. Or, celle-ci n'a pas encore commencé.

— Et d'après toi, nous ne devrions pas en rencontrer sur ces lagunes ?

— Non ! Si nous restons en bordure du fleuve, nous ne courons aucun danger. Les crocodiles ne s'y aventurent pas à cette époque.

— Parfait, Méryet. C'était bien là mon idée. Nous resterons donc proches du lieu d'accostage.

L'adolescente esquissa du bras un salut gracieux et, soudain, fut prise d'un élan spontané. Se précipitant au-devant d'Hatchepsout, elle lui saisit la main et y posa ses lèvres fraîches.

Yaskat se jeta sur elle et la repoussa.

— Laisse, Yaskat, Méryet est encore une enfant qui doit beaucoup apprendre. Le protocole viendra vite forger sa mémoire lorsqu'elle sera installée au temple d'Amon.

Elle fit un signe pour que la jeune fille s'approchât à nouveau d'elle.

— Pour l'instant, elle cherche à me prouver sa reconnaissance. Je suis sûre que rien d'autre, à part sa danse, n'encombre son esprit.

Elle prit la main de Méryet dans la sienne et la pressa affectueusement.

— Es-tu studieuse au moins avec Séchat ? T'enseigne-t-elle l'art de bien dessiner tes hiéroglyphes ?

— Je sais lire et écrire votre nom, Majesté, et j'apprends tous ceux des pharaons qui vous ont précédée.

— Voilà qui est intéressant. Profite bien de cet enseignement. Il te sera utile dans l'avenir. Car, dis-toi bien, Méryet, que les prêtres d'Amon ne seront pas souples avec toi. Et plus tu seras instruite, moins leur férocité sera grande.

Yaskat s'énervait comme à chaque fois qu'une tierce personne venait rompre l'intimité de ses entretiens avec Hatchepsout. Après avoir jeté un regard malveillant à l'adolescente, elle prit le parti de l'ignorer.

Puis, se dirigeant vers un petit coffre en bois d'acacia décoré de feuilles de lotus en or, Yaskat en sortit une lourde perruque tressée de fils argentés.

— Dieu, mille fois dieu ! s'écria Hatchepsout. Il fait trop chaud pour m'appesantir la tête davantage. Ce vaisseau, Yaskat, est une petite communauté où chacun ne peut cacher quoi que ce soit à l'autre. Restons donc le plus naturel possible et profitons-en. Cet état d'esprit ne durera que peu de temps. Je reprendrai l'allure de ma Majesté aux approches du Pount.

Yaskat la regarda ahurie et Méryet faillit éclater de rire. Hatchepsout plissa des yeux. Cette petite avait le don de la détendre. Elle reprit d'un ton joyeux :

— J'ai décidé d'aller me prélasser sur le Nil, tête et pieds nus. Et que chacune fasse comme moi. Je ne veux voir aucune perruque, aucune sandale, ni habit inutile.

Comme s'il l'avait entendue de l'autre extrémité du pont où il se trouvait, Senenmout surgit comme un diable à la porte de la cabine royale.

— C'est un risque bien inutile, Majesté, que de vouloir vous baigner dans le Nil. Les pêcheurs de la région disent que les serpents s'échappent des bosquets de papyrus par dizaines et qu'ils viennent tous y boire. Ils y sont cachés depuis la saison du chemou.

— Senen ! jeta Hatchepsout, Yaskat me parle des crocodiles, toi des serpents...

Elle se tourna vers Méryet.

— Toi, vas-tu me parler des scorpions !

Il n'y eut qu'elle et la petite qui s'amusèrent de cette repartie.

— Je n'en soulèverai pas la queue d'un, fit la jeune fille hilare. Dans le delta, tout le monde sait qu'ils fuient spontanément les inondations et se cachent dans le creux des pierres ou le désert avoisinant. Le scorpion d'Hermopolis, Majesté, doit probablement chercher la route du grand désert libyen.

La reine hocha la tête. Certes, cette affaire de scorpion la préoccupait encore. Elle restait, pourtant, convaincue que l'insecte mortel était destiné à Séchat plutôt qu'à elle-même. Et, bien que celle-ci ne lui ait parlé d'aucune difficulté dans son travail, elle pressentait quelque chose d'anormal.

Jusque-là, elle attendrait le premier rapport du voyage que la scribe devait bientôt lui remettre.

Quand les vaisseaux furent amarrés, Hatchepsout descendit avec sa suite. Aucune femme, ce jour-là, ne porta ni perruque ni sandales. Les robes étaient des tuniques moulantes et légères, laissant les épaules et les seins nus.

Les servantes avaient passé de larges ceintures colorées autour de leurs hanches minces. Leurs cheveux libres étaient attachés ou tressés, parsemés de petites perles en pâte de verre multicolores. Elles avaient toutes les ongles de leurs pieds manucurés et passés au henné, seul fard que la reine avait autorisé.

Néfret, l'épouse de Thouty, arborait une robe plus ample couvrant ses épaules, jaune d'or comme les blés mûrs des grands champs de la région de Thèbes. Ses cheveux étaient coiffés en un haut chignon relevé et retenu par un large ruban jaune assorti à sa robe.

Quand Séchat et Reshot arrivèrent, les regards se tournèrent vers elles. Vêtues de blanc, elles avaient passé une tunique longue, moulante, presque diaphane tant elle était transparente. L'une avait tressé ses cheveux en une natte piquée de perles blanches et ramenée en arrière. L'autre les avait flottants sur ses épaules dénudées.

Bien que semblant détendues, les deux jeunes femmes n'en avaient que l'apparence. Reshot subissait encore trop de malaises sur le vaisseau et Séchat ne fermait plus l'œil de la nuit, tant elle restait préoccupée par la menace des scribes qui, à l'exception de Mettouth et de quelques autres, lui étaient hostiles.

Ménenn, Kiffit, Houysis et ceux qu'ils avaient entraînés avaient cessé tout travail depuis leur dernière altercation sur le pont. Crainte d'autant plus décuplée que Séchat s'attendait à tout moment qu'on pénètre dans sa cabine pour y chercher les cartes du Pount qu'elle y avait dissimulées.

Depuis l'affaire du scorpion, elle ne voyait plus Sakmet. D'ailleurs, celui-ci passait tout son temps aux côtés de Thouty, parlant sans doute de la question qu'ils ne voulaient pas aborder devant la reine : la voie maritime à suivre pour arriver au Pount. Séchat était certaine qu'ils abordaient beaucoup moins souvent le problème du chargement des trésors qu'ils devaient rapporter.

Si la jeune scribe ne voyait plus Sakmet, il ne semblait pas pour autant la fuir. De son vaisseau, il lui avait fait plusieurs fois un signe amical.

Cependant, il lui arrivait de regretter la confidence qu'elle lui avait faite sur l'existence d'une carte, même si elle n'avait pas parlé de l'astrologue. Sakmet n'avait pu que faire un rapprochement entre le retard de son embarquement et le fameux document.

Certes, si quelqu'un la soupçonnait de détenir un tel atout, il ne pouvait savoir qu'il existait deux documents. En cas de vol, le premier ne pouvait expliquer le second et vice versa. Les deux cartes restaient indissociables puisque l'une indiquait comment sortir du Nil et l'autre comment trouver la mer Rouge.

L'attitude de Sakmet envers elle la déstabilisait. Voilà deux fois qu'il la tirait d'un mauvais pas et chaque sauvetage était suivi d'un acte trouble qui la mettait en cause. Comment expliquer ce paradoxe sans mettre en doute l'honnêteté de Sakmet ?

L'ambiguïté de ses agissements commençait à lui taper sur les nerfs et elle arrivait à regretter la nuit intime qu'elle lui avait accordée. Nuit, d'ailleurs, qui ne s'était pas reproduite, car elle ne l'avait ni comblée ni troublée par d'intarissables souvenirs.

Mais, ce n'était guère le moment de réfléchir à ces regrets-là. La femme de Thouty s'approchait d'elle. Elles s'embrassèrent, puis Reshot rejoignit les suivantes de la reine.

Hatchepsout s'avançait aussi. Les deux jeunes femmes se courbèrent, mais d'un geste prompt, la reine les arrêta.

— Cet endroit est magique, dit-elle d'un ton plaisant. Nous y serons à l'aise pour nous baigner. Amusons-nous avant que le grand océan nous emprisonne.

Déjà une envolée de jeunes filles s'étaient précipitées dans l'eau fraîche avec une joie non dissimulée, cris et grand tapage à l'appui. Elles s'étaient toutes dévêtues, laissant leurs pagnes et leurs ceintures entre les branchages de papyrus qui acceptaient de les camoufler.

Méryet nageait comme un poisson libéré de ses entraves, ses longs bras souples la faisant avancer avec vitesse et régularité. Après avoir ôté sa robe, Séchat plongea dans l'eau et la rejoignit en quelques brassées.

Une rangée de gardes se tenait un peu plus loin, mais Néhésy n'était pas là. Sans doute resté sur le bateau avec Thouty et Sakmet, il devait trouver que c'était là une occupation plus masculine.

Un peu plus loin, sur le rivage, Senenmout discutait avec le commandant de bord de *L'Hathor* préoccupé d'inspecter la coque de son vaisseau qu'un tronc d'arbre avait écorché. La veille, il avait déjà remarqué une petite craquelure qu'il fallait maintenant colmater.

Ils relevèrent la tête au-dessus du pont de *L'Hathor* et observèrent quelque temps les voilures que les marins enroulaient avec cadence, rythmant leurs mouvements de bruits gutturaux qui sortaient de leurs gorges sans doute assoiffées.

Sur *L'Horus*, Sakmet s'entretenait avec Thouty.

— Demain, les marins pourront cesser de ramer, fit-il en observant ses hommes d'équipage qui, eux aussi, enroulaient les voiles sur le grand mât central du navire.

— Demain ?

Étonné, Sakmet le regarda.

— Le temps change. Nous allons accoster bientôt à Héliopolis. Les vents ne sont plus les mêmes. Et, lorsque nous aurons dépassé Tanis, nous sentirons l'influence de la grande mer.

— Le climat changera-t-il ? s'enquit prudemment Sakmet qui découvrait chaque jour quelque chose de nouveau.

En cela, il était bien le seul, avec la pharaonne Hatchepsout, à éprouver ce curieux plaisir doublé d'une grande jouissance. Pour eux, s'aventurer sur une pleine mer que seuls Thouty et les trois commandants de bord semblaient connaître – encore que ce ne fût pas avec une certitude extrême – les emplissaient d'euphorie.

— Le climat risque d'être dangereusement perturbé, avança Thouty. La crue tarde à se déclencher et ce n'est pas un bon présage. On parle d'un début d'épidémie à Tanis. Voilà pourquoi il ne faudrait pas s'y arrêter.

— Qui te l'a dit ?

— Un marin du port de Memphis. Un homme que je connais depuis que je sillonne le nord du Nil. Mais, craignant se tromper, il m'a suggéré de me taire. D'ailleurs, je ne sais quoi faire. Je crains d'être dans l'obligation d'en parler à la reine.

Un claquement se fit entendre dans leur dos et lorsqu'ils se retournèrent, ils virent une jeune femme s'avancer, les mains tendues. Elle était grande, leste, d'une beauté très agressive. Elle ondulait lascivement des hanches dans un mouvement superbe qui ne pouvait que retenir l'attention des deux hommes.

Un sourire enjôleur fleurit sur ses lèvres pulpeuses, passées au henné comme l'était la paume de ses mains qu'elle présenta à ses nouveaux admirateurs.

— Néset ! s'exclama Sakmet. Que fais-tu là ?

Pour toute réponse, elle plaqua un baiser voluptueux sur sa bouche, mais s'écarta aussitôt.

Gêné, Thouty les regarda. Il lui semblait pourtant avoir compris que son ami Sakmet regardait plutôt du côté de Séchat, cette scribe de grand talent. Alors, pourquoi cette fille affichait-elle une intimité flagrante avec lui ? Était-elle une ancienne relation délaissée par son ami ?

Embarrassé à son tour, Sakmet murmura à l'intention de son compagnon :

— Je te présente une amie, Néset !

Comme Thouty en attendait plus – car ne venait pas dans le sillage de la reine qui voulait – même si cette beauté fatale le fascinait, il lui fallait une explication supplémentaire. Sakmet poursuivit :

— Néset est aussi une amie de Séchat.

Le nom de la scribe apaisa de suite les soupçons de Thouty et, bien que cette fille ne cadrât pas avec l'allure des relations de la scribe, il ne fit aucun commentaire. D'ailleurs, Néset rétorquait en les saluant :

— Je vous laisse discuter. Je vois là-bas Séchat nager. Je vais de suite, en quelques brassées, la rejoindre.

En effet, Méryet et Séchat nageaient au loin. Les servantes jouaient à s'éclabousser et à rire. Reshot, remise un peu de ses nausées, respirait à pleins poumons un air qu'enfin elle décida d'apprécier. Séchat avait sans doute raison, elle ne sortait pas assez. L'atmosphère de cette journée de plein air la réconfortait.

⁂

Lorsque Séchat aperçut Néset, elle faillit s'étrangler en absorbant une gorgée d'eau du Nil. Elle toussa, cracha et s'efforça de retrouver son calme, mais bras et jambes ne battaient plus l'eau à l'unisson et elle perdait du souffle.

Elle sentit un frisson soudain envahir tout son corps. C'était comme une lassitude qui revenait dans une envolée magistrale.

Pour ne pas perdre pied dans le fleuve, elle se mit à flotter sur le dos. Se rapprocher de Méryet qui nageait au loin comme un poisson était peut-être plus sensé que d'essayer de rejoindre le bord du Nil dont elle se trouvait éloignée.

— Je ne te dérange pas ? fit Néset lorsqu'elle fut à quelques brassées de Séchat.

Les tempes de la scribe s'étaient mises à battre violemment, mais elle avait repris son équilibre et nageait à nouveau correctement. Elle fit quelques brassées en direction de Méryet, mais une crampe dans la cuisse l'obligea à reprendre sa position sur le dos.

Néset semblait à l'aise. Son long corps évoluait gracieusement dans l'eau, mais elle avançait moins vite que Méryet.

Bras tendus et doigts écartés, Séchat effectua des petits clapotements pour garder le visage hors de l'eau et ne pas quitter du regard sa rivale.

— Je sais qui tu es. Que fais-tu dans le sillage de la reine ?

— Le bord du Nil n'est interdit à personne, que je sache. Je t'ai aperçue. Je venais te saluer.

— Que veux-tu de moi ?

— Rien.

Elle fit un plongeon expert, disparut quelques instants dans les profondeurs du fleuve et attrapa le pied de Séchat qui se mit à crier avant de disparaître, elle aussi, au fond du Nil.

Elles se mesurèrent quelques instants sous l'eau. Séchat s'efforça d'oublier sa crampe. D'un brusque coup de reins, elle dégagea son pied encore enfermé dans la main de Néset. Leurs jambes se frôlèrent. Le visage crispé de Séchat effleura celui de Néset, détendu, souriant.

Un tourbillon les ramena à la surface. Mais, plus la scribe perdait du souffle, plus sa rivale semblait en récupérer. Quand Néset s'éclipsa de nouveau, Séchat dut, elle aussi, s'enfoncer dans les profondeurs du fleuve pour éviter le brusque assaut de son adversaire. Mais Néset fut plus prompte qu'elle et lui attrapa le bras pour l'empêcher de refaire surface.

Séchat avait peur. Elle réfléchit un instant, mais rien ne vint à son secours. Son esprit était vide. Dieu de Seth, dieu des forces du mal ! Chaque fois que Néset était dans son sillage, il lui arrivait une épreuve.

Soudain, dans les remous de plus en plus agités qu'elles provoquaient, elles virent le visage de Méryet émerger de l'eau, puis replonger. « Ciel ! pensa-t-elle encore, elle doit croire que nous nous adonnons à un jeu fort amusant. Comment puis-je lui faire comprendre que je suis en péril ? »

Les trois corps se mouvaient, accrochés les uns aux autres.

Ce fut Méryet qui accéléra le mouvement les faisant réapparaître à la surface.

Le bras du Nil dans lequel elles nageaient n'était pas très large. Peu éloigné de la lagune, il offrait aussi l'avantage de ne pas être profond, mais sorti de cet endroit précis, il dérivait sur un bras plus ample qui, lui, menait droit au péril.

À présent, le trio s'éloignait de son lieu d'origine, il dérivait, s'écartait, prenait de la distance. De toute évidence, il valait mieux passer sur l'autre rive que rejoindre le bord d'où elles venaient.

Néset réussit à se détacher de ses deux adversaires. Elles nagèrent en direction du bord opposé, là où des bosquets de papyrus camouflaient le rivage sur une dizaine de mètres.

— Il faut retourner sur l'autre rive, souffla Méryet, nous nous sommes trop éloignées à présent. Ce rivage opposé est dangereux. J'y ai trouvé un jour…

Sa bouche s'arrondit, ses yeux s'ouvrirent de stupeur et elle faillit, elle aussi, perdre l'équilibre.

— Vite, cria-t-elle, ne vous retournez pas et nageons sur le bord opposé.

Mais elles se retournèrent et virent s'avancer une forme étrangement bosselée qui, sous l'eau, remuait avec lenteur. Aucune ne mit vraiment longtemps à déceler le péril.

— As-tu peur ? fit Néset en regardant Séchat.

Elle fit un mouvement agile, inattendu, inconscient peut-être, qui la dégageait du côté où s'approchait le crocodile. Hardie, certes ! Plus encore, Néset semblait braver le saurien.

— Vite ! cria Méryet. Ce n'est plus un jeu.

Elle semblait ne pas comprendre. Enfin, dégageant sa bouche de l'eau, Séchat parla :

— Non, Méryet, ce n'est pas un jeu et je suis épuisée. Jamais je n'arriverai sur l'autre bord du fleuve. Cette femme veut ma perte et récidive constamment. Je ne peux t'expliquer en si peu de temps. Cet alibi est trop fortuit pour qu'elle le laisse s'échapper.

— Je vais t'aider.

Se pouvait-il que la jeunesse et la sveltesse de Méryet puissent la sauver ? Elle remercia sa compagne d'un regard. Puis, son fugace espoir disparut aussitôt.

— Sauve-toi ! fit-elle.

— Rester seule avec moi, susurra Néset, est un bien grand risque. Avant que ta compagne soit arrivée là-bas, il y aura bon temps que tu seras digérée par ce monstre. Et moi, je regarderai le spectacle, au loin, dans ce bosquet qui m'attend.

La forme gigantesque aux écailles brunes et luisantes s'était arrêtée. Immobile, elle semblait surveiller.

Mais, la jeune danseuse avait pris son parti. Elle n'abandonnerait pas son professeur d'écriture. Elle la tira brusquement par le bras et, dans un bondissement imprévu, son corps souple, habitué aux exercices d'élongation se détendit comme un ressort et les dégagea toutes deux de l'emprise de Néset.

Le bond avait été tel qu'elles se retrouvèrent en dehors de la proximité du crocodile, laissant Néset dans le sillage du saurien.

Mais, c'eût été puéril de compter sur le désarroi de celle-ci, tant le jeu cruel qu'elle imposait à sa rivale l'excitait et Séchat avait beau savoir nager, Néset était mieux rodée qu'elle. Sans doute disposait-elle d'un large temps pour s'entraîner au sport de la natation.

Elle fila dans le remous qui jaillissait derrière ses compagnes et réussit à saisir le pied de Méryet. Promptement, celle-ci se dégagea d'un coup sec, sans pour autant lâcher le bras de Séchat qu'elle tenait fortement.

Méryet se mit à réfléchir. Qu'elle lâchât sa compagne et celle-ci coulait à pic. Qu'elle laissât cette fille agripper la jambe de Séchat et elle se retrouvait en quelques secondes entre les mâchoires du crocodile.

Il fallait donc dégager Séchat au mieux de ses possibilités en empêchant Néset de l'entraîner au passage. Curieusement, Méryet sentit ses jambes parfaitement lestes, son dos restait souple, ses reins se cambraient sans difficulté. « Comme elle avait eu raison, pensa-t-elle, d'effectuer tous ses exercices d'élongation avant de pénétrer dans l'eau ! »

Elle retourna prestement la tête et vit, avec une évidente satisfaction, que Néset semblait se fatiguer. Ses brassées devenaient plus courtes, plus rapides et irrégulières.

Immobilisé depuis quelques minutes, comme s'il jouissait du prochain plaisir qu'il allait prendre, sûr de son pouvoir, le saurien s'ébranla. Il provoqua un remous dans l'eau qui les figea toutes de stupeur.

— Je t'en supplie, Méryet, sauve-toi ! Laisse mon destin s'accomplir.

Mais l'adolescente ne se tenait pas pour battue. Elle lâcha rapidement le bras de sa compagne qui, trop épuisée, se mit à couler et, d'un violent coup de reins, elle se retourna. Puis, cassant brusquement son corps en deux, la tête sous ses cuisses, les pieds rentrés, elle détendit brutalement ses jambes dans le ventre de Néset. À son tour, la jeune femme piqua droit du nez dans le fond du fleuve.

Levant les yeux sur le rivage qui avait changé d'aspect, car la lutte s'était déroulée sur une centaine de mètres, Méryet aperçut un bosquet plus élevé que les autres. Elle replongea, vit Néset s'empêtrer dans des mouvements qui l'empêchaient de refaire surface et observa le crocodile qui, lentement, glissait vers elle.

Certes, à présent, il n'était plus temps de réfléchir. Elle reprit le bras de Séchat qui s'était évanouie et l'entraîna vers le bosquet de feuillages dont les troncs dépassaient une hauteur de tête.

Pour Méryet, ce fut sans doute la plus grande difficulté de ce sauvetage qu'elle eut à résoudre. L'adolescente n'avait pas la force nécessaire de hisser Séchat inanimée en haut du tronc le plus élevé qui les isolait du fleuve.

Grimpée sur l'énorme racine de papyrus, elle eut beau saisir sa compagne par les cheveux, la tirer par les pieds, tenter de soulever son buste, rien n'y faisait et le bas du corps de Séchat restait dans l'eau.

Or, Méryet savait qu'après avoir englouti impitoyablement le corps de Néset, l'infernal saurien reviendrait vers elles et trancherait en deux celui de Séchat.

Alors, elle gifla sa compagne et s'aperçut qu'elle bougeait. Elle recommença son geste une fois, puis deux et s'acharna, bientôt, à cingler brutalement son visage jusqu'à ce qu'elle ouvrît les yeux. Enfin, consciente, Séchat se hissa sur le tronc.

L'œil en alerte, elles attendirent en observant l'eau du fleuve. Néset ne reparut pas. Elles ne virent qu'une immense flaque d'eau rougie, là où elles l'avaient laissée.

Beaucoup plus tard, lorsqu'elles aperçurent l'ombre repue du crocodile disparaître, et que Séchat eut retrouvé ses forces, elles plongèrent dans le fleuve et regagnèrent tranquillement la rive opposée.

Un jour, peut-être, quand l'enseignement de Séchat aurait fait de Méryet une jeune fille savante et accomplie, elle lui parlerait de ses craintes et de ses espoirs.

⁂

Le début d'épidémie s'était intensifié. À Héliopolis, les commandants de bord des vaisseaux apprirent qu'il ne fallait pas appareiller, mais poursuivre la route vers Tanis.

Depuis que Séchat avait annoncé la mort de Néset à Sakmet, il ne sortait pratiquement plus de son navire. Déconcertée, sans pour autant en être affectée, elle ne demanda ni de ses nouvelles ni de celles de Ménenn, le pseudo-fiancé, curieusement disparu depuis l'accident.

Wadjmose, qui surveillait les scribes sur les instructions de Séchat, avait vu Kiffit et Houysis quitter le bateau avec lui, mais seul Ménenn n'était pas revenu à bord. Séchat en déduisit que les trois scribes étaient complices avec Néset pour tenter de la noyer, mais là encore, le dieu Thot avait veillé sur la jeune femme.

C'est de suite après que se déclencha l'épidémie sur les bateaux. Le front de quelques hommes, tous des marins, devint moite, puis se perla de sueur. Les membres s'engourdirent au point de rester immobiles, sans réaction. Les yeux prenaient une fixité morbide tant la fièvre les prenait par surprise.

Elle aperçut plusieurs fois le médecin sur *Le Sceptre d'Amon* puis elle resta enfermée dans sa cabine, tant le travail l'accaparait depuis que onze de ses scribes avaient décidé de faire grève.

Séchat jugeait plus prudent de ne pas en parler à l'assemblée du conseil qui s'était tenue sur *Le Sceptre d'Amon* juste avant le déclenchement de l'épidémie. Elle y avait présenté son premier rapport après la suppression des textes diffamatoires qui l'accusaient d'avoir posé un scorpion au pied de Senenmout, avec l'intention de le tuer.

Devait-elle songer à la façon dont elle pouvait reprendre en main les scribes insubordonnés ? Soudain, il lui semblait qu'elle en avait l'occasion avec l'annonce de cette épidémie qui commençait à toucher les hommes d'équipage.

Le cas devant lequel elle se trouvait confrontée s'avérait bien différent de celui qu'elle avait surmonté lors de la révolte des artisans de Thèbes. Potiers et tailleurs de pierre étaient mal payés, mal nourris et logés pauvrement. Ils avaient tout à gagner alors que les scribes de *L'Œil de Thot* ne manquaient de rien et que leur salaire était fort rémunérateur.

Parmi les récalcitrants qui faisaient grève, elle pensa quelque temps atteindre les plus ambitieux, ceux à qui elle pouvait promettre un poste important dès le retour à Thèbes. Mais Kiffit avait déjà tracé la contrepartie et annoncé à ses congénères que la chute fatale de la Grande Scribe leur apporterait des avancements bien plus prestigieux encore.

Depuis la mort de Néset, Séchat s'embrouillait lamentablement dans ses idées et, par ricochet, les craintes qu'elle échafaudait déstabilisaient ses projets. Il lui fallait pourtant rester vigilante et faire face aux éventuels incidents qui, à coup sûr, viendraient encore barrer sa route. Wadjmose et Reshot avaient pour mission d'ouvrir l'œil et de lui rapporter chaque anomalie susceptible d'éveiller ses soupçons.

Elle apprécia la discrétion de Méryet qui, ayant déjà pris plusieurs leçons de lecture et d'écriture après le tragique accident, ne lui avait posé aucune question. Une petite qui, sans doute, irait loin lorsque la culture aurait imprégné son esprit ! Peut-être trop insouciante et trop inattentive pour briller d'un immense savoir. Mais suffisamment vive, intelligente et sensible pour apprendre l'essentiel, juste ce qu'il fallait pour se hausser au rang d'une grande danseuse sacrée.

Séchat s'efforça d'oublier le sens de ses réflexions et se tourna vers Reshot.

— Je n'en puis plus, dit-elle à son amie. Depuis que ce rapport est fini, je m'énerve et tourne en rond comme une ânesse autour de sa longe.

— Que veux-tu faire ?

— Aller voir les scribes, parler avec eux.

— Mais, que vas-tu leur dire ? Ils ont décidé de faire grève et tant que Kiffit sera parmi eux, tu n'en tireras rien.

— Alors, j'en aurai le cœur net, maugréa-t-elle.

Et, rageuse, elle claqua la porte de sa cabine pour se diriger vers le grand mât central qui, faute de vent, n'avait pas encore déroulé l'immense voilure qui le faisait avancer.

Comme ils n'étaient ni sur le pont ni dans les cabines communes où ils dormaient sur des nattes alignées les unes à côté les autres, elle descendit dans la cale. Ne les y trouvant pas, elle s'enfonça plus à l'arrière, vers un coin reculé qui ne recelait aucun objet destiné au royaume du Pount.

C'est avec un étonnement non dissimulé qu'elle trouva Neb-Amon penché sur un marin dont l'âme quittait le corps.

Il la regarda s'approcher et lui trouva un regard las et crispé. Puis, il jeta les yeux sur le corps qu'il recouvrit d'un linge.

— C'est le premier mort sur nos vaisseaux, dit-il d'un ton bas. L'épidémie gagne les deux navires qui précèdent le tien.

— Ainsi *L'Horus* et *L'Hathor* sont aussi contaminés, murmura Séchat.

Neb-Amon acquiesça d'un mouvement de tête et Séchat soupira. Bien que ce fût une mort qui en soit la cause, la présence du médecin la réconfortait.

— Ne peut-on débarquer et attendre quelque temps dans la prochaine ville ? Nous avons dépassé Héliopolis, mais à Tanis, nous pouvons sans doute nous arrêter.

— Les messagers qui reviennent de Tanis ont rapporté un triste bilan.

— L'épidémie viendrait-elle du delta ?

— Hélas, pire ! Elle commence à gagner les régions du Sud. On dit pourtant qu'à Thèbes aucun cas n'a été déclaré.

Elle regarda le corps inanimé que le drap recouvrait. Soudain, une main d'homme lui toucha l'épaule. Elle se retourna précipitamment et vit un gros et grand marin, leste cependant, mais au regard épouvanté.

— Il faut le jeter dans le fleuve, dit-il.

Neb-Amon acquiesça.

— Je le ferai. Ne t'inquiète pas.

— Et les autres ?

Séchat tressaillit. Elle ne les avait pas remarqués. Ils étaient dans l'obscurité, tassés les uns contre les autres. Un frisson la parcourut tout entière.

Le regard de Neb-Amon se dirigea vers les trois formes gisantes. Et lorsqu'il approcha la torche posée sur le sol, Séchat vit leurs visages succomber sous la sueur. Tremblants de fièvre, ils n'avaient plus guère conscience de ce qui se passait.

— Les autres ! jeta Neb-Amon, ils ne sont pas encore morts.

— Ils vont nous contaminer, répliqua le marin, blanc de peur.

— Ne crains rien et dis à tes semblables que je vais regrouper tous les malades ici.

— Ici ! fit Séchat d'un ton étonné.

— C'est sur *L'Œil de Thot* qu'intervient la première mort. C'est sur *L'Œil de Thot* que je vais soigner les malades. Toi et tes scribes, vous rejoindrez *L'Anubis*.

Séchat se mit à trembler.

— Je ne rejoindrai pas *L'Anubis*.

À la lumière de la torche, le médecin l'observa. La lueur qu'il vit passer dans ses yeux semblait farouche, déterminée, inébranlable. Il n'insista pas.

— Je veux qu'on déblaie la cale. Que tous ces objets destinés au pays du Pount qui sont entassés ici aillent rejoindre le pont du navire.

— Je m'en occupe, fit Séchat. Nous déblaierons cet endroit. Ne t'inquiète pas. Je comprends fort bien que tu ne puisses perdre ton temps à enjamber sans cesse les cinq navires pour soigner les malades. Mais, jamais je n'irai rejoindre *L'Anubis*. Je reste sur *L'Œil de Thot*.

Il s'approcha de la jeune femme et lui prit le bras.

— Séchat, je suis obligé d'ordonner ton transfert et celui de tes scribes sur le bateau précédent.

— Il n'en est pas question. Je reste ici.

Elle se passa la main sur le front. Il était moite.

— Tu y es bien, toi !

— Moi, je soigne, fit-il sombrement.

— Eh bien, je soignerai avec toi.

Enfin, il sourit.

— N'as-tu pas une autre idée ?

À son tour, elle se détendit.

— Je crains que ce soit la seule. Wadjmose, Reshot et moi t'aiderons.

Soudain, un déclic se fit dans l'esprit de la jeune femme. Sans le savoir, Neb-Amon la sauvait.

— Transférons une partie des scribes sur *L'Anubis*. Je resterai ici avec les volontaires. Est-ce envisageable ?

— C'est possible.

— Combien y aurait-il de places sur le vaisseau de Sakmet ?

— Les choses vont si vite que d'ici à demain, je prévois sept autres places. Cinq marins présentent les symptômes de l'épidémie et deux gardes du vaisseau de Thouty semblent également atteints. C'est pourquoi, je ne veux plus attendre. Il faut regrouper tous les malades sur un même navire pour arrêter la contagion sur les autres vaisseaux.

— Je propose que sur vingt scribes, dix restent avec moi et dix partent sur *L'Anubis*.

Il jeta ses yeux dans ceux de la jeune femme.

— Tu es maître de ce vaisseau, Séchat. Est-ce là ton dernier mot ?

Elle hocha la tête. Celle-ci bouillonnait par l'émergence de sa soudaine idée. Ainsi Kiffit, Houysis et tous ceux qui faisaient grève et travaillaient contre elle iraient se prélasser sur *L'Anubis* avec Sakmet en prime !

Elle saisit ses mains et les serra chaleureusement.

— Merci, Neb-Amon, je vais de ce pas les prévenir.

Deux secondes après, elle entrait dans sa cabine, poussée par un vent de folie.

— Reshot, cria-t-elle, je tiens la façon dont je vais mater les scribes. Pas un ne va me résister. Ce soir, ils auront tous accepté de travailler pour moi.

Ahurie, Reshot la regarda.

— Que veux-tu dire ?

— Suis-moi et dis à Wadjmose qu'il nous accompagne.

En un temps record, les dix-neuf scribes – puisque Ménenn s'était enfui – furent rassemblés sur le pont, appuyés à la voilure que deux hommes d'équipage venaient de dérouler et qui s'élevait au-dessus du Nil comme un immense oiseau migrateur.

La tenture claquait dans un petit bruit sec, car un vent jusque-là inexistant se levait lentement. Se pouvait-il que la crue se déclenchât cette nuit-là et arrêtât l'épidémie ?

À l'exception de Kiffit et de son complice Houysis qui, à présent, observaient insolemment la jeune femme, ils étaient tous assis en tailleur. Dans la rangée des grévistes, aucun n'avait pris sa tablette, ni ne tenait le calame et pas un seul non plus n'avait entre les mains le rouleau ou la feuille de papyrus qui eût souligné une intention plus soumise.

Séchat s'approcha de Wadjmose et lui dit à l'oreille :

— Tu trouveras le médecin dans la cale des marins. Va lui dire que j'ai changé d'avis et ajoute ceci, mot pour mot : « Dès que la Grande Intendante parlera aux scribes rassemblés sous la grande mâture, fais jeter le corps du marin décédé par-dessus bord, juste sous leurs yeux. »

Wadjmose parti, elle s'approcha de Reshot et lui murmura :

— Va chercher un rouleau de papyrus vierge, un calame et une bouteille d'encre noire.

Puis, elle se planta droit devant ses scribes. Pas un ne chuchota. Seule, une brise meurtrière qui annonçait l'arrivée de quelques morts encore, soufflait sur la voilure.

— Scribes ! dit-elle à voix forte, croyez-vous que vous me fassiez peur ? Certes, non. Je ne vous crains pas et je me moque de votre vie sur terre.

Elle s'arrêta. Les scribes venaient tous de tourner le regard dans la même direction, sur sa gauche, à ras bord du bastingage. Une lueur d'effroi passa dans leurs prunelles sombres.

Elle ne vit rien, mais entendit le bruit mat qui accompagnait le plongeon du marin mort dans l'eau du Nil. Il y eut un silence interminable. Il fallait leur laisser le temps de la réflexion. Alors, elle pensa à Néset et à la funeste conclusion de sa vie terrestre.

Le corps inerte du marin était peut-être déjà englouti par la gueule avide d'un crocodile. Ils étaient nombreux depuis la veille à rôder dans les parages, pressentant sans doute que l'horrible épidémie leur apporterait la chance de festins inattendus.

— Scribes ! reprit-elle en s'assurant que les yeux restaient démesurément ouverts à la vue du corps balancé par-dessus bord, j'ai dit que je ne vous craignais pas. Le premier rapport de voyage a été remis à notre pharaon Hatchepsout. J'en ai ôté moi-même les infâmes calomnies que vous y aviez apportées sur la suggestion de Kiffit et de Ménenn, aujourd'hui disparu. Je sais que vous me haïssez, parce que je suis une femme et de plus votre chef. Cependant, je remercie ceux qui, pour l'instant, ont travaillé avec moi et m'ont aidée à rédiger ce premier rapport.

Elle arpenta de quelques pas tranquilles le sol qui tanguait légèrement, car le vent se levait beaucoup plus qu'il ne l'avait laissé pressentir. Un petit souffle aigrelet se glissait insidieusement sous les pagnes courts des hommes.

— Pour les autres, voici ce que je pense. Vous n'êtes qu'une bande de sots, de pauvres imbéciles, de minables petits scribes incapables de me juger par vos propres moyens. Seules, comptent les paroles d'un homme, encore plus stupide que vous, et qui se croit supérieur à moi parce qu'il a des attributs qui, là où ils sont placés, ne font guère marcher son intelligence. Il devrait les avoir à la place de sa tête.

Quelques rires détendirent l'atmosphère. Séchat aperçut la silhouette de Neb-Amon se profiler au loin. Sans se troubler, elle poursuivit.

— Alors, je ne vais pas y aller par quatre chemins. Un seul me suffit et croyez bien que j'en aperçois l'issue. Le voici. Que ceux, parmi les grévistes, qui veulent reprendre le travail à mon côté lèvent la main.

Pas un bras ne bougea. Pas un mot ne fut prononcé.

— Très bien, fit-elle d'un ton froid. Alors, sachez que ce vaisseau va être réquisitionné pour abriter tous les contagieux. Demain à l'aube, j'aurai rejoint *L'Anubis* et seuls les travailleurs m'accompagneront. Je me désintéresse totalement du sort des autres. Si tel est votre désir, vous pourrez mourir sur ce vaisseau et, ensuite, être jetés par-dessus bord pour servir de pâture aux crocodiles qui suivent le vaisseau.

Elle leva les bras, mains ouvertes, paumes offertes au ciel et au dieu Thot, puis recula.

— Que les dieux m'entendent et m'approuvent.

Un sourire qu'elle voulait dissimuler vint éclairer l'intérieur de son visage. Une main s'était levée.

— Comment t'appelles-tu ?

— Moïsh.

Un autre bras se leva.

— Ettoi ?

— Pennefer.

Aucune autre main ne se levant, Séchat poursuivit :

— Sachez que lorsque tous les contagieux seront installés sur ce vaisseau, nul ne pourra plus en sortir afin de ne pas contaminer les autres. Nul ne pourra quitter le bateau pour rejoindre la ville. Les lieux seront gardés par les soldats de Sa Majesté.

Des yeux, elle fit le tour des scribes et vit que trois mains se levaient.

— Sachez aussi que ceux qui, avec la grâce d'Amon, pourraient sortir vivants seront déchus de leurs fonctions de scribe. Ils pourront aller bêcher et ensemencer des terres qui ne leur appartiendront pas. Dès notre retour à Thèbes, je ferai mon rapport et croyez qu'il n'y aura aucun mensonge dans les mots que j'utiliserai pour le faire.

Elle vit que les quatre derniers velléitaires gardaient sur leur visage une expression d'incertitude. Enfin, l'ombre d'un doute fleurissait dans leur esprit.

Séchat les observa avec attention, puis reporta son regard sur les plus récalcitrants. Que pouvait-elle encore argumenter pour les amener à une totale soumission, alors qu'elle ne savait même plus si elle rejoindrait Sakmet ou si elle resterait avec Neb-Amon ?

Soudain, une voix calme, grave, une voix dont elle commençait à connaître les inflexions chaudes et profondes, prononça :

— Grande Séchat, Sa Majesté Hatchepsout ordonne que tu réintègres un autre vaisseau dès ce soir. Les cas épidémiques s'aggravent, un soldat de la garde royale vient de m'annoncer deux nouveaux malades sur *L'Horus*. Il n'y a plus de temps à perdre.

— Puis-je emmener mes scribes ?

— Bien entendu, nous nous débrouillerons. Combien en as-tu ?

Séchat sourit. Neb-Amon avait fait ce qu'il fallait pour clore ce lamentable malentendu qui persistait depuis qu'elle avait embarqué sur *L'Œil de Thot*.

— Combien ? répéta-t-elle.

Elle les regarda se lever lentement et marcher dans son camp. Seuls, deux restèrent accotés au grand mât, Kiffit et Houysis.

— Médecin, m'accordes-tu quelques minutes ?

— Quelques minutes seulement. Le temps presse.

La main tendue, elle se retourna vers Reshot.

— Donne-moi le papyrus, le calame et l'encrier.

Puis, elle observa ses scribes.

— Chacun apposera sa signature sur cette feuille. Celui qui ne remplira pas ses fonctions de scribe honnête et consciencieux réintégrera de suite ce navire.

CHAPITRE VII

L'épidémie se développa avec une telle rapidité et *L'Œil de Thot* hébergea tant de condamnés atteints de fièvres et de douleurs que Séchat n'avait plus à réfléchir sur la possibilité d'intégrer *L'Anubis*.

Son transfert et celui de ses scribes se firent sans encombre. Marins et soldats se serrèrent sur le pont et dans les cabines communes, laissant un brin de place aux nouveaux venus, d'ailleurs, à la suite de ce revirement, beaucoup mangèrent et dormirent sur le lieu même de leur travail.

Dès qu'ils étaient pris de contagion, ils étaient rapatriés sur *L'Œil de Thot* que Neb-Amon ne quittait plus une seconde. Un garde de la reine venait chaque jour le tenir au courant de la santé de son navire et, bien entendu, de la sienne.

Neb-Amon soignait ses malades. Il mangeait et dormait avec eux. Du *Sceptre d'Amon*, pas un ne l'avait accompagné. Le mal était trop répandu pour épargner celui qui côtoyait un être contagieux. Seules, ses fioles et sa mallette de médecin l'avaient suivi. En solitaire, il préparait ses potions, ses onguents, ses cataplasmes et le navire était devenu un cirque maudit, un lieu à redouter.

Les premiers jours, craignant de rester sans médecin, Hatchepsout lui avait suggéré de ne s'y rendre que quelques heures par jour, mais l'intégrité de Neb-Amon et l'honneur qu'il mettait à défendre son métier étaient trop grands pour qu'il acceptât une pareille conclusion.

Fait étrange, Hatchepsout l'avait compris et, puisque son navire était intact et que personne n'était jusqu'à ce jour contaminé, elle avait accepté sa requête, lui ordonnant simplement de réintégrer *Le Sceptre d'Amon* si la moindre anomalie s'y déclenchait.

Quant à Sakmet, il avait accueilli chaleureusement la jeune femme mais rien ne fut échangé entre eux qui puisse expliquer le comportement de Néset.

Séchat savait à l'avance qu'il réfuterait toute complicité avec la disparue, qu'il jurerait sur la tête des dieux n'avoir rien su, rien vu, rien compris et que le sort de la jeune prostituée était l'issue fatale de son travail d'espionne.

Or, Séchat n'avait nulle envie d'écouter ce genre de propos, qu'ils fussent vrais ou faux, qu'ils vinssent ou non reconsolider l'amitié qu'elle avait pour Sakmet, elle résolut de ne plus rien confier au jeune homme et de lui retirer l'affection trop confiante qu'elle lui avait accordée lors d'une nuit d'égarement.

Avec lui, Séchat s'en tint donc à une stricte amitié tiède et distante, malgré la chaleur d'un sentiment sans doute réel que ce dernier eût aimé reprendre avec elle.

Que Sakmet gardât un tel état d'esprit ne la surprenait pourtant pas. Il était si ambigu, si trouble, naviguant toujours entre deux eaux, deux décisions à prendre et sans doute deux sentiments qu'il ne pouvait arriver à les dissocier sans risquer de perdre le bienfait que chacun d'eux lui apportait.

Hormis cet état d'âme, Séchat n'avait plus qu'un objectif en tête. Celui de convaincre ses scribes que travailler avec elle n'était ni un déshonneur ni une plaie vive à cicatriser. Objectif peut-être renforcé par la crainte qu'ils pouvaient à tout instant récidiver.

Et, de plus, comment la jeune scribe aurait-elle pu vivre avec Sakmet un sentiment passionnel lorsqu'elle cherchait à sauvegarder des documents salvateurs pour l'issue de cette expédition, alors qu'il était l'un de ceux qui cherchaient à en découvrir la cachette ?

Voilà qui l'angoissait à nouveau. Où allait-elle dissimuler les cartes du Pount en attendant l'instant propice de les dérouler, elle-même, devant la reine ? Comment pouvait-elle les faire disparaître le temps de cette épidémie ?

Aussi fut-elle soulagée lorsque Sakmet lui proposa de loger dans sa propre cabine, objectant que, durant ce temps sombre d'incertitude, il préférait dormir sur le pont avec ses marins.

Aussitôt, Séchat sépara les deux cachettes. L'une des cartes irait se fondre entre les feuilles de papyrus qui composaient ses rapports, l'autre pouvait se camoufler entre deux lamelles de bois qu'elle avait écartées du plancher de la cabine.

Soulagée par ces astuces, libérée aussi par la mort de Néset qui ne pouvait plus attenter à sa vie, bien qu'elle sût que les trois scribes disparus devaient s'activer à sa perte, elle décida d'oublier ses craintes.

Si Kiffit et Houysis s'étaient évadés de *L'Œil de Thot* pour rejoindre Ménenn, c'était sans doute autant pour éviter l'épidémie que pour lui tendre un nouveau piège.

Pour l'instant, un atout jouait en sa faveur. Tant que chacun serait contraint de rester bloqué sur son bateau, elle ne craignait rien. Cet avantage se décuplait par une marche des navires qui se poursuivait sans escales, ce qui avançait prodigieusement le voyage. De jour en jour, on s'approchait du delta.

Partie sur ces nouvelles données, Séchat tentait de dompter chaque jour davantage son équipe de scribes enfin rassemblée dans un désir commun, celui de voir l'épidémie se terminer pour reprendre le travail momentanément suspendu.

Quand ils étaient sur le pont, elle leur parlait, s'inquiétait de leur confort, bien que celui-ci fût restreint. Mais, du moins étaient-ils à l'abri du mal qui rongeait *L'Œil de Thot*.

Parfois, lorsque le soir tombait et que le ciel diffusait sa kyrielle d'étoiles dont elle essayait, d'après leur position, de trouver quelques noms, elle s'appuyait à la poupe et regardait avancer la proue du dernier navire. Mais, jamais elle n'y vit Neb-Amon. Quand Sakmet venait insidieusement la retrouver, elle s'en allait aussitôt à l'avant du vaisseau. Il lui aurait été détestable que le jeune médecin la vît en sa compagnie.

— Qui veux-tu voir et qui veux-tu éviter ? jeta-t-il ce soir-là où, justement, Séchat observait avec attention les ombres qui se mouvaient près du bastingage de *L'Œil de Thot*.

— Je veux être seule.

Il haussa les épaules, mais ne répondit pas.

— Pourquoi es-tu d'un autre monde, Séchat ?

— Nous avons essayé, Sakmet. Nous ne sommes pas faits l'un pour l'autre et tu le sais.

— Nous n'avons rien tenté ensemble.

Elle le prit de plein fouet. Dans le vent, ses cheveux plaquèrent son visage.

— Tu m'as prise, fit-elle sèchement. Tu m'as simplement prise.

Il la prit dans ses bras.

— Cela veut-il dire que, désormais, tout est fini entre nous avant même d'avoir commencé ?

Lorsqu'il voulut prendre ses lèvres, elle le repoussa avec violence. Surpris par ce geste de mauvaise humeur, il recula.

— Tu es veuve. Je suis libre, maugréa-t-il.

— Est-ce donc la seule raison qui te pousse à me suivre ?

Il chercha à regagner sa confiance.

— Nous pouvons nous unir. Ma situation est honorable, à présent.

— Non, Sakmet. Je ne veux pas rester avec toi.

— Pourquoi ?

— Parce que nous entamerions un chemin sans issue.

Il prit son bras, éleva la main en direction de son visage qui recevait impitoyablement le vent du soir comme une gifle impertinente. Une mèche balaya ses yeux. Il la repoussa.

— Nous pouvons éclaircir ce chemin.

— Non ! Sakmet. Mille fois non ! Tu es trouble, ambigu. Tu passes ton temps à me sauver et à me tuer. Je ne puis en supporter plus.

Il la regarda et ramena de nouveau sa main sur son visage.

— Je veux ton bien, Séchat.

— Non ! Tu ne veux que ta gloire et ta réussite. Tu es ambitieux, égoïste, insensible. Tu ne penses qu'à l'ascension sociale qui t'attend.

Il raya nerveusement l'espace d'un poing vengeur.

— Et toi ? Peux-tu me dire à quoi la petite-fille du Grand Nekbet rêvait le jour où elle a rencontré le pauvre petit scribe misérable qu'était Sakmet pourrissant dans un grenier à blé de son grand-père ? À quoi pensait-elle si ce n'était devenir la plus Grande Scribe du royaume [1] ?

— La différence avec toi, Sakmet, c'est que je n'ai jamais emprunté un chemin malhonnête. Il est vrai que nous sommes séparés par deux mondes différents, mais il ne s'agit pas de

1. *Op. cit.*

mondes auxquels tu penses. Ces deux univers-là ne peuvent se rejoindre. Tu es rusé, calculateur. Certes, tu as la notion du devoir, du courage, du travail, mais pas celle de l'intégrité, de la morale et de la justice.

Il eut un rictus qui accentua l'exiguïté de son visage.

— On voit qu'à ta naissance, tu n'as pas eu à te battre.

— Tu sais fort bien que les difficultés ne m'ont pas été épargnées, même si ce n'étaient pas les mêmes que les tiennes.

Comme il se taisait, elle reprit plus vivement encore.

— Jamais je n'ai utilisé de moyens détournés ou déloyaux pour arriver à mes fins.

— N'as-tu pas profité de ces biais-là chaque fois que nos chemins se croisaient ?

— C'est vrai, Sakmet. Par deux fois, grâce à toi, tu m'as sauvée. Je n'ai pas bu de coupe empoisonnée et tu as protégé le sceau de Thot dérobé autrefois à mon père. Et, plus tard quand, à nouveau nous nous sommes rencontrés, tu m'as donné une piste pour retrouver ma fille kidnappée par Néset sur l'ordre d'Ouser et de Mériptah.

Elle fit un pas sur le pont et respira une bouffée de vent.

— J'espère, un jour, punir les coupables.

Elle soupira et revint près de lui.

— Non, Sakmet. Je ne puis faire mon chemin avec toi. Tu ne sais pas partager le bonheur. Même en amour, tu prends seul ton plaisir.

Il s'accota près d'elle au bastingage. Son visage avait repris son expression habituelle.

— Si tu as besoin de moi, je serai toujours là, jeta-t-il sombrement.

— Je sais. Mais alors, il faudra que ma gloire ne brille pas sur la tienne. Seulement dans ce cas, Sakmet, je t'appellerai au secours.

⁂

Au centre du pont, sur *Le Sceptre d'Amon*, la cabine d'Hatchepsout s'ouvrait face au vent du large qui, à cette heure, apportait le bienfait de sa fraîcheur. Il s'y mêlait un parfum inhabituel, un arôme persistant qui pénétrait les narines, chatouillant l'attention de tous.

La nuit passée, les flots du Nil s'étaient agités, provoquant des remous qui, en avançant sur les terres, avaient délogé la faune des abords du fleuve.

Assis en tailleur, Sakmet et Thouty faisaient face à la reine. Yaskat et deux autres servantes avaient apporté des collations fraîches et chacun se désaltérait avec un plaisir évident.

Méryet qui n'avait pas pris de leçons depuis le début de l'épidémie, faute de pouvoir se rendre sur *L'Anubis* pour y retrouver Séchat, s'ennuyait. Certes, quand elle n'effectuait pas ses exercices de souplesse ou d'élongation, elle dansait pour Hatchepsout, s'efforçant de satisfaire ses yeux et son esprit.

Mais, ce soir-là, elle décida d'agiter les grandes ombelles au-dessus des visages perlés de sueur.

Thouty et Sakmet ne refusèrent pas un tel service, d'autant plus que l'élan spontané de l'adolescente vers les deux hommes s'imprégnait de grâce et de fantaisie.

Méryet s'approcha d'eux en sautillant sur la pointe de ses pieds nus. Puis, dans une envolade de gestes qui emplissaient l'espace, elle saisit les larges ombelles et les fit virevolter autour d'elle en volutes souples et sinueuses. La reine se tourna vers Thouty.

— Après ces sombres jours, Neb-Amon notre médecin semble devenir plus confiant sur les suites de cette épidémie. Ton équipage est-il très réduit ?

— Je n'ai eu que six marins emportés par le mal, Majesté, et quatre seulement se font soigner sur *L'Œil de Thot*.

— Sur *L'Hathor*, répliqua la reine, Néhésy ne compte que trois morts, mais je crois que c'est son navire qui a été le plus touché par la contagion. Le médecin a rapatrié plus d'une dizaine d'hommes.

Elle se fit éventer par Méryet qui, à petits pas légers, arrivait près d'elle.

— Connais-tu le bilan de *L'Anubis* ?

— Les scribes se portent bien, Majesté, répondit aussitôt Thouty. À l'exception des trois disparus, aucun d'eux n'est mort. Quant aux hommes d'équipage, pas un n'a été touché par l'épidémie.

— Ciel ! En voyons-nous la fin ? soupira Hatchepsout. Elle fit signe à Méryet d'éventer les deux hommes dont le front transpirait.

— Cette fièvre des marais que nous avons encourue, poursuivit-elle, a permis, du moins, de faire avancer le voyage. Nous voici arrivés dans le delta.

— Et qu'affirme Neb-Amon ? fit Thouty, soupçonneux.

— Qu'aucun autre membre d'équipage, à présent, ne devrait être contaminé. Sans doute, parce que nous avons dépassé Tanis et que l'épidémie semble s'y être arrêtée.

Thouty croisa le regard d'Hatchepsout, mais ne l'affronta pas.

— Je pense que, si le mal a soudainement pris fin, ce n'est pas parce que nous avons dépassé Tanis, mais parce que nous nous dirigeons vers la mer Méditerranée.

— Je croyais que le Pount était du côté de la mer Rouge ?

— C'est exact, Majesté.

— Alors, pourquoi nous dirigeons-nous ailleurs ? Est-ce une tactique de marin ?

— Hélas non, Majesté. Mais nous avons le temps de chercher la bonne voie. Et, pour l'instant, il n'est pas mauvais de rester quelque temps hors de ces lieux épidémiques. Si, par la suite, il faut faire marche arrière, du moins aurons-nous évité de décimer davantage les équipages des navires.

Sakmet qui, jusque-là, n'avait rien dit, inclina le buste en signe de respect pour demander la parole. D'un simple mouvement de tête, la reine l'engagea à parler.

— À mon sens, Majesté, aller vers Pi-Ramsès serait une erreur. Il vaudrait mieux rester sur la branche extrême droite du delta.

Hatchepsout ouvrit la bouche, mais Thouty intervint :

— C'est fort juste, Sakmet, c'est pourquoi je disais tout à l'heure que nous serions sans doute obligés de faire marche arrière. Mais, à cette heure, l'urgence nous demande instamment de nous écarter prudemment des lieux où l'épidémie réside.

Brusquement, la reine leva la main pour lui demander de se taire.

— Parle, fit-elle en s'adressant à Sakmet. Quel est ce chemin que tu proposes, une fois que nous aurons enrayé l'épidémie ?

— Prendre la branche du delta la plus orientée vers l'est, celle de droite. C'est à mon avis, celle qui devrait nous conduire à la mer Rouge.

— Mais, comment la découvrir ? Le delta nous offre tant d'issues qu'il me paraît difficile de trouver la bonne.

— La voie d'extrême droite, reprit Thouty en se tournant vers Sakmet, sera peut-être impraticable. Que suggères-tu alors ?

Le ton qu'il prenait envers celui qu'il considérait comme son élève était assez protecteur. Sakmet n'en fut nullement vexé.

— Si la route d'extrême droite est impraticable, nous essaierons celle qui lui est directement parallèle.

— Il ne faudrait pas trop prolonger le voyage par des tâtonnements successifs, exposa Thouty avec réserve.

Il s'apprêtait à exposer un autre plan, quand un coup discret heurta la petite porte en bois de la cabine.

— Entre, Senen ! cria la reine.

Sur ce vaisseau où l'exiguïté des lieux ne permettait plus un protocole ancestral et rigide, la vie s'organisait tranquille et détendue entre la reine et ses suivantes. D'ailleurs, conseillers et soldats se heurtaient sans cesse les uns aux autres quand ce n'était pas aux servantes d'Hatchepsout ou, mieux encore, à la reine elle-même.

Sur *Le Sceptre d'Amon*, lorsqu'on frappait à la cabine de la reine, celle-ci engageait volontiers le visiteur à entrer pour exposer l'objet de sa requête.

Ici, Hatchepsout s'amusait à se passer de servante. Et, s'il n'y avait eu l'incident du scorpion qui la laissait assez dubitative, bien qu'elle se persuadât que seule Séchat était l'objet de cette attaque, s'il n'y avait eu, ensuite, la préoccupation de l'épidémie qui décimait l'équipage, la pharaonne eût vécu ce temps-là avec enjouement. S'habiller elle-même et garder sa robe de l'aube au crépuscule sans éprouver le besoin d'en changer, se priver de perruque, de sandales, se passer de maquillage, se rendre dans la cuisine du navire pour y chercher une grenade, un gâteau de miel ou une poignée de figues lui procurait un curieux bien-être qu'elle s'étonnait de pouvoir maîtriser avec une telle facilité.

Mais la souplesse d'attitude à laquelle elle se pliait avec grâce s'accordait à l'impérieux désir de vivre en étroite communion avec le fleuve dont elle découvrait chaque jour un mystère qu'elle cherchait à élucider. Et, plus les navires avançaient vers l'océan, plus les interrogations qu'elle s'imposait devenaient fascinantes.

— Entre, Senen, dit-elle en voyant que la porte s'ouvrait trop lentement. Entre, nous parlons en toute intimité. Le chemin du Pount ne sera pas facile à trouver.

Elle eut un geste qui pouvait paraître agacé pour qui ne la connaissait pas, mais Senenmout sut aussitôt que sa reine était d'excellente humeur et qu'il pouvait exposer son point de vue en toute sérénité.

— Je sais, je sais, fit-elle d'un ton enjoué. Notre Senenmout aurait voulu me priver d'un inextinguible bonheur dont je rêvais depuis très longtemps. Celui de voguer sur les grands flots agités et tumultueux.

— À vrai dire, Majesté…

— Non, non ! Ne dis rien. Tout le monde sait que tu désapprouvais ce côté du voyage et que la route du désert te paraissait plus sensée.

Senenmout soutint hardiment son regard.

— Et plus logique, Majesté. De Coptos au port de Quoser, il n'y a que quelques semaines de marche dans le désert et, de Quoser au Pount, le trajet semble être dérisoire à côté de cette longue route maritime qui nous y mènera !

— Mais nous n'avons aucune trace écrite sur le trajet que tu proposais ! s'exclama la reine. Qui nous dit, Senen, que du port de Quoser, nous pouvons arriver au Pount ? La réalité ne serait-elle pas embrouillée par ta logique très aiguisée, je l'avoue.

— Majesté, reprocha Thouty, ne parlons plus de cette formule puisque je refusais net de démonter les navires pour effectuer la traversée du désert.

— En effet. N'en parlons plus et tâchons de trouver la solution qui nous concerne.

Senenmout parut, soudain, préoccupé. Tout d'abord parce qu'il s'était grossièrement trompé sur l'attitude de la reine qu'il croyait plus détendue. Or, il la trouva soudain nerveuse, inquiète, presque dissimulatrice, ce qui n'était guère dans ses habitudes.

Un furtif rictus étira les lèvres de Senenmout. Cette vie à l'étroit commençait à l'irriter, d'autant plus que l'exiguïté des cabines les serrait tous les uns contre les autres, lui interdisant toute intimité avec la reine.

Il s'interdit d'offrir à la petite assemblée un visage contrarié et préféra adopter l'attitude de celui qui n'était jamais pris au dépourvu.

— Si nous n'avons pas de cartes expliquant le voyage par le désert, en avons-nous une qui le précise par le delta ?

— Il y en a, rectifia la reine, mais vous ne les avez pas.

Sakmet sursauta. Un mouvement bref, presque invisible, un imperceptible geste que l'œil aigu de Senenmout ne fut pas sans remarquer.

— Thouty, jeta la reine d'un ton perplexe, n'avez-vous donc jamais entendu parler de ces documents anciens qu'utilisaient les pharaons de notre ancien empire pour aller dans cette région du Pount ?

— Si, Majesté, mais nul ne sait où ils se trouvent.

Gêné, Sakmet sembla s'absorber dans les gestes onctueux de Méryet qui balançait doucement les ombelles au-dessus de sa tête. Détournant les yeux, il croisa le regard dur de Senenmout qui, sans se laisser démonter, jeta d'un ton sec :

— Pour l'instant, Majesté, le sujet primordial est bien cette épidémie. Pensez-vous vraiment qu'elle sera enrayée dans quelques jours ?

— Oui, grâce à la compétence de ce jeune médecin. Son idée de rapatrier tous les contagieux sur le dernier vaisseau est judicieuse. Ainsi, il économise son temps et son énergie. De même qu'il peut observer plus rapidement les symptômes pour mieux les guérir.

— Comptez-vous le garder à Thèbes ? interrogea prudemment Senenmout.

Dans son regard s'allumait déjà cette flamme méfiante qu'il entretenait avec rigueur pour toutes les nouvelles recrues d'Hatchepsout. Chacun savait que Senenmout exécrait les instants où Hatchepsout imposait ses volontés sur l'arrivée du dernier favori.

Senenmout plongea de nouveau son regard dans celui de Sakmet et crut déceler une réponse à sa question. Possédait-il les cartes ?

— Si j'avais été plus sensée lorsque la princesse Néférourê était souffrante, affirma la reine d'un ton heurté, si j'avais écouté le diagnostic de ce jeune médecin, il aurait pu sauver ma fille. Il est juste que je le garde auprès de moi.

Méryet était près d'elle. Hatchepsout saisit l'ombelle que ses doigts délicats agitaient et s'éventa elle-même.

— Allons, ma douce enfant, fit-elle en lui dédiant un large sourire, esquisse-nous quelques pas de ta composition. Ce soir, laisse libre choix à ton inspiration.

⁂

Lorsque Séchat débarqua sur le navire de Neb-Amon, celui-ci était penché sur un soldat qui, atteint de la fièvre épidémique, s'agitait en spasmes irréguliers, mais permanents. Son visage cadavérique et son corps décharné inspiraient toute l'horreur du fléau que recélait *L'Œil de Thot*.

Libéré, le vaisseau était conduit par le médecin qui en assumait la pleine responsabilité. Il avait évacué tous les malades de la cale trop sombre et trop humide et les avait installés dans les cabines communes vidées par les scribes.

Quand il vit Séchat devant lui, il ne parut pas surpris. Mais le ton de sa voix marquait un cran d'inquiétude qui ne put échapper à Séchat.

— Ciel ! Grande Scribe, que viens-tu faire dans cet endroit plein de germes nocifs ?

— Je ne crois pas, fit-elle en souriant, que ce vaisseau soit si malfaisant car sur les autres bateaux, principalement sur celui de la reine, on dit que tu as enrayé l'épidémie.

Neb-Amon jeta un regard apitoyé sur l'homme qui délirait.

— Ce n'est pas tout à fait juste. Lorsque j'aurai sauvé celui-ci, nous pourrons dire que l'épidémie est enrayée.

— Peux-tu le guérir ?

Neb-Amon secoua la tête. Son geste négatif était teinté d'impuissance.

— Tous les autres sont en voie de rétablissement, déclara-t-il en épongeant son front humide.

— Combien as-tu compté de morts ?

— Onze.

Il glissa de nouveau un œil triste sur le moribond.

— Douze.

— Tu as fait du bon travail. Il paraît qu'Hatchepsout ne tarit pas d'éloges sur ton compte.

— Qui te l'a dit ?

— Néhésy que j'ai vu ce matin même. Il affirmait que nous pouvions enfin aborder le delta avec confiance.

Il hocha la tête.

— C'est en partie vrai. Je crois que je tiens le bon bout. Mais, cela ne me dit pas pourquoi tu viens me rendre visite.

Elle sourit et lui montra sa tablette de scribe.

— Je viens simplement faire mon travail. Au départ de cette expédition, la reine m'a ordonné d'observer, raconter, détailler jusqu'à la moindre précision, les faits de ce voyage. Or, il me semble que le fléau de cette épidémie n'est pas un mince détail.

— Veux-tu donc le raconter dans tes rapports ?

— Exactement. C'est un moyen indispensable pour que l'on parle de toi et que l'on cite ton nom sur les bas-reliefs du temple de Deir el-Bahari, le nouveau palais de la reine.

— Séchat, je n'en demande pas tant.

— Pourquoi ? Parce que seuls tes patients t'intéressent ? Allons, Neb-Amon, fit-elle d'un ton adouci, il faudra bien un jour que tu acceptes ta réussite. D'autant plus que tu n'as pas été vers elle. C'est elle qui vient à toi.

— Tu sais que c'est risqué d'être sur ce navire. Pourquoi n'as-tu pas envoyé l'un de tes scribes pour accomplir ce travail ?

Elle se mit à rire.

— Aucun n'accepterait cette tâche-là. Tu dis toi-même que c'est téméraire.

Il ne répondit rien et prit une fiole sur l'étagère qui lui servait de table de rangement. Il avait aussi réquisitionné les coffres en bois de sycomore pour en faire des plans de travail. Onguents, pommades, poudres, graines, feuilles et racines trempées, séchées, écrasées, se mêlaient au natron et aux divers produits désinfectants qu'il utilisait pour neutraliser les dangers de l'épidémie.

Il tourna entre ses mains une petite fiole de liquide brunâtre. Puis, se dirigeant vers un grand coffre dont la paroi supérieure offrait un large plateau, il parcourut du doigt les menus flacons qui s'étageaient côte à côte et saisit un minuscule coffret en bois.

Il l'ouvrit et en compta minutieusement les graines, puis il en saisit quelques-unes et referma le coffret d'un geste tranquille.

— Ce médicament, dit-il en tendant à Séchat la fiole de liquide brunâtre, est un remède que j'ai préparé pour éviter que ne se propage la fièvre dans le corps du patient. Tu en absorberas deux gouttes chaque matin en te levant.

Il saisit la main de la jeune femme et enferma la fiole entre ses doigts. Puis, il tendit les graines et les lui mit dans l'autre main.

— J'en prends une, moi-même, chaque matin et une chaque soir. Fais-en autant. C'est un mélange de diverses plantes additionnées d'une quantité infime d'extrait de pavot. Tu ne crains rien, mais n'en use pas, sinon le remède se retournerait contre toi et tu pourrais mourir. Par prudence, avales-en une de suite.

Séchat frissonna. Pourquoi hésitait-elle ? Son cœur se mit à battre. Ses jambes eurent soudain ce curieux fourmillement qu'elle reconnaissait si bien lorsqu'elle se trouvait devant un dilemme extrême. Elle ferma un instant les yeux pour ne plus voir le médecin.

Pouvait-elle lui faire confiance ? Elle avait si souvent fait l'objet de ruse et de vilenies qu'elle se mettait à douter. Rien ne l'assurait de la sincérité de Neb-Amon. Rien !

Et si lui aussi se mettait en tête de lui dérober ses cartes du Pount ! S'il voulait l'empoisonner pour mieux réussir sa forfaiture !

Séchat passa la main sur son front. La sueur perlait sur sa peau délicate et blanche. Qu'elle était sotte de soupçonner tout le monde ! Il lui avait parlé de pavot. Or, tout le monde savait que le pavot recélait des effets bénéfiques et nocifs.

Non ! Elle ne craindrait pas cet homme-là. Ce n'était ni un voleur ni un tueur. Il s'effaçait, au contraire, derrière ses malades pour mieux les comprendre, les soulager, les guérir. Il restait détaché de tout sentiment cupide et velléitaire. Il prenait le temps d'aimer les autres.

Séchat ouvrit les yeux. Cette subite nausée qui lui remontait dans la gorge était l'effet de l'odeur du natron.

— Que crains-tu, Séchat ? Que je t'endorme pour mieux voler tes documents ? Ne tremble pas, si d'autres les convoitent, pas moi.

Instantanément, elle se reprit. Ses yeux restèrent grands ouverts d'ahurissement. En elle s'insinua un étrange étonnement qu'elle ne put maîtriser. Un courant glacé pénétra dans sa poitrine.

— Comment sais-tu que j'ai caché des documents ?

Il lui sourit.

— Rappelle-toi, à Thèbes, lorsque tu as failli manquer l'embarquement. Je t'ai trouvée dans la foule, la robe déchirée, inquiète, nerveuse, tu parlais à ta suivante de ces papiers que tu ramenais et que tu ne savais où cacher.

Dans son corps, le courant froid s'estompa.

— Ne t'inquiète pas, c'est tout ce que je sais, car je n'ai entendu rien d'autre. D'ailleurs, j'ignore de quoi parlent ces textes et je ne veux pas le savoir.

Elle eut soudain un geste imprécis.

— Et les autres, le savent-ils ? s'enquit-elle avec lassitude.

— Sans doute.

— Ça ne m'étonne pas, rétorqua-t-elle d'une voix éteinte.

Ses yeux restèrent vagues, indécis. Une lueur bizarre vint barrer ses paupières tout à coup devenues lourdes.

— Je me bats depuis que je suis embarquée dans cette expédition pour sauver ces cartes. Ce sont les explications pour trouver le pays où nous allons.

— Séchat, je ne te questionne pas. Je ne te demande rien.

— Qu'importe, répliqua-t-elle. Parfois, je suis anéantie à trop vouloir réussir. C'est moi qui ai trouvé ces cartes.

— Il est donc juste que ce soit toi qui les remettes à la reine.

— Pire, Neb-Amon. Pire encore. Je veux moi-même les lire devant les autres. Le vieil astrologue qui me les a remises m'a expliqué chaque contour, chaque point, chaque trace imperceptible à l'œil non averti.

— Puis-je t'aider ?

— Non, tu ne peux rien faire.

Il réfléchit quelque temps et souleva le minuscule couvercle du coffret. Puis, délicatement, il prit une graine entre ses doigts et la fit rouler dans sa paume ouverte.

— Allons, avale ça de suite, dit-il en présentant le remède aux lèvres de la jeune femme.

Elle ouvrit la bouche et sortit un petit bout de langue sur lequel il déposa le grain additionné de poudre de pavot. Le remède gisait maintenant presque au fond de sa gorge.

— Il vaut mieux ne pas le croquer. Sous tes dents le remède perdrait de son intensité. Les particules laissées sous tes jolies molaires risqueraient d'en atténuer les effets.

Elle eut un bref sourire.

— Allons, avale, insista-t-il.

Il lui souleva doucement le menton. La tête en arrière, elle se laissa faire et déglutit. Il ne retira pas sa main de suite, mais caressa du bout des doigts sa joue mate et lisse, la descendant plus doucement encore sur un cou gracile dont il admira le contour parfait.

Comme elle se taisait, il plongea ses prunelles dorées dans les yeux sombres de Séchat et retira sa main.

— Viens, dit-il, tu verras qu'il est nécessaire de se prémunir lorsqu'on vient sur ce bateau.

— Cet homme ! fit Séchat en désignant du doigt le moribond qui peu à peu perdait son souffle de vie. Est-il condamné ?

— Viens ! Ce sera utile pour ton rapport.

Il la fit entrer dans une cabine où plusieurs hommes étaient couchés les uns à côté des autres. Ils respiraient normalement et ne se tordaient pas en d'horribles convulsions.

D'un regard apaisant Neb-Amon les rassura.

— Ils se plaignent un peu, expliqua-t-il, mais ils sont sauvés grâce aux bienfaits de mes remèdes.

Il lui prit le bras, l'obligeant ainsi à le suivre.

— Viens.

Ils contournèrent le pont arrière et entrèrent dans une autre cabine plus longue et plus confortable. Celle-ci contenait plus de dix hommes, tous en position assise, le buste levé et le regard net.

— Tous ces gaillards, fit Neb-Amon en leur adressant un sourire jovial, vont réintégrer leur navire dans quelques jours. Ils étaient pourtant bien mal en point lorsqu'ils sont arrivés sur *L'Œil de Thot*, mais Osiris n'a pas voulu d'eux.

Séchat se permit, alors, d'avaler une grande bouffée d'air et ne regretta plus d'avoir absorbé la graine que lui avait tendue le médecin.

⁂

Il fallut un long mois pour que la flotte atteignît l'extrémité du delta. Mais, comme Thouty l'avait prévu, il fallut faire marche arrière, car les cinq navires qui glissaient silencieusement sur l'embouchure du Nil, semblables à de grands oiseaux blancs désemparés, se trouvèrent, soudain, sur les bords de la mer Méditerranée.

La crue montait et le Nil débordait, déposant sur les champs ses riches alluvions. Bientôt les paysans pourraient bêcher et retourner la terre afin de l'ensemencer à la saison suivante.

L'épidémie était enrayée. À quai, des marins disaient qu'elle n'avait pas atteint Thèbes et s'était arrêtée bien avant Denderah.

Les hommes d'équipage avaient tous réintégré leurs vaisseaux respectifs, vénérant la déesse Hathor de ne pas les avoir précipités dans les bras d'Osiris. Un vent se levait, balayant les dernières traces du mal sournois qui avait emporté leurs compagnons. Les rameurs furent réquisitionnés pour aider à monter les grandes voilures sur le mât central.

On sortit en hâte les cordages, les câbles. On dressa le plan du voyage. On inspecta l'horizon et, observant avec inquiétude cette immensité de flots verdâtres qui s'étendait à perte de vue, certains hochèrent la tête d'un air méfiant.

Gonflé par les abords du Nil en pleine crue, l'océan semblait défier les vaisseaux.

Fini les nuits envoûtantes passées sur le pont à observer un ciel piqué de constellations. Terminé l'heure où, les yeux levés, on cherchait Orion, l'étoile du Sud, Solthis ou la Grande Ourse.

À présent, les esprits se préoccupaient davantage du temps, des conditions atmosphériques, de l'horizon inconnu, d'un vent nouveau – et celui-là n'était pas leur khamsin habituel – pour qu'ils pussent s'en écarter.

Sakmet humait avec délice cet air qu'il ne connaissait pas. Ses narines devenaient si impatientes qu'elles restaient ouvertes à la moindre agitation. Son Nil familier, accessible, son Nil aux reflets gris argenté qui lui offrait tant de sentiments complices se transformait soudain en un gigantesque foisonnement de flots mouvants.

Il lui fallut apprendre une autre façon de naviguer. Trop de vent, cette fois, sifflait dans les voilures devenues à présent indispensables. L'air se faisait froid lorsque le jour tombait. Des frissons couraient sur la peau des plus acharnés qui refusaient de s'enfermer dans leur cabine pour y passer la nuit. L'idée d'affronter un horizon nouveau, étrange, mystérieux, les fascinait au point qu'ils ne voulaient plus en dissocier leur regard.

Après avoir musardé plusieurs semaines sur l'océan, les hommes d'équipage durent se rendre à l'évidence, le pays du Pount n'était pas dans cette voie. La flotte avait beau maîtriser l'expédition, l'interrogation devenait de plus en plus pesante.

Séchat préparait son plan. Elle attendait que Thouty donnât l'ordre de revenir sur Tanis pour dérouler ses cartes devant Hatchepsout. Mais, apparemment l'armateur n'arrivait pas à trancher et refusait cette solution, bien que Sakmet l'y poussât chaque jour davantage. En cela, malgré ses méconnaissances maritimes, il avait un instinct de marin confirmé.

Si Sakmet voulait dériver sur l'extrême droite du delta, Thouty préférait en étudier chaque branche gauche avant d'obliquer sur la droite.

Quand *Le Sceptre d'Amon* et les autres vaisseaux qui le suivaient débouchaient sur l'océan, chacun se laissait diriger par l'espoir, Néhésy en tête. Mais, la déception venait vite et l'on s'apercevait que les flots en question n'étaient pas ceux de la mer convoitée.

Après plusieurs échecs, Thouty se rallia aux idées de Sakmet, quitter le Nil sur la droite.

Séchat qui avait réintégré son navire devenait de plus en plus nerveuse. Ses deux cartes soigneusement cachées attendaient le moment propice qui, à présent, ne devait plus guère tarder. L'une, entre les feuillets de papyrus qui enfermaient ses rapports, l'autre glissée – comme elle l'avait fait dans la cabine de Sakmet – sous deux lames disjointes du sol.

Depuis que les cinq navires avaient abordé la mer, l'ordre des trois premiers avait changé. *L'Hathor*, le vaisseau de Néhésy avait pris la tête, suivi par celui de Sakmet, *L'Anubis*.

Au centre, le navire d'Hatchepsout qu'il fallait préserver des dangers inconnus, à présent que la route devenait incertaine, se frayait un chemin entre *L'Horus* et *L'Œil de Thot*.

En rebroussant chemin, les commandants de bord avaient décidé d'accélérer la vitesse. Le vent ne soufflait plus. Il fallut abandonner les voiles et, dans les cales oblongues, les rameurs par deux rangées de trente reprirent leur besogne en doublant la cadence.

Il n'était plus question de suivre une allure de croisière, mais de trouver la brèche indispensable qui ouvrait sur la mer Rouge. Les bateaux revinrent donc à leur point de départ, c'est-à-dire à Tanis.

Passé la plaine verdoyante qui bordait le Nil, le lac sacré et le mur de brique qui, anciennement, enfermait Avaris, la capitale des Hyksos, les vaisseaux poursuivirent ce bras du delta jusqu'à son extrémité. Mais, après avoir forcé l'allure de la navigation, il fallut la ralentir aussi vite, car le fleuve devenait un filet si mince qu'aucun navire ne pouvait avancer côte à côte.

En cet endroit périlleux qu'il fallait impérativement dépasser, le fond était bas et boueux, malgré la crue qui s'étendait sur toutes les terres d'Égypte bordant le Nil.

Séchat, à bord de *L'Œil de Thot* regardait la lente progression des navires le long du bras du fleuve. La coque touchait le fond et Néhésy engagea son vaisseau plus en profondeur, Sakmet et *L'Anubis* sur ses talons, persuadés tous deux que c'était là le passage qu'il fallait utiliser, d'autant plus qu'aucun océan n'apparaissait à leurs yeux.

Rassurés et d'un commun accord, ils s'enfoncèrent encore, frayant le passage aux trois autres navires.

Quand, soudain, ce fut l'échec dans toute son énormité. Un immense banc de sable d'où émergeait un foisonnement de marais enserra les deux premiers vaisseaux. Ils patinèrent, glissèrent et s'embourbèrent.

— Les marécages nous ont trompés ! s'écria Néhésy en agitant désespérément les bras.

— Le fond limoneux est trop gluant pour que l'on se tire d'affaire par une simple manœuvre, rétorqua Sakmet, blanc de rage. Nous sommes bel et bien prisonniers. Que conseilles-tu, maintenant ?

Entouré de quatre de ses soldats, Néhésy semblait réfléchir.

— Impossible d'avancer, fit-il en abaissant ses bras.

— Et impossible de faire un tour complet sur nous-mêmes, rétorqua Sakmet. La largeur du fleuve ne couvre pas le quart de leur longueur.

— Faisons marche arrière, proposa Néhésy.

Des yeux, Sakmet fit le tour de son navire et passa la main sur son front. Elle ne tremblait pas, mais elle lui parut pesante. La brise légère qui frisait la surface de l'eau lui sembla froide. Il se pencha et observa la coque de *L'Anubis* à moitié enfouie dans le limon du marais.

— Assurons-nous d'abord que les bateaux qui suivent ne sont pas embourbés ! cria-t-il à Néhésy. S'ils flottent normalement, ils pourront nous remorquer.

Il mit ses mains en porte-voix et hurla :

— Que l'on détache immédiatement une barque et qu'une équipe de marins aille se rendre compte de l'état des vaisseaux arrière.

— C'est impossible ! cria un homme d'équipage. Les barques s'enlisent aussi.

— Alors, allez-y à pied, vociféra Sakmet. En cas de glissement ou d'enlisement, un cordage vous retiendra au navire.

Il pointa son index en direction d'une dizaine d'hommes qui, pétrifiés, restaient sur le pont.

Néhésy s'interposa :

— Allons, Sakmet ! Dix marins, c'est beaucoup trop. Nous ne pouvons à nouveau risquer une telle perte d'hommes. L'épidémie a suffisamment décimé nos équipages. Deux suffiront.

— Trois ! En cas de glissement, les deux autres ne seront pas de trop pour le sortir d'affaire.

Sakmet désigna trois rameurs, trois forts gaillards aux épaules roulées dans une puissante musculature. De loin, Néhésy et Sakmet les regardèrent s'enfoncer dans le marais bourbeux. Une corde tenue par des marins à bord les reliaient entre eux.

Ils ne revinrent que plusieurs heures après, signalant que *Le Sceptre d'Amon* et *L'Horus* n'étaient pas ensablés, mais que *L'Œil de Thot* avait subi le même destin qu'eux et qu'il gisait aussi dans les profondeurs boueuses des marais.

— Nous n'avons qu'un seul recours, avança énergiquement Sakmet. Celui d'utiliser la mince marge de manœuvre entre les deux navires centraux non embourbés.

— Et leur faire tirer les deux premiers.

— Vois-tu une autre solution ?

Néhésy secoua négativement la tête.

— Quand les deux vaisseaux de file seront désensablés, nous ferons toucher l'extrémité de leur coque et nous pousserons *L'Œil de Thot* en arrière.

— C'est un travail surhumain, décréta Néhésy. Mais je n'en vois pas d'autre.

Il fut dit que, ce soir-là, l'agitation battrait son plein sur les cinq navires bloqués. Thouty, son commandant de bord et ses hommes d'équipage avaient sorti les gros câbles qui, attachés à la coque de son bateau, tentaient de tirer *L'Anubis* pour l'amener hors du banc de sable qu'enfouissaient les marais.

Depuis plus de deux heures, les efforts des uns et des autres se révélaient nuls.

— Ces câbles vont rompre dans un instant ! cria Thouty. Il faut vider les embarcations, les alléger au maximum. Les navires sont beaucoup trop lourds. Nous ne parvenons même pas à les ébranler d'un pouce.

Chacun mit prudemment le pied à terre qui, aussitôt, disparaissait dans la vase du marécage.

L'ensemble des approvisionnements, les chevaux, les chars et les cargaisons les plus lourdes se trouvaient dans le dernier vaisseau, ce qui facilita la tâche de déchargement des deux navires de file.

— Tous en bas ! cria Néhésy. Que chacun de vous regagne *L'Horus*, plus il sera chargé, plus il lui sera facile de tirer.

Le travail fut long et pénible, mais à l'aube du lendemain *L'Hathor* et *L'Anubis* étaient désembourbés. Serrés contre *L'Horus*, il fallait, à présent, les rapprocher du *Sceptre d'Amon* pour enfin dégager le dernier navire, *L'Œil de Thot*.

Toute la nuit, Hatchepsout avait observé, debout sur le pont, ses deux vaisseaux en difficulté. Anxieuse, certes, la reine l'était de plus en plus et la joie qu'elle avait prise à naviguer sur la Méditerranée s'était brusquement transformée en un doute sombre dont l'amplitude devenait inquiétante.

Mais Hatchepsout n'était pas seule à ne pas avoir fermé l'œil. Depuis quelques nuits, Séchat ne dormait plus. Elle se reprochait, à présent, de ne pas avoir déroulé plus tôt ses cartes devant la reine. Consciente qu'elle aurait pu le faire lorsqu'il était encore temps, lorsque Néhésy avait décidé d'emprunter ce mince bras du fleuve qu'elle savait être fatal pour l'expédition, sans pour cela, bien sûr, en connaître les véritables conséquences.

Pour l'instant, il fallait désensabler son bateau et Séchat se jura qu'aussitôt sauvée de cette impasse, elle demanderait une audience à la reine, cartes du Pount en main.

Dieu d'Isis ! Qu'elle craignait la réaction de tous et comme elle aimerait voir l'issue de ce voyage pour enfin retrouver les yeux bleus et rieurs de sa fille ! Faudrait-il attendre encore longtemps après que le chemin leur fut dévoilé pour arriver dans ce pays dont les dieux attendaient tant de bienfaits ?

Avant le désembourbement de son bateau, il fallut que Séchat et ses scribes, accompagnés de Wadjmose et de Reshot, descendent dans la boue du marais et s'y enfoncent jusqu'au poitrail pour regagner *Le Sceptre d'Amon* qui les précédait.

Maintenant que quatre navires étaient sains et saufs, Hatchepsout regardait avec inquiétude le dernier de la file, toujours en péril. Elle pensa que le plus tragique pouvait encore arriver, car *L'Œil de Thot* contenait les trésors destinés au roi du Pount. Si elle venait à le perdre, s'il sombrait dans les sables, le cas serait très ennuyeux et le voyage devenait inutile.

Trop absorbés à tirer *L'Œil de Thot*, avec des essoufflements et des « hans » à l'appui, marins et hommes d'équipage ne se préoccupaient plus du sort de Séchat et de ses scribes. Pas un, d'ailleurs, ne leur avait dit de se munir de cordages pour les relier les uns aux autres.

Ils avançaient péniblement dans la boue compacte du marais, l'œil rivé sur *Le Sceptre d'Amon* qu'ils n'arrivaient pas à rejoindre.

Paniqués, suffoqués, se mouvant avec difficulté, les scribes s'efforçaient de progresser dans l'épaisseur boueuse qui les enveloppait. Glissant, se poussant, maugréant, criant, s'injuriant même tant leurs nerfs étaient à l'épreuve, ils se déplaçaient tant bien que mal, embourbés jusqu'aux genoux si ce n'était la taille.

Soudain, Séchat vit Neb-Amon se glisser hors du *Sceptre d'Amon* et venir à sa rencontre. Mais il s'enlisait à son tour car il tenait un cordage enroulé entre les mains et ses gestes n'étaient pas libres.

La distance qui les séparait n'était plus très grande. Séchat glissa, se courba et se retint pour ne pas tomber. Le médecin avançait, centimètre par centimètre. Quand il fut presque près d'elle, la main qu'elle lui tendit la déséquilibra à nouveau et elle plongea le visage dans la boue.

Elle se releva, se redressa et poussa désespérément son bras en avant. Par un dernier effort, il réussit à accrocher sa main et la tira brusquement en avant. Le chemin qui restait à parcourir entre les deux vaisseaux n'était plus très important, mais il leur sembla que le plus difficile restait à accomplir.

Soudain, restée à l'arrière, Reshot poussa un cri. Séchat se retourna et blêmit. Elle vit sa compagne enfoncée jusqu'aux épaules dans la boue immonde de cet enfer. Les marais cachaient jusqu'à son visage lorsqu'elle se penchait vers le sable.

— Neb-Amon, cria-t-elle, laisse-moi, je t'en prie. Va chercher Reshot !

En un clin d'œil, il analysa la triste situation. Sans son aide, la compagne de Séchat allait disparaître en quelques instants dans les sables mouvants qui l'entraînaient inexorablement.

Il tendit le bras où sa corde était enroulée et désigna à Séchat la coque du navire.

— Regarde, jeta-t-il en montrant le bord externe du vaisseau, tu trouveras à l'extrémité un anneau de cordage, accroche-toi, je reviens de suite.

Puis, il marcha en direction de Reshot qui s'enfonçait de plus en plus dans le fond boueux du marécage. Quand il arriva près d'elle, ses bras battaient l'air et seules ses épaules restaient encore hors du sable.

Agrandis par l'effroi, ses yeux se posaient douloureusement sur le médecin. Le bout de sa chevelure crépue trempait dans la vase, se mêlant aux herbes boueuses. Reshot n'avait plus qu'un bras en l'air. L'abaisser pour tendre la main, c'eût été plonger définitivement dans le fond du marais.

Neb-Amon vit émerger un nénuphar des fonds limoneux. Il était fréquent que ces fleurs d'Égypte surgissent, tout à coup, du plasma gluant de ces étranges marais qui, lorsqu'ils atteignaient cette férocité, engloutissaient tout sur leur passage.

Il attrapa le nénuphar et tira. Une tige longue et souple s'accrochait après la racine de la plante profondément ancrée dans le sol. Il enroula précipitamment la tige autour du bras de la jeune femme et tira de nouveau.

La racine craqua, vint flotter un instant près du visage de Reshot. Mais Neb-Amon avait saisi sa main et l'attirait à lui. Quand, enfin, il crut l'avoir sauvée, il glissa malencontreusement et ils plongèrent tous deux la tête en avant, le visage dans la boue.

Du poste d'observation où elle était arrivée, Séchat vit qu'ils étaient en trop mauvaise posture pour qu'elle restât là à les regarder se noyer.

Elle esquissa un mouvement pour venir à leur aide.

— Ne bouge pas, lui cria Neb-Amon. Cette boue mouvante va arriver jusqu'à tes pieds.

Presque tous les scribes venaient de réintégrer *Le Sceptre d'Amon*. Mettouth qui s'apprêtait à grimper l'échelle de corde pour monter sur le navire les aperçut. Il hésita, tourna la tête en direction des scribes qui, soufflant, suant, grognant, montaient sur le pont et, soudain, fit demi-tour.

— Ne bouge pas, cria-t-il à Séchat. J'y vais.

Il lui fallut beaucoup de dextérité, mais encore plus de courage pour arriver près du médecin et de Reshot. Mettouth sentit un poids contre sa jambe, il se baissa, tâta la boue de la main et agrippa les cheveux de la jeune femme. Sa tête émergea.

Au loin, Séchat cria. Mettouth et le médecin sortaient Reshot du néant. Elle était inanimée, le visage pétrifié par cette boue immonde et grisâtre qui semblait immortaliser ses traits.

Séchat déchira un pan de sa tunique et le tendit au médecin qui essuya aussitôt son visage, contournant délicatement ses yeux restés ouverts. Par contre, elle avait fermé si violemment la bouche et serré si fortement les dents que le sable n'y était pas entré. Neb-Amon toucha son pouls. Il battait.

Séchat le remercia du regard, puis serra la main de Mettouth en lui assurant qu'un jour, elle lui revaudrait ce geste de courage.

Et, pendant que les quatre vaisseaux, tous mis bout à bout, poussaient avec acharnement *L'Œil de Thot*, Reshot peu à peu reprenait connaissance.

Il fallut encore quelques bonnes heures pour déblayer complètement le dernier navire. Épuisée par le manque de sommeil, Hatchepsout s'était assoupie sur le pont, la tête levée dans la direction du chemin à suivre.

Quand la flotte entière eut regagné le sol aride du fleuve, laissant derrière eux marais et marécages meurtriers et qu'elle eut rejoint l'embouchure du delta, Séchat réintégra *L'Œil de Thot*.

Au seuil de sa cabine, alors que Wadjmose tenait dans ses bras Reshot profondément endormie, elle s'immobilisa, pétrifiée de frayeur. Un désordre indescriptible y régnait. Elle regarda le sol et vit que les lamelles de bois n'avaient pas été dissociées. Elles étaient toujours aussi plates et uniformes.

En revanche, ses rapports jonchaient le sol, tous éparpillés, froissés, jetés aux quatre coins de la pièce. Pas un seul n'était déchiré et quand elle les rassembla, elle remarqua que pas un, non plus, ne manquait, sauf celui qui, depuis le départ de l'expédition, faisait l'objet de ses nuits d'inquiétude.

Neb-Amon qui voulait s'assurer du bon réveil de Reshot avait insisté pour accompagner Séchat sur *L'Œil de Thot*. Quand il aperçut les dégâts provoqués dans sa cabine, il ne sut que dire tant il eut le souffle coupé.

Séchat regarda le désastre et sentit les larmes lui monter aux yeux. Si Neb-Amon ne disait rien, il avait depuis longtemps compris. Il l'observa en silence, craignant que ses mots ne soient pas un réconfort. Et que lui dire si ce n'était une parole quelconque qui l'eût chagrinée davantage ? Il ne pouvait rien faire pour l'aider, encore moins alourdir son désespoir par un propos dont elle n'aurait pu saisir le sens.

Wadjmose était parti, laissant Reshot étendue sur sa couche.

Séchat sentit ses forces la quitter. Son regard s'attardait sur les rapports dispersés, répandus sur le sol de la pièce. Elle pleurait silencieusement. Neb-Amon s'approcha d'elle et posa doucement ses lèvres sur l'une de ses paupières humides. Elle se reprit aussitôt.

— Cela ne fait rien, soupira-t-elle. La vie de Reshot avant tout. Elle vaut bien ce bout de papyrus sur lequel on a dessiné des pays de chimère.

CHAPITRE VIII

— La brèche, la voici, Majesté ! cria Néhésy, triomphant. C'est elle qui va nous mener au Pount.

Sakmet serra le poing. Ses jointures devinrent blanches de dépit et ses doigts se crispèrent les uns contre les autres. Néhésy s'était montré plus rapide que lui, plus adroit et plus retors aussi.

Mais la jubilation de Néhésy en affectait un autre. Senenmout lui décocha un tel regard de rancune qu'un couperet à la place eût fendu en deux le joyeux Néhésy.

— La voici, cette maudite brèche !

— Ainsi la voici, répéta la reine, incrédule.

— Pas étonnant, Majesté, que nous soyons passés sans la voir. C'est un simple cours d'eau qui nous y mène. Regarde, Thouty, il prend naissance sur la droite de Tanis.

Il vint à Sakmet et lui asséna une bourrade joviale et bien balancée. Pendant quelques instants, Sakmet en eut l'épaule douloureuse.

— C'est toi qui avais raison, Sakmet, il fallait emprunter l'extrême droite du delta.

D'un pas souple et balancé, il revint vers la carte déroulée.

— Dieu de Seth ! poursuivit-il, nous sommes passés deux fois devant sans la voir.

Il claqua ses mains bruyamment sur ses flancs puis, les ramenant l'une contre l'autre, frappa plusieurs fois ses paumes ouvertes en adressant à chacun des notables un large sourire.

Enfin, il décida de mettre fin à cette explosion de joie que seule Hatchepsout semblait partager en se tapant bruyamment le front de son index.

— Maudite brèche et maudit cours d'eau.

Puis, il s'arrêta net. La reine le regardait, plongeant son œil sombre dans celui de son conseiller.

— Allons, Néhésy, trancha-t-elle. Je déplore simplement que tu n'aies pu réussir à lire cette carte dès le départ. Peut-être aurais-tu pu la donner à Thouty ou à Sakmet. Trois jugements valaient mieux qu'un.

Néhésy n'osa rougir, mais une gêne imperceptible embarrassa soudain son regard.

— Cette vieille carte, Majesté, est ma propriété depuis si longtemps que je n'y avais attaché aucune importance.

— Il me semble que j'aurais pu la déchiffrer, prononça Thouty, vexé.

Se tournant vers Hatchepsout, il décréta d'un ton affable où l'on ne put déceler aucune aigreur simplement le soupçon d'une griffe acérée qui réclamait méfiance :

— J'ai lu tant de cartes dans ma carrière de marin chevronné, Majesté, que cette brèche dessinée sur ce papyrus ne m'aurait pas trompé.

Il regarda Senenmout qui esquissait un rictus, puis Sakmet qui enfermait son menton dans un poing tendu et serré.

— Cela aurait aussi évité de perdre tout ce temps en allant s'embourber dans les marais.

Mais la reine était rassurée et redevenait confiante.

— Eh bien, dit-elle à Thouty, l'essentiel est que nous repartions sur de bonnes bases.

Détendu, apparemment nullement affecté par les doutes qui empoignaient ses compagnons, Néhésy souriait. Certes, il lui en fallait plus pour le déstabiliser. Il prit le parti de ne pas s'appesantir sur la critique de Thouty lancée en sa défaveur et se courba vers Hatchepsout.

— Ma reine, fit-il d'un ton enjôleur, dans quelques mois, nous serons arrivés au pays où les dieux nous poussent.

Senenmout eut envie de cracher à terre. Mais une telle incorrection vis-à-vis d'Hatchepsout l'eût desservi. Il se contenta d'accentuer le rictus qui étirait ses lèvres minces et rentrées.

— Tu nous sauves la vie, mon cher Néhésy, je saurai m'en souvenir, comme je tiendrai compte, bien sûr, de vos bons services et de votre dévouement à tous.

Senenmout grogna et Sakmet recula si brusquement qu'il fit tomber un plateau où quelques pots de bière attendaient le bon plaisir des gosiers assoiffés.

Hatchepsout se tut quelques secondes et fit le tour de ses conseillers d'un œil devenu subitement aigu. Les paroles avenantes qu'elle venait de distribuer ne semblaient pas détendre une atmosphère crispée et son sens pointu de l'observation lui disait qu'une manière d'agir peu scrupuleuse s'était passée.

Néhésy avait-il dérobé la carte à Senenmout ? Impossible ! Ce dernier lui aurait aussitôt parlé d'un tel trésor échu entre ses mains.

Alors, Thouty ! Ce vieux loup de mer. Se pouvait-il que cette carte lui appartînt ? Vraisemblablement, ce n'était pas la réponse. Car un marin chevronné, comme il disait lui-même, aurait su de suite trouver la brèche et nul vaisseau ne se serait embourbé.

Restait Sakmet qu'elle ne connaissait pas encore. Néhésy devait l'avoir dérobée à ce jeune capitaine qui, depuis le départ de l'expédition, ne cessait d'étaler ses compétences.

Elle soupira. Peu importe ! Elle ne chercherait pas à savoir ce qui s'était passé. Hatchepsout était ainsi. Punir l'inconduite d'un de ses hauts conseillers la mènerait vers un excès de zèle autoritaire qui engendrerait, sans nul doute, complots et conspirations dont elle devrait assumer les conséquences.

D'autant plus que cette inconduite allait dans le sens qui favorisait son règne.

— C'est donc décidé, trancha-t-elle, en reprenant un ton enjoué. Faisons voile vers Tanis et engageons les vaisseaux dans ce cours d'eau invisible à l'œil nu. Crois-tu, Néhésy, que nous y trouverons le pays du Pount ?

Ce fut Thouty qui se jeta comme un fauve affamé sur la carte. Silencieux, il l'observa quelque temps. Par tous les dieux ! Qu'elle était belle et majestueuse, cette carte ! Jaunie par les siècles, usée et rongée sur les bords, tracée avec art et noblesse par un savant géographe qui devait sourire, à présent, dans sa tombe. Elle offrait le mystère de ses signes qui, pour beaucoup, restaient incompréhensibles. Mais Thouty était un vieux marin.

Il saurait déchiffrer chaque énigme, chaque secret, chaque partie éclaircie ou ombrée du document.

Il la prit entre ses doigts et la leva vers son visage.

Une sorte de magie semblait s'en dégager. Certes, il n'avait pas eu le temps de l'étudier tant la surprise qu'avait occasionnée Néhésy les avait tous ébranlés.

Avec une infinie précaution, il la posa sur la table et pointa aussitôt son index là où son regard restait attiré. Regarde, Néhésy, sais-tu ce que représente ce point ?

Le chef de police ne broncha pas, car visiblement il l'ignorait.

— Ce point est un cours d'eau, reprit Thouty en jaugeant sur le visage de chacun l'intérêt qu'il allait susciter. Il y a une trouée après ce cours d'eau. Notre flottille devra s'y engager prudemment. Je pense que cette brèche devrait déboucher sur la mer Rouge.

⁂

Enfermée dans sa cabine depuis le vol du document, Séchat ruminait son amertume. Son âme était triste, son cerveau s'agitait et bien que Reshot eût repris ses esprits, elle se laissait aller à une mélancolie qui n'était guère dans ses habitudes.

Cette infortune déclenchait en elle un autre désespoir, celui d'être éloignée de Satiah. Chaque jour, la vision de sa fille venait s'incruster dans son corps et y faisait une telle entaille qu'elle se prenait à regretter cette expédition. Les boucles claires de l'enfant, ses yeux bleus et sa bouche rieuse, s'imposaient comme un poids qu'elle ne pouvait alléger. La voir, la regarder, la toucher, en cet instant de dépit, eût été le seul baume cicatrisant sa douleur.

Mais il fallait s'écarter de cette image obsédante et revenir à la triste réalité. L'expédition se poursuivrait sans les honneurs auxquels elle avait droit, à moins que…

Elle ferma brusquement les yeux et réfléchit.

À moins que… le dieu Thot vînt à son secours. La carte dérobée à l'intérieur de ses documents et rapports dévoilait le cours d'eau qu'il fallait emprunter à la sortie de Tanis. Mais ensuite ! La brèche que les vaisseaux devaient suivre pour atteindre la mer Rouge était indiquée par un signe pratiquement invisible que le vieil astrologue lui avait révélé et qu'elle seule connaissait.

Un vieux loup de mer comme Thouty saurait-il en lire l'importance ? Pour l'instant, Senenmout, Néhésy, Sakmet et Thouty pensaient tous que ce point visible sur la carte volée était la brèche qui débouchait sur la mer Rouge.

Pourquoi n'avait-elle pas déroulé beaucoup plus tôt, devant les yeux étonnés et ravis de la reine, le document qu'elle enfermait depuis si longtemps entre ses papyrus personnels ?

Combien de routes y avait-il encore pour rejoindre le Pount ?

Séchat absorba une grande bouffée d'air qui s'infiltrait dans sa cabine fraîche et silencieuse. Reshot dormait. Depuis qu'elle était tombée inanimée dans les marais bourbeux, elle récupérait toutes les heures de sommeil perdues jusqu'à présent.

Curieusement, cet accident l'avait guérie des redoutables nausées qu'elle éprouvait sur le bateau depuis le départ de l'expédition. Un choc psychologique ! disait Neb-Amon qui, de temps à autre, venait la voir sur *L'Œil de Thot*, pour suivre son bon rétablissement.

Mais, quand Reshot voyait le jeune médecin se pencher sur elle, auscultant son cœur, tâtant son pouls, observant le fond de son œil, se préoccupant du rythme de sa respiration, elle savait que l'esprit du médecin se tournait essentiellement vers Séchat et que, seule, celle-ci occupait ses pensées.

Reshot n'était pas dupe. Elle s'amusait presque à décupler les symptômes post-comateux qui, éventuellement, pouvaient surgir après une longue perte de connaissance, pour l'obliger à passer quelque temps sur *L'Œil de Thot*.

Comment la jeune scribe aurait-elle pu refuser ces délicats et courts instants que lui offrait Neb-Amon quand toute cette assemblée de dignitaires lui brisaient les reins ?

Les leçons qu'elle continuait à donner à Méryet, ajoutées aux brèves entrevues avec le médecin constituaient, à présent, ses seules joies.

Séchat se pencha sur sa compagne. Elle dormait si bien qu'elle n'osa la réveiller, malgré la clepsydre qui indiquait la pleine heure au zénith. Elle retourna s'asseoir devant sa table de travail, prit sa tête entre les mains et poursuivit sa réflexion.

Ce cours d'eau si mince, si menu, si peu visible que s'apprêtaient à prendre les vaisseaux de la flotte royale, risquait d'amener encore bien des déboires. N'allait-on pas au-devant de multiples interrogations ? Dans son malheur, Séchat aurait-elle de nouveau sa chance ?

C'est par Neb-Amon qu'elle avait appris le bénéficiaire de la carte volée. Néhésy ! Le chef de toutes les polices ! Qui eût dit que son vieux compagnon de jeunesse la trahirait un jour à ce point ?

Voilà qu'elle avait mis l'honneur et la fidélité de Sakmet en doute et que c'était un autre qui signait cette forfaiture. Néhésy ! Quel soupçon, quelle méfiance aurait-elle pu tourner vers lui ?

Néhésy ! C'est à peine si Séchat osait y croire. Que penserait son vieil ami Hapouseneb de cette félonie ? Et Pouyemrê et Djéhouty ? Diraient-ils que Néhésy ne l'avait guère soutenue dans ses démarches pour retrouver sa fille ? Certes ! Quand elle pensait au peu d'efforts qu'il avait fournis pour lui venir en aide, détachant deux de ses soldats, alors que c'était une armée entière qu'il lui aurait fallu.

Le heurt d'un coup contre la porte lui fit relever la tête qu'elle tenait toujours entre ses mains.

— Entre, Méryet.

L'adolescente avait revêtu un pagne court, blanc et plissé, qui laissait libres ses longues jambes fuselées aux pieds nus toujours prêts à esquisser quelques pas en pointe. Ses hanches minces s'entouraient d'une ceinture sertie de perles d'argile bleues et jaunes.

La fillette avait aussi de longs bras blancs qui s'attachaient si harmonieusement à ses épaules qu'ils se mouvaient comme deux lianes flexibles entre des tiges de papyrus. Sa gorge entièrement dénudée commençait à prendre ces rondeurs douces et agréables à regarder qui révélaient la jeune fille à venir.

Comme toutes les adolescentes, le souci de plaire naissait doucement en elle. Méryet avait donc parfumé son corps avec une huile au jasmin qui laissait traîner, derrière elle, une odeur suave et légère. Puis, elle avait passé autour de ses doigts encore menus quelques bagues assorties à sa ceinture.

— Entre, Méryet, répéta Séchat en regardant la fillette s'avancer.

Elle lui plaqua aussitôt un gros baiser sur la joue et s'assit aussitôt devant elle, en position de scribe.

— Tu es bien belle, aujourd'hui, Méryet, fit la jeune femme en observant ses bagues en perles d'argile.

Méryet agita gaiement ses mains, fit jouer ses bagues au-dessus de sa tête et contorsionna son buste en de souples circonvolutions qui faisaient bouger tout son corps.

— Allons, fit Séchat en riant, tu n'es pas venue là pour danser. Nous allons essayer de travailler, malgré toutes ces agitations qui secouent notre expédition.

Méryet s'immobilisa.

— Allons-nous attaquer l'écriture hiératique ?

— Pas aujourd'hui. Je pense que c'est encore trop tôt.

— C'est pourtant très utile, m'as-tu dit. Car, si un jour, je veux écrire très vite un texte, je ne pourrais pas utiliser les hiéroglyphes.

— La prochaine fois. Aujourd'hui, nous allons évoquer non plus les objets perceptibles, mais les actions physiques qui sont composées d'un instant représentant ces gestes. Comprends-tu ?

Méryet fit la grimace.

— Tiens, par exemple. Écris le mot « Tomber » et le mot « Mourir ».

La fillette s'absorba aussitôt dans l'élaboration du dessin de ces signes.

— Non ! Méryet, la silhouette du personnage n'est pas la même. Elle est allongée sur le dos pour la mort et sur le ventre pour la chute.

Elle prit la main de l'adolescente et guida son calame sur l'argile de la tablette. Méryet se laissa docilement faire, puis contempla avec ravissement le dessin final réalisé.

— Allons, fit Séchat. Maintenant, c'est toi qui tombes. Que vas-tu écrire ?

Méryet leva son calame et en passa l'extrémité sur ses lèvres, les caressant rêveusement.

— Je ne sais plus.

— Je t'ai appris pourtant le féminin et le masculin.

— Ah oui, firent les yeux allumés de la jeune fille.

Puis, elle dessina au bout de sa ligne le signe approprié au féminin.

— Bien. Maintenant, écris le mot « Guerre ». Non ! Méryet, ta silhouette est fausse. Il faut que tu cernes la violence, la brutalité de l'instant. Ton personnage doit tenir un arc, une flèche ou un javelot.

Elle reprit la main de Méryet et la guida.

— Comme le mot violence ? demanda la jeune fille.

— Si tu veux.

— Mais, contesta Méryet, la violence peut engendrer la féminité.

La vision de Néset s'acharnant à noyer Séchat dans l'eau du Nil les effleura l'une et l'autre. Mais la scribe revint aussitôt à sa leçon.

— Alors, tu places l'arc ou la flèche à côté de ta silhouette et tu termines par le signe distinctif du féminin.

Méryet acquiesça de la tête.

— Bien ! Maintenant, nous allons étendre le système des images matérielles à celui des mots sans forme. Écris le mot « Bière » et le mot « Vin ». Et n'oublie pas que l'idée concerne le contenant et non le contenu. Ta coupe ne doit pas être renversée comme si tu écrivais le mot « Poison ».

Elle se leva et observa l'adolescente.

— Écris-moi aussi ce mot-là, mais n'omets pas le serpent qui, avec l'idée du venin, fait intervenir le poison.

Elle suivit des yeux le dessin de son élève.

— N'oublie pas non plus que l'interprétation du scribe est celle qu'il donne au lecteur. Les mots alignés sans aucun espace pour les séparer forment les phrases. Par exemple, reprenons notre serpent et trace la phrase suivante : « J'empêcherai le serpent de sortir de son trou. »

— Trois signes peuvent signifier le trou, dit Méryet.

— Lequel choisis-tu ?

— La maison.

— Bien ! Mais que va faire ton serpent ?

— Il va glisser.

— Non, Méryet. Le reptile doit rester immobile, puisqu'il ne doit pas sortir du trou. Que vas-tu dessiner ?

— Un bâton qui le bloque.

— Parfait. Et maintenant écris cette autre phrase : « Il fait noir et l'obscurité me fait peur. Je la crains. »

Séchat se retourna.

— Ton ciel : une courbe, et en dessous des hachures : la nuit qui tombe.

— Méryet ! Tu oublies quelque chose.

— L'idée de crainte.

— Bien, que vas-tu ajouter ?

— Deux flèches qui se croisent.

— Ce serait parfait si tu respectais l'ordre de tes signes. Il faut grouper tes images pour éviter les espaces disgracieux. N'oublie pas que la disposition des hiéroglyphes vise à satisfaire le plaisir des yeux. Et, si tu faisais l'effort de mieux former tes signes, ce serait parfait.

Elle s'arrêta.

— Qu'as-tu ? Tu ne sembles pas contente de mes éloges en ta faveur.

L'adolescente fit la moue.

— C'est que je te sens triste. Tu ne parles que de mots lugubres, mort, chute, poison, violence.

Séchat saisit la main de Méryet et la pressa dans la sienne.

— C'est vrai. Je suis trop triste. Allons, tu fais de gros progrès. Je crois que dès demain, nous pourrons passer à l'écriture hiératique.

Reshot bougea, puis se réveilla. Le visage nébuleux, elle se frotta les yeux et regarda le professeur et son élève. Il n'en fallait pas moins à l'écolière pour distraire son attention et courir vers Reshot.

— Comment vas-tu ? s'enquit Séchat.

— Très bien, je vais aller prendre l'air sur le pont et voir si je peux manger quelque chose.

Le long coma de Reshot l'avait considérablement amaigrie. Ses épaules étaient creuses et son visage avait pris cette forme oblongue, un peu décharnée où seul un regard encore vif donnait tout espoir de rétablissement.

Avant de se pencher sur son travail, Méryet lui jeta :

— Neb-Amon passera dans la soirée pour te voir. Il m'a dit qu'il t'apporterait un nouveau remède pour que tu puisses reprendre des forces plus vite encore.

En les quittant, Reshot eut un sourire satisfait. Puis, elle entendit Méryet qui reprenait d'un ton enjoué.

— Je vais écrire « Le soleil pénètre mon corps et me rend joyeuse. »

⁂

Méryet hésita. Le médecin l'intimidait et elle n'osait entrer. Elle s'enhardit pourtant et frappa contre la paroi de la petite cabine où celui-ci se reposait.

Elle approcha sa fine oreille qu'elle avait embellie, ce soir-là, d'un anneau d'ambre entouré d'argent, écouta avec attention, mais n'entendit aucun bruit qui lui permît d'entrer.

Alors, elle prit la liberté de pousser le battant de la porte en bois.

Neb-Amon était allongé sur sa couche. Méryet parut surprise de ne pas le voir dormir. Pourquoi n'avait-il pas répondu ? Lui qui se levait si vite dès qu'on l'appelait.

— Méryet ! Pourquoi n'as-tu pas dit ton nom au travers de la porte ? jeta-t-il précipitamment en redressant le buste. Je craignais que ce fût quelque douillette suivante de la reine se plaignant sans cesse pour des maux inexistants. Depuis que j'ai réintégré ce navire, elles défilent toutes les unes derrière les autres.

— Je suis désolée de te déranger, mais je voulais te parler.

— Me parler !

Elle acquiesça de la tête.

— Te demander quelque chose et peut-être m'expliquer.

Le médecin se leva et vint à elle.

— Parle.

— Pourquoi Séchat est-elle triste depuis quelques jours ? Ses leçons ne sont plus les mêmes. Je sens qu'elle me cache quelque chose.

— Elle a peut-être ses raisons.

— Ainsi toi, tu le sais. Je t'en prie, explique-moi. Je ne suis plus une enfant.

— Sais-tu garder un secret ?

— Bien sûr.

— Alors, je vais te faire confiance et t'expliquer. Séchat possédait un document qui, pour elle, avait une immense importance et quelqu'un lui a dérobé. Elle l'avait caché parmi ses rapports pour mieux tromper l'éventuel ennemi.

Méryet arrondit ses yeux clairs.

— C'était la carte du pays où l'on va ?

— Comment le sais-tu ?

Elle hésita, puis voyant qu'elle devait tout lui dire pour qu'à son tour le médecin se confiât, elle jeta :

— Mais, on ne lui a pas volé.

— Comment cela ?

— Dans son délire, avant de reprendre complètement connaissance, Reshot m'a parlé de ce document.

— Ainsi, tu le savais. Mais que veux-tu donc apprendre de plus ? Et pourquoi dis-tu que ce document ne lui a pas été volé ?

Méryet secoua la tête avec obstination.

— Reshot m'a parlé de deux lames disjointes dans le sol de la cabine. Le document a été glissé à l'intérieur et les deux lamelles ont été resserrées.

Elle rougit.

— Comme Reshot était encore à moitié inconsciente, j'ai regardé. La carte est bien glissée entre les lamelles.

— Et elle y est toujours ?

— Bien sûr.

Perplexe, il caressa son menton et se mit à réfléchir.

— Séchat m'avait bien dit qu'elle possédait des documents. Mais, jamais je n'aurais pu soupçonner qu'elle les cachait en deux endroits différents.

Il parut s'absorber dans un labyrinthe inextricable de questions.

— A-t-elle donc plusieurs documents ? Et, dans ce cas, sont-ils indissociables l'un de l'autre ?

Il réagit enfin et prit le bras de Méryet.

— Donc, Séchat est encore en danger, car je suppose que le voleur de la carte n'y trouvera pas ce qu'il désire.

Les yeux de Méryet s'embuèrent de larmes.

— J'ai un secret aussi à te dire. Je crois que si je le garde pour moi seule, cela risque de la perturber davantage.

Neb-Amon secoua le bras de sa compagne, mais sans violence, l'exhortant simplement à faire vite.

— Parle et dis-moi tout.

— Te rappelles-tu ce jour où la reine a voulu se baigner sur les bords du Nil, aux abords de Memphis ?

— Je crois que oui, bien que je ne sois pas sorti du bateau, j'avais des remèdes à préparer.

Méryet hésita.

— Que s'est-il passé ?

— Oh ! Neb-Amon, c'est horrible, dit-elle en se jetant dans les bras du médecin.

— Allons ! raconte, fit-il doucement en lui prenant le menton entre ses doigts.

— Je n'ai pas le droit. Mais si je me tais, je sens que Séchat est en danger.

— Parle. Mais parle, voyons !

— Je nageais assez loin et Séchat était à mes côtés. Je connais les eaux profondes du delta pour y avoir vécu toute mon enfance. Je savais donc que l'endroit était tranquille. C'est un lieu qui, lorsqu'on ne s'écarte pas des bords du fleuve, reste paisible. C'est la raison pour laquelle je l'avais conseillé à la reine qui voulait se rafraîchir par la douceur d'un bain.

Méryet se dégagea doucement des bras du médecin. Puis, elle poursuivit :

— Soudain une femme est arrivée. Elle nageait près de nous. J'ai cru, tout d'abord, qu'elle jouait avec Séchat, lui prenant malicieusement les pieds, l'obligeant à plonger la tête sous l'eau, puis, l'agaçant par des plaisanteries que je trouvais de plus en plus douteuses, j'ai redoublé d'attention.

Méryet essuya une larme qui glissait de sa paupière.

— Je ne sais pas réellement quel était son âge, car je ne l'ai vue que les cheveux mouillés et le visage souvent sous l'eau. Peut-être avait-elle vingt-cinq ou trente ans. Peut-être moins. Quoi qu'il en soit, j'ai vite compris qu'elle voulait noyer Séchat.

— La noyer !

— Elle l'a prise plusieurs fois par le pied pour l'immerger, l'épuiser et la faire couler.

Neb-Amon serrait d'impuissance ses mains l'une contre l'autre, écrasant ses phalanges qui devenaient aussi blanches que la coquille d'un œuf.

— Cette femme était une excellente nageuse, reprit la jeune fille. Mais j'étais plus souple et plus adroite qu'elle. Comme Séchat semblait à bout de souffle et de forces, il fallait que je m'approche et intervienne.

— Qu'as-tu fait ?

— J'ai cherché à la déstabiliser, car par instants elle coulait, elle aussi. Mais elle paraissait reprendre facilement sa respiration dès que sa tête était hors de l'eau. Quand j'ai vu que Séchat, trop épuisée pour remonter à la surface, commençait à perdre connaissance, j'ai donné de grands coups de pied en direction du ventre de la fille et je crois l'avoir vraiment touchée.

À nouveau, Méryet essuya ses yeux. Ces images l'ébranlaient encore, mais elle voulut poursuivre son récit.

— J'ai saisi Séchat pour la remonter à la surface et c'est là que, toutes les trois, nous avons aperçu le crocodile.

Neb-Amon desserra ses mains et entreprit de faire à grands pas le tour de sa cabine. Certes, à présent, il comprenait la suite atroce du récit et il cernait déjà chaque mot qui allait suivre.

— La femme a repris de l'énergie. Elle semblait ne pas avoir peur. Elle tentait d'attirer Séchat vers le crocodile, s'agrippant à elle de toutes ses forces et, moi, je n'avais pas la force de traîner Séchat hors du danger.

— Qu'as-tu donc fait ?

— J'ai recommencé à l'assaillir de violents coups et, lorsque je me suis aperçue qu'elle ne remontait plus à la surface, j'ai pu tirer Séchat vers une grosse racine de papyrus qui, par sa hauteur, pouvait nous protéger du saurien.

Neb-Amon passa sa main sur le front et se remit à réfléchir.

— Qu'est-il arrivé ?

— Séchat était inanimée. Libre de mes deux mains, j'ai réussi à la tirer par les cheveux et à la hisser sur la racine.

— Et cette femme ?

— J'ai vu le crocodile la broyer en deux dans une énorme flaque rouge qui s'agrandissait sur l'eau à vue d'œil.

Neb-Amon saisit à nouveau Méryet par le bras.

— Il n'y a plus une minute à perdre. Séchat court un nouveau danger. Viens, nous allons sur *L'Œil de Thot*.

⁂

D'un coup d'épaule, Neb-Amon poussa violemment la porte de la cabine. Elle résista et, gonflant ses poumons, il dut s'y reprendre à trois fois pour que celle-ci cédât à la pression de son corps.

Séchat gisait inanimée sur le sol de la cabine, bâillonnée, pieds et poings liés solidement par une corde prise sur le navire. Son visage reflétait encore la peur qui l'avait surprise. Couchée sur le côté, sa joue effleurait la poussière du sol.

Le médecin décela un coma qui devait durer depuis plusieurs heures. Il retourna lentement le corps de la jeune femme sur le dos et observa les hématomes qui bleuissaient le pourtour de ses yeux et tuméfiaient son cou et le haut de sa gorge. La pâleur de ses traits et la raideur de ses membres marquaient l'évidente angoisse qui avait dû l'étreindre lorsque son agresseur l'avait violentée.

Quand il passa sa main derrière sa nuque, il sentit une énorme bosse. Le coup avait dû provoquer instantanément le coma.

Bien que Neb-Amon portât plus d'attention au corps inanimé de la jeune femme qu'au désordre qui régnait dans la pièce, il ne pouvait éviter de voir les documents joncher le sol. Froissés, déchirés, salis, piétinés, ils encombraient le peu de place qui lui était imparti pour soigner les jeunes femmes.

Avant que les voleurs disloquent les deux lamelles du plancher, Reshot avait dû tenter de préserver les précieuses cartes, car elle avait été ligotée à la hâte par-dessus la liasse de papyrus la plus épaisse dont les morceaux avaient été déchiquetés, on eût cru par plaisir.

— Vite, jeta le médecin, ôte-lui ses liens pendant que je m'occupe de Séchat ! Coupe-les si tu ne peux les détacher et allonge-la doucement sur le sol, tête à plat et bras le long du corps.

Avant l'agression, Séchat devait travailler, car sa tablette en argile était cassée en deux, les encriers renversés laissaient encore couler une trace noirâtre sur le plancher de bois et les calames avaient été éjectés des palettes.

Alors que Reshot avait dû se défendre avant d'être attachée et subir le coup de matraque qui l'avait immobilisée net, Séchat semblait avoir été attaquée par surprise. Dans son inertie, son corps paraissait plus atteint, mais à vue d'œil, Neb-Amon n'aurait su dire si son cas était plus grave que celui de Reshot.

— Fais vite ! cria-t-il à Méryet en voyant l'adolescente s'acharner sur les liens qu'elle ne réussissait pas à détacher.

Pâle et nerveuse, Méryet sentait les larmes piquer ses yeux. Enfin, les attaches se délièrent.

— Quand elle sera allongée, jette-lui une pleine gourde d'eau au visage. Nous allons voir sa réaction. Pendant ce temps, je libère Séchat.

Lui aussi détacha les liens de la jeune femme avec difficulté tant ils étaient serrés. Violacés et meurtris, ses poignets ne réagissaient pas. Le cordage en lin grossier avait tant râpé sa peau qu'elle présentait des blessures suintantes au creux des poignets et sur les chevilles.

En un tour de main, le médecin libéra le bâillon de sa bouche. C'était un tampon de papyrus serré et roulé en boule que l'on avait enfoncé jusque dans sa gorge. Quand le bâillon fut ôté, Séchat resta la bouche ouverte. Neb-Amon la referma avec douceur et prit son pouls entre ses doigts. Il battait lentement, certes trop lentement.

D'un coup d'œil rapide, il observa Reshot. Méryet l'avait étendue sur le sol comme il lui avait indiqué et elle jetait à son visage l'eau fraîche d'une gourde. Son cas ne parut pas s'améliorer, mais le médecin ne put se résigner à lâcher Séchat.

— Regarde si elle respire, fit-il à l'adolescente, qui tentait de soulever le buste de Reshot. Non ! Ne la bouge pas. Elle peut présenter une lésion au crâne ! Sa tête ne doit pas remuer.

Méryet reposa doucement le buste de sa compagne sur le sol.

— Place le dos de ta main juste sous son nez. Là ! c'est bien. Sens-tu un souffle sur ta peau ?

Tout en parlant, il tira sa sacoche de médecine et en sortit l'appareil pour ausculter Séchat.

— Je crois qu'elle respire, hoqueta Méryet en essuyant de sa main libre ses yeux qui ne retenaient plus ses larmes.

— Ne pleure pas, voyons, jeta d'un ton bourru Neb-Amon. Que vais-je devenir tout seul si tu ne m'aides pas ?

Il vit que cet encouragement un peu sec apportait un brin d'espoir à sa jeune compagne, aussi poursuivit-il dans ce sens :

— Jette-lui encore de l'eau au visage et rapporte-m'en une gourde pleine.

Puis, il se mit à califourchon sur Séchat et lui pinça le nez entre le pouce et l'index. Approchant ses lèvres de sa bouche, il y projeta son souffle. Puis, d'une poussée de main sur son torse, il activa le cœur et recommença plusieurs fois à lui insuffler sa propre respiration.

D'un coup d'œil rapide, il vit que Reshot ouvrait les yeux. Alors, il reprit farouchement l'exercice de réanimation sur le corps inerte de Séchat. Ce fut seulement après la vingtième fois que celle-ci émit un gargouillement, un sinistre chuintement qui sortait de sa gorge. Puis, elle entrouvrit les yeux, mais ne sembla voir personne.

Il souffleta ses joues par petites saccades et prit la gourde d'eau que lui tendait Méryet. Elle était fraîche et quand il aspergea le visage de la jeune femme, ses joues reprirent un peu de couleur.

— Qu'est-il arrivé ? fit Méryet en tenant la nuque de Reshot. Qui vous a fait ça ?

Mais celle-ci roula des yeux effrayés en direction de Séchat sans prononcer un seul mot. Même réanimée, elle semblait sous le choc. Il fallut encore de longues minutes avant que les deux jeunes femmes reprennent entièrement conscience et puissent expliquer ce qui leur était arrivé.

— C'est… c'est…

Reshot prit une grande bouffée d'air et ne put poursuivre ce qu'elle avait commencé.

Neb-Amon lui fit avaler quelques gouttes d'une potion qu'il venait de sortir de sa sacoche.

— Bois, cela te remettra les idées en place.

Soudain, Séchat releva le buste et mit sa tête entre ses mains.

— Souffres-tu ? s'enquit le médecin.

— Cela me brûle, fit-elle en pressant ses tempes. C'est comme un maillet qui cogne ma nuque et toute ma tête. Et puis, j'ai l'impression d'avoir du feu dedans.

— Pas étonnant, tu as un hématome gros comme un œuf de pigeon. Allonge-toi. Tu seras mieux. Je vais te faire absorber une potion calmante et t'appliquer quelques compresses pour soulager tes blessures.

Pendant que Méryet ramassait les documents épars de Séchat, Neb-Amon préparait un baume cicatrisant pour retendre les peaux tuméfiées par l'agression. Le cou et la gorge de Séchat furent massés avec un mélange d'huile de palme et de feuilles macérées dans une décoction régénérante. Puis, le médecin banda son cou et posa un cataplasme sur les plaies de la gorge.

— Voilà, fit-il, dans quelques jours tu seras remise.

Séchat eut un pauvre sourire. Un geste de lassitude, un sentiment d'amertume extrême qui ne la prenait que lorsqu'elle se sentait inutile, bafouée, enserrée dans une position d'échec qu'il lui fallait accepter.

— Je pense que mes soucis vont s'arrêter là, puisque à présent mes deux cartes ont été dérobées.

— Qui est-ce ? jeta Méryet.

— Un des scribes et son complice.

— Qui ?

— Un voleur que j'ai engagé comme scribe et qui n'en était pas un. Il s'est sauvé du navire lorsque nous avons été touchés par l'épidémie.

— Kiffit ?

— Lui-même et son complice Ménenn.

— Mais qui les a soudoyés ?

Ce fut Neb-Amon qui répondit.

— J'ai rencontré Sakmet sur *Le Sceptre d'Amon*. Et je crois bien qu'il tenait un papyrus enroulé dans sa main droite. Nos regards se sont croisés. Nous ne nous sommes rien dit.

Il s'approcha de Séchat et lui prit tendrement la main qu'il garda dans la sienne.

— C'était juste avant que Méryet ne vienne me voir pour me faire part de ses craintes à ton sujet.

— Il s'est acharné en voyant qu'il n'avait pas réussi la première fois. Pourtant, je suis sûre qu'il n'avait pas prévu cette agression.

Neb-Amon pressa doucement sa main.

— Certes, fit Séchat, il est ambitieux, calculateur, opportuniste et, à l'occasion, malhonnête. Il peut même aller jusqu'au vol. Ce cas me le prouve. Mais ce n'est pas un bandit, encore moins un meurtrier. Je pense qu'il ignore ce que ses hommes m'ont fait.

Neb-Amon soutint son regard.

— As-tu encore quelque sentiment pour lui ?

— Aucun.

— Alors, le soutiendras-tu toujours ainsi ?

La réponse arriva brutale, claire et sans détour.

— Je ne le soutiens pas. Je constate.

Comme le médecin sembla surpris de sa violente réaction, les paroles de Séchat s'adoucirent.

— Je n'ai plus rien à faire avec lui. Tout est fini, Neb-Amon. Tout s'achève avant même que ne s'instaure entre nous un semblant d'intimité. Comprends-tu cela ?

Il approcha ses lèvres des siennes.

— Prends mon souffle de vie. Il est grand, fort, sincère et cicatrisera tes blessures mieux encore que ce baume dont je t'ai enduit.

Et, sans plus se soucier de la présence de Reshot et de celle de Méryet, leurs bouches se fondirent comme le ciel et la terre quand ils enferment l'horizon.

⁂

Après s'être engagés dans le cours d'eau, les vaisseaux n'avaient trouvé ni brèche ni passage pour se dégager. La voie était sans issue.

La mine ahurie de Sakmet était si apparente qu'elle aurait fait rire Séchat si elle n'avait été aussi misérablement prise au piège. Quant à celle de Néhésy, elle se tendait de rage tant il était déçu.

Ne voulant se considérer battus, ensemble ils se penchèrent sur les signes les plus minimes qui y étaient inscrits, mais rien n'effleura leurs esprits. Ils étaient obligés de se rendre à l'évidence. La branche extrême droite du delta qui les avait amenés sur la prétendue brèche n'était qu'un cours d'eau sans issue et aucune trouée, comme l'avait pressenti Thouty, ne les orientait vers la mer Rouge.

Senenmout, quant à lui, commençait à réfléchir sur la manière dont ils devaient faire demi-tour pour atteindre Coptos et poursuivre exactement comme il l'avait souhaité depuis le départ, traverser le désert et embarquer à Quoser, sur les bords de la mer Rouge.

Après deux jours de réflexion, Hatchepsout avait fait appeler ses courtisans. Tous vinrent à l'exception de Sakmet. À nouveau, on déroula la carte, on se pencha, on la réétudia.

Néhésy frappa du poing sur le document.

— Ce cours d'eau, le voici. Il devait s'ouvrir sur la brèche.

Yaskat apparut.

— Sakmet s'excuse auprès de vous, Majesté, jeta-t-elle en inclinant son buste vers la reine. Peut-il entrer ?

La reine fronça le sourcil. Le protocole avait beau ne plus exister sur ce vaisseau, elle supportait mal ce retard.

À la surprise générale, un Sakmet triomphant entra. Il se jeta aux pieds d'Hatchepsout, murmurant des excuses qui étonnèrent l'assemblée.

Il tenait un rouleau de papyrus enroulé entre ses doigts. Le front effleurant le sol, il attendit que la reine lui ordonnât de se relever.

— Voici une carte, Majesté, qui indique la suite de notre voyage. En moins de quelques mois, nous serons au Pount.

— D'où tiens-tu cette carte ?

Sakmet ne répondit pas à la question. Il se contenta de sourire.

— Majesté, je l'ai étudiée toute la nuit et ce n'est qu'à l'instant, juste avant de venir à vous, que j'en ai saisi toute la portée. Voici la raison de mon retard.

Senenmout l'observait de ses yeux acérés. D'où tenait-il soudain ce vieux papyrus ?

Thouty, lui aussi, paraissait ahuri. Pourquoi ne lui avait-il pas parlé de ce document qu'il sortait comme d'une boîte magique ? Agirait-il dans son dos ? Méfiant, il lui lança un coup d'œil sombre.

Quant à Néhésy, il restait incrédule. Ses yeux allaient des uns aux autres avec une vitesse vertigineuse.

— D'où tiens-tu cette carte ?

Hatchepsout plissa le visage. Quelle était cette réaction subite qui se dessinait sur le visage de ses conseillers ? Pourquoi s'inquiétaient-ils plus de la provenance du document que de son examen ?

— D'où tiens-tu cette carte ? répéta Néhésy en pointant l'index sur le papyrus que Sakmet commençait à dérouler.

— L'essentiel n'est-il pas de la posséder ? rétorqua le jeune homme en dissimulant l'hypocrisie de son sourire derrière une humble attitude.

— Certes, fit Hatchepsout, conciliante.

Mais, le ton décontracté que prenait la pharaonne n'enlevait en rien la curiosité qui la tenaillait sur la manière dont ses courtisans sortaient mystérieusement ces cartes qui ne les faisaient avancer que très peu.

— Certes, fit-elle à nouveau. L'essentiel est de trouver le bon chemin.

Elle se planta devant Sakmet, l'observa sans rien dire et retourna à sa place là où un large coussin moelleux était posé sur le sol. Elle s'assit en tailleur.

— Je crois, Majesté, dit Sakmet en se prosternant devant la reine, que notre tort a été de ne pas mettre en commun nos documents respectifs. Les idées des uns auraient sans doute amené celles des autres.

— Pourquoi ne l'as-tu pas fait toi-même ? jeta Néhésy, sarcastique.

Bien que ce fût son chef hiérarchique et bien qu'il sentît que sa réponse irait trop loin, il ne put s'empêcher de la jeter, trop content de les étonner tous.

— Et toi, pourquoi as-tu caché la tienne ?

Néhésy eut un geste violent. Il ne se départait que rarement de son flegme habituel. Rouge de colère, il s'approcha de Sakmet. Mais, déjà, Thouty était entre eux et Hatchepsout rétorquait :

— Allons, que les esprits se calment. Voyons plutôt si cette carte va nous mener au Pount. Il me serait désagréable de rebrousser chemin jusqu'à Coptos et d'emprunter la voie du désert pour arriver à nos fins.

Sakmet tenait la carte entre son pouce et son index.

— Voyez, Majesté, cette seconde carte va nous tirer d'affaire. Elle indique une courbe sinueuse qui, apparemment, est une rivière. Elle n'est pas mentionnée sur la carte de Néhésy.

Hatchepsout leva les yeux sur Sakmet. « La carte de Néhésy ! » Elle était sûre à présent que ce n'était pas la carte de Néhésy. Mais Sakmet poursuivait :

— Oui, cette courbe est sinueuse, mais…

— Qui te dit que cette courbe est une rivière ? coupa sèchement Senenmout. C'est peut-être encore une voie sans issue.

— Non ! non ! Elle débouche forcément sur quelque chose de positif. Même si ce n'est pas une rivière, c'est un chemin accessible.

Les quatre têtes des dignitaires se penchèrent sur la carte. Hatchepsout posa son doigt fin sur la courbe sinueuse.

— Là, sur la gauche, qu'est-ce que c'est ?

— Ce doit être un cours d'eau, c'est lui qui doit déboucher sur la rivière.

— En es-tu si sûr ? s'enquit Thouty.

— Certain.

— Ce peut être un barrage.

L'assurance de Thouty déstabilisa un instant Sakmet. Senenmout en profita pour y glisser un argument qui acheva de le dérouter.

— Il y a le même point sur le document de Néhésy. Un point que nous avons pris pour la porte de la brèche.

— Ce point-là est plus gras. Voyez, Majesté, fit Sakmet, qui cherchait plus encore à convaincre la souveraine que ses courtisans.

Nerveux, Thouty arpenta la petite pièce en quelques enjambées. Ce voyage commençait à l'exaspérer. Jamais encore de telles difficultés de parcours n'étaient intervenues dans sa carrière de marin chevronné. Il commençait à douter de l'existence de ce pays. N'était-ce pas une région chimérique ? Une région qui n'existait que dans l'imagination de la reine ? Hélas, rien ne la perturbait, rien ne lui donnait l'envie de faire demi-tour, d'abandonner. Allait-il être obligé de démonter ses vaisseaux comme il le craignait tant depuis l'origine de ce projet d'expédition ?

Thouty décoléra très vite et prit le parti de faire confiance à son ami Sakmet. Peu importe d'où venait cette carte. Après tout, sans lui, cette expédition était vouée à l'échec.

CHAPITRE IX

Quand Sakmet avait eu la carte du Pount entre les mains, un bonheur l'avait saisi tout entier. Un bref instant, il avait entrevu son triomphe dans toute sa puissance et les vastes retombées qui devaient glorieusement l'encercler. Enfin ! Un homme sur ce vaisseau allait les mener au bout de ce chemin infernal.

Même le regard de Neb-Amon qu'il avait croisé sur le pont du *Sceptre d'Amon* ne l'avait pas déstabilisé. Se remémorait-il seulement la façon déloyale dont il s'était approprié cette vieille carte ? Certes, le médecin avait impitoyablement soutenu son regard et c'était lui, Sakmet, qui avait fui les yeux durs et perçants qui s'étaient promptement posés sur lui.

À vrai dire, à ce moment précis, Neb-Amon avait soupesé la question dont il connaissait déjà la réponse.

Mais peu enclin à partager une brève discussion avec le médecin, Sakmet avait rejoint précipitamment les abords de la cabine royale.

Sa fougue délirante et son optimisme avaient tenu bon durant l'entretien qu'il avait eu avec la reine et ses trois conseillers. Passé les étonnements d'Hatchepsout et les propos acerbes des dignitaires, Sakmet s'était détendu. Avec aisance, il avait étalé ses connaissances allant jusqu'à détailler crânement les signes, les hachures, les croix dessinés sur le vieux papyrus jauni.

Après l'audience où chacun avait donné son point de vue, il fut décidé de prendre le cap vers cette ouverture soudaine qui s'offrait à la flottille.

Dès l'aube suivante, alors que Sakmet savourait encore sa victoire, les cinq embarcations suivirent docilement la rivière. Celle-ci était étroite, bordée de curieuses herbes, d'un vert jauni et hautes de plusieurs mètres. Quand les vaisseaux eurent navigué plusieurs heures, voiles démontées, car il n'y avait aucun souffle de vent, le cours d'eau se fit plus large et les herbes de plus en plus denses, occultant parfois les berges jusqu'à les supposer inexistantes.

Ce ne fut qu'après avoir franchi une courbe spacieuse où chaque vaisseau put tourner aisément que des bosquets de papyrus apparurent, dissimulant quelques hippopotames à la recherche de leur pitance herbeuse.

Les navigateurs crurent un instant voguer sur le Nil, tant l'eau était calme et huileuse. Toutefois, l'absence de vent ne permettait pas encore d'utiliser les voiles et les commandants de bord ordonnèrent aux rameurs d'activer la cadence.

Agiles, rythmés, les avirons claquèrent dans l'eau qui prenait une couleur de plus en plus jaspée et, bientôt, ce ne fut plus qu'un bruit dont le mouvement rapide se répercutait jusque vers la ligne d'horizon que bouchaient les herbages.

Les hommes d'équipage ramèrent sans relâche jusqu'au soir. Couverts d'une sueur abondante et malodorante, les torses s'inclinaient, se redressaient, les muscles se bandaient, se relâchaient, les cheveux se collaient désagréablement dans les cous tendus et sur les fronts assombris par la fatigue.

Si le rythme était soutenu et si la cadence des vaisseaux tenait une vitesse défiant toute concurrence, Sakmet n'en était pas pour autant soulagé. Bien au contraire, son inquiétude allait en s'intensifiant.

D'abord, parce que depuis peu, il se mettait à penser à l'acte déloyal qui avait engendré l'agression de Séchat. Le scribe avait heurté sauvagement la tête de la jeune femme contre le mur malgré son interdiction de la violenter sous quelque forme que ce soit.

Ensuite, parce que si la ligne sinueuse de la carte était effectivement une rivière, depuis que les navires en avaient amorcé la courbe, celle-ci n'en finissait plus de longueur et d'incertitude, décrivant un interminable arc de cercle, si bien que les bateaux risquaient fort de revenir à leur point de départ.

Le front de Sakmet commençait à s'embuer de sueur et la paume de ses mains glissait désagréablement sur la rambarde du bastingage d'où il scrutait l'horizon. Hélas ! Ses craintes se révélèrent justes. La courbe fut sans fin et, le soir tombant, les navires se retrouvèrent au même point, là où ils avaient démarré à l'aube.

Peu de temps après, face au visage de plus en plus perplexe d'Hatchepsout, il fallut admettre, la rage au cœur et l'inquiétude à l'esprit, que personne ne savait lire ce vieux papyrus aussi mystérieux que jauni.

Il fallait réagir et Sakmet n'était pas de ces hommes à se laisser abattre au premier handicap. Dans le courant de la journée suivante, il essaya de se dégager du mauvais pas dans lequel sa crânerie excessive l'avait mis. Il n'avait d'autre issue que celle de proposer les compétences de Séchat dans le décryptage des vieux manuscrits.

Certes, Hatchepsout se trouvait dans une nouvelle impasse. Ce Sakmet lui paraissait bien impulsif et plus encore imprudent. Son vieil ami Thouty s'enfermait dans les énigmes d'une carte qu'il ne savait pas lire. Aucune inspiration n'effleurait son esprit et, plus il se penchait sur le document, plus il se heurtait aux incompréhensions que certains barrages maritimes imposaient à l'homme.

Quant à Senenmout et Néséhy, ils s'efforçaient d'atténuer les craintes de la reine en lui suggérant l'autre possibilité d'atteindre le Pount, en l'occurrence la voie du désert.

Lorsque Hatchepsout réunit ses conseillers, Séchat se remettait de ses coups et blessures. Aucun signe n'apparaissait sur son visage. Neb-Amon les avait fait parfaitement disparaître et seule, restait la plaie du cou que le couteau de l'agresseur avait provoquée.

Trop lasse, cependant, pour assister à la réunion de la reine, elle se fit porter souffrante et, résignée, attendit que celle-ci la mandât pour bouger.

Persuadée qu'elle n'avait aucunement besoin d'elle, Séchat s'enroula entre les bras de Neb-Amon qui, depuis l'agression, ne l'avait pas quittée. Fait étrange, elle ressentait avec lui cette union calme, profonde, sûre, cette communion d'âme, d'esprit et de corps qu'elle avait eue, autrefois, avec son époux.

Se pouvait-il que son mari se soit réincarné en la personne de ce paisible médecin, cet homme bon et généreux qui pensait plus à guérir son prochain qu'à chercher gloire et puissance ?

Entre les bras de Neb-Amon, Séchat se sentait rassurée. À ses côtés, il lui semblait que sa soif de réussite professionnelle s'atténuait. Neb-Amon avait le geste tendre, le réflexe attentionné, la caresse attardée qui n'appelait pas de suite le plaisir exacerbé. Il avait ce désir de partage, l'envie de communion qui n'attendait qu'une pleine réalisation dans la sincérité du sentiment.

Dans la cabine de la reine, les quatre conseillers se frottaient le menton. Gênés, ils n'osaient dire que cette carte ne leur servait à rien. Ce fut alors l'instant que choisit Sakmet pour se prosterner devant Hatchepsout.

— Majesté, il y a peut-être une possibilité de se dégager de cette mauvaise impasse.

— Laquelle ? fit la reine sèchement.

Le front sur le sol, il hésita. Devait-il abandonner définitivement la partie au profit de celle qu'il avait si lâchement abusée ?

— Relève-toi. Ce ne sont pas les courbettes sur ce bateau qui vont nous sortir de là et explique-toi.

Le ton sec et impératif de la reine acheva de le dissuader de ne pas s'enfermer dans ce qui pouvait devenir une disgrâce fatale.

— Il s'agit de la scribe Séchat, Majesté. Jusqu'ici elle n'a pas encore donné son point de vue. Peut-être sera-t-il différent du nôtre ?

Néhésy ne broncha pas. Ce fut Senenmout qui réagit le premier.

— En quoi ses compétences peuvent-elles nous servir ? Elle est scribe et non commandante de bord. Jusqu'à ce jour, elle n'avait jamais mis le pied sur un vaisseau.

— C'est vrai, coupa vivement Sakmet, mais elle a souvent déchiffré des vieux documents.

— Pas de cartes maritimes, fit Senenmout d'une voix intraitable.

— Qui sait ? coupa Sakmet.

Néhésy et Senenmout échangèrent un regard qui, pour une fois, allait dans le même sens.

— Après tout, fit Thouty, cela ne peut perturber davantage la marche des choses. Elles sont si mauvaises que nous ne pouvons faire pire. Au mieux, l'avis de Séchat comportera quelques indications utiles. Au pire, il ne pourra que conforter notre opinion.

— Alors, sa présence est inutile, jeta pesamment Néhésy.

— Ne négligeons aucune issue, rétorqua Sakmet.

Hatchepsout n'écoutait plus. Depuis quelque temps, les propos de ses conseillers arrivaient à l'une de ses oreilles et ressortaient aussitôt par l'autre. Mais, face aux nouvelles suggestions de Sakmet, le déclic s'était fait en elle. Elle comprenait, à présent, que les cartes du Pount appartenaient à Séchat et qu'on les lui avait dérobées. Comment n'y avait-elle pas songé plus tôt ?

— Yaskat, jeta-t-elle brusquement à sa suivante, qu'un soldat me ramène immédiatement Séchat, la scribe.

La servante se courba.

— Majesté, elle s'est déclarée souffrante.

— Je lui ferai préparer une couche. Tiens, Méryet, dit-elle à l'adolescente qui traînait toujours dans les parages, prépare une natte et des coussins, les plus doux et les plus moelleux que tu trouveras, nous l'installerons confortablement et va chercher le médecin, il gardera un œil sur elle.

Gênée, Méryet se tortilla d'un pied sur l'autre.

— C'est que, fit-elle en hésitant, il est déjà sur *L'Œil de Thot*.

— Dieu d'Amon ! Est-elle aussi mal que cela ? Si c'est le cas, nous nous déplacerons nous-mêmes sur son vaisseau.

Puis, d'un signe bref et impératif, elle mit fin à cet ordre et s'enferma dans un mutisme complet. Se pouvait-il que Séchat fût la seule à pouvoir les sortir de là ? Tout devenait clair, à présent, dans son esprit. Ce vieux pays du Pount dont elles parlaient ensemble au temps de leur adolescence n'était pas inconnu de Séchat [1].

De plus en plus convaincue que les documents lui appartenaient et qu'elle ne s'était pas embarquée sans en connaître la moindre de leurs indications mystérieuses, Hatchepsout reprenait confiance. Séchat ! Oui, sa compagne d'enfance les tirerait d'affaire.

Quand elle parut, Séchat avait le teint pâle, les yeux cernés et un léger tremblement saisit ses mains qu'elle tenait fermées. À force de les crisper, ses jointures étaient blanches et tendues.

1. *Cf. Les Thébaines*, tome 1, *La couronne insolente*, Le Sémaphore ; Pocket, nº 14789.

Lorsqu'elle posa ses yeux sur Sakmet, celui-ci osa soutenir son regard. Quelque chose d'intolérable enserra sa tête. Elle porta la main à son front. Ce fut Neb-Amon qui, derrière elle, coupa net leur affrontement visuel.

Il s'approcha de la reine.

— Séchat a fait une chute assez grave, Majesté. Sa tête a heurté violemment le sol. Un trop long entretien épuiserait son esprit à peine remis de cet accident.

Sans rien dire, Hatchepsout observa sa compagne. Puis, posant un œil averti sur la cape de lainage qui, posée sur sa tunique de lin, enfermait le cou de la jeune femme, elle jeta :

— Je t'ai fait préparer une couche confortable. Allonge-toi et détends tes muscles qui me paraissent tendus. Neb-Amon restera auprès de nous.

— Qui m'a fait demander, Majesté ? interrogea Séchat.

Surprise par cette question, la reine se tourna vers Sakmet.

— Lui ! fit-elle.

À nouveau, elle affronta les yeux de Sakmet, mais n'y vit aucune rancœur, aucune haine. Elle y décela plutôt une sorte de regret, teinté de honte. Sakmet avait toujours été ainsi avec elle, déloyal et confus. Il la plongeait dans une impasse périlleuse et la sauvait ensuite. Elle détourna son regard et le reporta sur Néhésy, maladroit dans ses gestes et son attitude.

— En fait, Majesté, j'ai subi une agression. On en voulait à mes rapports écrits. Je les ai retrouvés tous épars sur le sol, piétinés, salis, déchirés.

— Pourquoi en voulait-on à tes travaux ?

Séchat réfléchit. Allait-elle dévoiler la vérité ? Les quatre conseillers de la reine la regardaient avec cet air où l'inquiétude prenait largement le pas sur l'habituelle hypocrisie. Non ! Elle ne s'abaisserait pas devant les fatales justifications qu'elle devrait, dans ce cas, leur fournir.

Qui pouvait certifier qu'elle seule était détentrice de ces cartes ? Reshot, Wadjmose ? Des serviteurs ! La parole de son propre personnel contre celle des dignitaires. Maigre poids pour justifier l'authenticité d'une telle possession.

— Mes scribes, fit Séchat en se retournant vers la reine, font du bon travail, mais peut-être que l'un d'eux peu scrupuleux voulait saper ma besogne.

Un sourire moqueur vint fleurir sur les lèvres charnues de la reine.

— En es-tu sûre ?

— Alors, peut-être cherchait-on dans mes écrits la solution à cette impasse.

— La détiendrais-tu donc ?

— Chacun détient en soi une parcelle de vérité, Majesté.

Puis, d'un pas assuré, elle se dirigea vers les cartes et Hatchepsout comprit qu'elle détenait le mystère de l'infernal document. D'abord, d'un geste prompt, elle écarta la première des cartes, montrant ainsi qu'elle savait parfaitement ce qu'elle faisait.

Enfin, elle saisit la seconde et la déroula lentement.

— Là, à la sortie de Tanis, cette ligne courte et hachée est le cours d'eau devant lequel vous êtes passés deux fois.

— Ainsi tu le savais, rugit Senenmout.

— Personne n'est venu me chercher à ce moment-là.

Observant le visage fermé de Néhésy et la décontraction que Sakmet semblait vouloir montrer, elle reprit :

— La courbe sinueuse est la rivière, mais il ne fallait pas la prendre. Au départ, ce passage est parallèle à la voie qu'il fallait emprunter. Votre attention ne s'est pas arrêtée sur ce trait mince, presque invisible : c'est la brèche qu'il fallait suivre.

— Il n'y a pas de route parallèle à la rivière.

— Il y en a une, affirma péremptoirement Séchat. Mais elle est obstruée par un mur de papyrus.

— Autant dire que si nous ne la trouvons pas, rétorqua vertement Néhésy, nous n'aurons plus qu'à faire demi-tour.

— Nous la trouverons, rétorqua à son tour Séchat. Il faut envoyer quelques barques en éclaireurs.

— Et si les vaisseaux ne peuvent pénétrer dans la brèche ? intervint Senenmout.

Séchat rehaussa son buste. Sa cape glissa légèrement de son cou. D'un geste vif, elle la retint et la rabattit promptement sur sa gorge.

— Nos anciens y sont parvenus, fit-elle d'un ton sec. Êtes-vous donc plus timorés ou moins habiles qu'eux ? Dans ce cas…

Elle fit un geste vague de la main et soupira bruyamment.

— Nous y arriverons, jeta Thouty d'une voix déterminée. Même si nous devons, à coups de hache, trancher les troncs des papyrus qui nous occultent ce passage.

Il prit la carte des mains de Séchat.

— Mais, après ! Éviterons-nous les éternels labyrinthes d'herbes, de sables mouvants ou d'étendues d'eau incontournables ?

D'un geste sec, Séchat reprit la carte.

— Lorsque nous aurons passé ce premier barrage, nous trouverons un lac. Voyez, Majesté, fit-elle en pointant son doigt sur un léger tracé noir. Ce point est un lac. Il va falloir le contourner. Il doit s'échapper sur la mer Rouge.

— Qui t'autorise à dire que ce point est un lac ? fit Néhésy, nerveux.

— Qui t'autorise à dire que ce point n'en est pas un ?

Séchat regarda Neb-Amon. Immobile derrière Hatchepsout, il se taisait, mais ses yeux l'encourageaient. Il sentait qu'elle se détendait de plus en plus et qu'enfin elle entrevoyait l'heure de gloire à laquelle elle s'accrochait depuis le départ de cette expédition.

— Majesté, fit-elle en désignant les conseillers, lequel d'entre eux peut vous éclairer d'une meilleure idée ? Apparemment, celle que je vous apporte est la seule acceptable. Poursuivons-la.

⁂

Refusant de rester sur un échec aux yeux d'Hatchepsout, Thouty et Sakmet étaient montés en personne sur les barques d'exploration qui, prudemment, avaient tenté d'ouvrir la voie aux navires. Munis de haches, de couteaux et d'autres outils tranchants, de forts gaillards les accompagnaient.

Se heurtant aux herbes denses et aux hippopotames dont les énormes gueules s'ouvraient béantes, découvrant leurs chairs internes, roses et gluantes, les barques avaient longtemps hésité.

Mais les hippopotames n'étaient pas dangereux et, si les hommes ne les attaquaient pas, ils se contentaient d'avaler tout ce qui se trouvait d'herbeux sur leur passage, foulant de leurs lourdes pattes les racines qu'ils piétinaient sans difficulté.

Si les mastodontes avaient gêné considérablement l'avancement de la petite équipée dans la percée qui s'ouvrait, ils en avaient montré eux-mêmes l'orifice en écrasant les herbes gigantesques qui en obstruaient l'entrée.

Séchat avait raison, la brèche était obstruée par des massifs épais de papyrus dont il fallut trancher à coups de hache les troncs qui en barraient le centre.

La trouée dégagée, laissant la horde d'hippopotames à leur festin, les cinq vaisseaux s'engagèrent prudemment dans la brèche. À peine entamée, elle se révéla de courte distance et déboucha sur un canal que n'avait pas prévu la jeune femme. Un canal si étroit que chaque vaisseau en s'y engageant frôlait les bords qui s'élevaient en dunes hautes de plusieurs mètres.

C'eût été fort angoissant si Séchat, qui refusait aux navigateurs le temps de se poser les questions qui eussent à nouveau déstabilisé l'équipage, ne s'était pas remémoré les paroles du vieil astrologue. C'était « le Tumilat », cette voie d'eau effacée de toutes les cartes qui permettait d'atteindre la mer Rouge.

Alors que, dans le canal obscur et inquiétant, chacun tremblait à la pensée d'un nouvel échec, elle sut qu'enfin, naviguant prudemment sur le Tumilat, ils étaient sur la bonne voie.

Fort heureusement, le Tumilat ne couvrait qu'une distance très minime. Le long couloir obscur et quasiment mystérieux ne laissa personne dormir avec quiétude la nuit suivante. Quand, à l'aube, les navires débouchèrent sur un passage plus large, l'inquiétude disparut peu à peu des esprits les plus angoissés.

À nouveau, tout était noyé dans la verdure et les roseaux des marais s'étendaient à perte de vue. Le Tumilat était passé et les sables herbeux devenaient bourbeux. Un instant, Néhésy crut que les vaisseaux allaient s'empêtrer à nouveau dans la profondeur des marécages, mais cette fois le niveau d'eau était suffisant pour que les bateaux passent le cap sans encombre.

Les pilotes veillaient à la proue et s'inquiétaient du chemin à suivre. Ils savaient, eux aussi, qu'un banc de sable ou de vase pouvait soudainement bloquer la navigation et tout anéantir. Ici, où le courant était pratiquement nul, les rameurs devaient encore se mouvoir avec agilité. Mais les avirons devenaient lourds, pesants et, si le paysage était paisible et luxuriant, la navigation devenait pénible.

Les vaisseaux ne s'engluèrent qu'au bout de ce chemin dont la subite largesse augurait pourtant de meilleurs présages. Passé la dernière dune de verdure, les roseaux disparurent, laissant place à une boue gluante qui entrava la marche de la flottille. Mais, là encore, le niveau d'eau se trouva suffisant pour se dégager, avec difficulté certes, mais sans trop prendre de retard.

Enfin ! Les rocs se succédèrent aux plages et les flots remplacèrent les basses eaux enchevêtrées d'herbes. Même s'il ne s'agissait que de flots bas, relativement calmes, agités de petites vaguelettes qui bruissaient discrètement, le paysage se transformait à vue d'œil.

Hatchepsout et ses conseillers crurent qu'ils avaient atteint la mer Rouge. Mais ce n'était qu'un immense lac qui déboucha sur un autre lac plus difficile à contourner. Pour que l'optimisme revînt sur les navires, Séchat ne cessait, d'un sourire, d'une parole, d'un geste, de rassurer la reine qui ne voulait plus se passer d'elle.

La flottille s'achemina lentement avec une extrême prudence sur cette série de lacs qu'on appelait « les Lacs amers ». Capitaines et hommes d'équipage scrutaient attentivement tout ce qui bougeait, l'œil en alerte à chaque vacillement produit par l'eau qui s'agitait sous les coques.

Les cinq grands vaisseaux approchaient du soleil levant. Enfin, la mer Rouge et ses rives apparurent. Miroitante, fascinante, auréolée du mystère de l'Orient.

Sous un soleil de désert, l'Égypte se courba devant l'horizon inconnu.

⁂

— Cap sur le sud ! cria Sakmet.

Le vent était léger et gonflait les grandes voiles. Le courant paraissait raisonnable et suffisait à la progression lente des cinq vaisseaux.

Enfin, les navires purent avancer les uns à côté des autres. La longue file qui, jusqu'à présent, progressait depuis Thèbes, était enfin devenue une barre majestueuse qui descendait les flots de la mer Rouge.

Séchat avait réintégré *L'Œil de Thot*. Depuis quelques jours, elle ne voyait plus Neb-Amon que la reine retenait sur son navire. Un regard, un geste, un mot, une attitude du médecin qu'elle se remémorait avec un plaisir toujours plus intense lui firent rapidement comprendre que sa présence lui manquait.

Fort heureusement, son travail ne lui laissait plus le temps de prendre le repos qui eût immanquablement engendré des réflexions néfastes pour son moral. Consciente tout à coup que ne plus travailler devenait impossible sans y associer l'image du médecin.

Séchat se remit donc au labeur avec le dynamisme et l'ardeur qui la caractérisaient. À présent qu'il n'y avait plus de perturbateurs dans son équipe, celle-ci besognait avec une fureur toute nouvelle, travaillant chaque jour les rapports détaillés qu'elle attendait de ses scribes.

Mettouth avait bien formé son groupe de travail. Il rattrapait le temps perdu occasionné par les péripéties du voyage et, lorsque Séchat présenta son travail à la reine, celle-ci se révéla satisfaite.

Le voyage aurait pu se passer, désormais, sans autres difficultés, mais il était écrit – en cela, Séchat n'oublia rien qui devait être consigné sur les bas-reliefs du temple de Deir el-Bahari – que le calme ne devait pas encore régner sur les bateaux de la flotte royale.

Lorsque ceux-ci s'éloignèrent des bords de l'embouchure, le vent, si doux fût-il, s'arrêta et il fallut reprendre les rames. La peine des hommes était à son comble et l'épuisement commençait à se faire sentir sur les dos courbés et les bras qui se mouvaient sans discontinuité. Le courant du Nil n'était plus là pour aider les pauvres rameurs qui s'activaient à la tâche.

Le paysage n'étalait plus ses montagnes, ses papyrus, ses roseaux emplis du bruit des passereaux, des oies et des canards sauvages. Il n'offrait plus ses multiples couleurs, chaudes et vives, qu'affichaient les grues, les cols verts, les ibis, les oiseaux migrateurs.

L'horizon ne dévoilait plus la ligne infinie d'un fleuve doré par le soleil du zénith et rougi par les feux du soir. Ici, tout était nouveau, inattendu, étrange, mystérieux.

Enfin, l'expédition prenait toute son ampleur, celle que la reine avait souhaitée, attendue, espérée. Celle de la grande navigation sur une mer totalement inconnue d'elle et de ses hommes d'équipage.

La route maritime avait enfin trouvé le passage fluvial qui menait au riche pays du Pount. À présent – et cela aussi serait inscrit sur les bas-reliefs de Deir el-Bahari – le Nouvel Empire perpétuait le cours des choses en la personne du pharaon Hatchepsout.

Elle rétablissait le vieux lien entre les temps anciens et son époque. L'inconnu était enfin devant elle. Bientôt, elle rapporterait à son pays les merveilles du Pount. Rien ne serait en trop pour charger ses vaisseaux. Les arbres à encens, les fourrures, les bois précieux, les ivoires auxquels elle ajouterait toutes sortes d'animaux inconnus comme des girafes, des tigres, des singes, viendraient satisfaire les yeux et les narines d'Amon.

À présent, les haltes reposantes ne se feraient plus au bord du Nil, près d'un port aux allures rassurantes. Il n'y avait plus que la mer et l'horizon. Il faudrait rêver sur le petit pont ou près du gouvernail tout en observant le large, les pieds arrimés au bastingage ou les mains s'accrochant aux cordages des navires, tant les bateaux tanguaient.

Terminé les bras tortueux du delta que les marins de Thèbes connaissaient mal. Même Thouty, infatigable bourlingueur, ignorait les embûches que cette région d'Égypte réservait aux navigateurs les plus avertis.

Qui pouvait se targuer de bien connaître le delta ? Cette région de Basse-Égypte dont l'unification ne s'était faite que tardivement. Les grandes fusions du pays s'étant souvent faites par le sud, à partir des provinces qui touchaient la Nubie.

Sur ces flots méconnus qui prenaient des teintes irisées quand l'aube se levait et dont la houle étonnait encore les plus crédules, les vaisseaux allaient bonne allure, fondus dans la lumière qui n'était plus faite de poussière.

Le jour éclatant se levait chaque matin, brûlait de ses feux intenses, profonds, compacts et se couchait dans des nuances qu'aucun marin n'avait pu voir encore jusqu'à présent. Mais, tout n'était pas que soie et velours à l'œil impertinent du marin. Un vieux ressentiment chatouillait les ventres les plus angoissés.

Allait-on voir surgir de ces flots inattendus un peuple de monstres à la recherche de quelques bouchées de choix à se mettre sous la dent ?

Les rocs qui émergeaient des flots s'enfonçaient parfois insidieusement sous la mer, heurtant dangereusement la coque des navires sans que les marins puissent prévoir à l'avance la secousse souvent brutale. De grandes plages au sable fin, dorées à souhait, trompaient souvent l'œil. Les côtes étaient dangereuses pour qui ne connaissait pas les abords de la mer Rouge.

Après une série d'amas rocheux qui s'étalaient à perte de vue, les récifs s'escarpèrent. Puis, vinrent d'immenses plages recouvertes de palmiers. La végétation était luxuriante et le soleil filtrait au travers des branchages épais et denses.

Le climat devint sec et chaud. Le soleil brûlait la cime des arbres et la crête des vagues venait asperger la terre séchée où le vent avait creusé des sillons.

Sur le pont, chacun restait droit, les jambes écartées pour mieux tenir au sol, car un léger roulis s'accentuait d'heure en heure. Les mains en visière, les marins faisaient le gué et se relayaient régulièrement. Sans doute cherchaient-ils déjà le pays du Pount. Aucun d'eux n'aurait été surpris qu'un matelot, du haut de son mât, criât : « Nous y voici ! C'est le pays que nous cherchons ! »

Que l'on hurlât de suite ces mots et des centaines de visages apparaîtraient sur le pont, serrés les uns contre les autres, Hatchepsout et Séchat en tête. Mais rien ne venait et l'océan s'étendait inexorablement devant eux.

Plus ils descendaient vers le sud, plus la côte devenait montagneuse. Sakmet avait les yeux si grands ouverts qu'il en oubliait sa trahison envers Séchat, trop préoccupé par la façon dont ils devraient tous aborder la côte étrange et inconnue.

⁂

C'est au milieu d'une nuit qui apparaissait tranquille que les flots se déchaînèrent. Thouty en avait pressenti les prémices et veillait sur le pont depuis que le soleil s'était couché.

Étendue dans sa cabine, Séchat observait la pauvre mine de Reshot. À demi inanimée, pantelante, incapable de vomir, ce qui l'eût sans doute soulagée, la jeune suivante restait insensible aux bruits qui s'agitaient autour d'elle.

Et ce n'étaient pas des murmures habituels ou des clapotages sans fin de vaguelettes venant mourir en douceur sur les bords des vaisseaux.

Non ! Ces bruits-là devenaient monstrueux, aussi indomptables que ceux qui provoquaient la crue du Nil, quand les eaux folles et agitées étaient déchaînées. Et, si l'on se bouchait les oreilles, le roulis de plus en plus violent venait les infiltrer dans l'esprit, ne laissant nul répit à celui qui voulait les oublier.

Une énorme cacophonie faisait rage. Un chahut composé d'affreux sifflements dans les voiles, de battements sourds que provoquait le heurt des échelles de cordages sur les coques, de claquements du vent qui s'engouffrait dans les cales, de sinistres chuintements de vagues venant s'écraser sur le pont. Des bruits aussi inattendus qu'étranges.

Bien que Séchat tînt assez bien le coup, malgré les quelques nausées qui venaient parfois assaillir sa gorge, elle ne cessait de s'inquiéter pour sa compagne. Il fallait dire que, depuis l'accident des marais, Reshot était fragile et son esprit devenu trop agité se laissait assez vite déborder par la moindre tourmente.

Elle s'approcha d'elle et, avec d'infinis gestes de douceur, redressa sa tête sur le coussin qui la soutenait en travers.

— Va chercher Neb-Amon, je t'en prie, murmura-t-elle, les yeux à demi fermés d'épuisement.

Séchat soupira.

— C'est impossible. Le soldat qui a failli périr en mer en venant nous apporter les nouvelles du *Sceptre d'Amon* m'a affirmé que le médecin soignait les suivantes de la reine.

— Alors, emmène-moi sur son bateau.

Elle eut la force de soulever son buste, mais le laissa retomber aussitôt.

— Je t'en prie, Séchat. Sinon, je sens que je vais mourir ici.

— C'est trop dangereux, fit Wadjmose. Les barques sont broyées par les vagues ou ensevelies en quelques secondes.

— Je t'en prie, Séchat.

La voix de la malade était si faible qu'un violent coup de roulis l'absorba tout entière.

— Je t'en prie, réitéra-t-elle.

Wadjmose secoua la tête dans un signe de négation.

— C'est trop dangereux. Nous péririons tous les trois.

Mettouth qui arrivait en titubant se retint au chambranle de la porte. Il faillit glisser sur Wadjmose qui l'attrapa solidement par le bras pour qu'il puisse se rééquilibrer.

— Pas si nous prenons la plus lourde des chaloupes, dit-il en se collant contre la paroi du mur.

— Celle du soldat a failli se retourner deux fois, fit Wadjmose.

— C'est une embarcation en écorce de papyrus. Je propose la grande barque de bois que nous alourdirons du poids de nos trois corps, rétorqua Mettouth.

— Tu accepterais de venir avec nous ? fit Séchat, étonnée.

— Ça me paraît indispensable.

Wadjmose se passa la main sur le front. Il ne sut si celui-ci était humide du crachat des écumes qui jaillissait de toute part ou d'une sueur craintive bien compréhensible.

— Ça me paraît présomptueux, corrigea-t-il à son tour.

— Wadjmose, souffla Reshot en tournant vers lui des yeux de chien battu. Wadjmose. Je t'en prie.

— Il sera dit, grommela celui-ci, que je vous emmènerai tous au pays d'Osiris. Que le dieu des morts nous accueille en son domaine de lumière !

— Allons-y, décréta Séchat en se levant avec mille précautions pour ne pas glisser sur le plancher de sa cabine. Reshot a raison. Neb-Amon lui fera aussitôt absorber une potion calmante.

Une fois debout, elle réussit à se tenir en équilibre sans encombre.

— Nous en profiterons, ajouta-t-elle, pour ramener le remède. Les scribes sont presque tous malades. La potion leur fera le plus grand bien.

Pendant que Wadjmose s'escrimait à détacher la barque, Séchat et Metthout prenaient la pauvre Reshot chacun par un bras, en essayant de ne pas glisser sur le plancher.

Quand le soldat qui venait de *L'Horus* les vit passer, il écarquilla les yeux d'étonnement. Mais il était secoué par des hoquets de vomissement et ne put proférer un seul mot à leur encontre. Qu'aurait-il dit, d'ailleurs ? Qu'ils allaient au-devant d'une mort certaine. Il porta la main à son cœur, tendit le visage en avant et vomit une rasade de liquide jaunâtre, probablement de la bile, car le pauvre homme n'avait plus rien dans le ventre depuis longtemps.

Wadjmose avait réussi non sans mal à détacher l'embarcation du vaisseau. Il aida Mettouth et Séchat à y déposer Reshot et, quand ceux-ci prirent place derrière lui, déjà les vagues promettaient de les recouvrir en quelques secondes. Ce qui fut fait. Une gerbe énorme d'eau les gifla de toutes ses forces, les laissant tapis au fond de la barque, sans respiration.

Une autre lame moins importante, mais d'une violence tout aussi cinglante les réveilla. Dans le creux des vagues, ils dépassèrent *L'Horus*. Les rames de Wadjmose battaient l'espace sans parvenir à s'enfoncer dans l'eau. Dès qu'elles atteignaient la surface de l'océan, un remous brutal les déséquilibrait, risquant de les faire passer par-dessus bord.

Mettouth qui avait repris sa respiration saisit à son tour la paire de rames restée à fond de cale et sur laquelle était couchée Reshot. Celle-ci se mit à gémir tant l'effort de se soulever lui était pénible.

La barque était maintenant incrustée dans le sillon d'une vague dont le retour sur elle-même fut aussi vertigineux que brutal. Elle se plaqua violemment sur le contrefort de la vague, roula, se retourna, pour se jucher enfin tout en haut de l'infernal rouleau d'écume qui s'apprêtait déjà à s'écraser sur la coque de *L'Anubis* dont ils apercevaient le soubassement.

Reshot se mit à hurler. Elle s'était redressée et criait qu'elle préférait mourir sans délai plutôt que de supporter cet infernal océan déchaîné.

Séchat voulut la raisonner, mais l'effort qu'elle effectuait pour rester collée au fond de la barque était si intense qu'elle ne pouvait se concentrer sur le sort de sa compagne. Elle tenta néanmoins de la retenir.

— Nous… pa… passons *L'Ha… L'Hathor*, suffoqua-t-elle. Dé… détends-toi, Reshot.

Elle frémit. Reshot gesticulait de plus en plus. Ciel ! Pourquoi l'avait-elle entraînée dans cette tourmente infernale ? Elle qui exécrait depuis toujours les ports, les ponts et les cales des navires, les mâts, les voiles et les cordages qui les retenaient.

Reshot haïssait jusqu'aux simples coques des barques naviguant paisiblement sur le Nil. Avait-elle subi un naufrage dans sa petite enfance avant qu'elle ne devienne esclave au palais de Thèbes ? Sa phobie de l'eau avait toujours surpris Séchat.

— Reshot ! cria-t-elle.

Une écume blanche et glaciale lui ferma la bouche. Elle eut de l'eau plein les poumons et ne put en dire davantage. Elle vit que Mettouth avait perdu ses rames et que seul Wadjmose tentait encore de faire avancer la barque.

Scrutant avec difficulté les parages, elle vit que, au-dessus du bastingage de *L'Horus*, plusieurs hommes d'équipage étaient penchés et vomissaient tripes et boyaux. Elle vit aussi, dans le brouillard de l'écume qui se plaquait sur son visage, deux marins retenir un troisième qui, sans doute, préférait lui aussi mourir plutôt que d'affronter un tel déchaînement de l'océan.

Où était passé le savoir des vieux bateliers du Nil ? Alors qu'elle s'apprêtait à retomber avec lassitude au fond de l'embarcation, elle crut apercevoir au loin une silhouette qu'elle commençait à reconnaître. Son cœur se mit à battre aussi violemment que les coups de cette tempête contre son corps endolori.

La barque déstabilisée, tantôt engloutie au fond de la vague, tantôt la juchant en déséquilibre complet, approchait néanmoins du *Sceptre d'Amon*. Mais c'était fantasmer que de penser qu'ils étaient arrivés à bord du vaisseau.

Une lame de fond les prit par surprise. Séchat eut la vue brouillée. Un jet d'une violence inouïe la bloqua tout entière au fond de la barque, la paralysant au point qu'elle ne sentit plus Reshot contre elle. Puis, la barque se retourna.

Elle sentit le bras de sa compagne et l'agrippa. Reshot ne savait pas nager et d'ailleurs aurait-elle su, elle était incapable de faire le moindre mouvement. Séchat elle-même ne pouvait effectuer aucun geste qui pût la sauver. Balancée, projetée, plaquée dans le remous indescriptible, elle ne pouvait que se laisser aller à la tourmente.

Quand elle surgissait en haut d'une vague, elle apercevait la grande voile carrée attachée au grand mât du vaisseau de Neb-Amon, mais elle ne voyait plus sa silhouette. La voilure ne se gonflait plus d'une brise légère, elle claquait sinistrement dans la tempête.

Ce fut au fond d'une lame qui l'entraînait dans un tourbillon qu'elle heurta le bord de la barque. Elle s'y accrocha de toutes ses forces et sentit un bras qui la poussait près de la coque. Wadjmose avait réussi à la retourner dans le bon sens.

Quand il la hissa à l'intérieur, elle vit que Mettouth agrippait Reshot. Sortant son bras libre de l'eau, il désigna la proue du *Sceptre d'Amon* dont le bout relevé piquait dans l'océan.

— Nous sommes arrivés.

Séchat tourna la tête et vit la proue du vaisseau se relever. C'est alors qu'elle distingua de nouveau la silhouette du médecin. Il se penchait et lançait par-dessus bord une corde de sauvetage. Ciel ! Séchat ne voulait pas mourir avant de revoir le visage attentionné de Neb-Amon se poser sur le sien.

Le cordage se balançait dans le vide, absorbé par les vagues qui venaient rageusement l'avaler. Une vague écarta Mettouth de l'embarcation qui menaçait encore de se retourner. Il tenait toujours le bras de Reshot.

Avec horreur et soulagement, Séchat vit que Wadjmose avait choisi de se rapprocher du vaisseau plutôt que de tenter le sauvetage impossible de Reshot. Mais le pauvre Mettouth se débattait dans de bien cruelles circonstances.

Séchat eut un remords.

— Non ! cria-t-elle à Wadjmose. Non !

— C'est impossible, rétorqua son serviteur.

Puis, il regarda la corde se balancer et vit avec gratitude que Neb-Amon en jetait une autre.

Séchat hésita. Elle leva un bras, mais ne put saisir le cordage dont le bout apparaissait dès que les vagues se retiraient, et disparaissait dès qu'elles revenaient la seconde suivante.

Neb-Amon criait, les mains en porte-voix, mais elle n'entendait que le sinistre mugissement des flots dans la tempête. Les oreilles assourdies, les yeux brouillés, brûlés par l'eau, le corps rompu, elle vit que Wadjmose avait réussi à saisir la pointe du cordage. Il la lui balança brusquement avant de sauter dans les vagues en direction de Mettouth qui, tirant toujours Reshot, menaçait à tout moment de disparaître au fond de l'océan.

« Cette mer a-t-elle un dieu ? pensa Séchat en grimaçant d'impuissance, tant les forces l'abandonnaient. Alors, que la clémence de ce dieu-là les sauve. »

Elle leva la tête et, cette fois, vit nettement le visage de Neb-Amon se pencher au-dessus du sien. Elle sentit son poignet faiblir, ses doigts relâcher la pression qu'ils exerçaient sur la paroi rugueuse du cordage.

Ce dieu inconnu des océans allait-il l'abandonner si près du but ? Et sa petite Satiah serait-elle orpheline, abandonnée lâchement au harem par une mère qui ne pensait qu'à se rehausser dans une hiérarchie professionnelle masculine ?

Le médecin se penchait de plus en plus dangereusement. Son bras se balançait au rythme des vagues qui ne perdaient ni de leur intensité ni de leur violence.

Séchat tourna la tête. Un éclair la traversa tout entière. Quelque chose se cassa en elle. Deux brisures qu'elle ne pourrait jamais ressouder. Son adolescence, sa jeunesse s'en allaient en même temps que sa douce compagne. Les yeux éperdument ouverts malgré les brûlures qui assaillaient ses paupières, elle vit Mettouth et Wadjmose s'approcher seuls du second cordage.

Elle resserra ses doigts sur la rugosité du lien qui la maintenait en vie. Ses pieds battirent l'air, aspergés par l'écume menaçante. Ses paupières la piquèrent et elle sentit les larmes couler de ses yeux. Reshot était partie à tout jamais, le corps enfoui dans ce qu'elle exécrait le plus au monde.

Encore une fois, elle voulut se retourner pour voir ce que devenaient ses deux compagnons, mais sentit aussitôt que ce simple geste la déconcentrerait trop. Alors, elle n'eut plus qu'un objectif, regarder intensément le visage de Neb-Amon et réussir son abordage.

Quand il la hissa sur le pont inondé, son souffle était saccadé et ses larmes n'en finissaient plus de couler.

C'est à peine si elle vit que Wadjmose et Mettouth abordaient peu de temps après elle.

La cale enfouie sous une tonne d'eau emportant provisions et chargements, le câble torsadé qui reliait la poupe à la proue cassée relâchant la voilure déchirée, la quille du bateau n'assurant plus la stabilité du vaisseau, tout cela ne la concernait plus.

CHAPITRE X

Depuis l'aube la tempête s'était calmée et les navires avaient repris une marche normale. Des cinq navires, c'était *L'Anubis* le plus détérioré. La grande voile avait subi une déchirure sur toute sa diagonale, les câbles s'étaient distendus, cassés, la passerelle reliant la poupe à la proue s'était défoncée et les marins avaient dû assembler des planches pour la consolider. La proue recourbée en queue de scorpion avait perdu son effigie et le dieu à tête de chacal avait déserté son vaisseau.

Séchat était plus émue par la perte de Reshot que par les dommages matériels de *L'Anubis* et elle n'imagina pas un instant demander à Sakmet quelle serait, pour lui, l'issue de ce sinistre.

Par contre, si la perte en hommes sur *L'Œil de Thot* avait été importante, pas un marin sur les autres vaisseaux – malgré leurs fréquents instants de panique – n'était passé par-dessus bord.

Quant aux autres dégâts, ils concernaient essentiellement les provisions et c'était sur le vaisseau d'Hatchepsout qu'ils avaient fait le plus de ravages.

Les flots en furie inondant la cale du *Sceptre d'Amon* avaient emporté tout ce qu'ils rencontraient sur leur furieux passage, barils d'eau, de vin, d'huile et de bière, réserves de viande, de pain et de fruits séchés et, pénétrant jusque dans les cabines de la reine et de ses suivantes, ils avaient englouti les coffres de fards et de cosmétiques, répandu les huiles embaumées, fracassé les petits objets de luxe, détérioré, arraché les coussins et les nattes de papyrus, il ne restait pratiquement plus, sur *Le Sceptre d'Amon*, que des débris de caisses cassées et défoncées.

Par chance, Hatchepsout avait poussé un énorme soupir de soulagement : la cale de *L'Œil de Thot* n'avait pas été inondée et les cadeaux destinés au roi du Pount étaient tous intacts. Qu'eût pu faire la pharaonne d'Égypte si elle était arrivée en invitée sur le pays du Pount les mains vides ?

Elle se fit transporter sur le vaisseau de Séchat et inspecta scrupuleusement le contenu de chaque coffre, soulagée de voir que rien n'y manquait et que rien n'y était détérioré. Les grands meubles de bois enfermaient toujours les objets en verrerie de couleur, les fines étoffes de lin, les couteaux à lame de bronze aux manches ciselés, les colliers et bracelets en perles de céramique.

Puis, soulevant l'étoffe blanche qui recouvrait la plus belle pièce, elle observa en silence la statue de grès rose qui la représentait au côté du dieu Amon. Le poli de sa texture, quand elle y passa délicatement le doigt, ralluma en elle les instincts impérieux de sa souveraineté.

Si la cale de *L'Œil de Thot* avait été la seule à ne pas avoir été touchée, il fallait dire qu'à l'arrivée des fièvres du delta, quand l'épidémie s'était abattue sur les vaisseaux, Neb-Amon en avait peaufiné le système des fermetures lorsqu'il y avait rassemblé tous les hommes contagieux.

Épidémie, tempête et accidents divers en cours de route avaient supprimé une trentaine d'hommes sur l'équipage intégral. Thouty n'était cependant pas trop alarmé, il restait à bord suffisamment d'hommes d'équipage pour les mener au bout de leur voyage.

Séchat n'avait pas réintégré de suite son vaisseau. Dans la petite cabine de la reine, devenue très austère, elle pleurait la disparition de sa fidèle compagne, son amie, sa sœur.

Reshot ! La jeune esclave nubienne qu'Hatchepsout lui avait donnée pour son dixième anniversaire. Séchat la revoyait encore, parlant avec déférence à son père, mais exécutant à la lettre tous ses caprices de petite fille.

Reshot ! Pas beaucoup plus âgée qu'elle, avec ses longues jambes brunes et dénudées sous son court pagne de couleur, ses cheveux crépus qu'elle n'avait coupés que dix ans plus tard laissant le profil du visage net, harmonieux, d'autant plus que ses traits avaient cette caractéristique qu'ont tous les Africains de Nubie. Même la mère d'Hatchepsout n'avait pu dire à la princesse d'où elle venait exactement et qui elle était.

— Reshot va me manquer, murmura-t-elle.

— Nous ramènerons une jeune fille du Pount et je te l'offrirai, promit la reine à sa compagne.

Séchat eut un sourire léger.

— Hatty ! dit-elle sans même se rendre compte qu'elle venait d'utiliser le diminutif dont elle se servait au temps de leur adolescence, Hatty ! Ce ne sera jamais Reshot.

Elle soupira.

— Jamais je ne vivrai la même intimité avec une autre.

— Allons, Séchat, je te croyais plus courageuse. Crois-tu que je partage avec une autre tout ce que j'avais en commun avec ma fille aînée ? Même Mérytrê ne peut la remplacer. Quand Néférourê est morte, quelque chose s'est brisé en moi.

Elle entoura les épaules de Séchat.

— C'est ainsi la vie et tu le sais.

— J'accepte ton cadeau, Hatty. Soit. Offre-moi une petite servante. J'essaierai d'en faire une amie.

— Je préfère te voir ainsi. Je sais que tes nerfs sont ébranlés parfois et que tu dois te battre plus farouchement que moi qui n'ai qu'à lever le doigt pour être immédiatement obéie.

Elle resserra la pression de son bras sur les épaules de sa compagne.

— Tu vas rentrer sur ton navire et travailler avec tes scribes. Ceux qui te restent te sont dévoués, à présent.

Elle jeta ses yeux perçants et sombres dans ceux de son amie.

— Comment sais-tu ? jeta Séchat.

— Je sais tout, répliqua Hatchepsout en souriant.

— Tout !

— Crois-tu que j'aurais laissé en suspens l'affaire du scorpion si je n'avais pas appris qu'il t'était destiné ? Crois-tu qu'on m'ait tenu à l'écart de la mort de cette fille qui cherchait à t'empoisonner ?

— Néset ! s'écria Séchat, une lueur sombre allumant sa pupille.

— C'est elle, n'est-ce pas, qui avait kidnappé ta fille ?

— C'est elle.

— Alors, c'est bien. Le dieu des crocodiles lui a fait payer sa forfaiture.

— Hatty, reprit Séchat d'un ton vif, est-ce tout ce que tu sais ?

— Ce que je ne savais pas, je l'ai deviné, jeta la pharaonne.

— Les cartes du Pount ?

— Oui. Mais nous en resterons là. Je ne veux pas en parler.

— Pour ne pas semer la perturbation parmi tes conseillers ?

— L'essentiel n'est-il pas que tu t'en sois tirée avec les honneurs ? rétorqua Hatchepsout tranquillement.

— D'obscurs honneurs !

— Alors, je tourne mon propos autrement. L'essentiel n'est-il pas qu'avec mon amitié, je t'offre toutes mes félicitations ? Sans toi, nous aurions fait demi-tour.

— Pourquoi ai-je mis tant de hargne à vouloir conserver pour moi seule ces cartes ? soupira Séchat.

— Et moi-même, pourquoi ai-je mis tant de hargne à vouloir effectuer ce voyage ? rétorqua la reine.

Elle dirigea son regard vers la porte restée à demi ouverte. Depuis que la tempête avait fait rage et que Yaskat soignait les suites des violentes nausées qui l'avaient prise d'assaut, Hatchepsout ne fermait plus la porte de sa cabine, laissant entrer qui voulait.

— Le désir de plaire aux dieux, poursuivit-elle, est-il le seul motif ? Que tu le veuilles ou non, Séchat, nous recherchons l'ivresse de la puissance. Pourquoi serions-nous différentes des hommes ? Ne la réclament-ils pas, eux ?

— Hatty, je crois que…

Elle s'arrêta. Un homme poussa la porte et entra. Un instant, Neb-Amon parut surpris de l'intimité qui régnait entre les deux femmes. Certes, il s'en doutait, mais Séchat la surprenait chaque jour davantage. Oser appeler la pharaonne « Hatty » ! Voilà qui dévoilait une familiarité qui, sans aucun doute, frôlait la complicité.

Séchat ! Si haut placée dans la hiérarchie sociale et en même temps si simple, si perdue dans le labyrinthe de sa morale et de ses idéaux.

— Entre, Neb-Amon, et prends mon pouls, jeta gaiement la reine. Depuis que Yaskat ne s'occupe plus de moi, je dois veiller seule à ma santé.

Elle offrit au jeune médecin un large sourire et lui tendit son bras dénudé qu'un large bracelet de lapis-lazuli recouvrait.

— Ce pouls a été bien malmené tous ces temps-ci, reprit-elle. Quand tu m'auras dit qu'il bat normalement, je serai rassurée et tu pourras aller voir tes autres malades.

Il prit le fin poignet de la reine entre ses mains.

— Il faut ôter ce bijou, Majesté.

— Ne peux-tu le faire toi-même ?

Elle se faisait cajoleuse, soumise, prête à tous les compromis. Séchat ne put s'empêcher de jeter :

— Je crois bien que mon pouls a été malmené aussi, Majesté, fit-elle en souriant avec ironie.

— Eh bien, après mon cas, Neb-Amon s'occupera du tien, dit-elle en regardant les doigts du médecin détacher avec précaution le fermoir d'or qui retenait le bracelet.

Quand il faillit tomber, elle le retint au creux de sa paume droite et le tendit à Séchat.

— Il est à toi.

— À moi ! Pourquoi, Majesté ? De quel service voulez-vous me récompenser ?

— Un seul service, Séchat. Celui qui engendre les multiples maux dont tu as souffert.

— Merci, Majesté.

Elle le passa aussitôt à son poignet pour sentir plus longtemps les doigts de Neb-Amon sur sa peau lorsqu'il le détacherait afin d'écouter battre son pouls.

Séchat caressa les perles de lapis-lazuli. Elles étaient reliées par des petits scarabées d'or et entremêlées de minuscules cornalines. Certes, c'était là un bijou digne d'un pharaon.

— Rassurez-vous, Majesté. Votre pouls bat d'une façon tout à fait régulière, jeta le médecin.

— Par contre, annonça-t-il quelques instants plus tard, quand il eut détaché pour la seconde fois le bracelet de lapis-lazuli, le tien, Grande Séchat, est anormalement bas. Tu dois prendre un peu de repos.

— Du repos ! jeta Séchat. Mais il n'en est pas question.

— En effet, il n'en est pas question, lança la reine. Séchat doit préparer l'arrivée au pays du Pount. C'est un gros travail. Tout le succès du récit en découle.

Elle se planta droit devant le médecin. Son attitude enjôleuse envers lui avait totalement disparu, faisant place à l'autorité de la souveraine.

— Qui te paraît la plus faible ? Yaskat ou Séchat ?

La réponse ne tarda pas :

— Séchat.

— Alors, accompagne-la sur son vaisseau et surveille sa santé jusqu'à son plein rétablissement. Je veux que dans trois jours, elle reprenne son travail.

⁂

Durant quelques semaines, le repos s'installa en toute quiétude sur les vaisseaux. Hatchepsout, debout à la proue du navire, les mains en visière, observait l'océan.

Yaskat qui n'éprouvait plus de nausées avait repris sa place fidèle auprès de la reine et, quand elle n'était pas à ses côtés, c'était Senenmout qui, prenant la relève, voyait enfin le profil d'une réussite que prenait tant à cœur la pharaonne.

La mer était d'huile. Si étrange que cela puisse paraître à tous ces bateleurs du Nil, elle prenait des teintes bleutées à l'aube et mordorées en plein midi. Et, quand venait le crépuscule, les vagues se frangeaient d'écume, couleur de feu, faisant flamboyer à son tour tout l'océan.

Mais ce soir-là précisément, les vagues étaient si douces qu'elles semblaient fragiles. Une fine frange orangée par le soleil du soir les ourlait et elles venaient cogner en sourdine la coque du navire.

Le ciel était un vaste manteau bleu sombre, moins dense que le ciel d'Égypte, mais la nuit il offrait les mêmes constellations, le Taureau de la Grande Ourse et l'Hippopotame de la Petite Ourse avec la patte antérieure de l'étoile polaire.

Même Solthis, la plus brillante des étoiles, dans la constellation du Chien, était fidèle au rendez-vous des Égyptiens. Orion la suivait de près et la clarté transparente de la Voie lactée faisait aussi sa subite apparition.

Accoudé à côté d'Hatchepsout, Senenmout ne parlait pas. Ils paraissaient tous deux perdus dans leurs songes.

L'océan ! Le gigantesque océan ! Celui qui n'en finissait plus de longueur, de largeur, d'horizon. Hatchepsout en avait tant rêvé que ce n'était plus là qu'une prolongation dans le réel de son fantasme le plus poussé.

Et Senenmout ! À quoi songeait-il ? Certes des rêves qui ne gênaient nullement la reine puisqu'elle savait y être associée.

L'intendant favori d'Hatchepsout pouvait se vanter de réussir une carrière brillante. À peine âgé de trente ans, il se voyait doté des responsabilités les plus grandes. Était-ce le grand Vizir Imhotep qui le poussait vers le chemin de la gloire ? Imhotep qui, mille ans auparavant, issu d'une modeste famille de paysans, avait su s'imposer comme le dieu de l'époque. Éminent médecin et chirurgien d'envergure, il avait dominé la recherche dans toutes ses applications et, s'il avait découvert la technique de la conservation des corps, il en avait maîtrisé chaque étape.

Brillant inventeur, il avait mis au point un système d'irrigation des sols afin d'enrichir l'agriculture de son pays, allant jusqu'à entasser le blé dans de gigantesques greniers en prévision des années stériles.

Architecte – et c'était là que Senenmout le rejoignait – il avait inventé la taille du granit et s'était élevé en bâtisseur de la première pyramide à degrés sur le plateau de Saqquarah.

Imhotep ! Comment Senenmout pouvait-il ne pas le prendre en exemple ? Certes, la médecine ne constituait en rien son savoir et il ne s'y connaissait guère en matière de plantes médicinales. À peine distinguait-il une plante cicatrisante de celle qui aromatisait un plat. Il était principalement un excellent architecte et un organisateur à toute épreuve, capable de mettre sur pied et de mener à bien le chantier le plus grandiose.

Senenmout soupira de satisfaction. N'avait-il pas réussi à écarter du cœur de la reine son plus grand adversaire, Néhésy, en l'envoyant au-devant des armées qui n'avaient plus guère d'influence en cette époque de règne féminin.

Oui ! Il était un autre Imhotep, un architecte d'envergure. Ne venait-il pas de construire un palais grandiose surgissant du néant de la montagne ? Un temple à l'expression d'Hatchepsout, un sanctuaire correspondant à ses idéaux artistiques ?

Les artistes ! Il aurait aimé devenir le représentant de tous les artisans peintres, sculpteurs, joailliers. Mais Séchat en devenait le pilier central et cela le gênait fortement. Un jour proche, il faudrait l'écarter. Il saurait lui dérober cette estime qu'elle avait auprès d'Hatchepsout. Séchat ! Son autre rivale. Pourquoi ne s'était-elle pas contentée d'être la Grande Intendante des Potiers ?

Déjà aucun peuple de la Méditerranée ne pouvait se vanter de produire un artisanat aussi prospère, riche et varié que celui de l'Égypte. Il n'était pas question de laisser cet avantage à Séchat. Deux hommes d'envergure, deux hauts dignitaires avaient tenté de la détruire, mais n'y étaient pas parvenus. Lui saurait.

Senenmout se passa les deux mains dans les cheveux. Depuis qu'il avait abandonné la coiffure des scribes de moyenne classe pour porter une coupe plus courte et plus contemporaine, il effectuait souvent ce geste.

Puis, d'un revers de main alangui, ce qui n'était guère son habitude – il avait plutôt le geste sec et nerveux – il brossa distraitement le devant de sa tunique froissée par l'attouchement du bastingage et reporta à nouveau ses yeux sur le ciel étoilé.

Restait Hapouseneb et les multiples pouvoirs que le peuple lui donnait. Certes, il restait intouchable dans son temple de Karnak. Mais Senenmout percerait le secret des dieux les plus inviolables dès que les vaisseaux auraient rapporté du Pount les encens qui leur étaient indispensables.

L'ambition de Senenmout était à la hauteur de celle de la pharaonne. Et, puisque nul mâle n'était sorti de ses entrailles, tout lui était permis afin de rehausser la gloire et la réussite de sa souveraine, entraînant avec elles les siennes. Oui ! Senenmout serait pour Hatchepsout ce qu'Imhotep avait été pour le pharaon Djoser.

⁂

Enfin le premier port du Pount dévoila ses côtes africaines.

Les cinq navires accostèrent en file, les uns derrière les autres. Devant les yeux étonnés des pêcheurs accourus sur la rive, les vaisseaux avaient fière allure, la proue à l'effigie des dieux relevée en arc de cercle.

Certes, ils ne passaient pas inaperçus, les vaisseaux de la pharaonne égyptienne qui venait en pacificatrice dans le pays du roi du Pount ! Le sable doré des immenses plages leur apportait ce qu'il fallait de prestigieux pour les auréoler, une belle image qui devait rester longtemps gravée dans la mémoire de ces simples pêcheurs.

Un paysage verdoyant de palmiers-dattiers et de cocotiers les entourait. Des forêts d'arbres à encens s'étalaient à vue d'œil. Petits, trapus, résistant à la chaleur et au vent, ils offraient leurs feuillages gorgés d'arômes qui se diffusaient dans tout le végétal.

Si les vaisseaux de la flotte royale n'avaient pas rencontré de navigation sur la mer Rouge, ils n'en virent également aucune aux approches du port dans lequel ils accostaient.

Les pêcheurs africains étaient plutôt de taille moyenne bien qu'on vît parmi eux s'affairer quelques grands gabarits, hauts sur jambes, à la musculature développée et au faciès avenant.

Pour ces Africains qui ne voyaient pratiquement jamais de circulation par la voie d'eau, se pouvait-il que d'aussi beaux navires leur soient hostiles et réclamassent la guerre ? Pas un instant les pêcheurs noirs ne doutèrent et c'est avec de grands signes à l'appui qu'ils accueillirent Néhésy et Senenmout, descendus les premiers sur la grève. Seuls trois soldats les accompagnaient, dépourvus d'armes et d'agressivité.

Un échange de regards nullement hostiles se fit. Déjà, c'était de très bon augure. Les Noirs avaient un visage assez fin. Aucun trait grossier ne venait perturber l'harmonie de leur allure. Certes, les peaux étaient sombres, mais leur nez n'était que faiblement épaté et leurs lèvres à peine épaisses offraient à leurs visiteurs un sourire aux dents saines et blanches.

Il y eut soudainement une envolée de mouettes qui les fit rire à gorge déployée. Senenmout préféra ne pas se détendre outre mesure, craignant de perdre son image de prestige, mais Néhésy se joignit à eux, ce qui provoqua l'hilarité générale, car une vingtaine de femmes et d'enfants cachés dans les buissons accourait, à présent que les présentations étaient faites.

Les pêcheurs leur firent signe de les suivre. Sans doute les emmenaient-ils au village. Senenmout se retourna vers les vaisseaux. Il sentait que, sans se montrer, l'œil de chacun était braqué sur la petite communauté des pêcheurs noirs.

Thouty, Sakmet et Séchat descendirent de leurs embarcations. Chacun d'eux avait souhaité qu'un soldat les accompagne, vêtu d'un simple pagne qui ne dissimulait ni couteau ni poignard.

Le petit groupe se mit en marche dans un paysage de verdure et de sable où poussaient des herbes inconnues. Parfois, les plantes étaient si hautes qu'elles dépassaient la hauteur d'un homme.

Par instants, la terre était brûlée, presque calcinée et n'offrait que des racines sauvages, mais à quelques mètres, il y avait toujours une zone ombragée d'un vert violent qui contrastait étrangement.

Néhésy et ses compagnons marchaient prudemment et, bien que l'accueil semblât parfait, il fallait tout de même ouvrir suffisamment l'œil pour détecter l'éventuelle anomalie.

Quand les hommes eurent dépassé le village fait de petites maisons d'herbe séchée et montées sur pilotis, une jungle se mit à serpenter à travers des collines où la nature n'était pas encore domestiquée par l'homme. Des pâturages chauds et humides s'étendaient au loin et des vaches grasses y paissaient, tranquillement mêlées aux ânes qui se prélassaient au soleil, et aux singes qui sautillaient de branche en branche dès qu'ils rencontraient un arbre.

Soudain, les pêcheurs s'arrêtèrent. Dans leur langue saccadée et chantante qu'accompagnaient des gestes fort éloquents, ils indiquèrent que s'arrêtait là leur territoire et qu'ils ne pouvaient aller plus loin.

Un des pêcheurs se détacha du groupe et se mit à taper sur un petit tam-tam qu'il tenait sous son bras. Il prévenait le village suivant de prendre la relève. Au loin, un autre bruit de tambour lui répondit.

Néhésy distribua quelques bracelets de cuivre qui furent accueillis avec de grandes exclamations de joie et, poursuivant le chemin, les conseillers d'Hatchepsout se remirent en marche.

Ils contournaient un éperon rocheux où grouillait toute une colonie de petits singes noirs quand, soudain devant eux, surgit une colline de verdure couverte de fleurs sauvages. Au pied, coulait un filet d'eau claire et, du sommet, dévalaient des aigrettes blanches au bec orangé. Elles burent un instant et disparurent dans un ravin.

L'ensemble était prestigieux. Comment ne pas assimiler cette pyramide de verdure, étagée de fleurs géantes aux corolles diverses, à celle du plateau de Saqquarah qui n'était faite que de pierres ?

Séchat ne pouvait plus détacher ses yeux de ce spectacle fascinant. Il y avait bien là un signe des dieux. Elle l'écrirait dans son récit et ce n'est pas la pharaonne qui pourrait s'y opposer.

Bientôt une barricade de cornes ocrées barra la route. Lourdes, massives, les bêtes avançaient d'un pas pesant. Elles tenaient du bœuf et de la chèvre, traînant des poils longs et serrés qui balayaient la terre.

Néhésy et Senenmout, en tête de file, observaient avec inquiétude l'horizon obstrué par ces cornes en forme de lyre qui, bientôt, leur feraient barrage. Des bergers surgirent. Ils étaient une dizaine, trapus, musclés, de plus petite taille que les pêcheurs, mais vigoureux et larges d'épaules.

Ils n'étaient vêtus que d'une ceinture en feuillage tressé qui s'accordait aux couleurs du paysage.

Les nouvelles présentations se firent dans une cacophonie épouvantable faite de mugissements de bœufs et du borborygme des bergers africains.

Prévenu par le tam-tam de leurs voisins qu'il s'agissait d'un groupe de visiteurs pacifiques et fort avenants, voire de belle humeur, tout le monde trouva que c'était là une situation drôle et, dans le brouhaha qui mêlait singulièrement bergers, animaux et visiteurs, les Africains firent deux groupes, l'un qui devait accompagner Néhésy et son équipe vers l'ambassadeur du Pount et l'autre qui retournait à ses bœufs.

L'herbe était de plus en plus haute et grasse. À chaque pas fleurissait une énorme fleur qui flamboyait au-dessus de sa tige géante.

Séchat et ses compagnons n'avaient plus d'yeux que pour cette immense étendue de verdure magique et troublante.

⁂

Le village africain était au centre d'une clairière entourée d'arbres touffus et denses. Ébéniers, palmiers et arbres à encens l'encerclaient.

Les cases étaient rondes, toutes semblables. Leur toit conique les faisait ressembler à de grandes ruches. L'architecture était primaire, mais intelligente.

Faites de terre séchée mêlée aux feuilles de palmiers qu'on avait tressées pour consolider l'ensemble, les cases étaient coiffées de branchages servant de toit, pour s'abriter des rayons intenses du soleil et laissaient passer un courant d'air rafraîchissant. Ce toit servait aussi d'abri quand les pluies des saisons d'hiver venaient inonder le sol.

Les villageois avaient monté leurs cases sur des élévations qui les protégeaient de la vermine et autres parasites. Une échelle sommaire faite de petits troncs d'arbres réunis permettait d'accéder au plancher de la case ainsi parfaitement isolée. Ces hommes vivaient simplement, proches de la nature, loin de la vie complexe des grandes villes égyptiennes et des palais thébains.

Arrivés à l'entrée du village, les bergers reculèrent.

Un homme grand et beau, superbe dans son allure solennelle, s'avança. Il avait le nez fin, aux ailes délicatement sculptées, à peine évasées. Son teint était obscur, mais une lumière dorée en peaufinait la texture et, dans le soleil, sa couleur devenait plus ocrée. Très crépus, ses cheveux étaient coupés court, presque ras, ce qui dégageait la ligne aérée de son cou, relevait son buste haut et fier et lui donnait ce maintien royal dont il ne détenait pas le pouvoir, puisque ce n'était là que l'ambassadeur du roi Parehou.

Néhésy s'approcha, mains tendues. Il tenta de lui expliquer qu'Hatchepsout, pharaonne des deux Égyptes ne descendrait que lorsque le roi en personne les accueillerait.

L'homme comprit que Néhésy était lui aussi un ambassadeur de son roi. Mais, comment pouvait-il supposer que le vaisseau royal enfermait une femme pharaon ? L'étonnement viendrait par la suite. Pour l'instant, les compagnons de Néhésy s'approchèrent, entourés des cinq soldats aux allures pacifiques.

L'ambassadeur observa chacun d'eux avec la plus grande attention et quand il s'attarda sur la personne de Séchat, sa surprise ne fut que fugitive. Il scruta rapidement son visage impassible, mais quand il vit l'ombre d'une détente fleurir sur ses lèvres, il écarta les siennes en un large sourire.

Si Néhésy restait indubitablement l'homme de la communication et des bonnes relations, Senenmout, plus méfiant, restait sur ses gardes. Quant à Sakmet, il restait en retrait.

Thouty, lui, avait jeté à l'ambassadeur africain un franc regard, un de ces regards qui font que les hommes ne peuvent que s'accorder en bonne intelligence, même s'ils ne parlent pas le même langage.

Mais, avant que les préliminaires de ce cordial accueil ne se terminent, l'ambassadeur était revenu à Séchat. À nouveau, il avait détaillé son visage, plongeant son regard étonné dans les yeux qui s'étiraient en amande. Il avait presque envie de toucher le maquillage de la jeune femme. Si les yeux étranges de Séchat l'attiraient, la bouche souriante qui s'offrait, recouverte d'une fine couche de henné, l'attirait encore plus.

Soudain, le raclement de gorge que fit Senenmout le rappela brusquement à ses devoirs d'ambassadeur.

⁂

Restée à bord du *Sceptre d'Amon*, Hatchepsout réfléchissait. L'ambassadeur viendrait la chercher pour la conduire au roi Parehou.

D'un signe, elle écarta Yaskat afin de poursuivre ses réflexions.

De cette expédition pacifique, les dieux sortiraient vainqueurs. De ce lieu de délices, Hathor, maîtresse de la vie et de l'amour, enfermerait l'encens en elle pour l'expulser en multiples bienfaits. Elle ramènerait des parfums pour son pays, des arbres solides, immortels, chargés des fruits de l'encens. Elle les ferait croître et multiplier dans ses jardins de Deir el-Bahari et ceux de Karnak. Le ciel et la terre pourraient déborder de ces essences divines.

Le dieu Amon ne lui avait-il pas suggéré d'accroître la quantité d'onguents destinés aux chairs divines ? L'exigence avait été clairement formulée. Or, Amon les avait conduits en leur servant de guide.

Depuis que les bateaux étaient amarrés aux rivages du Pount, Hatchepsout priait Amon afin qu'il l'aide à réaliser son désir. Alors qu'elle était perdue dans sa rêverie, deux soldats vinrent la prévenir que l'ambassadeur du roi Parehou était en marche avec ses conseillers pour la conduire au village africain.

La reine était prête, parée de sa perruque longue et tressée, rehaussée de la dépouille du vautour. Elle sentit que l'intimité vécue sur son vaisseau depuis le départ de cette expédition se terminait. À cet instant, elle devait reprendre toute sa puissance, sa force pharaonique. Elle redevenait le dieu vivant représentant l'Égypte entière au-devant d'un peuple africain qu'elle devait séduire et amener à ses desseins.

Yaskat peaufina son maquillage très accentué. Le khôl entourait ses yeux en amande en un large trait noir qui rejoignait en pointe les extrémités de ses tempes. Les pommettes de ses joues, hautes et saillantes, affinaient son menton et lui donnaient cet air félin dont elle ne s'était jamais départie. Sa bouche petite et sensuelle s'arrondissait délicatement sous la rougeur appuyée du henné qui la recouvrait.

Il fallait que Parehou voie en elle un roi idéal sous l'image d'une féminité occultée par les attributs du tout-puissant.

Elle saisit le pectoral, la crosse et le fouet symbolique.

Hatchepsout était prête quand on annonça Benhoutty, l'ambassadeur du roi Parehou. Elle s'avança majestueuse devant lui. Il se courba en dissimulant sa surprise.

— Salut à toi, pharaon d'Égypte, fit-il en restant le buste incliné. J'ai la charge de te conduire à mon roi.

Sa litière l'attendait sur la berge de la mer Rouge. Une eau claire venait mourir en vaguelettes à ses pieds où de très petits poissons argentés frétillaient. On pouvait aisément les prendre à la main, mais les Africains n'en étaient pas friands. Leurs corps minuscules n'étaient faits que d'arêtes et ils servaient plutôt d'appâts aux gros poissons qui, eux, faisaient l'objet de pêches plus approfondies et plus intensives.

Hatchepsout s'installa dans sa litière. Benhoutty et Néhésy l'encadrèrent durant tout le parcours. Senenmout précédait le convoi que suivaient Séchat, Sakmet et Thouty.

À l'arrière, Yaskat et les autres suivantes avançaient entre deux rangées de soldats. Le village des pêcheurs fut dépassé et on arriva à la colline verdoyante jonchée de fleurs géantes et multicolores. Hatchepsout avait fait découvrir la litière afin de ne perdre aucun détail de la vue paradisiaque qui s'offrait à ses yeux éblouis. Comment pouvait-elle les détacher de cette vision fantastique ?

Parfois, le chemin devenait cahoteux, mais les porteurs de la litière royale s'entendaient pour ne pas trop heurter la cadence de la marche.

Quand le territoire des bergers fut dépassé, le convoi ralentit. Hatchepsout distingua les huttes sur pilotis où l'on accédait par des petites échelles. Elle observa quelque temps la plus haute.

Soudain, elle le vit avancer. Il n'était pas entouré d'hommes ni de soldats, mais des vaches, des ânes et quelques singes l'encerclaient.

Il portait un pagne long, blanc, grisé par la poussière du temps. L'allure digne, la stature haute, son menton se terminait par une barbe en pointe, sans doute passée dans un produit qui la raidissait. Sa peau était recouverte d'une peinture rouge clair, presque rose, il avait des traits fins, un nez aquilin et des bracelets autour de la cheville droite qui montaient presque à la hauteur de son genou.

— Je te salue, Grand Roi du Pount. Mon pays vient à toi en pacificateur. Nous t'apportons de multiples présents.

Il l'observa quelque temps et repoussa un âne qui venait perturber son geste de bienvenue.

— Mon nom est Parehou, fit-il en restant immobile devant la reine d'Égypte. Peux-tu m'indiquer le tien ?

— Je suis la pharaonne Hatchepsout, le roi d'Égypte et le Grand Taureau Puissant de mon peuple. Je suis fille et épouse du dieu Amon, mais aussi le dieu lui-même pour servir mon pays.

— Je t'invite, roi d'Égypte, sur notre terre du Pount.

Elle courba légèrement le buste lorsqu'elle vit qu'à son tour, il effectuait une légère inclination de tête.

— J'établirai ton pays et ses parfums au centre de mon sanctuaire. Je te donnerai colliers, bracelets, verreries, perles d'argile, armes, et victuailles pour toi et les tiens.

Il se tourna vers sa suite que Néhésy, Senenmout et Séchat avaient rejointe. Elle descendit de sa litière.

— Tes conseillers ? jeta Parehou.

Elle acquiesça.

— Mes fidèles serviteurs, mes soldats, mes suivantes.

Elle les désigna tous d'un grand geste de souveraine.

Puis, voyant que Parehou avait son regard fixé sur Séchat qui, selon lui, aurait dû être parmi les suivantes, elle expliqua :

— Séchat, la Grande Scribe royale attachée à mon service. C'est l'Intendante de mes artisans, de mes peintres et de mes sculpteurs. Tu verras très bientôt une belle pièce en grès de mon pays dont elle a dirigé la main-d'œuvre.

⁂

À l'entrée de la case sur pilotis, au bas de la petite échelle, la reine Ity parut entourée de ses deux fils et de sa fille.

Elle regarda Néhésy vêtu de son pagne soigneusement lissé, portant les signes distinctifs de son rang, puis observa les autres dignitaires en s'étonnant de voir leurs pieds chaussés de sandales que les Égyptiens portaient toujours lorsqu'ils paraissaient en société.

La taille de la fille était obèse et plus encore celle de la mère. Ce pays du Pount rassemblait une diversité étonnante de statures, de physionomies et de couleurs de peau. Autant les pêcheurs avaient un visage à la teinte sombre et une taille à la musculature étonnante, comme celle des Noirs de l'Afrique orientale, autant la peau des bergers et du roi était claire et cuivrée, témoignant d'un métissage ancien.

Le gabarit des pêcheurs était petit, mais celui de Benhoutty était grand et svelte, rappelant le mélange des migrations incessantes venant des tribus sahariennes. Il ressemblait à un bédouin au teint plus sombre et aux cheveux plus crépus.

Parehou avait délaissé son âne et ses singes et s'était placé entre sa femme et ses enfants. Ity, la reine, semblait subjuguée par les sandales des Égyptiens. Jamais encore, elle n'avait vu un tel objet enfermant le pied. Hatchepsout l'observa longtemps. Cette obésité était-elle considérée chez les Pountistes comme un signe de beauté, de richesses et d'abondance ?

Grasse, difforme, les chairs boursouflées, la reine Ity releva le visage et fit signe à sa fille d'avancer vers Néhésy. Tout en elle prouvait qu'elle serait aussi grosse que sa mère. Ses seins nus tombaient déjà, bien que son âge ne dût pas dépasser seize ans, et ses hanches étaient si rebondies qu'elles remontaient et se fondaient dans sa taille qui n'était recouverte que d'une ceinture en feuillage tressé.

Elle détacha de sa chevelure crépue, noire et mousseuse, une fleur d'une couleur orangée et l'offrit au dignitaire de la reine. Il la prit en se courbant légèrement.

Fatiguée sans doute de se tenir sur ses petites jambes grosses et courtes, la reine Ity réclama son âne et l'enfourcha avec une agilité surprenante. Assise, elle se tourna vers ses fils. Ils avaient les membres filiformes du père, mais le teint plus noir. Ils s'approchèrent tous deux d'Hatchepsout.

— Notre pays est bien lointain, comment avez-vous fait pour l'approcher, reine d'Égypte ?

Parehou vint frapper l'épaule de son fils avec une tige de feuillage.

— Roi d'Égypte, corrigea-t-il, bien qu'il n'eût pas encore compris ce fait étrange.

Le garçon parut étonné.

— Ma mère est reine, fit-il. N'as-tu pas d'époux ?

— Il est au royaume d'Osiris, répondit Hatchepsout.

Ity jeta un petit doigt boudiné vers la pharaonne.

— Alors, Parehou et moi te donnons mon fils aîné pour époux.

Senenmout se jeta en avant et se courba sur le sol.

— C'est impossible, Majesté. À présent que son époux n'est plus, le pharaon Hatchepsout est un dieu d'Égypte et aucun dieu ne peut prendre un époux.

Surpris, Parehou s'approcha à son tour.

— Qu'est-ce qu'un dieu ?

— Je te l'apprendrai, fit Hatchepsout en souriant.

Mais le refus avait jeté un froid et les Africains semblèrent un instant déstabilisés.

C'est à ce moment que Séchat s'avança.

— Ne connaissez-vous pas Amon ? dit-elle.

Alors, ils sautèrent de joie et se mirent à esquisser des pas de danse.

— Amon, oui ! Nous le connaissons.

— Notre roi Hatchepsout qui, certes, est une femme est le dieu Amon. C'est pour cette raison qu'elle ne peut accepter un époux. Comprenez-vous à présent ?

Les deux fils s'approchèrent d'Hatchepsout. D'un geste prudent, ils touchèrent le lourd pectoral qui recouvrait sa poitrine. Puis, l'un posa son index sur l'extrémité de la crosse, l'autre sur le sceptre.

Enfin, ils hochèrent la tête, montrant ainsi qu'ils acceptaient le refus et ne le prenaient pas pour une impolitesse.

— C'est pour le plaisir d'Amon que nous sommes venus vous voir, reprit Séchat. Pour lui rapporter vos délicieux arômes, par l'intermédiaire de cet arbre merveilleux que vous cultivez depuis que vos ancêtres sont installés sur cette terre.

Parehou se mit aussi à hocher la tête.

— Notre pays est venu vous voir, il y a de cela très longtemps. Il a déjà connu vos encens. Et c'est parce que nous connaissions la route que nous sommes revenus, des milliers d'années après.

⁂

Le défilé des marchandises et des cadeaux eut lieu juste avant le festin.

Assise à califourchon sur son petit âne domestiqué, sa robe transparente laissant apparaître ses grosses cuisses flasques comme de la gelée, l'énorme reine Ity effectuait avec un visage avenant son rôle d'hôtesse, restant attentive à chaque geste, attitude ou désir qu'eussent souhaité ses convives.

Les soldats de Néhésy montaient les tentes au pied du village. Une multitude de singes en liberté s'amusaient et distrayaient les Égyptiens par leurs multiples facéties et leurs pirouettes inimitables.

Toujours prêt à soigner un membre de l'équipe, Neb-Amon avait demandé à ne pas partager sa tente. Depuis que Reshot n'était plus là, Séchat aussi restait seule et l'idée de se savoir isolés l'un et l'autre les irritait, car il n'était pas évident qu'ils puissent se retrouver en tête à tête dans une jungle où à chaque pas respirait l'âme d'un Africain.

Juste avant le festin, la pharaonne fit signe à ses porteurs pour qu'ils se tinssent aux côtés des grands coffres que l'on avait apportés au pied du village, mais tenus soigneusement fermés afin que, jusque-là, personne n'en vît le contenu.

Le héraut vint sonner un air de trompette qui sembla ravir les Pountistes. On déroula un grand tapis jusqu'aux pieds du roi Parehou. Il était assis entre ses deux fils et, juchée sur son âne, la reine Ity tenait avec difficulté son énorme poitrine qui tombait sur l'échine de l'animal.

Les musiciennes d'Hatchepsout se disposèrent en demi-cercle et, tenant leur flûte ou leur petite harpe entre les mains, elles jouèrent des airs légers, aussi aérés qu'un matin d'été. Puis, quand elles eurent terminé l'hymne en remerciement d'un accueil aussi chaleureux, on leur apporta des sistres et des crotales et Méryet fit son apparition, jambes et bras déjà levés, torse plié, dans une envolée de mouvements qui suivaient le rythme de la musique.

Au travers de ses danses sacrées ou folkloriques, Méryet imprimait le rythme de son corps délié, rompu à tous les exercices et offrait la ferveur de son âme.

Elle s'inclinait gracieusement, tournoyait, volait, partait, revenait, levait les jambes, courbait le corps dont le buste disparaissait quelques instants pour réapparaître par-dessus ses bras levés. Certes, en cet instant, Méryet pensait aux marais du delta dont chaque herbe, chaque pousse de papyrus s'agitait d'un souffle mystérieux.

Puis, dans un envol digne de celui d'une hirondelle en plein ciel, elle évoqua la profondeur du Nil, l'immense ciel du fleuve, l'agitation des barques, le clapotis des passereaux sur les berges. Méryet ne ressentait rien d'autre que la frénésie de sa danse.

Quand les sistres et les crotales s'arrêtèrent, un grand silence se fit. Les Africains semblaient subjugués. Alors, les musiciennes reprirent harpes et flûtes, une chanteuse entonna des incantations graves et basses et Méryet commença de lentes circonvolutions consacrées au dieu Amon.

Ce ne fut que longtemps après qu'elle retourna s'asseoir aux côtés de Séchat que les yeux de Benhoutty semblaient ne plus vouloir quitter.

Les fils de Parehou gardaient un œil attaché sur le corps délié de Méryet. Qu'en pensaient-ils ? Parfois leurs yeux et ceux de Parehou observaient longuement le corps mince d'Hatchepsout et celui de Séchat. Certes, ils avaient remarqué que les silhouettes des danseuses, chanteuses et suivantes de la pharaonne n'étaient pas à l'image de leurs femmes. Où s'arrêtaient leurs critères de beauté ? Il y avait sans doute longtemps que Neb-Amon le médecin avait diagnostiqué une hérédité maladive dans les gènes de la reine Ity, malgré quelques autres formes obèses qu'il avait cru voir à l'entrée des huttes pountistes.

Parehou régnait sur son territoire en homme intelligent, sensé, compréhensif, conscient que chaque pays avait ses traditions et ses cultures et que, parfois, il n'était pas mauvais de saisir certains avantages que lui offrait la culture de certains étrangers.

Soudain, l'un des fils de Parehou désigna du doigt une musicienne.

— Mon fils aîné, dit Parehou en se tournant vers Hatchepsout, veut jouer du tam-tam avec tes musiciennes.

On lui fit aussitôt place au centre du cercle, mais très vite arrivèrent d'autres Africains, tenant sur leur ventre un petit tambour qu'ils frappaient en cadence avec un rythme accéléré auquel se mêlèrent quelques instants les sistres et les crotales des Égyptiennes.

La musique devint ainsi l'étrange amalgame de deux cultures. Parehou et son épouse écoutaient avec un vague sourire énigmatique quand arrivèrent les danseurs.

Quand ils apparurent, un autre rythme vint prendre la relève. Tapant des pieds sur le sol pour marquer la cadence, ils agitèrent les grelots qu'ils avaient aux chevilles. Leur peau était recouverte de peinture blanche et de cendre grise. De grosses perles de bois coloré s'entrecroisaient sur leur poitrine. La peinture dessinée sur leurs visages leur donnait une forme triangulaire. Ils glissaient et se déplaçaient comme des volutes de fumée noire.

Soudain, Benhoutty se leva. D'un bond de tigre, deux grands Noirs le précédèrent et disparurent en direction des gros arbres qui bordaient le village. Dans le tronc creusé d'un énorme baobab, le gros tambour attendait les soirs de fête. L'instrument arrivait à la taille d'un homme. Ils le saisirent par deux encoches taillées sur le côté et l'amenèrent près des danseurs.

Quelques instants plus tard, ils s'arrêtèrent comme suspendus au temps. Benhoutty revint, vêtu d'une peau de léopard dont les pattes croisées pendaient sur sa poitrine. La tête du fauve aux oreilles relevées recouvrait sa propre tête et le regard du félin se confondait avec le sien, plus rouge et plus féroce encore.

Il marcha lentement, s'arrêta devant Séchat qui l'observait en silence. Soudain, elle vit qu'homme et bête avaient les mêmes yeux. Il marmonna quelques mots dans le dialecte de son village et se dirigea vers le grand tambour. Son pas était souple, silencieux et cachait on ne sait quelle ruse. Son geste était prompt, vif, heurté. Sans doute appelait-il les esprits comme les Égyptiens sollicitaient leurs dieux.

Il se tint droit et majestueux derrière le grand tambour et le frappa d'un coup sec. La percussion roula comme un coup de tonnerre. Il joua tout d'abord sur un rythme lent, puis les accords devinrent plus vifs, atteignant bientôt une cadence dont le paroxysme excita et déchaîna les danseurs.

Le petit tam-tam sur lequel jouait le fils aîné du roi éclatait par intermittence, scandant les espaces laissés par la grosse caisse.

Les danseurs ne vivaient plus que leurs danses. Les plumes blanches qui recouvraient le sommet de leurs têtes s'envolaient dans l'espace au moindre mouvement. Les anneaux d'ivoire qui entouraient leurs bras cliquetaient lorsqu'ils tapaient le sol du pied et la cendre passée sur leur peau les rendait de plus en plus phosphorescents au fur et à mesure que le jour tombait.

À chaque roulement, ils bondissaient à des hauteurs prodigieuses et se contorsionnaient jusqu'à toucher le sol de leurs épaules. Puis, dans des oscillations phénoménales, ils se redressaient et reprenaient l'agitation de leurs grelots.

Méryet observait chacun de leurs mouvements, cherchant déjà à attraper quelques idées de pas ou de gestes qu'elle réinvestirait dans ses propres créations chorégraphiques.

Séchat ne pouvait détacher son regard des yeux rouges de Benhoutty. De sa jambe dénudée, Neb-Amon frôlait la sienne et sa présence la rassurait. Pas une seule fois, elle n'avait regardé Sakmet qui n'avait d'yeux que pour la grasse et voluptueuse fille du roi. Ce en quoi Sakmet se trompait encore sur ses visées amoureuses, car déjà la reine du Pount destinait son unique progéniture femelle au beau Néhésy qui, avec Senenmout, était le bras droit de la pharaonne.

Mais les souverains du Pount avaient déjà pressenti que le sombre Senenmout était trop proche d'Hatchepsout pour l'atteindre et le personnage leur apparaissait aussi inabordable qu'un panier d'osier où, immobile et silencieux, le reptile attend.

Néhésy, qu'ils considéraient comme le véritable ambassadeur de la pharaonne était si avenant, si agréable que c'est à lui qu'ils offriraient leur fille. D'ailleurs, n'avait-il pas en lui de vieilles origines nubiennes qui le rapprochaient d'eux ? Son teint sombre et ses cheveux crépus ne pouvaient nier ses ancêtres noirs.

Ignorant encore que la princesse africaine était destinée à un autre que lui, Sakmet regardait avec des yeux gourmands cette pulpeuse fille noire qui se déhanchait en cadence parmi les danseurs africains. Ses gros seins nus étaient pourtant agiles et se balançaient avec grâce. Ses hanches dénudées, elles aussi, se mouvaient comme les vagues déchaînées des flots qu'ils avaient affrontés sur la mer Rouge.

Mais qui regardait-elle, la plantureuse princesse pountiste en se déhanchant de la sorte ? Ses yeux vagues se perdaient dans le roulis du tambour et l'agitation des grelots.

Benhoutty frappa un grand coup sur son tambour, forçant tous les regards. Il observait toujours Séchat. Et soudain Neb-Amon comprit. Benhoutty était le véritable chef de ce village paradisiaque. Il en était l'esprit, l'ambassadeur, le sorcier, le musicien.

Les danses et les chants des Noirs se poursuivirent de longues heures. Quand l'élan se mit à fléchir, Hatchepsout frappa dans ses mains et le silence se fit aussitôt.

Deux porteurs amenèrent le plus grand des coffres. Il était en bois d'acacia. On l'ouvrit et ce fut un émerveillement général. Les regards se dirigeaient tous vers ce meuble à la forme si curieuse.

Une multitude d'Africains se ruèrent sur les fines étoffes, les colliers et bracelets en perles de verre ou d'argile coloré.

Une nuée de fillettes que les Égyptiens n'avaient pas encore vues tendaient leurs jeunes bras et voulaient déjà se parer des bijoux.

L'une d'elles restait en retrait, distante et réservée. Elle avait un visage à la fois nubien et saharien. Le front était haut et le nez aquilin, les lèvres minces, le teint mat et cuivré. Ses cheveux étaient crépus, mais longs et tressés alors que les autres fillettes les portaient en volume épais et dru autour de leurs visages.

Méryet se dirigea vers elle et lui tendit la main. L'adolescente la saisit et elles restèrent silencieuses, attentives à regarder l'agitation des autres qui poussaient des petits cris semblables à ceux des singes qui, eux aussi, tendaient leurs mains velues en faisant des grimaces.

Quand on apporta le coffre des armes, les hommes s'avancèrent à leur tour. Une dague à lame de bronze dans son fourreau de cuir subjugua Benhoutty. D'un geste magnanime, la pharaonne la lui tendit. Il en caressa la lame affûtée et remercia la reine d'une simple inclination de tête et, sans que personne ne s'y attendît, à l'exception peut-être des Africains, il la planta au cœur du grand basalmier qui lui faisait face.

Son regard se tourna vers Séchat et, tranquillement, hochant la tête de satisfaction, il retira l'arme sans rien dire.

Les couteaux, les haches, les armes effilées furent distribuées par Parehou à ses hommes. Le roi garda pour lui une longue dague au manche d'électrum, au tranchant si coupant que lorsqu'il passa le doigt sur la fine bordure brillante, il eut un sourire satisfait.

La fillette que Méryet avait prise par la main regardait l'agitation d'un air distrait, comme si elle n'était pas vraiment concernée.

Ses multiples tresses restaient immobiles sous son air sérieux et sage. Chacune, enroulée par une petite boucle d'ivoire, ressemblait à une perruque fort prisée des Égyptiennes. Méryet l'entraîna dans la tente qu'elle partageait depuis peu avec Séchat et lui tendit des perles de verre en couleurs.

— Pour tes cheveux, dit-elle. Regarde, il y en a de toutes les teintes et de toutes les formes.

Elle les posa dans le creux de sa paume rose, les observa, les retourna et les fit rouler doucement les unes contre les autres. Puis Méryet prit l'une de ses tresses, ôta la boucle d'ivoire et y mit une perle mauve de la couleur d'une améthyste. Elle recommença l'opération avec une autre natte en y ajoutant une perle, verte comme la malachite. Puis en orna une troisième d'une perle jaune d'or. Enfin, une quatrième d'une rouge semblable à de la cornaline.

L'adolescente souriait à sa nouvelle amie. Elle avait des dents si impeccablement blanches et brillantes qu'elles ressemblaient à de menus coquillages de nacre oubliés sur l'immense plage ocrée par le soleil d'Afrique.

Quand toute sa chevelure fut emperlée de couleurs, Méryet lui prit la main et elles allèrent retrouver la tribu qui s'agitait devant la statue de grès rose représentant Hatchepsout et le dieu Amon. Infatigables, ils reprirent leurs danses frénétiques.

Neb-Amon était assis en retrait, non loin de sa tente. Quand la folie des hommes fut un peu rassasiée et que l'on parla de commencer le festin, Séchat s'approcha du roi Parehou.

— Sais-tu, roi du Pount, que nous avons aussi parmi nous le plus brillant des médecins.

— Médecin !

— C'est ainsi que nous appelons l'homme qui nous soigne quand nous sommes malades ou blessés.

— Mourir ! répéta encore Parehou.

— Pas forcément mourir, fit-elle, guérir aussi. Viens.

Elle entraîna Parehou que suivit aussitôt le petit âne qui transportait la reine Ity.

— Il serait bon, Neb-Amon, que tu leur montres tes remèdes afin de les rassurer sur ce point. Qu'ils puissent se rendre compte que nous sommes un grand pays en matière de médecine. Peut-être te feront-ils voir aussi la manière dont ils soignent.

Neb-Amon se plia de bonne grâce et leur ouvrit sa sacoche de remèdes, étala sur une toile ses outils de médecine, ses scalpels, ses aiguilles, ses ciseaux, montra ses pommades, ses pansements, ses pots d'herbes séchées, ses fioles où macéraient ses plantes et ses extraits de roches médicamenteuses.

Plus loin, Benhoutty regardait sans mot dire.

Quand les cadeaux furent tous distribués, on commença le festin. Il ne manquait rien au repas. Jungle et forêt fournissaient aux Pountistes les viandes de gibiers les plus divers qu'ils faisaient macérer dans de grandes feuilles arrachées aux arbres. De la mer, ils tiraient du poisson en abondance. On goûta de fines chairs blanches que l'on retirait des coquilles. Jamais encore les Égyptiens n'avaient mangé de crustacés, ces curieuses substances qu'il fallait extirper, une fois cuites, de ces grosses carapaces rougies aux pinces énormes.

Les Égyptiens semblaient fort contents. Des boissons fraîches accompagnaient les mets. Une liqueur savoureuse les grisa un instant. Mais, peu importe, dans quelques moments tous rentreraient sous leurs tentes et dormiraient d'un profond sommeil jusqu'au lendemain.

Soudain, une grande fille noire s'approcha de Séchat. Elle tenait une coupelle de bois dans chaque main. Elle en tendit une à la Grande Scribe royale qui la regardait avec des yeux arrondis. Puis, sans rien dire, elle se dirigea vers Néhésy et lui tendit l'autre.

— Ne bois pas, chuchota Neb-Amon à Séchat. C'est un aphrodisiaque. Ces gens veulent t'accoupler avec un des leurs.

— Avec un des leurs ! murmura la jeune femme.

Puis, elle vit que Néhésy buvait le breuvage sans inquiétude. Alors, elle remarqua les yeux rouges de Benhoutty fixés sur elle.

— Comment vais-je faire ? murmura-t-elle. C'est un affront si je ne bois pas. Regarde, Néhésy accepte leur coutume.

— Tu n'es pas Néhésy, souffla prudemment Neb-Amon à son oreille. Je t'en prie, ne bois pas.

Séchat hésita. Elle sut à cet instant que Benhoutty la désirait. Elle regarda Hatchepsout. Ses yeux étaient sévères, impératifs. Elle avait son attitude de souveraine qui exigeait, ordonnait l'équilibre et le bon déroulement de cette expédition.

À nouveau, elle regarda Neb-Amon. Il l'enjoignait à ne pas boire. Sakmet qui l'observait dirigea ensuite ses yeux ironiques et impertinents vers le médecin. Trop heureux d'apercevoir une ombre menaçante sur le bonheur si neuf de son ancienne compagne.

Séchat se détourna des yeux moqueurs. Certes, Sakmet pouvait fort bien se plier à l'exigence d'une aussi curieuse coutume sans que cela ne l'indispose.

Mais Neb-Amon était d'une autre trempe. Comment pouvait-il accepter la servitude de telles mœurs ? Il croisa le regard froid d'Hatchepsout, un regard soudain insensible. Avait-elle compris le lien qui enchaînait désormais son médecin à Séchat ? Ne risquait-il pas de se voir évincer de la cour avant même qu'il ne fasse ses preuves de praticien confirmé ?

Comment pouvait-il oser, lui médecin de petite envergure, médecin des pauvres de Thèbes, promu soudainement à toutes les gloires que lui offrait la pharaonne d'Égypte, affronter une telle situation ? À peine l'expédition serait-elle de retour à Thèbes qu'Hatchepsout l'expulserait s'il touchait à sa scribe.

Séchat eut un tremblement. Pourquoi Hatchepsout se mettait-elle toujours en travers de ses sentiments ? Pourquoi ne supportait-elle pas que sa compagne jouisse d'un bonheur qu'elle ne connaissait pas ? Déjà, elle lui avait barré la route en envoyant son jeune époux se faire tuer dans le Mitanni. Puis, elle n'avait pu supporter l'amour qu'elle avait eu pour Djéhouty.

Seul, car là encore la pharaonne avait été au courant, le bref lien passionnel qui l'avait unie à Sakmet l'avait laissée indifférente.

Tout à coup, Séchat eut la révélation qu'Hatchepsout ne supporterait pas sa liaison avec Neb-Amon. Lui devait-elle obéissance en tout point ? Si elle buvait ce breuvage, elle signait son acceptation de partager la couche de Benhoutty.

Bouhen, sa région native aux limites de la Nubie, était trop proche des pays africains pour qu'elle en ignorât certains rites identiques. Mais Séchat n'avait aucun époux pour la protéger de ces coutumes.

— Majesté, fit soudain Neb-Amon en s'inclinant bas devant la reine, vous savez fort bien à quoi sert ce breuvage.

Elle toisa son regard.

— En temps que médecin, poursuivit-il, j'en connais chaque ingrédient. Si Séchat, votre Intendante des Scribes en absorbe une seule goutte, elle restera dolente, inconsciente, incapable de réagir et de travailler. Son esprit sera fermé plusieurs jours durant, peut-être plusieurs semaines, et incapable de s'agiter et de réaliser la besogne que vous lui avez ordonnée.

Surprise par un propos aussi vrai, Hatchepsout réfléchit.

— Vos bas-reliefs, Majesté, poursuivit encore Neb-Amon attendent les inscriptions les plus authentiques et les plus osées de ce voyage. Or, c'est ici que commence le vrai travail de Séchat. Une besogne que personne d'autre qu'elle ne pourra faire à sa place. Voulez-vous en être privée ? Tout est à raconter, à révéler à votre peuple et cela pour le plaisir des dieux.

Neb-Amon vit qu'il avait touché juste. Séchat soupira. Dieu de Thot ! Plutôt mourir que de partager la couche de cet Africain aux yeux rouges. Elle s'égara un instant en pensant aux caresses inépuisables du médecin. Son regard plongea dans le sien, mais n'y resta pas. À cet instant, il sut qu'il ne pourrait approcher Séchat de trop près, encore moins aller la rejoindre sous sa tente sans avoir le chemin barré par Benhoutty.

Hatchepsout glissa un œil vers Néhésy. Neb-Amon se retourna vers lui.

— Ton breuvage n'est pas le même que celui de Séchat. Il ne va pas t'enlever les facultés de réflexion. Il stimulera simplement tes fonctions sexuelles.

Le roi Parehou et son opulente femme, la reine Ity, souriaient un peu béatement et approuvaient de la tête. Leur unique fille épouserait bien Néhésy, l'ambassadeur d'Hatchepsout. L'essentiel de leurs coutumes étant préservé, les danses et les chants reprirent de plus belle.

CHAPITRE XI

Sous une voûte de feuillage, un jeune gorille apparut. Sans doute moins méfiant que ses congénères cachés dans les branchages du baobab, il épiait chacun des gestes du chasseur, sachant que sa lance levée ne lui était pas destinée.

Craintifs, ces gorilles au pelage épais et dru n'attaquaient que lorsqu'ils se trouvaient en danger. Et, à moins d'exciter leur colère, ces grands singes qui avaient fait l'étonnement des Égyptiens ne bougeaient ni ne se montraient dès qu'un souffle ou un pas inhabituel venait déranger leur repaire.

Bien qu'habitués à la jungle, les chasseurs africains avançaient avec une certaine réserve. D'épaisses tiges ligneuses poussaient du sol, formant un tapis de végétation intense qu'il fallait fouler, par instants, avec difficulté, cisaillant, hachant, piétinant sans ménagement les plus gros branchages qui leur faisaient obstacle.

L'atmosphère chaude, presque insupportable, devenait humide, chargée d'une odeur imprégnée de mousse et de brindilles écorcées de frais qui, aussitôt, s'asséchaient dès qu'un brin ardent du soleil venait les encercler.

Prudemment, car il ne fallait pas trop alerter les habitants quadrupèdes de cette brousse agitée, l'équipe suivit pendant quelques heures une rivière emportant des eaux tumultueuses et bruyantes.

Un rocher encastré dans la verdure permettait d'en voir la source. L'eau venait du sommet et en coulait abondamment comme une fine colonne dont la transparence n'était troublée que par la rapidité de son débit, entraînant avec elle des volutes aussi blanches que l'écume du grand océan.

Au bas du torrent, juste à la jointure du rocher et de la rivière, surgit une colonie de pélicans qui s'agitaient et s'ébrouaient dans l'eau comme des cuirassés emplumés. Quelques flamants roses, étagés sur leurs longues pattes étirées en un fil presque invisible, leur tenaient compagnie. Une brume épaisse se leva et les auréola d'une teinte grise, un peu bleuâtre qui rappelait les aubes naissantes sur les bords d'un Nil bien lointain.

Parehou, ses deux fils et Néhésy étaient en tête. Certes, les facultés de réflexion n'avaient guère été atteintes chez Néhésy et Neb-Amon le soupçonnait presque d'avoir sciemment repris de ce breuvage mystérieux tant il était euphorique, à la limite de l'inconscience. Il avançait, parfois, au-devant de Parehou, sans crainte ni réserve, comme s'il n'avait jamais quitté la brousse.

Grand chasseur au temps de sa jeunesse, il est vrai qu'il retrouvait d'instinct tous les réflexes des tribus ancestrales qui l'avaient mis au monde. Sa lance levée, l'œil et le pied en alerte, il avançait au rythme du convoi.

De curieux reptiles, raccourcis de corps mais à l'écaille rugueuse et aux cornes en forme d'éperons, glissaient silencieusement devant eux. Ils avaient d'étranges formes préhistoriques et, d'après les Pountistes, ils ne présentaient aucun danger, pourtant mieux valait s'en écarter, car les traditions, disaient-ils, répercutaient que ces curieux petits sauriens étaient de mauvais augure.

Hatchepsout suivait dans une chaise à porteurs. Quatre Africains avaient été désignés pour la convoyer. Étonnée par chaque bruit, chaque couleur, chaque forme, elle restait aux aguets de tout. Ce gigantisme qui, pour une fois, n'était ni la pierre de ses pyramides, ni la structure de ses colonnes ou la taille de ses statues, ni la prestance et la majesté de ses temples la surprenait à chaque pas davantage.

Ici, les fleurs avaient une taille qui dépassait celle de l'homme, les plantes sortaient de terre comme une colonne vivante, ondoyant au moindre souffle du vent, les arbres avaient des sommets qui se perdaient, se confondaient dans un ciel que l'on ne pouvait plus voir tant la densité de leurs feuillages l'obstruait.

Mais, si paradoxal que cela puisse paraître, l'ardeur du soleil arrivait à percer ce mur sombre de verdure et à l'éclairer comme l'aurait fait une torche géante allumée.

Parehou et ses fils semblaient satisfaits. L'équipe avait bien avancé et, demain au plus tard, après avoir atteint la nouvelle zone de végétation, dressé les tentes en pleine jungle, passé la nuit et s'être reposé des premières fatigues de la marche, les Égyptiens verraient enfin les éléphants, les buffles, les girafes, les rhinocéros et, avec un peu de chance et beaucoup d'habileté, peut-être pourraient-ils en capturer un.

Sakmet et Senenmout qui, ni l'un ni l'autre, n'étaient des chasseurs accomplis, avaient pour mission de veiller sur Hatchepsout. C'est donc avec infiniment de précautions qu'ils encadraient la reine, avançant lentement au pas de la chaise à porteurs. Ce qui, d'ailleurs, les arrangeait fort bien, préférant regarder là où ils posaient le pied.

Aucune autre femme à l'exception de Séchat ne faisait partie de l'équipe. Ses scribes, qui n'avaient ni sa détermination ni son enthousiasme à découvrir un pays inconnu, étaient de toute façon trop effrayés par le danger d'une chasse aussi périlleuse pour l'accompagner. À l'exception de Mettouth qui semblait partager l'entrain de Séchat, ils étaient tous restés au camp.

Wadjmose, lui aussi, avait refusé de quitter sa maîtresse. Ce n'était pas que la chasse proposée par le roi du Pount l'enchantât particulièrement, mais il tenait à veiller sur celle qui assurait ses jours, sa vie et plus tard sa retraite.

Encadrée par les deux hommes, Séchat suivait à quelques mètres derrière.

Sur l'ordre d'Hatchepsout et bien que cela le contrariât, Neb-Amon était passé au-devant du convoi. Épaules et torse dénudés, un court pagne blanc enroulé autour de ses reins, la sacoche en cuir qui ne le quittait pas, accrochée sur son dos pour garder les mains libres, il devait prévenir la conséquence de chaque embûche mettant en péril l'un des membres de l'équipe égyptienne.

Hélas, éloigné de sa compagne, il ne pouvait en assurer la protection et son instinct lui disait qu'elle frôlait un danger.

À l'aube, quand le petit convoi s'était mis en route, il s'était pourtant rassuré en voyant que Mettouth et Wadjmose l'accompagnaient. Un instant, il avait craint que celle-ci ne soit encadrée de quelques Pountistes ne veillant sur elle que très approximativement, encore qu'il ne soit pas sûr que ceux-ci n'aient été soudoyés par leur ambassadeur.

Car Benhoutty fermait la marche non loin de Séchat et le départ n'avait pas été sans menaces. La jeune femme s'était levée les yeux battus et troubles, la bouche pâteuse, les jambes molles et le pas traînant. Ce qui n'était guère dans ses habitudes. Neb-Amon l'avait même vue saisir d'un geste imprécis le couteau que lui tendait Benhoutty afin de trancher les lianes gênantes sur son passage.

Lorsque inquiet, il lui avait demandé si tout allait bien, elle avait à peine répondu et, contrairement à ses façons d'agir, elle n'avait dirigé vers lui aucun regard, formulé aucun mot, esquissé aucun sourire, se contentant d'attendre passivement que le convoi démarre.

Neb-Amon se tourmentait et ses doutes grandissaient. L'ombre de Benhoutty qui refusait de quitter le sillage de la scribe avait achevé de le convaincre. Depuis la veille, il avait obstinément décrété qu'il assurerait l'arrière du convoi. Il était évident que la jeune femme avait absorbé une potion d'envoûtement et qu'elle frôlait un danger à l'égal de tous ces fauves reniflant l'approche de l'homme qui portait sur eux la menace de mort.

Séchat était momentanément sous l'influence de Benhoutty et, pour l'instant, Neb-Amon ne pouvait rien y faire. Mettouth et Wadjmose qui avaient reçu l'ordre de l'avertir dès qu'une anomalie se présenterait tentaient d'apaiser sa frayeur.

C'était néanmoins une piètre consolation quand le médecin voyait que leur courage n'était qu'apparent et qu'au fond de leurs entrailles grandissait une panique insoutenable. Ni l'un ni l'autre, même dans les grands déserts d'Égypte, n'avaient dû affronter le seul grand fauve qui s'y trouvât, le puissant lion dévastateur. Mais leur permanente présence empêcherait, au moins, que Benhoutty ne s'approche trop près d'elle et surtout qu'il ne la couchât sur un lit de verdure pour se l'approprier.

Quand le premier soir tomba sur la savane, on dressa les tentes et on alluma des feux pour écarter les bêtes dangereuses.

Un champ hérissé de feuilles d'agaves arrêtait leur premier parcours. Ces feuilles géantes aux racines bulbeuses fournissaient aux Africains un produit avec lequel les femmes confectionnaient des paniers, des sacs, des récipients plats et creux aussi solides que du bois, mais qui présentaient l'aération nécessaire pour certaines de leurs conservations. Des artisans que Séchat avait déjà vus travailler les décoraient avec talent et imagination. Les couleurs s'y mêlaient avec harmonie. Les ocres, les noirs, les blancs s'y fondaient, s'alignaient et se superposaient. La flexibilité de ce sisal leur permettait aussi de confectionner des cordages qui résistaient aux poids les plus lourds. Ils accrochaient les extrémités à un arbre et y suspendaient les charges de leurs récoltes ou les produits de leurs commerces.

Le silence du camp, dressé au centre de la petite clairière qui leur était apparue fort reposante, faisait ressortir la multiplicité des cris, des pépiements d'oiseaux, des clameurs, des appels, des bruissements du petit gibier de la savane et, plus au loin, des barrissements qui annonçaient l'approche de l'éléphant.

Dans les tentes, derrière lesquelles se profilaient les ombres dessinées par les torches allumées, chacun s'endormit au rythme étrange et désordonné de la brousse pour être dispos à l'aube suivante.

Mais, cette nuit-là, Séchat ne put fermer l'œil. Ce n'était pas qu'elle fût inquiète, car elle paraissait inconsciente, mais attirée étrangement par le mystère obscur de cette atmosphère, elle attendit que chacun soit endormi pour sortir de sa tente. Sa tête bourdonnait, il lui semblait tout voir flou, comme dans une bulle géante et opaque. Rien n'avait plus d'odeur, de contours, de couleur. Rien ne l'effrayait et elle avança dans la jungle.

Silencieuse, elle se glissa dans les herbes hautes qui la cachaient presque entière.

Dans la nuit bleutée qui se levait, elle aperçut au loin des girafes qui surveillaient leur territoire du haut de leur cinq mètres en balançant leur grand cou avec une imperturbable dignité.

Même les zèbres qu'elle rencontra dans sa promenade insensée et solitaire ne la perturbèrent pas. Profitant de la nuit pour traverser la savane, ils soulevèrent des nuages de poussière en galopant vers l'horizon strié d'étoiles et de constellations.

L'un d'eux la frôla, elle fut déséquilibrée, tomba et voulut se relever, mais ses jambes lui paraissaient de plus en plus pesantes, comme si l'on y avait attaché un poids qu'elle ne pouvait ôter.

En se remettant sur pied, elle leva les yeux et aperçut la panthère. Elle était majestueuse. Étendue nonchalamment sur les branches d'un arbre, elle surveillait tout ce petit monde qui ne semblait pas vouloir l'attaquer. Passive, elle ne bronchait pas. Seuls, ses yeux de feu observaient les gestes alanguis de Séchat.

— Tu es bien seule, murmura-t-elle, inconsciente du danger monstrueux qu'elle courait. Aurais-tu, toi aussi, des peines de cœur ?

Le fauve ouvrit la gueule, mais ne bougea pas. Ses deux pattes avant tombaient avec une apparente mollesse le long de la branche nue.

— Dis-moi, jolie panthère, poursuivit-elle en pointant son index vers le fauve, dis-moi qui tu aimes.

Séchat s'approcha de l'arbre. Il n'était pas très haut et l'animal se trouvait juste au-dessus de sa tête. Elle plissa les yeux, releva le front et plongea toute son inconscience dans le regard du fauve.

— Parle-moi, belle panthère ! Parle-moi, je t'en conjure. Et dis-moi si la reine, qui est aussi ma souveraine, cassera sans cesse mes instants de bonheur ? Ne puis-je donc travailler pour elle et aimer pour moi ?

Plissant toujours ses paupières, elle recula pour mieux observer le gros félin. Sa gueule s'était refermée. La fixité de ses yeux jaunes ne quittait pas Séchat. Négligemment, il ramena l'une de ses pattes avant sous son menton tacheté de brun et en lapa l'extrémité d'un grand coup de langue.

— Tu es gentille, toi, fit Séchat en observant les longues moustaches frémissantes de l'animal. Si tu m'appartenais, je t'appellerais « Déesse ». N'es-tu pas la reine de la brousse ?

La panthère reposa sa patte sur la branche. Puis, elle ouvrit à nouveau sa gueule et rugit doucement. C'était comme un léger roulement de tambour, une musique rauque et diffuse qui prenait Séchat à la gorge, au ventre, à l'esprit.

— Viens avec moi en Égypte, murmura-t-elle en tendant sa main vers le fauve, je prendrai soin de toi et je t'aimerai.

Les narines de la panthère frémissaient. Entre ses quatre énormes canines, elle pointa une langue rose et onctueuse.

— Allons, viens, « Déesse » ! Descends de ton perchoir et fais-moi visiter ton domaine.

⁂

À l'aube, quand le premier barrissement d'éléphant se fit entendre, tous les chasseurs furent à l'affût. Sauf Neb-Amon qui, prudemment, rôdait dans le sillage de Séchat.

S'approchant de sa tente, il vit qu'elle était vide. Inquiet, il partit à sa recherche. Où étaient passés Wadjmose et Mettouth ? Leur absence lui parut aussi redoutable que celle de la jeune femme.

Si Séchat n'était ni dans les parages du camp qui, dès l'aube, avait plié les tentes, ni dans le convoi qui commençait à suivre la piste de l'éléphant, c'est qu'on l'en avait écartée et tout laissait supposer que Wadjmose et Mettouth étaient partis à sa recherche.

Le médecin sentit ses esprits dériver vers l'hypothèse la plus brutale. Avec une réserve qui n'avait d'égale que sa prudence instinctive, il s'avança dans la jungle qui fourmillait de bruits divers. Voilée par une brume bleuâtre, la cime des arbres disparaissait par instants de son regard, laissant de grands espaces de verdure qui n'attendaient que la persistance du soleil. Les herbes encore fraîches fléchissaient sous ses pieds. Posant ses yeux là où il posait chaque pas, il remarqua que certaines avaient été tranchées, marquant un passage assez récent. C'était un bien maigre accès que ce terrain à moitié battu, mais il le suivit sans attendre.

Hélas, la mince issue ne le renseigna guère et, rapidement, il dut se rendre compte qu'il ne menait qu'à un enchevêtrement de branches et d'herbes humides qui, bientôt, seraient séchées par les premiers rayons solaires.

Entre deux arbres, il vit un zèbre se faufiler. Sans doute avait-il perdu ses congénères car, levant la tête et humant l'air, il essaya de s'orienter. Dans le demi-jour, ses rayures blanches et noires semblaient défier la nature environnante qui bouillonnait de couleurs vives.

Des oiseaux multicolores s'ébrouaient dans les feuillages qu'un vert intense avivait. Perroquets, ménates, passereaux au plumage rouge bariolé de jaune, petits gibiers des savanes au bec orangé, reptiles aux écailles brunes et dorées, tout s'agitait intensément mais, pour Neb-Amon, rien ne menait vers une piste concrète.

Un instant, il faillit faire demi-tour, puis un rugissement lui fit lever les yeux. La panthère le fixait de ses yeux jaunes et cruels.

Effrayé, il recula. Sa main se porta sur la ceinture de son pagne, là où pendait son couteau de défense.

Comme le fauve ne bougeait pas, Neb-Amon put s'accorder l'instant d'une seconde de déconcentration. Parmi les herbes foulées qui, tout à l'heure, avaient attiré son regard, une forme humaine gisait étendue.

Son cœur se mit à battre violemment. Sans plus penser au mouvement précipité qu'il effectuait pour s'approcher du cadavre – geste qui pouvait mettre la panthère en colère – il s'avança et reconnut le corps de Wadjmose avant même qu'il ne le retournât pour identifier son visage.

Le félin lui avait planté ses crocs puissants dans la gorge, la traversant de part en part. Un jet de sang qui devenait déjà noirâtre séchait le long de son cou presque tranché en deux. Neb-Amon frémit d'horreur mais, bien que son ventre tremblât d'angoisse, ses esprits se clarifièrent en même temps que les secondes passaient. Il s'en remit aux dieux et décida d'abandonner sa peur.

Levant les yeux, il s'assura que le fauve ne bougeait pas. Puis, il se pencha à nouveau sur le corps de Wadjmose, ramassa le poignard qu'apparemment il n'avait pas eu le temps d'utiliser pour se défendre et, puisque la panthère restait immobile, décida de poursuivre ses recherches. Ce félin ne devait attaquer que s'il s'y trouvait obligé et Wadjmose avait dû le provoquer de sa lame affûtée. Certes, le médecin ne commettrait pas la même erreur.

Il ne fit que quelques pas. Et sentant la présence de l'animal dans son dos, son front s'embua de sueur et ses jambes tremblèrent. D'un bond souple et silencieux, le fauve avait sauté de l'arbre d'où il était juché et s'avançait tranquillement vers Neb-Amon, balançant ses reins souples au rythme de sa marche lente et l'observant de ses yeux jaunes et perçants.

Alors, le médecin fit ce que les dieux lui suggérèrent. Il s'arrêta, se retourna puis, fixant sans crainte apparente la panthère, il s'assit le plus sereinement possible dans l'herbe haute pour être au ras de l'animal. Le fauve se coucha devant lui et attendit.

Ils restèrent de longues minutes à s'observer. Le fauve était intelligent, habile, observateur. Peut-être était-ce un de ces jeunes mâles qui, dans sa horde, avait été vaincu par un plus fort et rejeté hors d'elle pour aller fonder ailleurs sa famille. L'animal semblait solitaire. Ses yeux perçaient avec une avidité sans cesse croissante ceux du médecin. Que faire d'autre que de rester là sans bouger ? Le moindre geste pouvait déranger le fauve. Qu'avait fait Wadjmose pour provoquer sa colère ? Un faux pas ? Une parole blessante ? Un geste de chasseur ? Il se mit à espérer et le battement de ses tempes s'estompa. Si le fauve ne l'agressait pas, il n'avait pas pu tuer Séchat.

Au travers des grands yeux jaunes qui s'ouvraient démesurément sur lui, il chercha à comprendre. Puis, le fauve se mit à rugir doucement et Neb-Amon lui tendit la main.

— Sais-tu où est Séchat ? murmura-t-il. Dis-moi où elle est allée.

Balançant sa gueule grande ouverte dans un mouvement circulaire, le fauve agita sa longue queue, se leva et marcha docilement dans la direction opposée d'où venait le médecin. Ce fut le chemin du camp qu'ils suivirent.

Pourtant, à l'aube, toutes les tentes avaient été pliées. La seule qui restait, celle de Benhoutty, n'avait pas attiré son attention.

Lorsque Neb-Amon vit Mettouth étendu non loin dans les herbes humides, somnolant profondément, il comprit que l'Africain qui remplissait avec tant de compétence le rôle d'ambassadeur du roi Parehou tenait, avec autant de brio, celui de sorcier du village.

⁂

Nu devant la jeune femme envoûtée, Benhoutty tenait les bras levés au ciel et récitait des incantations qui sortaient de sa gorge comme les roulements des petits tambours que frappaient ses congénères lorsque la fête battait son plein au village des Pountistes.

Le corps enduit d'huile et de cendre grise, il avait un aspect fantomatique. Des petits os longs et pointus, enfilés les uns à côté des autres, entouraient son cou aussi large et puissant que celui d'un taureau. Et, sur sa tête aux cheveux noirs et crépus, il avait posé une coiffure en peau de rhinocéros surmontée de la corne épaisse qui lui apportait pouvoir et virilité.

Séchat était à terre, allongée sur un lit de feuilles fraîches que Benhoutty avait disposé pour elle. Son attitude restait molle, relâchée, plongée dans une inconscience complète. Son corps avait été dépouillé de sa tunique et enduit de la même huile odorante que l'Africain avait passée sur le sien.

Qui aurait reconnu Séchat, la Grande Scribe royale de la pharaonne Hatchepsout dans cette pose qui laissait suggérer l'abandon le plus total ?

Pourtant, ses jambes longues et fuselées restaient obstinément serrées l'une contre l'autre, offrant juste au regard le velours de sa toison pubienne.

Ses bras amorphes, inconsistants, détendus par le breuvage qu'elle avait dû absorber la veille, étaient alignés contre son buste et laissaient voir ses mains aux doigts écartés et aux paumes retournées vers le ciel.

Posées à même le sol, deux torches allumées l'encadraient. Elles éclairaient faiblement l'intérieur de la tente mais, orientées vers la jeune femme, leurs lueurs vacillantes permettaient d'en distinguer l'ensemble.

Benhoutty termina son oraison en s'inclinant bas, le front touchant la terre, les mains plaquées au sol, implorant les sorciers ancestraux qui devaient guider son acte.

Puis, il se releva, saisit un récipient en terre cuite et y plongea vigoureusement la main. Quand il la ressortit, elle était emplie de cette braise éteinte, gris argenté, brillante dans la demi-obscurité du lieu où, depuis l'aube, il appelait la magie de son pays.

Il s'approcha de la jeune femme et commença à dessiner un grand cercle entourant son nombril. La cendre colla aussitôt sur l'huile qu'il avait déposée quelques instants auparavant. Puis, il entoura de la même façon chaque sein et descendit la cendre sur le ventre, recouvrant entièrement le pubis sombre et frisé de la jeune femme.

S'écartant, il admira son œuvre et reprit ses incantations, plus gutturales encore et, brusquement, comme si un dieu ancestral lui dictait de se taire, il se tut. L'instant planait, lourd, épais, aussi pesant qu'un tronc desséché de baobab, aussi insidieux que le lent et implacable déroulement des anneaux d'un cobra.

Benhoutty avait les narines ouvertes, les cuisses frémissantes, le sexe en érection, les yeux rouges et enfiévrés. Il tendit son corps en avant et s'abattit sur Séchat, la fendant de son phallus érigé.

Le cri qu'il poussa fut un hurlement de mort. La panthère avait planté ses crocs dans sa nuque. Le bruit d'un déchirement de toile se fit entendre. De son poignard, Neb-Amon avait tranché la tente aussi violemment que le fauve avait tranché les cervicales de l'Africain.

Neb-Amon s'approcha de Séchat et observa son visage que Benhoutty avait passé à l'huile et à la cendre. Ainsi transfigurée, il ne pouvait détecter aucun symptôme. Il prit son pouls qui battait faiblement, ouvrit sa sacoche médicale et effectua les premiers soins qui permettraient au moins qu'elle retrouvât ses esprits.

Séchat resta inanimée de longues heures encore. Neb-Amon décida de rester sur place et d'attendre le retour des chasseurs qui, automatiquement, devaient repasser par cet endroit. Il soigna Mettouth qui n'était atteint que par un profond sommeil et se préoccupa de creuser un trou pour y déposer les corps de Wadjmose et de l'ambassadeur africain.

Quand Séchat ouvrit l'œil, elle ne se rappela aucun détail. Elle ne put dire à Neb-Amon ce qui lui était arrivé.

Ce fut Mettouth qui raconta l'origine des faits. Séchat avait bu la potion dévastatrice en croyant simplement se désaltérer. Tendue par Méryet qui, elle-même, l'avait reçue d'une petite Africaine, elle ne s'était pas méfiée.

Peu habitué à mener une enquête, Neb-Amon se promit d'en savoir davantage. Il était probable que la petite Pountiste avec laquelle Méryet s'était liée d'amitié soit en cause.

Il questionnerait, apprendrait et saurait. Mais il ne dévoilerait aucun secret qui risquait de mettre en cause la paix et l'amitié qui unissaient la pharaonne au roi du Pount. Cela déstabiliserait le succès de l'expédition égyptienne et, fatalement, les mauvais effets retomberaient sur lui et Séchat.

Neb-Amon se rassura pleinement en se disant que le sorcier n'était plus là pour saccager l'esprit de la jeune femme. N'ayant rien d'autre à faire que de se consacrer à elle, il travailla énergiquement à son rétablissement bien compromis. Inconsciemment perturbé par un acte qui ne pouvait que s'appeler un viol, geste hautement puni en Égypte, il déploya les infinis remèdes d'une immense patience.

Immobile et attentive, la panthère veillait sur eux.

CHAPITRE XII

Dix semaines plus tard, les hommes d'équipage des navires d'Hatchepsout attendaient les Égyptiens au port du Pount qui les avait accueillis quelques mois plus tôt.

En l'absence de la reine et de ses conseillers, ils s'étaient tant familiarisés avec les pêcheurs que ces derniers montaient et descendaient sur le pont des vaisseaux avec une telle aisance qu'on aurait pu les croire de véritables marins.

Penchés à la poupe des vaisseaux, les hommes tendaient leurs filets qui, la nuit tombante, ramenaient de curieux poissons aux couleurs étranges. Écarquillés, les yeux des Égyptiens ne se lassaient pas de voir autant de variétés inconnues fourmiller dans cet océan qu'ils commençaient à connaître.

Ainsi, la vie à bord et la vie à terre s'étaient organisées de façon fort amicale entre Pountistes et Égyptiens, chacun appréciant l'autre pour un jugement divergent, une idée contraire ou un conseil qui se jaugeait, se discutait, s'expliquait.

Pendant ce temps, à l'intérieur du pays, privés de leur ambassadeur Benhoutty, le roi Parehou et son épouse qui avaient tristement hoché la tête à l'annonce de sa mort venaient de fêter, avec leurs invités égyptiens, la nomination de leur fils aîné à ce poste distinctif.

À vrai dire, ils n'avaient pas cherché à en savoir davantage. Chez eux, les grandes chasses dans la jungle entraînaient toujours la mort du plus valeureux des leurs, du plus ambitieux ou du plus imprudent. C'était leur vie, leur loi, leurs usages. Benhoutty mort, ils en nommaient un autre.

Le fils aîné de Parehou ressemblait fort à son père par la hauteur et la prestance de sa stature. Il avait revêtu pour l'occasion un pagne à franges qui retombait sur le sol et enjolivé sa coiffure de plumes d'autruches noires et brillantes.

Son cou était entouré du collier sacré en dents de léopard et la peau de son torse se striait de bandes peintes en rouge rehaussées de cendre grise. Apparemment à le voir si fier ce n'était certes pas lui qui regrettait la disparition de Benhoutty.

Depuis l'aube, le petit port du pays du Pount s'agitait de cris et de rires, de palabres, de va-et-vient permanents, de tourbillons qui volaient en éclats et de gestes grandiloquents qui s'échappaient dans cette atmosphère chaude et brumeuse comme celle d'une aile d'un échassier en course.

Séchat était assise sur une racine de palmier qui bordait la plage. Le sable y était blanc et fin, parsemé de multiples coquillages que ramassaient les Égyptiennes, étonnées de voir que de tels joyaux se trouvassent à même le sol, étincelant dans leur nacre colorée.

Hatchepsout, Néfret, Yaskat et ses amies en avaient tant ramassé que leurs coffres en bois d'acacia étaient pleins à ras bord et ne pouvaient plus se fermer. Certains prenaient la forme de larges coquilles roses délicatement dentelées sur le bord. D'autres s'enroulaient en cônes ocrés et lorsqu'on portait l'orifice à l'oreille, on entendait les flots mugir comme un félin à la recherche de sa proie.

Les plus petits coquillages, à peine enfouis dans le sable, étaient de minuscules joyaux blancs et transparents qui, posés dans le creux de la main, ressemblaient à des pétales de lotus.

Séchat posa un regard vague sur l'océan bleu et tranquille. Les Africains y avaient emmené leurs amis égyptiens pêcher de curieux poissons enfermés dans des carapaces grises qui rougissaient quand on les posait sur la braise. Ils en avaient tous apprécié la chair blanche et s'en étaient largement gavés.

Si les Égyptiennes restaient fascinées devant la magie des coquillages qu'elles ramassaient à pleines mains, leurs compagnons mâles étaient médusés de voir des poissons aussi curieusement carapacés et marcher en s'aidant de pattes articulées dont les extrémités étaient d'énormes pinces sur lesquelles ils tenaient en équilibre.

Plus loin, mais toujours sur la côte, de l'autre côté du village, les gens du Pount avaient emmené leurs invités pour y admirer de curieux rochers en calcaire rouge, aux lueurs si flamboyantes qu'ils avaient aussitôt désiré en ramener des parcelles entières sur leurs vaisseaux.

Bien que les Égyptiens n'ignorassent pas l'existence de ces coraux pour en avoir vu et reçu des fragments en provenance des mers du Sud – qu'ils utilisaient en joaillerie, d'ailleurs fort appréciée d'eux – ils n'en connaissaient pas vraiment l'origine.

Là où ils étaient allés, les coraux groupés en colonie formaient de véritables récifs. L'œil s'y accrochait éperdument comme un insecte à l'écorce de son arbre. Et il n'était pas dit que les Égyptiens reviendraient du Pount sans une cargaison entière du plus beau corail jamais vu.

Séchat qui regardait fixement l'horizon restait écartée de ces multiples splendeurs, étrangère à la curiosité que chacun déployait, indifférente à tout ce va-et-vient qui grouillait sur la plage.

Étonnant environnement, magie de la nature, exotisme qui aurait dû, inévitablement, attirer son attention, mais depuis l'étrange envoûtement que Benhoutty lui avait fait subir et sur lequel elle n'avait fait aucun commentaire, elle ne réagissait plus. Avait-elle tout oublié ou voulait-elle taire un acte qui n'était que pur et simple viol ?

Neb-Amon la soignait afin qu'elle retrouvât son énergie d'antan, mais la jeune femme restait apathique, molle, silencieuse, refusant tout contact et ne parlant plus à personne. Les seuls mots qu'elle marmonnait de temps à autre, les prononçant d'ailleurs comme pour elle-même, n'étaient que regrets et reproches qu'elle se faisait au sujet des deux êtres disparus dans cette expédition, Reshot et Wadjmose.

Mettouth avait pris en main le travail de transcription du récit concernant la fin du voyage et se tirait fort bien d'affaire sans que Séchat n'eût à lui exprimer ses ordres.

Quant à Hatchepsout, qui pressentait que Séchat et le médecin n'étaient pas étrangers aux morts accidentelles de Wadjmose et de l'ambassadeur africain, elle préférait rester en dehors d'un débat qui pouvait ouvrir une querelle entre gens du Pount et gens d'Égypte. Elle devait impérativement terminer ce voyage avec la bonne entente qui en avait caractérisé le début.

Dès qu'à Thèbes tout serait rentré dans l'ordre, elle préviendrait Séchat qu'une nouvelle mission l'attendait, ce qui, fatalement, mettrait fin à son idylle avec Neb-Amon.

Ensuite, la pharaonne exigerait les bons et loyaux services du médecin et lui offrirait, en échange, un budget médical qu'il ne pouvait refuser. Peut-être même l'ouverture d'un hôpital dont il prendrait la direction.

Une telle proposition ne pouvait être repoussée. Quel médecin aussi intègre et scrupuleux soit-il aurait l'audace d'y opposer une clientèle de miséreux ?

Enfin, pour en revenir à Séchat, Hatchepsout exigerait qu'elle parte pour les pays du Sud. Après ce coûteux voyage au Pount, sans doute faudrait-il renouveler les caisses du palais en or et en turquoises ? Peut-être même qu'une expédition dans les pays du Nord serait à prévoir afin d'y traiter le marché des améthystes, des émeraudes et des onyx.

En cela, Séchat était la plus experte des hauts dignitaires dont elle disposait. Même Pouyemrê, son Grand Trésorier resté à Thèbes en son absence, si compétent en matière d'organisation du budget de l'Égypte, si prévoyant et si mesuré dans ses dépenses, n'avait pas ce sens inné des grandes transactions qui caractérisait tant Séchat.

Ses réflexions s'acheminant plus loin encore, la pharaonne s'apprêtait à lui proposer le privilège qu'aucune mère de haute noblesse ne pouvait refuser. Elle ferait de Satiah le second personnage du harem en lui offrant le titre de Seconde Épouse.

Détenant le sang des Dieux, la première place revenait à la princesse Mérytrê, sa propre fille.

Hatchepsout se laissait bercer par ses idées, mais pourrait-elle ainsi acheter Séchat et pourrait-elle pareillement négocier la vie privée de Neb-Amon ?

À présent que le périple du Pount s'achevait et, si les conditions du retour s'avéraient fructueuses, la pharaonne devait songer aux jours prochains. Jouer, miser, gagner ou perdre sur l'élasticité du tempérament de ses sujets devenait sa seconde nature. Si ses desseins étaient faux, resterait toujours la possibilité de les tourner autrement. Pour Séchat, ce dont elle était sûre, c'est qu'elle ne repousserait pas la discussion, trop éprise de ces joutes oratoires qui, déjà, les opposaient depuis qu'elles étaient enfants.

Hatchepsout semblait ravie, détendue, joyeuse. Depuis le matin, alors qu'elle était montée à bord avec la princesse Icha, la pulpeuse fille de la reine Ity qui devait épouser Néhésy, elle ne cessait d'écouter le babillage futile et enfantin des jeunes Africaines qui l'entouraient.

Cachou, la petite servante aux cheveux crépus et à la peau semblable à celle des bédouins du désert, jetait en direction de Méryet des regards interrogateurs. Elle aurait tant voulu rester aux côtés de sa nouvelle amie plutôt que de servir sa maîtresse Icha.

Pourtant, des pourparlers avaient surgi entre la reine et la princesse africaine et, un instant, elle avait entrevu la possibilité de monter à bord du dernier vaisseau, celui qu'on appelait *L'Œil de Thot* pour y servir la jeune femme scribe qui avait bu ce breuvage que lui avait donné Benhoutty.

La jeune Cachou ne pouvait dissimuler son inquiétude. Elle n'aimait pas Icha qui la réprimandait sans arrêt, l'écrasant du poids de sa condition privilégiée de fille de roi.

Si Méryet n'avait pas insisté en lui affirmant que Séchat recherchait une petite servante pour remplacer celle qui avait tristement disparu dans les flots rageurs de l'océan, elle eût elle-même demandé à quitter le Pays du Pount plutôt que de continuer à suivre le sillage de la malveillante Icha.

Mais voilà que les choses se compliquaient. Benhoutty s'était odieusement servi d'elle pour que la jeune scribe absorbe le breuvage qui devait l'envoûter et, par l'intermédiaire de Méryet qui n'était pas au courant, Séchat avait bu.

Depuis, Méryet ne lui parlait plus et la jeune Africaine restait triste. Comment lui faire comprendre que Benhoutty l'avait lâchement trompée et qu'elle ignorait le contenu de la potion ?

À nouveau, ses grands yeux rêveurs se tournèrent vers la danseuse qui étirait ses bras en souplesse, les écartait, les ramenait, recommençait une fois, deux fois, vingt fois.

Ses jambes suivirent la même trajectoire et, d'un bond leste, elle sauta sur le sable mouillé de la plage et rejoignit Néfret qui regardait son époux Thouty charger de lourds tronceaux de bois d'ébène.

Aidés de trois marins au torse brun et huilé, il suait à grosses gouttes tant le tronc était pesant. Deux solides Africains s'approchèrent en proposant leur aide.

— Attention ! jeta l'un d'eux. L'ébène est un bois fragile. Il faut le manipuler avec douceur.

— Par tous les dieux ! jura Thouty en grimaçant sur la goutte de sueur qui obstruait soudain son œil, faut-il que nous ramenions un matériau aussi capricieux que le marbre de Nubie ? Pourquoi n'avez-vous pas de ce beau cuivre du Sinaï si dur et résistant qu'aucun choc ne peut le fendre en deux ?

— Mon chéri, protesta Néfret scandalisée, ce bois est si majestueux que nul ne peut s'énerver sur la manière dont on doit le manipuler.

Néfret restait en extase devant la splendeur de ces bûches épaisses, pleines, joliment veinées, à la couleur sombre et luisante qui rappelait la somptuosité d'un marbre poli.

Elle caressa voluptueusement le lustre noir des troncs coupés.

— Il faudra en acheter quelques-unes, mon chéri, ajouta-t-elle en s'écartant des hommes qu'elle gênait dans leurs gestes.

Thouty grommela un vague acquiescement et, sous le poids, roula des épaules pour mieux sentir le chargement qui le ployait en deux.

— Nous confectionnerons un coffre pour y mettre mes vêtements d'apparat, dit-elle encore et, sans attendre la réponse de son époux, elle regarda Méryet qui s'avançait vers elle.

— Me cherchais-tu, Méryet ?

— Oh ! Néfret, s'exclama la jeune fille, on ne cherche plus personne sur cette plage. Nous y sommes tous réunis. À vrai dire, je m'inquiète sur le sort de Séchat.

— Que lui est-il donc arrivé ? Depuis la chasse, je n'ai pu lui parler. Aurait-elle absorbé l'élixir aphrodisiaque que ce sorcier voulait lui faire boire ?

Elle porta ses mains à son front.

— Dieu merci ! Mon époux m'a sauvée d'une telle calamité.

— Tu savais donc ! jeta la voix étonnée de l'adolescente.

— Voyons, Méryet ! Tout le monde sait. Seulement chacun se tait.

— Pourquoi ?

Néfret soupesa des yeux l'effort qu'accomplissait son mari pour soulever l'énorme tronc d'ébène. Puis, son regard revint à Méryet.

— Il serait imprudent, pour ne pas dire incorrect, de critiquer les mœurs de ces gens. C'est dans leur tradition d'agir ainsi et nul ne peut intervenir. C'est le pouvoir des hommes sur les femmes.

— Mais si les femmes ne sont pas consentantes ?

— Que tu es jeune et naïve ! C'est justement quand elles sont insoumises qu'ils utilisent de tels procédés. Tu es assez grande pour comprendre ces choses-là. N'est-ce pas, Méryet ?

La petite hocha la tête.

— Je sais. J'ai été agressée plusieurs fois par des hommes aux yeux cruels lorsque je dansais sur les places publiques. Mais je suis leste, agile, prompte à la défense et je me suis toujours tirée d'affaire.

— Eh bien, au temple tu ne craindras rien, fit Néfret en agitant sa main en direction de Thouty qui la regardait avant de disparaître dans les méandres des sombres cales de *L'Horus*.

— Je sais, fit la petite, et cela me comble de joie.

Elle jeta son regard bleu et velouté dans les yeux maquillés de Néfret. Elle était la seule parmi toutes les Égyptiennes de l'expédition à poursuivre ses habitudes. Et, rien ne lui faisait défaut : tenue vestimentaire, perruque en cheveux naturels, sandalettes en cuir souple, bracelets, gorgerins et, mieux encore, perfection de son maquillage.

Méryet soutint le regard allongé de Néfret.

— Puis-je te poser une question ? dit-elle avec réserve.

— Bien sûr, fit Néfret en souriant.

— C'est Cachou qui m'a donné le breuvage.

— C'est une confidence que tu me fais là. Ce n'est pas une question. Savait-elle ce qu'elle faisait ? reprit Néfret. Cachou me semble bien jeune encore pour comprendre la subtilité de ces pièges. À mon sens, elle ignorait tout.

— Vrai ? murmura la petite.

— Je pense plutôt que Benhoutty a su parfaitement utiliser sa naïveté.

Un large sourire éclaira le visage de la fillette.

— Alors, je peux lui pardonner ce qu'elle a fait à Séchat et la garder comme amie. Elle ne m'a pas trompée.

Néfret caressa la joue de l'adolescente.

— Bien sûr qu'elle peut rester ton amie. D'ailleurs, elle doit être bien seule sur le vaisseau de la reine. J'ai cru entendre la princesse Icha la sermonner vertement à plusieurs reprises.

— Je crois que la fille du roi est très envieuse de sa beauté.

— Ma pauvre enfant ! Voici encore une chose que tu devras apprendre. Les jalousies qu'alimentent les femmes sottes ne sont pas près de s'éteindre.

⁂

Aidés par les Africains, tous de solides gaillards à la forte musculature, les marins égyptiens déposaient sur le pont les larges colonnes d'ébène. Déjà neuf troncs encombraient les voies d'accès que *L'Hathor* leur laissait. Il avait fallu dégager les cordages, les câbles, les voilures et tout ce qui gênait le passage.

Mais, inévitablement, il fallait à présent réquisitionner le pont de *L'Horus* pour caser les troncs que l'on devait encore embarquer.

Une partie des arbres à encens avait été chargée. Déposés avec une infinie précaution, ils s'infiltraient entre chaque tronceau d'ébène, faisant surgir dans le ciel démesurément bleu leurs branches odorantes et leurs feuillages non moins aromatisés.

Du bastingage de son vaisseau, Hatchepsout surveillait le chargement. Les ponts et les cales de *L'Horus* semblaient déjà pleines et celles de *L'Hathor* menaçaient très vite d'être comblées.

Les Africains grimpaient à présent le pont de *L'Anubis* et, dans un joyeux entrain de cris et de clameurs, ils y déposaient les sacs d'épices, de myrrhe, d'antimoine, les blocs de résines aux formes étranges, les sacs de gommes et d'écorces aromatiques.

Senenmout veillait au bon déroulement du chargement. À présent, on apportait les défenses d'éléphant. Elles étaient imposantes, lourdes, mesuraient presque deux mètres et se teintaient d'un blanc ocré aux délicates veinules opaques. Elles étaient aussi claires que l'ébène était sombre, mais aussi splendidement lustrées.

Senenmout recula brutalement devant deux hommes d'équipage qui portaient un chargement d'ivoire. Râblés, courts et robustes, le pagne s'arrêtant aux genoux et les pieds solidement accrochés au sol, ils soulevaient l'énorme barre, mais visiblement ne savaient comment la poser à terre.

Senenmout les observait avec suspicion. Voyant qu'ils allaient la déposer sans ménagement, il bondit en avant.

— Ces défenses d'éléphant ne sont pas des blocs de pierre, rugit-il. Que le dieu des crocodiles vous engloutisse si vous m'en rayez une seule.

— Tu veux rire, jeta un Africain qui, coincé plus loin entre deux chargements, s'esclaffait comme un enfant, découvrant des dents impeccables et blanches, aussi grandes que celle d'un cheval.

— T'ai-je causé, toi l'Africain ? fit Senenmout d'un ton sec. Si tu veux mettre ton grain de sel, aide-les plutôt au lieu de t'esclaffer à t'en briser les côtes.

Dans un éclat de rire, le Pountiste fit un signe à l'un de ses compatriotes qui, l'air effaré, la narine épatée et la lèvre lippue, s'approcha aussitôt. Puis, prenant chacun par un bout la défense d'ivoire, ils la déposèrent à terre sans plus de précautions que l'auraient fait les Égyptiens.

La défense vint heurter le sol dans un bruit sourd et mat. Le plus hilare des Africains se redressa et regarda Senenmout avec un plissement d'œil moqueur.

— Cette chose-là est aussi dure que le mât de ton bateau, fit-il en désignant du doigt l'énorme masse qui venait de s'abattre sur le pont.

— Tu n'es qu'un ignorant, grinça Senenmout, le mât de ce vaisseau est aussi fragile que du verre.

Soudain, il regretta ces mots que la colère lui avait fait jeter. Ne fallait-il pas plutôt montrer à ces gens ignares que tout, sur la Terre des Pharaons, était solidité, sûreté, puissance ?

— Enfin, corrigea-t-il d'un ton plus adouci, c'est votre fichue tempête qui a cassé nos mâts. Cet océan est un véritable démon quand il se déchaîne.

Mais il en fallait plus à ces deux grands chasseurs d'Afrique pour les effrayer et ce n'était pas la subite colère d'un Égyptien qui allait les impressionner.

Ils se tapèrent les côtes en riant aux éclats.

— Si tes bateaux n'avaient pas de mâtures, dit le plus grand, il n'y aurait eu aucun dégât.

Senenmout haussa les épaules. À quoi bon discuter ? Ces gens étaient aussi bêtes que des cochons, plus retardés encore que ses propres ancêtres au temps des dynasties anciennes.

Néhésy était stupide à vouloir les considérer comme de proches amis. La grosse princesse pountiste qu'il allait épouser dans quelque temps le blaserait vite et, lorsqu'il serait saturé de ses caresses et de ses parfums agressifs, il la reléguerait au fin fond du harem royal.

Jetant un dernier coup d'œil pour s'assurer que la défense n'était pas fêlée, il ne discuta pas plus et laissa s'organiser les autres chargements d'ivoire comme le préconisaient les Africains.

Les singes avaient tous pris d'assaut les coins les plus reculés des navires. Ils s'amusaient dans les voilures, s'interpellaient, grimpaient aux mâts, se cachaient dans les cales et derrière les cordages.

Au village du Pount, les Égyptiens s'étaient fort amusés à les tenir en laisse et à les promener dans la brousse comme des chiens domestiqués. Ainsi tenus près d'eux, ils les avaient étudiés et compris. Mais, embarqués sur les navires, il n'était plus question de les emprisonner ni de les attacher.

En terre égyptienne, le singe, animal sacré du dieu Thot, était toujours à l'honneur. Le dieu lui-même n'avait-il pas emprunté le faciès du primate pour mieux le glorifier ?

L'un d'eux traversa *L'Anubis* tel un zèbre. De la proue, il se trouva en un clin d'œil à la poupe et atterrit dans les jambes de Sakmet, s'immobilisant net et le regardant de ses petits yeux rusés. Amusé, le navigateur en plein travail l'observa quelque temps, caressa ses babines rebondies, retroussa le poil de sa tête hirsute puis se détourna de lui pour reprendre sa besogne.

Sakmet avait pour labeur de surveiller le chargement des derniers arbres à encens que devait embarquer *L'Anubis*.

Apparemment fier de son invention qui consistait à retenir les plantes dans des sortes de couffins en osier que l'on avait emplis de leur terre d'origine, il contemplait le travail des hommes qui effectuaient le chargement.

Africains et Égyptiens se tenaient côte à côte. Il héla le jardinier pountiste qui surveillait avec attention chaque racine.

— Vont-ils supporter la traversée ? s'enquit-il auprès du préposé agricole.

— Ne sois pas inquiet, rétorqua l'homme habitué à soigner ses arbustes. Si j'ai été engagé par ta reine, c'est que je sais m'en occuper. Et ceux-là ! Je les connais comme si je les avais faits.

— Ne vont-ils pas sécher ? insista Sakmet. Les racines sont-elles suffisamment humides ?

— Je les arroserai chaque jour, fit le jardinier africain en secouant sa crinière crépue. La fraîcheur de la nuit et la rosée du matin feront aussi leur œuvre.

C'était en effet une belle réussite qui se concrétisait là, et Hatchepsout ne se lassait pas de la regarder. Mais il fallait dire qu'avant de voir les fameux arbustes sacrés, objets quasiment essentiels du voyage, paisiblement alignés sur les ponts du navire, il avait fallu entamer bien des argumentations et tenir bien des palabres.

Hatchepsout avait même proposé des idées que l'on avait écartées avec déférence pour ne pas la froisser. Une seule avait été retenue, celle de laisser un garde entre chaque rangée d'arbres afin de les surveiller nuit et jour.

Mais, avant qu'ils ne soient déracinés, maintes suggestions avaient été apportées, débattues, annulées, reprises. Car, le tout était de trouver un support qui puisse les tenir au frais durant tout le trajet du retour.

Alors qu'on s'apprêtait à enfermer les racines dans de grandes feuilles de bananiers humides qui, bien sûr, n'auraient pas tardé à sécher, Sakmet eut l'idée fort judicieuse de les replanter dans des paniers de sisal que confectionnaient les Africaines et d'y apporter suffisamment de leur terre d'origine pour qu'elles puissent se développer en toute quiétude.

C'est donc ainsi que tous les arbres à encens avaient été temporairement plantés dans ces paniers provisoires que les Africains portaient attachés à des bâtons que soutenaient leurs épaules. Ils avaient fait ainsi le chemin depuis le village jusqu'aux vaisseaux.

Les arbustes étaient trapus, résistants à la chaleur et au vent des régions semi-désertiques. Ils donnaient un bois et un feuillage gorgés d'arômes que le soleil brûlant du jour faisait ressortir goutte à goutte.

L'arbre à encens concentrait sa sève en un parfum assez agressif, mais suffisamment riche et inhabituel pour qu'il écartât tous les autres. Diffusé dans tout le végétal, l'effluve se répercutait loin aux alentours et chacun ouvrait ses narines pour s'en repaître.

Hatchepsout pouvait être satisfaite. Enfin, ses navires enfermaient l'encens prisé des dieux. Rapporter cet arbre merveilleux valait mille fois le risque de traverser des enfers inconnus et d'y perdre quelques bénéfices.

Enfin, les sacrifices de la pharaonne envers Amon seraient récompensés et son peuple serait puissant et riche. Les grands dieux se délecteraient bientôt de la fumée opaque et divine qui séduisait tant leurs nez délicats.

Sakmet pouvait être satisfait. Il venait enfin de retenir l'attention d'Hatchepsout par son idée de génie. Grâce à lui sans doute, les arbres arriveraient à Thèbes dans les meilleures conditions qui soient.

En fait, la demi-somnolence de Séchat avait été pour lui la chance de sa vie. Car, en toute bonne paysanne qu'elle était à ses heures, elle eut probablement jeté l'idée des paniers remplis de terre d'origine bien avant lui.

Sakmet, qui exécrait la campagne et les travaux des champs, avait dû plonger profondément dans les années lointaines de son enfance déshéritée pour se souvenir, brusquement, qu'on pouvait planter dans un minimum de terre suffisamment arrosée pour voir apparaître la verdure d'un feuillage.

Vers le soir, un désordre inévitable s'installa sur les navires. La priorité ayant été donnée aux arbustes, il en venait toujours en direction du village et les ponts devenaient de véritables petits bosquets flottants où les pousses surgissaient dru, dessinant des taches vertes de taille presque humaine au milieu des cinq embarcations.

Bourrés dans les couffins d'osier de leurs substances nutritives, arrosés copieusement, surveillés en permanence plus que l'ivoire et l'ébène, les arbustes arrivaient encore en masse et il fallait, à tout instant, réquisitionner chaque coin non encore encombré des navires.

⁂

Le dernier vaisseau à charger, *L'Œil de Thot*, était prévu pour les fauves. Néhésy et Neb-Amon inspectaient chaque animal qui montait à bord, s'assurant de sa bonne vitalité.

Les ânes et le bétail à cornes furent embarqués assez facilement. Fait curieux, les animaux ne semblaient pas inquiets. Pressentaient-ils qu'en compagnie des Égyptiens, ils ne seraient ni affamés ni maltraités ?

Depuis que leurs plus vieux ancêtres étaient ensevelis, les habitants de la terre des Pharaons assimilaient leurs dieux à des animaux et leur faire subir des sévices eût été une injure envers leurs croyances.

Encagées, les girafes regardaient l'océan du haut de leurs échasses et de leur interminable cou. Leurs petites cornes flexibles se détachaient dans le ciel et semblaient s'y incruster comme si elles ne devaient plus en disparaître.

Ne sentant plus la terre chaude de leur naissance, les léopards et les guépards tournaient en rond dans leurs cages. Hormis deux femelles assez passives, les Égyptiens avaient pris soin de n'emporter que de jeunes fauves afin qu'ils puissent s'intégrer plus facilement au sol d'Égypte.

Le désordre qui régnait sur les bateaux n'en finissait plus et les Africains faisaient un grand tapage. Petits et gros tambours résonnaient sur la plage et leurs rythmes s'accordaient aux cris des mouettes qui survolaient l'océan.

Ceux qui, dès le départ des vaisseaux, devaient retourner dans leur village fêtaient la fin du séjour de l'Égypte en Pays du Pount. Ils avaient revêtu leurs plus beaux pagnes et leurs coiffures en plumages d'autruches. Ils avaient peint leur peau de rouge et ceint leur cou de colliers en dents de fauve.

Ceux qui devaient rester sur le navire et qu'Hatchepsout avait prié de venir jusqu'en Égypte roulaient des yeux agrandis par l'inconnu qui les attendait. Ils s'étaient accroupis le long de la coque des navires et restaient écartés de la fête comme s'ils devaient déjà s'intégrer aux rites égyptiens.

Et la pharaonne en avait invité plus d'un à venir s'assurer de la grandeur et de la puissance de son pays ! Il y avait les jardiniers indispensables pour la survie des arbres à encens, la fille du roi

Parehou et l'un de ses frères, le plus jeune, celui qui ne pouvait succéder à son père. Il y avait aussi des jeunes Africaines, servantes des enfants royaux, une dizaine de guerriers qui savaient manipuler le javelot, des marins pour affronter les tempêtes de la mer agitée, des chasseurs de fauves et quelques pêcheurs habiles pour attraper les poissons de l'océan.

Icha et son jeune frère semblaient satisfaits de leur destin. Vivre dans un si merveilleux pays les emplissait de contentement. Depuis longtemps, la cour des pharaons accueillait des filles et fils de rois étrangers avec l'intention de sceller une alliance et de la prolonger en détenant des otages de choix. Cette vieille coutume datait des empires précédents et Hatchepsout tenait à ne pas en dévier.

Quand la princesse Icha serait l'épouse de Néhésy, elle irait vivre au harem du palais pour y mener une vie oisive, manger, se baigner, rêver, se prélasser, dormir. Si elle le souhaitait, elle pourrait filer, tisser ou jouer de la musique. Le harem du palais d'Hatchepsout comportait même des ateliers de sculpture, de poterie, d'émaillerie et les plus douées pouvaient étudier la lecture et l'écriture.

Quant au jeune fils du roi Parehou, dès qu'il serait endoctriné aux idées égyptiennes, il serait sans doute enrôlé dans l'armée de Thoutmosis.

Certes, l'Égypte n'entendait pas annexer le Pount à son royaume, mais elle voulait lui démontrer sa puissance. D'ailleurs, depuis leur arrivée, le roi Parehou en était intimement convaincu. Les richesses des bateaux royaux le lui avaient bien prouvé. À son tour, il désirait honorer largement de tels alliés en donnant sa fille en mariage à Néhésy, le Nubien.

Le voyage prévoyait donc des vaisseaux dont le débordement de marchandises risquait fort de gêner l'avancement. Un retour qui, peut-être, s'avérerait difficile, une route qui présenterait d'autres pièges, peut-être même des incidents aux conséquences plus fâcheuses comme l'assèchement des arbustes ou la perte des troncs d'ébène et des défenses d'ivoire.

Mais, le moral des hommes d'équipage était bon et la joie des Africains sincère. Quant aux navires d'Hatchepsout qui, depuis le départ de Thèbes, avaient subi tout ce qui était possible d'endurer, ils paraissaient ne plus rien craindre.

Séchat observait d'un regard vague les animaux qui montaient à bord de son vaisseau. Ses larges prunelles observaient distraitement leur lente ascension le long de la rampe de bois et, lorsqu'un animal semblait réticent, un homme le tirait au bout de la montée avec une corde solide, hélant celui du bas pour l'empêcher de redescendre.

Séchat détourna son regard de la girafe que l'on faisait grimper le long de la rampe. Sa hauteur gigantesque lui donnait le vertige. Elle se passa la main sur le front et essuya les quelques perles de sueur qui menaçaient de tomber.

Les effets néfastes du breuvage absorbé se diluaient peu à peu dans son corps, mais elle se laissait encore aller à une sorte de léthargie qui, selon les soupçons de Neb-Amon, devait encore durer plusieurs jours.

Par tous les dieux mauvais ! Ce sorcier n'était qu'un criminel, car une telle dose aurait pu la tuer s'il n'était arrivé à temps pour contrebalancer le poison qu'il n'avait pu éliminer dans sa totalité.

Il vit Séchat attarder son regard en direction de la rangée de palmiers qui bordait le côté gauche de la plage. Elle humait l'air comme si elle détectait une anomalie.

Vêtue d'un pagne court de couleur bleue, d'un corsage assorti qui laissait ses épaules nues, les hanches prises dans une ceinture tressée de joncs dorés, elle n'avait ni perruque ni bijou et son visage était vierge de tout maquillage.

D'une détente rapide, elle se leva.

Néhésy comptait les bêtes à cornes aux côtés de Mettouth qui inscrivait les chiffres sur sa planchette. Adossés aux cages et aux chargements divers, les scribes eux aussi recensaient, calculaient, inventoriaient, reportaient afin de remettre un rapport détaillé à leur chef qui, momentanément, remplaçait Séchat.

Pour l'instant, le médecin était bien décidé à ne pas la quitter des yeux. C'est pourquoi, il la vit enjamber la coque du bateau et nager jusqu'à la rive. Il s'apprêtait à la rejoindre quand il la vit faire demi-tour et réintégrer en courant *L'Œil de Thot*.

Elle semblait inquiète, perturbée, préoccupée à regarder de part et d'autre comme si elle s'attendait à voir surgir un fantôme, un dieu, un mort.

Puis, des cris fusèrent. Des cris stridents. Une agitation indescriptible s'empara de tout l'équipage. Certains sautèrent du bateau, d'autres courbèrent l'échine jusqu'à disparaître derrière le premier monticule qu'ils heurtaient sur le pont.

Un fauve venait de bondir, la gueule ouverte, découvrant quatre crocs puissants et effilés. Ses moustaches noires frémissaient et sa queue se balançait en un mouvement oscillatoire qui annonçait une colère intérieure.

Les cris s'amplifiaient. Néhésy accourut, un poignard entre les mains. Il le pointa vers le félin et le tranchant de la lame brilla entre ses doigts.

La panthère était une superbe bête, musclée, souple et massive à la fois. Délicatement tachetée de brun, le jaune ocré de son pelage luisait comme un velours doux et neuf.

Néhésy ne tremblait pas. Mais soudain, un enfant africain tomba brusquement dans ses jambes, le déséquilibrant dangereusement. Le garçonnet n'avait pas plus de trois ans et ouvrait des yeux effrayés qui laissaient voir de grandes pupilles noires et dilatées.

Quand il agrippa de toutes ses forces la jambe gauche de Néhésy, l'empêchant de se mouvoir librement, sa mère qui ne pouvait l'approcher lui tendit désespérément les bras.

Néhésy cria d'une voix forte à l'enfant de s'échapper, mais pétrifié le bambin ne bougeait pas. Le fauve leur faisait face. Sans lâcher son regard aux prunelles mobiles, Néhésy put retourner la lame de son poignard.

Deux marins rampèrent jusqu'à lui et attrapèrent le garçonnet par les pieds. À présent, l'enfant sauvé pleurait à chaudes larmes et se collait au sein de sa mère.

Derrière Néhésy, les plus braves avançaient. Un guerrier africain s'approcha, pointant un javelot en direction du fauve. Sur le pont, il n'y avait plus âme qui vive, à l'exception de Néhésy, du vaillant guerrier, des deux marins et des quelques hommes qui, à l'arrière, cherchaient la solution à ce périlleux problème.

Seuls, les rugissements des autres fauves encagés répondaient à la panthère. Le guerrier africain leva son javelot, jaugea la distance qui le séparait du félin et visa.

— Non ! cria Séchat qui, soudain, bondit sur le fauve. Non !

Déconcentré, l'Africain baissa son arme. Il vit que Neb-Amon avançait à pas prudents vers un spectacle qui risquait de se changer en drame sanglant. Surpris, Néhésy ne comprenait plus.

Le fauve s'était subitement adouci, la gueule refermée. Et, bien que sa moustache pointée vers Séchat restât en alerte, il semblait s'être calmé. La pupille de son œil jaune se rétrécit et sa queue s'immobilisa.

Comprenant qu'elle venait d'échapper à la mort et que c'était la jeune femme qui l'avait tirée d'affaire, la panthère posa tranquillement son derrière sur le sol et observa Séchat.

— Ainsi, tu m'as retrouvée, ma belle ! Ainsi, tu veux quitter le sol de tes ancêtres et venir avec moi. Viens, ma « Déesse » ! Nous allons t'encager et, ensemble, nous rentrerons à Thèbes.

Séchat souriait au fauve. Lentement, elle approcha sa main du fin pelage soyeux. L'animal ne fit aucun écart et se laissa caresser le museau.

— N'aie pas peur, ma belle ! À Thèbes, je t'offrirai une immense cage et tu pourras t'y prélasser.

L'animal grogna et lorsque Neb-Amon croisa son regard jaune, il sut que l'animal venait de rendre à Séchat ses esprits. Les quelques mots de la jeune femme qui suivirent le lui confirmèrent.

— Allons, fit la scribe à Mettouth qui approchait craintivement, dès que « Déesse » sera encagée, nous regarderons ensemble ton dernier rapport.

Neb-Amon soupira. Un curieux délassement pénétrait tout son corps. Une aube nouvelle se levait et tous les espoirs lui étaient dorénavant permis.

Pour approuver son pressentiment, Séchat le regarda et lui sourit.

L'ombre du Prince

« Le Nil n'était pas venu à temps pendant une durée de sept ans. Le blé n'était plus abondant, les graines étaient desséchées, tout ce qu'on avait à manger n'existait plus. Chacun était frustré. On en venait à ne plus pouvoir marcher. L'enfant était en larmes, l'homme abattu, le vieillard avait le cœur triste ; ils étaient assis par terre, les jambes repliées, les mains ramenées vers eux. Même les courtisans étaient dans le besoin. Les temples étaient fermés, les sanctuaires poussiéreux. Tout ce qui existait était dans l'affliction. »

(Stèle de la Famine.
Texte gravé sur un rocher de l'île de Sehel)

« Oh ! Nout, déesse du ciel !
Étends-toi au-dessus de moi afin que tu puisses me placer parmi les étoiles impérissables qui sont en toi, et que je ne meure pas. »

(Fragment de texte gravé
sur le sarcophage d'Hatchepsout.)

CHAPITRE I

Lorsque la pharaonne Hatchepsout posa le pied sur le sol de Thèbes, une onde de joie traversa son visage et l'éclat de ses yeux prit une telle ampleur que le peuple lui-même crut qu'elle était investie de nouveaux pouvoirs.

Tous les parfums de l'Égypte semblaient converger vers elle et le souffle des palmiers-dattiers balançait silencieusement leurs ondes bienfaisantes sur ses fragiles épaules que l'on venait de recouvrir du lourd pectoral pharaonique.

Après ce long combat sur des flots dont elle était sortie victorieuse, elle retrouvait sa terre, ses dieux et ses mystères.

Serré entre les prêtres d'Amon, les musiciens du temple et les porteurs d'offrandes, Hapouseneb la regardait s'avancer. Ce ne fut qu'à la levée triomphante du son des trompettes et à la clameur prolongée des hérauts qu'à son tour il s'approcha.

Une double rangée d'hommes au crâne rasé luisant d'huile sacrée portait les dieux à tête d'animaux et les urnes divines. Quand ils entonnèrent les premiers hymnes, Hapouseneb se prosterna, le buste ployé jusqu'à terre.

— Salut à toi, Grand Prêtre d'Amon, jeta Hatchepsout d'une voix claire et forte afin qu'elle fût entendue de tous.

— Que les dieux d'Égypte accueillent leur souveraine avec amour et grandeur, répondit Hapouseneb en relevant son corps puissant et bruni par le soleil, et qu'ils poursuivent leurs actions bénéfiques en faveur de ton pays.

Debout devant sa reine, le visage impénétrable, mais les yeux pleins de cette admiration qu'il lui avait toujours accordée, il l'observait maintenant chaleureusement.

— Majesté, le pays que vous avez laissé à votre départ est, aujourd'hui, resté riche et puissant.

Il laissa flotter son regard sur elle quelques instants et reprit d'un ton plus bas :

— Si ce n'est encore plus.

Puis il regarda Pouyemrê. Le Grand Trésorier avait les yeux tournés vers la foule. Il acquiesça d'un signe de tête.

— Et les caisses du temple ? jeta Senenmout qui s'était silencieusement faufilé près de lui, mais que chacun avait vu.

— Elles sont intactes, coupa sèchement Pouyemrê, resté lui aussi en Égypte durant le séjour de la reine au pays du Pount. Pas une dépense inutile n'a été effectuée, si ce n'est la construction d'une annexe des greniers à céréales tant les récoltes ont été fructueuses après la crue de l'an passé.

— Et la réfection de la grande chambre d'Anubis dont les dégradations des murs étaient sur le point d'être prises en compte à votre départ, Majesté, intervint Djéhouty en s'inclinant devant Hatchepsout.

Le Grand Vizir du Sud n'avait rien perdu de son charme depuis que l'expédition avait quitté le port de Thèbes et que trois crues du Nil étaient déjà passées. Sa silhouette restait svelte et son maintien noble. Seuls, sur son teint buriné et sillonné de multiples petites rides, les cheveux bouclés étaient devenus argentés. Djéhouty ne portait jamais de perruque.

Le regard qu'il dirigea vers Séchat, restée debout parmi les autres dignitaires, non loin de la reine, fut de courte durée. Mais l'éclat en fut si mordant qu'il attira l'attention de Neb-Amon, le médecin qu'Hatchepsout avait décidé d'attacher à son service personnel.

Comment Neb-Amon aurait-il pu ne pas entendre les bruits malveillants qui circulaient depuis le retour des vaisseaux au sujet de Séchat qu'il voulait épouser ? Certes, il avait appris par des bouches indiscrètes la liaison passionnelle qui avait lié Séchat et Djéhouty avant le départ du Pount [1].

Trop fin psychologue et surtout trop épris de la jeune femme pour lui en tenir rigueur – la vie que celle-ci avait eue avant leur

1. *Cf. Les Thébaines*, tome 2, *De roche et d'argile*, Le Sémaphore ; Pocket, n° 14789.

rencontre ne le concernait pas –, il se disait que tout cela n'était plus que du passé et que, seul, l'avenir importait.

Il ne pouvait s'empêcher tout au plus de reconnaître la valeur intègre de l'homme, le respect qu'il imposait par ses jugements toujours justes et sensés et les égards que chacun lui prodiguait.

Pour se rassurer, il jeta un regard prolongé sur l'enfant qui dormait dans les bras de la jeune femme assise aux côtés de Djéhouty. Le garçonnet devait avoir trois ans environ. Il avait la peau sombre de son père et les cheveux aussi bruns et frisés que ceux de Djéhouty avant qu'ils ne devinssent gris comme l'électrum qui recouvrait la paume de son poignard.

À voir le comportement tranquille de cette femme envers son époux, à en juger par les petits poings tendus de l'enfant vers la silhouette paternelle, il se dit que rien n'avait l'air de brouiller cette harmonie familiale.

Enfin, son regard croisa celui de Séchat et le sourire qu'elle lui jeta acheva de le rassurer. D'ailleurs, la reine se tournait vers lui et le prenait à partie.

— Tu entreras au sein de notre conseil, Neb-Amon. Il est juste qu'un praticien de ta valeur soit au courant des affaires de l'État.

Elle observa le visage impassible du médecin, puis éleva ses deux mains au niveau de sa tête recouverte de la lourde perruque à l'effigie du vautour et reprit :

— Nous verrons tous ces détails dès notre première assemblée. Pour l'instant, j'affirme à mon peuple que les dieux nous ont été favorables et que, malgré la mort d'une dizaine d'hommes lors de l'épidémie qui nous a surpris au cours du voyage, malgré la disparition en pleine mer de quelques autres, notre expédition s'avère un succès triomphal.

L'Égypte entière semblait à l'écoute et la pharaonne jouissait pleinement de ce moment décisif qu'elle attendait depuis si longtemps.

Senenmout, le conseiller favori qui bénéficiait des largesses les plus intimes de la reine, l'observait avec toute l'acuité de ses yeux perçants et dominateurs. Trop conscient de l'importance de cet instant pour le distraire par une répartie qui en eût aussitôt brisé l'élan, il se tourna vers Hatchepsout et vit qu'elle aspirait discrètement une grande bouffée d'air.

Dans quelques secondes, les dignitaires les plus récalcitrants envers cette femme-pharaon qu'ils considéraient comme une usurpatrice auraient définitivement perdu la partie.

Ils ravaleraient leurs propos acerbes, ramenant la position du jeune prince Thoutmosis à son véritable rang, celui du bâtard de feu le pharaon précédent. Un prince, certes, mais qui resterait un sujet sous la domination d'Hatchepsout puisqu'elle seule détenait le lien suprême qui la retenait aux dieux. Hatchepsout abaissa ses mains et leva le visage.

— Peuple d'Égypte ! dit-elle à voix forte. Je vous rapporte ce qu'aucun pharaon de notre dynastie ne vous a jamais ramené. Les parfums indispensables à nos dieux. Ceux dont ils avaient besoin pour qu'ils protègent notre pays, le fassent vivre et prospérer, l'écartent des épidémies, des famines et divers fléaux qui peuvent anéantir notre peuple.

Un silence prodigieux s'était fait. Musiciens, chanteurs et porteurs d'offrandes étaient serrés les uns contre les autres, barrant de leurs corps anguleux recouverts de longues tuniques impeccablement blanches une foule muette et observatrice.

Tous les revenants de l'expédition se tenaient là, attentifs et immobiles, scrutant de leurs yeux de félins les prêtres qui attendaient le déroulement des discours et des fêtes. Senenmout, le Grand Architecte, encadré par Néhésy, Chef des Polices, et Thouty, armateur de la flotte royale, observait l'assemblée avec condescendance. Sur la foule flottait une béate admiration qui lui parut un heureux présage.

Sakmet, le petit scribe ambitieux que la réussite de l'expédition allait faire monter en grade, oubliait déjà les amours déçues qu'il avait entretenues quelque temps avec Séchat toujours avant que celle-ci ne rencontre Neb-Amon. Et, pour l'instant, Sakmet pensait plus à son nouveau titre qu'aux bienfaits qu'il retirait entre les bras d'une femme.

Séchat, la Grande Intendante des Artisans, partie sur le vaisseau à la demande d'Hatchepsout, et Neb-Amon, le médecin qu'avait réclamé la pharaonne, restaient figés dans une attitude imperturbable, laissant leur cœur battre à l'unisson et leurs regards se croiser.

Les quelques dignitaires, restés aux postes de commandement du pays depuis presque trois années, semblaient tous se poser la question fatale qu'autorisait en ce cas toute longue absence royale : « N'y a-t-il pas eu lèse-majesté ? »

Mais, d'une voix ferme et assurée, la reine poursuivit, balayant doutes et scrupules :

— Le pays que je retrouve est sain, grand et prospère. Je referai ce voyage et je laisserai à nouveau l'Égypte entre les mains de ceux qui l'ont si bien gouvernée.

Senenmout dirigea un regard désapprobateur vers Hatchepsout. Il exécrait les moments où sa reine distribuait des éloges à d'autres qu'à lui. N'était-il pas le seul à pouvoir endosser les louanges qu'il méritait, d'ailleurs ?

Hatchepsout le regarda, mais ne lui décocha aucun sourire. L'heure n'était pas aux attendrissements qu'attendait son fidèle conseiller dans un regard ambigu.

Elle reporta à nouveau ses yeux sur la foule.

— Outre les parfums et les encens pour nos dieux, affirma-t-elle, je rapporte des bois précieux, de l'ivoire, de la nacre, des fourrures, des peaux, de l'or d'Afrique et des animaux jamais vus en Égypte. Tout un commerce nouveau va grandir, prospérer, se tourner vers d'autres frontières et notre pays sera riche.

Quand la foule se mit à l'ovationner, elle la quitta du regard et se retourna vers les dignitaires.

— Peuple d'Égypte, je t'ai ouvert une voie de commerce à la fois pacifique et génératrice de multiples bienfaits dont tu apprécieras les avantages.

⁂

Les yeux de Séchat étaient embués de larmes. Tremblante, elle tenait Satiah entre ses bras. À présent, sa fille était presque une adolescente.

Grande, vive, l'œil alerte et le mot facile, Satiah souriait. Se remémorant cette mère qui, en partant au Pays du Pount, l'avait laissée au harem du palais, en compagnie des princesses et des nobles fillettes de la cour, Satiah ne semblait pas lui en tenir rigueur.

Ses prunelles rieuses fixaient celles de Séchat avec une candeur toute simple et sa bouche s'étirait en un plaisant sourire que la jeune femme cueillait comme un fruit délicieusement frais, sucré, juteux.

L'enfant n'avait pas plus d'arrière-pensée que sa compagne la princesse Mérytrê que sa mère avait, elle aussi, laissée aux bons soins des serviteurs du palais de Thèbes.

Elles attendaient ce retour avec une patience toute relative, scandée par leurs jeux, leurs promenades et leurs études, gérée par une organisation quotidienne dont elles acceptaient fort bien les contraintes, sachant que du débarquement final viendraient fleurir de merveilleuses histoires.

Mais, pour l'instant, Séchat se repaissait avec ardeur des caresses qu'elle dispensait à sa fille.

— Maman, tu vas m'étouffer, dit la fillette en riant.

Elle s'écarta un peu de la jeune femme et reprit, volubile :

— Thoutmosis dit que la prochaine fois que repartiront les grands navires, il s'en ira avec eux. Est-ce vrai ?

Séchat hésita. Comment lui répondre sur une question concernant le prince héritier ?

— Sans doute, fit-elle avec embarras.

— Alors, je souhaite que ce nouveau départ n'ait jamais lieu.

Séchat l'observa avec une attention accrue. Parlait-elle pour sa mère ou pour l'adolescent avec qui elle semblait si bien s'entendre ?

— Ma chérie ! Ces grands voyages ne peuvent se faire que rarement dans une vie.

— Parce qu'ils coûtent beaucoup d'argent ?

Décidément, sa fille avait de la répartie. Cela lui plut et, joyeusement, elle répondit :

— Ils en rapportent aussi. Depuis notre arrivée, l'Égypte s'est enrichie de multiples trésors.

— Que m'as-tu rapporté, Maman ? Thoutmosis m'a dit que la reine avait ramené un léopard. C'est quoi, un léopard ?

— Une jolie bête toute tachetée de jaune, de brun, de beige. Et toutes ces couleurs-là se confondent si bien entre elles qu'on ne sait plus où sont les unes ni où sont les autres.

Satiah parut subjuguée.

— Et moi ! fit Séchat en attirant de nouveau sa fille contre elle, je t'ai rapporté deux animaux.

— Deux ! fit la petite en ouvrant ses yeux d'étonnement.

— Oui, deux, puisque Maâthor m'a assuré que tu aimais chats et chiens plus que tes propres jouets.

Satiah releva son buste et se fit importante.

— J'aime aussi les oiseaux et Thouty m'a donné une grande volière pour moi toute seule.

— Thouty ? Qui est-ce ?

— Mais c'est Thoutmosis !

Séchat ne répliqua rien, surprise que la fillette appelât d'une façon aussi intime le jeune prince héritier. Plus étonnée encore qu'en quelques minutes à peine, elle le citât trois fois.

— Alors, Thouty a bien fait, si tu aimes les oiseaux, dit-elle simplement.

Mais, cette fois, sa fille revenait à des considérations plus intéressées.

— Que m'as-tu rapporté, Maman ?

— Une grande lionne qui m'a sauvé la vie et, en retour, j'ai sauvé la sienne.

— C'est une histoire d'amour, en sorte. Tu ne devrais pas t'en séparer. Pourquoi ne la gardes-tu pas ?

Décidément, les répliques de sa fille la surprenaient. Elle sourit et répondit à Satiah.

— Alors, nous pourrons partager son affection.

— C'est entendu.

— À condition, toutefois, que tu conserves pour toi seule le petit singe que je t'ai aussi ramené. Il est tout noir, docile, affectueux et obéissant. Tu lui feras faire tout ce que tu veux.

La fillette exultait.

— Où est-il, Maman ? Et où est la lionne ?

— Dans une cage où elle doit rester enfermée. C'est une bête sauvage qui vient directement d'une Afrique très lointaine où, jusqu'à présent, elle vivait en liberté.

— Ne sera-t-elle pas malheureuse en cage ?

— Crois-tu que le léopard de Thoutmosis sera satisfait, lui aussi, entre ses barreaux ? Hélas, ma chérie, c'est ainsi que la société est faite. Quand ces animaux-là sont prisonniers, ils sont encagés comme les esclaves qu'un pharaon ramène d'une campagne guerrière.

Séchat caressa la joue satinée de sa fille.

— Un lion ou un esclave encagé ! Tout dépend ensuite de la sagesse de celui ou de celle qui l'emprisonne. Parfois, il faut savoir desserrer les barreaux.

— Je comprends, fit l'enfant. Mais, si le léopard de Thouty et ma lionne se connaissent, nous pourrons peut-être les encager ensemble.

— Peut-être.

Cette idée sembla lui plaire. À nouveau, elle se mit à rire. Enjouée, radieuse, aussi tourbillonnante qu'un papillon, Satiah ne tenait plus en place et Séchat ne se lassait pas de la regarder.

Sa fille était jolie, saine, vive, spontanée, plus belle que la princesse Mérytrê qui, restée maigre et chétive, ne semblait pas respirer la joie de vivre. Comme elle était différente de sa sœur aînée morte juste avant leur départ au Pays du Pount !

Quand Maâthor vint vers elles, Séchat l'embrassa. Il y avait dans ce geste simple, naturel, sans calcul ni détours, tous les remerciements que Séchat rendait à sa servante pour avoir si bien su s'occuper de sa fille.

Jamais encore, elle n'avait eu ce geste affectueux envers la nourrice de Satiah. Celle-ci en fut si troublée qu'elle rougit jusqu'à la racine de ses cheveux noirs qu'elle coiffait en tresses voluptueuses retombant sur ses épaules.

— Tu as été à la hauteur, Maâthor, et je t'en remercie. Je retrouve une fille superbe, gracieuse et en parfaite santé.

Elle pointa sur elle un index long et fin dénudé de bijou. Séchat n'avait jamais eu de grands élans pour les parures exagérées de perles et de pierreries. Toujours sobre dans sa beauté naturelle, elle n'arborait aucun artifice.

De son index tendu, elle frôla le buste de Maâthor.

— Sais-tu que tu as bien changé ? De petite paysanne à moitié nubienne, te voici devenue une vraie jeune Thébaine.

Comme Maâthor devenait écarlate, elle ajouta en riant :

— As-tu un amoureux ?

— Je ne me suis consacrée qu'à votre fille, maîtresse. Vous l'aviez exigé à votre départ.

— C'est vrai.

En un tour de seconde, Séchat se remémora les pénibles aventures vécues dans le désert, puis dans le fayoum et le delta, à la recherche de Satiah kidnappée par ses ennemis les plus farouches. Elle l'avait retrouvée après plus d'un an de recherches dans la cabane d'une vieille gardienne de chèvres, perdue dans les méandres les plus mortels du delta [1].

Néseth, la fausse nourrice, la prostituée à la solde du vizir Mériptah, avait été autrefois la compagne de Maâthor et s'était lâchement servie d'elle pour accomplir son forfait.

Comprenant toutefois le désarroi de Maâthor qu'aucune mauvaise intention n'avait effleurée, et partant pour le Pount, Séchat lui avait exclusivement recommandé sa fille en la tenant pour responsable du moindre incident qui pouvait se passer.

Maâthor qui ne pensait plus qu'à racheter sa faute n'avait pas bronché. Lentement, elle avait acquiescé de la tête. « Je veux, avait insisté Séchat avec froideur, que tu goûtes chacun de ses plats et que tu la suives pas après pas, je veux que tu connaisses tous ses gestes et que tu apprennes à discerner chacun de ses désirs. Désormais, tu dois manger, dormir et vivre à ses pieds. M'as-tu comprise, Maâthor ? »

À ces mots qui leur revenaient en mémoire, les deux jeunes femmes avaient glissé sur de sombres souvenirs engendrant pour chacune son propre destin. Puis le visage de la nourrice revint à des couleurs plus normales.

— Reshot ! murmura-t-elle.

Comment pouvait-elle ne pas se souvenir de la tendre amie de Séchat tombée dans les flots enragés sans qu'on puisse l'en retirer ? Pour elle, le pays du Pount n'avait pas eu de retour.

— Ne parlons pas d'elle, dit Séchat à voix basse. À présent, Reshot est parmi ceux qui l'ont aimée ici-bas.

Encore un souvenir qu'elle voulait oublier. Sa compagne engloutie dans une mer qui ne connaissait plus les limites de son tumulte et de sa rage. Une infinie quantité d'eau qui vous absorbait jusqu'à vous laisser dépendante et soumise.

Jamais plus Séchat ne remettrait les pieds sur un de ces gros vaisseaux qui l'emporterait loin des siens. Il était temps qu'elle pense à un avenir moins professionnel et, qu'enfin, elle s'efforce de maîtriser une vie familiale moins tourmentée, moins sinueuse. La tendre complicité amoureuse de Neb-Amon le lui offrait.

1. *Op. cit.*

⁂

Le lourd pectoral accroché sur son buste et la pesante coiffe de pharaon à la double rangée posée sur sa tête, Hatchepsout brandissait avec fermeté le sceptre d'or qu'elle tenait entre les mains.

La barbe postiche terminée en pointe et recourbée légèrement à l'extrémité affinait son menton déjà très effilé. Hatchepsout secoua d'un geste ferme le sceptre d'or, puis l'immobilisa net, comme on tranche sans hésiter le cou d'une oie grasse qu'on s'apprête à cuire à la braise.

— Thoutmosis n'a pas encore les qualités requises pour siéger à nos conseils, affirma-t-elle d'une voix où pointait la colère.

— Voulez-vous dire qu'il est encore nubile ? jeta Antef froidement, cherchant des yeux la complicité d'un autre personnage au sein de l'assemblée.

Un homme se leva.

— Marions-le, il ne le sera plus, fit Djéhouty d'un ton détaché.

Hatchepsout marqua un temps de surprise. Serait-il possible que son vizir du Sud ne lui accordât plus la même fidélité ?

— C'est juste, déclara Antef d'un air satisfait. Marions-le.

— Mérytrê n'a que dix ans ! explosa Hatchepsout.

— Majesté ! Personne, ici dans cette assemblée, ne propose que le style de leur vie change et que l'organisation de leur quotidien subisse une transformation néfaste pour leur bon équilibre, insinua Antef avec lenteur. Marions-les simplement tout en laissant à votre fille le temps de devenir femme.

Que pouvait rétorquer la pharaonne face à une telle réplique ? Elle osa le seul argument qui pût jouer en sa faveur.

— Je n'ai épousé Thoutmosis II qu'à quinze ans.

— C'est votre père, Majesté, qui était à l'origine de cette faveur. Le prince actuel n'a que ceux qui le soutiennent pour le défendre. Pourquoi refusez-vous une co-régence avec votre neveu ?

L'homme qui, hardiment, jetait ces mots était un jeune notable au teint clair et aux allures audacieuses. Un nouveau venu qu'Antef, le vieil ennemi acharné d'Hatchepsout, venait d'imposer avec énergie au sein du conseil.

Antef sourit et ses traits crispés jusqu'à présent se détendirent. Cette fois, il tenait solidement sa complicité dans l'assemblée. Le reste allait suivre et il pourrait, enfin, amorcer le démantèlement du règne d'Hatchepsout.

— Que veux-tu dire, Nekmin ? s'enquit Hapouseneb assis à ses côtés.

Le jeune homme ne parut pas s'émouvoir de la surprise de son maître, le Grand Prêtre d'Amon, pas plus que son audace ne parut troubler l'assemblée.

Nekmin, jeune prêtre qui assistait Hapouseneb depuis deux ans au temple de Karnak, semblait prendre beaucoup d'ascendant sur les fidèles du prince que maîtrisait avec habileté le vieil Antef.

— Mon maître, fit Nekmin le sourire aux lèvres, je veux dire que la reine Hatchepsout avait son père pour la soutenir alors que le prince ne l'a plus. La nuance me paraît aussi élevée que le monument le plus haut de Karnak.

— Soit, signifia Hapouseneb, cette co-régence interviendra après le mariage de Thoutmosis et de Mérytrê. Personne n'est contre cette idée, il me semble.

— Pourquoi attendre cette union que retarde à plaisir la reine Hatchepsout ?

— Le pharaon Hatchepsout ! vociféra la jeune femme en brandissant avec colère son sceptre. Si tu oses encore me nommer « reine » en public, je te fais jeter aux crocodiles. Ce n'est pas ton titre de Second Grand Prêtre qui m'impressionne et qui me l'interdira.

— Majesté, reprit Nekmin l'air hautain et désabusé, prenant garde toutefois à baisser le ton, aucune loi ne stipule qu'il faille attendre le mariage pour que votre neveu Thoutmosis règne à vos côtés. La co-régence est ouverte au prince, nubile ou non.

Quand le regard d'Hatchepsout croisa celui du jeune homme, elle sentit naître un nouvel ennemi que le bouillonnement de la jeunesse rendait plus virulent encore alors qu'Antef, dans son acharnement, ne cherchait qu'à perpétuer la branche des Thoutmosis.

La lueur de braise qui atteignit le regard d'Hatchepsout s'aviva dans ses prunelles tout aussi rougeoyantes. Les yeux de Nekmin lui jetaient un défi qu'elle s'efforça d'attraper en plein vol. Mais, remarquant l'inertie soudaine de l'assemblée à son égard, elle se sentit glisser sur une pente dangereuse.

Pour la déstabiliser davantage, un jeune Égyptien à la peau sombre, presque noire, les yeux bleus et la carrure plutôt forte malgré les vingt ans qu'il affichait à peine – encore un favori du vieil Antef –, se leva.

— Qui vous demande une démission, Majesté ? Nous exigeons simplement une co-régence. Acceptez-la.

Pinçant ses lèvres de dépit, Hatchepsout ignora le propos scabreux de cet insoumis et se retourna vers Antef, toute indignation disparue.

— Mon séjour au Pount t'a profité, Antef. Tu as su pleinement monter les chances du pouvoir de ton prince. Combien as-tu fait d'assemblées clandestines durant mon absence ?

— Majesté, ne détournez pas le sujet. Le prince est sain de corps et d'esprit. Son intelligence est vive et il ne désire qu'une seule chose, faire partie de ce conseil.

Antef avait jeté ces mots en observant la réaction qui s'inscrivait sur le visage des anciens dignitaires. Pour l'instant, aucun ne lui donnait raison, mais pas un n'avait pris la défense de la reine. Ils semblaient attendre avec patience la tournure des événements.

Hatchepsout fit, elle aussi, le tour de ses vieux amis. Senenmout était nerveux. Un vilain tic relevait le coin gauche de sa lèvre supérieure. Il savait qu'il devait attendre avant de placer les arguments qui pouvaient défendre sa reine. Tout à l'heure, il parlerait des dépenses inconsidérées qu'Antef avait faites pour les simples plaisirs du prince.

Hapouseneb jetait des regards contrariés et désapprobateurs sur le jeune prêtre d'Amon qu'il n'avait certes pas formé dans un esprit de rébellion.

Néhésy était blanc. Non de peur, mais de rage contenue. « Allons, pensa la reine, ces trois-là me sont restés fidèles, ils me serviront encore quoi qu'il arrive. »

Quant à Djéhouty, elle n'avait jamais su vraiment de quel côté penchait sa loyauté. Sa passion soudaine et passagère pour Séchat avait dû troubler la trajectoire de sa politique. Elle regretta, tout à coup, d'avoir stupidement cassé leur liaison. Ensemble, leur surveillance assidue et totale envers elle eût été invincible. Séparés, cette même vigilance devenait vulnérable. À présent, Séchat volait vers d'autres amours.

Elle soupira et eut un geste contrarié, imperceptible, que, seul, Senenmout remarqua, ce qui le rendit irritable, sachant que ce soudain agacement avait justement pour cause l'absence de sa fidèle compagne. Séchat, la Grande Scribe, l'Intendante des Artisans, son amie de jeunesse, celle qui, à force d'énergie et de détermination, avait su s'imposer dans le climat corrompu d'une jungle dévorante que les technocrates entretenaient entre eux.

Hatchepsout réprima son agacement. Séchat s'était tout simplement fait excuser, prétextant une fatigue intense qui l'excluait de cette première séance tenue depuis le retour de l'expédition.

Allait-elle aussi délaisser sa reine ? Depuis qu'elle avait revu sa fille et qu'elle fréquentait assidûment Neb-Amon, le nouveau médecin du palais, celui dont la renommée montait sans cesse à Thèbes, Séchat n'était plus la même.

Pour se l'attacher davantage, Hatchepsout, en la personne du pharaon qui s'octroyait tous les pouvoirs, pouvait casser à nouveau cet amour.

Oui ! La reine était excédée. Séchat lui manquait. Ce premier conseil se présentait fort mal face à toutes ces hostilités qu'elle n'avait certes pas prévues.

La co-régence ! Fallait-il donc en arriver là ? Séchat aurait pu la tirer d'embarras. Dans tous ces cas douteux et troubles qui tournaient souvent en joutes périlleuses dont il fallait sortir vainqueur, elle avait la répartie juste, équilibrée, adéquate.

Elle tirait toujours, comme d'une pochette surprise, le texte d'une loi, d'un code, la ratification, l'abolition ou la prorogation d'une clause de contrat ou d'un décret appliqué antérieurement et dont personne ne se souvenait plus.

Combien de fois Séchat l'avait-elle ainsi sortie d'une situation dangereuse ?

— Allons, fit-elle dans un esprit de conciliation, je vous propose que nous abordions tous les sujets qui sont à l'ordre du jour de ce conseil.

— Pas avant que nous ayons solutionné le problème de la co-régence, persifla Antef.

Senenmout se leva, le visage rougi par la colère qui l'étouffait depuis plus d'une heure.

— Et si nous commencions par les dépenses du palais ? fit-il en rejetant violemment la manche de son pagne derrière son épaule.

Antef arrondit sa bouche qui devint épaisse et lippue.

— Majesté, je réclame les comptes du palais avant que nous abordions tout autre point, reprit Senenmout sans laisser le temps à Antef de répondre.

La surprise que marqua Hatchepsout joua en sa faveur.

— J'ai eu le temps, Majesté, de lire le livre des comptes qu'Antef a tenu durant toute notre absence. Les dépenses ont toutes été attribuées au prince.

— À son éducation, rétorqua le vieil homme dans un sourire fielleux.

— Veux-tu dire que le premier corps d'armée financé par le Palais était relatif au prince ?

— Exactement.

— Alors, pourquoi as-tu formé un autre escadron militaire quelques mois plus tard ?

— Parce que le premier bataillon d'hommes avait une moyenne d'âge trop avancée pour le prince. Il ne pouvait s'entraîner avec des coéquipiers plus forts et plus compétents que lui.

Senenmout eut un rictus mauvais.

— Et pourquoi as-tu financé un troisième régiment qui, en fait, est une école d'entraînement pour garçonnets qui apprennent exclusivement l'art du combat ?

Antef ne répondit pas. Senenmout se tourna vers l'assemblée.

— Les désirs de ce jeune prince semblent bien fantaisistes et ne s'orientent que vers le côté militaire. Or, il n'y a aucun point à l'ordre du jour qui parle de guerre.

Il pivota soudain vers la reine, l'observa quelques instants et, à nouveau, se retourna vers l'assemblée.

— En quoi, dans ce conseil, cet enfant bien jeune encore pourrait-il nous être utile ? Notre pays est riche. Nos voisins territoriaux sont calmes. Aucun bruit d'invasion ne nous parvient. Pourquoi perdre de l'argent à renforcer des armées inutiles ?

Antef réprima une forte contraction de sa mâchoire proéminente. Il ne pouvait, certes pas, avouer que le jeune prince et ses amis ne vivaient plus que sur un pied de guerre et que, justement, s'il n'y en avait pas, il fallait en provoquer une.

Qu'aurait dit l'assemblée si, à cette heure, elle avait su que le futur Thoutmosis III devait être l'un des plus braves et des plus farouches guerriers de toute l'histoire des pharaons ? Prédiction qui pouvait plonger Hatchepsout dans d'interminables cauchemars et le conseil qui soutenait le prince dans une démente euphorie.

⁂

Mérytrê était une fillette chétive. Délicate, certes, mais jamais malade ! Déplaisante plus volontiers que laide. Pourtant, le velouté de son regard était si absorbant que chacun pouvait se perdre dans les méandres incontournables qu'elle essayait de tendre à tous ceux dont elle voulait l'estime.

Elle compensait son manque d'énergie par des talents très féminins qui, plus tard, font de la femme une parfaite maîtresse de maison. Elle équilibrait aussi ses lenteurs à réagir et son absence d'esprit par les aptitudes qu'elle avait à manier les fils à tisser, à chanter parfois, à jouer du sistre, du tambourin ou des crotales.

Satiah était à l'opposé. Très peu compétente dans l'art de chanter et si peu experte dans celui de tendre des fils sur un métier à tisser, elle aimait bouger, nager, danser, tirer à l'arc, tenir les rênes d'un cheval et même, quand Thoutmosis la laissait faire, conduire son char sur un petit parcours.

Ses activités essentiellement sportives l'avaient inévitablement rapprochée du prince qui, lui aussi, ne tenait guère en place. Et pourtant, c'était incontournable, il devait épouser Mérytrê dans quelque temps pour s'adjoindre le pur-sang royal que détenait la princesse et devenir un jour pharaon.

Mais Thoutmosis ne se tracassait guère. Un secret d'enfant le liait à Satiah depuis qu'un jour, sur le bord dallé de marbre rose d'une piscine, ils s'étaient juré de se marier. Satiah serait donc sa Seconde Épouse.

Comme tous les secrets qui se respectent, ils n'en avaient encore soufflé mot à personne. Seule, Mérytrê avait des doutes. Mais, comme il est d'usage que les pharaons aient plusieurs épouses, elle ne s'en formalisait pas, l'essentiel étant qu'elle soit la reine et restât la Première Épouse royale.

Même adolescente, Mérytrê n'ignorait pas qu'un jour, le futur pharaon son époux ne pourrait plus compter ses femmes et ses concubines tant il en aurait dans son harem.

Déjà, attendaient dans les appartements du palais trois princesses syriennes, une de Basse-Nubie et deux autres de Libye, toutes filles d'otages ramenés en Égypte lors des incursions guerrières du pharaon précédent, son père.

Mais, ce jour-là, Satiah était absente et Mérytrê s'ennuyait. Il faut dire que son amie avait le don de l'amuser et que, sans elle, Mérytrê riait peu et tombait dans une mélancolie et un désœuvrement que ses servantes avaient du mal à combattre.

Mérytrê porta sa main en visière. Le ciel avait ce bleu intense et dur qui annonce une chaude et sèche journée. L'aridité de l'air la faisait un peu suffoquer, bien que l'heure de Râ ne fût pas encore au zénith.

Scrutant l'horizon avec attention, d'autant plus que les deux rangées de palmiers laissaient entrevoir à leur extrémité un rai de lumière intense, un large sourire vint détendre ses lèvres. Elle reconnaissait entre mille autres cette silhouette encore svelte, malgré ses trente-huit ans.

L'allure vive et souple qui se déhanchait devant elle et qu'aucun artifice pharaonique ne venait alourdir était celle de sa mère.

Mérytrê se leva et courut à elle.

— Mère, vous avez pu vous échapper de vos obligations !

— Je te consacre la matinée, ma fille. Es-tu heureuse ?

Mérytrê frôla de la main le visage de sa mère.

— Vous savez bien, Mère, que je regrette infiniment vos éternelles absences. Le peu de temps que vous m'accordez m'est aussi indispensable que l'air de ce palais. Les journées me semblent tristes sans vous. J'aimerais tant que nous passions des journées entières ensemble !

— Eh bien, fit gaiement Hatchepsout, passons au moins toutes les deux cette matinée-là.

Elle prit la main de sa fille et l'entraîna vers le bassin d'eau bleutée qu'elle venait de quitter.

— Pourquoi es-tu seule ? Te baignais-tu ?

— Je m'ennuie lorsque je ne suis pas avec Satiah.

— Où est-elle donc ?

— Avec sa mère, je suppose. Elle est venue tout à l'heure la chercher. Ce nouveau médecin que tu as engagé était avec elle.

Hatchepsout sursauta.

— Tu dis que Neb-Amon l'accompagnait ?

— Oui, mère. Et Satiah l'a embrassé, comme s'il s'agissait d'un frère ou d'un père.

— Et cela t'a choquée ?

— Pas vraiment. Satiah dit que sa mère veut l'épouser.

Hatchepsout se raidit imperceptiblement. Sa main se crispa un peu sur celle de sa fille, mais l'adolescente sembla ne pas s'en apercevoir. Presque gaiement, elle poursuivit :

— S'ils se marient, Satiah restera-t-elle au palais ?

Par tous les dieux ! Comment Hatchepsout n'avait-elle pas senti plus tôt l'intimité qui se créait entre son médecin et Séchat ? Et voilà que sa fille lui révélait froidement ce que toute la cour devait sans doute savoir !

Elle lâcha la main de Mérytrê qui poursuivait encore :

— Je n'aurais pas voulu d'un autre père que celui qui m'a faite, dit-elle d'un air buté. Mère, est-ce parce que vous êtes pharaon que vous ne pouvez pas vous remarier ?

— C'est exact, Mérytrê. Depuis que je suis pharaon, je suis dieu lui-même et non plus une femme. Je ne puis cumuler les deux états d'esprit.

— Mais, un pharaon se remarie bien, Mère !

— C'est une femme qu'il épouse.

— Et vous ne pouvez épouser une femme.

Hatchepsout se détendit et elles se mirent à rire. Dieu ! Pourquoi sa fille ne riait-elle pas plus souvent ? Qu'elle était terne lorsqu'elle était sérieuse. Comme elle manquait de vie, de maintien, de grâce !

Dans un éclair, Hatchepsout revit l'image de Néférourê, sa fille aînée, morte d'une fièvre inconnue avant son départ pour le Pays du Pount. Aucun médecin n'avait pu la sauver. Seul,

Neb-Amon aurait eu des chances de la tirer d'affaire, mais il était arrivé trop tard dans la vie d'Hatchepsout.

Néférourê, sa fille aînée, si vive et si enjouée ! À quoi bon se souvenir de cette enfant qui rayonnait encore dans son esprit ? À quoi bon se remémorer l'adoration, l'admiration que Senenmout avait pour la fillette ? Il avait tant adulé Néférourê que des bouches malveillantes avaient chuchoté que la fillette était de lui.

Comment le Grand Architecte, l'ami, le conseiller fidèle aurait-il pu négliger l'enfant ? L'étoffe de Néférourê était celle d'Hatchepsout. Une enveloppe toute spéciale, trempée dans le sang bleu et pur des pharaons de haute lignée.

Néférourê avait déjà le masque qui convenait aux pharaons. Telle mère, telle fille ! Avec cette envergure, Hatchepsout aurait pu tout lui apprendre.

Face à sa sœur, la pâle Mérytrê ne pouvait qu'être Grande Épouse royale. Encore faudrait-il qu'elle se fasse appuyer par une Seconde Épouse de valeur. Hélas ! Voilà une idée qui agaçait fortement Hatchepsout.

Des concubines, soit ! Des concubines qui attendent le bon vouloir du pharaon dans l'ombre du harem. Hatchepsout répugnait déjà à l'idée que l'une d'elles puisse dépasser ses minces prérogatives. Que de questions ambiguës quand elle n'arrivait pas encore à résoudre la simple question du mariage de sa fille avec Thoutmosis !

— Allons, fit Hatchepsout, je crois que nous avons besoin de discuter ensemble. C'est par ma propre fille que je vais apprendre ce qui se passe dans le harem.

Elle tourna subitement son visage vers celui de l'adolescente.

— Aimes-tu Satiah ?

— Oui, Mère. Hélas, je ne suis pas aussi brillante qu'elle.

— Pourquoi dis-tu cela ?

Mérytrê passa une main aux doigts longs, presque diaphanes, sur son front moite. Elle leva les yeux au ciel et regarda sa mère.

— Parce qu'elle réussit tout ce qu'elle entreprend.

— Par exemple ?

Mérytrê réfléchit.

— Elle nage, elle tire à l'arc, elle conduit les chevaux, elle manœuvre les barques. Tout l'émerveille, tout l'a fait vivre et bouger.

Elle soupira et jeta dans un souffle :

— Elle est belle et je crois que Thoutmosis la préfère à moi.

Encore une vérité qui devait longtemps abasourdir Hatchepsout. Pouvait-elle supposer un instant, le jour où elle avait conseillé à Séchat de laisser sa fille au Palais, qu'elle supplanterait sa propre fille, la princesse royale ?

— Que veux-tu dire ? s'enquit-elle aussitôt.

— Que Thoutmosis rit toujours avec elle, jamais avec moi. Qu'il lui propose sans arrêt des parties de tir à l'arc, des courses de natation, des promenades sur le Nil. Je sais qu'ils se cachent dans les marais de papyrus pour discuter ensemble.

La reine posa son bras sur les épaules de sa fille.

— C'est toi, Mérytrê, qui as le sang royal. Ne l'oublie pas. C'est toi qui engendreras un vrai pharaon. Et Thoutmosis le sait. Tu n'as donc rien à craindre.

La fillette sourit. Sa mère venait de lui redonner courage.

⁂

— Le char royal est prêt, Majesté. Votre fille attend avec ses suivantes.

Depuis le retour de son voyage au pays du Pount, c'était le premier passage officiel de la pharaonne dans les rues de Thèbes.

Déjà compacte, la foule grouillait, criait, s'agglutinait jusque dans les ruelles les plus sombres et vers les places les plus éloignées qui menaient toutes au port, là où débouchait la voie conduisant à la barque sacrée.

Les prêtres d'Amon, les porteurs d'offrandes et tout le personnel du temple de Karnak s'y étaient déjà réunis, attendant qu'Hatchepsout les assure de son soutien et que, face à la foule, elle sollicite de la bienveillance des dieux la prospérité nécessaire à son peuple.

Chanteurs, musiciens et danseuses s'intégraient toujours aux festivités sacrées qui se déroulaient en faveur d'un pharaon. Hatchepsout était le quatrième de sa dynastie et, malgré les heurts qui l'avaient opposée à la dernière séance du conseil, elle comptait bien poursuivre les traditions ancestrales de son pays.

Hatchepsout connaissait toutes les phases successives de la journée pour les avoir suivies maintes fois, adolescente avec son père, puis jeune épouse avec son demi-frère et seule, enfin, levant devant la foule le sceptre du pharaon des deux Égyptes.

Après son arrivée sur le port, juchée sur son char caparaçonné d'or, de cornaline et de turquoises, elle ferait une courte halte sur le port, balancée tranquillement de droite à gauche sous le dais de sa litière couleur de lapis-lazuli puis, acclamée par la foule en délire, elle monterait majestueusement sur la barque royale.

Sans être long, car il se terminait à l'autre bout du port, ce voyage symbolique était empreint d'éclat et d'autorité, car il reflétait toute la sagesse du Nil jointe à la générosité des dieux envers son peuple, engendrant ainsi la richesse que le limon fertile apportait à la terre.

Ensuite, Hatchepsout devrait redescendre de la barque, reprendrait sa place sous le dais de la litière que tireraient quatre chevaux – les plus beaux de l'écurie royale – et les acclamations se poursuivraient jusqu'à ce que les rayons solaires entament de leur pesanteur un ciel impitoyablement bleu.

Mais, pour l'instant, l'heure de midi était encore loin. Après un tour complet de la ville en compagnie de sa fille, car ce jour-là, Hatchepsout avait jugé bon d'accomplir ce que son père avait fait pour elle lorsque, adolescente, elle bouillait d'impatience d'être présentée à son peuple.

La foule devait à présent acclamer la princesse Mérytrê comme la future reine d'Égypte, celle qui descendait directement de la pure souche pharaonique par le lien qui la rattachait à sa mère.

— Allons, Mérytrê, fit-elle en tapotant l'épaule de sa fille. Lève la tête, redresse-toi et regarde fièrement la foule. Elle veut voir ton visage, elle va te jauger, t'admirer, t'ovationner.

Mérytrê sentit des larmes brûler ses paupières tant elle avait peur. C'était la première fois qu'elle accompagnait sa mère en tournée officielle. Cette multitude de gens curieux, agités et serrés sur les bas-côtés du chemin, l'impressionnait encore plus que les crocodiles qui sillonnaient hardiment les bords du Nil par temps de sécheresse.

Elle regarda sa mère, prit un peu d'assurance et, lentement, releva la tête.

Par bonheur, une diversion vint changer son humeur inquiète et une lueur fugitive éclaira son œil terne. À quelques pas de son char, celui de Thoutmosis vint se ranger. Il le conduisait lui-même avec une aisance et une maîtrise fort remarquées de tous d'ailleurs, tant il y mettait d'assurance.

C'était là un changement aux traditions ancestrales qu'autrefois Hatchepsout avait réussi à imposer. À vrai dire, son père n'y avait opposé aucune résistance, trop heureux d'imposer à la foule la vision d'une femme conduisant elle-même avec une dextérité étonnante son propre char.

Et le pharaon Thoutmosis, à qui les dieux n'avaient pas donné de fils, devait prouver au peuple qu'Hatchepsout n'était pas faite essentiellement que de soumission et de féminité.

En ce temps-là, Hatchepsout tenait les rênes de ses chevaux aussi adroitement qu'un homme. Elle les menait avec fermeté, maîtrisant la conduite et le parcours intégral, se tenant debout, jambes écartées sur la mince plate-forme réservée au conducteur, regardant droit devant elle.

Lorsque Hatchepsout pensait avec mélancolie à Néférourê, sa fille aînée morte dans les années de sa jeunesse, elle ne pouvait manquer d'associer sa propre audace à celle de l'enfant. Néférourê aurait eu l'aplomb et la hardiesse pour faire claquer son fouet au-dessus de la tête enharnachée de ses chevaux. Certes, son allure et son autorité le lui aurait permis.

Mérytrê, triste et déjà soumise, se contentait de regarder béatement la fière silhouette de son demi-frère, celui qu'elle devait prochainement épouser, puisque le destin voulait qu'en elle se perpétue la race des pharaons.

— Mérytrê, chuchota Hatchepsout nerveuse et contrariée, ne regarde pas le prince aussi stupidement. C'est la foule que tu dois observer.

Alors que le char de Thoutmosis s'alignait impeccablement aux côtés de celui d'Hatchepsout, les trompes se mirent à sonner suivies par le son des sistres et des crotales.

Malgré le dur avertissement de sa mère, Mérytrê ne put s'empêcher d'observer Thoutmosis. Il avait le corps un peu lourd, mais bien proportionné, le torse puissant, les cuisses musclées, les épaules rondes et le port de tête altier et dégagé. Un physique qui, sans aucun doute, reflétait le parfait critère de beauté masculine à cette époque de la dix-huitième dynastie.

Mérytrê était consciente de l'irréprochable allure de son futur époux et, de ses yeux admiratifs, elle se rassasia de cette image qui la rassurait, l'apaisait, replaçait sa confiance là où elle n'aurait pas dû s'écarter.

Mais, brusquement, le regard sévère de sa mère la rappela à l'ordre et, poussant un soupir las et résigné, elle quitta la vision de Thoutmosis pour embrasser tristement celle de la foule.

Dans le bruit et l'agitation du rassemblement, le son des trompes et les chants psalmodiques qu'entamaient à présent les prêtres, on aurait pu dire que le jeune Thoutmosis brillait par l'impétuosité de son adolescence, mais ce qu'il dégageait était plus que cela. Une émanation de puissance et d'autorité se libérait incontestablement de sa personne. Trop d'ailleurs pour la tranquillité d'Hatchepsout. Il la toisa un instant. Le regard qu'elle lui jeta fut de courte durée. Ils s'affrontèrent en silence, prenant juste le temps de se défier quelques secondes. Puis les applaudissements fougueux de la foule les ramenèrent à leurs devoirs de souverains et ils se retournèrent l'un et l'autre vers ceux qui les ovationnaient.

Hatchepsout crispa légèrement sa main sur le rebord de la litière qu'une couche d'or faisait étinceler plus encore que les rayons solaires qui, depuis quelques heures, tombaient dru sur la foule.

Ce n'était pas qu'elle ignorât, jusqu'à présent, l'ombre que lui portait le jeune prince, mais elle en mesura subitement toute l'importance et comprit que, désormais, elle aurait à subir son rival quoi qu'il arrive. En tout état de cause, il lui faudrait, à l'avenir, jouer serré pour garder le pouvoir.

Pour ne pas attirer l'attention du peuple par le dispersement de ses pensées, elle jugea plus sage de remettre à plus tard ses réflexions soudaines, se promettant, dans un premier temps du moins, de ne plus barrer la route au jeune homme en refusant les énormes dépenses consacrées à la formation de ses futures armées, puisque c'était là une solution qui apaisait son angoisse.

Éloigné de l'Égypte, parcourant des champs de bataille à la tête de ses armées, son neveu ne la gênerait pas. Rassurée par cette logique qui, certes, ne déplairait pas au fougueux prince, elle reporta ses yeux au-delà de la foule.

Sur le port, devant la barque sacrée, les prêtres alignés sur deux rangées – les plus proches de l'embarcation portaient la peau de léopard qui les distinguait du lot des communs – remuaient dans un va-et-vient silencieux leurs encensoirs qui dégageaient la précieuse myrrhe qu'Hatchepsout avait rapportée du Pount.

Une fumée dense les enveloppait. On ne voyait plus que le haut de leurs crânes rasés et leurs mains qui s'agitaient dans l'espace, balançant dans un rythme parfait les encensoirs d'or incrustés de cornaline et de lapis-lazuli.

Les musiciennes s'étaient accroupies, tenant leur petite harpe ou leur flûte entre les mains. Quand le balancement des encensoirs s'arrêta, elles entamèrent des mélodies voluptueuses qui montaient dans l'espace et se mêlaient aux vapeurs des parfums brûlant en volutes épaisses.

Les Grands Prêtres se prosternaient et la foule avait cessé son agitation, attendant que Pharaon, investi de tous les pouvoirs, les assurât des bienfaits que les dieux leur envoyaient.

Quand la pharaonne arriva près des danseuses sacrées du temple, elle aperçut Méryet, sa protégée. Invitée par le sourire engageant qu'Hatchepsout lui fit au passage, la jeune fille se détacha du groupe, fléchit le buste en avant et se courba gracieusement sans cesser de regarder sa souveraine.

Sa silhouette longiligne était gracieuse. Elle se mouvait comme une libellule argentée au-dessus des marais du Nil et son visage était l'un des plus beaux que le temple avait enfermés jusqu'alors.

À regarder la jeune fille évoluer aussi gracieusement devant elle, Hatchepsout se remémora la scène qui l'avait amenée à rencontrer l'adolescente qui, harcelée par la police de la ville, dansait sur les places publiques de Memphis pour survivre.

Ce soir-là, sous le dais des ombelles qui se balançaient au-dessus d'elle pour la préserver de la chaleur d'un soir étouffant, Hatchepsout revit le scorpion qui, insidieusement, s'apprêtait à monter sur sa jambe, la menaçant de sa queue en spirale, prêt à y piquer son dard mortel.

Méryet s'était courageusement jetée sur elle et, d'un coup sec, elle avait tranché en deux le scorpion avec l'angle saillant du petit tambourin sur lequel elle battait le rythme de sa danse.

Pour la remercier de son acte de bravoure, la pharaonne l'avait invitée à suivre l'expédition et, puisque la fillette rêvait d'entrer au temple, faveur réservée exclusivement aux jeunes filles nobles, Méryet s'était nourrie des idées sacrées que l'on y cultivait, décidant de se consacrer corps et âme au dieu Amon de Thèbes.

C'est ainsi qu'au retour du Pount, Hatchepsout avait signé sa reconnaissance et l'adolescente s'était vue enrôlée à Karnak pour y suivre le dur apprentissage des danseuses sacrées.

Méryet releva son buste, éleva ses mains en plein ciel et murmura une incantation divine. C'était un long poème où elle parlait de la grandeur d'Hatchepsout et de la bienveillance des dieux. Son air était grave, ses yeux empreints de respect et d'adoration pour la reine. Elle se courba à nouveau, fit une torsion des hanches en rejetant sa tête en arrière, la balançant doucement de droite à gauche. Puis, la ramenant à sa juste place, elle s'immobilisa quelque temps, se leva et reprit son rang parmi les autres danseuses.

La durée du trajet en barque sacrée dura jusqu'au moment où le zénith éclaira de plein fouet le ciel.

Un peu plus tard, la reine faisait son entrée dans les rues de Thèbes. Le char de Thoutmosis côtoyait toujours le sien. Un jour, ils partageraient le même, reléguant Méryet à l'arrière et distribuant ensemble les gestes qui plaisaient à la foule.

Agacée, elle eut un léger pincement de lèvres quand elle vit que sa fille regardait encore Thoutmosis avec ce geste d'extase qui n'échappait plus à la foule. Pourtant, celui-ci n'attachait pas ses yeux sur ceux de la princesse et, à nouveau, Hatchepsout regretta la mort de Néférourê qui avait toujours su forcer l'admiration de Thoutmosis.

Lorsque la main de sa mère tira sur son bras, Mérytrê eut un soubresaut et revint à ses devoirs de princesse. Elle s'efforça de sourire au peuple. Mais, dieu que cela était fatigant !

En fait, Mérytrê n'était guère exigeante. Elle désirait que cette journée harassante en finisse, que ses habitudes simples et quotidiennes reprennent au plus vite et que ses suivantes l'accompagnent à nouveau dans ses jeux, ses promenades et ses discussions qui n'allaient pas plus loin que les préoccupations journalières du palais.

À présent, les chars empruntaient la grande voie qui menait à la place centrale de la ville. Celui d'Hatchepsout filait à bonne allure, les roues crissaient sur le dallage de pierre.

C'était la seule portion du trajet où les attelages devaient se hâter. Tout à l'heure, ils atteindraient la place et, dans un brouhaha indescriptible, commencerait l'interminable file qui les encerclerait jusqu'à les étouffer.

Des milliers d'hommes et de femmes se pressaient sur les bords du chemin. Ils riaient, criaient, se heurtaient parfois violemment, tapaient dans leurs mains encore poisseuses du sucre des dattes ou du miel des galettes qu'ils venaient d'absorber. Ils frappaient le sol d'un pied agité, nerveux. Certains, d'un coup de genou habile, délogeaient le voisin pour mieux apercevoir le passage des chars.

Et la foule s'épaississait d'heure en heure.

Dans tout Thèbes, c'était un jour de fête. Les commerçants fermaient leurs échoppes et, seules, les auberges et les tavernes offraient leurs tables, leurs vins, leurs chambres aux provinciaux de passage venus pour saluer la famille royale.

En ce jour férié, même les paysans des environs avaient le droit de ne pas travailler. Les champs de céréales, les plantations de papyrus, les jardins de fruits et de légumes se passeraient pour un jour d'eau et de soins.

Le conducteur du char d'Hatchepsout connaissait bien son métier et menait d'une main de maître son attelage à trois chevaux. En vérité, il était fort envié pour ce privilège. Conduire ainsi la reine dans tous ses déplacements, ses voyages, ses pérégrinations personnelles et professionnelles lui attirait certaines jalousies qu'il préférait ne pas remarquer.

Youry avait un large buste, musclé, puissant, où chaque épaule roulait comme celles d'un lutteur de compétition en plein exercice. Ses cuisses râblées, ses jambes fermes couvertes d'un épais poil noir et frisé s'arrimaient solidement au plancher de bois qui recouvrait la petite esplanade sur laquelle il se mouvait pour mener l'attelage.

Youry n'aurait pas changé de travail pour tout l'or d'Égypte. Peu importe – on l'a dit – si ses compatriotes l'enviaient et, plus encore, si quelques-uns d'entre eux cherchaient à déstabiliser sa carrière prometteuse.

Conscient de l'importance de sa tâche, Youry tenait les rênes avec cette assurance qui l'avait toujours caractérisé. Même Thoutmosis, parfois, n'arrivait pas à le distancer. À trois reprises, ils avaient engagé une course et Youry l'avait emporté par deux fois.

La chaleur était à son apogée. Pas un souffle d'air ne remuait les plis des tuniques ou des pagnes. De temps en temps, Youry jetait un coup d'œil sur ses deux passagères et s'assurait du bon équilibre qu'elles gardaient lorsque leurs mains quittaient la rambarde pour s'agiter dans l'espace à la rencontre de la foule.

Quand le char de Thoutmosis le rejoignit – car dans le virage qui amorçait l'entrée de la place il avait pris un léger retard – la vitesse des attelages était au maximum.

Youry entendit un crissement étrange, mais n'y prit pas garde, car dans une seconde à peine, son char devait s'arrêter sur la place, dans un dernier claquement de fouet, pour entamer le tour de prestige obligatoire sous les ovations de la foule.

Mais le crissement léger devint bientôt un craquement qui l'obligea à une seconde de concentration. Il raffermit la tenue de ses rênes par une pression instinctive. Fallait-il freiner l'allure des chevaux ? Une question bien superflue, car voilà qu'à présent, ils s'emballaient sans motif apparent.

Hatchepsout et sa fille se regardèrent, inquiètes. Youry ouvrit la bouche, incrédule, pétrifié. À présent, les yeux exorbités, les naseaux écumants, les trois chevaux se cabraient.

La reine et Mérytrê heurtèrent violemment le fond du char, sans pouvoir se rééquilibrer. Puis, dans un claquement sec et furieux, les chevaux reposèrent leurs sabots sur le sol et ce fut la course effrénée que Youry ne put maîtriser.

L'attelage emballé piqua droit sur le bas-côté du chemin, heurtant la foule épouvantée qui, trop dense pour reculer, se mit à hurler de frayeur.

Le premier rang fut touché et plusieurs personnes furent projetées violemment sur les rangs arrière, entraînant une panique extrême. Des femmes s'évanouirent et les enfants qui se trouvaient là se faufilèrent tant bien que mal entre les jambes adultes qui leur offraient un abri incertain.

Déséquilibré, Youry tenta de garder la maîtrise de la situation, mais la jeune Mérytrê se mit à crier et lui fit perdre son sang-froid. Il essaya pourtant d'attraper les rênes que la poussée des chevaux sur la foule lui avait fait brutalement lâcher.

« Ces chevaux ont été drogués, jura-t-il entre ses dents. Ils sont fous furieux et nous entraînent au drame. »

Il retomba deux fois avant de saisir les rênes, mais le bond violent que fit soudain l'attelage les lui fit lâcher aussitôt. Il sentit son dos douloureux et sa tête s'embua d'une brume opaque.

Quand les trois chevaux emballés reprirent le centre de la voie, le char était couché sur le sol et le côté extérieur, dont le bois se recouvrait d'une plaque d'argent, crissait sur le pavé de pierre, emportant à chaque instant un morceau de l'attelage.

La première roue se détacha et roula sur la voie. Thoutmosis, dont le char suivait, l'esquiva de justesse par une habile manœuvre que seule sa maîtrise dans l'art de la conduite des chars pouvait expliquer.

Néhésy, le Chef des Polices de Thèbes, dont l'attelage n'était pas loin, tenta de se rapprocher des chevaux emballés mais ceux-ci commençaient un parcours infernal et mortel, virant à droite, à gauche, hennissant de frayeur, rebondissant et s'emballant de nouveau en emportant le reste de ce qu'ils entraînaient avec eux.

Mérytrê ne criait plus, la peur avait eu raison d'elle et elle gisait inanimée.

« Par tous les dieux vengeurs d'ici-bas ! jura Senenmout dont le char talonnait celui de Néhésy, pour qu'une roue se détache ainsi, c'est que l'essieu a été desserré. Peste de satané crocodile ! Celui qui a fait ça mourra de mes propres mains ! »

Il tourna sur la droite et vint cravacher ses chevaux à côté de ceux de Thoutmosis qui essayait, en vain, de dépasser Youry qu'on ne voyait plus. La seconde suivante, ils en comprirent la cause lorsqu'ils virent son corps étendu sur la voie, offrant sa tête casquée à l'acharnement du destin.

Le corps gisait immobile. Néhésy frémit, les roues de son propre char et celles de Thoutmosis ne purent l'éviter. Celles de Senenmout l'accrochèrent plus violemment encore et il fut traîné jusqu'à ce que, désarticulés, tranchés, les membres se détachent du corps.

Blanc de rage et de crainte pour la vie d'Hatchepsout, Senenmout jurait à voix basse, les yeux sortis de leurs orbites. Il jeta un bref coup d'œil vers la police de Néhésy qui, sur les bas-côtés, essayait de rétablir l'ordre dans la foule.

Il reporta son œil de rapace sur le triste spectacle qui lui faisait face. Un char disloqué, traîné par des chevaux furieux que l'on ne pouvait plus maîtriser et qui enfermait le corps de sa souveraine.

Impuissant, son sang bouillait dans ses veines. Il savait depuis longtemps qu'Hatchepsout avait des ennemis qui, désormais, chercheraient à l'évincer du pouvoir. Mais saccager son char et attenter à sa vie représentaient une sordide machination qui méritait la mort la plus atroce pour celui qui en était la cause.

Il cravacha durement ses chevaux. Par tous les dieux de l'au-delà ! Qu'Isis et Osiris n'accueillent pas encore en leur sein celle dont le règne n'était pas encore terminé.

Il trembla au spectacle qui s'offrait à ses yeux. Hatchepsout était-elle seulement encore en vie ?

Il vit que Néhésy avait réussi à se faufiler auprès des chevaux emballés et que, par un choc provoqué à l'aide de son propre char, il tentait de les arrêter.

Cinq grands gaillards aussi hauts que larges, armés de lances et cuirassés de la tête aux pieds, surgirent brusquement de la foule paniquée et réussirent à attraper le col de l'un des chevaux qui s'effondra brusquement, terrassé, une bave blanche et mousseuse sortant de ses naseaux.

Ce fut Hatchepsout qui fut expulsée la première. Elle avait les yeux ouverts et, malgré la volonté qu'elle montrait à vouloir se relever, ses membres ne lui obéissaient plus. Il lui semblait que ses reins étaient brisés et que sa nuque se fendait en deux.

La tête coincée, elle tourna juste ses yeux en direction de sa fille, mais ne put l'apercevoir. Dieu d'Amon ! C'était normal puisqu'elle venait d'être éjectée sur le sol, et que Mérytrê avait dû rester bloquée dans le fond du char renversé.

Elle voulut parler, mais ne put sortir aucun mot. Des vrilles perçaient sa tête et une forte douleur dorsale la fit gémir.

Soudain, elle ne vit plus que le visage de Neb-Amon penché sur elle. Elle eut une grimace lorsque celui-ci souleva sa nuque.

— Où souffrez-vous, Majesté ?

Elle s'aperçut qu'elle ne salivait plus et que sa gorge était sèche. Prenant sa respiration, elle réussit à balbutier :

— Le dos, Neb-Amon. Le dos.

— Pouvez-vous le relever ?

— Je crains que non, fit-elle en regardant anxieusement la contrariété s'inscrire sur le visage du médecin.

Hatchepsout ferma les yeux. Même son agression dans le désert, près de Deir el-Bahari, lorsqu'elle faisait construire son temple, ne l'avait pas anéantie à ce point. Les pilleurs de tombes l'avaient laissée inerte, mais intacte parmi le sanglant carnage de ses gardes [1].

Neb-Amon la souleva avec précaution. Une litière était déjà là, prête à l'accueillir et la transporter en douceur.

— Ma fille, murmura-t-elle.

— Elle est encore inconsciente, mais n'a rien de cassé, jeta le médecin d'un ton soucieux.

Approchant de ses lèvres une petite fiole en verre, il lui fit absorber un peu d'hellébore, seul narcotique efficace qu'il transportait toujours avec lui pour apaiser les douleurs. Il regretta, cependant, de ne pas avoir pris un peu d'opium avec lui. L'hellébore jouerait, tout à l'heure, son rôle de purgatif et cela n'arrangerait en rien le cas de la blessée.

Puis il jeta un bref regard sur le reste du carnage qu'avaient provoqué les chevaux emballés. Il n'y avait plus de char. Morceaux de bois, plaques de métal, lambeaux de cuir, harnais, essieux et cerclage de coques étaient disséminés sur la route. La deuxième roue détachée roulait encore le long des bas-côtés.

Il vit qu'un autre cheval s'affaissait pesamment sur le sol, l'écume à la bouche, l'œil blanc retourné, et que le troisième annonçait, lui aussi, des symptômes identiques.

Il fit un signe aux deux médecins qui l'accompagnaient, donna des ordres à quelques praticiens qu'on avait réquisitionnés pour soigner les blessés de la foule et saisit sa trousse de travail.

1. *Op. cit.*

— Ne bougez pas, Majesté, reprit-il, laissez-vous conduire jusqu'au palais. Je vous examinerai en détail dès que vous serez tranquillement allongée sur votre couche. Vous n'êtes pas en péril. Pour l'instant, votre fille l'est plus que vous et je dois, de suite, la réanimer.

— Ne la laisse pas mourir, Neb-Amon. Je t'en conjure.

Elle eut un pâle sourire qui s'apparentait fort à une grimace de douleur.

— Faites-moi confiance, Majesté. Dès que votre fille sera réanimée, je serai près de vous. Je préfère que vous attendiez mes soins personnels. Je vous l'ai dit, vous n'êtes pas en danger.

La pharaonne hocha la tête.

— Ne vous laissez pas impressionner par les nausées et les coliques qui vont vous surprendre. Le remède que je vous ai administré en sera la cause.

— Sauve ma fille et rejoins-moi, Neb-Amon. Notre sort est entre tes mains. Je sais que tu peux le préserver.

— Majesté, votre destin ne dépend pas de moi, mais de votre vigilance. Veillez sur vous et tout se passera bien.

Dès qu'Hatchepsout fut installée dans la litière entre les deux autres médecins qui, déjà, plissaient les yeux de plaisir tant l'aubaine était bonne, Neb-Amon leur jeta un regard soupçonneux, sachant fort bien qu'ils chercheraient à contrecarrer ses propres instructions.

Jaloux d'avoir été évincés de la première place qu'ils occupaient au palais, les deux médecins royaux s'appliquaient à déstabiliser leur rival. Ce petit médecin de province n'était pour eux qu'un arriviste conscient de l'ascendant qu'il prenait sur la reine. Or, avancer une preuve incontestable de son incompétence s'avérait aujourd'hui possible. Pourquoi laisseraient-ils passer une telle occasion quand ils savaient qu'aucune autre ne viendrait de sitôt se représenter ?

Depuis que Neb-Amon avait été affecté au palais, ils étaient quatre médecins attachés à la reine. De l'ancien trio, Mékyet était le plus âgé. Il avait autrefois soigné Thoutmosis, l'époux d'Hatchepsout, sans résultat d'ailleurs, puisque ce dernier était mort d'un mal dont il n'avait pu déceler ni les causes ni les effets.

Resté ce jour-là au palais, Mékyet avait sans doute été averti du drame par un coursier à la solde de ses deux comparses, et

Neb-Amon se doutait qu'il se chargerait avec plaisir de prêter main-forte à ses collègues.

Seddy et Pénith qui, de leur sourire équivoque, observaient le visage pâle d'Hatchepsout, abaissèrent la tenture de la litière pour éviter le regard de quelques curieux, assez téméraires pour s'approcher, et que des soldats repoussaient pour qu'ils ne vissent pas que le puissant calmant venait de l'endormir.

Neb-Amon jeta un dernier coup d'œil à la litière d'Hatchepsout qui s'éloignait, encadrée de près par les cinq gaillards casqués et armés. Puis, impuissant, il soupira et revint au cas de Mérytrê qui lui paraissait ennuyeux.

Neb-Amon ne pouvait pas risquer la mort de la princesse pour sa propre quiétude. Le coma de la jeune fille l'inquiétait et s'il se poursuivait, elle risquait de ne plus jamais s'éveiller.

Soudain, un élément vint jouer en sa faveur. Séchat accourait vers lui.

— Je me suis pressée. Ô dieu ! Si tu savais comme je me suis pressée !

D'un geste instinctif, elle essuya la sueur qui perlait à son front et poursuivit :

— Les chars du convoi sont tous agités. Les conducteurs sont effrayés et leur anxiété se communique aux chevaux. Ils se cabrent et ne veulent plus avancer. Pour se frayer un chemin, la foule descend sur la route et la police ne peut plus la maîtriser. Des gens sont piétinés. D'autres sont étendus, inanimés. Néhésy a réquisitionné ses troupes d'élite. Elles vont tenter de dégager la voie.

Elle prit subitement conscience de l'autre face de la situation et regarda avec effroi les débris du char d'Hatchepsout sur la route.

— Vite, Séchat, chuchota Neb-Amon, accompagne Hatchepsout à son palais. Ne la quitte pas d'une seconde et que les médecins ne lui donnent aucun remède. Je lui ai fait absorber un peu d'hellébore, elle risque d'avoir des coliques et des maux de ventre. Ce n'est pas grave. Tu dois la convaincre de m'attendre. As-tu bien compris ?

Séchat acquiesça. Puis, sans rien ajouter, elle se faufila dans la foule agitée et prit la direction du palais. Alors, Neb-Amon décida de faire confiance au destin. Il se pencha sur Mérytrê pour écouter le son qui se faisait entendre dans sa poitrine.

Sans lâcher son pouls, il aspergea son visage d'une solution dont l'odeur prenait désagréablement aux narines. C'était un mélange de résine de térébinthe et de natron. Puis il lui fit respirer une lotion extraite de feuilles d'acacia diluées dans du vinaigre et attendit.

Allongée sur le sol, Mérytrê avait un visage cadavérique. Neb-Amon ne voulait pas la soulever avant qu'elle reprenne conscience. Il avait vu trop de cas semblables où le transport d'un accidenté inanimé avait été fatal.

Voyant que sa patiente ne reprenait pas conscience, il fut obligé d'en venir à la dernière extrémité. Il prit son bras, le retourna et chercha la veine la plus apparente. Puis, à l'aide d'une fine aiguille d'argent, à pointe presque invisible, il fit une injection de bryone en prenant soin de minimiser la dose, car le remède était aussi un poison mortel.

L'effet fut presque immédiat et Neb-Amon sentit des suées assaillir son front. Puis sa peur disparut peu à peu. Était-ce la chance qui le servit à cet instant précis plutôt que l'expérience qu'il avait à manipuler les doses de ce poison-remède ? Une infime partie en moins n'aurait eu aucun effet, une infime partie en plus tuerait à coup sûr la blessée.

Neb-Amon passa la main sur son front. Il était encore moite. Puis il s'assura de l'agitation, faible encore, qui s'expulsait du buste mince de Mérytrê, amorçant un souffle léger au travers de ses lèvres crispées.

Un grand bond se fit en lui, comme un claquement sec qui le rappelait à l'ordre. Il venait de sauver la pure descendance des Thoutmosides.

CHAPITRE II

Méryet s'avança, légère et gracieuse.

À présent qu'elle savait complètement lire et écrire, qu'elle connaissait les hiéroglyphes les plus compliqués, qu'elle pouvait aligner, ajouter, soustraire tous les chiffres pour les compter sans erreur, elle se sentait invulnérable. Plus audacieuse encore que le jour où, abattant l'arête tranchante de son petit tambourin sur le scorpion qui s'apprêtait à piquer Hatchepsout, elle s'était jetée dans l'incertitude de l'instant.

Séchat avait su l'initier aux enseignements les plus ardus, lui avait inculqué l'art du calcul et du dessin, l'avait amenée à préférer la lecture aux divertissements sportifs, sans pour cela mutiler les longues heures qu'elle passait pour assouplir son corps.

À l'ombre de la colonne de pierre, Hapouseneb la regarda s'approcher.

Depuis le départ d'Isis, la danseuse sacrée du temple qui, par désespoir d'amour, avait quitté le saint lieu pour s'enfermer au harem, il n'avait jamais vu d'aussi brillante danseuse.

Il est vrai que la trahison d'Isis – selon les propres termes du vieux prêtre Sétoui qui avait haussé sa nièce au rang le plus élevé des danseuses – avait déplu aux dieux. Et, devant l'incompétence des hommes à trouver l'équivalence d'Isis, ils se contentaient, depuis presque une décennie, du talent inférieur des secondes danseuses.

Isis partie, le vieillard s'était aussitôt désintéressé de l'affaire et, plus désabusé encore, voyant que son ami le pharaon en avait fait sa Seconde Épouse, il s'était enfermé dans ses appartements, n'en sortant plus que pour accomplir les rites qu'exigeaient les fêtes sacrées du temple.

Passé les premières rancœurs, le vieux prêtre s'était calmé. Mais comment pouvait-il remplacer l'amour maternel dont sa nièce avait été investie après avoir mis au monde le petit bâtard du pharaon, le troisième Thoutmosis qui grandissait dans l'ombre d'Hatchepsout ?

Une danseuse sacrée devenue concubine ! Une vierge du temple devenue mère ! À nouveau, le vieux prêtre avait été frappé de désespoir. Il en était mort de chagrin, de dépit, de rage contenue.

Hapouseneb observa quelques instants Méryet. Elle avait relevé ses épais cheveux noirs en un lourd chignon tenu par une tresse dorée recouverte de petites perles d'or. Elle portait souvent ce ruban, car c'était un cadeau d'Hatchepsout, la reine.

— Veux-tu que je danse pour toi, Grand Hapouseneb ? fit-elle en inclinant son buste.

— Je n'osais te le demander.

Elle regarda de ses grands yeux verts allongés la silhouette harmonieuse d'Hapouseneb. Il était grand, ne portait pas d'âge, car son crâne rasé lui ôtait les années qu'il pouvait avoir en trop aux yeux de la jeune fille.

Hapouseneb se tenait devant elle. Une séduction étrange se dégageait de lui, allant du fond de son œil allumé de braise jusqu'à la pointe de ses pieds nus manucurés qui balayaient silencieusement le sol.

Méryet lui sourit. Avec réserve tout d'abord, puis avec une pointe d'audace ensuite, mêlant le piquant de ses yeux verts au moelleux de ses lèvres charnues et roses.

Puis la jeune fille figea son sourire. N'allait-elle pas au-devant de quelques complications ? Certes, Hapouseneb avait du charme avec son torse puissant et nu et ses hanches étroites recouvertes d'un pagne long en peau de léopard.

— Vous n'avez rien à me demander, mon maître.

Il haussa les sourcils.

— Rien ! Le crois-tu vraiment ?

Elle ne répondit pas et, allongeant les bras à l'horizontale, elle sautilla quelques secondes sur la pointe de ses pieds. Puis, prenant son équilibre sur une seule jambe, elle éjecta son corps tout entier dans un envol d'oiseau migrateur, comme si du fleuve où elle se trouvait, elle voulait rejoindre les océans les plus profonds.

Hapouseneb tourna la tête pour suivre des yeux cette subite envolée. En deux enjambées, la jeune fille avait attrapé le petit tambourin qui gisait à terre. Elle revint devant le Grand Prêtre et se prosterna devant lui.

Puis, se redressant tel un ressort abandonné à lui-même, elle se courba en arrière, toucha le sol de la tête et, de son pied agile, lança le petit tambourin d'une main qu'elle venait de libérer.

Elle l'agita et en fit tinter les grelots. Ils avaient un son cristallin, descendant, remontant, s'allongeant comme les petites voix aiguës des chanteurs aveugles du temple. Puis, sans qu'Hapouseneb s'y attende, elle se releva d'un bond et vint se planter droit devant lui.

— Que me fais-tu là ? jeta-t-il d'un ton amusé. C'est de la danse profane !

Elle se mit subitement à rougir.

— Je croyais que cela vous plairait, murmura-t-elle.

Elle redéposa son tambourin sur le sol et parut contrariée.

— Je plaisantais, fit le Grand Prêtre, plus joyeux encore. Et, tu es tombée dans le piège. Allons, cela me change un peu de te voir danser sur des airs qui fêtent la fraîcheur de nos marais et la plénitude ocrée de nos déserts.

Il se baissa et attrapa le tambourin.

— Tiens, danse pour moi seul.

Comme elle ne bougeait pas, il reprit :

— Ce que tu dansais sur les places de Memphis lorsque tu étais fillette.

— Je quémandais, murmura-t-elle.

— Tu ne quémandes plus, à présent.

— Non, Maître. J'ai tout ce que je veux.

— Est-ce assez ?

Elle rougit encore.

— Tu ne réponds pas.

— Je préfère danser.

Il s'approcha d'elle et lui saisit la main. Méryet baissa les yeux, mais se laissa faire.

« Dieu ! soupira le Grand Prêtre, si ce corps onctueux inspire les dieux, il me provoque bien davantage. Que dois-je faire pour que mes yeux ne la regardent plus et pour que les siens se détournent des miens ? »

Hapouseneb eut un vertige. Jamais encore il n'avait désiré son épouse Amenhotep comme il convoitait le corps souple et ondulant que lui offrait Méryet.

Hapouseneb eut un geste de désespoir. Son épouse l'étouffait, le happait, le suçait, le broyait, le traquait comme au premier jour de leur rencontre où, très vite, elle l'avait enfermé dans le filet du mariage pour ne plus qu'il se rétracte. Certes, aimante, fidèle, irréprochable, elle n'avait aucun défaut apparent.

Depuis la mort de son père, Thouty, le riche et puissant constructeur des bateaux de la flotte royale, la jeune femme restait souvent avec sa mère, anéantie, prostrée, ne pouvant réagir devant la disparition de l'être qu'elle avait aimé le plus au monde.

Or, depuis une semaine qu'Hapouseneb était seul, il ne rêvait que de Méryet. Cet instant-là, il l'avait tant de fois imaginé qu'il se trouvait, aujourd'hui, comme un enfant pris au piège.

Il lâcha sa main et caressa son front. Puis, là sur ses cheveux, il détacha le lien qui enserrait la tresse dorée et vit, aussitôt, une masse sombre crouler sur les épaules de la jeune fille.

Méryet hésita quelques instants. Ses joues s'empourprèrent davantage. Mais le Grand Prêtre n'y fit aucune attention et la serra soudainement contre lui.

Troublée, elle le repoussa sans violence.

— Je préfère danser pour toi, Grand Prêtre.

Et, de sa voix grave, elle entama une longue mélopée où il était question d'un souffle sec, violent et brûlant qui ravageait le désert arabique.

Face au Grand Prêtre qui la fixait de ses yeux interrogateurs, elle dansa jusqu'à ce que les torches qui brûlaient à la porte du temple s'éteignissent. Enfin lasse, elle s'arrêta, observa quelques instants Hapouseneb, saisit son petit tambourin et disparut.

⁂

Séchat se prosterna devant la reine.

Hatchepsout fit quelques pas en avant, puis tendit les bras à sa compagne.

— Relève-toi, Séchat. Tu sais bien qu'entre nous aucun protocole n'a jamais effleuré nos entretiens.

Elle saisit chaleureusement les mains de la jeune femme qui, pour la circonstance, avait revêtu son long pagne blanc qu'agrémentait un corsage dont l'une des épaules restait dénudée.

Pas un bijou n'enserrait son cou. Seuls quelques bracelets d'ivoire, lesquels avaient été rapportés du Pays du Pount, encerclaient ses bras et ses chevilles.

Ce jour-là, elle ne portait pas de sandales. C'eût été déplacé de s'en chausser face à la pharaonne. Ses pieds nus parfaitement manucurés effleuraient le moelleux tapis qui recouvrait la chambre de la reine.

— La dernière fois que tu es venue ici, dit Hatchepsout, tu étais enceinte.

— Je le suis à nouveau, Majesté.

La reine cacha son désappointement. Ainsi, les propos qui circulaient jusqu'à elle étaient justes.

— Puis-je te demander qui en est le père ?

— Neb-Amon, le médecin de Votre Majesté.

— Ainsi c'était vrai.

— Vous l'avait-on dit, Majesté ?

Hatchepsout lâcha les mains de Séchat et soupira.

— Tout s'apprend au Palais. Tu le sais bien.

Séchat hocha la tête.

— Cela vous contrarie-t-il, Majesté ?

— Allons, cesse de m'appeler « Majesté ». Nous sommes seules, même Senenmout n'est pas là. Que crains-tu ?

Hatchepsout eut un autre soupir plus agacé que le précédent.

— Laisseras-tu ton enfant au harem, aux côtés de Satiah ?

Séchat ne répondit pas. La pharaonne comprit qu'un souci préoccupait l'esprit de sa compagne.

— Viens, fit-elle en lui prenant le bras. Installons-nous confortablement dans ce fauteuil et discutons ensemble.

Elle frappa dans ses mains et Yaskat apparut.

— Apporte-nous des melons, des grenades et du vin doux au miel.

Puis elle se retourna vers son amie.

— Es-tu satisfaite de Cachou ?

Cachou était une jeune Africaine ramenée du pays du Pount et qui, tout naturellement, avait remplacé la douce Reshot disparue dans les flots tourmentés de la mer Rouge, lors de l'expédition pharaonique.

— Elle est jeune, un peu vive, mais gentille et dévouée.

Elle s'apprêta à recenser les autres qualités de sa jeune servante, mais se retint, releva le buste et jeta en regardant la reine dans les yeux :

— Majesté…

Au regard contrarié d'Hatchepsout, elle reprit :

— Hatty, dit-elle en reprenant le diminutif qu'elle lui donnait lorsqu'elles étaient jeunes, je démissionne. Je te rends le titre de Grande Intendante des Artisans. Si tu acceptes, je conserve celui de Grande Scribe.

— Je ne peux t'empêcher d'épouser Neb-Amon.

Elle jeta un regard oblique sur son amie.

— Car je pense que vous allez vous épouser.

Séchat acquiesça de la tête.

— Que tu démissionnes de ton poste de haut dignitaire n'entre pas dans mes projets, Séchat, et je sais que tu en es consciente. J'ai besoin de toi, comme j'ai besoin de tous mes sujets fidèles. Maintenant, plus qu'autrefois !

Elle replia ses jambes et prit la position du scribe lorsque Yaskat entra, portant un plateau de fruits, quelques sorbets rafraîchissants et deux coupes de vin sucré.

— Thoutmosis a treize ans, reprit-elle. Il va bientôt siéger à mes côtés lors des assemblées. Ses fidèles vont former une équipe, attentive, vigilante, peut-être acharnée contre moi.

— Je resterai dans ton sillage, Hatty ! s'écria Séchat en lui prenant les mains.

— Que pourras-tu faire si tu n'as plus aucun pouvoir ?

— C'est à vous, Majesté, de m'en donner d'autres, poursuivit la jeune femme en reprenant le terme protocolaire.

Hatchepsout réfléchissait. Certes, sa compagne avait raison. Elle savait que Séchat était trop brillante pour ne pas assumer d'autres fonctions que celles qu'elle assumait depuis presque dix ans.

— Hatty, reprenait déjà Séchat d'un ton où la conviction n'était nullement absente, que tu m'envoies en mission dans le Nord, près de Memphis, Héliopolis, Tanis, ou que tu m'expédies dans le Sud, non loin de la troisième cataracte, j'effectuerai certes ma mission avec la fidélité que je te dois, mais je ne vois pas en quoi je t'aiderai si des heurts t'opposent au jeune Thoutmosis.

— Alors que ?... jeta Hatchepsout qui pressentait la proposition de sa compagne.

— Alors que si je reste à Thèbes, je peux te rendre compte de chaque fait et geste qui se trame au harem, au palais, dans Thèbes même.

— Que veux-tu faire ?

— Diriger l'école du palais.

D'un bond Hatchepsout se leva, renversant un plat de figues fraîches que Yaskat, restée devant la porte, s'empressa de ramasser.

— Depuis le Grand Parenefer, il n'y a plus aucun scribe de valeur dans cette école, jeta Séchat d'un ton significatif. Ma fille n'a rien appris si ce n'est poser quelques hiéroglyphes sur sa tablette d'écolière. Thoutmosis ne sait que lancer flèches et javelots, conduire son char, pêcher, chasser et parler de sa future armée. Ses camarades, d'ailleurs, n'en savent pas plus que lui. Hatty ! Est-ce là l'école où, enfants, nous avons tout appris ?

— Tu parles de me protéger contre mon neveu Thoutmosis et tu demandes à l'éduquer ! Je ne saisis pas, Séchat.

— Je demande à recréer l'école qui fait défaut au palais et qui comprend, actuellement, une dizaine de petits analphabètes dont ma fille et la tienne font partie.

Elle fit quelques pas nerveux dans la chambre.

— Regarde Méryet, notre future danseuse du temple. Elle en sait dix fois plus que tous ces jeunes, alors qu'elle n'a suivi mes cours que par intermittence.

— C'est vrai, admit Hatchepsout. Et je te connais assez bonne pédagogue pour réussir, en ce domaine, un exploit. Mais cela ne m'explique pas pour autant en quoi tu pourrais m'aider en cas de difficultés.

— Majesté ! répliqua Séchat en arrondissant la bouche dans une mimique d'étonnement. Si je réside au palais...

— Tu me rapporteras tous les faits et gestes !

— Ce n'est pas ainsi que je vois les choses. Je ne suis pas une espionne à ton service, Hatty. Je ne m'en sens nullement capable. Ce n'est pas de ma compétence. Mais, par contre, je peux atténuer certains propos virulents.

À son tour, la pharaonne s'était levée et, dubitative, arpentait la pièce de long en large.

— C'est à prendre ou à laisser, jeta-t-elle. Tu deviens Grande Scribe du Palais, tu diriges les classes de l'école et en contrepartie, tu me rapportes chaque parole, chaque mouvement. Je veux être tenue au courant du plus petit incident.

— Ce n'est pas de mon ressort, murmura Séchat.

— Ça le deviendra. Je te l'ai dit, c'est à prendre ou à laisser.

Séchat s'était assise. Elle picora quelques raisins noirs sans vraiment les goûter. Que pouvait-elle faire d'autre si, désormais, elle voulait une vie de famille avec Neb-Amon, sa fille et son nouvel enfant ?

— N'oublie pas, fit Hatchepsout pour la convaincre, que ton futur époux est attaché, lui aussi, au palais. D'ailleurs, je compte le tenir prochainement au courant d'un projet de construction d'hôpital.

— Un hôpital ! fit Séchat, abasourdie.

— Un hôpital dont il prendra la direction.

— C'est inespéré. Le sait-il ?

— Pas encore. Si tu acceptes ma proposition en ce qui te concerne, je te laisse le soin de le lui apprendre.

Pâle de crainte, d'effroi et de plaisir, et bien qu'elle se sentît incapable d'espionner, même pour le compte d'Hatchepsout, Séchat se redressa.

— J'accepte.

⁂

Satiah jeta un petit cri d'oiseau et s'approcha de la cible.

— Manqué ! dit-elle, rieuse.

Amtou lui jeta un regard sombre.

— J'attends la flèche d'Amennheb, rétorqua-t-il en s'approchant à son tour de la cible en spirales accrochée entre les arbres.

— Et celle de Thoutmosis ! répliqua à son tour Satiah.

Amennheb banda son arc et tira. La flèche vint se ficher juste sous le point noir qui marquait le centre de la cible.

— À toi, Thouty ! jeta Satiah enthousiaste.

Jambes écartées, les pieds accrochés au sol, Thoutmosis se concentra à son tour. Il prit une longue inspiration et, tout à coup, la bloqua. La flèche qu'il s'apprêtait à tirer lui démangeait les doigts. Quand elle partit, elle alla se ficher près de celle d'Amennheb.

— Égalité, fit Satiah. Il faut recommencer. Amtou, tu es disqualifié.

Satiah jubilait. Tel un papillon volage et inconséquent, elle aimait perturber de ses rires et de ses ordres la petite équipe de garçons qui, à vrai dire, ne travaillait vraiment le tir à l'arc qu'en présence du maître archer.

Mais, ce jour-là, Satiah avait réussi à s'échapper de la présence quasi permanente de Maâthor pour retrouver les quatre adolescents dans le parc ombragé de vieux sycomores où, chaque soir, ils s'amusaient à tirer à l'arc.

Le perdant ne rétorqua rien et partit se ranger sur la ligne extérieure qui délimitait leur terrain de tir. Amtou était un jeune garçon, petit pour son âge, au teint pâle et aux boucles châtaines qui retombaient sur des yeux bleus et clairs.

Il prit le parti de s'asseoir et d'attendre. Certes, le tir à l'arc n'était pas son jeu favori. Il préférait la lecture et l'écriture, bien qu'à l'école du palais, les plaisirs des jeux sportifs vers lesquels se tournait Thoutmosis se cultivassent plus volontiers que l'enseignement général.

Amennheb et Thoutmosis se placèrent côte à côte sur la ligne tracée au sol. Saisissant l'un et l'autre l'arc en bois d'acacia, ils fixèrent la plaque de bois tendue sur l'arbre et sur laquelle des spirales rouges tournaient autour d'un point central noir.

— À toi, fit Thoutmosis.

Comme toujours, il tirait sa flèche après celle d'Amennheb.

— Attendez, cria Satiah.

Les deux adolescents abaissèrent leur arc.

— Pourquoi voulez-vous tirer à vingt mètres ? C'est trop facile, vos flèches vont de nouveau se frôler.

— Et alors ? fit Amtou de mauvaise humeur en se relevant.

— Nous n'allons pas pouvoir les départager, fit Satiah, têtue. Il faut placer la cible à quarante mètres.

Amennheb exulta.

— Elle a raison. Tirer à vingt mètres est un jeu d'enfant.

En quelques enjambées, Satiah fut auprès de la cible et, la décrochant avec vivacité, elle courut la placer vingt mètres plus loin.

Sa courte tunique bleue laissait apparaître ses jambes nues, longues, sveltes, et son buste dénudé, comme tous ceux des fillettes de son âge, offrait en son centre juste deux petits points délicats que l'adolescence n'avait pas encore mûris.

Joyeuse, légère, elle virevolta autour d'un gros figuier qui tendait ses énormes branches au-dessus du sol un peu asséché par la chaude journée. L'air écrasait impitoyablement la poussière.

Avisant, à sa hauteur, un branchage touffu qui relevait sa courbe feuillue un peu plus que les autres, elle y suspendit la cible.

— Là, c'est parfait, fit-elle, satisfaite.

Amennheb se concentra. Une grimace étira sa lèvre supérieure, puis bandant les muscles de ses bras, il tira.

Sa flèche manqua le but, mais vint se placer juste au-dessus du point noir. Comme toujours, celle de Thoutmosis vint se ficher juste en dessous, là où la première spirale venait se fondre dans le point central.

Avec Amennheb, Thoutmosis avait pris le parti de rester bon joueur. Mais, tout autre adversaire qui lui faisait perdre la face le mettait mal à l'aise.

— Tu seras mon capitaine des archers, fit-il en passant ses bras sur les épaules de son compagnon. Je n'en veux pas un autre. Avec toi, nous évincerons tous nos voisins envahisseurs, qu'ils soient syriens, libyens, crétois ou nubiens.

— Et le Mitanni ? s'enquit Amennheb. Ne comptes-tu plus en faire l'objet de ta première expédition guerrière ?

— Pas que je sache, répliqua Satiah. Thoutmosis dit que c'est en Nubie qu'il exercera ses armées.

Amtou eut l'air étonné et Satiah regarda Thoutmosis. Puis elle rehaussa le buste et se donna un air important, baissant dédaigneusement les yeux sur ses compagnons à qui elle apprenait, soudain, un élément essentiel.

— Et peut-être plus bas encore.

— Au Soudan ! jeta Thoutmosis.

— Et tu viendras à Bouhen. Je t'y recevrai comme le futur pharaon que tu seras, s'écria Satiah, explosive. Tu verras des étendues de buffles et des colonies entières d'oryx. Je te montrerai comment le ciel, au-dessus du Nil, change de couleur entre la première et la dernière heure de Rê et pourquoi les poissons sont plus argentés.

Amtou et Amennheb haussèrent les épaules. Quand Satiah commençait à nuancer de lyrisme son vocabulaire pour éblouir Thoutmosis, ils savaient qu'ils n'avaient plus leur place auprès de leur compagnon. Thoutmosis s'en aperçut et chassa Satiah de la main.

Mais l'adolescente n'eut pas le temps de s'en offusquer, car Maâthor, sa nourrice, s'approchait d'eux.

— Satiah, dit-elle d'une voix fluette, ta mère est arrivée et demande à te voir.

La trentaine bien passée, Maâthor n'était pas sans charme. Plutôt grande, bien que parfaitement proportionnée, elle s'habillait avec un charme discret, sentait la myrrhe et le jasmin et, de ses grands pieds qu'elle passait soigneusement au henné, effleurait le sol aussi légèrement qu'une libellule.

Satiah se rua sur elle.

— Où est maman ?

— Elle t'attend au harem.

Ce fut alors une envolée grandiose. C'est à peine si elle prit le temps de prendre congé de ses amis et de voir au passage Isis, la mère de Thoutmosis, qu'accompagnaient la vieille Moutnéfer et deux de leurs suivantes.

Elle courait à perdre haleine au-devant d'une Maâthor qui s'essoufflait à la suivre, traversant les jardins, les cours intérieures, passant devant les salles communes, les salles de réception, d'audience, celles de musique et de danse.

Devant le logement qu'elle partageait avec Maâthor et deux autres servantes, Satiah arriva échevelée et haletante pour se jeter dans les bras de sa mère.

Depuis plus de dix ans qu'elle sillonnait l'Égypte pour accomplir les missions d'Hatchepsout, Séchat avait tant de choses à rattraper avec sa fille qu'elle ne savait jamais comment les aborder. Cette fois, pourtant, tout était décidé, ordonné, précis.

Rieuse et pleine d'entrain, Satiah s'écarta de sa mère. Elle s'apprêtait à jeter un déluge de paroles, quand ses yeux tombèrent sur les bagages accumulés au pied du mur de son logement.

— Nous partons, ma chérie.

— Nous partons, répéta Satiah sans comprendre.

Des étoiles d'espoir brillaient dans les yeux de Séchat. Enfin, sa grande fille lui appartenait. Après tout ce temps d'incertitude et de travail, elle pouvait se consacrer toute à elle.

— Mais, où va-t-on ? fit encore Satiah incrédule.

— Chez nous, ma chérie. Là où nous allons vivre désormais. Là où je vais élever ton frère… ou ta sœur. Enfin, nous allons être en famille.

Elle vit sa fille ouvrir des yeux démesurés, rougir, puis pâlir et soudain, après l'explosion de joie qu'avait suscitée Maâthor en annonçant l'arrivée de sa mère, ce fut un violent débordement de colère.

— Je ne veux pas te suivre ! cria-t-elle. C'est ici que je préfère vivre. Je n'ai pas attendu après toi pour être heureuse, avoir des amis, être consolée quand j'avais de la peine ou rire quand j'étais contente.

— Mais… fit Séchat.

— Je refuse de te suivre. Je refuse cet enfant que tu portes dans ton ventre. Il n'est pas de mon père ni de mon sang. Il est en dehors de mes envies et de mes espoirs.

Elle tapait du pied et s'étouffait tant elle suffoquait en parlant. Ses yeux étaient noirs et colériques et ses joues plus cramoisies qu'une grenade trop mûre.

— Je ne veux pas de cet enfant et je ne veux pas d'un autre père que le mien ! cria-t-elle.

Elle toussa et frappa de nouveau le sol de son pied rageur.

— Et surtout, je ne veux pas bouger d'ici.

Maâthor la secoua pour tenter de lui faire retrouver ses esprits. Séchat voulut la prendre contre elle, mais l'adolescente la repoussa violemment.

Séchat vacilla. Soudain, elle se rappelait les rires brusques de l'enfant, ses éclats joyeux et ses yeux flamboyants de gaieté… Elle se rappelait aussi ses caprices et ses soudaines colères lorsqu'elle réclamait le sein de sa nourrice ou la toilette de son petit corps souillé ou, tout simplement, la caresse du vent sur ses joues roses et satinées. Des moments si rares que la mère avait vécus avec sa fille.

Anéantie, déstabilisée, Séchat reprit ses esprits.

— C'est pourtant un père que, dorénavant, tu trouveras à tes côtés, ainsi qu'un autre enfant dont je serai la mère.

— Je n'en veux pas. Je ne veux rien de toi. Tu pars, tu m'as toujours laissée seule et maintenant que tu réapparais, toi la Grande Scribe, il faudrait que j'accepte tes idées soudaines, tes désirs, tes dernières fantaisies ?

La fureur emplissait ses yeux et ses pieds irrités continuaient à frapper le sol. Séchat fit signe à Maâthor de saisir les bagages.

— J'ai beaucoup de choses à te dire, ma chérie, dit-elle à sa fille d'un ton calme. Ou bien je te les annonce par petites doses et tu les assimiles une par une, ou bien je te jette tout en bloc. Que préfères-tu ?

Mais c'est à peine si la fillette l'écoutait. Alors qu'elle trépignait toujours de rage, une litière s'avança et une petite Africaine en sortit.

— C'est Cachou, fit-elle.

L'adolescente avait presque son âge. Elle portait un pagne court sur sa peau noire et mate qu'un torse nu rehaussait de deux petits seins déjà parfaitement galbés. Un arc de sourcils épais surmontait un regard naïf et ses cheveux longs et crépus s'entremêlaient d'une multitude de petites perles aux couleurs vives.

Les yeux tranquilles de Cachou observèrent un instant ceux de Satiah larmoyants et rouges et, brusquement, ce fut l'arrêt complet de sa colère.

Elle cessa de frapper le sol, suspendit en l'air un geste rageur et laissa tomber son bras de lassitude. Sans rien ajouter et, presque comme si rien ne s'était passé, elle monta dans la litière aux côtés de sa mère. Maâthor et Cachou lui faisaient face.

— Dis-moi tout, dit-elle à sa mère. Tout.

Soulagée, Séchat prit sa main dans la sienne. Mais comment pouvait-elle écarter d'elle l'idée que sa fille ne serait jamais souple et docile ? Pouvait-elle prendre en main une éducation déjà faite ? Dans quelques années, Satiah prendrait un époux, Thoutmosis ou un autre.

Elle serra la main de sa fille.

— Chaque matin, dit-elle en se tournant vers elle, nous reviendrons ici, car je ne suis plus l'Intendante des Artisans. La pharaonne Hatchepsout m'a nommée Grande Scribe de l'École du Palais. Je vais en prendre la direction après l'avoir réorganisée, restructurée pour vous enseigner beaucoup plus que vous ne savez.

Cachou observait Satiah de ses grands yeux en amande. Tout était noir chez Cachou, son regard, sa peau, ses cheveux. Mais aussi, tout était tendre. L'éclat de ses yeux sombres vous prenait dans le filet de sa candeur.

— Ainsi, tu continueras à voir tes compagnes, Mérytrê et les princesses étrangères du harem que je ne connais pas encore et auxquelles tu es sans doute attachée, Thoutmosis et ses amis. Rien ne changera vraiment pour toi, si ce n'est que nous vivrons ensemble, toi, moi, Neb-Amon que je vais épouser dans quelque temps et l'enfant qu'il m'a fait.

Comme Satiah se taisait toujours, elle reprit d'un ton identique, calme, posé, qu'elle voulait rassurant.

— Neb-Amon va ouvrir un hôpital situé à l'arrière du palais. C'est Hatchepsout qui le lui a demandé. Ainsi, il pourra continuer à soigner le peuple de Thèbes tout en restant près de la reine.

Elle porta la main de sa fille à ses lèvres et les y posa doucement.

— Peux-tu comprendre tout cela ?

Satiah vint se blottir contre elle.

— Voudras-tu me raconter la bataille du Mitanni où a péri mon père ? Personne n'a pu le faire jusqu'à ce jour et j'étais trop petite quand mon grand-père est mort. Lui seul pouvait le faire [1].

Séchat laissa ses yeux se perdre au loin. C'était un bien triste matin quand elle avait vu Néhésy descendre de son char pour lui annoncer la mort glorieuse de son époux alors que dans son ventre grandissait la vie de sa fille.

Le Mitanni !

1. *Cf. Les Thébaines*, tome 1, *La couronne insolente*, Le Sémaphore ; Pocket, n° 14789.

— Dès ce soir, ma chérie, je te raconterai la bataille. Je la tiens de Néhésy, le Chef des Armées de Sa Majesté Hatchepsout. Et quand tu sauras tout, tu pourras à ton tour la conter à Thoutmosis. Aucun de ses compagnons ne pourra jamais l'entraîner dans un tel abîme de bien-être.

Satiah soupira. Ses yeux brillèrent d'un éclat serein, à moins que ce ne fût une intense lumière de joie qui aviva sa prunelle. Il est vrai que rien ne lui apportait plus de plaisir que l'idée de satisfaire Thoutmosis.

⁂

Méryet avança vers la porte du temple. Elle sentait une présence dans son dos. Elle fit deux pas encore et brusquement, se retourna.

Amenhotep leva le bras et saisit brutalement celui de Méryet.

— N'entre pas dans ce temple, ordonna-t-elle d'un ton sec.

Méryet la toisa de ses yeux clairs.

— Pourquoi n'y entrerai-je pas ?

— Parce que tu es devenue une impie ! s'irrita Amenhotep.

Méryet voulut se dégager violemment, mais la main crispée de son adversaire ne lâchait pas son bras.

— Une impie ! En quoi suis-je une impie ?

— Tu profanes ce temple. Tu le salis de tes intentions corruptrices et vicieuses.

— Je suis danseuse sacrée. L'oublierais-tu ?

Un rire brutal, agressif, presque dément vint casser la suite du propos que s'apprêtait à jeter Méryet.

— Une danseuse sacrée ! vociféra Amenhotep. Toi, une petite prostituée de Memphis qui dansait sur les places publiques attendant qu'une main vînt chatouiller ta croupe pour obtenir un oignon ou une poignée de figues.

Méryet ne se démonta pas et la colère ne gagna ni ses yeux ni son cœur. Depuis son arrivée au temple, elle avait tant entendu ce propos malveillant qu'elle avait décidé de ne plus l'écouter. Mais Amenhotep le lui jetait avec tant de haine qu'elle se sentit obligée de se défendre.

— N'as-tu jamais connu la faim et la peur ? dit-elle posément.

— Je n'ai connu et ne connais qu'un homme que tu ne me prendras pas, persifla-t-elle.

Puis elle gifla Méryet.

Sous le choc, la jeune fille chancela. Mais elle se rattrapa promptement, car la souplesse restait son atout essentiel et, en une seconde, elle vint détendre ses jambes comme un ressort sous le nez de sa rivale. Une pirouette très élastique qui déstabilisa Amenhotep.

— Et voilà ! fit-elle en riant. Jamais tu ne pourras faire ça. Et si ta croupe ne suffit pas à ton époux, apprends que la mienne ne lui appartient pas encore.

Ahurie, Amenhotep plissa les yeux.

— Qu'y puis-je si ton mari me désire ? jeta Méryet en élançant sa jambe et son bras gauches dans les airs comme si elle voulait décrocher un astre du ciel. Qu'y puis-je ?

Elle sauta sur le sol dans un bond de chat qui fit vibrer la lueur de la torche leur faisant face.

Pénétrant dans le temple, Amenhotep la suivit.

— Je vais te casser net, petite ordure ! cria-t-elle en écoutant sa propre voix faire écho dans la chambre d'Hathor que quatre immenses colonnes de marbre soutenaient de toute leur prestance.

— Tu oses me traiter de petite ordure, quand toi, pauvre musicienne sans talent, tu n'es qu'une bourgeoise médiocre doublée d'une catin qui, pour s'accorder les faveurs d'un Grand Prêtre, s'est jetée dans son lit avant même qu'il te connaisse !

— Qui t'a dit cela ?

— Probablement les mêmes gens qui rapportent que je suis une putain. Ils disent que tes élans sont ceux d'une fille de bar, tes yeux ceux d'une quémandeuse d'amour et tes fesses celles d'une chatte en chaleur.

Ce n'était pas le vocabulaire cru qui faisait peur à Méryet. Trop de réminiscences sur sa triste adolescence remontaient en elle. Pourtant, posant son regard sur la statue de la déesse Hathor, elle se dit que ses rêves étaient réalisés et qu'elle ne devait plus s'abaisser pour se disculper face à plus bas qu'elle.

Désormais, Méryet avait reçu instruction, éducation, savoir-vivre. Elle était belle, intelligente, sensible. Elle comptait des amis sincères pour lesquels elle éprouvait une réelle affection et envers qui elle manifestait une fidélité exemplaire, à commencer par la pharaonne qui l'avait engagée au temple, Séchat qui lui avait appris à lire et à écrire et surtout Hapouseneb le Grand Prêtre.

Mais, en quelque sorte, Amenhotep avait raison de déclencher sa fureur et ses propos grossiers contre elle.

Depuis son arrivée au temple, Hapouseneb avait été subjugué par sa beauté et la distinction de ses danses. Peu à peu, il avait recherché son sillage, arrivant tel un chat silencieux lorsqu'elle était au temple en prières devant l'autel qui honorait un dieu. Durant de longs mois, Méryet avait scrupuleusement repoussé les discrètes avances du Grand Prêtre jusqu'au jour où celui-ci avait pris ses lèvres entre les siennes et ne les lui avait rendues que bien plus tard.

Mais ce n'était pas chose facile que de partager sa couche et, malgré toutes les calomnies qui couraient sur son compte, la jeune fille se trouvait toujours vierge.

— Sors de ce temple ! cria Amenhotep.

— Jamais.

À nouveau, elles se faisaient face, prêtes à s'étriper.

— Tu as trente ans, insinua Méryet. J'en ai seize. Tes reins sont ankylosés, les miens sont souples. Et, si tu t'opposes à mon entrée dans ce temple, je vais te battre et tu vas te retrouver aplatie sur le pavé comme une vieille galette molle que tu es.

Amenhotep se rua sur elle et lui tira si violemment les cheveux que le lien de perles qui enserrait ses nattes lui resta dans la main. Elle le jeta par terre d'un geste irrité et y posa le pied pour l'écraser.

Un instant, les petites perles crissèrent sous le talon rageur de la jeune femme et quand elle le releva, elles n'étaient plus que l'ombre d'elles-mêmes, laissant sur le sol des débris de verre colorés, des fragments de fils d'argent, un désastre aux yeux de la jeune danseuse. Le bijou était un présent que lui avait fait Hatchepsout. Méryet restait ahurie. Ses yeux se continrent quelques secondes, puis un voile rouge et violent vint les obscurcir. Alors, dans un assaut mutuel, elles s'empoignèrent, dents et ongles sortis, avec une telle fureur, un tel abandon de tout contrôle qu'elles ne purent, en aucun cas, remarquer l'ombre qui glissait à leur côté.

Un pas souple, agile, silencieux, un souffle presque inexistant, un sourire fantomatique les frôla pourtant de si près qu'elles auraient pu flairer le parfum de myrrhe qu'il laissait derrière lui.

L'ombre du dieu Seth, sans doute ! L'ombre néfaste et dévastatrice de celui qui cherchait à corrompre le Grand Prêtre, le Tout-Puissant du temple, celui dont l'épouse même assommait à l'instant sa rivale.

Petite, difforme, bleuissante dans le halo de lumière qui tombait sur le sol, l'ombre n'en était plus une. Memphès, le nain de Karnak se faufilait devant elles.

Ses bras rétrécis cachés dans ses manches et ses courtes jambes dissimulées dans sa tunique dont l'extrémité balayait le pavé du temple, Memphès regardait de ses yeux torves les deux formes féminines allongées à terre. L'une cognait l'autre de ses poings fermés.

Memphès allongea son cou – il en avait si peu que ses épaules semblaient s'encastrer dans sa tête – puis, sortant un bras de sa tunique, il esquissa dans l'air un grand signe et le vieil Horemm, l'eunuque du harem, s'approcha de lui à pas feutrés.

Dehors, tapi contre le socle d'une statue en réparation, Nekmin, le Second Grand Prêtre, attendait.

⁂

Depuis quelque temps, les contractions de Séchat se rapprochaient de jour en jour. Satiah ne la quittait plus, étonnée, tout à coup, qu'un événement essentiel vînt soudain éclairer la vie de sa mère et la sienne.

D'un moment à l'autre, Neb-Amon allait venir.

Une secousse vint foudroyer Séchat et elle resta anéantie, pantelante. Satiah regarda les accoucheuses avec effroi.

L'une d'elles lui cala un coussin derrière la tête. Soudain, Cachou accourut et s'arrêta devant Satiah qui tenait la main de sa mère.

— Voici le Maître. Il va mettre le bébé au monde.

Séchat sourit. Elle vit Neb-Amon s'approcher d'elle. Il releva le linge qui recouvrait son ventre et appuya doucement sur la rondeur excessive, tendue, durcie. Mais Séchat resta sereine et le sourire qu'elle avait esquissé à l'arrivée de son époux fendit tout son visage.

— Je crains bien que ce ne soit pas encore le moment.

— Mais tu souffres ! cria Satiah en regardant le ventre distendu de sa mère.

— Ce n'est rien. Cela va passer.

Satiah approcha sa main. Neb-Amon la lui prit et la posa là où il sentait bouger l'enfant tout à l'heure.

Depuis quelque temps, Satiah avait perdu l'agressivité qu'elle montrait à son beau-père, grâce aux efforts de celui-ci.

Un soir, alors que Séchat était rentrée tardivement de la bibliothèque du Palais pour en ramener quelques textes indispensables à l'enseignement qu'elle donnait à ses élèves, la fillette était restée seule avec lui.

Le médecin avait tout simplement parlé de ses malades, et plus précisément de ceux qu'il soignait avant d'avoir été remarqué par Sa Majesté Hatchepsout, Pharaon des deux Égyptes. Ceux-là n'étaient que les plus pauvres et les plus déshérités de Thèbes.

Le récit du médecin avait touché la sensibilité de l'adolescente et l'avait mise au-devant d'un examen de conscience. Depuis, sa rancune était tombée.

— Le bébé bouge beaucoup, dit-elle en sentant les heurts de l'enfant contre la peau tendue du ventre de sa mère.

— Oui ! Mais il ne viendra pas avant l'aube, assura le médecin.

— En es-tu si certain ? répliqua gauchement Satiah.

À nouveau Cachou arrivait. Pressée, essoufflée, le cœur battant à l'idée que l'enfant allait naître.

— Maître, Maître ! fit-elle en ouvrant ses grands yeux sombres. C'est affreux, on vous réclame à l'hôpital.

Elle regarda Séchat d'un air éploré.

— Et le bébé qui va sortir, ajouta-t-elle en se frottant les yeux d'un revers de main.

— Allons, fit Neb-Amon en riant, tu ne vas pas pleurer pour ce petit incident-là.

Il frappa dans ses mains et les accoucheuses s'approchèrent, portant des linges propres et une grande cuvette d'eau qu'elles disposèrent sur un brasero dissimulé au fond de la pièce pour entretenir l'ébullition indispensable de l'eau.

Neb-Amon avait des règles d'hygiène très strictes. Il exigeait que l'on apportât un minimum de précautions dans chaque maison qui en avait les possibilités.

— Cet enfant ne viendra pas avant quelques heures. J'ai le temps de me rendre à l'hôpital et d'en revenir, à moins, fit-il en embrassant sa femme, que tu ne craignes de rester seule.

— Je suis pleinement rassurée sur mon sort, affirma Séchat, détendue. Il faut que tu ailles soigner cette urgence. C'est sans doute un cas dix fois plus important que le mien.

— Maîtresse, fit Cachou ulcérée, l'arrivée d'un enfant au monde est le cas le plus grave qui soit.

— Eh bien, Cachou, reste. Avec toi et Satiah à mon côté, nous pouvons attendre Neb-Amon.

Elle le regarda s'éloigner. Depuis qu'il avait créé l'hôpital, il avait repris goût à son travail.

Certes, ce n'était pas enfermé au palais, non loin de la pharaonne et de ses appartements, à discuter et à remettre en cause tous les principes de la médecine avec ses congénères praticiens que pouvait se ranimer la flamme de son sacerdoce.

— Que les dieux d'Amon soient avec toi, ma tendre épouse. Quand je reviendrai, ou bien l'enfant sera là, ou alors je le mettrai au monde.

Il traversa la voie dallée qui menait au grand parc ombragé par les vieux arbres qu'avait plantés Sobek, le père de Séchat, et, tout en contournant la terrasse sud de la résidence, celle qui absorbait tout le soleil couchant du soir, il se prit à réfléchir.

Séchat avait eu raison de vouloir habiter cette vieille résidence, intime et confortable, grande, aérée, proche du palais, qu'elle connaissait si bien pour y avoir vécu heureuse et libre avec son vieux père parti retrouver, dans l'au-delà, le dieu Osiris.

Neb-Amon avait soigné Sobek au retour de l'expédition du Pays du Pount. Le vieil homme avait tant craint de ne plus revoir sa fille qu'il s'était laissé aller à de bien funestes idées et le médecin n'avait pu le sauver d'un trop fort encombrement des bronches.

Neb-Amon respira une grande bouffée d'air. Dans quelques instants, revenu de l'hôpital, il serait peut-être père. Cette idée l'inquiéta. Il souhaita avec ferveur que l'urgence du cas qui l'appelait aussi précipitamment se révélât assez bénigne pour qu'il puisse mettre lui-même son enfant au monde.

Il contourna le lac de plaisance où libellules et nénuphars vivaient leurs pleines heures du soir. Une odeur de jasmin et de tamaris s'incrustait jusque dans le souffle le plus intime du petit vent qui se levait, léger, aérien, réparateur d'une journée trop lourde et trop chaude.

Quand il arriva aux contreforts du palais, côté ouest, la bâtisse de l'hôpital se dessina devant ses yeux. Son jeune assistant accourait à sa rencontre.

— Vite, trancha-t-il aussitôt. C'est la jeune femme de Menkeper.

— L'architecte ?

— Lui-même.

Neb-Amon fit la grimace. Il n'aimait pas cet homme. Menkeper était un arriviste, fourvoyé dans le sillage du jeune Thoutmosis sans que ses qualités professionnelles soient vraiment en jeu. Le médecin eut un haussement d'épaules. Son métier exigeait qu'aucun jugement ne vînt fausser son devoir.

Il déboucha dans une grande salle où plusieurs couches étaient alignées. Les patients – du moins, ceux qui étaient éveillés – le saluèrent avec chaleur. Il répondit par un sourire avenant et d'un bref coup d'œil jugea l'état de ceux qui étaient endormis.

La salle contiguë enfermait quelques opérés récents qui n'avaient pas encore repris connaissance. Une forte odeur de natron et de résine de térébinthe prenait aux narines.

L'hôpital n'était pas grand, mais suffisamment important pour occuper Neb-Amon et son assistant. Par la suite, si Sa Majesté Hatchepsout lui accordait les crédits nécessaires pour agrandir les salles et ses dépendances, il développerait sans doute une annexe destinée aux enfants malades.

La patiente en question avait été allongée dans la petite salle d'opération qui jouxtait les bâtiments des momificateurs. Quand Neb-Amon vit cette femme jeune, belle, harmonieuse de formes, qui gémissait doucement, il oublia Séchat et son enfant.

Encore une fois, il lui fallait sauver un être humain avant de penser à ses propres intérêts.

Un jeune homme était à son côté, le visage pâle et défait.

— Est-ce votre femme ?

— Oui, fit l'homme presque piteusement.

— Alors, laissez-nous. Votre présence peut nous perturber.

Mais remarquant l'air malheureux et perdu de Menkeper, il reprit d'un ton plus affable.

— Restez dans le couloir de cet hôpital, mon assistant vous tiendra au courant.

Puis, il découvrit le corps de la femme et vit une atroce brûlure qui s'étendait du bas-ventre jusqu'en haut des cuisses.

— Rappelle son époux, fit aussitôt Neb-Amon en inspectant la blessure.

Menkeper revenu, le médecin se planta devant lui.

— Comment est-ce arrivé ? questionna-t-il, soupçonneux.

Le jeune architecte ne répondit pas. Il laissa flotter sur son visage une expression de panique et fixa le médecin de ses yeux agrandis. Petit, carré d'épaules, sombre de peau, il avait des yeux bleus dont l'éclat était insoutenable. Mais le médecin en supporta l'intensité sans daigner baisser les siens.

— Comment est-ce arrivé ? répéta-t-il brusquement.

Menkeper se taisait.

— Est-ce un accident ?

Le jeune architecte acquiesça et prononça d'une voix éteinte :

— C'est un brasero qui lui est tombé sur le ventre.

— Tombé ! Comment un brasero peut-il tomber sur le ventre d'une femme ?

Il fouilla le visage de l'homme et y lut une gêne extrême.

— Le brasero a été jeté sur elle, fit-il encore plus décontenancé.

Voilà ce qui inquiétait bien le thérapeute. L'instrument plein de braises avait été appliqué sur la peau suffisamment de temps pour que la brûlure soit au troisième degré.

L'architecte dont l'attitude, à l'ordinaire, était plus qu'arrogante, à la limite parfois du mépris, n'en menait pas très large.

Ses mains restaient crispées sur le pan raide du pagne qu'il portait court et ses lèvres esquissaient un tic nerveux qu'il ne contrôlait plus.

— Nous nous sommes violemment disputés, jeta-t-il en relevant le bleu ardent de ses yeux sur ceux du médecin.

La victime gémissait et, à demi inconsciente, ses yeux restaient fermés. Neb-Amon observa la brûlure. Elle était vilaine, sentait mauvais et une couleur sombre auréolait la plaie.

— Cette brûlure remonte à quand ? s'enquit-il en regardant l'architecte.

— Je ne sais plus, fit Menkeper, gêné. Hier, je crois.

— C'est faux, cette plaie est plus ancienne. Elle se gangrène déjà.

Il regarda froidement l'architecte et poursuivit :

— Je n'ai plus besoin de vous. Vous pouvez attendre à l'extérieur ou mieux encore rentrer chez vous. Nous ne pourrons rien vous dire avant deux ou trois jours.

Alors, commencèrent de longues heures où Neb-Amon essaya d'arracher à la mort cette brûlée vive que guettait le poison de la gangrène. La malheureuse s'affaiblissait d'heure en heure.

— Elle n'en a plus pour longtemps, dit l'assistant en soulevant la paupière de la victime.

— Peut-être pas, répliqua le médecin. Nous allons nous battre pour sa survie.

Après avoir glissé entre ses lèvres quelques gouttes d'extrait de mandragore qu'il mêla aussitôt avec un peu d'opium pour anesthésier la patiente, Neb-Amon entreprit de couper dans les chairs pour en extraire la partie la plus tuméfiée.

Quand l'hémorragie se déclencha, ils durent l'arrêter en épongeant avec de l'extrait de gentiane. Ce fut long, mais ils y parvinrent et dès que le sang cessa de couler, l'assistant poussa un triste soupir et Neb-Amon reprit son travail de chirurgie, coupant les chairs superficielles pour éviter de provoquer une autre hémorragie.

— Son pouls s'affaiblit, dit l'assistant. Elle ne passera pas la nuit.

— Si elle succombe, ce ne sera pas suite à ce découpage de chair, affirma Neb-Amon, mais bien par le poison de la gangrène. Il a eu suffisamment le temps de se distiller dans son organisme pour la faire mourir.

Puis il s'épongea le front. Plusieurs heures s'étaient déjà écoulées quand les chairs taillées dans le vif se présentèrent plus saines et moins malodorantes. Mais la fièvre faisait délirer la patiente.

— Prépare du suc de lierre. Nous allons l'utiliser comme antiseptique et mêles-y de la coloquinte et de la poudre de cuivre.

Puis, d'un flacon en verre, il sortit quelques feuilles d'acacia, les écrasa et les mélangea à de l'extrait de racine de bryone. Broyant le bout dans de l'huile de cèdre, Neb-Amon confectionna un pansement gras et l'appliqua sur la plaie.

— À présent, il n'y a plus que la fièvre à combattre.

Ses yeux fatigués regardèrent la clepsydre dont le niveau atteignait la première heure du jour et, enfin, il pensa à Séchat.

Mais, avant de quitter l'hôpital, il prépara un mélange d'oxymel, de graines d'aneth, de coloquinte et de jus de dattes pour raviver l'effet du narcotique et faire tomber la fièvre.

— Fais-lui boire une gorgée toutes les heures, recommanda-t-il à l'assistant. Je pense qu'elle est sortie d'affaire. Si quelque chose d'anormal se présente, viens me chercher.

Puis il tâta le pouls de sa malade, hocha la tête dans un signe interrogateur, mais au fond de lui-même, Neb-Amon savait qu'il était satisfait.

L'air frais lui parut vivifiant. La nuit obstruait encore le ciel et pas une étoile n'en perturbait l'intensité profonde et silencieuse.

Son cœur battait lourdement à la pensée de sa femme enceinte qu'il avait dû laisser seule avec les accoucheuses et, soudain, ses jambes lui parurent pesantes. Allons ! Ce n'était pas le moment de faiblir. À présent, une longue matinée de travail l'attendait.

Quand il arriva devant sa maison, un grand silence tombait aux alentours et le vent soufflait doucement dans ses oreilles. Soudain, Cachou sortit de l'ombre et tomba littéralement dans ses bras.

— Maître, Maître, c'est un garçon ! Il est bien arrivé et il dort comme un petit dieu.

Neb-Amon faillit vaciller. Un fils ! Et Séchat ? Pourquoi Cachou ne parlait-elle pas de Séchat ?

— Et sa mère ? murmura-t-il.

— Votre épouse, mon Maître, dort avec l'enfant dans ses bras.

CHAPITRE III

Depuis l'accident du char, la pharaonne ne cessait de ressasser les images de l'accident qui les avaient éjectées, elle et sa fille, hors de l'attelage, fracassant la tête de l'une et brisant les reins de l'autre. À présent, il fallait que Mérytrê se reposât de longues heures et qu'Hatchepsout s'appuyât sur une canne au pommeau d'argent pour se déplacer.

Pourtant, Neb-Amon avait fait du bon travail et, par la suite, mère et fille devaient recouvrer leur santé, s'efforçant l'une d'oublier l'accident et l'autre de retrouver l'équilibre indispensable pour gouverner son pays.

Mais ce n'était guère facile pour Hatchepsout d'oublier qu'on avait drogué ses chevaux pour la tuer. Qui voulait à ce point la supprimer ? Les partisans du jeune Thoutmosis s'avéraient de plus en plus puissants. Bientôt, il lui faudrait ouvrir l'œil sans discontinuer.

Certes, son fidèle Senenmout veillait nuit et jour. Depuis peu même, il ne la quittait plus, partageant ses nuits, restant le jour sur ses talons. Depuis longtemps, aucun secret ne circulait plus au Palais quant aux relations intimes de la reine et de son favori.

Ce matin-là, Senenmout s'était levé tôt. Dans quelques heures à peine se tiendrait la séance du conseil. Et quelle séance !

La pharaonne Hatchepsout, Maître des deux Égyptes, n'en avait pas fermé l'œil de toute la nuit.

Un autre aussi n'avait pas dû dormir beaucoup. C'était le jeune Thoutmosis qui, pour la première fois, allait tenir la séance avec sa tante. Régner en co-régence !

Hatchepsout attendait ses servantes. Elle essaya d'oublier les heures prochaines qu'elle s'apprêtait à vivre aux côtés de son neveu, le bâtard de feu son époux, mais ne put s'empêcher de penser aux fortes têtes qui le soutiendraient.

Elle se leva et fit quelques pas dans sa chambre. Regardant par la fenêtre, elle vit l'agitation qui commençait à se faire sentir sur la grande terrasse ouest du Palais. Elle revint à sa couche et repassa en mémoire les points essentiels qui seraient à l'ordre du jour. Heureusement, rien de très important.

La date du mariage de Thoutmosis et de sa fille Mérytrê serait enfin fixée. Ce point-là était débattu depuis trop longtemps pour y trouver, à présent, un nouvel obstacle.

Les questions financières, budgétaires, seraient abordées. Là encore tout était en ordre. Pouyemrê, le Grand Trésorier, connaissait son travail et avait toujours soutenu la reine. Pourquoi glisserait-il soudain vers les partisans du jeune Thoutmosis ?

De même, les affaires commerciales et artisanales étaient en bon équilibre et si Séchat, la Grande Scribe, n'était plus là pour relever certains points délicats, commerce et artisanat se portaient bien.

Hatchepsout soupira. Restait le point sensible du temple d'Amon. Depuis quelque temps, la population de Karnak s'agitait. Certes, elle en connaissait le perturbateur. Nekmin ! Le propre assistant du Grand Prêtre Hapouseneb, et celui-ci semblait fléchir sous le poids d'une passion soudaine qui lui faisait oublier ses devoirs élémentaires.

Ne circulait-il pas au harem des propos qui tenaient sans doute leur origine dans la véracité des faits ? On murmurait que Méryet, la jeune danseuse sacrée, peaufinait son art dans les bras du Grand Prêtre. Certes, les insinuations du harem n'oubliaient pas de rappeler que l'épouse d'Hapouseneb n'avait pas réussi, en douze ans de mariage, à lui faire un enfant.

Qu'importe puisque la charge du Grand Prêtre d'Amon n'avait jamais été héréditaire et, qu'Hapouseneb n'ait pas de fils pour reprendre son titre, n'entrait nullement en cause. Par contre, les lois égyptiennes lui donnaient le droit de prendre une autre femme, sans abandonner la première, dans le but de procréer un fils.

Hatchepsout se passa la main sur le front, puis la descendit sur son menton qui, tout à l'heure, porterait la barbe postiche qu'elle attachait depuis le jour de la consécration de son règne pharaonique.

Elle caressa son menton resté lisse et fin, un peu plus rond pourtant depuis qu'elle approchait de ses quarante ans, et replongea ses esprits sur les points éventuels de la séance à venir.

Restait la question qui traitait de la guerre et qu'elle avait volontairement écartée depuis le début de son règne. Eh bien ! Qu'à cela ne tienne, Hatchepsout allait les surprendre. Et dans quel sens ! Depuis seize ans qu'elle régnait, elle avait maintenu la paix, redressant les temples ruinés, construisant des sanctuaires là où un dieu l'exigeait, élevant des obélisques, bâtissant sa gigantesque demeure éternelle, Deir el-Bahari, une merveille architecturale qu'avait réalisée son cher Senenmout.

Elle avait même accompli ce qu'aucun grand pharaon de sa dynastie n'avait jamais fait, se propulser jusque sur des mers lointaines, inconnues, dangereuses, au risque de se perdre et de ne plus revenir, au risque de périr. La pharaonne Hatchepsout avait réalisé cet exploit pour plaire aux dieux de son pays.

Une réussite totale, brillante, exceptionnelle. Depuis, le temple d'Amon humait les encens les plus riches et les plus divers, car les narines des dieux restaient délicates et gourmandes.

De nouveau, Hatchepsout se releva. Mais cette fois d'un coup sec, nerveux. Sa poitrine battait à grands coups précipités. Oui ! Elle le tenait son coup d'éclat. L'armée ! L'armée de Thoutmosis. De bien jeunes bataillons, des troupes peu expérimentées, qui ne rêvaient que d'exploits et de conquêtes mais qu'importe ! Thoutmosis et ses favoris se laisseraient prendre précisément là où ils péchaient.

Yaskat entra suivie de trois servantes.

Le bain la délassa et le massage qui suivit exorcisa toutes ses craintes. Hatchepsout était libérée de ses angoisses.

Quand Yaskat peaufina son maquillage, ourlant ses yeux du khôl traditionnel qui allongeait son regard sombre jusqu'aux tempes, tapissant ses paupières de poudre de galène, rougissant ses lèvres du henné le plus pur qui soit, elle se sentit définitivement prête.

Le reste du temps ne fut plus qu'attente sereine.

Quand elle entra dans la grande salle aux pylônes gravés de hiéroglyphes représentant des scènes courantes de la vie pharaonique, Hatchepsout fit des yeux le tour de la table.

Ce qu'elle avait prévu était arrivé. Tout au fond, deux fauteuils aux dossiers recouverts d'or et de lapis-lazuli trônaient, faisant face à tous les membres de l'assemblée.

L'un était déjà occupé par un jeune garçon dont les gestes paraissaient malhabiles. Il redressait pourtant son buste nu que recouvrait un large pectoral fait de chaînes en bronze qui retenaient des médailles d'or serties de turquoises et de cornaline.

Hatchepsout eut un choc. Qui lui avait donné ce bijou ? Cette pièce d'orfèvrerie appartenait à son époux et ce n'était certes pas elle qui en avait fait don à cet enfant. De plus, le pectoral avait été soigneusement enfermé dans le trésor du temple d'Amon, généreusement mis en offrande par Hatchepsout pour le sanctuaire d'Hathor. Seuls, elle et le Grand Prêtre avaient le pouvoir de l'en faire sortir.

La pharaonne décida de ne pas étendre l'importance de l'incident et observa l'assemblée. Puis elle prit place aux côtés de son neveu et, d'un signe autoritaire, réclama les attributs qui, aux yeux de son peuple, faisaient d'elle le Pharaon des deux Égyptes.

Le rituel se passa sans heurt. Les serviteurs apportèrent la crosse d'or, le sceptre et le fouet. Puis la double couronne fut posée sur sa tête. Enfin, la barbe taillée en pointe fut accrochée à son menton.

Sans doute pour se donner du courage, l'adolescent se tourna vers Nekmin qui, intentionnellement, s'était placé sur sa droite tandis qu'à la gauche d'Hatchepsout siégeait le fidèle Senenmout.

Parée de ses attributs, Hatchepsout attendit. Un silence pesant alourdissait l'atmosphère. À sa gauche, Pouyemrê, Hapouseneb, Néhésy se taisaient. Soudain, le vieil Antef, le plus violent de ses adversaires se leva.

— C'est une attention fort généreuse, Majesté, que d'avoir fait don à votre neveu d'un bijou si célèbre.

Ses yeux ridés et à demi fermés se perdaient dans les plis qui sillonnaient abondamment son front dégarni.

Hatchepsout ne pouvait plus ignorer la question. Elle résolut de rester calme, mais elle sentit ses doigts se crisper de colère sur la crosse d'or qu'elle tenait fermement.

— De quel bijou parles-tu, Antef ?

Thoutmosis se tourna vers elle.

— Hélas, je n'ai pas eu le temps de vous remercier, ma tante. Et cette assemblée n'est ni le lieu ni l'instant pour le faire. Je me réserve donc quelques instants, après cette séance, pour le faire.

Pouyemrê semblait embarrassé et Néhésy perdait de son assurance. Quant à Senenmout, il rougissait, mais son regard n'avait pas perdu son acuité ni son insolence qu'il dirigeait vers Thoutmosis.

— Qui t'a donné ce collier ?

Thoutmosis parut surpris.

— Mais… fit-il.

Puis, se tournant vers Antef, il l'interrogea du regard, réclamant l'explication qu'il ne pouvait fournir. Mais Hatchepsout se leva et plongea son regard dans les petits yeux ridés du vieil homme.

— Tu sais fort bien que ce n'est pas moi. Qui s'est emparé de ce collier ?

— Majesté ! répliqua Antef, c'est vous qui avez donné l'ordre de reprendre le pectoral de feu Thoutmosis II pour le remettre à son fils.

— Antef ! s'emporta la reine. Tu sembles ne pas comprendre ce que je te demande. Qui t'a dit que je réclamais ce bijou pour mon neveu ?

Un sourire ambigu au coin de ses vieilles lèvres décharnées et tombantes, Antef murmura :

— Mais c'est Hapouseneb, le Grand Prêtre d'Amon. Ne lui avez-vous pas donné procuration de certains biens du temple, lors de votre départ pour l'expédition au Pays du Pount ? N'est-il pas resté le seul gardien de Karnak et des temples ?

Il se tourna vers ses alliés, mais personne ne vint à son aide. Hatchepsout sentit le sang bouillonner dans ses veines. Hapouseneb se leva, blanc d'une rage qu'il essayait pourtant de contenir pour amoindrir l'incident.

— C'est faux, et tu le sais ! jeta-t-il à la face d'Antef.

— Peut-être as-tu mal interprété les paroles de ta reine. Dans ce cas, Majesté, replaçons ce collier là où il était et ne faisons pas de cette affaire un incident majeur.

Visiblement, Antef paraissait déçu que ni Nekmin ni Menkeper n'interviennent en sa faveur.

— Senenmout est pourtant venu au temple, le dernier jour du mois de chemou, révéla Antef qui préféra jeter de suite sa dernière arme, la plus dangereuse peut-être. C'était pour y voir Hapouseneb.

D'un mouvement sec, Senenmout se leva en brandissant le poing vers lui.

— Tu m'espionnes ? fit-il.

— Non, je m'explique.

— Que veux-tu insinuer ? reprit Senenmout, un mauvais sourire aux lèvres.

— Simplement que tu as vu Hapouseneb le dernier jour du mois de chemou et que cela s'est passé dans le temple d'Hathor.

De blanc, le visage d'Hapouseneb était devenu verdâtre et celui de Senenmout cramoisi. Hatchepsout porta son regard effaré sur l'un et sur l'autre. Ce fut le Grand Prêtre qui parla le premier.

— C'est vrai, Majesté, Senenmout est venu me voir au temple, le dernier jour du mois de chemou. Mais, il n'a pas été question du pectoral déposé en offrande à la déesse Hathor.

Hatchepsout se tourna lentement vers son favori.

— Veux-tu m'expliquer ? jeta-t-elle d'une voix sans timbre.

— Je lui ai demandé conseil pour construire un monument funéraire. C'est tout.

— Un monument funéraire. Lequel ?

Senenmout hésita. Il fallait parler, sinon il serait accusé d'avoir dérobé le pectoral en accord avec Hapouseneb.

— Le mien, jeta-t-il d'une voix basse.

Hatchepsout crut rêver. Senenmout voulait bâtir sa propre tombe avec les finances du temple ! Un monument funéraire aux frais de l'État. Non ! C'était impossible. Pas Senen, son favori, son conseiller, son amant. Pas Senen !

Elle ferma les yeux et s'entendit murmurer :

— Cela pouvait attendre, Senenmout. Nous en reparlerons.

Puis elle ouvrit les yeux et se tourna vers son neveu.

— Ce collier est à toi, désormais. Considère que c'est un cadeau de ton père, le pharaon Thoutmosis II.

Puis elle tendit la crosse d'or au bout de son bras.

— Que l'on commence cette séance. Elle n'a que trop attendu.

On débattit des points à l'ordre du jour et il n'y eut aucun heurt. Les partisans de Thoutmosis étaient suffisamment satisfaits d'avoir jeté un double doute dans l'esprit d'Hatchepsout alors que, seule, était prévue l'affaire du collier. Celle de la tombe de Senenmout était une autre histoire. Un élément de poids qu'ils devaient ne pas perdre de vue.

Hatchepsout avait un peu pâli. Ses adversaires l'avaient déstabilisée, semant des idées gangrenées dans son esprit. Mais, peu à peu, elle se reprit et attaqua, sans attendre, le point essentiel qui lui tenait à cœur.

— Il me paraît souhaitable, mon neveu, que tu partes en Nubie. Tes troupes sont prêtes, à ce qu'il me semble. Et puisque tu as l'âge, désormais, de siéger à ces assemblées, tu as celui de partir en mission étrangère à la tête de tes armées.

— Voulez-vous parler des régions au sud de Ouadi Halfa ? s'interposa aussitôt Sennefer, le chancelier des déserts de Nubie. Il se leva et fit quelques pas devant la reine.

— Les pays du Nord me semblent avoir trop attendu. Il serait temps, Majesté, que l'on aille voir ce qui s'y passe.

— Les Nubiens bougent aussi, rétorqua aussitôt Djéhouty.

— Et les armées nubiennes se sont affaiblies depuis le début de votre règne, Majesté, insinua Khety, le commandant qui formait les nouveaux bataillons de Thoutmosis.

Il se tourna vers Dydou, son capitaine d'armée :

— N'est-ce pas ton avis ?

Le petit homme à qui il parlait acquiesça. Bien que de courte taille, Dydou, capitaine d'infanterie dont les armées étaient basées près de la deuxième cataracte, dégageait une force peu commune. Son visage carré avançait des traits saillants et anguleux.

Il se leva lui aussi et se plaça aux côtés de Khety. Puis il regarda Hatchepsout et, comme si ce problème ne la regardait plus, il se planta droit devant Thoutmosis, se courba légèrement et demanda, plein de condescendance :

— Est-ce aussi votre avis, fils de feu Thoutmosis ?

— À mon sens, jeta le jeune homme d'une voix nette, il me semble devoir faire passer le Sud avant le Nord. Certes, les peuples de la Mer s'agitent un peu, mais ils sont encore pacifiques et les transactions commerciales que nous avons avec eux sont bonnes, alors que du côté de Bouhen et plus bas encore, Ouadi Halfa, Soleb, Napata, les marchés passés autrefois s'amoindrissent.

Étonnée, Hatchepsout observa longuement son neveu et nota avec un malaise grandissant qu'il tenait un langage habile et juste. Ses conseillers en furent aussi conscients et un sourire ambigu fleurit aussitôt sur plusieurs lèvres.

— Nous pouvons mettre en place les premiers bataillons, affirma Khety.

— Quand pourrions-nous partir ? questionna Thoutmosis.

— Dès le mois de mesoré, répondit Dydou, impatient de réaliser enfin quelque chose d'autre que rester cantonné dans une base immobile et mutilée.

Ce fut un déchaînement général et Hatchepsout sentit aussitôt qu'elle avait eu raison d'orienter ce débat sur le départ d'une éventuelle expédition étrangère. Son neveu prenait trop de poids et, désormais, avait trop d'appuis pour qu'il s'occupât de politique intérieure.

Il fallait voir comment ces hommes – à l'exception de ses fidèles – commençaient à se ranger du côté de Thoutmosis ! Dieu d'Amon ! Qu'ils étaient tous pressés de le voir placé sur le trône à sa place !

Amenphis, Capitaine de la Charrerie royale, se leva. C'était un homme à la forte carrure, puissant, aux épaules et aux cuisses fortes et musclées.

Des bracelets en cuivre et en argent entouraient ses avant-bras et remontaient presque sur les épaules. Il avait un long pagne rouge retenu à la ceinture par une large boucle d'ivoire. Sa taille était celle d'un géant et le petit Dydou, qui commençait à s'émoustiller à l'idée de bientôt guerroyer, leva la tête à s'en décrocher le cou pour le regarder lorsqu'il vint se placer à son côté.

— Les chars sont en place, dit-il. Les chevaux sont prêts et mes archers ont le bout des doigts qui les démange. Tirer sur les sarcelles et les pigeons ne les intéresse plus.

Khety se mit à rire, suivi aussitôt par Dydou et Thoutmosis. Mais leur hilarité fut aussitôt coupée par la voix tranchante de Djéhouty.

— Toutefois, Majesté, dit-il en se tournant vers la reine, j'émets une grande réserve.

— Laquelle ? cria presque Amenphis, rendu agressif à l'idée d'abandonner l'idée d'un départ aussi prometteur.

— Certes, la Nubie s'agite, mais elle reste plus pacifique que les pays du Nord, et si j'approuve l'idée d'une expédition, je demande qu'elle demeure une simple approche, non une guerre.

Soulagé, Amenphis approuva.

— À la jonction d'Ouaouat et de Koush, nous avons bâti un sanctuaire qui nous met à l'abri de tout danger éventuel, jeta Thoutmosis.

— Ce n'est pas suffisant, fit Djéhouty, amusé par la remarque naïve du jeune homme. Surtout si nous voulons descendre plus bas.

— Pensez-vous à la troisième cataracte ? fit Menkeper en se levant. Nous n'y avons rien bâti. Je propose de descendre jusqu'à Koumneh ou même Soleb s'il le faut et d'y étudier un projet de construction. Nous pourrions y élever un obélisque !

Le jeune architecte rehaussa sa petite stature. Ses épaules carrées avaient repris de la prestance depuis que son épouse, étrangement accidentée, avait été vraisemblablement tirée de la mort grâce au talent du brillant médecin de Sa Majesté.

Menkeper redressait son buste et regardait l'assemblée d'un air assez suffisant. On le disait violent et jaloux. Ses compétences en architecture ne valaient certes pas celles de Senenmout, mais Hatchepsout ne s'en souciait guère, c'était l'affaire de Thoutmosis. Si Menkeper voulait bâtir des temples sur les terres nubiennes, cela n'était plus son affaire, dès l'instant qu'il ne touchait pas à l'architecture du pays.

— Tes armées, mon neveu, fit Hatchepsout sans plus s'occuper de l'architecte, feront donc leurs premières expériences.

— Je descendrai jusqu'à la boucle de la troisième cataracte, fit Thoutmosis bouillonnant de joie. M'y aideras-tu, Djéhouty, toi qui connais mieux que personne tout le sud de la Nubie ?

Djéhouty effleura de son regard gris métallique les yeux de la reine. Il soutint quelques instants la pression autoritaire qu'ils exerçaient sur les siens et, tranquillement, se tourna vers Thoutmosis.

— Je suis votre serviteur, murmura-t-il en inclinant légèrement le buste.

Comment Hatchepsout aurait-elle pu ne pas frissonner en voyant l'un de ses fidèles se tourner volontairement vers le jeune prince qui, satisfait de la tournure des événements, se fit affirmatif et convaincant tout le reste de la séance ? Comme la reine l'avait prévu, on ne parla que du départ de la prochaine expédition.

La pharaonne se garda bien d'amener le débat sur la politique intérieure. Désormais, c'était un sujet qu'elle n'aborderait qu'en l'absence de Thoutmosis, lorsque celui-ci serait en guerre aux portes de l'Égypte.

⁂

Que faisait le vieil Antef à cette heure, aux portes de la classe ? Il rapetissait tant son corps, plié par les rhumatismes qui rongeaient ses os usés, qu'il ressemblait à une souche de sycomore que les ans auraient cassée en deux.

Sans bruit, Séchat se dissimula derrière le pylône qui conduisait à la terrasse de l'école. Antef avança prudemment la tête dans l'encoignure de la porte restée ouverte, puis pénétra dans la classe.

Séchat attendit. Certes, ce matin-là, elle avait de l'avance sur son horaire et Satiah n'était pas encore levée lorsque la jeune femme avait quitté la maison.

Chaque matin, elle venait à pied de son domicile, écartant le char – car la distance s'avérait trop courte – ou la chaise à porteurs, trop pompeuse, comme le faisait son prédécesseur. Rien de tel pour mettre Séchat en forme qu'une petite marche avant de commencer les cours de sa classe.

Depuis deux ans qu'elle dirigeait l'école, Séchat imposait peu à peu ses idées, inculquant aux élèves ses propres connaissances et le savoir qu'elle avait appris de ses maîtres.

Y venaient les fils des dignitaires, ceux du Grand Trésorier, du Chef des Armées, du Vizir du Palais, du Grand Capitaine de la Charrerie royale, du Grand Scribe des Artisans, de l'Intendant des Greniers de Thèbes, et bien d'autres encore.

Y venaient aussi quelques filles : Baki, une jeune noble qui fréquentait le sillage de Thoutmosis, deux princesses syriennes élevées au harem et surtout sa propre fille Satiah que les études intéressaient moins que la pêche, le tir à l'arc ou la conduite d'un char.

Bien sûr, dans sa classe, Séchat avait aussi Thoutmosis et ses trois compagnons inséparables, Amennheb, Amtou et Néférouben. Cette année-là était la dernière qu'il passait à l'École du Palais. Car le jeune Thoutmosis devait partir très prochainement pour sa première campagne expéditive en Nubie et ses trois compagnons suivraient bientôt l'école de cavalerie et d'infanterie de Thèbes pour perfectionner leur art militaire.

À tout ce petit monde qui s'échelonnait de six à quinze ans, s'ajoutait Méryet, la jeune danseuse du temple, que Séchat avait éduquée en lui apprenant à lire et à écrire sur les navires de l'expédition du Pount. Mais à présent si Méryet désirait peaufiner sa culture, c'était pour mieux plaire au Grand Prêtre d'Amon que la séduction de la jeune fille avait emporté au-delà du ciel des dieux.

Dissimulée derrière son pylône, Séchat attendait que le vieil Antef ressorte. Que pouvait-il bien faire dans sa classe ? Venait-il dérober un document ? Espionner ? Elle le savait dangereux, pernicieux, dissimulateur, avec suffisamment d'hypocrisie pour tromper son entourage. Il travaillait pour le jeune prince, ayant pris son parti dès sa naissance contre Hatchepsout et le règne qu'elle assumait depuis presque quinze ans.

N'avait-il pas fomenté, autrefois, plus d'une traîtrise, plus d'une rébellion, dont certaines avaient frôlé la complicité d'actes meurtriers avec deux notables de Thèbes, Mériptah et Ouser, que Séchat espérait bien ne plus jamais revoir ?

Comment Séchat aurait-elle pu oublier les odieux comportements de ces deux dignitaires qui, maintes fois, avaient tenté de contrecarrer sa carrière, allant jusqu'à kidnapper sa fille qui n'avait que quelques mois ?

Désormais, Séchat appréciait trop sa vie familiale – elle la dégustait avec délice comme un fruit savoureux et sucré dont elle ne pouvait plus se passer –, surtout depuis que le petit Rekmirê poussait comme un melon dans un vert potager.

Certes, Séchat n'était plus prête pour vivre les dangers qui avaient sillonné les quinze dernières années de son existence. Ce temps-là était loin, si loin qu'il ne lui en restait plus que de merveilleux et pénibles souvenirs.

Enfin, elle vit Antef ressortir de sa classe. Il avait un papyrus enroulé dans ses mains. La jeune femme s'inquiéta. Devait-elle aller au-devant du vieil homme et demander qu'il lui montrât le document ?

Elle réfléchit et pensa que ce n'était pas la meilleure solution. Le vieux filou rétorquerait aussitôt qu'il avait ce papyrus en entrant et s'offusquerait de l'accusation de la jeune femme. Un blâme même pourrait se retourner contre elle.

Elle resta donc dissimulée derrière le pylône jusqu'à ce qu'Antef eût disparu complètement. Puis elle entra dans sa classe.

Surprise, elle y vit le petit Djéhouty, son élève le plus jeune. Pour son entrée en classe, ses cheveux avaient été coupés et l'on avait noué une ceinture sur ses hanches, cachant ainsi sa jeune virilité.

Djéhouty était assis en scribe et jouait avec un petit singe qu'il tenait en laisse comme un chien. Séchat s'approcha de lui.

— Djéhouty ! Que fais-tu ici ? Qui t'a amené si tôt ?

— C'est ma nourrice, Grand Maître.

« Grand Maître ». Qu'un enfant l'appelât ainsi la faisait toujours sourire.

L'enseignante se rappelait le premier jour où Thoutmosis s'était planté devant elle et lui avait jeté avec arrogance :

— Comment faut-il vous appeler ?

— Comment appeliez-vous mon prédécesseur ? avait rétorqué Séchat.

— Grand Maître.

— Alors appelez-moi ainsi.

Les petits ne disaient rien, bien qu'ils restassent, eux aussi, étonnés qu'une femme vînt leur faire la leçon tandis que Thoutmosis et ses compagnons plus âgés s'agitaient, mal à l'aise.

— Mais vous êtes une femme ! avait jeté Amennheb.

— Ignores-tu, Amennheb, que j'ai été Grande Scribe et Intendante des Artisans ?

— Non, dans ma famille on parlait de vous.

— Alors, ne crois-tu pas que si je pouvais assumer les tâches ingrates d'un Grand Intendant, je ne sois pas capable d'assumer celles d'un Grand Maître ?

Amennheb avait hoché la tête, mais les doutes qui rongeaient encore son esprit furent repris aussitôt par l'insolence de son compagnon Amtou :

— Jamais une femme n'avait enseigné jusqu'alors.

— Jamais une femme n'avait été Grand Intendant, avait-elle jeté sèchement.

Prenant la relève, Thoutmosis avait susurré :

— Que nous apprendrez-vous ?

— Ce dont un jour tu auras besoin pour monter sur le trône. Sans culture et sans savoir, prince, tu ne seras rien.

Ciel ! Qu'avait-elle dit là ! Qu'Hatchepsout l'eût entendue à cet instant et son rôle d'enseignante eût été bien compromis. Aussi ajouta-t-elle promptement :

— Mais tu as beaucoup à apprendre, Thoutmosis, avant d'atteindre ce jour-là.

Ces deux phrases avaient peut-être été périlleuses pour Séchat, mais du moins lui avaient-elles assuré une large considération de la part du jeune prince qui, de ce jour, avait daigné respecter son nouveau professeur.

Et comme Thoutmosis n'était pas un être inintelligent, il sut imposer à ses compagnons un comportement déférent envers leur nouveau Grand Maître.

— Pourquoi es-tu venu avec ton singe ? s'enquit Séchat auprès du petit Djéhouty. Tu sais bien que c'est interdit d'amener un animal.

— Je ne voulais pas être seul en vous attendant, rétorqua le petit.

— Qui t'a obligé à venir si tôt ?

L'enfant se tortilla. Puis il sortit l'une de ses jambes repliées sous son corps et l'allongea malhabilement.

— Allons, qui t'a obligé à venir si tôt ?

Nerveusement, l'enfant fit une grimace avec sa bouche, ouvrant et fermant ses lèvres lippues qui soulignaient ses origines nubiennes.

— Donne-moi ton singe, nous allons l'attacher à l'extérieur.

— Non, cria l'enfant en serrant la laisse qu'il tenait fermement en main.

— Alors, si tu veux rester avec lui durant toute la leçon, dis-moi qui t'a dit de venir si tôt.

Pris au piège, l'enfant avoua.

— C'est Antef.

— Pourquoi ?

À nouveau, l'enfant se tortilla et Séchat attrapa la corde du singe.

— Parce qu'il voulait savoir où vous rangiez les papyrus.

— Tu l'as vu. Qu'a-t-il pris ?

Cette fois, le garçonnet tenait ses lèvres serrées.

— Allons, fit Séchat. Donne-moi ce singe. Je vais l'attacher dehors et tant pis si on te le vole.

— Il a pris un papyrus dans cette case-là.

Et, emmenant son singe derrière lui, il courut vers le fond de la salle où, derrière la grande statue d'albâtre du dieu Thot, les casiers de rangement étaient tous alignés les uns à côté des autres.

Le compartiment, creusé dans le marbre du mur et fermé par une targette en bronze doré, enfermait les documents relatifs aux cours d'enseignement religieux.

— C'est bien, fit-elle à Djéhouty, retourne t'asseoir et garde ton singe durant tout le cours.

Puis elle s'absorba aussitôt dans la recherche du document qui manquait. Les prières et les oracles aux dieux Thot, Anubis et Horus étaient tous là. Ceux consacrés aux déesses Hathor, Isis et Mout n'avaient pas été pris.

Pas un seul document relatif aux cérémonies religieuses, pas un seul papyrus concernant les traditions ancestrales et sacrées, le déroulement des fêtes d'Opêt ou d'Hapy ne manquait. Mais, soudain, Séchat eut un vertige. Le petit plan des nécropoles du temple d'Amon qu'elle avait dessiné avait disparu.

⁂

Peu à peu, la classe s'emplissait. Après avoir salué la grande statue de Thot, petits et grands allaient s'asseoir en scribe dans un parfait demi-cercle au fur et à mesure de leur arrivée.

Thoutmosis entra suivi de ses trois compagnons. Ils s'installèrent en bout de file.

Baki, fille de Pouyemrê, le Grand Trésorier d'Égypte, apparut dans l'encadrement de la grande porte qui restait toujours ouverte. Elle était accompagnée des deux jeunes princesses syriennes destinées à devenir les concubines de Thoutmosis.

Quand Séchat vit sa fille, elle distingua la silhouette de Cachou et s'étonna que ce ne soit pas Maâthor qui accompagne ce jour-là Satiah à l'école. Mais elle ne s'attarda pas plus qu'il ne fallait sur ce petit incident et jeta d'une voix claire et haute :

— Avez-vous tous salué le dieu Thot ?

Un « oui » général se fit entendre. Deux voix manquaient pourtant à cet ensemble phonique si bien lancé. Celle de Mérytrê qui arrivait toujours avec un retard considérable. Mais comment la fille d'Hatchepsout aurait-elle pu être à l'heure alors qu'elle ne s'intéressait ni aux chiffres ni aux lettres que Séchat tentait de lui mettre en tête ?

La seconde, celle de Méryet, lui parut plus inquiétante. La jeune fille qui, cette année-là, terminait sa scolarité, arrivait toujours avant les autres, ce qui permettait à Séchat de discuter quelques instants avec sa protégée avant les cours. Aussi cette absence l'étonna-t-elle.

À peine s'apprêtait-elle à saisir les tablettes de grès qu'elle distribuait à ses élèves pour le premier devoir qu'un bruit de voix lui fit tourner la tête. Mérytrê arrivait en litière et sa nourrice avait l'ordre d'attendre à l'intérieur de la classe jusqu'à la fin des cours.

Mérytrê entra. C'était une adolescente un peu maigre, au visage long et triangulaire que, seul, un regard ardent animait de quelque intérêt.

Quand la jeune fille observait intensément Séchat et que celle-ci prenait le temps de l'étudier, elle voyait en elle les attitudes et les gestes de la pharaonne. Mais, Mérytrê n'était hélas qu'un pâle reflet du physique et du tempérament de sa mère.

Elle ne s'intéressait à rien à l'exception de ses petits problèmes quotidiens, ses promenades et ses loisirs de princesse gâtée où, seuls, comptent les ordres donnés aux servantes et à l'important personnel du palais.

— Mérytrê, dit Séchat en regardant la fillette se diriger vers sa place, tu n'as pas sanctifié ton dieu. Thot est en colère.

Imperturbable, l'adolescente s'approcha de la statue d'albâtre dont la tête était celle d'un ibis à l'œil pointu qui regardait les élèves. Elle se courba et récita les paroles sacrées, puis tout aussi tranquillement reprit sa place parmi les autres.

Quand le silence fut installé, Séchat inspecta le visage de ses élèves. Dieu ! Il lui semblait entendre le vieux Parenefer qui lui dictait ses ordres. Il lui semblait aussi se revoir, là, aux côtés de son compagnon d'enfance, le gentil Menkh qu'elle avait épousé et qui, en ultime souvenir, avait laissé la graine de Satiah plantée dans son ventre avant de se faire tuer sur le champ de bataille du Mitanni.

Vingt-cinq ans plus tard, elle retrouvait cette école.

De son temps, les filles côtoyaient les garçons. À présent, les deux sexes préféraient se séparer, n'échangeant entre eux que de furtifs regards.

Après avoir distribué les tablettes de grès aux élèves, elle saisit un paquet de papyrus déroulé.

— Je vais vous rendre vos devoirs de géométrie. Amennheb, tu t'es lourdement trompé dans le calcul de tes angles. Il te faut revoir tout cela.

Elle tendit au garçon le devoir et se tourna vers Amtou.

— Quant à toi, tu ignores encore ce qu'est une bissectrice et tu confonds toujours un angle aigu et un angle obtus. Tu resteras avec moi après le cours et nous reprendrons tout cela depuis la base.

Puis, se dirigeant vers Thoutmosis, elle teinta d'une réserve relative l'éloge qu'elle lui fit.

— Tu t'y prends bien pour dessiner tes angles, mais le croquis de ton temple est démesuré et tes calculs ne correspondent pas à tes ambitions. Si tu fais le plan d'une grande construction, alors, calcule de grands angles. Les mathématiques, Thoutmosis, sont une science rigoureuse et précise. La plus petite erreur peut faire crouler un pylône comme elle a fait crouler des pyramides au temps des anciens pharaons.

Elle se tourna vers les petits. Ses yeux s'attardèrent un instant sur Djéhouty qui avait attaché la laisse de son singe à son pied. Puis elle interrogea son voisin, un enfant au visage bruni par le soleil qu'éclairaient deux grands yeux bleus. C'était un des fils du Sous-Vizir de Thèbes.

— Allons, Seneb, réponds à ma question. Un cultivateur qui a un champ de 50 aroures reçoit de son père en héritage 25 aroures. La crue du Nil insuffisante a engendré une sécheresse qui n'a pas permis au limon de fertiliser 15 aroures. Combien d'aroures, cette année-là, lui rapporteront le blé qu'il attend ?

Le petit Seneb rehaussa son buste nu et répondit précipitamment :

— Dix aroures, Grand Maître.

— Allons, Seneb, tu réponds trop vite. Tu n'as pas réfléchi.

Elle se pencha sur Djéhouty :

— Et toi, as-tu réfléchi ?

— Soixante aroures, Grand Maître.

— Bravo, Djéhouty, fit Séchat. Tu seras un bon mathématicien. Maintenant prenez vos plaquettes et tracez les lettres de votre alphabet. Je veux des dessins parfaits, nets et sans bavures.

Elle regarda Djéhouty et lui sourit. À vrai dire, elle ne s'attendait pas à une réponse aussi exacte. L'avait-il faite au hasard ? Ce petit calcul était d'un niveau supérieur. Et, bien que Djéhouty sache déjà compter sur ses doigts, elle ignorait qu'il pouvait déjà effectuer additions et soustractions.

Son regard se tourna un instant vers les casiers creusés dans le mur qui enfermaient ses documents scolaires et elle pensa au plan des nécropoles dérobé. Un point délicat qu'il lui fallait éclaircir au plus vite.

— Thoutmosis, dit-elle. Lève-toi et parle-moi du rôle du Temple égyptien sous toutes ses formes.

Elle vit que sa fille était distraite. Pour elle, le rôle du Temple égyptien importait peu. Elle fixait intensément Thoutmosis qui, mû par un réflexe soudain, riva ses prunelles dans les siennes. Puis Séchat se tourna vers Mérytrê et assista au court et silencieux affrontement des deux adolescentes.

Leurs yeux se défiaient, crachant un même désir de plaire au jeune homme.

Quelques instants, les trois jeunes gens ignorèrent les présences avoisinantes. Dans l'attitude de Mérytrê, il y avait cette certitude d'être bientôt la future Grande Épouse du pharaon. Dans celle de Satiah, il y avait l'assurance du pouvoir de séduction qu'elle exerçait depuis toujours sur le jeune prince.

Séchat soupira. Un léger souffle lui entrait par les narines et se diffusait lentement dans son corps. Elle fixa de nouveau sa fille. Dieu ! Qu'elle paraissait amoureuse de Thoutmosis ! Quelle vie se préparait-elle donc dans la peau d'une Seconde Épouse ?

— Lève-toi, Thoutmosis, et donne-moi ton avis sur le rôle du Temple égyptien.

Le jeune homme se leva. Son torse était celui d'un adulte. Sa carrure celle d'un lutteur, son maintien celui d'un sportif de compétition. À voir son visage déterminé, conquérant, déjà maître de lui, Séchat comprenait les appréhensions et les angoisses d'Hatchepsout. Certes, il était facile de s'imaginer détrônée devant un tel adversaire.

— Le rôle du Temple égyptien consiste à former les individus pour atteindre un idéal.

— À former seulement ? Crois-tu donc que l'on puisse accepter au Temple n'importe quel individu ?

— Non, bien sûr, répliqua aussitôt Thoutmosis. On doit les sélectionner.

— Parfait. Mais qui va-t-on sélectionner ?

— Ceux qui en sont capables.

— Capables de quoi ?

— Euh…

— Le rôle et la mission des Temples de l'Égypte, reprit Séchat, consistent essentiellement à choisir et à édifier des êtres vivant ici-bas capables d'aspirer à l'idéal de l'au-delà.

Elle regarda Amtou, puis se plaça devant lui :

— Voyons, peux-tu me dire par quels moyens on peut élever l'esprit à cet idéal ?

— La sagesse.

— Bien ! Mais encore. Amennheb ?

— Les connaissances.

— C'est évident. De quelles connaissances parles-tu ?

— Euh ! Toutes.

Un rire général accueillit la réponse.

— Encore une évidence, Amennheb, qui ne t'honore guère.

— L'éveil de la conscience, jeta Thoutmosis.

— Et les facultés d'observation et de discernement, ajouta Séchat. Bien, Thoutmosis. Tu sembles comprendre à peu près le sujet. Mais n'oublie pas que le programme d'un être d'élite passe avant tout par la notion des responsabilités, la sagesse et encore plus par la noblesse et la simplicité du cœur.

Un bruit léger les fit tous se retourner. Une jeune fille d'une grâce extrême entrait. Ses jambes, ses bras, le maintien de son cou et de ses épaules affirmaient une rare distinction, celle de toutes les danseuses sacrées d'Amon.

Sans rien dire, elle alla se prosterner devant le dieu Thot et lui dédia un hymne qu'elle prononça à voix basse.

— Pardonne-moi, Grand Maître, si je suis tant en retard.

— Ce n'est guère ton habitude, Méryet, que t'est-il arrivé ?

La jeune danseuse rougit et parut embarrassée.

Séchat regretta sa question, mais comment pouvait-elle aux yeux des autres élèves afficher une différence pour sa protégée ?

Voyant que Méryet semblait de plus en plus gênée, elle vint à son secours.

— Allons, la prochaine fois, j'écouterai ton excuse et tu seras punie. Va te joindre à tes compagnes et reste attentive.

Comme pour clore l'incident, ce fut l'instant que choisit le singe de Djéhouty pour jeter un cri qui n'avait rien de très discret. À force de gesticuler, il avait fini par s'enrouler la laisse autour du cou et, tapage à l'appui, réclamait l'aide de son jeune maître pour le sortir de son étourderie.

La classe se mit à rire et l'étrange retard de Méryet fut ainsi complètement occulté.

Freinant le rire des enfants, Séchat se dirigea vers les petits. Elle redressa la tête de Seneb qui venait de s'assoupir, le nez écrasé sur sa tablette. Quand elle lui releva le visage, l'enfant avait de l'encre noire sur sa joue gauche et de l'ocre rouge sur les narines, ce qui souleva un nouveau rire général.

Frappant dans ses mains, Séchat imposa le silence. Puis, passant derrière les petits, elle complimenta ceux qui avaient formé de beaux hiéroglyphes, reprocha la paresse de ceux qui n'avaient rien fait et l'étourderie de ceux qui s'étaient trompés.

— Satiah, fit-elle tout à coup en pointant l'index vers sa fille, peux-tu me réciter l'hymne du Nil ?

Pourquoi avait-elle soudain l'envie de complimenter sa fille ? Elle savait que Satiah le connaissait parfaitement. Souriante, l'adolescente ne se fit pas prier et, d'une voix claire, commença :

Nous te saluons, ô Hapy, notre fleuve.
Nil fertile, issu de notre terre.
Nil fertile, auteur de tous les dons.
Nous te saluons, ô Rénovateur.
Porteur de toute essence, puissance de toute sève.
Toi, la Connaissance. Toi qui régénères.
Fleuve de vie, nul être ne t'ignore.
Ô Roi et Loi de ce que tu animes et engendres.
Par toi, il se nourrit et se transforme.
Il respire, enfante, arrive à son parfait accomplissement.
Par toi, enfin, il vit et revit sans cesse.

Satiah avait une belle voix, chaude et distincte. Un timbre clair qui s'envolait et retombait en laissant d'agréables sons aux oreilles attentives qui l'écoutaient. Séchat avait vu juste. Sa fille vibrait pour la diction, les grands discours, les envolées lyriques. Voilà au moins un point sur lequel elles avaient quelques affinités.

Si, maintes fois, l'ex-intendante avait frémi de joie dans les assemblées pour faire entendre sa voix, sa fille pouvait peut-être se servir de la sienne dans un domaine qui lui plaisait.

Séchat voyait sans doute juste car, sans attendre qu'elle le lui propose et prenant conscience du silence de la salle qui l'écoutait avec intérêt, l'adolescente poursuivit l'hymne d'Hapy qui consacrait le Nil.

— Parfait, Satiah ! fit Séchat lorsque la jeune fille eut enfin terminé. À t'entendre si bien réciter, une idée me vient à l'esprit. Voulez-vous que je vous la dise ?

Les enfants exultaient.

— Qui aimerait jouer une pièce de théâtre ?

— Comme celles que jouent les artistes de Memphis ?

— Les artistes de Memphis sont essentiellement des acrobates. Mais certains sont aussi de vrais acteurs, jouant des pièces sur scène, parlant, devisant, discutant, s'exprimant. Qui est intéressé ?

Satiah leva la main avec enthousiasme, suivie aussitôt de celle de Méryet.

— Allons, fit Séchat, il me faut aussi deux ou trois garçons.

Amtou leva la main tout en observant le visage de ses compagnons.

— Est-ce tout ? fit Séchat en esquissant une grimace insatisfaite. Nous ne pourrons pas monter une pièce de théâtre à trois.

Deux autres mains se levèrent, celles de Knosis et de Sennet, deux frères. Les fils du Grand Conducteur des Processions sacrées étaient, certes, habitués à entendre réciter les hymnes consacrés aux dieux et au peuple.

— Parfait ! Mérytrê, n'es-tu pas tentée ?

La princesse fit la moue. Séchat n'insista pas.

— Baki ! Ne l'es-tu pas ?

— Je veux bien, si Amennheb accepte.

Mais ce fut Néférouben qui leva la main et Baki laissa la sienne en suspens, quelque temps encore, avant de la lever franchement.

Déjà, Séchat avait une idée en tête. Elle se servirait de ses élèves, jeunes acteurs, pour tenter de démanteler une rébellion qui se resserrait autour du temple d'Amon et de la pharaonne.

⁂

Après s'être assurée que tous les élèves étaient tranquillement rentrés chez eux, que sa propre fille était partie en compagnie de Maâthor puis, après avoir donné à Amtou un devoir de géométrie suffisamment facile pour qu'il puisse reprendre les bases qu'il avait oubliées – ou jamais comprises – Séchat se retrouva seule avec Méryet.

— Que se passe-t-il, fit-elle inquiète, tu as l'air contrarié ?

— Ô Séchat, fit la jeune fille en se jetant dans ses bras, je me sens si seule au temple. À qui puis-je parler, me confier, échanger mes impressions, mes espoirs, mes peines ?

— Mais à moi. Pourquoi viens-tu me voir si peu ? Tu n'es pas enfermée au temple. Ton statut n'est pas le même que celui des danseuses sacrées dès leur naissance.

— Tout le monde m'y retient. Memphès, le nabot me surveille étroitement. Nekmin me déteste et...

Elle se détacha des bras de son amie et essuya ses yeux d'où les larmes coulaient.

— Et ?... questionna Séchat.

— Et Amenhotep.

— Méryet ! reprocha Séchat. Amenhotep est l'épouse du Grand Prêtre. Tu n'as qu'une possibilité celle, un jour, d'être sa Seconde Épouse.

— Amenhotep veut me tuer. J'en suis sûre.

— Quel grand mot, Méryet ! Qui ou quoi te fait dire cela ?

— Je le sens. Tout se resserre autour de moi et d'Hapouseneb. Je sais que c'est le nain qui a volé le collier du pharaon.

Séchat sursauta. Elle mit un doigt sur sa bouche.

— Parle plus bas, Méryet. On peut t'entendre. Ma classe aussi est espionnée. Ce matin même, le vieil Antef m'a dérobé un document. C'est un plan des nécropoles de Thèbes que j'avais moi-même dessiné. Je pensais vous faire un cours sur les personnalités qui y sont enterrées depuis les origines de Karnak jusqu'à ce jour.

Elle prit le bras de la jeune fille.

— Viens. Nous allons chez moi et nous parlerons en chemin. Personne ne nous espionnera. Pourquoi dis-tu que c'est le nain Memphès qui a volé le pectoral du pharaon gardé en offrande dans le temple ?

— J'y étais. Je ne l'ai pas vu, mais je l'ai senti.

— Et qu'as-tu fait ?

Méryet parut gênée.

— Allons, la soulagea Séchat. Tu sais bien que tu peux tout m'avouer et que je ne ferai jamais rien contre toi. Ne m'as-tu pas sauvée des griffes de cette horrible Néset qui voulait me noyer dans le Nil ?

Méryet hocha la tête. Que ce souvenir était lointain ! Pourtant, Séchat se souvenait de ceux qui, alors, tentaient de la supprimer pour conserver l'avantage de la réussite du voyage au pays du Pount. Alors que seule Séchat avait en main les atouts pour trouver le chemin de la mer Rouge, d'autres cherchaient à les lui dérober et si le vieil astrologue de Denderah lui avait remis les cartes anciennes qui menaient aux lacs débouchant sur la mer Rouge, cela lui avait valu bien des ennuis.

— Allons, dis-moi tout.

Elle prit la main de Méryet, la garda dans la sienne et, traversant les jardins du palais, elles se dirigèrent vers les grands sycomores qui, de leurs ombrages touffus, séparaient les annexes.

— Je me suis battue avec Amenhotep. Battue violemment. Nous étions à terre à nous entretuer et, pendant que je recevais un coup brutal sur la tête, j'ai senti la présence de ce nain.

— Tu ne l'as pas vu ?

— Non. Mais je sais que c'est lui. L'ombre était courte et le souffle m'arrivait à ras de terre. Il a dû vouloir s'assurer de mon évanouissement.

— Et Amenhotep ?

Méryet sourit à l'idée qu'elle l'avait bien abîmée.

— Je crois qu'elle n'était guère plus en forme que moi et Memphès a pu réaliser son coup sans que nous nous en apercevions.

— Ne peut-il entrer librement dans ce sanctuaire ?

— Au temps de Sétoui, il le pouvait. Mais Hapouseneb refuse toute présence autre que la mienne.

Séchat hocha la tête.

— Voilà pourquoi tu ne plais guère.

Elles contournèrent le lac sacré. L'eau était superbe dans sa couleur délicate et argentée. Des lotus s'y épanouissaient et des libellules folâtraient au-dessus de leurs corolles à demi fermées. Elles le côtoyèrent tout en observant les fines nervures qui venaient en rider la surface. Car un léger vent flottait dans l'espace, annonçant un khamsin qui pouvait se lever dans la nuit.

— Tu ne dois plus recommencer un tel défi, Méryet. À moins que ce ne soit un combat intérieur. Certes, tu es libre d'aimer le Grand Prêtre. De plus, Amenhotep n'a pas donné d'enfants à son époux et, pour conserver sa lignée héréditaire, Hapouseneb peut prendre une autre femme.

— Et si cette femme m'attaque ?

Séchat hocha la tête.

— Bien sûr. Alors défends-toi.

Elle lâcha la main de la jeune fille et courut à l'étang qui bordait l'arrière de sa maison.

— Viens te baigner. Cela nous fera grand bien. Puis nous ferons le tour du lac en barque.

Séchat ôta son pagne. Nue, elle plongea jusqu'aux épaules et frissonna de bien-être. L'eau calmait son corps réchauffé par le soleil. Elle nageait lentement, laissant son esprit dériver sur la fatalité des choses, acceptant la vie et savourant chaque bienfait qu'elle apporte. Mais quand elle vit Méryet s'approcher, toutes ses énergies combatives revinrent.

Elles nagèrent quelques instants en silence. Quand elles eurent rejoint le bord opposé, elles firent un demi-tour et revinrent à leur point de départ.

Méryet nageait plus rapidement que sa compagne. Elle allongeait lentement les bras. Chaque brassée la poussait en avant et la détente brusque de ses jambes achevait sa performance. Quand elles furent arrivées là où elles avaient déposé leurs vêtements, elles sortirent de l'eau telles deux ondines fraîches et reposées.

Le vent s'était levé davantage et les ombrages des tamaris et des tilleuls qui bordaient l'étang commençaient à diffuser une fraîcheur agréable.

Séchat regarda sa compagne. Ciel ! Comment le Grand Prêtre pouvait-il ne pas succomber à sa beauté ? Méryet était un modèle irréprochable de formes et d'attitudes. Pas un défaut ne venait perturber la perfection des traits de son visage, des lignes de son corps, du velouté de ses yeux et du charme de son sourire.

— Aimerais-tu vraiment que nous montions un spectacle ? dit-elle en secouant ses cheveux mouillés qui tombaient au ras de ses épaules.

— Je crois que oui.

— Alors, nous allons créer un thème qui fasse réfléchir les conseillers intimes d'Hatchepsout et les fidèles de Thoutmosis.

— Dans quel but ? s'étonna Méryet.

— Celui d'attirer l'attention sur certains personnages. Pour cela, j'ai besoin de toi, Méryet. Si la pièce est bien jouée, tu ressortiras grandie de ce théâtre.

— Pourquoi moi ? s'enquit la jeune fille en enfilant sa tunique.

Son corps ruisselait, mais elle se plut à sentir le fin tissage s'imprégner de la fraîcheur de l'eau.

— Pas seulement toi. Je soulignerai aussi les qualités et la grandeur que peut requérir une Seconde Épouse. De cette pièce, ma fille et toi serez les éléments essentiels.

⁂

Satiah arrivait à grands cris, sautant, lançant les deux bras dans l'espace comme si elle voulait les disperser dans le vent qui soulevait de minuscules vaguelettes sur l'étang.

— Maman, te voilà. Qu'as-tu fait ? Il faut que je parte. Vas-tu manger avec Méryet ? Est-ce que je peux prendre ton ombelle en plumes d'autruche ?

Sous ce déluge de questions, Séchat ne sut que répondre. Elle s'attarda pourtant sur la première de ses interrogations.

— Pourquoi dois-tu partir ? Ne te reposes-tu pas avant ton cours du soir ?

— Non, maman, nous allons sur le Nil, près de l'île aux cormorans. Néférouben dit qu'une colonie de sarcelles vient de s'installer dans un fourré de papyrus. Thouty et lui ont posé des pièges pour les capturer.

— Mais, Satiah, tu es seule avec Thoutmosis et Néférouben !

— Mais non, maman, Baki est avec nous.

— Je veux que Cachou aille avec toi.

Satiah soupira.

— De quoi as-tu peur, maman ? Je ne suis plus une enfant.

— Tu es bien jeune encore, rétorqua Séchat un peu sèchement.

Satiah se mit à rire, puis vint embrasser la joue de sa mère.

— Allons, maman. Ne sortais-tu pas aussi étant jeune ?

— Certainement pas, protesta Séchat.

Mais la jeune femme eut aussitôt honte de sa répartie. Combien de fois s'était-elle esquivée avec son compagnon d'enfance Menkh sans que son père ne s'en inquiète ? Mais était-ce vraiment bien la même chose ? Menkh était presque son frère.

— Tu n'iras pas si tu refuses que Cachou t'accompagne.

— Maman, je ne veux ni Cachou ni Maâthor.

— Alors, tu n'iras pas.

— Si, j'irai ! cria Satiah, rouge de colère.

Méryet s'était écartée de ce petit drame familial et comptait distraitement les pétales d'un nénuphar qu'elle venait d'arracher. Puis, de ses doigts longs et fins, elle lissa la tige fragile et la piqua dans sa chevelure.

Séchat passa une main tremblante sur sa nuque. Elle était encore moite de fraîcheur. Pourquoi fallait-il qu'elle se heurte toujours à sa fille ? Ne pouvait-elle donc se montrer plus compréhensive ? Bien que rieuse, gaie, enthousiaste, pleine d'entrain, la fillette qu'elle n'avait pu élever se révélait avec elle assez agressive dès qu'un obstacle venait entraver le quotidien de sa vie.

— Je voulais te parler d'un projet, susurra simplement Séchat.

Satiah qui s'apprêtait à partir se retourna vers sa mère. Séchat y vit une intention plus docile.

— Un projet qui, je crois, pourrait t'intéresser.

— Lequel ? fit Satiah, maussade.

— Veux-tu que nous montions ensemble une pièce de théâtre ? Tu en seras l'héroïne.

Indécise, Satiah lui jeta un œil sombre.

— Ainsi, tu pourras prouver ton talent de comédienne – car je suis sûre que tu en as un – à tes compagnons. Ne crois-tu pas que c'est une façon plus originale de te faire remarquer que d'aller chasser la sarcelle sur le Nil avec les garçons ?

Séchat avait touché juste. À présent, l'adolescente ne regardait plus sa mère avec hostilité, mais avec une lueur d'intérêt dans les yeux.

— Nous aurons un public. Ils viendront tous de Thèbes pour t'applaudir. Même Thoutmosis te regardera avec des yeux neufs.

— Comment t'y prendras-tu ? questionna Méryet qui, enfin, s'intéressait au débat.

— Nous mettrons en scène le dieu Hapy.

— Mais il est gros et gras.

— Ce sera Amtou. Nous lui confectionnerons un faux ventre et des gros seins.

Elle se tourna vers Méryet.

— Toi, tu seras la déesse Maât, car notre pièce de théâtre fera intervenir des actes hypocrites et déloyaux que, seule, Maât, la déesse de la justice, pourra punir.

— Et moi, maman ? fit Satiah suffisamment intéressée, cette fois, pour laisser tomber les sarcelles du bosquet de papyrus.

— Toi, tu seras la reine. On t'espionnera, on t'accablera de tous les reproches, on cherchera à te nuire. À te détruire même.

— Et Baki ?

— Baki sera l'amie, la confidente, mais aussi l'espionne, celle qui calcule, évalue, prémédite. Nous essayerons de rassembler plusieurs autres acteurs qui feront les soldats, les prêtres, les dieux qui répandront colères ou bienfaits selon les aléas de l'histoire.

Satiah saisit la main de sa mère. Sa bonne humeur réapparaissait sur son petit visage triangulaire et toute colère était à présent effacée.

Séchat en fut soulagée. Les emportements de Satiah étaient légendaires. La jeune femme se rappelait que, bébé, sa fille pleurait et riait en l'espace de quelques secondes. Qu'elle vît un visage avenant penché au-dessus de son couffin, et l'enfant éclatait de rire, mais qu'elle aperçût en même temps sa nourrice qui ne lui tendait pas son sein et elle poussait une colère effroyable.

Au loin, elles virent la silhouette de Neb-Amon se détacher sur le vert feuillage des chèvrefeuilles. Le médecin les attendait au bout de l'allée qui menait à la résidence.

Il embrassa tendrement Séchat, salua Méryet avec déférence, ébouriffa les cheveux de Satiah qui, pour une fois, se laissa faire sans rien dire, et leur emboîta le pas, bien décidé à passer quelques heures tranquilles au sein de sa famille.

CHAPITRE IV

La pharaonne observait en silence sa compagne. Le dépouillement de bijoux pour lequel elle avait opté ce matin-là rassura Séchat sur les intentions d'Hatchepsout. Elle l'avait fait venir en amie, non en sujet fidèle et soumis.

Ainsi, Séchat pouvait lui révéler ce qu'elle avait sur le cœur.

De son côté, la reine semblait préoccupée. Des cernes creusaient le haut de ses pommettes qu'elle avait toujours eues saillantes et remontées vers les tempes. L'inquiétude qu'elle enfermait en elle depuis longtemps ressurgissait comme une mauvaise graine prête à enfouir les bonnes herbes qui s'apprêtaient à pousser à son côté.

Hatchepsout ne dormait plus. Trop de bruits malveillants circulaient autour d'elle, trop de regards suspicieux l'entouraient. Elle en arrivait même à soupçonner ses conseillers les plus fidèles.

Néhésy s'était lié d'amitié avec Amenphis, le conducteur des Processions sacrées, Capitaine de la Charrerie royale qui mettait en place les attelages de l'expédition du jeune Thoutmosis en Nubie.

Pouyemrê étudiait la façon la plus rentable de financer cette expédition, sans trop amputer le budget de l'État. Mais n'avait-il pas accédé à la demande de Nekmin, l'un des adversaires les plus redoutables d'Hatchepsout, pour vider les greniers d'Égypte d'une grosse part de blé qui constituait la provision des années à venir ? Si les greniers à blé de Thèbes n'avaient pas été touchés, en revanche, ceux des provinces l'étaient, à présent, largement.

Or, Hatchepsout avait le pressentiment que, prochainement, cette lourde erreur pèserait sur le pays. À la dernière assemblée, ils avaient tous voté pour cette solution de facilité, Thoutmosis en tête puisqu'il s'agissait du gonflement et du renforcement de ses armées.

Et puis, surtout, Hatchepsout n'était plus la même depuis qu'elle avait répudié son fidèle et cher Senenmout. Mais l'Intendant avait été trop loin dans ses ambitions et l'erreur commise était irréparable.

Avait-il craint que le règne d'Hatchepsout ne s'achevât plus tôt que prévu sans qu'il ait eu le temps de construire son temple funéraire ? Pourquoi ne lui en avait-il pas parlé ? Hatchepsout aurait-elle refusé cette faveur qui le consacrait au plus haut de son rang ?

Depuis que Senenmout n'était plus là, la pharaonne ne pouvait se confier à quiconque. Sa fille ! Elle n'avait aucune envergure et se refusait à discuter politique, finance, commerce. Un seul point l'intéressait, la date de son prochain mariage qui la consacrerait Grande Épouse royale.

Et ensuite ! Qu'allait faire Mérytrê ? Se cantonner dans ses appartements pour surveiller les concubines de son époux. Au moins, que le dieu d'Amon lui accorde la faveur qu'il avait refusée à la pharaonne, celle de donner un fils à l'Égypte.

— Séchat, je t'ai fait demander pour parler avec toi. Je suis seule depuis que Senenmout est parti.

— Faites-le revenir, Majesté. Vous seule en avez le pouvoir.

— Il m'a trahie et a trahi l'Égypte. Ses ambitions ont été aussi hautes que les miennes. Qu'il reste éloigné sur ses domaines que je ne lui ai pas retirés.

— Majesté, n'êtes-vous pas trop sévère ?

— Agir dans mon dos peut engendrer n'importe quelle infidélité. Cela commence par une construction de temple financée par l'État et dont je ne suis pas au courant, cela se termine par la couronne qu'on ôte de ma tête.

Épuisée, elle se leva d'un mouvement las :

— Non, Séchat. Je n'ai plus confiance en lui. Je ne crois plus en personne. Seul Hapouseneb me reste fidèle.

— Justement, Majesté. Je voulais vous parler de lui.

La reine sursauta.

— Ne me dis pas que lui aussi m'espionne.

— Hapouseneb vous est fidèle, Majesté. C'est lui qu'on suspecte. Savez-vous qui a volé le collier du pharaon gardé en offrande dans la chambre d'Hathor ?

Sur le geste étonné de la reine, Séchat poursuivit :

— Antef, par l'intermédiaire du nain de Karnak.

— Le vieux filou, l'exécrable sujet, l'odieux personnage ! rugit la reine en frappant ses paumes de colère l'une contre l'autre. C'est mon adversaire le plus redoutable. Il peut aller jusqu'à me supprimer. Je le sais. S'il ne l'a pas fait jusqu'à présent, c'est qu'il n'était pas suffisamment entouré. Qu'a-t-il pu faire pour que mon père le protège ainsi entre les murs du palais ?

Elle se calma, tritura de ses doigts nerveux le collier d'ambre qui entourait son cou, puis ajouta :

— Je m'en doutais. C'est lui qui fournit aux autres les renseignements qui me concernent. Le porc ! Le chacal ! Il veut me détruire, m'anéantir.

Elle prit place sur le sofa d'osier que recouvraient de grandes ombelles multicolores en plumes d'autruche.

— Mais tu as sans doute raison. Il me reste Hapouseneb, le Grand Prêtre d'Amon.

— Majesté ! Là encore, le vieil Antef veut frapper fort. Il cherche à le déstabiliser par des récidives qui lui feront perdre sa place.

Hatchepsout regarda durement sa compagne.

— Que veux-tu dire ?

— Il a volé un plan des nécropoles de Thèbes que j'avais dessiné pour préparer un cours à mes élèves. Lorsque les vols du temple seront en nombre suffisant pour suspecter Hapouseneb, ils nommeront Nekmin à la tête d'Amon.

— Merci de m'en parler, Séchat. Je vais avertir Hapouseneb.

— Majesté, c'est la garde de vos appartements privés qu'il faut renforcer, pas celle du palais. Trop d'inconnus à la solde de Thoutmosis ont droit d'entrée.

Hatchepsout acquiesça.

— Autre chose, Majesté.

La reine haussa le sourcil.

— Faites goûter tous vos plats par vos servantes. Pas un seul mets, pas une seule coupe doivent approcher vos lèvres avant qu'ils n'aient été effleurés par quelqu'un de votre entourage.

— Que puis-je faire d'autre ? soupira Hatchepsout.

Elle replia ses jambes sous elle.

— Allons, parle-moi du petit Rekmirê.

— Il grandit, Majesté. Dans un an, il pourra entrer dans ma classe.

— Que le temps passe ! Voilà seize ans que je suis au pouvoir et deux ans que je le partage avec Thoutmosis. Mais, par le dieu de Seth ! Je n'abdiquerai jamais en faveur de mon neveu. Jamais.

⁂

Le petit Rekmirê grandissait en effet au sein d'une famille tranquille que, seule, Satiah venait perturber de temps à autre par l'instabilité de son caractère avec ses caprices et ses colères.

Le fils de Séchat et de Neb-Amon était un enfant agréable, réfléchi, calme. Il posait de grands yeux bruns – ceux de son père – sur les adultes et cherchait à déceler le pourquoi de chaque chose.

Pour l'instant, une tresse descendait sur son épaule et nul habit ne venait encore recouvrir son corps d'enfant. Dans un an, ayant atteint l'âge de suivre sa première année d'école, on la lui couperait et on lui nouerait une ceinture autour des hanches pour cacher sa virilité naissante.

— Cachou ! Cet enfant n'a pas les mains propres, s'étonna Séchat en regardant les doigts de son fils, noircis d'encre.

— Il vient de dessiner, maîtresse, alors que je venais juste de le laver pour passer à table.

— Qu'as-tu dessiné ? fit Neb-Amon en regardant son fils.

— Des choses, fit l'enfant, dont l'œil s'allumait déjà de plaisir.

— Va me les chercher.

Enthousiasmé à l'idée que l'on prenne ses dessins au sérieux, l'enfant courut jusqu'à la terrasse où il entassait ses jouets. Petits chevaux de bois montés sur roulettes, souris à queue amovible, crocodile à mâchoire articulée, toupies, balles de diverses couleurs jonchaient le sol.

L'enfant s'accroupit, ramassa deux ostracas – morceaux de calcaire sur lesquels s'exerçaient en principe les élèves avant d'utiliser le papyrus – et les enferma soigneusement entre ses mains.

La mine joyeuse, il les tendit à son père.

— Quand as-tu fait ça ? s'exclama-t-il.

— Tout de suite, répliqua l'enfant en regardant ses mains tachées de noir.

Neb-Amon tendit les ostracas à Séchat.

— C'est étonnant, fit celle-ci. Je pense que Satiah a dû l'aider.

— Je ne l'aide jamais, affirma la jeune fille. Rekmirê veut toujours dessiner seul. Regardez l'autre, ce ne sont pas des dessins. Ce sont des chiffres.

— Montre.

Satiah observa les signes. Ils étaient grands et habilement dessinés.

— Où as-tu pris le modèle ? fit-elle en entourant les épaules de l'enfant.

— Je ne sais plus. Je les ai vus un jour quelque part.

— Il a une mémoire étonnante, déclara Séchat, satisfaite que son fils présentât déjà des signes prometteurs pour les études. Allons ! Il est temps de manger à présent. Votre père doit partir tôt à l'hôpital.

La pièce où la famille prenait ses repas était spacieuse, éclairée par le soleil couchant. Satiah et Rekmirê s'installèrent devant une petite table basse, laissant la plus grande pour leurs parents qui réclamèrent aussitôt les plats que Cachou et Maâthor s'empressèrent de leur apporter.

Il était rare que la famille de Neb-Amon soit au complet. Aussi, pour fêter cette occasion, les mets abondaient.

Concombres, fèves bouillies additionnées de miel, laitues, oignons, foies de bœuf marinés dans l'huile et la coriandre, petits morceaux de pigeons grillés aux aromates, gâteaux de melons et d'amandes, lait caillé aux raisins s'étalaient à profusion sur les deux tables.

Alors que Cachou et Maâthor apportaient les petites jarres en grès emplies de jus de grenade et de pastèque, Kaméni, le conducteur de char, se fit introduire.

— Vite, Maître, la vieille Seconde Épouse Moutnéfer est en train de rendre l'âme.

Neb-Amon réagit aussi vite que si le dard d'un serpent l'eût piqué. Prestement, il se leva et se dirigea vers sa trousse à remèdes.

— Ne m'attendez pas. Je rentrerai dès que je pourrai. Si je reste au palais, je te ferai prévenir, fit-il en embrassant son épouse.

Puis il déposa un baiser sur la joue de son fils et passa la main sur l'épaule de Satiah.

— Ne tourmente pas ta mère en mon absence. N'oublie pas que tu lui dois encore obéissance.

— Et toi tu oublies sans doute que, bientôt, je vais me marier.

— Te marier ! Grands dieux, mais avec qui ?

— Avec Thouty.

— Satiah, fit observer Séchat. Ne crois-tu pas qu'il est prématuré d'avancer une telle certitude ? Thoutmosis va épouser Mérytrê, la future Grande Épouse royale.

— Peut-être, répliqua la jeune fille, mais moi, je serai sa Seconde Épouse.

— Il faudra pour cela que Mérytrê prouve qu'elle ne peut avoir de fils. Alors seulement Thoutmosis prendra une Seconde Épouse. Ne crois-tu pas qu'à ce moment-là, il se présentera d'autres jeunes filles plus jeunes et plus fraîches que toi ?

Ce fut l'apothéose d'une colère subite.

— Tu me brises sans arrêt. Tu as toujours repoussé l'idée que je fréquente assidûment Thoutmosis.

Satiah tapait son poing sur la table et frappait de son pied le sol recouvert d'un épais tapis confortable aux couleurs vives.

— Tu refuses encore plus l'idée de me voir en Seconde Épouse.

— Veux-tu donc être enfermée à vie au harem ? jeta simplement Séchat en attendant la fin de l'altercation.

Elle vit que Neb-Amon s'était esquivé en silence, préférant laisser mère et fille vider leur querelle.

— Mais que crois-tu, enfin ? vociféra Satiah. Que je vais attendre des jours et des nuits entières le bon plaisir de Pharaon et que je vais rester prisonnière entre les quatre murs d'une chambre exiguë avec les autres concubines ? Même au temps des pharaons les plus anciens, cette coutume n'existait pas. Les Secondes Épouses ont toujours eu le privilège de conserver leurs biens et leur liberté.

Le rouge empourprait ses joues et un éclat singulier brillait dans l'ombre de ses yeux. Elle frappa de nouveau la table de son poing fermé, puis balaya de l'autre main un plat garni de concombres qui alla joncher et salir tristement le tapis.

Cachou et Maâthor arrivèrent en hâte. Elles n'osaient ni souffler ni respirer.

— Je serai une Seconde Épouse adulée, remarquée, respectée.

Elle s'emportait, suffoquait. Elle balança rageusement un plat de dattes confites qui vint rejoindre les concombres.

En silence, Cachou ramassa les plats brisés et, prenant soin de ne pas contrarier Satiah par un regard désapprobateur, Maâthor nettoya les salissures.

— Regarde, cette vieille Moutnéfer que va soigner ton époux, invectiva la jeune fille, n'a-t-elle pas été heureuse ? J'aurai mes propres appartements qui côtoieront ceux de Mérytrê. J'aurai mes attelages, mes bateaux, mes bijoux, mes ateliers de tissage, d'émaillerie et, pourquoi pas, mon théâtre.

Un théâtre ! Séchat leva le nez sur les yeux rougis de sa fille. Elle s'approcha et celle-ci se jeta dans ses bras.

— Oh ! Maman, pourquoi ne veux-tu pas comprendre ?

— Parce que je suis trop différente et que je voudrais que tu me ressembles. Mais, je sais, ma chérie, que c'est une chose impossible. Tu as raison. Ta vie sera comme tu le souhaites.

— Maman, murmura Satiah dont les colères se calmaient aussi vite qu'elles s'élevaient, tel un khamsin incontrôlable qui soufflait dans le désert, elles s'apaisaient sans que personne ne le pressente. Maman, mes combats ne seront pas les tiens. Mais, je suis consciente qu'il faudra me défendre, me protéger, me caparaçonner contre toute attaque.

— Je comprends, souffla Séchat à son oreille. Je comprends.

⁂

Quand Neb-Amon arriva près de Moutnéfer, celle-ci respirait avec difficulté et ses yeux étaient à demi fermés.

Quatre servantes entouraient la malade, épongeant son front, ramenant des linges sur son corps, la forçant à boire des potions qu'apparemment elle refusait d'absorber. De temps à autre, elles échangeaient une parole à voix basse et hochaient tristement la tête.

Deux prêtres, le crâne rasé oint d'huile parfumée et vêtus de leurs peaux de léopard, récitaient des incantations en agitant un encensoir d'or incrusté de pierres précieuses. L'odeur douceâtre qui se dégageait dans la pièce n'était pas désagréable, mais enfumait la malade qui, déjà, respirait avec peine.

Nakht, l'astrologue de Moutnéfer, magicien-guérisseur à ses heures, élevait au-dessus de sa tête un talisman auquel il s'adressait à voix haute et forte pour tenter de rétablir la vieille femme.

Dans un angle de la pièce, les médecins impuissants préparaient des cataplasmes d'origine excrémentielle animale, ils étaient à base de déjections d'ânes et de chiens, de chiures de mouches additionnées de sang de lézard, de graisse puante d'hippopotame et de cérumen d'oreilles de cochon.

Neb-Amon ne daigna pas s'attarder sur la composition de ce mélange douteux car jamais, dans sa médecine, il n'avait employé de moyens superstitieux qui appelaient la magie.

— Laissez-moi seul avec la malade, ordonna-t-il sèchement. Que tout le monde sorte, à l'exception de deux servantes.

La vieille femme avait encore l'esprit lucide, mais elle était sans forces et gisait molle comme une poupée de chiffon.

Son visage émacié laissait apparaître de profondes rides qui sillonnaient son front, descendaient sur les joues et couraient jusque dans son cou long et maigre. Sa bouche édentée cherchait à s'ouvrir afin d'aspirer l'ultime parcelle d'air qui l'aidait encore à vivre.

Dès que Neb-Amon eut posé ses mains sur la maigre poitrine de Moutnéfer, il diagnostiqua une forte bronchite doublée d'une pneumonie.

— Y a-t-il longtemps qu'elle est ainsi ? questionna le médecin en se tournant vers les servantes.

— Plusieurs jours, répondit la plus âgée.

— Qui m'a fait appeler ?

— Le jeune prince. Il est entré dans une violente colère quand il a su que vous n'aviez pas été informé. Il dit que vous êtes le seul médecin capable de la guérir.

« Ainsi, pensa aussitôt Neb-Amon, je suis dans les bonnes grâces de ce jeune homme. » Et il tâta avec précaution tout le corps de la vieille femme.

— Apportez un brasero et que l'on fasse bouillir de l'eau, réclama-t-il. Je vais poser des ventouses pour faire sortir le phlegmon.

Malgré l'ordre de Neb-Amon pour faire partir tous ces impuissants, l'un des médecins de Moutnéfer se précipita vers lui.

— C'est déjà fait, s'exclama-t-il, offusqué.

— Alors, je vais le refaire, jeta Neb-Amon d'un ton tranquille. Car ma méthode n'est sans doute pas la vôtre.

Puis il fit absorber à la patiente une potion d'oxymel et de racine d'iris, complétée par de la ciguë pour combattre la fièvre et attendit qu'elle en rejetât la totalité dans une toux grasse et expectorante. Le liquide craché, les servantes nettoyèrent Moutnéfer et l'enveloppèrent de linges propres.

Moutnéfer respirait déjà mieux. Elle ouvrit les yeux et fit signe à Neb-Amon qu'elle se sentait en meilleure forme.

— Est-ce grave, médecin ? fit une voix derrière lui.

Avant de se retourner, il vit que Moutnéfer tendait la main vers le nouvel arrivant.

Neb-Amon n'avait vu que rarement le jeune Thoutmosis. Certes, il l'avait rencontré lors des processions d'usage, puis à quelques assemblées où la question médicale était à l'ordre du jour. Mais, jamais encore, il ne lui avait adressé la parole.

— Ce médecin m'a déjà soulagée, fit la vieille femme en serrant la main de son petit-fils qui se courbait vers elle.

Elle avait encore de la force et de l'énergie, la vieille Moutnéfer. Dieu ! Qu'elle avait empoisonné l'existence des concubines du harem au temps du pharaon précédent, son fils, si friand de ces belles filles qui attendaient chaque soir le bon vouloir du dieu-pharaon.

Moutnéfer allait jusqu'à inscrire sur une tablette le nombre de fois où il honorait la même concubine. Elle organisait même certaines nuits où il devait se montrer vigilant, généreux avec l'une de ces femmes prêtes à accueillir la semence divine pour engendrer un petit mâle.

N'avait-elle pas arrangé de façon méthodique et parfaite la fameuse soirée où Isis, danseuse sacrée du temple, avait offert sa virginité au pharaon son fils ?

Moutnéfer, Seconde Épouse du premier Thoutmosis, avait donné aux dieux cette pure jeune fille en offrande, comme on jette un mouton sur l'autel sacré. Et son fils était tombé dans le piège tentateur et bienheureux. Le don des dieux qu'alors elle avait reçu en échange était bien ce beau jeune homme puissant, viril et volontaire, sorti du joli ventre d'Isis, la danseuse.

— Viens, mon enfant, fit-elle d'un ton faible. Viens me raconter les préparatifs de ta prochaine expédition, car j'ai appris que tu partais pour mater ces vils Nubiens.

— Ne parle pas, je t'en prie. Il faut que tu guérisses avant. Dès mon retour, je te raconterai mes exploits.

Neb-Amon osa couper court au tête-à-tête qui rapprochait l'aïeule et l'adolescent.

— Votre grand-mère ne doit ni parler ni se fatiguer, dit-il en recouchant la vieille femme dont le buste s'était légèrement soulevé pour mieux voir son petit-fils.

Un léger bruit se fit entendre du côté de la porte et tous regardèrent la femme qui entrait, malgré l'interdiction récente de Neb-Amon. Thoutmosis courut à elle, prit sa main et y déposa les lèvres.

— Mère, je crois qu'elle va mieux. Le médecin d'Hatchepsout semble l'avoir bien soulagée.

Isis coula ses yeux clairs vers Neb-Amon. Un regard tranquille, assuré, serein qu'il saisit comme on attrape un oiseau familier sorti quelques instants de sa cage.

À trente-six ans, la mère de Thoutmosis était restée une femme très belle. Sa noble prestance, ses gestes lents et gracieux qui rappelaient l'ancienne danseuse sacrée révélaient toute une tradition ancestrale qui imposait le respect.

Isis avait des lèvres roses, fraîches comme des pétales de lotus, qu'elle étirait en un sourire léger, aérien, discret. Elle porta l'une de ses mains sur son cou fragile recouvert d'un fin collier d'or et de turquoises.

— Puis-je vous parler un instant ? fit-elle en inclinant sur le côté sa tête coiffée d'une perruque tressée et mêlée de fils d'or.

— Certainement, fit Neb-Amon en s'inclinant à son tour.

— Thoutmosis, je t'en prie, reste quelque temps avec ta grand-mère.

Puis elle sortit silencieusement avec le médecin. Restées à l'extérieur de la chambre, les servantes attendaient patiemment les consignes. Isis ne fit aucun signe pour les écarter, montrant ainsi sa volonté qu'elles écoutassent les paroles de Neb-Amon, pour qu'ensuite elles les rapportassent à la cour.

— Votre avis sincère, médecin Neb-Amon ?

— Avec le traitement que je vais lui donner, elle peut passer cette nuit sans souffrir. Mais le mal est trop avancé pour qu'elle guérisse.

Il vit une curieuse lueur emplir les yeux de la jeune femme. Certes, Isis ne pouvait être atteinte dans son cœur par la disparition de cette vieille femme autoritaire et tyrannique qui l'avait tant harcelée de ses conseils et de ses perpétuelles recommandations comme si la mère ne pouvait élever son fils.

Elle eut un soupir léger, discret, mais suffisamment visible pour que le médecin devine son sentiment.

— En fait, médecin Neb-Amon, vous allez éviter de la faire souffrir durant ses derniers instants.

— C'est un peu ça.

— Alors, c'est bien. Car je pense que tous ces incapables de médecins-magiciens qui l'ont toujours entourée n'auraient pas réussi cette performance. Qu'elle s'en aille dans l'au-delà sans souffrances inutiles.

Comme elle regardait les yeux étonnés du médecin, elle ajouta :

— Elle a pourtant fait souffrir bien des femmes au harem quand j'étais la Seconde Épouse du pharaon son fils, et je ne sais quel dieu dans l'au-delà la prendra chaleureusement en charge.

Elle eut un petit geste imprécis.

— Mais je ne connais pas le sentiment de vengeance et je vous demande la grâce qu'elle quitte l'ici-bas sans souffrances physiques.

Enfin, elle tendit au médecin sa main blanche et souple qui portait juste une bague en turquoise.

— Voulez-vous dire à mon fils qu'il me rejoigne dans ma chambre ? Merci pour votre intervention, je sais que vous êtes un médecin de cœur, généreux et capable. La pharaonne Hatchepsout me l'a dit.

Et, tournant la tête, elle glissa silencieusement sur le sol laqué de marbre et disparut des yeux du médecin.

Dans la nuit, la malade s'agita. La fièvre avait repris et Neb-Amon dut reconnaître que l'oxymel avait aussi agi en purgatif, ce qui n'était pas recommandable pour cette vieille femme qui n'avait plus que les os et la peau. Le médecin essaya de lui faire absorber un peu de jus de caroube pour atténuer les coliques, mais elle refusa d'absorber le liquide.

— Imprégnez une éponge propre de ce liquide, dit-il à la plus âgée des servantes qui ne quittait pas Moutnéfer, et pressez-la entre ses lèvres.

Puis il doubla la dose de ciguë qu'il mêla à de la quintefeuille. Neb-Amon en avait toujours dans sa trousse médicale.

D'ailleurs, à présent, il ne manquait pratiquement de rien. Sa pharmacopée de plantes était complète car, au palais, il avait recruté un jardinier qui cultivait celles dont il avait besoin pour son hôpital.

Gentiane, ciguë, mélianthe, safran officinal, pavot, mandragore, hellébore, armoise, mélilot, cardamome, quintefeuille s'alignaient dans les pots en cuivre prêts à être écrasés, broyés, dilués dans du vin, de l'huile ou du vinaigre selon que ces plantes devaient servir à faire des potions, des onguents, des poudres ou des pommades.

Pots de cuivre, matériel chirurgical, aiguilles, cuillères, scalpels, fils à recoudre, attelles, tout était compté, répertorié, nettoyé par l'assistant de Neb-Amon.

La quintefeuille et le jus de caroube soulagèrent la malade, mais la toux grasse qui la prit l'épuisa à nouveau et le médecin dut encore lui poser des ventouses pour calmer l'irritation de son corps qui s'agitait fortement par à-coups.

Quand, au petit matin suivant, la toux s'arrêta, la malade put respirer à nouveau normalement. L'état fut stationnaire toute la journée suivante. La vieille femme avait des forces souterraines qui ressurgissaient sans que l'on s'y attende.

Mais, la nuit suivante, son état s'aggrava, les poumons se congestionnèrent à nouveau, les bronches se bouchèrent et Neb-Amon comprit qu'elle était condamnée. Il lui administra, cependant, de l'oxymel et de la racine d'iris pour la faire expectorer.

L'effet bénéfique fut identique à celui de la veille, mais de plus courte durée. Bientôt, les remèdes ne feraient plus aucun effet, la maladie était trop avancée et s'il ne lui administrait pas un puissant narcotique pour l'engourdir, la lente agonie commencerait avant l'aube suivante.

Il fit prévenir Séchat qu'il ne pouvait rentrer avant que Moutnéfer ne décède. Cela pouvait encore durer un ou deux jours, trois tout au plus.

Puis, réfléchissant à son hôpital, il fit porter des instructions à son assistant afin que ses malades ne soient pas pénalisés par sa trop longue absence et, enfin, attendit la mort de Moutnéfer en lui faisant respirer de la poudre d'opium.

Son cœur cessa de battre deux jours plus tard sans que la souffrance pénétrât davantage son corps. Quand les pleureuses arrivèrent et que le momificateur se présenta au seuil de la chambre, Neb-Amon décida que ce n'était plus là son travail.

Il avait effectué le sien avec la compétence, la générosité et le sérieux dont il était capable. La vieille Moutnéfer, Seconde Épouse de feu Thoutmosis, était entrée au royaume d'Osiris sans souffrances excessives.

Épuisé par ces journées et ces nuits de labeur intense, il prit le chemin de sa maison, respirant l'air d'un petit matin qui s'annonçait de plus en plus venteux.

Le khamsin était toujours latent et n'arrivait pas à se déclarer. Mais sa présence se sentait à l'horizon dans les tamaris et les sycomores qui balançaient leurs hautes branches et sur les chemins poussiéreux qui menaient aux champs les plus éloignés. On le sentait aussi au-dessus de l'eau des étangs qui frisaient étrangement, attendant patiemment des ondes plus houleuses.

Le médecin décida d'emprunter un raccourci qui débouchait sur l'un des murs extérieurs du temple et qui obligeait le piéton à prendre la petite porte qui jouxtait le dernier pylône. Un char ne pouvait y passer, ni même une litière conduite par quatre hommes. Trop étroite, dans ce pays où tout était gigantesque, cette porte était rarement empruntée.

Parti dans ses réflexions, Neb-Amon baissait les yeux. Soudain, un bruit lui fit lever la tête. Une pierre venait de se détacher du mur. Elle s'écrasa juste à ses pieds, l'obligeant à tourner les yeux pour voir d'où elle venait.

Alors, il vit un jeune garçon escalader la haute muraille et disparaître de l'autre côté. En un bond, Neb-Amon traversa la petite porte et aperçut l'enfant prêt à sauter. Mais, surpris par la présence du médecin, il cria et tomba maladroitement dans un bruit sourd et mat.

Le médecin se précipita. La chute avait été mauvaise, car l'enfant était inanimé. Quand il se pencha sur le corps du garçonnet, il remarqua que l'une de ses jambes restait molle.

« Un traumatisme crânien et un membre cassé. C'est une vilaine affaire », jugea Neb-Amon en saisissant avec précaution l'enfant dans ses bras.

Quand il arriva chez lui, Séchat et Satiah l'attendaient. Elles restèrent stupéfaites devant le chargement inattendu du médecin. Trop de questions assaillaient leur esprit et elles ne purent en poser aucune. Ce fut donc le médecin qui parla :

— Moutnéfer a rejoint ce matin le royaume d'Osiris et, sur mon chemin, je viens de trouver cet enfant.

— Mais c'est Djéhouty ! s'étonna Satiah la première.

— Où était-il, que faisait-il ? dit enfin Séchat à son tour.

— Je ne sais pas. Je l'ai trouvé près de la petite porte du dernier pylône. Il escaladait la muraille. Vite, il faut que je lui pose une attelle. Sinon, dès qu'il reprendra ses esprits, une trop grande souffrance risque de l'envahir.

— Mais tu dois être épuisé, souffla Séchat, aussi perplexe qu'inquiète.

Elle regardait tour à tour le visage fatigué de son mari et la silhouette de l'enfant qui gisait à terre. Car Neb-Amon l'avait déposé sur la première natte de papyrus qu'il avait trouvée là, devant le seuil de la porte.

— N'es-tu pas trop épuisé pour t'occuper de cet enfant ? dit-elle encore.

— Je l'étais tout à l'heure. Je ne le suis plus.

Séchat aspira une longue bouffée d'air. Allons ! Elle n'allait pas se montrer plus faible que son époux.

— Il n'est pas transportable, je suppose.

Neb-Amon fit un signe négatif, laissant Séchat frapper dans ses mains pour appeler son personnel.

— Kaméni ! cria-t-elle, prends les chevaux et le char et cours à la villa de Djéhouty prévenir que son fils est ici.

— Précise qu'il a eu un accident, ajouta Neb-Amon, mais ne dis pas qu'il est inanimé. Il sera peut-être remis quand son père sera là.

Kaméni parti, Neb-Amon fit respirer à l'enfant un mélange de natron et d'essence de térébinthe, ce qui lui fit ouvrir lentement les yeux.

— C'est déjà un point positif, soupira le médecin. Il va souffrir maintenant. Donne-moi un peu d'extrait de fleur de pavot et d'hellébore. Cela va endormir son mal. Et, je t'en prie, Séchat, bien que cet enfant soit un de tes élèves, ne lui pose pas encore de questions. Il est trop perturbé pour y répondre.

Ce fut Satiah qui courut chercher les ingrédients que réclamait Neb-Amon. Quand elle lui tendit les fioles médicamenteuses, le médecin lui sourit. « Cette enfant est généreuse, pensa-t-il, ses colères et ses caprices s'atténueront lorsqu'elle sera prise en charge par la vie. »

Satiah reçut le sourire engageant de son beau-père en plein visage et le lui rendit.

Dès qu'il fut éveillé, le petit Djéhouty se mit à hurler tant sa jambe lui faisait mal.

— Je vais te mettre une attelle et cela ira mieux, expliqua Neb-Amon.

— J'ai mal, j'ai mal ! criait l'enfant.

— Je t'ai donné un remède qui endormira ta souffrance. Ne bouge pas. Dans quelques minutes, tu ne sentiras plus rien. Non, Séchat, fit-il précipitamment en voyant la jeune femme qui passait ses mains derrière le dos de l'enfant pour le relever, je ne sais pas encore si son évanouissement provient de sa jambe ou de sa tête. Il faut au contraire le maintenir immobile.

Cachou entra sur la terrasse.

— Le Grand Djéhouty est là, fit-elle. Il veut voir son fils.

Séchat qui aidait Neb-Amon à tenir l'attelle eut un léger tremblement de la main. Comment allait-elle réagir devant le Grand Vizir du Sud ? Certes, son époux connaissait la longue liaison qui les avait unis avant leur mariage.

Mais qu'y pouvait-il ? Tout était fini à présent. Et le médecin avait suffisamment confiance en son épouse pour savoir qu'aucun signe équivoque ne renaîtrait entre eux.

Il laissa donc tranquillement s'approcher le Vizir et attendit que celui-ci le questionnât. Djéhouty n'avait regardé ni Séchat ni Neb-Amon, il s'était penché sur son fils et l'avait observé longuement.

Séchat reconnut le bon sens et la pondération du Vizir, son inquiétude se cachait derrière cet air tranquille et sûr. Il passa sa grande main brune sur le visage de l'enfant qui s'était endormi.

— Qu'a-t-il exactement en plus de sa jambe cassée ?

— Je ne sais pas encore. Il faut que je l'examine de plus près.

— Puis-je l'emmener ?

— Non ! Il est intransportable. Peut-être a-t-il un traumatisme crânien. Dans ce cas, tout déplacement pourrait être fatal.

Djéhouty se releva et, enfin, regarda ses vis-à-vis.

— Je te remercie, Grand Neb-Amon. Tu as sans doute sauvé mon fils.

— Pas encore, murmura le médecin.

Djéhouty eut un hochement de tête imprécis. Puis il passa l'une de ses mains dans ses cheveux noirs crépus et parut s'absorber dans une méditation que nul ne vint déranger.

— Où était mon fils ? dit-il enfin d'une voix caverneuse.

— Je ne l'ai pas questionné, fit Séchat. Mais Neb-Amon l'a trouvé près de la petite porte du dernier pylône, là où personne ne passe jamais.

— Qu'y faisait-il ?

Séchat haussa les épaules et fixa le regard de Djéhouty. Puis elle se tourna vers Neb-Amon qui vérifiait l'attache de son attelle.

— Ton fils, Djéhouty, précisa-t-elle sans le regarder, est un enfant trop émotif et trop faible. Il se laisse très vite influencer.

— Il ressemble à sa mère dont la grande modestie a toujours effacé les nombreuses capacités qui étaient en elle. Dis-moi, Séchat, me caches-tu quelque chose ?

— Oui. Mais aujourd'hui je ne veux rien dissimuler et, puisque le destin nous réunit, je vais tout t'avouer. Ton fils est trop malléable. L'an dernier, il a laissé le vieil Antef entrer dans ma classe pour y voler un document.

— Pourquoi me l'as-tu caché ?

— Parce que ton fils paraissait malheureux d'avoir été la victime d'un odieux personnage. Je crains qu'il ne soit retombé dans un piège plus resserré encore.

— L'attelle est posée, fit Neb-Amon en se relevant. Nous le questionnerons dès qu'il sera réveillé. En attendant, Grand Djéhouty, viens prendre une collation, cela te sera bénéfique.

Si, à l'arrivée du Vizir, Séchat avait craint quelques battements flous de son cœur, elle se sentait à présent très à l'aise. Rien d'équivoque ne transparaissait dans leur attitude. Aucun regard, aucun geste ambigu ne flottait dans l'air. Jusqu'à Neb-Amon qui semblait plus détendu, maintenant que l'attelle était posée.

Cachou, Maâthor et deux autres servantes s'empressèrent de préparer le repas.

— Avant de prendre cette collation, dit Séchat en se plantant droit devant Djéhouty, j'aimerais te poser une question.

— Laquelle ?

— Désormais, es-tu pour ou contre Hatchepsout ?

Surpris, le médecin regarda sa femme. Certes, il ne s'attendait guère à une telle interrogation qui risquait de tendre dangereusement l'atmosphère.

— Ta réponse, Grand Djéhouty, fit-il avec réserve, n'influencera pas mon souci de guérir ton fils.

Mais la question avait déstabilisé le Vizir qui, à présent, se sentait gêné.

— En quoi ma réponse peut te concerner ? interrogea-t-il en se tournant vers Séchat.

— Je compte les fidèles qui, désormais, restent près d'Hatchepsout. Cela t'étonne-t-il ?

Il ne riposta rien mais elle remarqua son œil hostile glisser vers elle. Elle reprit d'un ton serein :

— Ta réponse peut m'aider pour comprendre ton fils. N'oublie pas, Djéhouty, qu'il fréquente ma classe et qu'en plus son comportement peut en influencer d'autres. Et, si tu veux mon point de vue, cet enfant est beaucoup trop jeune pour être mêlé à une histoire d'espionnage politique. Ton fils est faible. Alors, il essaye de se forger une carapace en suivant n'importe quel individu qui lui fait miroiter un prétendu sens du devoir et de l'honneur. Djéhouty, reprit-elle, je sais que tu as servi loyalement le père et l'époux d'Hatchepsout. La pharaonne elle-même a bénéficié de tes généreux services. Mais en profite-t-elle encore ? Beaucoup d'entre vous se tournent vers le jeune Thoutmosis. Fais-tu partie de ceux-là ?

Le Vizir eut un léger plissement de paupières.

— J'en ferai partie lorsqu'il sera sacré pharaon.

— Et en attendant ?

— Je ne suis pas contre la reine.

— Es-tu pour ?

— Je ne ferai rien contre elle.

Envoyée par Neb-Amon qui sentait l'atmosphère se durcir, Cachou fit son apparition.

— La collation est servie.

Séchat n'insista pas. Après tout, pourquoi aurait-elle été surprise ? Comme toujours, Djéhouty restait secret, impénétrable, renfermé. Elle se calma en se persuadant qu'il était honnête et droit et qu'il ne devait pas tremper dans une affaire malsaine de politique intérieure.

⁂

Quand ils eurent terminé le repas, le khamsin s'était enfin mis à souffler, libérant le ciel de sa pesanteur.

— Tu ne dois pas tarder à rentrer, si tu ne veux pas être pris dans une bourrasque de vent, fit Neb-Amon.

— Cela m'ennuie de partir avant que mon fils ne soit réveillé.

— Alors, nous pouvons t'héberger cette nuit et tu repartiras demain.

Mais Cachou arrivait en hâte, le souffle pris dans une respiration rapide et suffocante.

— L'enfant est réveillé, cria-t-elle.

En deux bonds, Neb-Amon fut près de lui, suivi de Séchat et de Djéhouty.

Il ne semblait pas souffrir et quand le médecin le vit tourner la tête sans effort pour regarder son père, il comprit qu'il n'y avait aucun traumatisme crânien. Soulagé, il s'approcha du garçonnet.

— Veux-tu répondre à quelques questions ?

L'enfant regarda son père avec une crainte dans les yeux.

— Allons, fit celui-ci, tu as été suffisamment puni par cette vilaine chute. Tu ne seras pas grondé davantage. Mais tu dois nous expliquer ton comportement.

Séchat prit la main du garçonnet.

— Comment va ton singe depuis la dernière fois que je l'ai vu ?

— Il va bien, fit l'enfant sur la réserve.

— Sais-tu que tu ne m'as jamais dit son nom ?

— Thot.

— Comme le dieu !

L'enfant secoua la tête. Il se détendait.

— Tu as bien fait de l'appeler ainsi. Le dieu Thot symbolise le singe.

Elle caressa le front de l'enfant.

— Aimerais-tu que nous lui donnions un rôle dans la pièce que nous allons créer avec Satiah et Méryet ?

De grands yeux allumés de joie la regardèrent. L'enfant commençait à se trémousser.

— Dis-moi, Djéhouty, que faisais-tu sur le haut de cette muraille ?

— J'ai grimpé quand j'ai vu le serpent.

— Le serpent ! Quel serpent ?

— À mes pieds. J'ai eu peur et j'ai grimpé pour l'éviter. Je suis tombé quand j'ai vu le médecin.

— Tu aurais pu l'appeler. Il t'aurait aidé à le tuer. Puis ensuite il t'aurait fait descendre. Pourquoi ne l'as-tu pas fait ?

L'enfant se tut.

— Qui t'a demandé de venir au temple ?

— Antef !

— Encore lui. Que voulait-il, cette fois ?

Comme le garçonnet se taisait, son père s'approcha de lui et l'enfant eut un geste de crainte.

— Allons, Djéhouty, ton père ne va pas te battre ni te disputer si tu nous racontes tout. Que voulait Antef ?

L'enfant se butait.

— Si tu me le dis, je ferai jouer ton singe dans ma pièce. Il sera l'effigie du dieu Thot et nous lui donnerons un rôle très important. Que voulait Antef ?

— Que je lui montre la marche cachée qui conduit au couloir des chambres d'Anubis.

— Et tu le sais parce que tu as vu mes dessins, ceux qu'il n'a pas pu dérober.

L'enfant secoua la tête dans un signe affirmatif.

— Il t'attendait, alors ?

— Il était derrière le mur, il est parti quand je suis tombé.

— Écoute, Djéhouty ! Désormais, je vais te donner le moyen de te distinguer bien mieux qu'avec Antef. Dès que tu seras guéri, nous ferons cette pièce de théâtre ensemble et tu auras le rôle que tu désires. Ne crois-tu pas qu'à suivre les ordres d'Antef, il est très décevant de toujours te cacher ? Le courage qu'il te demande et que tu lui montres n'est connu de personne, alors que je t'offre le moyen d'être applaudi, admiré, respecté de tous.

— Thoutmosis m'applaudira-t-il ?

Ils restèrent tous les trois ahuris. Enfin, sans le savoir, Séchat avait réussi à extorquer à l'enfant la véritable raison de ses exploits insensés : attirer l'attention du prince. Elle s'adressa au Vizir.

— Tu vois, Djéhouty, il est normal qu'il se tourne vers la génération de Thoutmosis. Bientôt, il aura l'âge et le devoir de le servir. Mais, toi, tu as toujours la tâche de soutenir notre reine.

CHAPITRE V

Sans autres contusions internes, le petit Djéhouty se remit vite de son choc et put, grâce aux bons soins de Neb-Amon, courir à nouveau aux côtés de ses compagnons.

Certes, Séchat avait fait prévenir, par l'intermédiaire de Méryet, son ami le Grand Prêtre Hapouseneb qu'il fallait installer une garde permanente auprès des sanctuaires d'Anubis afin que nul vol de documents ou de bijoux n'intervînt.

Mais que pouvait-elle faire d'autre pour aider son ami le Grand Prêtre d'Amon, alors qu'elle devait partir pour Bouhen, dès que le khamsin aurait soufflé sa puissance destructrice sur le paysage brûlé d'Égypte ?

C'était la fin de l'année scolaire et la grande résidence de Bouhen qui lui venait de son grand-père, feu le général Nekbet, Grand Scribe du premier des Thoutmosis, attendait tranquillement comme à chaque début d'Akhit la petite famille de Séchat.

Mais la vie intensive que Neb-Amon menait à l'hôpital l'empêchait d'accompagner Séchat, son fils et la jeune Satiah, et le médecin devait les rejoindre à Bouhen dès que son travail le lui permettrait.

Ce fut donc dans une joie à demi teintée de regret que Séchat donna l'ordre à son personnel de préparer les bagages.

Trois embarcations attendaient les chargements sur le bord du Nil qu'une crue, cette année-là, n'avait pas encore effleuré de ses résultats bienfaisants. Les récoltes seraient médiocres et très inférieures à celles des années précédentes. L'humidité indispensable ne s'était pas assez répandue, n'emplissant ni canaux ni rigoles avoisinants, asséchant tous les terrains éloignés du Nil, étouffant les quelques herbes qui, par endroits, tentaient de pousser.

Partout, cette année-là, le sol dur, trop réchauffé par le soleil, n'engendrait que des touffes d'herbes jaunies et des plaques brûlées que, seuls, les cailloux venaient garnir.

Le ciel gardait cette opacité violente et bleue comme un implacable mur d'azur à la limite de l'intransigeance la plus absolue.

En cette saison du début d'Akhit, la navigation n'était pas dangereuse, d'autant plus que les eaux du Nil étaient basses. Les trois embarcations de Séchat restaient immobiles sur le fleuve et les quilles ne s'enfonçaient que peu profondément, laissant leurs extrémités largement relevées.

Le premier des bateaux, le plus grand, contenait les animaux favoris dont la jeune femme et les enfants ne voulaient pas se séparer. Chevaux, chiens et chats étaient donc du voyage. Il y avait même Kity, le petit singe de Satiah, et Princesse, la lionne que Séchat avait rapportée du Pays du Pount.

Les animaux, à l'exception de Kity qui courait sans arrêt d'une embarcation à l'autre, étaient dans des cages solidement fermées.

Le second bateau contenait les bagages, les vêtements, les objets, les denrées alimentaires. Quant au troisième, il était agréablement aménagé pour un séjour prolongé sur le fleuve. La proue et la poupe se relevaient avec grâce et le bastingage offrait toutes les possibilités d'admirer tranquillement un site dont les yeux des Égyptiens ne se fatiguaient jamais.

— Cachou, il n'est pas nécessaire d'emporter les jouets de Rekmirê. Bouhen enferme suffisamment de trésors pour que mon fils y trouve les distractions qui devraient l'occuper du lever au coucher du soleil.

Elle s'assura que la maison était en ordre. Il ne restait que le peu de personnel nécessaire pour assurer la marche et l'entretien des lieux durant toute son absence. Avec un peu de chance, Neb-Amon viendrait les retrouver dans quelques semaines à peine.

— Maman, fit Satiah qui, depuis deux jours, était très excitée pour avoir vu l'armée de Thoutmosis quitter Thèbes en direction de la Nubie, nous côtoierons peut-être les derniers fantassins des troupes. Thouty m'a expliqué comment on formait le bataillon avant et le bataillon arrière.

— Peut-être, répondit Séchat d'une voix distraite.

— Maman, s'écria Satiah, tu ne m'écoutes pas !

La jeune femme se tourna vers sa fille.

— Si, ma chérie. Mais, tu vois bien que je suis préoccupée par ce départ. Que diras-tu s'il nous manque, là-bas, la plupart des choses, d'autant plus que, l'année passée, nous n'y sommes pas allés.

— Pourquoi, Maman, nous n'y sommes pas allés ? s'enquit le petit Rekmirê.

À cet âge, l'enfant posait toutes sortes de questions, voulait tout savoir, tout comprendre. Rekmirê était un enfant éveillé, dégourdi, intelligent et toujours enthousiaste comme l'était sa mère. Mais il possédait une qualité supplémentaire fortement développée chez son père : la faculté d'approche et de communication, le don de s'intéresser aux autres et une extrême générosité de cœur.

— Mon chéri, voici deux ans que nous ne sommes pas allés à Bouhen parce que ton père venait de créer l'hôpital et qu'il ne pouvait s'absenter avant qu'il ne fonctionne parfaitement.

— Mais nous pouvions y aller, toi, Satiah et moi, comme aujourd'hui.

— Non, Rekmirê. J'avais moi-même mon école à préparer, organiser, recréer. Il y avait longtemps que les habitudes du vieux Parenefer étaient englouties dans de vagues souvenirs. Il fallait réveiller tout cela.

L'enfant hocha la tête, montrant qu'il comprenait. Puis, pointant son index vers le Nil, il demanda :

— Où allons-nous nous arrêter ?

— Comme nous ne sommes pas pressés, nous allons faire de nombreuses escales.

L'enfant exulta, mais Satiah fit la grimace.

— Pourquoi, Maman ? Il me tarde d'être à Bouhen.

— Ton frère n'a encore jamais voyagé, Satiah, il faut lui montrer ce que sont les autres villes. Il doit faire son apprentissage sur les gens, les habitudes, les lieux qui ne sont ni Thèbes ni ses environs.

Elle observa sa fille et ajouta :

— D'ailleurs, toi aussi, tu n'as guère voyagé. Enfermée au harem comme tu l'étais, à ne jamais vouloir en sortir.

— La faute à qui, Maman ? Si tu n'avais pas été la Grande Scribe de Sa Majesté la Pharaonne Hatchepsout – elle appuya volontairement sur ces termes – tu m'aurais fait voyager plus tôt.

Séchat soupira mais ne répliqua rien. Elle ne voulait pas se disputer avec sa fille, en ce grand matin de départ. Et puis, quoi répondre ? Satiah lui faisait tant de fois ce reproche.

Rekmirê coupa net le léger malentendu qui opposait encore mère et fille.

— Regardez, voici Kaméni. Nous pouvons embarquer.

⁂

La crue du Nil tardait.

Kaméni regardait avec effroi les bords d'un fleuve jauni par le soleil. Tout avait l'air désertique. Séchat elle-même tournait de temps à autre ses yeux étonnés vers un paysage qu'elle ne reconnaissait pas. Seuls, les enfants semblaient ne pas s'inquiéter d'un fait qui leur paraissait s'intégrer normalement dans leur quotidien.

Les rives asséchées laissaient apercevoir les lieux d'accostage et Kaméni qui dirigeait l'embarcation aperçut soudain celui d'Hiérakonpolis. Il se dégageait distinctement, au loin, dans un amas de verdure desséchée.

— L'embarcation n'avance que faiblement, dit-il à Séchat qui se tenait debout près de lui.

La grande barque, d'excellente qualité, bien conçue, abritée par un fond solide de papyrus tressé qui ne laissait pas pénétrer l'eau, donnait en principe aux passagers une confiance extrême.

Mais, depuis quelques heures, cette confiance se muait en angoisse. Déjà, les trois embarcations de Séchat qui devaient accoster à Esna ne s'étaient pas arrêtées et le petit port, habituellement accueillant, semblait fermer ses portes aux passagers des bateaux.

Des bateliers faisaient prudemment le gué avertissant que l'eau du fleuve était si peu profonde que les quilles des barques les plus légères heurtaient sans cesse les crocodiles qui ne trouvaient plus leur élément habituel.

— Passons Hiérakonpolis, fit Séchat en scrutant l'horizon d'un œil incertain. Peut-être qu'à Edfou, le cours d'eau se fera plus intense.

Puis elle partit rejoindre ses enfants qui discutaient sur la petite passerelle aux côtés de Cachou et de Maâthor.

La journée se passa pourtant sans encombre et le soir, ils purent accoster à Edfou. Nulle interdiction ne vint les en empêcher. Certes, la chaleur était si forte et si lourde que personne ne pouvait supporter le moindre vêtement. Rekmirê, Satiah et la jeune Cachou restèrent nus. Étendus sur le bateau aux côtés de Séchat, ils observaient d'un air alangui le rivage qui, peu à peu, sombrait dans l'obscurité d'une nuit bienfaisante et rafraîchissante.

L'agitation du port d'Edfou les réveilla dès l'aube. Des chalands débarquaient les marchandises et repartaient aussitôt, les uns vers le nord, les autres vers le sud.

Deux hommes de police patrouillaient près de l'embarcadère et quelques petits scribes s'affairaient à griffonner sur leurs tablettes les chiffres qui totalisaient les caisses de fruits et de légumes, les barils de bière, les sacs de blé, les bottes d'oignons, les oies, les canards et les poules encagés, tout ce qui constituait la vie de cette petite ville.

Séchat mit sa main en visière et regarda le port. Après les berges environnantes que les bateaux venaient de dépasser et dont les bœufs s'emparaient pour venir s'y désaltérer, elle avait cherché des yeux les oasis verdoyantes qui, habituellement, en ponctuaient chaque détour. Mais les bœufs pataugeaient tristement dans des flaques de boue, secouant leurs têtes massives et chassant de leurs queues les mouches malodorantes.

— Nous allons descendre sur le quai, dit-elle à ses enfants. Nous visiterons la ville. Il faut que tu saches, Satiah, que pendant l'Ancien Empire, Edfou était un site florissant. On y adorait autrefois un prince généreux, sage et intelligent. Il s'appelait Isi et il fit bâtir dans la ville un temple grandiose qui, bien entendu, favorisa la culture et le commerce de toute la région.

— Le visiterons-nous, maman ? fit le petit Rekmirê.

— Bien sûr, fit Séchat en repoussant la nuée de mouches qui, depuis l'aube, venait les agresser.

— C'est étrange, murmura-t-elle, d'ordinaire, elles ne s'agitent qu'au lever du soleil. On dirait que celles-ci cherchent à nous annoncer quelque chose d'inhabituel.

Soudain, baissant les yeux, elle vit un homme non loin d'elle, assis en scribe contre la coque du bateau. Tourné vers le port, il écrivait sur un morceau de calcaire.

L'homme était jeune, presque un adolescent, le teint brun et les cheveux crépus et noirs. Sans doute avait-il quelque sang nubien qui venait réchauffer ses veines. Dans sa naïve et touchante nudité, Cachou l'avait déjà remarqué. Le jeune scribe – du moins, s'il en était un – avait tourné plusieurs fois son visage vers elle et semblait apprécier à sa juste valeur les formes rondes et pulpeuses de la jeune servante.

— Cachou, qui est cet homme ? fit-elle à la jeune fille qui observait avec intérêt l'individu assis contre la coque de son bateau.

— Un scribe, sans doute, fit Cachou en adressant un sourire du côté de l'homme qui, justement, tourna la tête dans leur direction.

Séchat traversa la passerelle qui menait à la proue et, s'aidant du cordage qui tombait au sol, descendit tranquillement à terre.

L'homme se leva. Pour ne pas tacher davantage sa tunique qui déjà était grise et poussiéreuse, il s'était assis sur la pierre haute qui servait d'accostage, le dos appuyé au bateau.

— Pardonnez-moi de m'être installé là, fit-il en saluant Séchat. J'ai tellement été séduit par cette agitation du port qu'il m'a fallu de suite la dépeindre.

Puis il tendit son calcaire à la jeune femme. Elle observa quelque temps le trait habile du garçon. L'agitation du port était cernée avec un art subtil et discret, mais rien n'y manquait.

— Es-tu peintre ?

— Je suis à la fois scribe et peintre. Malheureusement, je n'ai trouvé aucun travail. Ni là ni ailleurs et je pense retourner à Kounmeh dès que j'aurai réuni l'argent de mon voyage.

— Es-tu originaire de la troisième cataracte ?

— On peut le dire, répondit le jeune homme en haussant les épaules. J'ai de la famille à Soleb. Peut-être vais-je même m'y réinstaller après en être parti, voilà déjà bien longtemps.

— Qu'y feras-tu ?

— Mes cousins sont des paysans. Ils ont quelques aroures en louage. Je travaillerai la terre avec eux. Cela vaudra mieux que de mourir de faim ici, jeta-t-il d'un ton blasé.

— C'est dommage ! Avec le don qui est le tien.

Le jeune scribe haussa de nouveau les épaules et tourna la tête.

— Attention ! cria-t-il soudain en esquissant un bond rapide sur le côté.

Puis il tira violemment Séchat en arrière. Surprise, elle faillit perdre l'équilibre, mais il la retint d'une poigne robuste. C'est alors qu'elle vit l'ombre d'un crocodile se faufiler lentement sous la coque du bateau, puis glisser et disparaître.

— Kaméni ! s'écria-t-elle aussitôt. Nous repartons. Cet endroit sera bientôt infesté de crocodiles. Il n'est pas question de rester ici un instant de plus. Edfou est, aujourd'hui, aussi dangereux que l'était Hiérakonpolis.

— Je retire les amarres, répondit Kaméni qui, lui non plus, n'avait pas été sans remarquer les sauriens qui guettaient la descente des passagers.

— Vite, ne tardons pas. D'ailleurs, à terre, nous sommes envahis par les mouches, poursuivit Séchat en repoussant d'un geste nerveux une nuée d'insectes bourdonnants et agressifs qui zigzaguaient autour d'elle.

Elle vit Kaméni enfoncer avec difficulté la gaffe dans les eaux boueuses du port et se précipita pour détacher l'amarre qui retenait l'embarcation au pontage. Le jeune scribe s'empressa de l'aider, puis voyant que Kaméni peinait de plus en plus – c'est à peine s'il pouvait ébranler le bateau tant le sol était sec –, il s'écria, presque joyeux :

— Veux-tu que je t'aide ?

Sans attendre la réponse, il aida promptement Séchat à remonter sur le bastingage et, s'arrimant au sol, jambes écartées, s'aidant d'un mouvement circulaire des épaules qu'il avait rondes, souples et musclées, il poussa l'embarcation jusqu'à ce qu'elle décolle de terre.

— Le crocodile est peut-être toujours sous la coque, jeta Satiah dont les yeux s'agrandissaient d'effroi.

— Non, je l'ai vu s'en aller là-bas, dit Rekmirê en pointant son doigt vers le fleuve asséché.

— Ce voyage est trop périlleux et en l'absence de Neb-Amon, je me sens responsable. Nous resterons à bord jusqu'à Bouhen.

Elle se pencha au-dessus de l'esquif et aperçut le jeune scribe qui, voyant l'embarcation prendre un peu d'aisance sur une mince pellicule d'eau, lâchait le bord du bateau.

— Sans toi, lui dit-elle, nous aurions eu du mal à repartir aussi vite. Veux-tu monter avec nous ? Nous te laisserons à Bouhen.

Le jeune homme lui répondit par un sourire chaleureux et sans attendre davantage sauta sur le navire.

⁂

— Je refuse d'embaumer Moutnéfer dans tes locaux, jeta Neb-Amon d'un ton qui n'admettait aucune réplique.

— Alors, nous nous passerons de tes services, jeta sèchement Pénith, le petit médecin aux yeux métalliques et à la bouche épaisse.

— Faudra-t-il que tu viennes me dérober le corps de la défunte Moutnéfer ?

— Le pavillon des morts que tu as construit dans ton hôpital n'en est pas un, rétorqua Seddy en avançant sa lèvre inférieure qui pendait à la moindre contrariété.

Neb-Amon se retourna lentement vers les médecins qui parlaient ainsi. À présent, il les avait tous les trois devant lui et pouvait, enfin, jouer à armes égales. Voici longtemps qu'il attendait cette occasion. La vieille Moutnéfer dont il avait soulagé les dernières heures avant d'atteindre l'au-delà l'y aidait plus généreusement qu'il ne l'aurait cru.

— Si mon hôpital ne contient qu'un petit pavillon destiné aux morts, il est, du moins, à la pointe du progrès et de la perfection.

Il les dévisagea avec une pointe de morgue dans l'œil.

— Vos procédés sont dépassés à présent et vous le savez.

— Peu importe, répliqua Penith en clignant des yeux vers son ami Seddy. Ce n'est pas toi qui nous empêcheras de momifier la vieille Moutnéfer.

Neb-Amon se fit narquois, plus qu'il ne l'était à l'ordinaire.

— Moutnéfer était la Seconde Épouse du pharaon Thoutmosis. À ce titre, Sa Majesté Hatchepsout réclame un embaumement avec les herbes et les parfums que nous avons rapportés du Pount.

— Nous nous passerons de tes drogues.

Neb-Amon sourit. Ses drogues ! Certes, il les avait mises au point avec un raffinement extrême, une maîtrise telle que la complexité de leur mélange ne pouvait être assimilée que par lui. Il avait le nom de chaque ingrédient en tête et la façon de les traiter. Il connaissait chaque dosage et n'était pas prêt à en céder le secret à un autre.

Neb-Amon effectuerait son premier embaumement dans les règles de l'art, associant les traditions anciennes aux découvertes modernes. Et ce n'était certes pas ce triste petit trio de praticiens qui l'en empêcherait.

Par précaution, Neb-Amon n'avait rien noté. Il nettoierait les intestins et les autres viscères au vin de palme. Puis il emplirait le corps vidé de ses substances avec des aromates broyés, de la myrrhe pure et de la cannelle. Tout en restant élastique, le corps serait plus dur et cela faciliterait la pose des bandelettes.

— Mes drogues sont faites avec des ingrédients qu'impose la perfection d'un embaumement divin et Hatchepsout en est consciente. C'est ainsi et pas autrement. Je ne peux m'écarter de la volonté de Sa Majesté. Tes injonctions passent après, Pénith.

Le médecin aux petits yeux étrécis et à la bouche molle rétorqua :

— Nous t'userons, Neb-Amon. Nous t'empêcherons de réussir.

— Vous ne m'empêcherez pas d'effectuer cet embaumement tel que je le souhaite. Tu n'es qu'un charlatan, Pénith, et tu n'arriveras jamais à la cheville du vieux maître momificateur de feu Thoutmosis. Celui qui traçait le dessin de ses bandelettes si bien que toute la géométrie en elle-même était une œuvre d'art.

— Qui t'autorise à parler de lui, petit médecin ? jeta Seddy rouge de colère.

— Qui m'autorise à en parler ? rétorqua Neb-Amon dont le teint, au contraire, blanchissait à mesure que sa fureur prenait forme. Le respect que j'ai pour lui !

— Le respect ! Peuh !

Seddy fit mine de cracher pour mieux montrer son désaccord.

— Le respect ! trancha-t-il, le respect ! Ce n'était qu'un poseur de bandelettes, ton maître-momificateur.

— Tu ne lui arrives pas à la cheville, répliqua Neb-Amon.

Puis il avança son index et le posa sur le torse de Seddy.

— Le maître, le vrai maître, celui qui dosait si bien son mélange d'huile de cèdre, d'oliban et de natron obtenait un résultat qui ne désagrégeait aucun viscère, alors que ta mixture fait tout fondre dans le ventre de tes morts.

Seddy suffoquait.

— Oui ! Tout fondre, poursuivit Neb-Amon. Tu n'en extirpes rien.

— C'est faux, s'écria Mékyet, le troisième médecin qui, muet jusqu'ici, pressentait une tournure qu'il n'avait pas prévue.

— Faux ? J'ai vu comment tu procèdes. Tu injectes la liqueur de ta seringue dans le ventre du mort sans y faire aucune incision et sans même en retirer les intestins.

— Faux ! Faux ! Faux ! s'écria Pénith.

Il se jeta sur Neb-Amon et le prit à la gorge. Mais ses deux compagnons l'empêchèrent de poursuivre une agression qui les eût mis, alors, en mauvaise posture.

— Ose nier que tu retires le liquide de ta seringue juste avant l'emmaillotement. Où sont tes viscères, Grand Mékyet ? Ose dire qu'ils ne sont pas entièrement dissous par ta préparation destructrice.

Mékyet bomba le torse qu'il avait poilu comme un singe.

— N'as-tu donc jamais vu mes incisions ?

— Elles n'existent que dans ton imagination, tes incisions. Sais-tu seulement te servir correctement d'un scalpel ?

Neb-Amon respira fortement. Le scalpel ! Comment ne pas penser tout à coup à sa merveilleuse pierre d'Éthiopie, affûtée comme un silex et qui ne faisait pas gicler le sang comme ces outils égyptiens dont se servaient la plupart de ses compatriotes.

— Tu n'as pas répondu à ma question, il me semble, fit Neb-Amon qui, visiblement, voulait aller plus loin. Où sont tes viscères lorsque tu momifies un corps ?

— Dans les canopes ! rugit Mékyet.

— Faux ! Je t'ai vu remplir les vases avec des cœurs de bœufs et des intestins de chiens ou de chats. Une fois bouchés, tes canopes sont muets et ne peuvent te dénoncer.

Une lueur de panique s'allumait dans les yeux de Pénith et le regard de Seddy ne paraissait pas plus tranquille. Seul, Mékyet bombait toujours son torse poilu avec arrogance.

— Tu m'espionnes, petit médecin de rien. Petit médecin de…

La voix coupante de Neb-Amon poursuivit aussitôt :

— Ose prétendre que tu ne touches pas des honoraires grandioses pour tes momifications qui n'en sont pas. Ose nier que tu n'utilises que des produits de médiocre qualité alors que pour le prix que tu reçois, tu devrais travailler avec les ingrédients et les parfums les plus purs.

Seddy releva sa lèvre molle et tombante et essaya d'intervenir, mais Neb-Amon poursuivit :

— Ton natron n'est qu'un produit de médiocre qualité. Celui qu'utilisent les praticiens des classes défavorisées.

Il éleva la main.

— Non ! Ne dis rien. Je n'ai pas terminé. Je connais ce natron-là. Je l'ai vu, senti, touché, manipulé quand je travaillais pour les pauvres de Thèbes et que je n'avais ni les moyens ni la possibilité de m'en procurer du meilleur. Ton natron qui doit entretenir et solidifier tes corps pendant soixante-dix jours se décompose déjà au bout de vingt jours.

Cette fois, il les avait réduits tous les trois au silence et aucun d'eux ne l'appela plus « petit médecin de rien du tout ».

Enfin, Neb-Amon savourait sa victoire. Depuis deux ans qu'il était l'objet constant de calomnies et de médisances, se heurtait en permanence à ces trois êtres incompétents et était sans arrêt bloqué pour avancer dans la progression de son hôpital, voilà qu'il tenait sa vengeance.

Ce n'était pourtant guère dans les habitudes du sage et pacifique médecin que d'étaler ainsi une fureur extrême. Mais, à présent que Neb-Amon avait une famille à assumer honorablement, il se devait de préserver la qualité de son travail.

— Tu es bien présomptueux, tout à coup, fit simplement Seddy.

— Parce que je suis sûr de l'efficacité de mon labeur et de mes possibilités et que jamais vous ne pourrez me prendre en faute.

Il les détailla tranquillement les uns après les autres, abaissa son regard sur le corps de Moutnéfer que l'âme avait quitté déjà depuis quelques jours, le ramena sur ses adversaires puis jeta d'une voix ferme et pesante :

— Par contre, je ne suis pas doué pour la dénonciation de mes compatriotes. Je suis médecin et non juge. Aussi, je vous demande de me laisser travailler en paix et cet entretien n'ira pas plus loin que les murs de cet hôpital.

⁂

Le scribe Djenani semblait savoir tout faire et, chaque jour, Séchat se félicitait de l'avoir rencontré sur le port d'Edfou et plus encore de l'avoir fait monter à bord de leur embarcation.

Les trois barques approchaient de Kom Ombo. L'allure était lente et incertaine. L'assèchement du fleuve les arrêtait sans cesse et, depuis Edfou, le voyage s'annonçait de plus en plus périlleux. Hippopotames et crocodiles s'aventuraient sur les berges, bloquant sans cesse le passage. Les nombreux îlots qui, d'ordinaire, abritaient les sauriens étaient à sec et les forçaient à se mouvoir sur le territoire des hommes.

Dans le sillage des bateaux, traînaient depuis quelques heures deux crocodiles qui, de temps à autre, ouvraient une gueule énorme qui découvrait leurs dents en scies meurtrières.

Il n'était même plus question de rester appuyé à la proue du bateau ou sur le bord du bastingage. Cantonnés en son centre, Séchat et ses enfants observaient l'horizon d'où venaient des nuées de mouches bourdonnantes qu'il fallait chasser avec les grandes ombelles de papyrus.

Rekmirê cachait sa déception de ne pouvoir aller se promener dans les villes dont sa mère lui avait tant parlé. Mais le bon sens et la sagesse qu'il tenait de son père lui faisait accepter avec discernement ce fâcheux contretemps.

Satiah, par contre, enrageait de ne pouvoir rafraîchir dans l'eau du fleuve son corps échauffé par le soleil. Seule, la vue des sauriens qui suivaient l'embarcation calmait l'ardeur de ses caprices.

Kaméni et Djenani virent l'hippopotame ensemble. Il traversa lentement la berge et vint se planter au milieu du fleuve, décidé à ne plus en sortir.

Les embarcations chargées des animaux et des denrées alimentaires avaient pris l'arrière de la file. Kaméni avait peut-être un sens de l'observation très aiguisé – rien ne lui échappait – mais il n'était pas des plus habiles à manier la gaffe, le gouvernail ou la voile et, depuis que Djenani était sur le bateau et que personne ne pouvait plus en sortir, le jeune homme dépliait la grande voile blanche au moindre souffle du vent apporté par la nuit et l'embarcation filait quelques heures à plus vive allure.

Kaméni et ses deux aides avaient attaché un gros câble et les trois embarcations reliées entre elles se suivaient au rythme qu'imposait le sinistre voyage.

Depuis qu'ils avaient attaché ainsi les bateaux, les crocodiles s'étaient rapprochés et sillonnaient les bas-côtés, si bien que leur présence envahissait davantage la vue qu'en avait les passagers.

— L'hippopotame bouche complètement la voie ! s'exclama Kaméni.

— Ne pouvons-nous le contourner ? suggéra Séchat que l'inquiétude ne quittait plus.

— C'est impossible, rétorqua Djenani, il n'y a pas assez d'eau sur les bas-côtés.

Il fouetta de la main son visage où les mouches venaient en nombre se poser.

— Je vais essayer de détourner son attention sur le côté opposé.

Mais à peine avait-il jeté ces mots qu'un autre mastodonte arrivait à pas lourds, suivi de deux bébés hippopotames.

— La famille entière ! Il ne manquait plus que cela, soupira Séchat d'un air las. À cette allure, quand serons-nous à Bouhen ?

— Maman, je n'ai jamais vu d'hippopotame ! s'écria Rekmirê ravi de cette aubaine.

— Eh bien, le destin fait que tu peux admirer toute la famille. Tiens, regarde le père, il doit être en colère parce que l'eau ne recouvre pas son corps.

— Oh ! Maman, il ouvre sa gueule.

Et Rekmirê parut séduit devant cette masse de chair informe et rosâtre où s'enfouissaient graisse et mâchoire.

— J'ai une idée, fit Djenani. Il faudrait condamner un animal. Le jeter en pâture au-devant de ces monstres qui ne sont qu'herbivores et qui, dans une indifférence totale, vont l'ignorer. En revanche, les crocodiles vont sentir la viande et vont s'approcher des hippopotames. Les bébés vont prendre peur et, pour éviter les sauriens, la petite famille risque de s'écarter de nos embarcations.

L'idée était judicieuse et bien qu'il en coûtât à Séchat et aux enfants de condamner ainsi des animaux, elle donna l'ordre de tuer deux énormes oies pour les balancer en pâture aux hippopotames.

Comme l'avait prévu Djenani, les énormes pachydermes qui pataugeaient dans l'eau ne furent pas attirés par les grasses bêtes qu'on jetait devant eux et ce furent les deux crocodiles, ahuris par une telle aubaine, qui se précipitèrent sur les oies.

Effrayés par le brusque assaut des sauriens, les bébés hippopotames se pressèrent contre le ventre de leur mère. Dans un grognement qui ébranla les embarcations, le gros mâle se mit en colère. Il rua et cogna la proue du bateau. L'embarcation chavira et les passagers furent renversés. Il fallut la force et la maîtrise des deux hommes pour la redresser sans dommages.

Les bébés dans le giron de la femelle continuaient à s'affoler, mais le père qui ne craignait pas les crocodiles semblait plus enragé à l'idée qu'on perturbe sa petite famille plutôt que d'éloigner ses rejetons de l'incident.

Les grasses oies étaient déjà englouties depuis longtemps quand les crocodiles reprirent leur place sur le bas-côté. Fallait-il sacrifier d'autres animaux ? À ce rythme-là, les cages emplies de volailles risquaient fort de se décimer rapidement.

Une autre secousse leur donna la réponse. L'hippopotame déstabilisa tant le bateau qu'il faillit se retourner. Cachou, la moins brave, se mit à pleurer et Rekmirê, cette fois, n'admirait plus de ses grands yeux étonnés la masse de l'animal monstrueux, mais se demandait comment ce gros animal pouvait, à présent, les laisser passer.

Satiah et Maâthor restaient serrées l'une contre l'autre, saisies par la peur, bloquées dans l'inconfort de la situation.

Pendant que Djenani redressait l'embarcation, Kaméni se fit apporter deux autres oies qu'il jeta de nouveau aux sauriens. Les crocodiles restaient immobiles, leurs petits yeux noirs enfouis dans leurs écailles verdâtres. Ils attrapèrent les volatiles et les engloutirent sans façon, remuant avec fracas le peu d'eau qui encerclait les hippopotames.

Enfin, le mâle consentit à s'écarter du bateau mais, dans un dernier mouvement de rage, balança l'embarcation si fort que la proue piqua de l'avant et que l'ensemble chavira sur le côté.

Séchat cria en voyant que Rekmirê s'apprêtait à tomber. La main puissante de Djenani le rattrapa suffisamment à temps et l'enfant vint heurter violemment le fond du bateau.

Satiah et Maâthor s'accrochèrent au bastingage et y restèrent solidement fixées le temps que l'embarcation se redresse. Cachou avait disparu.

— Accroche-toi là, fit Séchat à son fils, et surtout ne bouge pas.

Elle vit que les deux hommes s'acharnaient à relever le bateau et partit à la recherche de Cachou. Elle tituba plusieurs fois, se redressa et, soudain, aperçut la jeune fille transie de peur, cachée sous une bâche de papyrus qui servait de protection pour apporter de l'ombre quand le soleil se faisait trop intense.

— J'ai cru que tu étais passée par-dessus bord, dit-elle en soupirant de soulagement.

Cachou ne répondit pas tant elle était apeurée. Elle ne sentait plus sa langue et la salive refusait de couler dans son gosier asséché.

— Reste là, dit Séchat en culbutant, s'étant pris les pieds dans un cordage dont elle eut du mal à se dégager. Tu ne crains rien tant que le bateau n'est pas redressé. Tiens ! Accroche-toi à cette corde et ne bouge pas.

Elle attacha au mât central le câble dont elle venait de se dépêtrer et le lui tendit. Puis elle retourna vers son fils et vit alors la lente marche des hippopotames vers le bord de la berge opposée.

⁂

Le dieu d'Amon n'avait pas encore permis que les eaux de la crue versassent leurs bienfaits sur les terres asséchées.

Quelques jours plus tard, passé Aniba et Abou Simbel, les embarcations ralentirent à nouveau. Les bancs de sable se déplaçaient sans cesse. Les mouches de plus en plus nombreuses semblaient venir du sud. Elles incommodaient gens et bêtes par leur ténacité à se coller sur la peau.

Bientôt, il y eut des piaffements et des rugissements qui provenaient des cages situées à l'arrière. La queue de Princesse, la lionne, battait sans cesse le long de ses flancs et les chevaux agitaient leurs crinières pour écarter les insectes de plus en plus gênants.

Près d'Abou Simbel, le paysage se fit désertique. Sur les berges, d'affreuses mottes de terre séchées durcissaient comme des morceaux d'argile cuits.

Bouhen était proche, mais les étendues de sable, étouffées par la chaleur, n'offraient pas les oueds verdoyants qu'ils avaient l'habitude de présenter au regard des voyageurs et à leurs bouches assoiffées.

Des oryx et des antilopes s'aventuraient hors de leurs troupeaux pour chercher un filet d'eau dans le désert. Si les crocodiles affamés avaient disparu des rivages, les hyènes et les chacals avaient pris le relais. Séchat et ses enfants les entendaient hurler la nuit et ce n'était certes pas rassurant car, eux aussi, s'aventuraient jusqu'au milieu du fleuve pour se désaltérer.

La nuit, ces animaux malfaisants pouvaient fort bien sauter à bord et, lorsqu'ils attrapaient une proie, ils ne la lâchaient plus. Dès que le soleil commençait à se coucher, les deux hommes les surveillaient avec une vigilance extrême. Pour mieux voir, des torches allumées étaient disposées autour des bateaux et Séchat évitait aussi de fermer l'œil pour observer les silhouettes allongées de ses enfants au repos.

À Aksha, les contreforts de Bouhen se dessinèrent.

— Ne reste pas sur le bord ! jeta Séchat en regardant son fils se pencher pour mieux inspecter les alentours.

— Est-ce là Bouhen ? dit l'enfant.

— Hélas, ce paysage désertique a changé complètement la physionomie des alentours.

Un instant, Séchat se remémora avec plaisir les jours passés avec Neb-Amon qui, pour la première fois, voyageait dans le Sud. Il y avait plus de six ans qu'elle avait présenté à son mari le domaine hérité de son grand-père. Le cœur battant, elle lui avait montré toute la maisonnée, serviteurs, fermiers, jardiniers, maraîchers. Tout le personnel s'était courbé devant le nouveau maître et Neb-Amon avait tout observé sous le regard ravi de Séchat.

Ensemble, ils avaient été voir les ateliers de tissage, ceux de poterie et d'émaillerie, les fabriques de papyrus et même, tout au fond, encastrée entre deux montagnes que resserrait un horizon bleu comme le lapis-lazuli, à l'extrême limite sud, la grande carrière d'où on extrayait le grès rouge de Nubie.

À Bouhen, quelques scribes qui ne connaissaient rien d'autre que les chiffres écrivaient sur leurs tablettes le travail de la journée. Un métayer et deux aides surveillaient l'ensemble du territoire. Puis les laiteries où s'alignaient les jarres de lait frais caillé avaient aussi fait l'objet d'une attention particulière.

Enfin, l'immense potager, là où Neb-Amon voyait déjà pousser un grand carré d'herbes et de plantes médicinales.

— Satiah, que fais-tu ? dit Séchat en voyant sa fille tendre l'oreille.

— N'entends-tu pas un bruit étrange ?

— C'est par là, fit Rekmirê en tendant son bras vers les cages.

Un chuintement bizarre arrivait à leurs oreilles. Ce fut bientôt un rugissement profond, bas, langoureux, comme le raclement d'un morceau de calcaire sur un autre calcaire.

Kaméni cria et pointa son index sur le côté gauche.

— C'est un lion qui cherche à boire.

— Un lion ! s'exclama Rekmirê. Je veux le voir.

— Tu restes là, fit Séchat en retenant l'ardeur de son fils. Un lion sur le rivage est de mauvais augure. S'il nous suit jusqu'à Bouhen, nous appellerons les chasseurs.

Le fauve n'était pas loin et quand les embarcations eurent longé les premiers champs de Bouhen, il se mit à faire un curieux trajet, allant et venant nerveusement en balançant lentement sa queue et sa crinière dorée.

— D'où vient-il ? questionna le garçonnet.

— Du désert de Nubie, répondit Djenani. Ils arrivent toujours aux alentours de Soleb. En principe, par temps de sécheresse, ils se retrouvent par dizaines au-dessus de la boucle de la troisième cataracte.

Il se tourna vers l'enfant.

— Ne t'aventure pas trop loin, ces grands fauves sont dangereux. Ils attaquent quand ils sont contrariés. Et je pense qu'actuellement, ils le sont.

— Parce qu'ils ont soif ? s'enquit l'enfant.

— Et parce qu'ils sont loin de chez eux, donc inquiets et sur leurs gardes.

Un grand rugissement les fit se retourner. Satiah arrivait en hurlant et se jeta contre Djenani qui recula, tant la violence du choc était grande.

Ils virent Princesse, la lionne encagée, qui bondissait sur le pont, sautait par-dessus bord et rejoignait le rivage asséché.

— Elle m'a heurtée et je suis tombée, fit Satiah en se dégageant des bras de Djenani.

— Mais qui lui a ouvert la cage ?

— Je l'ai trouvée entrouverte et j'ai voulu voir ce qu'il y avait d'anormal. La targette qui bloque l'ouverture était arrachée.

— Ce sont les rugissements du lion qui ont dû la rendre folle.

— Je ne comprends pas, dit Séchat, c'est une lionne qui m'a suivie de son plein gré, lorsque j'étais dans l'une des forêts du Pount. Elle ne supporte aucun mâle.

Ils dirigèrent leurs yeux vers la berge et virent les deux fauves s'approcher.

— Il faut la rattraper, Maman.

Djenani secoua la tête.

— C'est impossible. Elle reviendra plus tard ou elle partira avec ce mâle.

Les deux fauves tournaient en rond, s'épiant, s'observant, se reniflant. Le mâle rugissait doucement, la femelle grondait sourdement, avançant et reculant. Ses reins puissants s'agitèrent, elle s'arc-bouta sur ses pattes arrière et bondit sur le mâle qui s'esquiva.

Une traînée de poussière chaude et sèche empêcha de les voir quelques instants. Puis ce fut à nouveau le spectacle des deux félins qui se défiaient. À son tour, le mâle attaqua et la femelle bondit sur le côté, l'évitant de justesse.

— Princesse, Princesse ! hurlait Rekmirê. Je ne veux pas qu'elle s'en aille.

— C'est la vie, mon fils, murmura Séchat. Si ce mâle ne la contente pas, elle reviendra.

— Et s'il lui plaît ?

— Ce jeu qu'ils pratiquent l'un et l'autre m'a tout l'air d'être le résultat d'une profonde sympathie l'un pour l'autre.

— Tu crois ? fit Satiah en prenant la main de Djenani.

Les deux enfants avaient totalement adopté le jeune scribe.

Il est vrai que sa culture était grande et qu'il cumulait avec intelligence de multiples possibilités intellectuelles et de nombreux travaux physiques.

Séchat savait qu'elle pousserait Djenani vers des sphères plus hautes dont il n'avait pas encore conscience. Elle le testerait plus longuement à Bouhen, afin d'en savoir davantage sur ses diverses compétences. Comment ce jeune homme, tout juste sorti de l'adolescence – car il avait à peine vingt ans –, pouvait-il devenir un simple paysan ?

— Qu'arrivera-t-il s'ils se plaisent ? questionna encore Rekmirê.

— Ils partiront ensemble et tu ne reverras plus Princesse, répondit Satiah.

— Vous oubliez une autre hypothèse, dit Séchat.

— Laquelle ? firent ensemble les deux enfants.

— Ma lionne peut fort bien revenir avec un ventre rond et plein. Princesse est intelligente. Elle sait qu'elle pourra élever son petit avec nous, sans risque de le perdre.

Ils avaient les yeux rivés sur les deux fauves et ils poussèrent un soupir partagé entre la peine, le doute et l'enthousiasme quand ils les virent s'élancer dans le désert et courir côte à côte à en perdre haleine.

CHAPITRE VI

Revenu de Nubie pour les funérailles de sa grand-mère Moutnéfer, le jeune Thoutmosis – bien qu'il fût réellement peiné – ne pensait qu'à rejoindre son armée campée non loin de Bouhen.

Avant son départ, la reine l'avait fait demander en privé dans ses appartements. Lorsqu'il entra, il fut surpris de voir Mérytrê assise aux pieds de sa mère.

— Entre ! Thoutmosis. Je désire que nous bavardions en toute intelligence et en toute sagesse.

Le prince s'inclina devant sa tante et regarda Mérytrê qui, d'un œil énamouré, l'observait.

— La mère de ton père n'est plus. Une étape de ta vie se termine, une autre commence. Si tu n'as pas eu à tracer la première, à présent tu dois dessiner les contours de la deuxième.

— Je le sais, ma tante.

— Néférourê, la première de mes filles, celle que tu devais épouser, est morte en bas âge. Il reste Mérytrê, ma fille cadette, que tu vas épouser dès ton retour de Nubie.

Le prince s'inclina à nouveau devant Hatchepsout.

— Cela aussi, je le sais, ma tante.

La pharaonne se leva et fit quelques pas, puis vint reprendre sa place. Dieu ! Mérytrê était loin d'avoir la prestance de sa sœur décédée et la grâce de Satiah.

— Tu sais, bien sûr, que c'est par Mérytrê que tes enfants obtiendront le sang du pharaon.

— Et que c'est par elle qu'un jour je serai pharaon moi-même.

— Je règne encore, Thoutmosis, fit la reine d'un ton sec.

Le jeune homme ne répliqua rien, jugeant préférable de ne pas contrarier sa tante dès le début de l'entretien.

— N'oublie pas que si nous assistons côte à côte aux diverses assemblées, je n'en reste pas moins la pharaonne des Deux Égyptes. Il faudrait que je meure ou que j'abdique pour te laisser la place.

Thoutmosis pinça les lèvres et changea de sujet.

— Mérytrê, fit-il en s'adressant à la princesse, j'espère que tu me donneras beaucoup d'enfants.

Hatchepsout eut un geste agacé.

— Moi aussi, je l'espère. Mais, je souhaite également qu'elle tienne une place de reine authentique à ton côté. Voilà pourquoi je t'ai fait venir.

— Quelle promesse voulez-vous de moi, ma tante ?

— Celle que la Grande Épouse royale, ma fille Mérytrê, soit une conseillère pour toi, une amie, une co-régente le jour où je ne serai plus.

Il eut un air surpris et releva les sourcils, signe chez lui d'un intense étonnement.

— Le veut-elle vraiment ?

La princesse rougit, baissa les yeux sous le regard un peu dur de Thoutmosis et jeta dans un souffle :

— Je le désire, bien sûr.

— Je croyais que les affaires de l'État t'ennuyaient et que tu préférais tes occupations quotidiennes avec tout le prestige auquel tu as droit, rétorqua le jeune homme.

— Euh ! Non, pourquoi ?

Hatchepsout coupa d'une voix toujours aussi sèche :

— Mérytrê fera, bien entendu, comme bon lui semble. Mais il serait fâcheux qu'une autre femme s'occupe des affaires du royaume. Plus tard, tu devras prendre une Seconde Épouse…

— Pourquoi plus tard ?

Hatchepsout hésita, mais le prince reprit :

— C'est un point sur lequel j'ai déjà réfléchi.

— Et bien entendu, tu peux me citer un nom.

— C'est la fille de la Grande Séchat, Satiah, fille aussi de Menkh, le Capitaine de la Charrerie royale, mort à la bataille du Mitanni et lui-même fils du Grand Inéni, architecte de deux pharaons, feu mon père et feu mon grand-père.

— C'est exact. C'est une fille qui génère le sang noble que doit requérir une Seconde Épouse.

Elle se tourna vers Mérytrê.

— En as-tu décidé ainsi ?

— Dois-je vraiment en décider, Mère ?

Hatchepsout eut un sourire équivoque.

— Pas vraiment. Mais tu peux prononcer devant moi ton désaccord.

— Il n'y a pas désaccord.

Surprise du ton décidé de sa fille, la reine l'observa quelque temps. Le rouge avait disparu de ses joues, et elle remuait imperceptiblement les doigts de ses mains, triturant une lourde bague en turquoise qui obstruait tout son annulaire.

— Satiah sera toujours mon inférieure, Mère, que mon époux le veuille ou non. Alors, dans ce cas, puisque je m'entends plutôt bien avec elle, pourquoi en choisir une autre ?

Thoutmosis s'approcha de Mérytrê et l'embrassa légèrement, là où la joue rencontrait la commissure de ses lèvres.

— Je te remercie pour cette bonne volonté. Cela compliquera moins nos relations intimes.

⁂

Quand Neb-Amon sortit de sa maison, un attroupement bouchait la voie qui menait au port. Il mit sa main en visière et vit que la foule remontait jusqu'au palais.

Il contourna l'annexe qui constituait les communs où logeait le personnel et, près de la descente qui menait aux écuries, quelques hommes discutaient à voix forte.

— Le prince repart pour la Nubie, disait l'un, son capitaine l'accompagne et une escorte d'archers le précède.

— C'est une bien petite équipe. L'armée entière est déjà sur place, le prince n'est venu que pour le temps des obsèques de son aïeule.

Neb-Amon laissa les hommes discuter. Il avait trop perdu de temps depuis que les funérailles étaient passées. Mais l'hôpital réclamait sans cesse sa présence et s'il ne partait pas dès à présent, une nouvelle urgence le retiendrait encore.

Nedjar l'attendait près de l'écurie. Le char et les chevaux étaient prêts. C'était un attelage simple, mais de parfaite tenue. Assez confortable pour un grand voyage, il offrait une plate-forme large et spacieuse qui permettait à deux voyageurs d'être à l'aise.

Excellent conducteur, Nedjar était un colosse qui savait manier les chevaux. Grand et fort, les épaules et les cuisses musclées, le torse bombé, les hanches étroites, il conduisait l'attelage avec maîtrise, pouvant tenir les rênes des jours entiers sans fatigue, dominant ses deux petits chevaux d'Asie, rapides, légers, nerveux, supportant la difficulté d'un parcours. Nedjar était infatigable, endurant, résistant.

Neb-Amon gagna les écuries. Nedjar l'attendait, les rênes en main. Il monta près de lui et, dans un claquement de fouet, guida l'attelage vers la sortie.

Le bouchon qui s'était fait dans les rues avoisinantes s'intensifia. Des gardes barraient la route.

— Où allez-vous ? dit l'un d'eux d'un ton péremptoire en s'adressant à Nedjar.

— Je suis Neb-Amon, répondit le médecin, et je prends la route de Nubie.

— La route de Nubie est fermée jusqu'à la tombée du jour. Il faut attendre demain ou voyager sur le fleuve.

— Est-ce le départ du prince Thoutmosis qui occasionne cet étranglement ?

— Le prince n'est pas encore passé. Mais cela ne devrait pas tarder. Si tu désires voir défiler la troupe qui l'accompagne, je te conseille de laisser là ton char et d'aller plus loin à pied.

L'homme d'armes était casqué, le torse cuirassé, et portait un pagne court qui laissait voir des jambes brunes, presque noires, bien que son faciès soit plutôt assez rouge et congestionné.

Neb-Amon savait qu'il était difficile de discuter avec les policiers chargés de la garde princière. Javelot en main et poignard à la ceinture, ils abusaient parfois du pouvoir qui leur était concédé.

Le médecin tenta de le soudoyer. Mais il fallait d'abord l'exciter un peu et bien qu'il n'aimât guère ce procédé, il décida de le mener à terme. Cet homme était à première vue un hypertendu. Le blanc de ses yeux était rouge et les veines de son cou saillantes.

— Laisse-moi passer, dit-il au policier. Je dois vraiment partir dès à présent.

— Alors, prends ton bateau et suis le Nil.

— C'est impossible et tu le sais. Le fleuve est asséché et il me faudrait au moins deux semaines de voyage alors que par la route, quelques jours me suffisent.

— Alors, attends ce soir.

— Pourquoi ce soir ? Tu dis toi-même que le prince Thoutmosis n'est pas encore sorti de son palais.

L'homme commençait à s'énerver. C'était bon signe.

— Je n'ai pas à discuter avec toi, rétorqua-t-il vertement. Je ne dois laisser passer personne. C'est tout. Ou bien tu circules à pied, ou bien tu repars chez toi avec ton char. M'as-tu compris ?

— Ne t'énerve pas ainsi. Regarde, les veines de ton cou battent de façon anormale. Fais-tu de la tension ?

Surpris, le policier leva son javelot, mais l'abaissa aussi vite.

— N'as-tu pas des palpitations au petit matin ? Tiens, laisse-moi regarder le fond de ton œil.

— Tu es médecin ?

— Bien sûr, je suis le médecin-chef de l'hôpital du palais.

Le policier hésita et reprit d'un ton incertain :

— Pas de passe-droit, médecin. C'est interdit.

— Pour l'instant, reprit Neb-Amon, je ne réclame aucun passe-droit, je constate seulement que tu risques une congestion cérébrale si tu ne soignes pas rapidement ta tension.

Cette fois, le policier parut déstabilisé. Pendant qu'il réfléchissait, Neb-Amon saisit sa trousse médicale qui ne le quittait jamais et l'ouvrit sous les yeux étonnés de son récalcitrant vis-à-vis.

— Tiens, dit-il en lui tendant une petite fiole d'extrait d'aubépine, d'ail et de genièvre. Tu en prendras dix gouttes matin et soir durant un mois. Ton hypertension disparaîtra. Et si elle persiste, viens me voir lorsque je serai de retour à l'hôpital.

Il reposa la trousse là où il venait de la prendre et poursuivit :

— Ne plaisante pas avec ton mal. Cela pourrait te laisser paralysé des membres. Allons, je te laisse et vais me plier à tes ordres. Je partirai demain à l'aube.

— Attends ! fit le policier. Ces gouttes sont-elles un remède efficace ?

— Ce sont celles que je donne pour tous les cas d'hypertension. Allons, dans un mois, si je suis de retour, viens me voir à l'hôpital.

Il hocha la tête et ajouta :

— Bien qu'à force de retarder mon départ, j'ignore quand je serai de retour. Mais rassure-toi, ton mal pourra peut-être attendre.

— As-tu tant de retard ?

— J'ai dû embaumer la Seconde Épouse Moutnéfer. J'ai dû soigner des urgences alors que je devais partir, et maintenant tu m'arrêtes.

— Bon ! fit-il en tendant l'index vers la droite. Prends cette direction et suis-la jusqu'à la route du Nord. Au carrefour du chemin de Coptos, bifurque toujours sur la droite et repars en sens inverse. Là, il n'y a aucun barrage de police. Tu retrouveras la route du Sud sans difficulté.

Avant que le policier ne se rétracte, Nedjar avait déjà fait claquer son fouet.

— Merci, policier. Viens me voir quand je serai de retour, je te soignerai gratuitement.

Il s'agrippa au char.

— Allons, Nedjar ! File.

Il ne fallut guère de temps au conducteur pour se retrouver sur la route de Coptos. En effet, aucun barrage de policiers ne l'obstruait. L'attelage fit demi-tour et emprunta de suite la voie du Sud.

Les petits chevaux d'Asie filaient bon train. Le sable était sec, aride, et les pierres du désert, habituellement découvertes par le khamsin, n'avaient pas été recouvertes tant la sécheresse empêchait toute restructure normale des choses.

Des monticules de cailloux s'amoncelaient, mais les chevaux persistaient dans une allure effrénée, ce qui provoqua soudain le choc brutal d'un essieu contre la rigidité de la pierre.

Le char pivota sur la gauche, faillit se renverser, mais l'adresse de Nedjar le rééquilibra en un temps record. Les chevaux se redressèrent et l'attelage s'arrêta dans un soubresaut qui laissa les deux hommes inquiets et suspicieux.

Leur embarras s'accentua lorsqu'ils virent que le choc avait entraîné la cassure d'un essieu et il fallut s'arrêter pour en réparer l'extrémité qui s'était détachée du moyeu de la roue.

L'air était étouffant et ne laissait place à nulle ombre rafraîchissante, nulle atmosphère de bien-être. La force du soleil devenait telle que tout brûlait au fur et à mesure qu'il dardait ses rayons meurtriers sur le sol.

Pas une seule herbe n'avait été épargnée, pas un seul oued n'offrait ses palmiers sereins et verts. Et pire, les quelques puits que l'on rencontrait sur le passage avant Edfou ou Kom Ombo étaient à sec.

— Nos outres sont pleines, Nedjar, mais il ne faudrait pas s'attarder sur ce chemin de mort. Quelques jours dans ce désert diabolique et nous ne serons plus frais. Crois-tu pouvoir réparer cet essieu rapidement ?

Nedjar avait saisi les deux bouts de la barre transversale qui s'encastrait dans la roue et tentait d'en attacher les extrémités. Mais il dut se rendre rapidement à l'évidence, jamais il n'arriverait à les raccorder. Il y enroula un cordage et, tant bien que mal, réussit à les faire tenir.

— Il faut freiner l'allure, dit-il. La vitesse va entraîner une nouvelle fracture.

— Eh bien, fit Neb-Amon que sa profession de médecin avait appris depuis longtemps à rester calme en toute circonstance, il vaut mieux filer doucement que pas du tout. Allons, Nedjar, ne perdons plus de temps si, désormais, notre allure est celle d'un char à bœufs.

Ils avancèrent lentement jusqu'au soir. Puis, l'essieu craqua de nouveau. Le frottement du cordage contre la roue l'avait rongé et le câble avait cédé.

La nuit qui tombait dense et noire ne permettait pas une rapide réparation et la torche allumée que Neb-Amon tenait au-dessus de Nedjar était insuffisante pour discerner le travail qu'il fallait à nouveau effectuer.

En désespoir de cause, les deux hommes décidèrent d'attendre le petit jour et s'allongèrent sur le sable pour prendre un repos imprévu et qui retardait considérablement leur voyage.

Un lit de cailloux grossiers accueillit leur nuque et, la gourde au bord des lèvres, ils étanchèrent une soif qui commençait à brûler leur gosier.

Coptos était encore loin. Et Bouhen ! À cette allure, ils n'auraient plus d'eau avant d'avoir atteint Kom Ombo. La chaleur restait étouffante, même en cette soirée qui aurait pu leur apporter quelque fraîcheur.

Des insectes frôlaient leurs corps. Certes, Neb-Amon ne craignait ni les morsures de scorpion, ni celles des vipères à cornes qui se glissaient habiles et silencieuses dans le désert. Le médecin avait tout ce qu'il fallait dans sa sacoche médicale pour en atténuer les effets mortels.

Neb-Amon et son compagnon craignaient surtout ce terrible manque d'eau qui ôtait la vie des voyageurs imprudents et, pour leur part, les outres en peau de chèvre qu'ils avaient emmenées se vidaient à vue d'œil.

Le médecin but une gorgée. Puis, de la main, il chassa un insecte qui voletait au-dessus de lui. À présent, Neb-Amon et Nedjar maugréaient après ces maudites bestioles qui s'acharnaient sur leur malchance. Aux lourdes mouches, qu'ils écartaient d'un geste vif et dont ils reconnaissaient le bourdonnement, se mêlait un autre insecte plus léger qui sautait autour d'eux et dont ils ne pouvaient apercevoir la forme.

Enfin, Nedjar réussit à s'endormir. Il se mit sur le ventre, une joue appuyée sur le bord d'une pierre ronde, les bras largement étendus et le ronflement au bord de sa bouche ouverte.

Le médecin commençait à s'inquiéter, d'autant plus que le sommeil n'arrivait pas à lui faire oublier l'incident qui risquait de tourner mal si l'essieu n'était pas vite réparé. Pourtant, le jour arriva avec la chaleur excessive et, déjà, la gorge des deux hommes était trop sèche pour qu'ils puissent pleinement maîtriser la situation.

Neb-Amon frotta ses yeux douloureux. La sécheresse n'attaquait pas que sa gorge. Ses yeux le piquaient désagréablement. Il se passa un peu de collyre à base de chanvre qui atténua la brûlure et réveilla Nedjar qui dormait encore.

Dans la nuit, celui-ci avait vidé sa gourde.

— Par tous les dieux de Seth, jura-t-il, c'est une sauterelle !

Il leva la tête et suivit le bond de l'insecte qui, après s'être posé sur son bras, repartit vers une pierre plate sur laquelle il ne resta que l'instant d'une seconde.

— C'est ma foi vrai, s'exclama Neb-Amon. Une sauterelle ! Elle vient du fleuve et a dû s'égarer. Allons, Nedjar, il faut trouver un moyen pour réparer l'essieu ou nous allons périr dans ce satané désert auquel je ne suis guère habitué.

Les deux hommes étudièrent le moyen de se tirer d'affaire et soudain, Neb-Amon eut l'idée de réintroduire la barre de bois dont le bout était cassé dans le moyeu de la roue en laissant à ras bord chaque extrémité. Le système restait fragile, mais tenait.

— J'espère que nous n'aurons pas à le remettre en place à chaque tour de roue, fit Nedjar en jurant de nouveau.

Ils repartirent, mais durent encore s'arrêter. La crainte de Nedjar s'avéra juste. La barre sautait du moyeu tous les cinquante tours de roue environ.

L'évidence de la situation s'alourdissait de plus en plus. Ou bien ils étaient condamnés à poursuivre leur chemin, s'arrêtant chaque minute pour replacer l'essieu qui glissait de son support ou bien ils devaient attendre qu'une caravane passe.

— Je ne comprends pas, maugréa le médecin de plus en plus soucieux, l'armée de Thoutmosis devait partir de Thèbes le même jour que nous. Alors, où est-elle ? Elle devrait avoir largement dépassé l'endroit où nous sommes.

— Le prince et sa troupe ont peut-être pris un autre chemin.

— Je ne vois pas lequel, à moins qu'au dernier moment ils n'aient décidé d'emprunter le fleuve.

S'arrêtant tous les cinquante tours de roue, ils arrivèrent tout de même à la hauteur de Kom Ombo. Hélas, un quart du trajet seulement avait été effectué depuis le départ de Thèbes et, cette fois, ils n'avaient plus une seule goutte d'eau. C'était l'issue fatale si les dieux d'Égypte ne venaient pas à leur secours.

Deux jours plus tard, ils n'avaient ni la force de réparer leur essieu ni même celle d'avancer plus loin dans le désert. Allongés sur le sable, le visage tourné vers le sol pour éviter que le soleil ne brûlât leurs yeux devenus fragiles, ils rêvaient aux jours bienheureux qu'ils avaient vécus l'un et l'autre quelque temps plus tôt.

Neb-Amon pensait à Séchat et à son fils qui chaque jour grandissait en intelligence et en sagesse et Nedjar tournait son esprit vers la jolie Nubienne qu'il avait su convaincre de ses assauts amoureux, juste avant de partir avec son maître, le médecin.

C'est à peine si, maintenant, les deux hommes songeaient à écarter d'eux les mouches qui, par nuées entières, les enveloppaient et encore moins à lever le visage pour observer les vautours qui planaient silencieusement au-dessus de leur tête.

C'est ainsi que le désert mystérieux et sauvage emportait les plus fragiles ou les plus malchanceux dans les profondeurs de son inexorable chaleur, les étouffant, les momifiant, les pétrifiant sans miséricorde.

Mais il était dit que Neb-Amon et Nedjar ne feraient pas partie, cette fois-là du moins, de l'infernal plan du désert, car soudain, le roulement d'une vingtaine de chars se fit entendre dans le lointain.

Ce fut dans un état à demi comateux que les deux hommes se sentirent soulevés, allongés, observés. On fit couler dans leur gorge desséchée un filet d'eau fraîche et, dans le bruit sourd des sabots des chevaux qui filaient à vive allure, Neb-Amon et son compagnon se laissèrent emporter dans la bienheureuse et revigorante oscillation des attelages.

Ce fut à la hauteur d'Abou Simbel que le médecin ouvrit les yeux. Il était allongé aux côtés d'un jeune homme qui conduisait son char d'une main de maître. Premier de la file, une vingtaine de chars le talonnaient.

— Comment te sens-tu ? s'enquit-il aussitôt quand il vit son passager relever la tête et observer les alentours. Tu étais en bien triste état quand nous t'avons relevé. Ton conducteur est lui aussi tiré d'affaire.

C'est alors que Neb-Amon reconnut le prince Thoutmosis. Sa gorge ne le brûlait plus mais ses yeux le piquaient légèrement. C'est à peine s'il pouvait les ouvrir sur la haute silhouette qui tenait solidement les rênes de ses chevaux.

— Auriez-vous sauvé notre vie, prince ?

Le jeune homme se mit à rire.

— J'en ai bien l'impression, médecin Neb-Amon, car toi et ton conducteur, vous étiez en si mauvaise posture que ces maudites mouches vous recouvraient plus encore que la nuit qui nous a empêchés de vous apercevoir de loin. Dieu de Seth ! Quand la roue de mon char a fait voler la nuée de ces mouches bourdonnantes, je t'ai aperçu étendu. J'ai cru que tu étais mort.

— Ma gratitude vous est acquise, prince.

— Bah ! fit le jeune homme en élevant la main d'un geste vague.

Puis, d'un mouvement sec, il éventa son visage.

— Et les sauterelles qui viennent d'on ne sait où ! Regarde celles-ci, elles nous suivent depuis Abou Simbel. Khety et Dydou, mes capitaines d'armée, affirment que c'est une triste saison qui s'annonce et qu'en Nubie, nous allons souffrir de la sécheresse.

Il se baissa pour éviter deux sauterelles qui, agressives, s'élançaient sur lui.

— Mais, Sennefer, le Grand Chancelier des déserts, affirme que c'est ainsi que je vais tout apprendre.

Il tourna rapidement la tête et vit que les premiers chars, ceux de ses capitaines, le talonnaient à une demi-roue près.

— Il me semble que tu vas là où je vais, jeta Thoutmosis en riant.

— En Nubie ?

— À Bouhen. Car ton épouse doit m'offrir l'hospitalité que j'attends d'elle. Le temps de récupérer mes troupes cantonnées non loin de son domaine, et je repartirai ensuite.

Il fit claquer son fouet afin d'allonger la distance entre lui et ses archers et regarda quelque temps les vautours qui planaient au-dessus des attelages. Plus haut, s'étaient joints deux grands faucons qui tournoyaient avec une grâce sans égale.

— Ce sont les miens, fit-il en les désignant du doigt. Ils suivent mes archers et s'arrêteront juste au-dessus de ton domaine. Nous les récupérerons alors et peut-être ferons-nous une grande chasse avant de repartir. Le désert de Nubie regorge de gazelles, d'oryx et d'antilopes. Cela te plairait-il de suivre une telle équipée ?

Non ! Cela n'attirait nullement Neb-Amon d'assister à la détresse de ces pauvres bêtes poursuivies par les flèches des archers, impuissantes et apeurées.

— Ce n'est guère l'objet de mes loisirs, prince.

— Alors, me permettras-tu d'emmener ta fille ?

— Ma fille ?

— Celle de ton épouse.

— Ah ! Satiah !

Thoutmosis se mit à rire.

— Je lui ai promis, fit-il en ralentissant son attelage. Tiens ! Regarde, nous sommes presque à Bouhen.

La crue tardait toujours et l'air devenait de plus en plus suffocant, laissant les gorges asséchées et les fronts moites de sueur.

⁂

Ce matin-là, l'assemblée se réunit hors du Palais de Thèbes sans la participation d'Hatchepsout.

Le vieil Antef présidait la séance. Entouré de Nekmin et de Menkeper, il observait en silence les deux nouveaux arrivés.

Le plus grand avait un visage glabre, le menton et les pommettes saillantes, les sourcils fournis et ombrageux tombant sur un front bas. Ses yeux petits et noirs jetaient sur les autres des éclats soupçonneux comme s'il suspectait l'assemblée entière. Maigre, vêtu d'un court pagne blanc avec un devanteau amidonné et plissé, Mériptah dégageait un mélange d'hypocrisie et d'arrogance que, certes, il ne cherchait pas à atténuer par la maîtrise de ses gestes.

L'autre était plus petit, plus rond de taille. Au centre de son visage brun, buriné par un soleil auquel il n'avait pu échapper, poussait un long nez busqué qui lui servait à flairer la moindre anomalie. Bien que dissimulateur, ce large visage paraissait plus avenant que celui de son compagnon et, dans ses yeux, glissait de temps à autre un soupçon d'humour, peut-être aussi un brin de fatalisme que, certes, son ami était loin de posséder.

Ses yeux se plissaient comme ceux du vieil Antef. Mais le regard de l'intendant du harem restait dur et intransigeant, alors que celui d'Ouser glissait de perpétuelles œillades de complaisance à tous ceux qui l'interrogeaient.

— Votre mandat d'ambassadeur terminé, il me semble que vous n'avez plus la mainmise sur les affaires de l'intérieur, prononça Nekmin d'un ton sec.

— Ceci est une chose, répliqua Menkeper. Mais il en reste une autre et ce n'est pas la plus mince. Depuis longtemps, vous n'avez pas entretenu de contacts avec le prince.

— Nous le connaissions bien, rétorqua acidement Mériptah.

— Il était enfant, alors !

Ouser redressa son buste replet et son grand nez frémit d'impatience.

— Il était enfant, oui. Mais il se souvient fort bien de nous. Car, avant de partir dans les Pays du Nord où nous tenions notre ambassade, c'est grâce à nous si le prince avait déjà une équipe de jeunes nobles thébains à ses côtés. Ose prétendre le contraire, Antef !

— Vrai, fit le vieil homme.

— Si, aujourd'hui, Thoutmosis dispose de compagnons qui lui seront fidèles quoi qu'il arrive…

Ouser fit un large geste de la main englobant la salle entière et poursuivit :

— Et je cite ses compagnons, les jeunes Amennheb, Amtou, Néférouben et même toi, Menkeper, car tu n'es guère plus âgé qu'eux, c'est grâce aux pions que nous avions habilement mis en place. Thoutmosis nous en sera toujours reconnaissant.

— Et si nous n'avons pu poursuivre notre tâche, ajouta Mériptah, c'est que sa chère tante, usurpant odieusement le pouvoir, nous a jetés hors du pays.

— Avec titres et honneurs à l'appui, susurra Menkeper. Ce n'était pas négligeable.

— Manquerais-tu, toi aussi, de titres et d'honneurs ? rétorqua Ouser. Il me semble que ton rang d'architecte n'est pas dévalorisé par ton extrême jeunesse. En principe, un grand architecte n'est reconnu que plus tard, lorsqu'il a pu démontrer la valeur et l'importance de ses travaux.

Il se leva et se dressa devant Menkeper :

— Qu'as-tu fait jusqu'à présent, à l'exception d'une ou deux petites villas pour quelque obscur dignitaire de province ?

Menkeper rougit et ne répondit pas. Ouser se tourna vers les autres, le geste toujours éloquent.

— Mes amis, ne jalousons pas nos titres respectifs. Il me semble que nous sommes rassemblés pour tout autre chose.

— Ça, nous le savons, répliqua Nekmin en se redressant à son tour. Alors, toi dont l'intelligence semble dépasser celle des autres, que proposes-tu puisque Hatchepsout ne veut pas abdiquer ?

— L'éliminer !

Nekmin siffla entre ses dents.

— Rien que ça. Par tous les dieux les plus néfastes en Égypte ! Comment veux-tu t'y prendre ?

— Il y a mille moyens, se pressa de répondre Mériptah.

Ouser s'interposa.

— Un seul suffit.

— Lequel ? fit Antef.

Ouser se courba, sinueux, indolent, mielleux. Ses yeux étrécis par la ruse accrochèrent ceux d'Antef.

— Je n'ai pas dit que j'avais trouvé celui qu'il fallait utiliser.

— Tu me sembles pourtant sûr de toi.

Antef se retourna vers les autres. Croisant sur son ventre creux, tant il était maigre, ses mains nervurées de veines saillantes, il fit des yeux le tour de l'assemblée.

— Même Nekmin n'a pas osé soumettre un tel plan.

— Il est trop occupé du sort d'Hapouseneb.

Ouser se redressa comme s'il venait d'être mordu par un serpent.

— On peut supprimer la reine sans pour cela toucher au Grand Prêtre.

— Dis-tu cela parce que c'est un de tes anciens amis ?

Ouser ne répondit pas et laissa Nekmin poursuivre tout en réfléchissant à l'argument de poids qu'il devait leur jeter.

— Cet homme n'est pas sincère, fit-il en le montrant du doigt. Il cherche à protéger un vieil ami d'enfance quand celui-là même protège la pharaonne. Allons, vous savez bien que nous ne pourrons rien faire sans éliminer le Grand Prêtre.

— Vous ne toucherez pas à Hapouseneb, jeta Ouser d'un ton bas.

Apparemment, la réplique était déplacée car Nekmin bondit aussitôt sur les deux hommes. Tel un fauve à l'affût de sa proie, il agrippa l'épaule de son adversaire.

— Alors, sortez de cette assemblée. Votre place n'est pas ici. Nous n'avons rien à faire avec vous.

— Ouser s'emporte, jeta Mériptah dans un mauvais sourire qui montrait ses dents gâtées. Il faut lui expliquer autrement les choses et il se ralliera à vous, tout comme moi. Ai-je dit que j'étais contre l'élimination d'Hapouseneb ?

— Toi, tu tuerais père et mère ! jeta Ouser en se dégageant brusquement du bras de son compagnon. Que fais-tu d'un ami qui a partagé tes idées d'autrefois, tes désirs, tes souhaits, tes devoirs d'étudiant ?

— Sors ! cria Nekmin. Sors !

— Si je sors, vous reviendrez vers moi. Car je suis le seul qui puisse faire abdiquer Hatchepsout.

— As-tu des arguments ? s'enquit Antef.

— Plusieurs. Et tu le sais. Depuis qu'elle a répudié Senenmout, la reine est fragile.

— Tu ne nous apprends rien, Grand Ouser, fit Antef, moqueur. Si nous voulons agir dès à présent, c'est justement parce qu'elle est seule.

— Craindrais-tu le retour de Senenmout ?

— Non, car je compte toucher Hatchepsout là où se trouve son point faible : Senenmout !

Antef esquissa un sourire entendu et, bien que le ton de sa voix eût perdu de sa puissance ces dernières années, il jeta suffisamment fort pour être compris de tous :

— Si Ouser se retire de notre projet, je me retire aussi.

Ce fut le silence. D'un mot, Antef avait tout rétabli. Attaquer Senenmout ! Voilà qui risquait fort de lui plaire. Cet ambitieux personnage, arrogant et sûr de lui, sorti d'un bas milieu social et dont la prétention avait été jusqu'à vouloir élever son propre sanctuaire aux frais de l'État, devait rester désormais banni du palais.

Senenmout ! Celui qui avait assis la reine sur le trône du pharaon, à la place de son prince, Thoutmosis, qu'il avait modelé, forgé, durci aux rudes exercices des sports et de la guerre.

Certes, Antef savait que ses deux ennemis les plus puissants d'Égypte devaient un jour disparaître. Nakht, l'astrologue, le lui avait toujours prédit. Aujourd'hui, Senenmout était tombé, demain, le tour d'Hapouseneb viendrait.

Pour ce faire, il devait jouer plus prudemment, plus finement. Or, depuis le retour de l'ambassadeur des pays du Nord, il préparait un plan qui opposerait Ouser et Hapouseneb en un combat mortel. La cible en était la belle et jeune danseuse du temple, Méryet au corps divin et aux yeux de jaspe vert.

— Comment penses-tu t'y prendre ? fit Antef en revenant à son ami Ouser.

— Je veux abattre la reine par des constatations, des évidences...

— Allons, fit Mériptah en plissant ses petits yeux porcins, oublierais-tu quelques médisances, quelques calomnies qui, mêlées çà et là dans tes propos persuasifs, feront très bon effet ?

Un ricanement général accueillit ces mots et les narines d'Ouser frétillèrent de joie.

— Je n'ai pas à vous révéler ce que j'ai à lui dire. Mais sachez que les propos que je vais lui tenir vont tellement la déstabiliser qu'elle me suppliera de garder le silence.

— Chantage, alors ? fit Nekmin, suspicieux.

— Si ce mot te plaît, appelle cela ainsi.

⁂

Satiah tapa le sol de son pied avec colère.

— Je veux que tu reçoives Nekmin et Menkeper. Ce sont les compagnons de Thoutmosis, ceux qui, avec Amennheb, Amtou et Néférouben, feront l'Égypte de demain.

— Ma petite fille, fit Séchat d'un ton calme. Je reçois qui je veux. Ici, je suis à Bouhen, chez moi.

— Et moi, je suis ta fille et je suis aussi chez moi. Tu dois accepter les capitaines de Thoutmosis.

— Les capitaines, oui. Du moins, si tu parles de Khety et Dydou.

Satiah repoussa d'un geste nerveux la mèche de cheveux noirs qui balayait son visage, puis, desserrant les dents et poussant un soupir agacé, elle jeta :

— Qu'as-tu contre Nekmin et Menkeper ?

— Ce sont deux ennemis de la reine.

L'adolescente haussa les épaules.

— Maman, Hatchepsout ne peut pas rester pharaonne sa vie entière. Il est temps qu'elle abdique. Désormais, la place revient à Thoutmosis.

— Et pourquoi, je te prie ? Hatchepsout n'est pas morte, il me semble.

Satiah se planta devant sa mère. À nouveau, ses joues s'empourprèrent et la colère reprit le dessus. Elle agita ses bras et les posa sur ses hanches retenues par une large ceinture de lin blanc à laquelle pendait un lien d'or.

— Ainsi, tu crois que le peuple attendra la mort de la reine pour nommer Thoutmosis Grand Pharaon des deux Égyptes ?

— Bien sûr, fit Séchat tranquillement.

— Alors, tu te trompes lourdement.

La jeune fille haussa les épaules d'impuissance et de colère. Sa mère tenta de lui prendre la main, mais elle la retira brusquement. Dieu d'Amon ! Que ce bouillonnement intense dans l'esprit de sa fille la tourmentait ! Pourquoi canalisait-elle si mal son énergie et son intelligence ?

— Je recevrai les capitaines d'armée de Thoutmosis. Mais certainement pas deux hommes qui n'hésiteraient pas à me jeter plus bas que terre s'ils en avaient l'occasion.

— Qui te fait croire ça ?

— Nekmin est à la solde du vieil Antef et celui-ci m'a cruellement touchée autrefois.

— Parce qu'il est à l'origine du rapt dont ma petite personne a fait les frais ? ironisa Satiah. Tu n'avais qu'à m'élever toi-même au lieu de courir l'Égypte avec ton titre de Grande Intendante des Artisans.

— Satiah ! répliqua tristement Séchat. Me reprocheras-tu donc toujours le choix qu'autrefois j'ai fait ?

— Toujours et toujours !

À nouveau, elle voulut lui prendre la main, mais la jeune fille restait butée.

— Si tu ne reçois pas tous les compagnons de Thoutmosis, je m'enfuirai avec lui et j'irai vivre dans le campement cantonné à Soleb.

Elle frappa du pied.

— Et tu ne me verras plus, reprit-elle en retenant ses larmes.

— Satiah ! Que dis-tu ? Tu agirais comme une simple fille de joie. Mais que crois-tu donc ? Que Thoutmosis te respecterait au milieu d'un camp de soldats ?

Elle se jeta contre sa mère et la frappa de ses poings. Puis, se calmant subitement, elle se mit à pleurer doucement.

— Pourquoi refuses-tu donc toujours ce que je te demande ? hoqueta-t-elle en enfouissant son nez dans l'épaule de sa mère.

Séchat soupira. C'était toujours ainsi que les colères de sa fille se terminaient. De grandes envolées de rage et d'impuissance suivies d'un accès de tendresse.

— Parce que tu réclames continuellement ce qu'une petite fille ne peut avoir.

— Je ne suis plus une petite fille ! dit-elle en s'écartant brusquement.

— Allons, Satiah. Essayons de voir ensemble ce que nous pouvons faire. Si j'héberge…

Elle se tourna brusquement au bruit que faisait Maâthor en entrant dans la chambre.

— Deux coursiers du prince sont arrivés, fit-elle en haletant bruyamment tant elle s'était pressée.

— Thoutmosis est là ! cria Satiah, les yeux brillants. Parle, Maâthor. Voyons, parle !

— Le prince arrive avec ses deux capitaines, poursuivit Maâthor en reprenant son souffle.

Elle passa sa main dans la chevelure de l'adolescente, prit son menton entre ses doigts et l'observa quelque temps.

— Ta mère a raison, calme-toi, ma reine. Calme-toi.

Encore une fois, Séchat admira la façon dont Maâthor s'y prenait pour apaiser sa fille. Le moindre de ses gestes, la plus infime de ses paroles détendaient automatiquement Satiah. La jeune fille acceptait n'importe laquelle de ses remarques.

— Seulement ses deux capitaines ? s'étonna Séchat. Mais voilà qui tranche d'un coup notre malentendu. Ces deux hommes et ton prince, ma fille, sont mes hôtes à Bouhen.

— Les coursiers ont annoncé quelqu'un d'autre, fit Maâthor en lâchant le menton de Satiah qui, soulagée, souriait un peu béatement.

Surprise, Séchat regarda sa servante, mais les yeux de celle-ci lançaient une telle lueur de gaieté que son cœur bondissait déjà de joie.

— Neb-Amon ? exulta-t-elle.

— Oui. Il est avec le prince.

— Vite, préparons un grand festin. Il faut que tout soit parfait. Tu vois, ma fille, tout s'arrange. Nous dînerons sur la grande terrasse du verger. Pour l'instant, les sauterelles qui viennent du désert s'y aventurent moins qu'ailleurs.

— Maman, Thouty aime l'oie rôtie et farcie aux figues, les poireaux macérés dans le vin de palme, le jarret de bœuf grillé aux olives, la sarcelle aux choux servie avec du lait caillé.

Séchat se mit à rire tant sa fille débordait soudain de légèreté et d'insouciance. Elle sautillait et s'agitait comme une fillette.

— Et les poissons ? Qu'en fais-tu donc ? Nous lui servirons nos merveilleuses tanches dorées qui abondent par ici et nous les cuisinerons saumurées avec des œufs de mulets. Qu'en dis-tu ?

— Splendide, fit la jeune fille en plaquant un baiser sur la joue de sa mère.

— Il faudra nettoyer le grand fourneau mobile en poterie. L'air y circule mal. Je sais, Maâthor, que tes filles de cuisine manient bien l'éventoir, mais ça ne fait pas sérieux. Je veux qu'à Bouhen tout soit parfait.

— Tout, s'écria Satiah, ravie. Tout. Tu entends ça, Maâthor. Maman a dit tout !

« Par tous les dieux d'Égypte ! songea Séchat, qu'il est pourtant facile de contenter Satiah. » Il suffisait qu'on encense le prince, qu'on le cajole, qu'on le porte au plus haut, qu'on l'élève devant sa fille et elle était heureuse.

— Tu feras vérifier par les cuisiniers que le charbon de bois est en quantité suffisante et que les fourneaux à pain, les réchauds et les grilloirs sont dans un état de propreté impeccable.

Elle prit le bras de Maâthor.

— Viens, nous allons donner toutes ces instructions aux cuisines. Il faut sortir les coupes d'argent, la vaisselle d'albâtre et celle en poterie peinte et, surtout, il faut veiller à ce que l'eau rafraîchisse dans les zirs.

— Mais, maman, comment allons-nous faire avec toutes ces mouches qui nous infestent depuis que nous sommes arrivés ?

— Il suffit de bien boucher les zirs. Nous écarterons facilement les mouches. Ce sont les sauterelles qui m'inquiètent. Elles sont de plus en plus nombreuses. Et cette crue qui se fait éternellement attendre. Qu'avons-nous fait aux dieux pour qu'ils nous punissent de cette manière ?

⁂

Hatchepsout s'allongea. Cette nuit solitaire et trop chaude l'avait épuisée. La crue qui tardait allumait en elle de nouvelles angoisses.

Depuis plusieurs heures, Yaskat et ses servantes s'évertuaient à écarter les mouches qui pénétraient à l'intérieur de sa chambre. En désespoir de cause, elles avaient obstrué les ouvertures avec des voiles de papyrus mais, bien que la texture de ceux-ci restât très légère, elle empêchait Hatchepsout de respirer pleinement.

— Yaskat, évente-moi avant qu'Ouser arrive. Lorsque je serai plus dispose, je rejoindrai la petite salle d'audience.

— Il vous attend déjà, Majesté.

— Eh bien ! Qu'il attende encore. Quand tu auras rafraîchi mon corps, j'irai le retrouver.

Lasse, elle soupira.

— Un massage vous fera le plus grand bien, Majesté, et un parfait maquillage vous redonnera la splendeur de votre silhouette.

— Ah ! Yaskat, fit-elle en soupirant tristement. Pourquoi Senen m'a-t-il trompée ainsi ? Depuis qu'il n'est plus là, je n'ai plus le goût de régner.

— Il faut reprendre espoir, Majesté. Le Grand Senenmout n'est pas indispensable. Il vous reste des amis.

— Si peu, Yaskat. Si peu. On agresse le Grand Prêtre d'Amon comme on m'agresse moi-même.

— Et les autres ?

— Si le Grand Trésorier me reste fidèle, il se tourne aussi vers les notables de la nouvelle génération. Quant au Chef de toutes les Polices, il a dû céder son titre de Grand Général des Armées à Sennefer, le Chancelier du Nord et du Sud qui a pris la tête de toute l'armée du désert.

La chambre d'Hatchepsout était spacieuse. De grandes tentures de lin recouvertes de peintures d'oiseaux et de fleurs agrémentaient le mobilier juste composé d'un grand coffre ciselé qui, s'élevant sur quatre énormes pattes de lion en or massif, s'étendait sur presque tout un pan de mur.

Sur une table basse où s'étalaient des objets de parfumerie en albâtre rehaussés de couvercles en lapis-lazuli, en jaspe ou en cornaline, Yaskat souleva une petite fiole emplie d'un onguent aux effluves de jasmin et de laurier-rose.

Elle passa l'huile délicieuse qui embaumait la pièce sur le corps de sa maîtresse. À plus de quarante ans, Yaskat savait toujours aussi bien masser Hatchepsout. Elle frictionnait lentement ses pieds, remontant les doigts sur les jambes, les cuisses, les reins.

Hatchepsout soupira d'aise. Elle ouvrit ses yeux qu'elle tenait fermés depuis quelques instants et observa les minuscules pots d'ivoire qu'elle avait devant elle. Que lui importaient tous ces objets de luxe, maintenant que Senenmout n'était plus là pour lui présenter celui qui enfermait le parfum dont il voulait qu'elle s'enveloppe pour la nuit à venir.

Senenmout ! Son tendre favori. Son amant depuis quinze longues années de règne harmonieux. Senenmout ! Si intransigeant, si dur, si froid pour les autres et si prévenant pour elle. Pourquoi l'avait-il trompée ? Quelles étaient donc ces idées trop ambitieuses qui l'avaient traversé, nourri, corrompu ? Certes, la démesure avait toujours habité l'esprit de son intendant, mais jusqu'alors sa reine bien-aimée faisait corps avec ses éternels projets grandioses.

Hatchepsout ne dormait plus depuis qu'elle l'avait répudié.

Y avait-il eu vraiment tromperie ? L'Égypte, les notables, les dignitaires, les grands du royaume et tous ceux qui, depuis longtemps, cherchaient à évincer le premier conseiller de la reine, avaient appuyé lourdement sur l'ampleur du délit. Avec les finances de l'État, Senenmout avait creusé dans la roche pour s'élever un sanctuaire. Son propre temple destiné pour lui et sa famille.

En un temps plus calme, Hatchepsout aurait pu atténuer la gravité de la faute et le charger d'une mission étrangère qui l'eût éloigné pour quelque temps.

Mais l'époque était à la rébellion et Thoutmosis, son neveu, revendiquait à présent une place qu'elle avait soi-disant usurpée. Senenmout banni, ses sujets s'étaient calmés. À présent, une pesanteur extrême, un relent d'agressivité contenue, presque latent, rôdait autour d'elle.

Hatchepsout soupira, offrant à Yaskat son dos lisse et blanc, ses reins étroits que deux grossesses n'avaient pas encore entamés. Son corps soyeux ne demandait qu'à subir les caresses des longs doigts de sa compagne.

Quand elle massa l'intérieur de ses cuisses dont l'élasticité étonnait encore les mains de Yaskat, Hatchepsout sentit une décontraction l'envahir et elle sut qu'elle pourrait recevoir son adversaire en toute tranquillité, apaisée, détendue.

Confiante, elle se laissa complètement aller. Yaskat massait sa nuque, descendait ses doigts huilés sur les épaules, le dos, le cou. Ses mains glissaient jusqu'à la chute des reins, remontaient le long des flancs et s'arrêtèrent enfin, épuisées, lorsque Hatchepsout se sentit prête.

Contrairement aux habitudes, le maquillage ne fut pas long et quand le trait de khôl fut entièrement dessiné, droit, fin et oblique jusqu'à la limite de ses tempes, lorsque ses lèvres furent passées au henné et la perruque ajustée, Hatchepsout se sentit en position de force.

Ouser l'attendait dans la petite salle d'audience, celle dont elle se servait pour recevoir un ou deux personnages importants de l'État. Elle avança et le regarda. Avant qu'il se penche, elle remarqua que les années n'avaient pas raccourci son long nez fort et busqué.

Bien plus gras et velu que dans sa jeunesse, il avait toujours ce maintien de félin prêt à bondir à l'attaque. Elle devait se méfier, rester sur ses gardes en permanence, même s'il lui paraissait docile et avenant. Ouser était retors avec les autres.

D'une intelligence brillante, d'une diplomatie sans égale mêlée de ruse qu'il savait doser de façon démoniaque, l'homme qu'elle avait envoyé, quinze ans auparavant, dans les pays du Nord pour y tenir le rôle de Grand Ambassadeur d'Égypte, se tenait courbé devant elle.

— Relève-toi, Ouser, et parlons puisque tu m'as demandé une audience privée.

— Comment vous portez-vous, Majesté ?

La reine eut un sourire ironique.

— Allons, Ouser, pas d'hypocrisie. Personne n'est entre nous. Tu te moques de ma santé et de mon moral autant que tu te moques de la première sarcelle que tu as piégée dans le Nil au temps de ta jeunesse. Que veux-tu me dire ou m'apprendre ?

Elle désigna les deux sièges bas qui lui faisaient face.

— Asseyons-nous.

— Majesté, fit Ouser. Mon retour me laisse perplexe.

— Perplexe ? Ce n'est pourtant pas moi qui t'ai demandé de revenir en Égypte. N'étais-tu pas déifié dans le pays des Hittites ?

Ouser fit la moue et les narines de son grand nez s'écartèrent.

— Tu as si bien dirigé ton ambassade que, durant ces quinze années, nous n'avons pas vu un seul de leur javelot pointé sur nos terres.

— Ne vouliez-vous pas un règne pacifique ?

Il eut un sourire large mais ambigu et poursuivit :

— Vous l'avez eu.

Elle se redressa, piquée à vif.

— Pourquoi parles-tu au passé ?

— Parce que vous devez abdiquer à présent.

— Jamais, Ouser. Jamais, tu m'entends !

Elle s'attendait à ce genre de discussion, mais pas aussi brutale. Autrefois, Ouser s'y prenait de façon plus habile. Il fallait qu'il soit bien poussé par les fidèles du prince pour s'y prendre d'une manière aussi grossière.

— Es-tu le bouc émissaire d'Antef ?

— En quelque sorte.

— Alors, notre discussion s'arrêtera là. Retourne lui dire que je refuse d'abdiquer.

L'ambiguïté de son sourire tourna quasiment en agressivité.

— Je vais vous convaincre, Majesté.

Elle se mit à rire, mais ses mains tremblèrent.

— Me convaincre. Es-tu devenu fou ?

— Pensiez-vous donc que je m'attendais à une réaction différente ? Si je suis ici, c'est que j'ai toutes les possibilités de réussir ma plaidoirie en faveur de votre neveu.

— Parle.

Ouser se leva et, les mains dans le dos, il fit quelques enjambées. Hatchepsout remarqua le calme qui s'inscrivait sur son visage alors que l'angoisse étreignait de plus en plus le sien.

Elle se leva et se planta, hautaine, devant lui.

— Comment vas-tu m'évincer ? Quelle est cette calomnie que tu distilles entre tes lèvres avant de la jeter odieusement devant moi ?

Elle tentait de se remémorer les avantages dont elle avait bénéficié pour monter sur le trône. Sa lignée était pure, celle de Thoutmosis ne l'était pas. Hatchepsout était fille et petite-fille de pharaon. Il fallait même remonter très loin dans son hérédité royale pour y trouver la moindre faille qui l'eût déstabilisée.

— Par votre fille.

Hatchepsout ne put s'empêcher d'entrouvrir la bouche de surprise.

— Par votre fille, Majesté, qui ne détient pas le sang pur dont vous voulez la doter.

— Comment oses-tu ? cria la pharaonne. Sors de cette pièce. Je te retire tes titres et tes honneurs. Tu n'es plus rien, Ouser. Tu tombes aussi bas qu'est tombé Senenmout, mon fidèle intendant.

— Justement, fit-il d'un ton fielleux. Vous avez su l'évincer quand bon vous semblait.

— Explique-toi, dit-elle, le visage blanc de rage.

— Votre fille Mérytrê sort d'un bas-ventre qui n'est que celui d'un vulgaire petit scribe qui a su s'élever à vos côtés.

— Tu... tu...

Sidérée, elle ne pouvait plus articuler. Les mots s'étranglaient dans sa gorge. Elle s'attendait à tout, mais sûrement pas à cet odieux argument qui, en effet, allait déstabiliser son règne.

— Osez nier votre intimité sexuelle avec votre intendant !

— Étais-tu présent dans ma chambre ? finit-elle par jeter.

Elle sentit son énergie revenir. Ses mains ne tremblaient plus et son esprit se clarifiait. Mais l'argument restait de poids. De plus, Senenmout n'était plus là pour nier la paternité dont Ouser l'accusait.

— Comment vas-tu prouver cette affirmation ?

— Ensemble, nous allons remonter le temps, Majesté. Certes, quand votre époux le deuxième pharaon Thoutmosis était encore en vie, vous avez toujours su éloigner de votre intimité quotidienne les sujets encombrants.

— Que vient faire Senenmout dans cette affaire ?

— J'y arrive, Majesté, j'y arrive.

Il avait sur le visage un sourire arrogant, plein de mépris et de certitude.

— Si les bouches se sont tues lors de la naissance de vos filles, c'est que le pharaon était encore en vie. Votre attitude envers votre amant ne s'est vraiment libérée qu'après la mort de votre époux.

— C'est odieux, fit-elle d'un ton bas.

Il se rapprocha d'elle si près qu'elle sentit son souffle parfumé de muscade.

— Et ne m'ôtez pas mes titres, Majesté. Sinon, votre neveu se fera un plaisir de me les rendre.

— C'est une calomnie. Mon cher Ouser, ce genre de choses en Égypte est sévèrement puni. Ce n'est pas tes titres qui seront enlevés, c'est la prison dans une carrière de pierres qui seulement t'attend, et tu en seras le premier de file enchaîné.

Le sourire d'Ouser s'élargit.

— Vous n'avez introduit ouvertement Senenmout dans votre intimité quotidienne qu'après la naissance de vos filles. Ainsi, on ne pouvait plus le soupçonner d'être le père de l'une ou de l'autre.

Son haleine chaude et musquée enveloppait maintenant tout le visage d'Hatchepsout. Elle eut soudain envie de vomir.

— Antef m'a envoyé au palais un jour que vous partagiez votre couche avec votre favori. Seule, votre première fille était née.

— Et alors ?

— Alors, il se trouve que je me suis perdu dans les dédales de vos appartements, volontairement, je l'avoue [1].

— N'as-tu pas été écarté ? Ma garde était fort importante et je pense que tu mens.

— J'étais mince à l'époque, dit-il en caressant son ventre replet, et Antef m'avait dessiné un plan de vos appartements. Je

1. *Op. cit.*

n'ai vu aucun garde, nulle servante, mais j'ai croisé Senenmout qui sortait de votre chambre.

— Quelle preuve formelle ! D'autres aussi sortaient de ma chambre, mon pauvre Ouser. Sais-tu combien de séances de travail j'y tenais avec le Chef des Polices, le Grand Trésorier ou l'Intendant des Orfèvres ?

— Senenmout a avoué.

— C'est faux !

— C'est vrai.

Ouser se mit à rire.

— C'est lui-même qui m'a jeté en plein visage qu'il partageait votre couche.

— C'est faux. Jamais Senenmout n'aurait osé affirmer un tel mensonge. Au palais, comme au harem, tout le monde sait qu'il est devenu mon ami privilégié après la naissance de mes deux filles.

— Il a avoué.

— Pourquoi l'aurait-il fait sans me le dire par la suite ?

— Parce qu'il l'a avoué par bêtise. Voyez-vous, Majesté, votre intendant était stupide et jaloux. Il est tombé dans mon piège, malgré la simplicité de celui-ci.

— Explique-toi.

— Je lui ai dit que vous m'aviez invité à partager votre couche. Sa jalousie s'est aussitôt tournée en bêtise. Il m'a dit qu'il était le seul et serait toujours le seul à partager l'intimité secrète de Sa Majesté la reine.

Anéantie, Hatchepsout ne sut quoi répondre. Certes, Senenmout l'avait aimée, idolâtrée, déifiée. Sa fidélité restait exemplaire. Mais, par toutes les divinités d'Égypte, pouvait-il la trahir à ce point pour éviter qu'un autre ne prenne la place qu'elle lui avait faite au creux de son lit ?

— Jamais je n'abdiquerai ! lança-t-elle au visage d'Ouser.

CHAPITRE VII

L'air était sec, brûlant, suspendu par un fil invisible retenant avec acharnement chaque geste, chaque mouvement, et le khamsin, qui s'était arrêté de souffler depuis quelques heures, n'avait en rien apaisé le spectacle étrange qu'il offrit quand tout se fut métamorphosé sur son passage.

Le Nil sans sa bienheureuse crue avait changé de couleur. Soudain, le bleu de ses maigres flots déjà sombres depuis la veille s'était noirci avec une telle violence que l'ombre des sycomores elle-même ne paraissait pas plus obscure.

— C'est étrange, fit Satiah en regardant son compagnon. Je n'avais jamais remarqué combien notre fleuve était si capricieux. Hier il semblait aussi vert que tes yeux, Thouty. Puis tout à l'heure il était bleu comme les quartz de ta future couronne, et maintenant il est noir.

Le jeune prince se mit à rire. Quand Satiah le plaçait en image sur le trône d'Égypte, il s'y voyait avec une telle assurance qu'aucune réplique ne venait à sa bouche. Aussi, la jeune fille poursuivit-elle avec audace :

— Quand tu seras roi d'Égypte, Thouty, il faudra faire de cet endroit un véritable paradis. Ne t'y plais-tu pas ?

Elle observa les alentours où le vent n'avait laissé que dégâts et ravages.

— Ce khamsin est la réincarnation de Seth, le dieu le plus néfaste de l'Égypte.

Thoutmosis passa son bras derrière le buste de la jeune fille et le tint serré contre lui. Elle respirait à petits coups rapides tant l'air était sec et la chaleur écrasante. Dans les champs, les cultures se desséchaient d'heure en heure. Il y avait longtemps que les chadoufs ne fonctionnaient plus et que les canaux étaient asséchés, remplis du sable et des pierres que le khamsin avait apportés.

Potagers et jardins n'offraient plus que désolation, l'arrosage ne venait plus les reverdir. Orge, vignes et blé ressemblaient à de vastes étendues désertiques, brûlées, squelettiques, colorées d'un noir sinistre qui ravageait les regards.

Le jeune homme redressa le buste et passa sa main libre sur son front moite. Une mèche de cheveux rebelle et frisée vint toucher ses doigts, il la repoussa d'un geste rapide, puis essuya son cou mouillé de sueur.

Satiah se dégagea un instant et posa sa main sur la sienne. Elle était grande, chaude, ferme. Elle l'y laissa le temps qu'il retrouvât un souffle d'air pour apaiser son corps brûlant. La jeune fille aussi transpirait et elle sentait qu'une sueur désagréable recouvrait la peau délicate de ses seins, de son ventre, de ses cuisses.

— Si nous prenions un bain ? proposa-t-elle en retirant sa main. L'eau du fleuve nous rafraîchira peut-être.

Ils coururent jusqu'au Nil. L'eau était si basse qu'ils durent aller jusqu'à l'endroit où, habituellement, elle était en plein centre de son lit. Ils la trouvèrent bouillante et leurs pieds heurtaient le tranchant des cailloux qui s'y étaient accumulés. Satiah fit la grimace.

— Marchons un peu sur la couche de papyrus que le vent a déposée. Elle rafraîchira nos pieds.

— Non, Satiah. Tu sais bien qu'après le passage du khamsin, les vipères à cornes s'y logent et s'y prélassent.

La jeune fille fit la moue.

— Alors, il ne reste plus que ce sable brûlant qui dévore nos pieds puisque tout est inaccessible.

— Crois-tu que nous puissions nous écarter de ta demeure ? Tu es déjà partie sans prévenir et si tu ne m'avais pas trouvé sur les berges du fleuve, tu serais retournée chez toi.

Satiah se mit à rire, découvrant une rangée de dents petites et blanches sur des lèvres pulpeuses.

— L'aubaine, c'est que je t'ai trouvé, là, étendu sur les bords de notre Nil nubien, rêvant sans doute à l'armée qui t'attend près de la troisième cataracte. Te manque-t-elle à ce point, Thouty ?

Il prit sa main et la garda dans la sienne. Ensemble, ils firent quelques pas. Le bruit du vent claquait dans leurs oreilles, car le khamsin semblait reprendre des forces.

Ils avançaient lentement, serrés l'un contre l'autre. La jeune fille avait un pagne court qui laissait ses jambes et ses cuisses nues. Un lien serrait ses hanches étroites et elle avait passé un fin corsage qui moulait sa jeune poitrine aux formes délicatement arrondies.

Ils marchèrent ainsi en silence jusqu'à la boucle où le fleuve s'élargissait. Habituellement, à cet embranchement du Nil, des bosquets de papyrus cachaient une foule de passereaux et les oiseaux des marais venaient y pondre leurs œufs.

Mais le khamsin avait arraché feuilles et branches, ne laissant que des racines séchées. Çà et là, des trous avaient été rebouchés par le sable et des pierres de granit avaient déboulé de la montagne, s'accumulant en de tristes monceaux que la poussière recouvrait aussitôt.

Au loin, les champs de Bouhen étalaient des cultures calcinées et les paysans se lamentaient, voyant que leurs greniers ne seraient pas suffisamment emplis cette année-là.

Thoutmosis avançait tête baissée.

— Nous devrions rentrer, fit-il. Ce n'est pas un temps ordinaire. Le vent se lève et, à nouveau, il va souffler sauvagement.

Satiah serra sa main dans la sienne et libéra ses craintes.

— Regarde, je connais un abri derrière cet amoncellement de roches. Les pêcheurs viennent y dormir les nuits où ils tendent leurs filets. À l'aube, quand le soleil se lève, ils n'ont plus qu'à les soulever et à en établir le compte.

— Un abri ! Mais où vois-tu cet abri ? Il n'y a que pierres et racines séchées.

La jeune fille mit sa main en visière.

— Le vent a dû l'anéantir. Tu as raison, Thouty, il vaut peut-être mieux faire demi-tour. L'atmosphère de ce lieu devient trop étrange. Je n'ai jamais vu ces teintes qui nous entourent.

Ils observèrent le fleuve. Le soleil dardait une chaleur intense sur la surface de l'eau devenue noire. Mais ses rayons semblaient inexistants, le disque d'or devenait bronze à force d'y mêler la grisaille de cet étouffement. Une lumière jamais vue diffusait une onde bizarre.

D'ordinaire, les rayons solaires se reflétaient dans l'eau, mais cette eau-là paraissait terne, opaque, troublée par une magie néfaste et inhabituelle. D'ailleurs tout semblait éteint, plombé, flétri, à l'exception du grand bonheur qui envahissait l'âme de Satiah.

Les jeunes gens s'arrêtèrent. Une lame de vent balaya leurs visages et Satiah bascula. Thouty la retint dans ses bras. Ô dieu d'Amon ! Comme elle serait volontiers restée là, des heures entières, contre le buste puissant de son compagnon.

Mais la turbulence des événements se précipitait et ne lui donnait plus l'occasion de savourer son bonheur.

L'horizon prenait une couleur jaune intense, profilant le dessin d'une curieuse ligne d'un bleu violacé qui encerclait les arbres, le ciel, les champs, les roches et la terre elle-même.

Un oiseau affolé heurta la tête de Thoutmosis et vint s'écraser à ses pieds. Cette fois, Satiah prit peur. Elle se baissa et ramassa de ses doigts tremblants l'oiseau mort.

— Que se passe-t-il, Thouty ? Crois-tu vraiment que nous devrions rentrer ?

Une seconde lame de vent, plus puissante, les renversa l'un contre l'autre, ouvrant une brèche à leurs pieds et déracinant un jeune acacia qui tentait de hausser quelques branchages verts que la sécheresse n'avait pas encore entamés.

— C'est incroyable, murmura le jeune homme. Le khamsin souffle à nouveau alors que tout indiquait la fin de son périple. Et regarde ces bandes d'oiseaux agités tourbillonner dans le vent !

Thoutmosis et Satiah n'arrivaient plus à se tenir droit. Ils avançaient de quelques pas et tombaient sur le sol, épuisés, anéantis.

— Je crois que ton abri serait le bienvenu. Où est-il ? Ne peux-tu t'en souvenir ?

La jeune fille secoua la tête.

— Tout est changé, Thouty. Les lieux ne sont plus les mêmes. Là où il y avait des arbres, il n'y a plus rien et là où tout était vide, il n'y a qu'amas de pierres, de feuilles et de branches cassées. Qu'allons-nous faire ? Il faut rentrer au plus vite.

À présent, le vent soulevait une masse immense de sable et de poussière qui recouvrait leurs visages. De plus en plus effrayée, Satiah s'accrochait à la taille robuste de Thoutmosis. Une vague de tempête saisit une nuée de petits oiseaux gris et rouges qui vint s'enrouler dans un tourbillon de pluie.

— Oh ! Thouty, je ne reconnais plus rien. Cet abri a disparu. Nous ne le retrouverons pas.

— N'aie pas peur, Satiah. Je suis avec toi. Rien ne peut t'arriver, rétorqua Thoutmosis d'un ton protecteur.

Une antilope passa près d'eux, telle une flèche lancée au hasard par un archer malhabile. Elle frôla la cuisse de Satiah, ne freina pas pour si peu, fila à toute allure et disparut dans un tourbillon de vent pour réapparaître plus loin, en direction d'un horizon incertain.

— Elle fuit autre chose que le khamsin, assura Thoutmosis. Ces bêtes du désert ne craignent pas le vent.

— Redouterait-elle un aigle, un vautour ? murmura sa compagne en levant les yeux au ciel.

Un ciel qui, à présent, devenait aussi terne et obscur que l'eau du Nil. Soudain, une volée d'oiseaux vint en plomber davantage la surface que le vent frisait avec outrance.

— Non, fit le jeune homme en hochant la tête, cette antilope redoute plutôt une hyène ou un chacal.

Puis il tâta prudemment sa ceinture. Son couteau y était toujours accroché. Arme bien dérisoire s'ils étaient attaqués par un de ces animaux sauvages.

Thoutmosis soupira. Comment pouvait-il prévoir cet accident de dernière minute ? Quand il était parti, le ciel était serein, l'eau du fleuve était bleue et, si la sécheresse désolait les cœurs, rien ne laissait pour autant présager ce nouveau caprice qu'imposait ce vent sournois et meurtrier.

Un tourbillon plus violent que les autres les fit tomber. Ils se relevèrent, les yeux piquants, la bouche emplie de poussière, la gorge brûlante, mais un grondement arrêta net leurs mouvements.

— On dirait un rugissement de lion. Voilà pourquoi l'antilope fuyait.

Thoutmosis se mit à réfléchir. En un autre lieu, il aurait aimé courir ce risque. En d'autres circonstances, il aurait aussi apprécié l'acte qu'il s'apprêtait à accomplir. Tuer un lion ! Mais sa jeune compagne semblait si terrorisée qu'il perdait ses moyens. Pis encore lorsqu'il pensait au mince couteau qui pendait à sa ceinture. Si un fauve devait les attaquer, son arme légère, bien qu'elle fût longue et effilée, ne les sauverait guère.

Subitement une rougeur envahit son visage, non pas celle due au fouettement intense du vent contre sa joue, mais à la honte à subir s'il arrivait malheur à sa jeune compagne.

Soudain, une lueur roussâtre les entoura. Une brûlure s'engouffra dans leur gorge et ils restèrent anéantis, les yeux déchirés, le nez obstrué. Ne pouvant plus avancer, ils se couchèrent à terre.

Où était donc la sérénité du ciel d'Égypte ? Une nuée d'oiseaux, de mouches et de curieux insectes bloquait leur marche, heurtant violemment leur dos qu'ils offraient à cette marée dévastatrice. Les sauterelles !

Protéger leurs visages devint leur volonté première. Ils se couchèrent à plat ventre, tentant d'obstruer le passage entre eux et la nuée d'insectes. Mais ils avalaient du sable en grande quantité et perdaient la respiration. Les sauterelles les attaquaient par milliers.

Quand ils levaient un peu le visage, ils le replongeaient aussitôt dans le sol, craignant d'avoir les yeux crevés, le nez déchiré, les oreilles arrachées.

Quand ce déferlement brutal s'arrêta, le vent reprit de sa violence et souleva une autre lame de sable. Thoutmosis agrippa le bras de Satiah.

— Il faut marcher. Sinon, il va nous recouvrir.

— Marcher où, murmura la jeune fille. J'ai perdu de vue cet abri et nous ne reconnaissons plus rien. Nous avons même perdu le sens de l'orientation.

Le rugissement qu'ils avaient entendu avant l'arrivée des sauterelles leur arriva en plein visage et Satiah trembla de peur.

— Le lion ! Qu'allons-nous faire, Thouty ? Le lion !

— Ne crains rien, j'ai un couteau et je sais m'en servir, affirma le jeune homme en essuyant son visage du sable qui le recouvrait.

Hélas, lorsqu'ils passaient rageusement la main sur leur peau pour se débarrasser de tout ce qui s'y collait, sable, poussière, feuilles mortes et desséchées, ailes brisées de sauterelles, ils ne faisaient qu'accentuer sur leurs corps la pesanteur de ces débris minéraux, végétaux et animaux.

— Ne crains rien, Satiah ! Je sais mater ces fauves, assura Thoutmosis en tâtant son couteau.

Bien dérisoire défense ! Mais le courage du jeune homme lui faisait entrevoir d'autres conquêtes, mille et une victoires et celle-ci faisait partie de ses rêves de gloire et de puissance.

Un second torrent aride et brûlant les submergea. La vague rousse déferla à nouveau sur eux. En force, les sauterelles réapparaissaient. Comment expliquer leur présence subite ? La pluie tombée dans les vallées, si rare en Égypte, avait peut-être fait éclore des milliers d'œufs minuscules destinés à mourir avant de voir le jour. Et, poussés par le vent, ces œufs naissaient partout où ils tombaient.

Cela cognait leur tête, leurs jambes, leurs bras, leur corps entier. Un coup sec heurta l'œil de Satiah. Elle saisit l'objet du choc et écrasa entre ses doigts la sauterelle effarouchée.

— Thouty ! cria-t-elle. Je sens que je vais mourir. Ces insectes vont nous anéantir.

Elles étaient de petite taille, rose tacheté de noir, sans doute à peine écloses, elles déferlaient dans un bruit insoutenable.

Plus forte et plus puissante que l'invasion précédente, celle-ci fut de plus courte durée. Quand tout redevint calme, un souffle au-dessus de leur nuque attira leur attention. À nouveau couchés sur le sable, les deux jeunes gens n'osaient pourtant plus se relever. Mais l'haleine chaude et humide persistait. Un fauve était près d'eux.

À travers le tourbillon de poussière, Thoutmosis saisit son couteau.

— Non, attends ! cria Satiah.

Un museau tiède frottait sa cuisse. Elle agrippa la crinière de la bête et s'y blottit avec délice.

— Princesse ! Regarde, Thouty. C'est Princesse qui revient. Oh ! Ma jolie, ma toute belle.

L'animal rugit doucement, secoua sa crinière que les sauterelles envahissaient encore. Puis la pluie se mit à tomber, mêlant l'horreur du chaos à une chaude humidité qui les recouvrit et les lava de tous les débris minéraux et animaux accumulés sur eux.

Enfin, après les mille caresses des retrouvailles qui s'imposaient, Princesse tira la jeune fille qui s'accrochait toujours à sa crinière. Apparemment, elle voulait lui faire comprendre qu'ils devaient tous deux la suivre.

Le vent était complètement tombé et une pluie divine, fraîche, lourde peut-être, mais si bienfaisante, les couvrit de son effet réparateur.

Ils suivirent Princesse qui les emmena aussitôt dans cet abri perdu qu'ils n'avaient pu trouver. Une sorte de cabane en brique de terre séchée, assez spacieuse et dont l'orifice était obstrué par des pierres et des branchages de papyrus calcinés par la sécheresse.

Qu'elle était belle, Princesse, avec son allure royale et dégingandée ! Que son pelage était soyeux et magnifique ! Que ses yeux étaient doux et tendres ! Satiah sentit fondre toute son angoisse et ses appréhensions.

Pourquoi l'orifice de l'abri était-il camouflé par les pierres et les branchages, puisque la lionne semblait en connaître l'intérieur ? Questions futiles alors que Satiah était rompue, lasse et voulait dormir.

Quand elle vit Thoutmosis et la lionne dégager l'ouverture, quand elle pénétra dans l'abri frais et rassurant, elle poussa un petit cri de bête étonnée. Un lionceau balançait sa queue de joie en reconnaissant sa mère qui l'avait quelque temps abandonné.

Sans une seule once de rancune, le bébé fauve vint lui lécher la jambe. Satiah le prit dans ses bras et enfouit son visage meurtri par les attaques du vent et des sauterelles dans le pelage doux et soyeux. Puis elle le tendit à sa mère.

Princesse avait osé accepter l'impossible, laisser son enfant dans cet infernal ouragan pour aller sauver la jeune fille.

Durant la nuit, le khamsin souffla encore. Peut-être même qu'une nouvelle nuée de sauterelles attaqua sauvagement la cabane. Mais, tendrement enlacés, Thoutmosis et Satiah regardaient Princesse lécher avec amour son petit.

⁂

Les dieux restaient intraitables, la crue ne venait pas et, à Bouhen comme ailleurs, la terre asséchée se craquelait là où l'herbe poussait quelque temps plus tôt. L'air, qui devenait irrespirable, semblait prendre plaisir à compliquer les choses.

La famine s'installait, consécutive à la sécheresse et aux invasions de sauterelles qui avaient dévasté le peu de cultures restantes.

Au palais de Thèbes, la garde s'était renforcée. Elle s'était intensifiée non pas suite aux craintes personnelles de la pharaonne Hatchepsout, mais pour éviter tout passage venant de l'extérieur car la disette se doublait d'une épidémie hélas fatale pour le peuple appauvri.

Le mal était venu du Nord. Tout d'abord, ce fut Memphis sur la branche extrême droite du delta qui fut touché. Les nouvelles arrivaient à peine à Coptos que la ville, à son tour, subissait les aléas du fléau. Puis ce furent Abydos et Thèbes où famine et contagion descendaient inexorablement, atteignant même Philaé, Assouan, Abou Simbel, prenant au passage la vie des hommes, des femmes et des enfants les plus faibles.

Depuis un certain temps, bœufs, porcs, chevaux, chiens et chats avaient disparu, morts de faim ou tués, dépecés et mangés par les hommes.

Il en était toujours ainsi aux premiers temps d'une famine. Quand il n'y avait plus ni céréales ni légumes, plus de poissons dans le fleuve ni de gibier d'eau, on tuait les animaux restants pour survivre.

Dans un second temps, quand la mort frappait les plus faibles et qu'il ne restait plus qu'à gratter la terre pour trouver une racine à cuire, se produisait alors l'inéluctable : on ne pouvait même plus prendre la peine et le soin d'enterrer les morts.

Les familles se décimaient à vue d'œil. Les énergies diminuaient en même temps que le nombre des morts augmentait. Tout d'abord, c'était l'aïeul de la maison, puis le dernier-né que la mère ne pouvait plus allaiter. Suivaient dans cette triste hécatombe, les enfants en bas âge, du moins les plus faibles, les femmes fragilisées par la fatigue et la faim.

Puis, quand venait le temps où pas un grain de blé, pas un chat ou un chien à dépecer, pas une racine à extirper de la terre sèche ne s'offrait aux hommes, ceux-ci commençaient à dépérir et à s'ajouter à la longue liste des disparus.

Aux portes des temples, les survivants se pressaient les uns contre les autres, se lamentaient, gémissaient, se tenant accroupis ou couchés dans une attitude à demi prostrée. Les plus vaillants arrivaient à se tenir debout et à tendre la main. Les prêtres ne pouvant nourrir tout ce pauvre peuple affamé jetaient ce qu'ils pouvaient à leurs pieds, car les approcher eût sans doute déclenché dans l'enceinte du temple les prémices d'une épidémie dont ils redoutaient à chaque instant le mortel danger.

Cette manne inattendue qui tombait parfois auprès d'eux n'était pourtant qu'une bien maigre pitance. Elle se composait de quelques oignons, poireaux ou melons à moitié desséchés, de quelques galettes rassies et, quand la générosité des prêtres se faisait plus étendue – encore fallait-il qu'ils ne s'aventurassent pas au-delà des limites du possible –, les malheureux voyaient tomber devant leurs yeux, qui ne se fermaient que pour ne plus s'ouvrir, une pluie de pois chiches ou de fèves qu'ils croquaient sans prendre le temps de les faire cuire.

Chez les paysans déjà mal nourris en temps ordinaire, des milliers d'hommes, de femmes et d'enfants mouraient. Les survivants grattaient de leurs ongles cassés la terre pour essayer d'y trouver les restes d'une racine ayant résisté à la sécheresse. Parfois, ils portaient à leurs bouches ce qu'ils arrachaient et qui n'était autre que des fragments de la carcasse asséchée du sol. Ceux-là mêmes ne passaient pas la nuit, étouffés par la terre qu'ils absorbaient. Ils mouraient convulsés dans une toux violente qui ne s'arrêtait plus.

Côté temple, les prêtres remplissaient à peu près leur devoir, mais, s'il n'y avait eu la peur de la contagion, ils auraient pu faire davantage et condescendre à parler au peuple pour lui apporter le réconfort supplémentaire d'une parole rassurante.

Côté villes et villages, les choses devenaient plus compliquées, car intervenait la générosité des nantis envers les défavorisés. Alors, les scribes attachés aux plus hauts dignitaires étaient chargés de calculer ce qu'il resterait dans les greniers à blé, une fois accompli le geste qui devait sauver quelques centaines d'affamés.

Ouverts par centaines, les greniers à blé des villes et des villages avaient pourtant sauvé les plus résistants. Malgré ce geste humanitaire, la distribution était insuffisante. Il eût fallu que le blé tombât par tonnes entières aux pieds des pauvres gens pour que quelques centaines d'individus supplémentaires fussent sauvés.

Les greniers de Thèbes n'avaient pas failli à la coutume.

Hélas, là aussi, c'était insuffisant et, aux alentours du palais, les cadavres gisant sur le sol ne se comptaient plus. Qui aurait pu les ensevelir alors que les maisons étaient vides et que la famille avait déjà disparu ? À celui qui restait de trouver l'énergie suffisante et la force de prendre dans l'air qu'il respirait et qui, pourtant, était fétide, l'élément de survie.

Et, là encore, les nantis qui pouvaient rester chez eux avaient une double chance de s'en sortir, alors que ceux de la classe défavorisée se trouvaient de nouveau lésés. Comment pouvait-on rester dans sa modeste demeure quand la nourriture n'y était plus ? Dans les rues, on ne trouvait plus que de pauvres êtres errant à la recherche d'une meilleure fortune.

C'est ainsi que, les cadavres s'accumulant dans les villes et les campagnes, sans possibilité de pouvoir creuser des fosses pour les y ensevelir, l'air chaud empestait le charnier.

Il en était de même à Thèbes aux alentours du palais et les gardes qui passaient derrière le mur d'enceinte suffoquaient en pressant contre leur visage un linge parfumé. Casques baissés jusque sur leurs yeux à demi fermés, ils tenaient leur lance assez maladroitement en jetant des coups d'œil angoissés chaque fois qu'ils passaient devant le grand cadran solaire de la porte sud du palais. Et, pour les affoler davantage, l'heure tournait lentement, retardant le tour de garde que leurs compagnons devraient tout à l'heure effectuer et qu'ils appréhendaient en épongeant leur front embué de sueur.

Ce matin-là, des dizaines d'hommes, de femmes et d'enfants se pressaient contre les murs d'enceinte du palais de Thèbes. Les cris et les pleurs avaient cessé depuis longtemps. Ils étaient là, muets, le teint sans couleur et les yeux sans éclat. Une ombre de mort flottait sur leurs visages. Leurs corps anguleux, décharnés, ne pouvaient plus tenir droit et ils tombaient à chaque instant.

Les plus solides ne gardaient que l'énergie du désespoir et l'on assistait à quelques étranges visions qui se muaient en épouvantables cauchemars.

Deux hommes se battaient pour les restes d'un poisson qu'ils avaient dû trouver sur la berge du fleuve. C'était un gardon desséché dont il ne restait que la tête, la queue et l'arête dorsale et qui, de surcroît, devait être contaminé, car tout ce qui venait du Nil était infecté du terrible microbe qui apportait la mort. Mais, pour les deux hommes que la faim rendait fous, le poisson symbolisait la vie. Alors, les doigts décharnés de l'un arrachèrent la tête, tandis que ceux de l'autre happèrent la queue et l'arête pour les enfouir aussitôt dans sa bouche.

Plus loin, s'accrochant à la paroi du mur d'enceinte, une femme encore à demi vivante, mais que la famine avait rendue folle, tenait un enfant dans les bras et cherchait à escalader les murs dont elle n'évaluait plus la hauteur. Elle se déchirait les mains sur la rugosité des pierres. Ne pouvant y arriver, elle se fracassa la tête contre la paroi, laissa tomber l'enfant – déjà mort sans doute – et vint mourir elle aussi, délivrée de cette épouvantable hantise qu'est la faim.

D'autres, à moitié couchés sur le sol, geignant faiblement, semblaient résolus à l'inévitable malchance qui, depuis leur naissance, les poursuivait avec acharnement. Parmi eux, il y en avait pourtant quelques-uns plus favorisés qui, malgré l'état précaire de leur condition, n'avaient cependant jamais manqué de pain ni de bière.

Le destin allait-il continuer à jouer en leur faveur en leur apportant la résistance nécessaire pour survivre à cette calamité que les dieux faisaient tomber sur l'Égypte ? Ce dieu du Nil dont les riches ne cessaient de vanter les louanges et les générosités allait-il se pencher sur eux et leur accorder au moins le privilège de ne pas être contaminés ? Car dans cette masse grouillante de pauvres êtres se tenaient ceux dont la sagesse et la patience frappaient l'esprit. Ils n'absorbaient ni terre ni eau, rien qui puisse leur apporter la mort si ce n'était justement ce manque de nourriture.

Oui ! Ceux-là risquaient de s'en sortir si les dieux s'apitoyaient sur leur sort et, du moins pour un temps, si ces mêmes dieux cessaient de se tourner vers ceux qui, à l'abri du palais, mangeaient à leur faim.

⁂

En l'absence de Neb-Amon, les trois médecins du palais hésitaient à se propulser dans une atmosphère malsaine, hors des murs protecteurs de l'enceinte qui, pour l'instant, les protégeaient d'une contamination évidente.

Si Mékyet avait tenté une brève incursion au-dehors du palais, il ne l'avait fait qu'une seule fois, vite rebuté par ce qu'il y avait vu. Quant à Pénith, il ne s'était encore jamais aventuré au-delà des limites qu'il s'était fixées et qui n'allaient pas plus loin que les grandes portes en bois de cèdre qui fermaient l'enceinte du palais. D'ailleurs, pour ne pas s'inquiéter davantage, ils avaient fait venir, l'un et l'autre, femmes et enfants et les avaient installés dans un grand pavillon afin de ne pas avoir à sortir.

Au harem du palais de Thèbes, gigantesque entreprise où se tenaient les concubines et leurs familles, les prêtres dirigeants, les artisans qui travaillaient aux ateliers de tissage, de verrerie, de vannerie, de parfumerie et le nombreux personnel qui vaquait aux diverses occupations quotidiennes, tous étaient sévèrement inspectés par les trois médecins.

Dès qu'un visage présentait les signes de la mortelle épidémie, plaques rougeâtres sur le front, le cou et la gorge – quelquefois les zones atteintes descendaient jusque sur le ventre et le haut des cuisses –, les trois médecins n'hésitaient pas à transporter le malade là où les quelques contaminés avaient été relégués, une sorte d'annexe qui jouxtait le harem où déjà quelques femmes vivaient dans l'espoir que leurs horribles symptômes disparaissent.

Mékyet leur prescrivait une potion qui servait de remède pour les simples affections cutanées – encore fallait-il qu'elles ne soient pas purulentes – et Pénith l'agrémentait d'une pommade à base d'huile de cèdre et de feuilles d'acacia qu'il recommandait dans tous les cas de brûlure. Il faut dire qu'à cette époque, les signes précurseurs de la maladie avaient à l'œil nu l'aspect de soudaines brûlures et les médecins n'avaient recours qu'aux seuls remèdes qui les soignaient.

Pour l'instant, seules une dizaine de femmes accompagnées de leurs servantes s'étaient vu enfermer dans cet enclos retiré derrière les ateliers de tissage où personne ne se rendait afin d'éviter tout risque inutile de contamination. Mékyet et Pénith étaient les seuls à s'y risquer avec Seddy, le troisième des médecins.

Pour Seddy, le cas était différent. Veuf, il n'avait pas d'enfants, juste un neveu, le fils de son frère auquel il tenait pourtant comme à un fils, mais celui-ci avait été élevé sans aucun appui dans son adolescence, appui d'un père qui eût été un guide, sans réelle vie de famille, dans une aisance, cependant, qui ne lui avait jamais fait défaut et, pour compléter ce laisser-aller, aux côtés de quelques serviteurs qui n'avaient fait que céder à tous ses caprices.

Ce jour-là, alors que Pénith se dirigeait vers le pavillon des contaminées, il fut agressé par un groupe de femmes qui venaient de l'extérieur et qui se ruèrent sur lui telles des furies dont les cris n'étaient qu'un immense écho de rancœurs. C'est à peine s'il vit leurs visages tant elles se serrèrent contre lui, agrippant sa tunique, la déchirant aux épaules là où elles avaient prise. Derrière elles, Mékyet accourait, essoufflé d'avoir autant pressé le pas pour rejoindre son compagnon avant qu'il puisse discuter avec elles.

— Que veulent-elles ? s'enquit Pénith avec une ombre d'inquiétude dans la voix tout en essayant de se dégager des mains qui l'agrippaient avec fureur.

— Il faut les expulser au plus vite, répliqua vivement Mékyet sans reprendre son souffle. Elles sont sans doute contaminées.

Déjà quatre gardes s'approchaient des pauvres victimes et les saisissaient par le bras. Mais on pouvait remarquer que leurs yeux étaient emplis d'effroi à l'idée même de toucher l'étoffe de leurs tuniques. Aussi, c'est avec une extrême prudence, doublée d'une mollesse à laquelle ils n'étaient pas habitués, qu'ils tentèrent de retenir les femmes. Ce manque de fermeté eut aussitôt l'effet du contrecoup. Les femmes se dégagèrent rapidement à coups de pied et de poing, les insultant de propos grossiers. Pourtant, que pouvaient-elles réclamer d'autre qu'un peu de pain pour atténuer la faim qui les tenaillait depuis plusieurs semaines ?

— Que peut-on faire ? dit Pénith à son compagnon qui s'épongeait le front à petits coups successifs.

— Rien, répliqua Mékyet, de toute façon, elles sont perdues. Et, même si elles ne présentent pas les symptômes de l'épidémie, elles ne vivront pas au-delà de quelques jours.

— Par tous les dieux ! jura Pénith qui, tournant la tête, vit que les gardes avaient réussi à reprendre le bras des femmes entre leurs mains volontairement malhabiles. Comment ont-elles pu faire pour entrer ? Toutes les issues du palais sont bloquées. D'où viennent-elles et par où sont-elles passées ?

— Je suppose qu'elles sont des environs de Thèbes. Avec l'énergie qui leur reste, elles ont dû faire la courte échelle. Les gardes n'ont pas osé les approcher, de peur d'être contaminés.

— Elles ne présentent pas de marques sur le visage, assura Mékyet. Aussi, je pense qu'elles ne sont pas contagieuses.

La fureur des femmes s'était transformée en folie et l'on pouvait se demander d'où elles tiraient cette énergie mise dans leurs cris et leurs clameurs. Elles hurlaient, vociféraient, crachaient sur les soldats qui, blancs de peur, s'éloignaient aussitôt. Pourtant, à les observer de plus près, on voyait qu'elles titubaient et qu'à chaque cri, elles manquaient de tomber.

Elles étaient une dizaine et l'on ne pouvait discerner leur âge tant la maigreur les métamorphosait en squelettes ambulants. À chaque articulation de leurs corps, les os étaient si saillants qu'ils offraient la vision de pointes prêtes à transpercer la peau. Leurs yeux n'étaient plus que des cavités profondes où l'on discernait à peine une parcelle de lumière.

— Nous voulons du pain ! s'écria celle qui devait être la doyenne du groupe en se précipitant sur Pénith.

Le médecin la repoussa. Mais les autres s'enhardirent et s'avancèrent à pas nerveux, heurtant au passage Mékyet qui trébucha et faillit tomber. Bientôt la horde furieuse les encercla tous deux.

— Ne restez pas là ! vociféra Pénith dans un élan qui le propulsa hors de l'étreinte infernale des femmes. Les gardes vont vous saisir et vous rejeter au-dehors. Le palais vous est interdit.

— C'est ce que nous allons voir ! hurla la plus petite du groupe dont les seins dénudés pendaient comme deux figues sèches. Crois-tu nous faire peur avec tes menaces ?

Soudain, une flèche fusa dans l'espace et se ficha dans le sol, à deux pas de leurs pieds décharnés. Une autre griffa le bras amaigri d'une femme qui resta sans voix. Mais la pauvre femme ne devait plus rien avoir dans les veines, car la blessure ne saigna pas. Enfin, une troisième flèche vint siffler au-dessus de la tête d'une adolescente. Sans doute la plus jeune du groupe, car ses yeux n'avaient pas encore pris cette teinte vitreuse qu'on remarquait dans ceux des autres.

Un instant, Pénith faillit lui dire de se détacher du groupe et de s'avancer, mais un tel traitement de faveur risquait de tourner au drame. L'adolescente avait un pagne gris et poussiéreux. Sa poitrine n'était pas encore formée et les deux aréoles sombres qui entouraient ses jeunes mamelons ne ressemblaient nullement à des taches de contamination. Elle fixa son regard sur celui de Pénith. Il eut à nouveau un geste bienveillant, leva la main puis, impuissant, la rabaissa aussitôt.

— Vous voyez bien que les gardes vous surveillent, vociféra Mékyet en observant les pointes des flèches plantées dans le sol non loin des femmes qui, passé leur étonnement, avaient repris leur assurance. Retournez dans la ville. Nous allons vous faire porter des aliments.

— Tu ne nous porteras rien et nous le savons ! hurla à son tour l'une des femmes. Tous les greniers de Thèbes sont vides. Il n'y a plus que ceux du palais.

— Alors tu peux nous interdire de rester, rétorqua une autre qui vint se placer près de sa compagne. Nous ne bougerons pas d'ici avant d'avoir mangé.

Soudain, l'exclamation que poussèrent les deux médecins fut à l'unisson. Les yeux agrandis d'effroi, ils regardaient s'avancer la meute d'hommes armés de bâtons et de gourdins. Mékyet recula de rage et Pénith, voyant qu'il n'y avait aucune autre alternative, l'imita.

— Les gredines ! jura-t-il. Elles leur ont ouvert le passage. Je crains qu'ils ne soient trop nombreux pour que nous puissions faire autre chose que leur lancer flèches et autres projectiles.

— Gardes ! cria Mékyet. Gardes ! Saisissez-vous de cette foule.

Mais les gardes n'apparaissaient pas. Cachés dans les failles du mur ou dissimulés derrière les vantaux des portes secondaires, ils se faisaient attendre. Il fallut que Mékyet les menaçât de faire deux tours de garde supplémentaires à l'extérieur du mur d'enceinte pour qu'il vît, au loin, deux soldats remuer les bras.

— Que dit-il ? fit Pénith.

Mais les médecins n'eurent plus à se poser la question. Ce fut un déferlement brutal qui s'ensuivit. Tous les survivants de Thèbes étaient là pour quémander un bout de pain ou quelque chose d'autre à se mettre sous la dent. Ils n'en pouvaient plus de gratter la terre et de ne rien y trouver, de racler le Nil asséché et de ne rien y voir. Ils avançaient en traînant leurs pauvres membres atrophiés par la maigreur. Certains criaient et le son de leurs plaintes parvenait en écho aux oreilles des médecins.

⁂

Pendant ce temps, Seddy osa s'aventurer sur les bords du Nil. Aux alentours de Thèbes, tout était désolation. Le plus petit bosquet s'élevait comme un avorton qui, à peine sorti de terre, était déjà calciné par le soleil.

S'il n'avait eu son bateau amarré près du port où Néfermenkh, le fils de son frère dont il s'était occupé dans la mesure de ses possibilités, devait se trouver depuis quelques jours, il n'aurait certes pas osé sortir du palais. Arrivé sur le quai, il faillit faire demi-tour, tant le spectacle qu'il avait devant les yeux le saisit d'effroi.

Des corps étaient étendus, recroquevillés, mangés par les mouches et les insectes qui bourdonnaient avec insolence sur leur peau tuméfiée. Cette sinistre anecdote valait pour les morts les plus récentes, celles qui dataient de quelques jours. Pour les autres, ceux dont les corps reposaient sur le sol depuis plusieurs semaines, des vautours volaient bas dans le ciel pour en saisir les derniers lambeaux de chair qui y restaient accrochés. Et, dès que le soir tombait, les hyènes qui rôdaient non loin s'approchaient dans une décontraction totale – puisque aucun homme ne les en empêchait – pour achever le travail.

Ceux que la famine n'avait pas encore emportés, du moins le peu d'hommes qui restait dans les rues de Thèbes, puisque les survivants, ayant trouvé une brèche dans le mur d'enceinte du palais, y faisaient une incursion dont la famille royale n'avait pas encore idée, pouvaient aisément se compter.

Ils restaient accroupis et se tenaient le ventre en gémissant, car beaucoup d'entre eux étaient contaminés. Seddy les regarda avec effroi, mais ne s'en approcha pas. Il était le médecin du palais et non celui des pauvres. Il détourna la tête pour ne plus les voir.

Mais sur sa gauche un autre spectacle l'attendait. Près d'une maison en brique, sans doute celle d'un artisan potier éloigné de ses confrères, car il se trouvait près du village des artisans de Médinet Habou, il vit une femme qui tenait un enfant entre ses bras. Mais elle berçait un petit être déjà mort et regardait l'horizon de ses grands yeux vagues.

À ses pieds, au seuil de la maison, gisaient des petits cadavres déjà entamés par la morsure du soleil et que les vautours allaient bientôt achever. Et l'ironie du sort avait fait qu'ils s'étageaient par ordre de taille. Le plus grand, l'aîné sans doute, était à peine refroidi et gisait dans l'embrasure de la porte grande ouverte, les yeux crevés par le bec acéré d'un vautour.

Sur l'un des côtés de la maison, appuyé contre le mur blanchi à la chaux, le squelette du père gisait, tourné face contre terre, l'un des bras manquait, probablement emporté par l'une des hyènes qui rôdaient dans les parages.

Il y avait longtemps que la mère ne regardait plus ce carnage. À vrai dire, elle ne voulait plus que mourir elle aussi. Comment, à présent, aurait-elle pu tenir entre ses mains tremblantes la galette d'orge tant attendue pour se la mettre sous la dent ? Comment aurait-elle pu la manger pour le seul désir de survivre quand toute sa famille venait d'être balayée, emportée par le terrible fléau ?

Seddy ferma les yeux quelques secondes pour essayer d'effacer cet horrible spectacle et avança de plusieurs pas. Il lui fallait sortir de ce cercle infernal, se diriger en toute hâte vers le port pour rejoindre le fils de son frère et le décider à s'abriter à l'intérieur du palais comme l'avaient fait les familles de Mékyet et de Pénith.

Un grand champ s'étendait devant lui. De toutes parts, des racines calcinées s'affaissaient. Certaines avaient été arrachées et l'on pouvait remarquer que des dents s'y étaient plantées. Hélas, ce genre de repas comme celui qui consistait à manger de la terre sèche et craquante n'engendrait que des morts bien plus violentes encore que celles qui résultaient d'un estomac complètement vide.

Le périple infernal de Seddy n'était pas achevé et il priait le dieu Amon de lui accorder un instant de répit avant d'être plongé dans un nouveau cauchemar. Mais que pouvait faire un simple mortel quand le maître suprême de Thèbes, le dieu Amon, en accord avec tous les autres dieux avait décidé la mort d'une moitié de son peuple ?

Sur son parcours, des hommes étaient couchés sur le sol. Eux aussi avaient gratté la terre de leurs ongles cassés pour y déterrer quelques larves qu'ils n'avaient sans doute pas trouvées, car même les vers de terre s'étaient desséchés par manque d'humidité.

Plus loin, alors qu'il s'écartait des dernières maisons de Médinet Habou, il vit le squelette de plusieurs chiens dépecés sans doute par les hommes affamés. Les restes de chair avaient été léchés par les hyènes, seuls animaux restés en vie, car elles se nourrissaient exclusivement de carcasses humaines ou animales.

Sur sa gauche, alors qu'il pressait le pas pour en finir avec ces visions cauchemardesques, il vit un énorme monticule d'os, de poils et de chair sur lequel tournoyaient deux vautours. La carcasse semblait être celle d'un bœuf ou d'un oryx et dans quelques jours, les os restants auraient croulé sous l'assaut des vautours.

Plus il s'approchait de la colline thébaine, plus l'idée que le port n'était pas loin s'ancrait dans l'esprit de Seddy. Mais le médecin n'en avait pas terminé avec le sombre chemin qu'il parcourait. Au pied de la colline thébaine, une ombre noirâtre annonçait les charniers. Des fosses avaient été creusées pour y jeter les corps. Du moins, c'est ce que les dirigeants des villages faisaient au début de la famine quand le nombre des morts était encore acceptable. Puis, les fosses pleines, on avait jeté les corps à côté sans en creuser d'autres et les charniers prenaient de l'ampleur.

Une odeur fétide flottait dans l'air. Seddy prit la direction des quais sans plus réfléchir. S'attendrir était inutile et, de toute façon, ce n'était pas dans ses habitudes. À quoi bon s'appesantir sur le sort de ces hommes que les dieux n'avaient pas voulu aider !

Au loin, les grandes palmeraies, les champs d'orge, les vignes, les plantations de lin, les vergers où les rigoles d'eau étaient depuis longtemps asséchées n'offraient plus que des terrains arides. Pas un oignon, pas un poireau, pas un melon n'était sorti de terre sinon pour montrer un ridicule embryon calciné. Ail, pois chiches, fèves, laitues, concombres, choux, persil et herbes aromatiques manquaient même sur les tables des plus favorisés.

Et que pouvait penser Seddy qui n'avait pas plus de compassion pour les pauvres qu'il n'en avait pour les morts, puisque travaillant pour les riches, ceux-ci, dès qu'ils étaient momifiés, entraient dans le pays bienheureux d'Osiris ? Seddy se trouvait-il seulement déstabilisé devant ces infortunes ?

Arrivé sur le port, Seddy se crut sorti d'affaire. Il vit son bateau sur le bord asséché du fleuve. La coque était couchée et le mât cassé en deux. Il ne fallait pas plus de quelques grandes enjambées pour se trouver sur le pont. Alors qu'il s'apprêtait à se hisser sur le bord du bateau, une main l'agrippa et le tira en arrière.

Seddy se retourna. Un homme aux joues creuses, au pagne déchiré et sali de ses propres excréments le retenait par la manche. À voir la maigreur de l'homme, on pouvait s'étonner de sa poigne forte. Il désigna le bateau du doigt. Un doigt long, recourbé, à l'ongle noir à moitié rongé.

— C'est ton fils ?

Seddy l'observa quelque temps avant de répondre :

— C'est celui de mon frère.

L'homme retira sa main et la laissa se balancer mollement contre lui comme si toute force l'avait abandonné.

— Alors, n'entre pas dans le bateau, il est mort.

Seddy sentit le sol se dérober sous ses pieds. Néfermenkh et lui n'étaient peut-être pas très intimes, mais suffisamment complices en divers domaines – entre autres celui de la navigation pour lequel chacun partageait une véritable passion – pour qu'il fût ébranlé par cette nouvelle.

— Mort, répéta-t-il, assommé par cette révélation. Mais je lui avais donné une potion pour atténuer les risques de l'épidémie !

L'homme perçut de l'agressivité dans le ton de Seddy.

— Tu es médecin ?

Sans répondre, Seddy sauta sur le pont du bateau et vit que la proue avait été, elle aussi, fortement endommagée. La grande voile carrée était tassée sur le sol. Quand il pénétra dans l'unique cabine confortablement aménagée, il découvrit le corps inerte de son neveu étendu à terre. Il observa son visage et vit qu'il n'était pas atteint par la contamination et que le corps, normalement nourri, n'offrait aucune trace de maigreur excessive.

Alors, il le retourna et vit que le crâne avait été défoncé. Du sang séché collait à ses cheveux et y avait formé une croûte épaisse. Anéanti, Seddy restait debout sans comprendre.

L'homme l'avait suivi. Ses bras et ses jambes dénudés ressemblaient à deux tiges de dattiers maigres et desséchées.

— Ah ! fit-il en faisant le geste de cracher à terre. Il a eu la chance de mourir le corps engraissé comme un porc. C'est pour cela qu'ils l'ont tué.

Le médecin sursauta.

— Qui l'a tué ?

— Bah ! fit l'homme en crachant de nouveau.

Mais sa gorge asséchée ne propulsait aucun jet de salive.

— Qui l'a tué ? répéta Seddy en colère.

— Peu importe ! De toute façon, ses agresseurs sont morts. Votre garçon les a nargués avec ses galettes d'orge qu'il mangeait devant leur nez.

Seddy soupira. À quoi bon résister ? Lui aussi sentait, soudain, ses forces fléchir. Néfermenkh ! Un garçon de dix-huit ans qui n'en faisait qu'à sa tête et qu'il n'avait pas réussi à convaincre de quitter le bateau durant le temps de la famine. Un garçon qu'il aimait comme un fils, malgré les heurts qui les opposaient, et si ce n'avait été la passion de la voile, ils ne se seraient pas dit grand-chose.

Chacun, même parmi les plus favorisés, trouvait des désillusions dans la calamité qui s'effondrait sur l'Égypte. Certes, Seddy et ses confrères savaient que dans les riches familles de Thèbes et de province, on ouvrait grands les greniers à blé pour se servir, on amenait les barils d'huile et de bière, les sacs d'orge et de froment, on cassait les jarres de lait caillé, on décrochait les viandes salées suspendues depuis plusieurs saisons déjà et on ne mourait pas de faim. Alors que faire devant la colère de ces hommes qui se mêlait à leur état d'extrême faiblesse ?

Seddy savait – et plus encore, il l'avait vu tout à l'heure de ses propres yeux – que chez les pauvres, on grattait la terre sèche et craquelée pour y trouver une semence depuis longtemps anéantie. On raclait le fond du Nil pour y attraper un poisson mort resté coincé entre deux racines ou deux cailloux et on le coupait sans même le cuire ou le griller en dix ou douze pour que la famille entière en profite.

Il savait que ces paysans, ces ouvriers et tous ces défavorisés ne pouvaient plus ni pêcher ni chasser, car sarcelles, pigeons, grives, gerboises, canards et oies sauvages avaient déserté les vastes étendues des campagnes. Le seul gibier qui restait, étendu à terre, décharné, la gorge sèche et l'œil vitreux, le plumage déshydraté, mort de faim lui aussi, avait attrapé le mal qui les contaminait.

Seddy quitta le bateau, le cœur lourd. Il reviendrait plus tard chercher le corps de Néfermenkh pour l'ensevelir dans le caveau qu'il s'était fait construire.

Sa vie n'était peut-être pas un exemple de pure intégrité, mais il avait tout de même sauvé des vies humaines et su réconforter des centaines de malades, même si ceux-là étaient d'une classe sociale semblable à la sienne.

À bas de son bateau, étourdi par la nouvelle qui lui laissait l'âme triste et vide, Seddy fit quelques pas en direction du quai. Soudain, il arrondit les yeux d'étonnement quand il vit le marinier qui l'avait abordé accompagné d'une poignée d'hommes aussi maigres que lui, mais qui semblaient assez déterminés pour le happer au passage.

Et certes, au port, il en restait suffisamment pour que l'Égypte ne fût pas complètement anéantie. De forts et solides gaillards encore capables de supporter la famine plusieurs semaines, du moins si l'on venait à leur secours. Presque malgré lui, Seddy inspecta le visage et le corps des hommes qui l'entouraient. Ils ne portaient aucun signe relatif à l'épidémie. Seule l'excessive maigreur consécutive à la famine avait vidé leurs muscles, tassé leur peau et ridé leurs visages tannés, leur donnant des expressions de vieux sorciers africains.

Une trentaine de mariniers étaient là, face au médecin, les lèvres silencieuses, mais un muet appel au fond des yeux. Ils balançaient leurs bras squelettiques sur leurs flancs comme pour se prouver qu'ils avaient encore, en eux, quelque énergie à faire exploser.

Pendant quelques secondes aucun mot ne fut prononcé entre eux. Pas un geste ne fut esquissé et Seddy les regardait aussi silencieux qu'une momie. Puis, ce temps de réflexion passé, les hommes se mirent à tournoyer lentement autour de lui, ne lâchant pas des yeux le regard inquiet du médecin. Un instant, il crut que la soixantaine de bras qui pendaient, maigres et déformés, allaient le saisir et l'étouffer.

— Je n'ai rien à vous donner, fit-il presque pitoyablement.

Alors, ils levèrent le poing. La force parut leur manquer et l'énergie les abandonner. Mais ce n'était là qu'un répit et leurs yeux s'allumèrent d'une étrange lueur. Soudain, ils parurent très en colère et l'un d'eux se détacha du groupe. Il avait dû, avant que les effets néfastes de la famine n'atteignent son corps, être un fort gaillard, presque un géant, aux muscles puissants et robustes.

— Tu nous serviras mieux vivant que mort. Aussi allons-nous te laisser en vie. Où vis-tu ?

Comme Seddy ne répondait pas, l'homme se jeta sur lui, mais le médecin ne broncha ni ne bougea.

— Allons, calme-toi, fit-il à l'homme. Je vais voir ce que je peux faire.

— Où vis-tu ? cria un autre marin en poussant ses compagnons pour venir aux côtés de celui qui avait pris la parole en premier.

— Je l'ai vu aux portes du palais, s'égosilla un troisième homme en brandissant un poing maigre aux articulations qui n'arrivaient plus à se détendre. C'est l'un des médecins de la reine !

— Alors, nous te suivons. Emmène-nous au palais et fais-nous servir quelque chose à manger.

Et Seddy, qui était loin de se douter du drame qui se jouait à cet instant à l'intérieur des murs d'enceinte du palais, pensa qu'il ne pouvait faire autrement que d'entraîner avec lui tous ces hommes qui voulaient survivre.

⁂

Dans son palais, éloignée de l'épidémie en pleine expansion, Hatchepsout se sentait tourmentée. Mais c'est un peu plus tard qu'elle prit vraiment peur.

Depuis l'aube, Yaskat était souffrante. La fièvre l'avait prise brutalement et des taches rougeâtres s'étendaient sur son cou et sa gorge. Quand Hatchepsout appela ses autres servantes, on vint l'avertir que les deux médecins Mékyet et Pénith étaient partis en direction du pavillon des contaminés et que Seddy était absent. Il avait confié à son personnel que, soucieux de savoir son neveu sur son bateau, il était parti dans l'espoir de le ramener au palais afin qu'il y soit en sécurité.

Hatchepsout s'énervait. Vraiment ! Tout allait à l'envers. Yaskat risquait de mourir et personne, dans l'immédiat, ne pouvait la secourir. Un instant, la reine paniqua. Déjà, l'absence de Senenmout lui était cruelle. Et, à présent, que pouvait-elle faire sans sa fidèle servante ? Aurait-elle le courage d'affronter seule tous ces conflits ?

— Et Neb-Amon ! s'énerva-t-elle, est-il déjà parti à Bouhen ?

— Oui, Majesté, répondit un serviteur.

— Alors qu'on donne les instructions pour qu'il revienne au plus vite et s'il se trouve en route, qu'il fasse demi-tour et vienne de suite me voir.

L'homme hésita et voûta ses épaules. Apparemment, comme tous ceux qui vivaient dans le palais, il craignait qu'une échappée de l'extérieur vînt apporter le drame. Aussi releva-t-il les épaules dans un souci d'achever brièvement sa mission.

— C'est que personne ne veut chevaucher dans ce désert où l'on ne voit que des cadavres, dit-il d'un ton horrifié. Le moindre corps étendu sur le sol est contaminé, Majesté. Les coursiers sont comme les gardes et les soldats, ils n'osent plus sortir du palais. On dit qu'à chaque pas, on frôle un cadavre en décomposition et que l'odeur que vous en respirez ne peut que vous emporter directement au royaume d'Osiris.

Il osa diriger un regard timoré vers Hatchepsout et poursuivit :

— Majesté, il faut vouloir sa mort pour fréquenter les chemins sur l'heure.

À peine avait-il jeté ces mots, qu'à peine lancés il regrettait déjà, que deux hommes entraient dans la pièce sans se faire introduire. Ils avaient écarté les servantes qui, sans broncher, les avaient laissés passer.

Hatchepsout reconnut l'intendant du palais et l'un des administrateurs du harem. Ils étaient l'un et l'autre très essoufflés et paraissaient être dans un état d'excitation intense, car ils en oublièrent de se courber bas devant elle.

— Majesté, la foule des survivants de Thèbes est entrée au palais.

Le visage d'Hatchepsout pâlit et ses mains tremblèrent. Mais elle se reprit aussitôt. Elle toisa les deux hommes d'un air digne, leur signifiant ainsi qu'elle pardonnait le manquement au protocole habituel.

— Sont-ils nombreux ?

— Tous les survivants de la ville sont là, Majesté, à l'exception de ceux qui ont été recueillis par les prêtres de Karnak et qui résident au temple. Mais ceux qui se pressent aux portes de votre palais et qui, dans un instant, envahiront jusqu'à vos appartements personnels, ont attendu leurs dernières limites. Ils sont extrêmement faibles.

— Combien sont-ils environ ?

— Des centaines, si l'on compte les mariniers et les dockers du port qui leur ont emboîté le pas.

— Les mariniers ! fit Hatchepsout incrédule. Je pensais que ces hommes-là étaient plus solides qu'ils n'ont l'air de l'être. Sont-ils tous du port de Thèbes ?

— Oui, Majesté. Ils sont arrivés précédés du médecin Seddy.

— Seddy ! s'exclama Hatchepsout. Voilà qui me surprend.

L'administrateur du harem, jusqu'ici, n'avait pas encore parlé. Il n'osait broncher tant la reine paraissait froide et lointaine.

— Seddy ! reprit celle-ci d'un ton ironique.

Elle fit quelques pas de long en large et jeta un coup d'œil par la grande baie qui s'ouvrait sur un jardin privé où les arbres souffraient d'un manque d'eau évident et commençaient à présenter un feuillage flétri.

À vrai dire, Hatchepsout s'interrogeait sur la soudaine et inhabituelle générosité de son médecin. Mais bah ! Il fallait bien nourrir tous ces affamés si l'Égypte voulait poursuivre la destinée que les dieux avaient prescrite. Ce n'était là qu'un grain de sable dans la bonne continuité de la vie terrestre. L'essentiel pour Hatchepsout était de poursuivre son règne comme au premier jour de son sacre.

— Comment sont-ils entrés ? fit-elle d'un ton las.

— Un premier groupe de femmes est arrivé, Majesté, répondit l'intendant. On pensait que, malgré leur faiblesse, elles avaient fait la courte échelle. Mais quand le second groupe, beaucoup plus important, s'est rué à l'intérieur du palais, les gardes ont décelé une entaille sur le mur côté ouest que les hommes ont dû effectuer la nuit dernière.

— Les gardes ne les ont-ils pas remarqués ?

Kéfith, l'administrateur principal du harem, un petit homme replet aux joues rebondies, au nez fortement écrasé et qui tentait d'élever son buste plus haut qu'il n'était, s'écarta de son compagnon et prit la parole :

— Les gardes sont angoissés, Majesté. Ils s'éloignent trop du mur pour observer attentivement les choses. Ils craignent la contagion. Ceux qui effectuent les tours de garde ont leur casque baissé jusqu'aux yeux et ne pensent qu'à se maintenir un linge sous le nez pour ne pas respirer la pestilence des rues. J'en ai vu un, ce matin – dont je tairai le nom par solidarité –, qui n'effectuait pas la moitié de son parcours et qui faisait demi-tour pour éviter l'endroit où la foule se tenait agglutinée.

— Alors, à présent qu'ils sont là, fit la reine, laissez-les entrer et que les médecins les observent un par un, qu'ils séparent les malades des bien-portants et que l'on distribue à ces derniers la nourriture nécessaire pour qu'ils se rétablissent.

— Mais les réserves du palais vont baisser, Majesté. Ne craignez-vous pas de manquer de nourriture lorsque la famine sera terminée ?

— Bah ! Tout ceci n'est qu'un grain de sable dans l'organisation de la vie d'ici-bas. Dans quelque temps, tout sera rentré dans l'ordre. Les dieux, j'en suis sûre, ne veulent pas exterminer leur peuple. Les survivants d'Égypte feront de nouveaux enfants et ceux-là mêmes ne connaîtront peut-être jamais une telle calamité. Il faudra plus d'un siècle avant que cela ne recommence.

— Mais les réserves, Majesté ! fit l'intendant qui préférait ne pas s'étendre sur des considérations générales et surtout inutiles dans le temps présent.

— Ah ! Oui, les réserves ! Eh bien, faites venir Pouyemrê, mon Intendant des Finances. Je vais régler avec lui cette affaire.

Quand elle vit l'expression horrifiée des deux hommes à l'idée de croiser la meute des affamés qui devait à chaque instant se rapprocher des appartements royaux, elle poussa un soupir.

— Passez par l'arrière du palais, fit-elle, et prenez directement l'aile sud. La poterne basse camouflée dans l'angle par une stèle vous donnera directement accès au quartier des dignitaires.

Comme ils s'inclinaient, cette fois, devant la reine, elle ajouta d'un ton qui aurait pu, en d'autres circonstances, paraître ironique :

— La stèle est en argile. Elle n'est pas très lourde, il vous suffira d'un peu d'aide pour arriver à la déplacer. Demandez aux gardes qui vous aideront d'attendre votre retour. Ils reboucheront l'issue après.

Puis elle fit un signe aux deux hommes pour signifier que l'entretien était terminé.

Restée seule, elle eut un instant le désir de faire appeler sa fille. Mais elle réfléchit et pensa que, tout compte fait, il était préférable qu'elle la vît après son entretien avec Pouyemrê.

Hatchepsout savait comment se passerait l'entretien. Mérytrê allait la saouler de paroles insignifiantes, lui parler de son futur mariage avec le prince, se plaindre des restrictions de toutes sortes auxquelles elle devait s'astreindre, toute princesse qu'elle était et, surtout, la questionner sur ses intentions d'abdiquer. Or, Hatchepsout n'avait aucune intention d'abandonner sa couronne.

« Allons ! pensa-t-elle. Quand Pouyemrê m'aura réconfortée sur la solidité du trésor de l'État, quand il m'aura assurée que, une fois marié à Mérytrê, le conseil enverra Thoutmosis guerroyer à l'étranger, je pourrai tenir encore longtemps les rênes du pouvoir et m'endormir sereine quelques nuits encore. »

Deux heures plus tard, Pouyemrê faisait son entrée. Grand, svelte, encore bel homme avec sa puissante stature et sa chevelure argentée sur laquelle il n'avait pas posé de perruque, l'Intendant des Finances se courba devant Hatchepsout.

La pharaonne vint à lui en souriant. Elle lui tendit ses mains longues et fines. Aucune perle ne venait en distraire la minceur.

— Qu'il m'est agréable de te voir en ces tristes moments, dit-elle presque joyeuse. Ah ! Pouyemrê, mon ami. L'un des rares qui me restent.

Comme il restait le buste ployé sur sa main qu'elle lui tendait toujours, elle ajouta :

— Je t'en prie, pas de cérémonie entre nous, surtout en ce moment. Aucun autre dignitaire ne nous voit et mon personnel est plutôt restreint. Ta famille a-t-elle été touchée par le mal qui ronge les plus faibles ?

Pouyemrê hocha la tête.

— Le vieux père de mon épouse est décédé la semaine dernière. Mais son âge était suffisamment critique pour qu'il quittât cette terre sans qu'intervienne ce terrible fléau.

— Et les réserves ?

— Au début, j'ai distribué de la nourriture à tous ceux qui venaient frapper à notre porte. Puis, lorsque les vivres ont commencé à diminuer, nous avons donné de moins grandes quantités. À présent, mes greniers sont à moitié vides et s'il ne me restait les jarres de bière et de vin, nous n'aurions plus de boisson, car l'eau me manque comme elle manque à tous.

— Hélas, mon pauvre Pouyemrê, il va en être de même en ce qui me concerne, car les survivants de Thèbes sont entrés dans les jardins du palais et ne veulent plus en sortir. Nous allons être obligés de les nourrir.

— Que disent vos scribes ?

— Ils ont compté nos sacs de céréales, de pois et de fèves, nos réserves de viande, de poisson et de fruits séchés. Certes, mes greniers personnels sont emplis de nourriture, mais à présent, il faut compter le nombre de têtes qu'il faudra nourrir, à raison d'un pain, d'un oignon et d'un bol d'eau par personne, et s'ils ne sont pas en nombre trop excessif, peut-être bénéficieront-ils, de temps à autre, d'une coupe de lait caillé et d'un morceau de lard.

Elle hocha tristement la tête et conclut :

— Hélas, c'est tout ce que je peux faire pour remédier à cet état de fait. Mais dis-moi, comment les choses se présentent-elles dans le Nord ? Peut-on y circuler ?

— À Memphis, on dit que l'épidémie est arrêtée. À Thèbes, elle devrait s'enrayer d'ici quelques semaines.

— En es-tu sûr ?

— Hélas non, mais quelques signes le présagent.

— Alors, dès que la crue va démarrer et que les eaux vont remonter, il faut envoyer deux ou trois navires en direction du delta, vers Tanis, Bubastis, Avaris, Byblos et s'il le faut vers les pays de Canée et ceux du Proche-Orient. Mon père et moi avons toujours entretenu de bons rapports avec nos voisins du Nord et de l'Est. Nous les avons suffisamment soutenus pour qu'ils nous viennent en aide à leur tour. D'autant plus que nous allons leur payer généreusement cet échange.

— De quel échange parlez-vous, Majesté ?

— De l'or contre du blé en abondance.

Pouyemrê acquiesça de la tête, mais ses yeux marquaient un désaccord. Il marcha le long d'un sofa d'osier, en fit le tour tout en réfléchissant et revint devant la reine.

— Les caisses de l'État sont suffisamment pleines. Tu l'as dit toi-même lors de la dernière assemblée.

Voyant que son intendant hésitait, elle reprit :

— Je sais que tu n'aimes pas dépenser inconsidérément les deniers de l'État, Pouyemrê. Mais cette fois, il le faudra bien. Jamais encore un cas n'a été aussi tragique.

Comme l'Intendant des Finances méditait avant de donner son avis, elle se prit elle-même à réfléchir, puis jeta :

— Qu'est-ce qui te fait hésiter ?

— La prochaine assemblée, lança Pouyemrê. On va me reprocher ces dépenses. Or, ce n'est guère le moment. Vous savez bien, Majesté, qu'Antef et ses amis nous attendent de pied ferme.

— Mais il s'agit de sauver notre peuple.

— Quand tout sera rentré dans l'ordre, Antef se fera un plaisir de réclamer une enquête sur les dépenses consécutives à la famine.

À mon sens, Majesté, il faut déléguer un comité qui comprend des scribes attachés à Antef et d'autres qui vous sont personnels.

— Ainsi, les uns pourraient contredire les autres et, dans cette affaire, tout resterait flou. Et là, Pouyemrê, je ne suis pas d'accord avec toi. Si nous ne pouvons prendre de l'or en suffisance dans les caisses de l'État pour nourrir ces pauvres affamés, je compenserai avec l'or de mes propres coffres.

— Majesté !

— C'est ainsi. Dans quelques jours, je te ferai connaître le montant de mes propres besoins calculés au minimum et je pourvoirai à l'excédent, même s'il me faut vendre des colliers et des parures. Mais il ne sera pas dit plus tard que, moi, Pharaonne de la Haute et de la Basse-Égypte, j'ai laissé mourir mon peuple.

⁂

Quand Hatchepsout eut évalué les dépenses à prendre sur l'État et sur son propre compte pour atténuer les tristes conséquences de la famine et que ses ordres furent donnés quant au prochain voyage de Pouyemrê, à qui elle donnerait les plus gros vaisseaux de la flotte royale pour marchander son or contre des céréales, elle fit venir sa fille.

Comme à l'accoutumée, Mérytrê arriva indolente, rêveuse, ne pensant qu'au retour de Thoutmosis qui devait augurer leur mariage. Après avoir déposé un baiser léger sur la joue de sa mère, elle alla s'asseoir à ses pieds sur un coussin moelleux aux dessins colorés. Puis elle appuya sa tête contre le dossier en bois d'acacia qui surélevait le siège d'Hatchepsout.

La reine prit la main de sa fille.

— As-tu aperçu ces pauvres Thébains affamés venus se réfugier au palais ? fit-elle à sa fille en guise de bienvenue.

— Oh ! Mère, que cette histoire est triste et comme elle me déprime. Parlons d'autre chose, voulez-vous ?

— D'autre chose ! Mais n'es-tu pas également concernée par ce fléau qui se resserre de jour en jour et qui risque d'entraîner l'Égypte vers des jours très sombres ?

— Bien sûr, mais qu'y puis-je ?

Puis, redressant son buste et changeant délibérément de conversation, elle questionna d'un ton léger :

— Mère, si cette famine et ses tristes conséquences sont hélas évidentes, il n'en reste pas moins que le retour de Thoutmousis s'annonce dans quelques mois. Avez-vous prévu les festins et les réjouissances qui se tiendront pour les festivités de mon mariage ?

Hatchepsout soupira et observa sa fille. Elle paraissait détendue, inconsciente, projetée en dehors des problèmes qui se posaient actuellement pour l'Égypte. D'ailleurs, sa prunelle qui restait toujours terne se posait étonnée sur le visage de sa mère.

— Je crains, ma fille, que nous ne soyons obligées de retarder ce mariage. La famine qui sévit sur notre pays ne peut guère favoriser les dépenses qu'il faudra engager.

— Mais nos greniers sont pleins de nourriture et je sais que les barils de vin, d'huile et de bière ne sont pas encore entamés.

Elle pivota d'un geste sec sur elle-même et se retourna vers sa mère :

— Les dépendances du palais regorgent de canards, d'oies et de sarcelles qui ont été plumés, vidés et salés pour les temps à venir. Pourquoi n'en profitons-nous pas ?

— Ton désir est bien égoïste, ma fille, quand je viens de donner une partie de mon or personnel pour acheter du blé aux pays étrangers afin de secourir notre peuple.

— Quoi ! Voulez-vous me faire comprendre que vous avez engagé votre fortune personnelle pour nourrir les affamés ?

— Mérytrê ! Ce pays est le tien et, que tu le veuilles ou non, tu es l'élue des dieux. À ce titre, tu as des responsabilités à tenir. L'aurais-tu oublié ? Je t'ai inculqué cette morale et tu ne peux t'y soustraire. Ne l'oublie pas si tu veux porter dignement le titre de Grande Épouse royale.

À ce brusque rappel des choses, Mérytrê rougit, mais haussant l'épaule, elle poursuivit d'un ton tranquille :

— Mère ! Nous ne pouvons pas nourrir tout ce peuple affamé. C'est la loi des riches contre les pauvres. Vous me l'avez prêché assez souvent.

— Oui. Tu as raison. Nos provisions sont encore abondantes et nos greniers à blé sont encore bien remplis. Mais lorsque Neb-Amon sera de retour, cela m'étonnerait qu'il ne les convoite pas quand, autour de lui, les gens meurent par milliers.

— Mais ces greniers ne lui appartiennent pas, Mère.

— Non. Mais il rétorquera qu'un bon pharaon se doit à son peuple et que si son peuple meurt de faim, il doit le nourrir.

— Admettons, Mère. Mais si, à notre tour, nous manquons de nourriture parce que votre médecin l'aura distribuée à tout le peuple ?

— Allons, Mérytrê, tu sais fort bien que nous ne pouvons pas mourir de faim, même si nous ne mangeons que médiocrement. As-tu peur à ce point du rationnement ?

Mérytrê haussa les épaules. Quelle absurdité ! Une fille de pharaon, une future reine d'Égypte devait-elle donc se rationner ? Sa mauvaise humeur aidant, elle résolut de tenir tête à sa mère.

— Votre protégé, Mère, était le médecin des pauvres et je crains fort qu'il ne choisisse son ancien camp, celui des déshérités, plutôt que le nôtre.

— Eh bien, fit Hatchepsout, excédée, il choisira les pauvres et nous attendrons que les provisions alimentaires soient reconstituées pour procéder à ton mariage.

— Jamais ! s'écria Mérytrê.

— Jamais ! Et pourquoi jamais ? S'il le faut, tu ne pourras rien y changer, toute princesse que tu es. Pour une fois, c'est le peuple qui commande. Ne le trouves-tu donc pas assez atteint ? Allons, ne sois pas aussi égoïste, ma fille.

— Je suis la future Grande Épouse royale et vous êtes ma mère. Nous devons nous démarquer du peuple puisque nous sommes issues des dieux.

— Mérytrê, ce mariage n'aura pas lieu avant que la famine et l'épidémie soient finies. C'est ainsi.

La jeune fille sentit que l'ordre était lancé et qu'Hatchepsout ne reviendrait plus en arrière. Elle savait aussi que cette solution l'arrangeait puisqu'elle devait retarder l'instant où Thoutmosis réclamerait le trône à lui seul.

Alors, elle soupira tristement. C'était un changement de tactique auquel sa mère était habituée. Quand elle n'arrivait pas à obtenir ce qu'elle désirait, elle jouait la carte larmoyante de la soumission pour attendrir sa mère.

— Eh bien, tant pis, fit-elle en haussant les épaules, je serai une si pauvre reine d'Égypte que même Pharaon s'apitoiera sur mon sort. Je ne pensais pas que c'était là votre aspiration pour moi, mère. J'avoue que cela me surprend.

Mais Hatchepsout ne rétorqua rien. Mérytrê n'était pas assez fine pour comprendre que sa mère était moins préoccupée par la peur de la famine que par son angoisse de perdre la couronne des deux pays. Or, la menace d'abdication prendrait toute sa force lorsque sa fille serait l'épouse du prince.

Hatchepsout se taisait. L'abdication ou la mort ? Que pouvait lui importer désormais de mourir par la faim, le poison ou le sang ?

Elle désira soudain changer de conversation et, glissant son regard sur les joues de sa fille, elle remarqua qu'elles avaient repris de la pâleur et que l'œil réjoui de tout à l'heure était redevenu sombre.

La perspective plus réjouissante de la servante qui tendait un plateau de fruits secs parmi lesquels figuraient toujours quelques grenades fraîches leur fit abandonner le sujet brûlant de cette conversation.

Puis un coup discret frappé contre la porte les détourna complètement de leur désaccord. Aïcha, une jeune fille dénudée jusqu'aux seins, souple et gracieuse, pénétra silencieusement dans la pièce. Elle remplaçait Yaskat depuis que celle-ci avait été reléguée par Mékyet et Seddy au pavillon des contagieux. En ce temps de perturbation intense, tout protocole avait disparu. La servante en oublia de se prosterner devant Hatchepsout.

— Comment va Yaskat ? demanda la reine.

— Elle refuse de parler aux autres femmes, elle ne les touche pas et elle reste éloignée d'elles, s'avançant juste pour prendre son bol de nourriture et sa jatte d'eau.

— Elle a raison, elle n'est peut-être pas contaminée. Que disent les médecins ?

— Je ne les ai pas vus, Majesté. Dès qu'ils sortent du pavillon, ils rentrent dans leur famille. Personne n'ose aller là-bas sans risquer leur colère.

— Ont-ils donc peur à ce point ?

— Oui, Majesté, répondit la jeune fille.

— Sais-tu comment les symptômes de ce mal commencent ?

— Les médecins disent qu'une violente diarrhée empoigne les ventres et que les corps se vident peu à peu et, comme il n'y a plus de nourriture pour les remplir, le malade meurt.

Mérytrê fit la grimace et Hatchepsout grignota quelques figues.

— Que voulais-tu me dire, Aïcha ?

— Que le coursier en direction de Bouhen était parti, Majesté.

⁂

Bouhen avait été préservée jusqu'ici, grâce à ses abondants greniers à blé et aux produits du fermage. À bout de ressources à présent, la disette commençait à toucher le village et les morts à se compter.

Les plus affamés venaient frapper à la porte de Séchat, qui leur tendait aussitôt du pain et des fruits séchés. Si la famine engendrait les premiers cadavres, un mal étrange, venu d'on ne sait où, multipliait les autres. Pourtant, l'épidémie semblait s'arrêter à Soleb, là où Thoutmosis était parti rejoindre son armée accompagné de ses deux capitaines.

Satiah fut touchée la première. Elle avait soudain éprouvé de violentes coliques la laissant anéantie, au bord de la crise de larmes.

Son état empirait. Elle maigrissait à vue d'œil, dormait sans plus s'éveiller et lorsque Maâthor fut, elle aussi, prise de crispations dans le ventre, Neb-Amon comprit qu'une fièvre dysentérique allait ravager le pays.

Il s'attela donc au chevet des deux malades, les refoulant dans une pièce éloignée, afin qu'elles ne contaminassent pas les autres. Il veillait Satiah jour et nuit, refusant que sa mère et son frère vinssent la voir.

Les coliques étaient violentes et la fièvre s'emparait des malades comme un rongeur vient, petit à petit, grignoter ce qui reste d'un morceau de choix.

Quelques jours plus tard, l'un des jardiniers fut atteint des mêmes symptômes, puis le chef-cuisinier de Bouhen et deux lingères affectées au service de Séchat. Leurs corps se vidaient et devenaient aussi maigres qu'un bâton noueux que l'on jette faute de pouvoir servir.

Les premiers jours, Neb-Amon leur administra de l'oxymel à forte dose pour tenter d'atténuer l'entérite qui rongeait leurs ventres. Le cuisinier ne put supporter la dose et mourut dans la nuit. Maâthor supportait le traitement, mais Satiah était de plus en plus rongée par la fièvre.

Comme les malades vomissaient la moindre parcelle de nourriture ou la moindre gorgée d'eau, Neb-Amon s'efforçait de trouver un remède pour que les corps ne se déshydratent pas.

Deux jours plus tard, une des jeunes lingères mourut, emportée par la fièvre qui s'était subitement levée dans la nuit et que Neb-Amon ne put maîtriser. Il eut peur soudain pour la fille de Séchat. S'il ne réussissait pas à la sauver, que penserait-elle de la valeur de ses capacités médicales ? Et comment pourrait-il atténuer la douleur qu'elle ressentirait ? Rien ni personne ne remplacerait sa fille.

Il fit alors appel à toute la science qui sommeillait au fin fond de son esprit, se remémora les bienfaits de certaines plantes qu'il n'avait pas encore eu l'occasion de mélanger et prépara une décoction de mellite, d'opium et d'aloès. Mais pour que ses malades ne puissent la rejeter, il en imbiba une éponge et la pressa entre leurs lèvres.

Mais le médecin restait pessimiste. Il savait que la combinaison de diarrhées, de vomissements et de fièvre entraînait bien souvent la mort et que le sujet malade devait avoir une résistance à toute épreuve pour résister à ce triple handicap.

Maâthor semblait s'en tirer, la fièvre ne l'avait pas atteinte. La petite lingère, qui avait survécu à sa compagne, paraissait aussi s'en sortir. Maigre, mais résistante, elle regardait avec effroi la jeune Satiah dépérir chaque jour davantage.

Vinrent s'ajouter deux enfants de paysans que les parents avaient déposés à l'entrée des portes du domaine. Partis sans se montrer, par crainte qu'on ne les jetât dehors, ils n'avaient même pas osé réclamer du pain et du poisson séché pour apaiser leur faim, comme le faisaient les paysans de Bouhen.

Chaque jour, Séchat et Cachou leur distribuaient quelques aliments, mais les provisions commençaient à baisser et les espoirs à tomber. Kéni et Djenani comptaient les réserves restantes et s'efforçaient de rendre l'espoir aux cœurs les plus désespérés.

Puis un soir, alors que Neb-Amon venait de remarquer que les diarrhées de Satiah s'étaient arrêtées, faute d'absorber une quelconque nourriture, il écouta sa faible respiration et le rythme de son cœur de plus en plus lent.

Le médecin sentit la moiteur envahir son front, mais il prit le risque de lui administrer un peu de ciguë. Malgré la dose minime,

Neb-Amon savait que si l'amalgame des remèdes se révélait néfaste, la mort s'ensuivrait sans attendre.

La nuit suivante, Satiah se mit à transpirer abondamment, mouillant les linges sur lesquels elle était étendue, mais la fièvre tombait doucement et Neb-Amon remercia le dieu Thot de l'avoir exaucé.

Remettant le jeune Rekmirê entre les mains de Cachou, Séchat ne put attendre davantage et se rendit auprès de sa fille.

À présent, puisque le médecin venait de mettre son remède au point, il immunisa son épouse et elle put rester sans crainte au chevet de Satiah.

Amaigrie, le pouls encore un peu faible, la jeune fille était à peine remise que vint frapper à la porte du domaine un homme couvert de poussière, le pagne incolore et la gorge cruellement desséchée.

— C'est un coursier de sa Majesté ! cria Cachou en se précipitant au-devant de Séchat qui se préoccupait plus du destin de sa fille que des gens qui venaient frapper à sa porte.

Il fallut quelque temps au messager pour s'expliquer, mais on lui donna de l'eau fraîche à boire, ce qui le fit patienter. Quand Séchat apparut, lasse, la mine défaite, l'angoisse encore au bord des paupières, elle crut s'évanouir en écoutant l'homme parler.

— Mon mari ne peut se rendre à Thèbes, dit-elle d'une voix faible tant elle tremblait, il a charge d'âmes, ici à Bouhen. Il soigne tous ceux qui sont touchés par l'épidémie.

— Non, Séchat, je vais m'y rendre, fit Neb-Amon qui arrivait dans son dos. Que veut exactement la reine ?

— Uniquement votre présence. Des milliers de gens meurent à Thèbes, emportés par la faim ou la maladie. Les cadavres jonchent le sol, et les vautours se délectent, faisant crisser les os dans leurs becs. Les greniers à blé des villages sont vides. Le temple de Karnak ne peut plus nourrir les survivants, certains d'entre eux se sont rués dans le palais de Thèbes. Ils réclament du pain et de la nourriture et la reine n'ose pas les leur refuser. On craint que l'odeur des charniers n'emporte les plus résistants, ceux qui ont encore quelque chose à se mettre sous la dent.

— Ce fléau est une folie, murmura Séchat.

— Pire ! reprit le messager, car dans Thèbes, il n'y a plus un seul animal. Le peuple a mangé jusqu'aux carcasses de chiens, d'ânes ou de chèvres. Les dieux ont dû décréter l'extermination du peuple égyptien.

— Pourquoi la reine veut-elle que je rentre ? s'enquit Neb-Amon.

— Sa Majesté m'a ordonné de vous dire que votre présence était indispensable à Thèbes.

— Ne pars pas, je t'en prie, jeta Séchat posément.

Neb-Amon la prit dans ses bras.

— Satiah est hors de danger. Elle ne peut être touchée deux fois. Quant à Rekmirê, je l'emmène avec moi. S'il tombe malade, je le soignerai où qu'il soit.

— Mais… Mais les autres ! bégaya Séchat.

— Je vais te laisser les drogues nécessaires pour le pire des cas.

— Mais tu sais bien que je suis très maladroite pour ce genre de choses.

— Eh bien, moi, dit soudain Djenani, je peux compter les gouttes, les graines, étaler les pommades ou faire respirer l'opium. Je me sens capable d'exécuter cette tâche. Mieux, j'en prends la responsabilité.

— Parfait, Djenani, répondit le médecin en regardant chaleureusement le jeune scribe. J'accepte et saurai t'en remercier.

— C'est déjà fait, il me semble. Ne m'avez-vous pas accueilli ?

— Alors, nous attendrons que ce messager se remette de ses fatigues et nous partirons dès demain. Nous prendrons trois chars et plusieurs chevaux pour être sûrs d'arriver sans ennuis.

⁂

Et la crue n'apparaissait toujours pas.

Au matin suivant, trois chars tirés par des petits chevaux résistants et rapides s'élançaient sur les pistes du désert en direction de Thèbes.

L'un mené par le colosse Nedjar prenant en charge le médecin et son fils, le deuxième conduit par le messager de la pharaonne, et le troisième par Kéni, à qui Séchat avait demandé de partir pour seconder Nedjar en cas de difficulté.

Dès les premiers tours de roues, le messager d'Hatchepsout avait tout naturellement pris la tête. C'était un conducteur émérite, sûr de lui, efficace. Reposé de ses fatigues, il paraissait inépuisable. Petit et d'allure sèche, résistant comme un sycomore, il bravait le désert.

Nedjar conduisait un grand char, lourd, robuste, confortable, assorti d'une stabilité plus grande. Le fond de sa coque incurvée comportait un renfoncement où l'enfant pouvait se recroqueviller et dormir.

Il fut entendu que la monture dans laquelle se trouvait Neb-Amon et son fils resterait au centre du petit convoi, pour ne pas ralentir la course des chevaux.

Depuis quelques jours, la chaleur s'était un peu amoindrie, mais l'étouffement de l'air restait latent. Les excavations et les crevasses causées par le vent se comblaient peu à peu, les dunes abruptes s'adoucissaient, les roches qui cachaient les puits se dégageaient de leurs gangues ensablées pour n'offrir aux voyageurs assoiffés que des trous asséchés.

L'allure des attelages alla bon train sans autre arrêt que celui d'un repos de quelques heures aux alentours d'Amada.

Les raisons étaient suffisamment essentielles pour qu'on ne désirât pas s'attarder, car le sable poussé par le vent dégageait des centaines de corps d'hommes morts dans le désert durant la terrible tempête du khamsin suivie par l'invasion des sauterelles.

Neb-Amon refusa une halte trop longue pour éviter les risques d'épidémie. Il fallait passer au plus vite près de ces tristes obstacles qui, bientôt, seraient déchiquetés par les vautours, les hyènes et les chacals et dont les os, dans quelque temps, seraient pétrifiés et blanchis par le soleil.

Rekmirê regardait ce triste tableau avec l'étonnement naïf de son jeune âge, posant des questions à son père, essayant de discerner le pourquoi et le comment de ces visions hallucinantes qu'offraient ces pauvres corps nus et décharnés exposés à la brûlure du soleil.

Aux approches de Coptos, le tableau fut plus horrible. Des caravanes entières gisaient çà et là. Désensablés, chameaux et Bédouins étaient étendus sur le sable. Les corps venaient à peine d'être déchiquetés par les rapaces qui volaient encore dans un ciel dru et sauvage. Ils devaient sans doute chercher la route qui menait à Quoser, le grand port établi sur les bords de la mer Rouge. Neb-Amon ne put s'empêcher de penser à la soif intense qui amenait progressivement à la mort.

Rekmirê dormait peu. Il se tenait éveillé aux côtés de son père. C'était son premier long voyage en char, un périple que le garçonnet n'était pas près d'oublier.

Les chevaux éprouvaient une fatigue intense tant la course du désert avait été rude. Leurs naseaux fumaient, leurs crinières s'agitaient anormalement et leurs sabots devenaient de plus en plus nerveux.

Le ciel avait repris sa teinte naturelle d'un bleu pur de lapis-lazuli et s'il était sillonné par les vautours, c'était que bien des cadavres encore gisaient aux approches de la capitale.

Ce fut aux portes de Thèbes que Rekmirê fut pris d'un violent mal de ventre. Refusant d'en parler à son père par crainte de retarder l'arrivée des attelages auprès de la reine, il dut se coucher pour ne pas crier de douleur. Quand les attelages passèrent l'enceinte du palais, Neb-Amon le découvrit au creux de la coque du char, gisant inconscient dans une mare épaisse et nauséabonde.

CHAPITRE VIII

Keptah, l'assistant de l'hôpital, avait parfaitement fait son travail et, si le fils de Neb-Amon n'avait pas été touché par la cruelle épidémie qui décimait tant d'Égyptiens en cette saison de Périt, il eût fêté son retour.

Mais Rekmirê était étendu sur sa couche, sans forces, les os saillants tant son corps s'était vidé, avec une fièvre qui commençait à attaquer ses esprits engourdis. Déjà, le matin où Neb-Amon lui avait administré oxymel, mellite et aloès, l'enfant n'avait pas reconnu son père.

Par l'intermédiaire de Nedjar, il avait fait prévenir Hatchepsout qu'il était de retour à Thèbes. Cependant, il décida de veiller son fils durant deux ou trois jours, le temps qu'il soit sorti de cet état critique. Si, du moins, il devait en sortir.

Le refus de la reine à cette requête le plongea dans une colère froide contraire à son tempérament. Néanmoins, il dut suivre le coursier royal pour se courber devant elle, les yeux rivés aux siens, l'esprit secoué de tumultes qu'il aurait voulu déballer là, près de ses pieds chaussés d'or, comme un paquet de linges souillés.

Certes, jamais encore, le médecin n'avait senti bouillir en lui une aussi violente rébellion. Lui refuser de soigner son fils qui pouvait mourir d'une seconde à l'autre ! Il fallait être le dieu lui-même pour exiger une telle mesure. Depuis l'aube, Neb-Amon rejetait toutes les croyances de l'Égypte, tous les dieux contraignants et cruels pour ne croire qu'en sa merveilleuse médecine, celle qui apaisait son peuple et l'humanité entière, celle qui sauverait son fils.

C'est dans une rage froide et contenue qu'il se présenta devant Hatchepsout, ressassant les menaces qu'il se proposait de jeter à sa face, quitte à être expulsé, banni du royaume, de l'Égypte même. Sa trousse en main, Neb-Amon savait qu'il pouvait frapper à n'importe quelle porte, fût-ce celle d'un pays étranger.

Il fit un salut assez sec, repoussant d'un geste nerveux les deux servantes qui obstruaient son passage. Puis surpris, il la regarda. Hatchepsout était assise non dans le grand fauteuil qui lui servait de trône lorsqu'elle recevait en privé dans ses propres appartements, mais sur un coussin à même le sol, en scribe, mains posées à plat sur ses genoux.

Et quand il vit la détresse dans ses yeux, toute sa hargne disparut.

— Majesté, ne put-il s'empêcher de dire, vous m'avez demandé un gros effort, mon fils est sur le point de mourir.

— Je sais, Neb-Amon, répondit-elle d'un air las. Autrefois, ma fille aînée aussi est morte. Et Yaskat, ma compagne, ma fidèle servante est décédée la semaine dernière, enfermée lâchement comme une prisonnière, là où Mékyet et Seddy relèguent les contaminées du harem. Elles sont plus de cinquante femmes à mourir les unes après les autres sans que ces deux charlatans ne fassent quelque chose, et l'on dit qu'une dizaine d'enfants s'y ajoutent. Et sais-tu que les gens de Thèbes affamés, gémissants, mourants, sont arrivés ici par centaines ? C'étaient les survivants de la ville, du moins ceux qui, par fierté, ne s'étaient pas réfugiés au temple de Karnak pour y être nourris par les prêtres. Je les ai accueillis, alimentés, soignés. Les plus solides vont bientôt repartir, les autres vont rester jusqu'à ce que la crue arrive et que les poissons repeuplent le Nil. Mais il y a beaucoup de femmes et d'enfants qui souffrent malgré le pain que je leur donne.

— Je vais immédiatement les transférer dans mon hôpital. Ces femmes et ces enfants seront soignés avec le remède que j'ai mis au point.

Il hésita.

— Majesté ! Vous n'avez pas mentionné le médecin Pénith !

— Pénith est mort. Non de l'épidémie, mais du cœur.

Elle haussa tristement les épaules.

— C'est du moins ce que disent les deux autres. Mais bah ! Cela m'est égal. Qu'il soit mort du cœur, de l'estomac, des intestins, ou que cela soit plus trouble encore. Ce sont des incapables et si je les garde au palais, c'est parce que toute la corporation médicale de Thèbes, celle qui te jalouse, Neb-Amon, m'incriminerait. Et je suis déjà bien mal engagée…

— Majesté !

— Oui, Neb-Amon. Je suis mal engagée et l'absence de la crue alourdit mon discrédit. Le peuple n'a plus foi en moi, le temple réclame un autre pharaon. Si je t'ai fait venir de Bouhen, c'est bien sûr pour que tu soignes tous nos Thébains qui meurent chaque jour davantage. Les corps jonchent les rues, les bords du Nil, les jardins. Le Grand Prêtre a ouvert un asile pour ceux qui tombent aux alentours du temple. Mais c'est insuffisant, Hapouseneb n'a pas le remède dont tu parles et il ne peut que soulager avant la mort.

Elle parlait lentement et les larmes coulaient de ses yeux. Il fallait que sa détresse soit grande pour qu'elle perdît ainsi le contrôle d'elle-même.

— Ils veulent que j'abdique. Je refuse et je refuse encore. Mais hélas, je suis seule à présent. Dès qu'Hapouseneb sera démis de ses fonctions, ce qui ne saurait tarder, plus rien ne s'opposera à la fin de mon règne.

— Votre fille, Majesté, n'est-elle pas votre alliée ?

— À présent, Mérytrê ne pense plus qu'à épouser Thoutmosis, devenir reine à son tour et couronner son époux Pharaon. Si je n'abdique pas, on me tuera.

Le médecin réfléchissait.

— On me supprimera, Neb-Amon, par le poison, le javelot ou l'enfermement. Il faut que tu m'aides.

— Je n'en vois guère le moyen.

— Cherche.

Elle se leva et, ses yeux redevenus secs, frappa brusquement dans ses mains.

— Conduisez le médecin auprès des contagieux du harem afin qu'il puisse effectuer leur transfert à son hôpital. Dès que ton fils sera remis, viens me voir avant que je t'appelle. La nuit porte conseil et, malgré les tâches qui t'attendent, pense à ma requête.

⁂

— Non, Keptah, jeta Neb-Amon en regardant son assistant préparer le remède, pas de ciguë lorsque l'entérite n'est pas en voie de guérison. Cela peut tuer le malade.

Avec délicatesse, il posa sur la table où s'alignaient les outils chirurgicaux sa clepsydre miniature qu'il utilisait lors de ses déplacements et observa quelques instants les gestes de Keptah.

— Surveille leurs linges et s'ils sont sales, poursuis le traitement de mellite et d'oxymel. Si le corps du malade ne se vide plus et s'il est au sommeil, diminue la dose d'opium. Ne l'augmente que s'il gémit.

Il tourna doucement vers le mur le corps d'une pauvre vieille femme qui venait de rendre l'âme et le recouvrit d'un linge blanc et propre. Osseuse, mais le visage serein, elle était partie en souriant à la déesse Isis qui, sans doute, allait la prendre dans son au-delà bienheureux. Alignés sur des couches disposées les unes à côté des autres, les malades étaient tous entre la vie et la mort.

La première salle de l'hôpital contenait les patients récupérables, ceux que la contamination venait de toucher, mais qu'il fallait surveiller jour et nuit pour voir comment la maladie évoluait.

La salle suivante, celle qui disposait de la plus grande aération, recevait les cas les plus critiques, ceux qui mouraient lentement et, plus loin, émergeaient d'un horizon bien noir ceux qui peu à peu guérissaient doucement.

Chaque matin, Keptah préparait les potions, les pommades, les cataplasmes, les onguents comme le lui avait appris Neb-Amon. Depuis l'aube, il mesurait avec précision les racines des plantes, pesait les graines, comptait les gouttes, puis écrasait, concassait, pilait. Un jardinier apportait chaque matin les herbes et les plantes médicinales. Grâce au budget que l'État lui allouait, il pouvait se féliciter de ne manquer de rien et de travailler dans les meilleures conditions qui soient.

Dès l'aube, Keptah préparait les remèdes nécessaires pour la journée. Puis il administrait aux patients tout ce qui leur était indispensable, anesthésiques, narcotiques, calmants, purgatifs, antiseptiques afin de les soulager au mieux.

Après la prise des remèdes, Neb-Amon et lui faisaient un tour général et s'attardaient longuement devant chaque cas, observant, discutant, prenant la décision, le risque parfois, qui devait atténuer le mal.

Puis, quand le médecin avait jugé chaque situation, il s'en allait visiter les malades en dehors du palais. Ceux de Thèbes qui réclamaient aussi sa présence et qu'il ne pouvait faire entrer dans son hôpital.

Tous ceux qu'Hatchepsout avait nourris étaient repartis chez eux mais avaient été frappés par la contagion, quant à ceux qui n'étaient pas soignés, ils périssaient dans les maisons, les abris, les rues ou allaient mourir dans le Nil pour tenter d'y attraper un poisson mort surnageant au-dessus de l'eau noire, poisson mortel qui en contaminait d'autres.

Et Neb-Amon soignait à même la rue, vidait ses sacoches emplies de remèdes avec lesquels il n'en sauvait que peu. Mais pour ceux-là, les déshérités qui n'avaient pas le moindre argent, les humbles, les modestes, les nécessiteux, cela valait la peine de s'exténuer jusqu'à une heure tardive.

Épuisé, il rentrait à l'hôpital où il visitait à nouveau ses patients, écoutant longuement le rapport de son assistant. Enfin il allait s'étendre quelques heures sur la natte disposée près de Rekmirê, s'accordant quelques minutes de répit pour penser au sort incertain de son fils. Mais son assistant venait sans arrêt troubler son repos.

— Cet homme n'a plus toute sa tête, fit Keptah en s'efforçant de retenir un agité qui voulait se lever. Je crois que son esprit est dérangé, car il ne semble pas fiévreux.

Par contre, le corps du pauvre homme se vidait. Debout, il salissait le sol de ses vomissements et de ses excréments qu'il ne pouvait retenir. Neb-Amon dut aider son assistant pour allonger le malade récalcitrant.

— Donne-lui un peu d'extrait de racine de mandragore et fais-lui respirer des feuilles d'acacia. Cela devrait le calmer. S'il persiste dans ses agitations, double les doses.

Il se tourna vers le fond de la salle.

— Comment va l'architecte ?

— Son état est stationnaire. La fièvre n'a pas encore entamé son corps. La quintefeuille semble lui suffire, du moins pour l'instant, dit Keptah en regardant son chef.

— S'il commence à délirer, donne-lui du jus de caroube. Il ne semble pas très atteint. Attendons avant de forcer les doses.

La veille, Menkeper était arrivé à l'hôpital, les yeux exorbités, se tenant le ventre à deux mains, crachant un aliment qu'il n'avait pas digéré. « Toi qui soignas ma femme d'une brûlure qu'autrefois mes colères lui infligèrent, avait-il dit au médecin, je réclame tes soins les plus attentifs. Vois, je suis malade et je vais peut-être mourir. »

Certes, il avait soigné son épouse et tu la jalousie meurtrière d'un homme envers sa femme. Certes aussi Menkeper, l'architecte, était l'un des adversaires les plus redoutables de la pharaonne Hatchepsout. Mais pouvait-il lui refuser les portes de son hôpital ?

— Surveille surtout son état général, fit-il à Keptah qui observait les linges intimes de Menkeper pour s'assurer que la maladie ne progressait pas. Par contre, le cas de cette femme-là me semble bien avancé. Il faudrait peut-être la transférer dans l'autre salle.

La femme semblait jeune, bien que son visage amaigri portât une ride profonde sur le front qu'elle avait large et blanc. Ses yeux étaient ouverts, mais elle ne réagissait pas.

— Par tous les dieux ! Cette jeune femme est dans le coma.

— Elle est ainsi depuis deux ou trois heures.

— Fais-lui respirer du natron.

L'éponge imbibée du liquide âcre et fort ne provoqua aucun soubresaut de la patiente. Neb-Amon prit son pouls.

— C'est étrange, il bat presque normalement. Son corps s'est-il vidé ?

— Non. Et elle ne s'est pas plainte du ventre.

— Il ne faut pas laisser cette femme ici. Elle n'est pas contagieuse. Sa maladie est tout autre. Qui est-ce ?

— La fille d'un sénateur de province venue dans sa famille à Thèbes bien avant l'épidémie.

Le médecin souleva sa paupière et observa le fond de son œil. Puis, il tâta son abdomen, remonta ses doigts sur la cage thoracique et appuya sur ses poumons.

Hochant la tête sans rien dire, il poursuivit minutieusement son examen.

— Il faut la transporter dans l'annexe des non-contagieux. Cette jeune fille est simplement anémiée. Apparemment, elle n'a rien absorbé depuis deux ou trois semaines. C'est étrange, car les familles nobles ont leurs greniers à blé remplis et ne meurent pas de faim. Donne-lui du brouet d'orge. Cela devrait la revitaliser.

Il inspecta ainsi les malades des deux salles qui suivaient et, enfin, se dirigea dans la petite pièce où son fils Rekmirê s'agitait encore. Keptah le suivit.

— Je vais lui donner ses remèdes, faut-il en alléger les doses ?

— Pas encore. Je crois que la plus forte fièvre est en train de tomber. Si dans la soirée son état est stationnaire, nous arrêterons la ciguë et lui donnerons de la quintefeuille broyée dans du jus de caroube.

Il soupira.

— Va, Keptah. À présent, laisse-moi avec mon fils.

Son assistant parti, il se pencha sur l'enfant et prit son pouls. Il battait trop lentement. Sa fièvre avait peut-être été moins forte que celle de sa sœur, mais son entérite avait été plus violente et plus tenace. La nuit passée, Neb-Amon avait cru ne pas pouvoir le sauver.

Il dormait, à présent, plus paisiblement. Certes la fièvre tombait, mais le médecin craignait des résurgences de coliques car l'enfant vomissait encore et il fallait lui faire absorber les remèdes par une éponge que l'on pressait entre ses lèvres.

Neb-Amon se pencha sur le front humide et chaud du garçonnet et l'embrassa doucement.

— Guéris, mon fils, murmura-t-il, guéris.

Puis, posant délicatement la main sur le buste amaigri de Rekmirê, il le regarda une dernière fois et sortit de la pièce.

Il passa dans la grande salle qui servait de pharmacopée où les étagères s'alignaient, supportant les fioles d'huile de lin, les pots de gentiane, de coloquinte, de cardamome, ceux plus petits de ciguë, d'extrait de fleurs de pavot et de racines de bryone qui, en doses mal maîtrisées, constituaient des poisons violents et mortels. Enfin venaient les sucs de lierre, les extraits de mélilot, les poudres de mandragore, d'armoise et d'hellébore. Neb-Amon remplit les deux sacoches qu'il emportait pour sa tournée extérieure. Il savait qu'à son retour, quand les rayons solaires tomberaient sur la terre malade et asséchée, il ne pourrait se féliciter que de quelques guérisons.

Penché sur le corps gisant d'un homme qu'il tentait de soulager par l'administration de ses remèdes inefficaces pour le tirer d'affaire, Neb-Amon ne vit pas arriver Nedjar.

La rue était longue, étroite, nauséabonde tant les excréments des corps jonchaient le sol. Menant directement au port de Thèbes par l'intérieur de la ville et descendant abruptement le long de deux rangées d'acacias complètement desséchés, elle ressemblait plus à un lieu de déjections publiques qu'à un site clair, spacieux et ombragé qu'elle était encore quelque temps auparavant.

Depuis que les greniers à blé du temple de Karnak et ceux de la pharaonne avaient été ouverts au peuple, les survivants avaient réintégré leurs maisons.

Mais cela n'empêchait pas que, de toutes parts, on entendait gémir, pleurer, se lamenter. Les maisons étaient fermées et parfois, d'un geste à demi inconscient, un homme ou une femme jetait au-dehors un malade qu'on ne pouvait soigner ou prendre en charge.

Depuis l'aube, une centaine de corps avaient déjà été ramassés sur les bords du chemin par les préposés habituellement affectés au curage des canaux. Casques fermés sur leurs visages d'où ne sortaient que des yeux apeurés, leurs épaisses cuirasses en peau d'hippopotame les calfeutrant des épaules aux genoux, ils raclaient les corps sur le sol avec de grandes pelles en bois et les enfouissaient dans un énorme silo qu'ils saupoudraient abondamment de sel de natron.

Les milliers de corps ainsi ramassés étaient enterrés ensuite dans de gigantesques fosses creusées aux abords du désert et aussitôt refermées, ce qu'on ne faisait plus depuis que la famine s'était répandue avec une trop grande ampleur.

Pour se préserver, Neb-Amon n'avait qu'un léger linge sur la bouche qu'il remontait de temps à autre sur le nez. Immunisé de toute façon par l'absorption d'un remède qu'il s'était lui-même composé – identique d'ailleurs à celui qu'il avait donné à Séchat avant de quitter Bouhen –, le médecin s'acharnait à sauver les pauvres hères qui n'étaient pas encore morts.

Plus souvent qu'il ne l'aurait voulu, il leur faisait absorber un peu de bryone afin que le mourant accède à quelque soulagement avant de quitter la terre des vivants.

Quand il eut parcouru la rue pestilentielle d'où se dégageait une odeur de décomposition humaine, il sentit la fatigue envahir son corps. Mais son travail n'était effectué qu'à demi et il devait, à présent, pénétrer dans les demeures pour y soigner ceux qui pouvaient encore être sauvés.

Ce n'est vraiment qu'en se relevant qu'il aperçut Nedjar. Il tira brusquement le linge qui recouvrait son visage et, inquiet, regarda son serviteur.

Nedjar avait pris son air impénétrable et Neb-Amon crut, tout à coup, qu'il était arrivé un malheur à son fils.

— Rekmirê ! murmura-t-il d'une voix éteinte.

— Non, l'état de votre fils n'est pas plus alarmant.

C'est alors qu'il vit le prêtre du temple d'Amon, debout, courbé, mal à l'aise, éloigné de Nedjar. Celui-ci avait enroulé un grand linge autour de son visage et, seuls, ses yeux en amande maquillés de khôl brillaient, ressortant étrangement sur sa silhouette blanche.

— Grand Neb-Amon, dit-il en se prosternant, mais en prenant soin de ne pas laisser tomber de son visage le drap protecteur, notre Grand Prêtre te réclame.

— Y a-t-il urgence ?

— La danseuse Méryet est en train d'accoucher et les choses semblent se compliquer.

— Est-elle touchée par l'épidémie ?

Le prêtre roula effroyablement des yeux et inclina la tête.

— Est-elle arrivée à son terme ? s'enquit encore Neb-Amon en cachant la surprise qu'il ne voulait pas montrer.

— Je l'ignore, fit le prêtre gêné par la question du médecin.

Méryet ! La jeune danseuse ramassée et protégée par la pharaonne. Méryet ! Cueillie toute verte encore par Hatchepsout sur une place de Memphis, alors qu'elle dansait pour le peuple. Soutenue, défendue par la reine. Enfin Méryet, l'adolescente qui rêvait de danser au temple plutôt que de servir d'appât à de grossiers spectateurs toujours prêts à porter leurs mains sur ses formes juvéniles et tentantes.

Qui eût dit que, sur le navire partant au Pays du Pount, là où, lui aussi, avait rencontré son épouse, la fillette serait un jour enceinte du Grand Prêtre d'Amon ? Car c'était bien d'Hapouseneb que la jeune fille était grosse.

Les rumeurs allaient à vive allure au temple et au harem.

On murmurait au palais qu'elle s'était battue plusieurs fois avec Amenhotep, la propre épouse du Grand Prêtre qui menaçait de la jeter dehors, de l'expulser de Thèbes, d'Égypte même ou de l'expédier, pourquoi pas, au pays d'Osiris. Car depuis ce fameux retour du Pount, Amenhotep, qui ne pouvait avoir d'enfant, devait se contenter d'un partage qu'elle ne pouvait tolérer. De ses belles mains longues de musicienne, de ses doigts agiles de harpiste, elle aurait cent fois voulu tuer Méryet.

Certes, le médecin n'écoutait ces propos malveillants que très distraitement, mais Séchat lui avait tant ressassé les amours de la jeune danseuse avec laquelle une affection totale et réciproque la liait, qu'il en connaissait tous les détails.

— Bien, fit-il en s'adressant au prêtre. Je te suis.

Il se tourna vers Nedjar et lui tendit une petite fiole.

— Termine mon travail jusqu'au port. Tu feras respirer une petite pincée de cette poudre à tous ceux qui gémissent afin de les aider à mourir décemment. As-tu bien compris ? Tu peux le faire, je le sais.

Le serviteur acquiesça et le médecin suivit à grandes enjambées le prêtre dont la hâte à partir était visible.

Contournant la ville par les voies les plus accessibles, ils arrivèrent à la porte du premier pylône bâti sur un léger promontoire qui découvrait la ville entière jusqu'au fleuve.

Les jardins du temple étaient calcinés, rongés par la sécheresse. D'affreuses racines filandreuses et brunâtres remplaçaient les arbres verdoyants qui balançaient d'ordinaire leurs longues palmes jusqu'à terre.

Les bassins au dallage de marbre qui, habituellement, regorgeaient de fraîcheur, laissaient stagner une eau glauque, fétide, noire, d'où tout insecte avait depuis longtemps disparu. Brûlés aussi étaient les lotus aux couleurs de pastel, les plants de papyrus, les ombelles aux teintes délicates dont chaque pétale, chaque feuillage, chaque nervure était parti en poussière.

La palmeraie qui, de cet emplacement, offrait chaque jour aux yeux émerveillés ses rangées vertes de feuillages, dorée de soleil et de fraîche atmosphère, s'étalait comme une pauvre et misérable vieille femme courbée, ridée, édentée, prête à sombrer dans l'oubli et la mort.

Neb-Amon et le prêtre, de plus en plus inquiets, suivirent les allées bordées par les grands béliers de pierre qu'avait fait poser la pharaonne l'année du début de son règne. Certes, elle n'avait fait que poursuivre l'œuvre de son père, Thoutmosis, qui lui aussi en avait fait placer une double rangée près des temples d'Hathor et d'Anubis.

Neb-Amon leva les yeux sur l'obélisque dont la pointe d'électrum agressait un ciel démesurément bleu. Il cligna des yeux, observa quelque temps l'audace de sa structure et poursuivit sa marche à grands pas jusqu'aux portes de la résidence du Grand Prêtre.

Il fut surpris de voir qu'Hapouseneb en personne l'attendait. Le médecin s'inclina bas, serrant contre lui ses sacoches médicales.

— Jamais je ne saurai assez te remercier d'être venu dès mon appel dans un instant aussi sombre pour l'Égypte entière.

— J'espère avoir ce qu'il faut, répondit le médecin, car je n'avais pas prévu d'accouchement.

— Suis-moi.

Son pas était rapide et aucun mot ne sortit de sa bouche avant qu'il ne fût devant la jeune fille étendue, immobile et pâle.

La salle où elle se trouvait était spacieuse, agréable, très éclairée, soutenue par des colonnes d'albâtre aux motifs animaliers.

Des femmes s'agitaient, gesticulant et parlant à voix haute, se plaignant qu'elles ne voulaient pas être contaminées. Aussi, ne firent-elles aucune objection pour s'éloigner de la couche où Méryet respirait lentement.

Les trois accoucheuses se retirèrent au fond de la pièce en portant brusquement leurs mains sur leurs visages.

— Ne reste pas là, fit-il au Grand Prêtre. C'est inutile. Déjà, nous enfreignons la loi qui refuse l'assistance d'un homme près d'une accouchée.

— Sauf quand il y a complications, jeta Hapouseneb, et sauf si c'est près d'un médecin.

— C'est juste.

Il regarda rapidement les trois femmes. Elles étaient effrayées comme si le mal les avait déjà atteintes. Sous leurs paupières alourdies d'angoisse, leurs yeux tournaient comme la pointe d'une toupie sur le sol.

— Elles ont peur de la contagion, fit le Grand Prêtre.

— Alors, reste et qu'elles s'en aillent, jeta le médecin d'un ton neutre.

Puis il s'approcha de Méryet et eut un choc quand il vit le pauvre visage amaigri. Ses pommettes étaient creuses et blanches. Son nez pincé respirait mal, ses cheveux collés par la moiteur tombaient dans son cou où ruisselait la sueur.

Où était la jeune beauté admirée de tous ? Il leva le linge qui recouvrait son corps et découvrit un ventre agité de soubresauts.

— Elle est ainsi depuis quand ? s'enquit-il.

— Toute la nuit, elle a crié. J'ai cru que l'enfant arrivait. Je crois que les accoucheuses n'ont pas fait leur travail. Elles avaient si peur qu'elles osaient à peine la toucher.

Les linges sur lesquels Méryet était couchée n'avaient pas été maculés à cause de la violente entérite qui démarrait la contagion.

— Pourquoi ces femmes disent-elles qu'elle est contaminée ?

— Parce qu'elle a vomi plusieurs fois.

Il retira le linge du corps et s'approcha du visage émacié. Puis, soulevant ses paupières, il examina le fond de son œil et palpa les délicates narines qui restaient obstruées.

— Cette jeune fille n'est pas atteinte par l'épidémie, fit-il en fixant le regard du Grand Prêtre. Elle a été empoisonnée.

Hapouseneb eut un frémissement imperceptible et Neb-Amon vit ses poings se contracter et blanchir.

— Ils ont réussi, les traîtres !

— Aime-t-elle la coriandre ?

D'un ton à la fois douloureux et surpris, il répondit :

— Elle s'entoure de tous les parfums qui existent et goûte tous les aromates qui sont à sa portée.

— On a mêlé de la coriandre à une dose infime de bryone et on lui en a fait absorber depuis plusieurs mois. N'as-tu rien remarqué ?

— À part son inhabituelle indolence. Je n'ai rien vu ni senti d'anormal. J'ai cru que son état de femme enceinte la rendait ainsi.

Hapouseneb s'approcha de Méryet et caressa son ventre distendu. Elle dut sentir l'appel qu'il réclamait, car elle ouvrit lentement les yeux.

— Hapou…

— Chut, ma bien-aimée, fit-il en posant ses lèvres sur les siennes. Ce médecin va te sauver ainsi que notre enfant. Après, je quitterai le temple et nous vivrons toi et moi en paix, loin des intrigues d'Amon et de son peuple en qui je ne crois plus.

⁂

Méryet n'ouvrit plus les yeux et sa respiration était si faible que pas un souffle de vie ne passait sur son corps, pas une ombre d'animation n'éclairait son visage.

Le médecin posa la petite fiole de natron sous son nez, mais il fallut de longues minutes avant qu'un léger tressaillement envahît ses narines qui, enfin, s'écartèrent imperceptiblement pour laisser l'air pénétrer à nouveau.

Passé cet infime espoir, une autre attente s'installa, pesante, interminable, chargée du plus sombre destin. Mais les symptômes de l'accouchée reprirent et, soudain, Méryet poussa un petit cri plaintif qui annonçait le retour des douleurs.

Alors que la lourdeur des événements pesait de plus en plus, tout changea brusquement et s'enclencha très vite.

— La naissance est proche, murmura Neb-Amon.

Hapouseneb regardait le visage exsangue de sa compagne.

— Il faut la soulever. Peux-tu m'aider ?

Le Grand Prêtre acquiesça et ils prirent Méryet chacun par une épaule. Le sursaut la fit vomir et elle éclaboussa le sol d'un liquide jaune et filamenteux.

— Elle doit avoir soif. Que peut-on lui donner ?

— Il vaut mieux la faire boire après l'accouchement.

Un nouveau cri de douleur plongea Hapouseneb dans la crainte. Mais le Grand Prêtre savait cacher ses impressions et il ne faiblit pas, soutenant fortement Méryet par les épaules et s'efforçant de la maintenir debout comme l'exigeait la tradition ancestrale égyptienne. On plaçait des briques sous les pieds de l'accouchée afin d'élever le bas-ventre au niveau de celles qui attrapaient l'enfant quand il sortait.

Mais il ne fut pas question de placer des briques sous les pieds menus de Méryet, des petits pieds agiles et aériens dont les envolées avaient bien souvent séduit ceux qui regardaient ses danses avec admiration.

Méryet était trop faible pour supporter l'effort de lever genoux et jambes. La sueur collait à son front et des mèches rebelles et mouillées tombaient dans son cou. Ses yeux étaient ouverts, pourtant elle semblait ne rien voir. Ils fixaient avec une désolation déconcertante le grand mur blanc recouvert d'une tenture ocre en fibre de papyrus.

Neb-Amon vit une ombre se faufiler entre le mur et l'ouverture de la porte. Pourtant, il se rappelait l'avoir fermée en écartant les accoucheuses. L'ombre était petite, difforme, silencieuse. L'instant réclamait trop sa vigilance pour qu'il y portât attention et ses yeux revinrent au corps de Méryet qu'Hapouseneb et lui avaient peine à retenir et qui se convulsait sous la douleur.

Soudain, elle se laissa fléchir sur les genoux. Entre deux cris, elle pleura. Réveillée, cette fois, elle prit conscience de son infortune. Elle vomit encore. Son ventre fut éclaboussé d'une fétide humeur jaunâtre. À genoux, elle ne pouvait plus se lever. Neb-Amon lui releva la tête. Elle avait fermé les yeux, mais les rouvrit pour murmurer.

— Hapou...

Puis la bile qu'elle vomit devint noire, visqueuse, nauséabonde. Elle voulut encore parler. Un nouveau flot sortit de sa bouche, mêlé d'un épais sang brunâtre. Ses yeux se révulsèrent, sa poitrine se souleva en un long gémissement, un cri qui appelait les dieux du temple qu'elle avait tant voulu vénérer. Une douloureuse exclamation qui les exhortait à l'élever au plus haut dans l'au-delà.

Elle rendit l'âme à l'instant même où l'enfant tombait dans les mains tremblantes d'Hapouseneb.

Le Grand Prêtre restant sans réaction, Neb-Amon lui prit brusquement l'enfant pour l'agiter tête en bas. Il annonça sa venue en poussant un grand cri de colère.

Soulagé, il retourna le bébé entre ses mains et regarda Hapouseneb qui pleurait, penché sur le corps pantelant de Méryet. Il lui toucha doucement l'épaule et lui tendit l'enfant.

— C'est une fille. Dès maintenant il faut chercher le moyen de la nourrir.

Le Grand Prêtre d'Amon hésita. Puis, avec une lenteur infinie, il se leva, observa le nouveau-né et le reprit pour le serrer tendrement contre lui.

— La vie revient, Hapouseneb, fit Neb-Amon en entourant à nouveau ses épaules de son bras amical. Ce bébé arrive dans une époque bien critique. C'est risqué de naître en ces jours de famine où l'épidémie s'attaque à la fragilité des enfants.

— Je suis anéanti. Que proposes-tu ?

— Laisse-le-moi quelque temps. Au palais, je vais lui trouver une nourrice jeune, saine, non contaminée par cette satanée maladie qui sévit à chaque tournant de rue. Seul, tu n'as aucune chance de sauver ce bébé. Et puis…

— Et puis… répéta le Grand Prêtre qui émergea de sa tristesse. Que veux-tu dire ?

— Que des ombres rôdent autour de toi.

— Je le sais. Le crépuscule d'Hatchepsout arrive. Il est temps que je me retire. Mes successeurs guettent mes faux pas, mes erreurs, mon départ. Ils n'auront de cesse jusqu'à ce que je démissionne ou meure.

Il caressa la petite tête encore poisseuse de l'enfant et s'attarda sur le duvet qui recouvrait le minuscule crâne fragile du bébé.

— Cet enfant sera ma seule consolation. Emporte-le, Neb-Amon, et garde-le jusqu'à ce que de meilleurs jours refleurissent en Égypte.

— Il n'en est pas question, jeta une voix sèche dans leur dos. Cet enfant est aussi le mien.

— Le tien ?

Hapouseneb se retourna. Amenhotep, son épouse, se tenait dans l'encadrement de la porte et tendait ses bras vers l'enfant. Elle s'approcha et voulut le prendre.

Hapouseneb le tendit au médecin.

— Veux-tu distiller le poison dans son corps, comme tu l'as fait pour Méryet ?

— C'est faux !

— Jamais tu ne me feras croire que tu es innocente.

— Ce n'est pas moi. C'est lui, fit-elle en tendant son index tremblant vers la porte.

— Lui ! Qui ?

— Ce nain infâme qui était l'ami du vieux Sétoui et qui ne te supporte pas.

— Est-ce la silhouette de Memphès, le nain du temple que j'ai vue se profiler tout à l'heure ? s'enquit Neb-Amon.

Elle se retourna vers son mari.

— Il rôde, il sème le poison, il détruit.

— Alors, il détruira cet enfant. Ose prétendre le contraire.

Amenhotep se tordait les doigts. Elle glissa un œil incertain vers son époux dont le visage restait glacial.

— Je vais emporter l'enfant chez mes parents, engager une nourrice jeune et saine, l'élever, l'aimer.

Elle eut un geste vers lui.

— Recommençons notre vie, Hapou. Quitte ce temple. Retire-toi sur mes terres et mon domaine. Il y a mille et une places pour toi. Je suis riche et tu le sais. Élevons cet enfant ensemble.

Il abaissa la main qu'elle tendait vers lui.

— Je vais faire une enquête et je saurai si tu as trempé dans ce meurtre. Si tu es innocente, je réfléchirai à ta proposition. Si tu es coupable, je demanderai le divorce.

Elle eut un mouvement de recul et ses yeux le fixèrent dans un douloureux défi.

— En attendant, l'enfant sera pris en charge par Neb-Amon. Il ira là où il a les meilleures chances de survivre en ces temps de famine. Je n'ai rien d'autre à te dire pour l'instant.

Amenhotep lut dans le regard de son époux une détermination telle qu'elle ne répliqua rien.

— Ainsi, tu vas faire un procès.

— Dès aujourd'hui.

— Contre qui ?

— Toi et tous les autres. Après, quelles que soient les conclusions, je me retirerai du temple et ce fourbe de Nekmin pourra prendre ma place.

Il caressa une dernière fois l'enfant que tenait le médecin.

— Prends soin de ma fille, médecin de Thèbes, en attendant que je te la réclame.

Quand Neb-Amon revint à l'hôpital, Keptah l'attendait dans un état d'excitation intense. Seule, la lueur joyeuse et fugace qu'il vit dans son regard lui apprit que son fils allait mieux.

— Il a parlé, Maître, il a réclamé à boire et à manger et il n'a pas vomi. À présent, il dort sans fièvre et sans convulsions.

Le médecin ferma les yeux. Son fils était sauvé. Peu à peu revint en lui la foi qu'il portait jadis dans les dieux.

⁂

L'instruction du procès commença le jour où la crue du Nil arriva, bousculant avec violence les rivages asséchés. Mais comme pour toute instance judiciaire qui touche les plus hautes sphères, les éléments furent longs à se mettre en place.

Indépendamment de toute cette affaire qui devait déstabiliser plus d'un haut dignitaire, l'horrible épidémie qui engendrait la famine jusque dans les coins les plus reculés de l'Égypte ralentissait ses pouvoirs dévastateurs et Neb-Amon vit un soir arriver Séchat et sa fille.

Rassurée sur le sort de ses deux enfants, la jeune femme avait repris les cours de l'École du Palais. Fortement touchée par le décès de son amie Méryet, elle n'en avait cependant rien dit, préférant cacher sa douleur plutôt que de soulever des vagues qui, déjà, montaient plus haut que les obélisques du temple.

Il avait été décidé qu'en attendant les conclusions du procès, le bébé d'Hapouseneb serait confié au harem et resterait sous l'œil attentif et la vigilance exclusive de Séchat.

Bien curieux sentiment qu'éprouvait la reine dans cette affaire ! Elle désapprouvait le procès autant qu'elle le souhaitait. Ce paradoxe s'expliquait par le fait que les empoisonneurs allaient sans doute se retourner contre elle si la justice ne les éliminait pas.

Par ailleurs, entamer une procédure contre les membres influents du temple allait incontestablement la discréditer auprès de son conseil d'administration, entraînant une récidive accrue pour la réclamation de son abdication.

Hatchepsout n'en finissait plus de réfléchir et son esprit courait d'une difficulté à l'autre sans qu'elle puisse en maîtriser vraiment les données entières. Deux issues se présentaient.

D'un côté, elle mourrait empoisonnée. Elle le savait. Une poignée d'hommes au pouvoir en échafaudait le plan. De l'autre, elle devait abdiquer.

La pharaonne ne fermait plus l'œil. Les nuits blanches qu'elle passait à chercher la solution la moins dévastatrice se suivaient inexorablement et, le matin où elle reçut le Grand Prêtre d'Amon, offrant aux servantes qui s'agitaient auprès d'elle un visage livide, amaigri, inquiet, Neb-Amon était à son côté.

Hapouseneb avait beaucoup vieilli depuis la mort de sa compagne. Son visage s'était creusé de deux sillons profonds qui partaient des narines de son nez pour tomber, las et amers, sur la commissure de ses lèvres.

Son crâne rasé qui brillait habituellement de l'huile sainte dont un serviteur l'enduisait chaque matin laissait pousser une ombre vaguement grise qui accentuait la maigreur de ses joues.

Ses épaules et son buste souvent nus, au-dessus d'un pagne long qui tombait en plis jusqu'à ses pieds, avaient perdu de cette prestance dont la dignité et la majesté en avaient séduit plus d'un.

Hapouseneb se courba devant la reine, mais en se relevant resta les épaules baissées comme s'il soutenait tout le poids de la voûte céleste.

— Ton procès, Hapouseneb, sera le mien, dit la reine en lui tendant deux mains longues et amaigries.

Elle fit quelques pas et prit la coupe d'or dont la moitié était emplie d'un liquide rosé.

— Vois-tu ce vin de palme, frais, doux et sucré dans lequel on a mis quelques gouttes de ce même produit qui a tué Méryet ? Il paraît bien inoffensif et me rendra juste nébuleuse. Mais je ne le boirai pas.

En saisissant la coupe entre ses doigts, Hapouseneb trembla.

— Qu'allez-vous faire, Majesté ?

— Pour l'instant, déjouer le plan de ceux qui l'échafaudent. Regarde.

Elle se dirigea vers une grande jarre qui contenait une terre riche et noire où germaient quelques pousses de chèvrefeuille.

Puis, d'un geste nerveux, elle vida le contenu de la coupe sur le terreau qui l'absorba en quelques secondes.

— Je vais leur laisser croire que je bois le poison.

— Majesté, si l'on voit ces jeunes pousses mourir et se dessécher dans cette jarre de terre, cela risque d'attirer l'attention.

— J'y ai pensé. Aussi je couperai moi-même chaque germe de vie qui sortira de ce vase. Ainsi, il n'y poussera jamais rien.

Elle saisit la main de Neb-Amon.

— Tu m'as sauvé la vie en décelant la cause de la mort de Méryet. Je t'en serai toujours reconnaissante. Si ta méfiance n'avait été en éveil, je continuerai à boire ce triste breuvage qui devait m'ôter la vie.

— Peut-être pas, Majesté, votre faiblesse grandissante, mes auscultations sur votre personne auraient attiré inévitablement mes soupçons bien avant votre mort.

— Mais mon état aurait été bien faible, irrécupérable peut-être. Merci, Neb-Amon. Il faudra veiller sur toi aussi, car ces meurtriers ne s'en tiendront pas là et, même si le jeune Thoutmosis reste étranger à ces manœuvres, il ne faut pas oublier qu'il s'agit de ceux qui veulent l'élever pharaon.

— Majesté, Thoutmosis n'est pas un être retors et je crois qu'il est en dehors de toutes ces intrigues criminelles.

— Je le crois aussi. Il est ambitieux, personnel, arrogant parfois, mais il est trop direct et trop franc pour être à ce point machiavélique.

Elle fit quelques pas, pensive, inquiète, et s'allongea sur un sofa recouvert de coussins en lin brodé de fils d'argent.

— Ce sont les lendemains de son mariage qui m'inquiètent. Cet événement va renforcer son pouvoir et je ne maîtrise absolument plus la volonté de ma fille qui ne voit, ne pense, ne parle et ne réagit que par rapport à Thoutmosis.

— Mais vous êtes couronné « Pharaon », Majesté.

Elle hocha la tête.

— Dans une saison à peine, ils seront roi et reine d'Égypte. Que serai-je à mon tour, si vous, mes fidèles amis, m'abandonnez au sort que me réservent les dieux ?

Elle éleva l'une de ses mains baguées lourdement d'or et de saphirs. La maigreur de ses doigts accentuait la pesanteur des pierres. Elle la laissa retomber.

— Hapouseneb, tu m'as dit qu'après ce procès, tu voulais démissionner. Pourquoi ?

— Majesté ! Croyez-vous que je désire être jeté hors des murs du temple comme un malpropre, un voleur, un incapable ?

— N'est-ce pas plutôt l'absence de Méryet qui te pèse ?

— À ses côtés, j'aurais peut-être combattu.

Douloureux, il se tourna vers Neb-Amon.

— Comment va l'enfant ?

— Bien nourrie au harem, elle a bravé les ravages de l'épidémie. Séchat l'appelle Méryet. Cela te convient-il ?

Il regarda le médecin d'un air las.

— Je crois que c'était mon intention. Je la reprendrai après le procès.

— Où est ta femme, Amenhotep ? questionna Hatchepsout.

— Elle est retournée sur ses terres. Depuis la mort de son père dont elle a hérité de toutes les richesses, elle n'est guère dans le besoin.

— Que vas-tu faire puisque tu la soupçonnes ?

— Si ma femme est coupable, je vais demander le divorce et la justice la condamnera.

— Si elle ne l'est pas ? fit Neb-Amon.

— Je reprendrai peut-être la vie commune et nous élèverons l'enfant ensemble.

CHAPITRE IX

Le mariage de Thoutmosis et de Mérytrê, fille de la pharaonne Hatchepsout, fut célébré un matin où l'espoir du peuple renaissait.

À présent, les ravages de l'épidémie étaient maîtrisés, partis vers d'autres lieux, d'autres terres, et si la mortalité avait laissé une sinistre et ineffaçable trace dans chaque famille – rares étaient celles qui n'avaient pas été touchées –, on se tournait toutefois vers un avenir plus serein.

Des navires chargés d'or étaient partis aux portes de la Canée, de Byblos, de Damas et jusqu'au confluent de l'Euphrate pour rapporter du blé et des céréales.

Mais, en ce retour de crise, les dépenses relatives aux festivités qui s'annonçaient ne pouvaient atteindre celles du mariage d'Hatchepsout, car si l'épidémie était définitivement enrayée, la famine sévissait encore dans les villes et les provinces proches de Thèbes. Plus particulièrement dans les campagnes où les paysans rescapés ne disposaient pas plus qu'avant de provisions pour parer l'éventualité de ces désastres.

Mais, en ces lendemains redevenus tranquilles, chacun attendait avec espoir que la tardive crue du Nil apporte une conclusion bénéfique et mette fin pour un temps à ces malheurs.

Les dons et les offrandes au dieu Hapy, souverain tout-puissant du fleuve, ne furent pourtant guère abondants, car le pays manquait non seulement de toutes ses richesses, mais de l'essentiel qui faisait vivre son peuple : céréales, porcs, volailles, chèvres, jusqu'aux poissons dont les pauvres se nourrissaient.

Même au temple, la célébration du mariage fut terne. Les processions rituelles s'étaient déroulées, certes, sous les ovations d'une maigre foule, car la population décimée aux trois quarts ne permettait plus les grands délires d'autrefois. Même l'enthousiasme des notables de province et des hauts dignitaires paraissait assez fade.

Hapouseneb, lui-même, ne remplissait pas ses fonctions avec la foi et la conscience qu'il avait toujours apportées au déroulement de ces manifestations religieuses. Avec la disparition de Méryet, toutes ses croyances s'étaient évaporées comme un grand ciel qui, à la fin du khamsin, se dégage de nuages obscurs.

Les prêtres avaient rempli leurs tâches habituelles, balançant leurs encensoirs d'or dans des nuages opaques de fumées aux odeurs de myrrhe et psalmodiant leurs incantations avec des voix caverneuses.

Enveloppés de leurs longues tuniques jaunes, le crâne impeccablement rasé, tenant la grande harpe contre leurs corps anguleux, les chanteurs aveugles avaient entonné leurs plus beaux hymnes en l'honneur des dieux réunis au temple pour célébrer le nouveau couple royal.

Mais il manquait l'essentiel. L'image irremplaçable de la danseuse sacrée. Méryet !

Méryet qui avait su imposer au temple un style si particulier dans l'accomplissement de ses gestes improvisés qui sortaient non pas des traditions ancestrales, mais d'un amour immense qu'elle offrait aux dieux à qui elle voulait plaire.

L'absence de Méryet marquait d'une empreinte meurtrière les manifestations religieuses du temple. Le Grand Prêtre l'avait voulu ainsi et ce n'était pas Hatchepsout qui l'en aurait dissuadé. Les yeux du jeune couple royal et ceux de toute la cour se passeraient, cette fois-ci, du spectacle des figures sacrées chorégraphiques qui, en temps ordinaire, illuminaient les cérémonies du temple.

Les festins n'avaient pu regorger d'abondance tant les aliments manquaient. Les banquets qui, en ces occasions, se succédaient à un rythme si accéléré qu'on ne savait plus s'il s'agissait du début ou de la fin d'un repas avaient fait piètre figure et les convives s'étaient rattrapés en promenades de détente et en baignades sur les bords d'un fleuve redevenu comme avant.

Satiah était restée morose. En ces jours de fêtes prolongées, Thoutmosis lui échappait et, pour la première fois, elle prenait conscience de ce qu'était le rôle d'une Seconde Épouse.

Même si l'amour que le jeune roi lui prodiguait était infiniment plus fort que celui qu'il destinait à Mérytrê, jamais elle ne serait à l'avant-scène d'un décor de prestige.

Et pourtant ! Que lui importait cet étalage de brillants spectacles qui, dorénavant, seraient dédiés à l'être creux et insignifiant qu'était la Grande Épouse royale. Car Mérytrê resterait prostrée dans le luxe de ses appartements, commandant une armée d'hommes et de femmes préoccupés de ces petits instants qui font la vie du quotidien.

Satiah voyait les choses bien différemment. Elle voulait vivre au grand air, bouger, remuer, se déplacer là où allait Thoutmosis, même s'il s'agissait d'expéditions lointaines, d'aventures, de risques. Peu importaient les aléas malencontreux, les dangers parfois incontournables que ces expéditions engendraient.

Pour atteindre la position suprême qu'elle ambitionnait, Satiah était prête à partir en guerre avec le roi.

Depuis les deux saisons précédentes, elle s'était métamorphosée. La maladie l'avait allongée et mûrie, avait bouleversé le reste de sa silhouette enfantine. La fièvre du mal épidémique avait définitivement emporté ses formes d'adolescente. Son buste s'était étoffé, prenant des rondeurs douces et agréables à l'œil. Longues, fines, ses jambes s'étaient affermies. Le mollet galbé et le genou rond, l'épaule redressée et le cou allongé, la taille fine et les hanches rondes, tout en elle avait pris cette apparence de femme qui, par le biais de la séduction, pouvait imposer un style d'énergie et d'intelligence.

Combien de Secondes Épouses, dans un temps très ancien, avaient su dépasser par leur culture et leur savoir les Grandes Épouses royales ? C'est un point qui brusquement traversait son esprit jusqu'ici endormi.

Il lui fallait apprendre, se cultiver, maîtriser un domaine dans lequel aucune autre femme ne pouvait briller. La belle écriture qu'elle savait tracer avec des formes agréables, la voix chaude et profonde qui lui servait à réciter des textes ou à jouer des scénettes devant un public attentif étaient insuffisantes, dérisoires presque.

Pourquoi soudain comprenait-elle sa mère qu'elle avait souvent critiquée, fort injustement d'ailleurs, pour avoir préféré sa carrière professionnelle à sa fille ? Satiah découvrait subitement qu'une femme pouvait avoir des désirs autres que ceux établis par une société encombrée de vieilles coutumes et de traditions démodées. Et, ce que sa mère avait fait par amour de sa fonction, Satiah pouvait sans doute le réaliser pour l'amour d'un homme.

⁂

Il était rare d'ouvrir une séance à la Cour de Justice du temple.

Le Grand Prêtre Hapouseneb, Vizir et Juge Suprême d'Amon, ne pouvant présider la Cour puisqu'il était le demandeur, l'audience était tenue par Djéhouty, Vizir de la Haute Égypte assisté de Néhésy, Chef de toutes les Polices et chargé de l'organisation de l'enquête.

Tous deux avaient été investis, comme il se devait dans un tribunal de la plus haute instance, des pouvoirs illimités sur la vie et la mort des coupables.

Devant, siégeaient les Premiers Prêtres d'Amon. Nekmin en était le Grand Chef. Il relevait avec défi son buste long et maigre, poussait en avant son visage au regard d'aigle avec une arrogance qui déplaisait à Neb-Amon, présent à la séance pour avoir assisté à la mort de la victime.

Au second rang, les scribes tenaient en main leurs tablettes et leurs calames, prêts à écrire dans les moindres détails tout ce qui allait être dit.

Nekmin dévisagea Neb-Amon et, notant avec dépit la parfaite assurance de ce dernier, il le quitta du regard pour le porter, toujours aussi insolent, sur la pharaonne. Celle-ci ne broncha pas. Ils se défièrent quelques secondes et ce fut le prêtre qui, le premier, dut détourner les yeux.

Les témoins avaient pris place sur le bas-côté gauche du tribunal et les jurés, composés de six hauts fonctionnaires de Thèbes, leur faisaient face.

Ceux qui assistaient à l'audience, sympathisants ou adversaires du plaignant et de la victime, s'alignaient au fond de la salle sur des bancs en bois de sycomore que la cire à l'huile de palme faisait reluire.

— Amenez la coupable ! jeta le Directeur des Greniers d'Amon qui remplissait la fonction de Premier Greffier.

Entre deux hommes d'armes, Amenhotep s'avança. Elle était pâle et sa beauté, agressive en temps ordinaire, se passait de tout artifice qui eût indisposé le tribunal.

Ses yeux bruns en amande qui se teintaient d'un vert de malachite fixaient démesurément Hapouseneb, assis au premier rang des témoins.

Elle se tenait droite et fière, mais les yeux de son époux, lorsqu'ils se fixèrent sur elle avec une indifférence totale, lurent un tel désarroi intérieur qu'ils ne purent poursuivre longtemps cette apparente insensibilité et elle vit que sa bouche murmurait une question à laquelle elle ne pouvait répondre.

« Pourquoi ? » murmuraient en silence les lèvres d'Hapouseneb. « Pourquoi ? »

Elle alla se placer aux côtés d'un petit homme replet, aux yeux de fouine et à la bouche épaisse, chargé de sa défense.

— Qu'en ce vingtième jour du deuxième mois de Périt, que la déesse Maât, celle qui régit notre justice et notre sagesse, nous accompagne et nous aide tout au long de ce procès, récita le Deuxième Greffier, d'une voix neutre et atone.

Un silence se fit, né d'une soudaine pesanteur. Néhésy reprit d'un ton qui releva la tiédeur de l'atmosphère :

— Les faits sont conformes aux rapports jusqu'à présent.

— L'instruction ne fait que commencer, répliqua Nekmin dans un mauvais sourire.

Le procureur leva les bras au ciel, mais ne prononça rien. Puis, comme le silence faisait place à un murmure général, il se reprit et jeta d'une voix forte où l'on pouvait déjà sentir que la détermination ne faiblirait pas :

— Que la lecture de la mise en demeure soit faite.

Le Scribe du Tribunal se leva et lut à voix haute le texte court qui inculpait Amenhotep. Celle-ci avait les yeux baissés et semblait réfléchir.

— Que le Scribe Permanent lise le procès-verbal d'audience et que le plaignant expose sa demande, poursuivit-il.

Néhésy avait confié l'instruction à ses hommes de confiance. Depuis, un filet se resserrait sur plusieurs hommes. Avant que la lecture soit faite, Hatchepsout en connaissait tous les noms. Antef, Nekmin, Menkeper, Ouser et Mériptah auxquels s'ajoutaient de plus médiocres personnages comme le nain du temple Memphès et les médecins Mékyet et Seddy.

Hapouseneb dut réitérer sa plainte. Pour ce faire, il ne regarda pas son épouse et celle-ci ne releva pas les yeux.

— Le tribunal déclare que le demandeur est entendu. Avez-vous autre chose à ajouter ?

Hapouseneb hésita.

— J'insiste sur le fait que dans l'ignorance la plus complète, je n'inculpe pas ma femme, mais je demande que lumière soit faite sur le meurtre de ma compagne Méryet qui, après la naissance de l'enfant qu'elle attendait et dont je suis le père, devait devenir ma Seconde Épouse.

Un gémissement se fit entendre. Amenhotep avait levé les yeux sur son mari et le regardait douloureusement. Puis elle ouvrit la bouche lentement, mais le petit avocat aux yeux d'aigle lui saisit le bras et l'enjoignit de se taire.

— Qui vous fait dire que c'est un meurtre ?

Au banc des témoins, Neb-Amon se leva.

— Moi, jeta-t-il.

— Pourquoi ?

— L'accouchée ne présentait nullement les symptômes de la violente entérite qui touchait les contaminés de l'épidémie.

— Tu prétends que c'est un mal de ventre, ironisa Seddy, le médecin du Palais.

— Un mal de ventre, oui. Mais pas celui de l'entérite. Un mal dû à l'absorption lente de bryone.

— J'affirme que ce n'est pas en palpant simplement le ventre douloureux d'un malade que l'on peut en déceler le mal, rétorqua Seddy.

— Moi, je l'ai décelé, insista le médecin. L'accouchée n'a eu ni coliques ni diarrhées.

— Qui peut le justifier ? jeta le juge Djéhouty.

— Les accoucheuses.

— Qu'on les fasse venir.

Les matrones s'avancèrent, poussées dans le dos par les gardes. Elles paraissaient récalcitrantes au point de ne pas dévoiler ce qui pouvait faire avancer le procès.

— Avez-vous constaté ce fait ? s'enquit le juge auprès des deux sages-femmes.

— Non, jeta l'une d'elles.

— Comment ? s'écria Hapouseneb, pâle de colère. Vous étiez là, bien avant l'arrivée du médecin Neb-Amon, et si vous êtes restées quelque temps encore, c'est justement parce que le corps de Méryet ne se vidait pas comme celui de tous ceux qui étaient atteints par l'épidémie.

— Niez-vous l'une et l'autre ? demanda Djéhouty.

— Nous nions, firent en chœur les deux femmes.

Mékyet se leva à son tour, un sourire vengeur sur les lèvres.

Enfin, il tenait sa revanche. Ce minable favori de la reine retournerait croupir dans les rues de Thèbes d'où il venait et où il se plaisait tant à soigner les pauvres et les déshérités. Place dorénavant aux deux plus grands médecins du palais, lui et Seddy.

— Qu'avez-vous à répliquer ? fit Djéhouty en se tournant vers Neb-Amon.

— Que j'avais prévu la réaction de ces deux femmes à qui on devrait supprimer le droit d'exercer leur travail pour avoir, d'une part, refusé de m'aider lors de l'accouchement de Méryet et, d'autre part, fait un faux témoignage devant le tribunal de cette grande instance.

— Ce n'est pas un faux témoignage ! s'offusqua hargneusement l'une des femmes en agitant les bras comme si elle voulait battre l'espace de son gros corps alourdi de graisse.

— Peux-tu prouver que ça n'en est pas un ? répliqua le juge.

Neb-Amon fut plus rapide.

— Je peux prouver que c'en est un.

Il prit le temps d'observer les témoins, les jurés, le procureur, l'avocat de l'accusée et, enfin, se retourna tranquillement vers le juge.

— J'ai demandé l'accord du plaignant, Hapouseneb ici présent, pour disséquer le corps de la morte.

Un murmure s'éleva dans la salle. Mékyet et Seddy devinrent blancs de rage. Nekmin se leva.

— Une dissection n'est permise qu'avec l'accord du tribunal. Or, celle-ci n'avait pas été ordonnée, il me semble.

— L'auriez-vous donc refusée ? jeta Neb-Amon.

Personne n'osa répondre. Un refus aurait certes paru suspect.

— Je considère donc, reprit Neb-Amon, que ces deux femmes ont fait un faux témoignage et que Méryet est morte d'absorption lente de poison.

C'est à ce moment-là que, de loin, il croisa le doux regard de Séchat. Elle semblait l'approuver, l'admirer, le motiver à poursuivre dans sa tranquille assurance.

Satisfait de la tournure que prenait l'audience, le procureur se leva.

— Qu'on lise le premier rapport de l'instruction.

Néhésy s'approcha du juge et de ses deux assistants dont l'un était Pouyemrê qu'il connaissait pour être un vieil ami, un de ses vieux camarades d'études [1].

— Je vais en donner moi-même connaissance à l'assemblée.

Le texte qu'il lut accusait Amenhotep, car il relatait les disputes fréquentes qu'elle avait eues avec Méryet.

Le témoin cité fut le nain du temple, Memphès, qui se fit un plaisir de rapporter l'une des scènes violentes ayant un jour opposé les deux jeunes femmes, couchées à même le dallage du sanctuaire d'Hathor et s'empoignant par les cheveux, les épaules ou les pieds.

Amenhotep fut appelée. Elle vint devant le juge.

— C'est vrai, fit-elle d'une voix qui ne tremblait pas. Ma jalousie était excessive. Je le reconnais. Mais je n'ai jamais donné de poison à Méryet.

— Les jurés en décideront, laissa tomber le procureur.

— C'est lui, fit la jeune femme en pointant son index sur le nain Memphès. C'est lui qui est le principal meneur de cette odieuse machination.

— Quelle machination ? interrogea le juge.

— Il a voulu semer le trouble dans l'esprit de Méryet et dans le mien pour mieux occulter les agissements qu'il préparait avec ses autres comparses.

— Citez-nous des noms !

1. *Op. cit.*

— Je l'ai souvent vu avec Antef. Ils tiennent des discussions interminables dans les coins les plus reculés du temple.

— Allons, soyons sérieux, jeta le vieil intendant du harem en se levant précipitamment. Ce n'est un secret pour personne qu'en ma qualité de vieil ami du Grand Prêtre Sétoui, le prédécesseur d'Hapouseneb, mort il y a quinze ans, je vienne discuter avec celui qui fut son fidèle serviteur, Memphès.

Le nain s'était rassis et attendait que l'assemblée approuve une telle certitude. Néhésy reprit la parole.

— Je n'ai lu que le premier rapport de séance. Mais, juste avant l'ouverture de l'audience, un coursier s'est présenté et m'a remis un document. Si vous le permettez, Grand Juge suprême, je lirai à voix haute le second rapport.

— Je vous en prie, fit Djéhouty. Nous attendons.

Néhésy faisait face au tribunal. Il déroula le papyrus et lut d'un ton haut et bien timbré :

— « Moi, Aména, épouse du Grand Djéhouty, Premier Juge suprême qui préside cette séance du tribunal de Grande Instance, j'affirme qu'Antef utilisait mon jeune fils à des fins suffisamment troubles pour qu'elles soient enfin mises au jour. »

La surprise les jeta tous dans une intense perplexité. Un silence pesant s'ensuivit, si lourd qu'aucun autre sujet à part l'époux en question ne put rompre.

— Où est ma femme ? dit-il posément.

— Elle arrive, jeta la voix atone du Premier Greffier.

Sur son banc des accusées, Amenhotep eut un regard chaud et reconnaissant envers sa compagne de jeunesse, la seule amie qui, peut-être, lui restait.

Aména avança sans qu'on eut besoin de la pousser.

— Pardonne-moi, fit-elle devant son époux qui la regardait d'un œil un peu froid, craignant que la révélation de sa femme jetât un discrédit sur son image irréprochable.

— Quelle lumière veux-tu donc apporter à ce procès ?

— Il fallait que je dise au tribunal ce qui me trouble.

— Parle.

— Un jour, Antef, l'intendant du harem, et Memphès, le nain, ont fait venir au temple mon fils, le tien aussi Grand Djéhouty puisque je suis ton épouse.

Ce fut Pouyemrê qui ne put s'empêcher de questionner :

— Dans quel but ?

— Dans celui de surveiller l'un des murs de l'enceinte qui contourne le côté ouest de la nécropole. Là où il présente une surélévation que des pierres mal jointes rendent dangereuse.

— Va-t-on croire un enfant de huit ans ? jeta la voix fielleuse du nain.

Aména se rebiffa :

— Le tribunal oublierait-il que je connais parfaitement chaque parcelle du temple d'Amon, de son enceinte, de ses jardins, de ses nécropoles et de ses sanctuaires pour y avoir passé mon enfance, mon adolescence et une partie de ma jeunesse en tant que musicienne sacrée ?

Elle s'arrêta et regarda le vieil Antef.

— Le tribunal oublierait-il que, durant seize longues années, j'ai été musicienne du dieu Amon ?

— Qu'avez-vous à dire ? questionna Pouyemrê.

— Qu'un jour, ces deux hommes ont fait venir mon fils pour qu'il surveille le mur d'enceinte. Je n'en sais pas plus. J'ajouterai seulement que le médecin Neb-Amon rentrait chez lui, ce matin-là, et que l'enfant a pris peur en le voyant. Il est tombé et s'est heurté violemment la tête contre le sol.

— Tout est exact, fit le médecin en venant se placer aux côtés d'Aména. J'ai soigné le garçonnet qui avait subi un traumatisme crânien et s'était cassé le fémur de la jambe gauche.

— Et qu'a prétexté l'enfant ?

— Qu'il devait aller prévenir Memphès de l'arrivée d'un passant trop curieux.

— Cet enfant a menti, fit Antef.

— Il n'a pas menti, assura une voix dans le banc des spectateurs.

Séchat s'était levée.

— Cette femme n'est pas témoin. Qu'elle se taise, s'écria Antef rouge de colère.

— Au contraire, qu'elle parle ! dit Neb-Amon.

Froidement, le juge acquiesça.

— Comment t'appelles-tu ? Qui es-tu ? questionna Djéhouty bien qu'il fût le seul, après Neb-Amon, à la connaître aussi bien.

— Je suis Séchat, la Grande Intendante de l'École du Palais de Thèbes.

— Qu'as-tu à dire ?

— Qu'un jour, dans ma classe, j'ai surpris l'enfant d'Aména dérober l'un de mes documents qui représentait le dessin des tombes de la nécropole de Karnak. Ce croquis que j'avais réalisé moi-même devait me servir pour expliquer à mes élèves qui étaient les personnalités enterrées au temple.

— Qu'a dit l'enfant ?

— Que c'était Antef qui lui avait demandé de voler le papyrus.

— Cet enfant est le plus menteur que je connaisse ! jura l'intendant du harem.

Djéhouty s'essuya le front. Des yeux, il fit le tour de la salle et vit que le nain Memphès se rapetissait davantage comme pour se rendre invisible. Nekmin se mordait nerveusement les lèvres, mais ne disait rien et Menkeper, l'architecte du général des armées de Thoutmosis, crispait tant les mains que les articulations de ses phalanges blanchissaient.

Trois heures entières s'étaient écoulées depuis le début de la séance. Djéhouty ramena son regard sur l'assemblée et frappa la table à l'aide d'un petit marteau en bronze.

— Nous reprendrons demain le débat.

⁂

Rekmirê se laissa faire docilement. Thoutmosis prenait sa main et la dirigeait, tranquille et sûre, le long des rênes qui retenaient Rude et Brave, les deux pur-sang arabes du jeune roi.

— Parfait. Parfait. Tu disposes d'une main de maître.

— Apprends-moi à faire un tour complet.

Thoutmosis sourit. Il se tourna et regarda Satiah qui, à l'arrière du char, rêvait silencieusement. Elle avait laissé la place à son jeune frère pour qu'il apprenne à maîtriser les chevaux en pleine course.

— Alors, nous devons retourner en plein désert. Je vais te montrer comment placer le cheval qui doit se mouvoir sur lui-même et comment guider l'autre qui doit effectuer le grand tour.

Rekmirê se sentait si fier de conduire l'attelage de Thoutmosis qu'il fit à lui seul une envolée légère qui stimula les chevaux et les fit promptement prendre le galop.

Puis, tirant d'un coup sec, il les ramena au milieu de la route afin que la ligne tracée par les roues du char soit droite et bien centrée.

Thoutmosis se félicita d'avoir pris lui-même en main l'éducation sportive de l'adolescent. Rekmirê avait toutes les dispositions pour devenir un grand maître de la charrerie royale. S'il tirait à l'arc comme il semblait vouloir conduire les chevaux, toutes les possibilités lui seraient acquises.

À douze ans, il s'y prenait mieux encore que ses propres compagnons Amennheb, Amtou et Néférouben qui, dans l'art de la maîtrise des chevaux et celle du tir à l'arc, n'avaient pas d'égaux si ce n'était Thoutmosis lui-même.

— Tu es un vrai conducteur de char, Rekmi, fit Satiah en frappant dans ses mains. Nous pourrions peut-être aller sur les bords du Nil ? suggéra-t-elle en se glissant entre son frère et Thoutmosis.

L'initiative de sa sœur combla Rekmirê d'aise, car il venait de prendre seul l'attelage en main. Une telle aubaine pour montrer ce dont il était capable ne pouvait que lui plaire.

Longeant quelque temps le bord du fleuve, Thoutmosis et Satiah regardèrent les ajoncs serrés et les papyrus qui dressaient leurs ombelles légères, se balançant harmonieusement au gré d'un petit vent léger qui semblait stimuler Rude et Brave.

Les deux chevaux balayaient l'espace de leurs crinières blanches. Leurs naseaux frémissaient et leurs queues battaient dans un rythme parfait le haut de leurs cuisses musclées et puissantes, écartant ainsi les quelques mouches ou insectes qui venaient les exciter.

Leur pelage était si lustré, si brillant que le fauve sombre de la croupe et des reins – ils avaient le ventre et les jarrets blancs – prenait des lueurs flamboyantes dans le soleil qui dardait ses puissants rayons.

À présent, ils filaient à toute allure, dévorant à pleins poumons l'espace, zébrant le sol poussiéreux et chaud de leurs sabots nerveux, faisant claquer crinières et queues comme deux jeunes fous qu'ils étaient. Rude et Brave n'avaient que deux ans d'âge et promettaient d'atteindre une belle maturité entre les mains expertes et fidèles de leur jeune maître.

Appréciant l'air qui sifflait maintenant à leurs oreilles, soupesant à sa juste valeur le risque que l'adolescent leur faisait prendre, Thoutmosis avait attiré la jeune fille contre lui.

Satiah était vêtue d'un pagne court et droit dont les plis tombaient juste au-dessus de ses cuisses. Le corsage était ajusté sous les seins et retenu sur les épaules par un léger lien de cuir. Pagne et corsage, tissés dans le lin le plus fin d'Égypte, moulaient si bien son corps qu'on eût dit qu'elle était nue.

Thoutmosis, grand, fort, bien bâti et la taille superbement prise au-dessus de ses hanches étroites, avait le torse presque découvert. Seule une épaule, qu'un pan de sa tunique recouvrait, s'agitait au moindre mouvement brusque du char.

D'un bras, il tenait solidement la taille de la jeune fille. Tendrement, elle posa sa tête sur l'épaule du jeune roi et lui murmura une parole tendre. Mais, à chaque instant, son jeune frère rompait l'harmonie de l'instant.

— Tu me prendras bientôt dans ta cavalerie légère ? cria-t-il, grisé, fou d'ivresse, tant la course qu'il faisait prendre aux chevaux était effrénée.

— Promis, dès que tu auras l'âge de partir en expédition.

— Et je serai ton conducteur ?

— Tu sais bien que je mène toujours moi-même mes attelages. Mais si tu veux, tu conduiras tes chevaux aux côtés des miens.

Il n'en fallait pas plus pour contenter Rekmirê et il crispait ses mains sur les rênes. Le sable se soulevait sous le sabot des chevaux emballés. Ils allaient un train d'enfer et la course insensée soumettait le char à de violents efforts, le faisant tressauter au moindre heurt des roues sur un caillou, une racine, une roche enfouie par le dernier khamsin et dont l'extrémité sortait à peine du sable.

Rekmirê parvenait même à redresser l'attelage et à le remettre en position droite lorsque celui-ci penchait dangereusement sur le côté.

Des mangoustes s'enfuyaient devant eux et des nuées de moustiques obstruaient leur passage.

— Regarde, s'écria Satiah volubile en levant les yeux au ciel. Regarde, Thouty, c'est ton faucon. Il nous suit.

Ce fut l'embardée, car Rekmirê lui aussi porta le regard en plein ciel, ignorant encore que lorsqu'on menait ses chevaux un train d'enfer, il fallait doublement observer la ligne d'horizon.

L'attelage vira sur la gauche, une roue crissa. Dans un cri, Satiah bascula, glissa sur Thoutmosis qui ne put la retenir tant le déséquilibre était violent. Projetée hors du char, elle alla rouler sur le sable dont la moelleuse épaisseur l'accueillit moins brutalement que ne l'aurait fait un chemin de terre ou un dallage en pierre.

Thoutmosis réussit à saisir les rênes au moment où l'un des chevaux tentait de se rééquilibrer. L'attelage glissa sur le côté, se renversa et fut traîné sur quelques mètres avant de s'arrêter complètement retourné.

Satiah s'était relevée. Assommée, elle titubait vers ses compagnons qui, eux aussi, tentaient de réagir. Thoutmosis détacha les chevaux dans une semi-inconscience et Rekmirê frottait sa tête qui avait malencontreusement heurté le bois externe de la voiture.

L'un des chevaux paraissait plus touché que l'autre, mais aucun d'eux n'était tombé. Pourtant, Rude geignait et Brave qui secouait énergiquement la crinière refusait toute approche de son maître.

La force de Thoutmosis, une force qui plus tard devait devenir légendaire, lui permit de relever l'attelage sans trop de difficulté. L'écorce en feuille d'or qui recouvrait le bois d'acacia délicatement peint était arrachée et quelques ferrures en bronze se tordaient sur les bas-côtés.

Quand Satiah fut remise de sa chute – c'est à peine si elle sentait une douleur au bas de ses reins et un bourdonnement dans sa tête –, elle s'assura de la bonne forme de son frère et s'approcha des chevaux.

— Rude a une entorse au jarret, fit-elle en frôlant de ses doigts la patte brûlante et douloureuse du cheval.

Elle avala une grande bouffée d'air. Le choc avait déchiré sa tunique en un long effilochage qui partait du bas des cuisses jusqu'à la taille, dénudant un côté de son ventre lisse et mat. À sa ceinture pendait un étui en fibre de papyrus, plus long que large, assez profond pour qu'il ressemblât à l'enveloppe d'un petit poignard. Pourtant, elle n'en retira pas un couteau, mais une fiole qu'elle ouvrit sans difficulté. Puis elle déversa quelques gouttes dans le creux de ses mains et massa doucement le jarret du cheval. La friction fut longue et parfois, Satiah faisait couler directement l'huile sur le jarret douloureux de Rude. Puis elle activa son va-et-vient sur la patte blessée.

Bientôt le cheval posa son sabot sur le sol. Il ne geignait plus.

— Que lui as-tu fait ? Où donc as-tu appris ce tour de magie ? questionna Thoutmosis, surpris de remarquer que son cheval hennissait à nouveau, serein et calmé.

— C'est une huile à base d'hellébore que mon beau-père prépare et me donne. Un narcotique qui calme la douleur. Un remède efficace contre les contusions, les entorses, les blessures qui ne saignent pas.

— Ma sœur a la main magique pour soigner les bêtes, dit Rekmirê en frottant sa tête encore un peu douloureuse. C'est mon père qui lui apprend le nom des remèdes et leurs bienfaits. Mais Satiah ne s'intéresse qu'au soulagement des animaux. Ils se laissent tous approcher docilement, quand elle vient les soigner.

Il lâcha sa tête et s'approcha de sa sœur :

— Tu pourrais aussi regarder mon crâne !

Elle passa sa main dans les cheveux un peu crépus de son frère et les lui ébouriffa.

— Il me paraît en bonne forme, ton crâne, petit frère. Mais, la prochaine fois, ne lève pas les yeux quand tu conduis les chevaux à si vive allure.

Puis elle se tourna vers Brave qui ne semblait pas avoir repris complètement la confiance qu'il mettait en son maître.

— Il est trop agité pour repartir. Il faut le calmer.

Elle sortit cette fois une boîte minuscule et en tira une pincée de poudre qu'elle répartit encore dans le creux de sa main.

— C'est un mélange d'extrait de racine de mandragore, de feuilles d'acacia et de coriandre. Quand Brave l'aura respiré quelque temps, nous pourrons repartir.

Elle sentit le regard admiratif de Thoutmosis sur elle et se dit qu'elle avait peut-être là, à l'exception de son immense amour pour lui, le moyen de se distinguer de la Première Épouse royale.

⁂

Fatigués de leur course, les chevaux bien que calmés et rassurés commençaient à se sentir épuisés. Les trois jeunes gens s'acheminaient donc tranquillement le long des remparts qui bordaient le temple.

Le soleil avait perdu de sa vigueur et des filaments rouges commençaient à colorer le ciel bleu comme du lapis-lazuli.

— Traversons au pas les jardins du temple, Thouty. Cela va reposer les chevaux.

— Ne les emballe pas, lança Thoutmosis à Rekmirê. Laisse-les prendre simplement leur allure. Ils ont besoin de détente. File tout droit, ils connaissent le chemin et nous conduiront au palais par l'intérieur des jardins.

Il se tourna vers Satiah et prit sa main dans la sienne.

— Cette course sans répit nous a épuisés. Détendons-nous un peu.

Elle pressa entre ses doigts menus la puissante main de son compagnon.

— Nous n'aurons pas de sitôt l'occasion de nous retrouver seuls sans tes compagnons, tes capitaines, ton armée, dit-elle en lui plantant un baiser léger sur la bouche. Et même ton harem t'accapare à présent que tu es roi.

Elle fit la moue.

— Quand partiras-tu ?

— Dès le début de la saison d'akhit. Cela me permettra d'enrôler une colonie de paysans désœuvrés pendant l'inondation. La solde qu'ils recevront leur permettra de combler un peu tout ce qu'ils ont perdu durant la famine.

— Ma mère dit que les pays du Nord ne sont pas agités. Pourquoi t'y rends-tu ?

— Détrompe-toi. S'ils sont pacifistes, ce n'est qu'une apparence. Le Mitanni excite les Babyloniens qui, à leur tour, se tournent vers les Cananéens et les Palestiniens. Quant à la Libye, elle semble s'énerver. Regarde, les navires chargés d'or que nous leur avons envoyés pour échanger du blé ne les ont pas satisfaits. Ils ont parlementé, rechigné puis cédé seulement la moitié de ce qu'ils auraient dû nous donner.

Le jeune homme haussa les sourcils. Puis sur son visage passa un air de défi qui, déjà, appelait tous les triomphes.

— Les Libyens vont-ils prendre la mer ?

— Peut-être. Ces peuplades de l'extrême Nord, perdues en plein océan, s'aventurent de plus en plus dans le delta.

— Peuvent-elles descendre plus bas ?

Il eut un rire franchement gai.

— Nous les arrêterions de suite.

— Amennheb dit que ce sont des peuples très évolués, des marins aventureux qui ne craignent ni la mer ni la terre.

Satiah écoutait toujours attentivement les propos de son compagnon. Voilà encore un avantage qu'elle cultivait et qu'elle gardait jalousement, celui qui s'opposait au désintérêt de Mérytrê pour les questions politiques et guerrières.

Satiah avait trop partagé l'enfance et l'adolescence de Thoutmosis et de ses compagnons pour ne pas connaître leurs principales préoccupations, et comme elle avait le sens de l'opportunité et de la diplomatie, des qualités qui avaient tant servi la carrière de sa mère, ses questions plaisaient.

— Reviendras-tu assez vite pour assister à la pièce de théâtre que je monte avec ma mère ? Nous la jouerons à la fin de la saison d'akhit.

Il l'embrassa dans le cou. Elle eut un petit rire qui fit retourner son frère.

— Rekmirê, reprocha-t-elle aussitôt, si tu tournes à nouveau la tête, nous allons encore verser.

Le garçon rougit un peu, mais le grand rire de Thoutmosis le rassura et il décida de ne plus fixer que les jardins du temple qui s'étendaient devant lui.

— Thouty, quand serai-je ta Seconde Épouse ? s'enquit Satiah d'un ton calme.

— Peut-être quand je reviendrai. Nous verrons ce qu'en pense le conseil.

— Crois-tu vraiment qu'il a son mot à dire ?

Le char côtoyait à l'extérieur les grands pylônes qui diffusaient une ombre assez dense, rafraîchissante après cette chaude journée. La porte monumentale que l'on empruntait entre les deux gigantesques colonnes menait directement au lac sacré.

L'ombre des colonnes s'allongeait, se tordait, se disloquait, se perdait dans les remous des labyrinthes de pierres et d'albâtre où s'égaraient parfois quelques chats à la recherche d'une proie.

Plus loin, les deuxième et troisième pylônes emportaient chevaux et prêtres – quand ce n'était pas le public lors des processions sacrées – hors des regards indiscrets.

À présent, ils entraient dans le domaine d'Amon, strictement réservé aux religieux du temple.

— Tiens, fit Thoutmosis en levant les yeux, je ne savais pas qu'on réparait cette colonne. Qu'y fait-on ? Approche-toi un peu, Rekmirê.

Le chapiteau d'une énorme colonne était en effet en réfection et des échelles en corde de papyrus étaient encore accrochées à la pierre, supportant quelques planches en bois qui permettaient de grimper jusqu'en haut. Le chapiteau du pylône avait été enlevé. Des pierres gisaient en bas. Posées les unes à côté des autres, elles offraient des inscriptions qu'il fallait rénover.

— Ne vois-tu pas un corps allongé, là-bas ? fit Thoutmosis en pointant son index.

— Non.

— Si, s'écria Rekmirê. Il y a un homme qui dort.

— C'est un garde qui se repose, Thouty. Il vaut mieux rentrer à présent.

— Un garde au repos, à cette heure avancée de la journée ? Je n'en crois rien.

Puis il sauta à terre et se dirigea vers l'objet de sa curiosité. Un silence lourd tomba brusquement sur les lieux. Satiah sauta à son tour et partit en courant rejoindre son compagnon.

Ils restèrent quelques instants immobiles devant le corps qui gisait à terre, la tête enfouie dans une mare de sang qui s'étalait dans l'ombre rougie du pylône.

— Qui est-ce ? murmura Satiah.

— Il faudrait retourner le corps, répondit le jeune homme.

— Mais c'est impossible. Neb-Amon dit toujours que ce geste peut entraîner la mort d'un blessé.

— Il est peut-être déjà mort.

— Qu'allons-nous faire ? s'apitoya Satiah.

— Ne bouge pas d'ici. Attends-moi. Je vais chercher du secours à l'intérieur du temple.

Rekmirê avait mis les chevaux à l'ombre des pylônes et rejoignait sa sœur. Elle était pâle et tremblante.

— Je n'aime guère attendre près d'un mort.

— Il ne l'est peut-être pas, rétorqua le garçonnet.

— C'est étrange, tu dis exactement le contraire de ce que vient de dire Thoutmosis.

Satiah s'écarta de l'homme. Elle aurait voulu être loin de ce corps étendu baignant dans son sang, loin de cette impression désagréable de doute et de mort. Mais Thoutmosis arrivait, accompagné de deux hommes dont un prêtre au crâne rasé portant une tunique longue.

L'autre homme vêtu d'un pagne court avait un affreux nez, long, gros et large qui mangeait tout son faciès imberbe et violacé. Satiah pensa que l'ablation de ce nez devait faire une ouverture béante dans un tel visage.

Les hommes regardèrent la jeune fille et l'observèrent longuement. Pourquoi perdaient-ils tout ce temps à la dévisager alors que Thoutmosis était déjà penché sur l'homme étendu ?

— Mais c'est le Grand Prêtre ! fit l'homme au visage disgracieux.

— Que dis-tu ? fit l'autre homme.

— Hapouseneb.

Satiah se mit à crier. Hapouseneb ! C'était impossible. Le Grand Prêtre ! Le Directeur de tous les religieux du temple ! Le Chef suprême d'Amon ! Le cri qu'elle venait de jeter fit retourner les deux hommes.

Mais, par tous les dieux ! Qu'avaient donc ces hommes à ne pas se presser davantage pour secourir le Grand Prêtre d'Amon ? Pourquoi tardaient-ils à lui porter secours ?

Enfin, celui qui n'était pas prêtre retourna le corps du blessé. Malgré les yeux exorbités, la bouche ouverte et l'air hagard que l'homme avait dû prendre juste avant la mort, Satiah reconnut Hapouseneb, l'ami fidèle d'Hatchepsout et le compagnon de jeunesse de sa mère.

Thoutmosis avait l'air ahuri et ne disait mot.

— Regardez, ce bloc de pierre qui s'est détaché du pylône, fit le prêtre au crâne rasé en désignant la roche aux arêtes saillantes qui gisait non loin, il a dû passer au moment où il tombait.

— Le crâne est fracassé net, fit l'autre en passant sa main derrière la nuque du mort. Partez, Majesté. Rentrez de suite au palais. Je suis médecin, vous le savez. Cet accident est de mon ressort.

Seddy, le médecin ! Satiah le dévisagea presque haineusement. Voilà pourquoi il lui plairait de voir son nez mutilé laissant une ouverture béante sur son affreux visage, comme on le pratiquait sur les prisonniers condamnés à l'exil pour avoir tué, violé ou pillé.

Seddy ! Le médecin du palais qui désirait tant l'expulsion de Neb-Amon pour être entré dans les grâces de la pharaonne.

Seddy, l'incapable, le voleur de vies humaines, le pourrisseur de la profession médicale. Pourquoi était-il là, justement au moment où l'on découvrait le corps du Grand Prêtre ?

Satiah parlait rarement à sa mère des intrigues du palais, mais se tenait au courant de tout. Elle comprit qu'un étau se resserrait inexorablement sur la vie d'Hatchepsout et de tous ceux qui lui restaient fidèles aussi ne fut-elle pas surprise quand elle entendit Seddy prononcer à voix basse :

— Nous allons pratiquer de suite l'embaumement du corps et sa momification.

CHAPITRE X

— Non ! Satiah, récite ce texte plus naturellement. Tu es la reine incontestée de cette pièce et ta servante est à tes genoux.

La jeune fille acquiesça.

— *Ô Isis, n'es-tu donc pas mortelle pour venir ici-bas me jeter les fleurs de la gloire ?* récita-t-elle avec plus d'enthousiasme.

— Mieux, fit Séchat. Mieux. Allonge tes jambes complètement quand tu dis cela et lève les yeux au ciel.

Baki arriva et se prosterna devant Satiah.

— *Maîtresse bien-aimée*, fit-elle en se relevant avec grâce. *La déesse hante vos nuits, mais les jours se suivent et attendent vos ordres.*

— Non, Baki. Tu restes prosternée plus longtemps devant ta reine. Sinon cela fait « amie » et non « servante ». Recommence.

— *Maîtresse bien-aimée*, reprit Baki en restant le corps ployé devant Satiah. *La déesse hante vos nuits, mais les jours se suivent et attendent vos ordres.*

— *Des ordres, dis-tu ! Quels ordres ?*

Satiah se leva et vint vers sa mère.

— Maman, je ne pourrai pas m'y faire, c'est Méryet qui devait jouer le rôle de la déesse.

— Ma chérie, Méryet n'est plus là pour guider ton jeu et nous avons supprimé sa présence par une image irréelle qui flotte au-dessus de ta tête. Tu étais d'accord pour t'adresser au ciel plutôt qu'à une comédienne qui aurait pris sa place.

La jeune fille soupira. D'un geste amical, Baki entoura de son bras les menues épaules de son amie.

— Sois plus lointaine, plus distante. Prends de la réserve et du recul.

— Baki a raison. Tu joues avec trop d'énergie. Éteins-la quand tu parles à la servante, mais fais-la resurgir dès que tu t'adresses à la déesse.

Satiah retourna s'allonger.

— *Des ordres, dis-tu ! Quels ordres !*

— *Ceux que vous devez donner à votre royaume, Majesté.*

Le fils du Grand Djéhouty entra, tenant Thot, son macaque africain, par la main.

— *Laisse ton animal dehors, cria la servante.*

— *Non, non, fit la reine en élevant ses bras. Ce petit singe m'amuse. Viens près de moi, mon conseiller fidèle et raconte ce que dit le royaume.*

Séchat leva la main.

— Djéhouty, fit-elle, contrariée, si ton singe ne nous invente pas une de ses facéties à ce moment bien précis, l'effet de la scène est ratée.

Le jeune garçon tenait son écritoire et son calame à la main.

— D'ordinaire, il me l'arrache et se met à gribouiller de grands traits rageurs, puis il se sert du calame pour épouiller sa tête.

— Et tout le monde se met à rire, plaisanta Baki. Mon pauvre Djéhouty, ton singe n'est guère joyeux aujourd'hui. Que lui as-tu fait pour qu'il soit aussi triste ? Allons, tant pis, on reprend.

Djéhouty, le scribe, s'inclina devant Satiah, la reine.

— *On dit que le peuple réclame votre visage à la fenêtre du palais, Majesté, mais que vous devez mettre un masque pour que vos sujets ne vous reconnaissent pas.*

— *Un masque, dis-tu ?*

La reine leva les yeux au ciel.

— *Un masque ! Entends-tu, Isis ? Un masque ! Puis-je prendre le tien ? C'est le seul qui peut satisfaire mon peuple. Ô divine Isis. Donne-moi l'immortalité pour que je triomphe de mes sujets.*

Thot lâcha soudain la main de Djéhouty et courut au fond de la salle de classe. Puis il rapporta un encrier qu'il tenait d'une main. De l'autre, il plongea le doigt dans l'encre rouge et le passa sur son nez, ses babines, sa tête.

Ce fut l'hilarité générale et les élèves eurent du mal à reprendre leur sérieux.

— Tu dois redire ce texte avec plus de conviction, Satiah. Le masque est un symbole qui reflète la transformation qu'Hatchepsout doit effectuer dans son esprit pour ne pas se replier sur elle-même.

— Croyez-vous que la pharaonne comprendra ? fit le plus grand des garçons qui tenait le rôle du vil Nubien, traître et serviteur à la fois.

— Il faut que cette pièce de théâtre soit comprise par tous les spectateurs qui la regarderont. Si les injustices sont dénoncées et les valeurs morales récompensées, chacun s'y retrouvera. J'en suis convaincue. C'est pourquoi chaque rôle doit être joué avec conviction et authenticité.

Baki leva le sourcil qu'elle avait noir et bien dessiné. C'était une jolie brunette d'un an plus âgée que Satiah, le corps moulé comme celui d'une femme, mais les yeux malicieux comme ceux d'une fillette. Moins hardie et moins spontanée que Satiah, elle était cependant plus calculée et plus réfléchie et ne commettait pas les erreurs qui entraînaient si souvent Satiah dans des colères insupportables.

Baki était la fille de Pouyemrê. Promise à Amennheb, futur chef des archers de Thoutmosis, elle était incontestablement l'amie intime de Satiah. Toutes deux avaient été élevées au harem, ne s'étaient pratiquement jamais quittées, avaient grandi dans le sillage de Thoutmosis et de ses trois compagnons inséparables.

— Maman, à quoi cela nous servira-t-il si nous jouons la pièce en l'absence de Thoutmosis ?

— Il n'est pas encore parti.

— Tu plaisantes, maman. Le départ des armées a lieu dans trois jours à peine.

— Alors, vous la jouerez à son retour.

Satiah fit la moue. Baki vint l'embrasser sur la joue.

— Allons, ta mère a raison. Nous jouerons cette pièce lorsque l'armée reviendra triomphante. Je suis comme toi, Satiah, j'attendrai le retour d'Amennheb.

Djéhouty vint se planter devant Séchat et lui sourit.

« Ce petit, pensa-t-elle, a pris de l'assurance, il est mieux dans sa peau depuis qu'il délaisse le vieil Antef qui s'est encore tiré d'affaire avec la mort d'Hapouseneb. Il me faudra ajouter un acte à cette pièce qui, sans en avoir l'air, retracera cette odieuse machination. » Séchat soupira et se déconcentra quelques instants.

Hapouseneb ! Les deux médecins du palais avaient organisé ce meurtre avec Antef, Nekmin et le nain puis l'avaient déguisé en accident. Ils avaient même momifié le corps du Grand Prêtre avant que Neb-Amon puisse affirmer qu'il ne s'agissait pas d'un accident.

Bien entendu, Nekmin avait aussitôt pris la place suprême, encensé par tous les autres prêtres qui n'attendaient que le couronnement du jeune Thoutmosis.

Le procès d'accusation qu'avait intenté Hapouseneb pour l'empoisonnement de Méryet avait été automatiquement annulé et, faute de preuves, l'enfant orpheline était restée au harem.

Séchat regarda Djéhouty. Il avait presque le même âge que son fils Rekmirê qui se tenait dans un coin de la salle, attendant que son rôle arrive.

— Que veux-tu, Djéhouty ?

— Que l'on parle du retour des guerriers.

— Oui, s'écria Rekmirê en sautant de joie, que l'on parle du triomphe et des victoires que Thoutmosis va remporter, des prisonniers qui viendront enrichir notre pays, des…

— Mais, que voulez-vous dire tous les deux ? Ce n'est pas une pièce où l'on célèbre Thoutmosis, c'en est une où l'on glorifie Hatchepsout.

⁂

Thoutmosis trouva sa tante assise sur la grande terrasse côté ouest que le soleil inondait de ses rayons orangés. Sur la cime des palmiers se levait un grand disque rouge qui, tout à l'heure, tomberait en silence dans les feuillages obscurs pour laisser apparaître une lune ronde et blanche à l'affût de quelques étoiles incertaines.

Depuis plusieurs jours, Hatchepsout s'était remise à l'étude de l'astronomie, étudiant son horloge stellaire tracée sur les tables astronomiques. L'homme dessiné sur la table stellaire était assis en scribe et représentait l'astronome. Son visage était entouré d'étoiles indiquant la position exacte pour chacune d'elles à toutes les heures de la nuit.

En quittant le palais, Senenmout avait emporté la lunette. C'était un appareil de visée astronomique d'une exceptionnelle conformation qui permettait de distinguer les astres exactement là où ils étaient placés. Il l'avait trouvée chez un vieil astronome de Memphis et en avait expliqué le fonctionnement à la reine.

L'appareil manquait, mais il restait à Hatchepsout la table stellaire.

Au dernier jour du mois de Paophi, l'étoile d'Orion se trouvait au-dessus de l'œil gauche, et celle de Solthis au-dessus du coude gauche. Aujourd'hui, premier jour du mois d'Hathor, les étoiles s'étaient déplacées. Orion et Solthis se trouvaient au-dessus de l'œil droit.

Hatchepsout observa le ciel et pensa qu'il n'était pas assez dégagé pour qu'elle y vît les étoiles. Juste peut-être la tête du lion et les constellations de l'eau positionnées en plein milieu de sa table stellaire laisseraient apparaître une légère brillance.

En attendant une nouvelle nuit d'insomnie, elle regarda une dernière fois le disque rougeoyant tomber avec son élégance habituelle sur la palmeraie du palais.

Au bruit que fit la servante en entrant, elle se retourna.

— Le roi, Majesté.

— Qu'il entre.

Thoutmosis arrivait de son grand pas mesuré. Hatchepsout ne put s'empêcher d'admirer sa prestance, son maintien, son allure conquérante et fière sans trop d'arrogance, juste ce qu'il fallait de suffisance pour se faire respecter.

En le regardant s'avancer, elle se dit qu'il était bien plus beau que son père, le deuxième Thoutmosis qu'elle avait épousé pour donner un pharaon à l'Égypte.

Son neveu et beau-fils à la fois – puisqu'il était né de son mari et que le pharaon était aussi le demi-frère d'Hatchepsout – ressemblait plutôt à son grand-père Aménophis.

La reine devait admettre que ce jeune homme qui s'avançait vers elle était d'un tempérament plus brillant que ne l'avait été son père qui, de son passage sur terre, n'avait laissé aucun fait très marquant.

— Mon neveu, depuis que tu es roi, tu te fais de plus en plus séduisant.

— Est-ce un compliment ou un reproche, ma tante ? répondit Thoutmosis en s'inclinant devant elle.

— L'un et l'autre. Tu le sais, je t'admire et je te hais.

Elle soupira et lui désigna le canapé d'osier.

— Viens, installons-nous et discutons avant que tu ne partes avec tes jeunes compagnons d'armes qui, enfin, vont faire leur apprentissage sur un vrai terrain de combat et non plus en un lieu de simulation. Fais très attention, les peuples du Nord sont des calculateurs et des hypocrites. Ils n'ont pas la spontanéité, parfois très coléreuse, des Nubiens et des peuples d'Afrique.

Thoutmosis haussa les sourcils. La pharaonne reprit :

— Mitanniens, Syriens, Babyloniens, Juifs sont des dissimulateurs. C'est ainsi qu'ils réussissent. Ne l'oublie pas. Ne leur fais jamais confiance.

Elle lui proposa une coupe de vin frais. Il hésita. Étonnée, elle leva les sourcils.

— Douterais-tu de moi ?

Elle appela sa servante et lui tendit la coupe.

— Bois.

La jeune fille but lentement et posa délicatement la coupe vide sur le bord de la table d'albâtre qui leur faisait face. Puis elle regarda le jeune roi et lui sourit.

— Ce vin est frais et délicieux, fit-elle.

Et elle repartit en silence pour prendre sa posture d'attente, adossée contre la porte de la pièce.

— Tu boiras donc en rentrant chez toi puisque tu ne me fais pas confiance.

— Cependant vous l'avez toujours eue, Majesté, fit-il d'un ton ironique en saisissant sa main.

— Je sais. Tu es un garçon fort, fier et honnête. Un peu présomptueux, certes, sec et trop autoritaire, mais tu as l'étoffe d'un bon roi.

Elle pinça légèrement ses lèvres avant de les détendre en un sourire un peu crispé.

— Cependant, mon garçon, tu es encore sans expérience.

— C'est vous qui le dites, ma tante. Je me sens brave…
— Courage ne veut pas dire acquis et pratique.
— À mon sens, ils y mènent.
Elle se leva.
— Je te l'accorde. Mais n'oublie pas que la méfiance que tu as eue tout à l'heure à mon égard doit t'amener à d'autres soupçons.
— Que voulez-vous dire ?
— Que ceux qui me trahissent aujourd'hui te trahiront demain.
— De qui voulez-vous parler ?
— De ceux qui me haïssent.
Puis, brusquement, elle détourna la conversation.
— Quand tu reviendras des pays du Nord, ma fille t'aura donné un enfant. T'a-t-elle dit qu'elle était enceinte ?
Bien qu'il fréquentât déjà le harem depuis un an ou deux, s'attachant à quelques jeunes et belles concubines, et bien qu'il ait eu aussi des élans amoureux assez poussés avec la fille de Séchat, Thoutmosis semblait bien jeune encore pour entrevoir une paternité dont il méconnaissait tous les rouages.
— Ma fille t'a-t-elle dit qu'elle était enceinte ? répéta Hatchepsout.
— Oui, fit le jeune roi en rougissant.
— Souhaitons que ce soit un fils qui, un jour prochain, deviendra pharaon des Deux Égyptes.
— Je le deviendrai avant lui, ma tante, rétorqua Thoutmosis piqué suffisamment au vif pour continuer le débat dans ce sens. D'ailleurs, puisque vous soulevez la question, j'aimerais éclaircir un point avec vous avant de quitter l'Égypte.
Comme elle ne répondait pas, s'attendant à la requête qu'elle s'apprêtait déjà à refuser, il poursuivit d'un ton aussi sec :
— À mon retour, si vous êtes toujours sur le trône, je réclamerai votre abdication.
— Je refuserai, tu le sais.
— Alors, ne vous plaignez pas des conséquences.
— As-tu déjà entendu mes plaintes ? fit-elle, narquoise.
Il ignora sa réplique et continua :
— L'abdication, ma tante, vous y serez contrainte.
— Par qui ?

— Par tout votre entourage.

Il fit quelques pas dans la pièce. Puis, s'arrêtant devant la coupe qu'avait vidée la servante, il la prit, la remplit du vin qu'il avait refusé tout à l'heure et en but le contenu presque goulûment.

— Contentez-vous d'être reine et laissez-moi pharaon.

— Je te l'ai dit, je refuse.

Il se servit à nouveau du vin et l'ingurgita en une seule rasade.

— Cela me plaît, mon neveu. Tu bois comme un vrai soldat, un vrai soûlard. Et je suis satisfaite de voir que tu me fais confiance, fit-elle en désignant la coupe et la fiole de vin. Allons, continuons à régner ensemble. Partageons nos responsabilités, nos devoirs respectifs. Occupe-toi des pays extérieurs et laisse-moi la gestion du pays.

Il s'inclina devant elle.

— Ma patience a des limites, ma tante. À présent, elle n'attendra que mon retour. Pas plus.

Avant de partir, il se retourna.

— Je vous aurai prévenue.

⁂

Depuis quelques semaines, l'état militaire était en branle. Les roues des chars crissaient. Les chevaux fringants, harnachés de cuir et de bronze piaffaient d'impatience, la queue et la crinière s'agitant, impétueuses.

En rangs serrés, l'infanterie était casquée, cuirassée, bardée, et javelots en main, poignards accrochés aux ceintures, les soldats entraînés depuis de longs mois partaient pleins d'enthousiasme.

On leur avait dit, pourtant, que le retour ne serait peut-être pas aussi idyllique qu'ils le pensaient, que les plaies recouvriraient leurs corps troués comme un bois mangé par les vers, que leurs membres seraient distordus, leurs côtes cassées, faussées, leurs yeux ou leurs tympans crevés.

Toute la panoplie des atrocités d'après guerre leur avait été dévoilée. Mais les jeunes soldats, trop heureux de se sortir d'une triste condition de paysans, ne s'attardaient guère à ces considérations et chacun, serré dans son rang, avançait bravement au son des trompettes qui résonnait dans leurs oreilles attentives.

Toute la charrerie défilait avec élégance. Chaque officier avait reçu un couple de chevaux en provenance de l'écurie royale et une ordonnance pour le soutenir et l'aider dans le quotidien de la vie militaire.

La veille, sur la place du palais, avait eu lieu la cérémonie du porte-étendard. Thoutmosis s'était senti brusquement investi de tous les pouvoirs militaires.

Un vieux soldat qui avait suivi toutes les campagnes des Thoutmosis avait fièrement remis le porte-étendard au tout jeune capitaine Néférouben qui recevait le titre de Grand Sommelier royal.

Comme il fallait aussi à Thoutmosis un officier porte-éventail, ce fut Amtou qui fut désigné pour cette honorable fonction et les fanions furent distribués. Les uns étaient carrés, les autres triangulaires ou en demi-cercle et comportaient les signes distinctifs des unités qui composaient l'armée du roi. Couchés à terre, genoux et poignets touchant le sol, les compagnons du roi avaient reçu leurs titres honorifiques.

Enfin, au petit matin, le clairon sonna, rassembla les troupes et le défilé commença.

En tête, marchait Néférouben qui portait l'étendard à l'effigie d'Amon, suivi de ses archers qui précédaient la grosse infanterie tenant piques et boucliers. Néférouben et Amtou encadraient Thoutmosis aussi rutilant que son char de combat au timon et à la caisse renforcés. Le poitrail nu, il portait un gorgerin d'or et de turquoises. Son pagne court laissait apparaître ses cuisses et ses jambes musclées. L'une de ses mains tenait les rênes des chevaux, l'autre l'arc et le carquois.

Le long défilé commença. Cheval derrière cheval, soldat derrière soldat, Thoutmosis rêvant de conquérir la Palestine et la Syrie jusqu'à l'Euphrate, de briser la puissance du roi Kadesh et d'apporter aux territoires conquis l'organisation et la gestion des provinces d'Égypte.

Certes, en écoutant la foule délirer et l'acclamer bruyamment sur son passage, Thoutmosis songeait à l'image pacifique des camps qu'il avait encore en mémoire. Fini les simulations de guerre, les jeux de combats, les amusements pour se faire la main. La vraie vie militaire commençait.

Bientôt, avec ses compagnons d'armes, il disposerait son premier quartier de combat comme le lui avaient montré, en Nubie, les deux vieux capitaines Khety et Dydou.

Il disposerait dans un grand carré plat entouré d'arbres si possible et destiné aux tentes des officiers, les boucliers, les chars, les javelots, les cuirasses et autres matériels de guerre afin que les scribes des armées puissent faire chaque jour l'évaluation réelle de la totalité des armes.

À l'arrière de la rangée des tentes, les chevaux déharnachés piafferaient en mangeant leur fourrage et, plus loin, juste avant la clôture des arbres, l'armée des fantassins, les bœufs, les ânes tirant les chariots de bois chargés des stocks de nourriture s'agiteraient en attendant l'aube suivante.

Thoutmosis rêvait à cette organisation qu'il avait échafaudée depuis longtemps dans son esprit. Parti du palais et descendant jusqu'au port, le défilé avait fait un tour complet de la ville, remontant la grande allée au dallage de pierre qui longeait le temple jusqu'à la ville de Karnak.

Un périple complet avec cette euphorie en tête ! La guerre ! Le combat ! La gloire ! Oui, Thoutmosis méritait d'être sacré pharaon à son retour. Le peuple l'ovationnerait plus encore qu'au départ où sa bravoure était encore à démontrer.

La grande porte ouest des remparts du palais approchait. Sous les accents des clairons militaires et le balancement des fanions, le défilé avançait. La porte passée, l'armée se dirigea vers les autres entrées soutenues par les énormes pylônes du temple. Les roues des chars crissaient sur le dallage et les sabots des chevaux frappaient le sol en cadence.

Depuis combien de temps la foule n'avait-elle pas assisté à un départ militaire ? Le dernier, le plus caractéristique, avait été celui du père d'Hatchepsout. Khety le lui avait conté dans tous les détails.

Quand vint la dernière porte des remparts, le défilé s'arrêta devant l'entrée centrale et Thoutmosis les vit. La Grande Épouse royale se tenait aux côtés de sa mère, Hatchepsout. Mérytrê lui fit un signe alangui. Son ventre n'était pas encore assez gros pour que, de loin, il en aperçût les premières rondeurs. Elle était vêtue de sa tunique blanche et portait la lourde perruque aux vautours.

Il fut surpris. C'était la première fois qu'il la voyait posée sur sa tête. Avait-elle voulu marquer à ce point la différence qu'elle offrait avec Satiah qui se tenait derrière, un peu plus éloignée ?

La perruque royale aux vautours surmontée des symboles du dieu Amon ne se portait qu'aux cérémonies officielles. Or, un départ en guerre était considéré non pas comme un rituel sacré, mais comme une fête à laquelle participait le peuple, le pays entier.

Quand Thoutmosis répondit au signe de sa jeune épouse, il vit que Satiah s'avançait. Avait-elle cru que le geste s'adressait à elle ? Il la regarda. Elle était rayonnante. Tellement plus belle que Mérytrê ! Sa robe bleue, étroite, qui moulait ses hanches fines et sa poitrine ronde lui donnait une allure de déesse. Il imagina son visage, trop éloigné pour qu'il en distinguât les traits. Mais il savait que ses yeux rieurs étaient tristes et que sa bouche fraîche et pulpeuse appelait déjà son retour.

Elle agita la main avec fougue. Il hésita, puis, levant son étendard à l'effigie du dieu Amon, il le balança lentement dans l'air ocré qui promettait d'être chaud.

Combien de fois en avaient-ils parlé de ce geste distinctif qui n'appartenait qu'à eux seuls ! Satiah remuait les bras, les mains, le corps. Tout bougeait, basculait, s'obscurcissait. Et, bientôt, le char de Thoutmosis s'éloigna, ne laissant qu'un petit point dérisoire aux yeux mouillés de Satiah.

⁂

Ce fut au soir de ce départ que Séchat attendit Neb-Amon. Keptah ne l'avait pas vu de la journée, ce qui pouvait paraître assez normal compte tenu des changements d'habitude en un tel jour de fête.

Séchat y vit tout de même une anomalie préoccupante, sachant qu'il n'était pas dans les usages de son époux d'aller bâiller béatement devant les défilés de l'armée.

Elle supposa plutôt une difficulté d'ordre médical qui l'avait retenu quelque part dans la ville. Et elle attendit l'aube suivante.

Mais le matin qui suivit accentua ses premières inquiétudes : Neb-Amon ne vint pas et la journée se passa dans l'angoisse la plus totale. Pourquoi n'avait-il pas averti Keptah pour lui laisser les instructions nécessaires à la bonne marche de l'hôpital ? C'est ainsi qu'il procédait, à l'ordinaire, lorsqu'il s'absentait plus ou moins longuement.

Au troisième jour, Séchat se rendit chez Néhésy. Mais le Chef des Polices ne l'avait ni vu ni approché. Il attendit cependant quelques jours encore avant de déclencher des recherches.

La nuit, Séchat ne fermait plus l'œil et des cauchemars commençaient à envahir son esprit. Elle demanda une audience privée à la pharaonne et fut aussitôt reçue. Impuissante, Hatchepsout partagea son angoisse, sachant que sans Neb-Amon à son côté, elle pouvait tout craindre de ses ennemis.

Néhésy déclencha une enquête.

Des chiens furent envoyés aux quatre coins de la ville. Avant de les lâcher, les maîtres policiers leur faisaient renifler un vêtement du médecin. Les molosses, gros comme un veau naissant, au museau noir agressif, à la mâchoire impressionnante, fouillaient la ville et revenaient le soir sans avoir pu trouver le moindre indice qui puisse mettre les policiers en alerte.

Sur l'ordre d'Hatchepsout, les fouilles avaient été étendues aux villes avoisinantes. L'enquête ne donnait rien et Néhésy commençait à perdre courage.

Il fallut à Satiah toute l'affection qu'elle portait à sa mère pour que celle-ci trouvât un peu de repos. Pourtant, elle refusa d'abandonner l'école et poursuivit ses cours. Triste de la voir aussi malheureuse – un état d'esprit qui la surprenait, car elle ne l'avait jamais vue abattue à ce point –, Satiah décida de concrétiser une idée qui lui trottait dans la tête depuis qu'elle avait soigné le cheval de Thoutmosis.

Elle se rendit à l'hôpital du palais pour y rencontrer Keptah. Fort heureusement, celui-ci dirigeait l'hôpital avec beaucoup de compétence, même s'il n'avait pas encore acquis la maîtrise complète de son maître.

— Ton père ? jeta Keptah quand il aperçut la jeune fille s'avancer vers lui. Ton père ne peut être loin.

Elle secoua la tête lentement de droite à gauche.

Le jeune assistant de Neb-Amon était un garçon de vingt-cinq ou vingt-six ans environ. Satiah le dévisagea un instant, sans arrogance et sans hostilité. Il paraissait évident que l'idée de son beau-père n'avait pas été de requérir un diplômé en médecine, sorti fraîchement de la Maison de Vie du temple de Memphis, là où se trouvait l'établissement le plus renommé en médecine.

Neb-Amon avait eu recours à une solution qui correspondait à son idéal. Keptah sortait d'un milieu social assez bas. Fils d'un médecin de campagne décédé, le jeune homme avait beaucoup appris de son père et Neb-Amon lui avait enseigné le reste.

Petit, mince, mais solide, Keptah portait la sagesse sur son visage, un visage si triangulaire que son menton semblait fait d'une pointe ronde que recouvrait une barbe légère. Ses yeux étaient longs et verts et Satiah lui trouva un regard étrange, mais quand elle eut exposé son idée, le jeune homme la considéra autrement.

Ses réserves disparurent et ils se parlèrent sans méfiance.

— Que va dire ton père si je t'apprends les rudiments de la médecine ?

— C'est à lui que je me serais adressée s'il n'avait pas disparu.

— Mais tu veux soigner les chevaux alors qu'ici nous soignons les êtres humains.

— Mon beau-père répugne à voir souffrir les animaux et quand il peut soulager leur mal, il est le premier à le faire puisque les remèdes sont les mêmes.

Elle regarda par la petite fenêtre de la pièce qui enfermait la pharmacopée de l'hôpital. À côté, les salles où s'alignaient les malades étaient silencieuses, à l'exception de quelques gémissements qui, de temps à autre, arrivaient à ses oreilles.

Keptah se butait.

— Neb-Amon, commença-t-il…

Elle le coupa aussitôt. Depuis longtemps, elle avait trouvé les arguments pour le convaincre.

— Et s'il ne revenait plus ? soupira-t-elle. Un autre que toi pourrait-il m'enseigner la base des plantes qui guérissent ? Je ne demande pas d'apprendre la médecine.

Elle s'avança vers lui.

— Je veux simplement pouvoir ôter la fièvre d'un cheval lorsqu'il est malade ou atténuer ses peurs et ses angoisses lorsqu'il est paniqué et ne veut plus avancer. Je veux savoir soigner une luxation ou un jarret démis, soulager un œil enflammé ou une oreille atteinte de gale.

— N'as-tu pas les remèdes directement chez toi ?

— Tu n'as rien compris, s'entêta-t-elle.

Il sourit.

— Je crois que si. Tu es en train de me persuader de t'apprendre à préparer les remèdes.

Satiah soupira à nouveau et son visage s'éclaira d'un sourire charmeur.

— Je veux savoir préparer les pommades anesthésiques, les poudres purgatives, les collyres, les narcotiques. Je veux pouvoir diluer, piler, écraser et mélanger les huiles, les poudres, les graines qui soulagent.

— C'est tout ? fit Keptah, ironique.

— C'est tout.

— C'est un bien lourd programme. Il te faudra du temps.

— J'ai tout le temps qu'il faut.

— Ne veux-tu pas plutôt vivre tranquille et sereine ?

— J'exècre la tranquillité et le repos. Et comme je dois attendre le retour du roi, il faut bien que je m'occupe.

Elle redressa le buste. Sa jeune poitrine que recouvrait un corsage fin fut aussitôt mise en valeur.

— J'ai même une proposition à te faire.

Il eut un sourire ambigu, mais ses yeux trahissaient un certain intérêt.

— Je peux t'aider en attendant l'époux de ma mère. Et quand je saurai préparer les remèdes, je pourrai travailler pour l'hôpital. Alors, tu disposeras d'un temps plus large pour soigner les malades.

— Cela dépend, fit-il.

— Cela dépend de quoi ? rétorqua-t-elle, sur ses gardes.

— De tes compétences.

Elle lui sourit et lui tendit la main.

CHAPITRE XI

Les armées égyptiennes étaient cantonnées aux portes de Gaza derrière le Sinaï. Depuis le départ, Neb-Amon ne dormait que quelques heures par jour.

Enfin, il allait voir Thoutmosis. Sennefer l'héliopolitain, prêtre-guerrier et chancelier des déserts de Libye, l'avait assuré de cette entrevue dès que les portes de Gaza seraient atteintes.

Depuis le départ de Thèbes, Nedjar et lui étaient sous étroite surveillance. Pas une seconde on ne les laissait seuls. C'était à peine s'ils pouvaient l'un et l'autre s'écarter du camp pour vider leurs vessies et soulager leurs intestins.

Enrôlés dans les fantassins dont la surveillance était sous la direction rigide et autoritaire de Sennefer, Neb-Amon et son serviteur Nedjar marchaient jour et nuit, s'arrêtant quand le bataillon avait l'ordre de se reposer avant de reprendre la route.

De temps à autre, lorsque Neb-Amon devait surveiller un malade qu'il venait de soigner, on l'enfermait avec lui dans un chariot de bois que tirait un bœuf et Nedjar les suivait sur un âne.

Si le médecin et son serviteur n'avaient pas été enrôlés dans le corps d'élite de la charrerie royale, c'était justement pour que Thoutmosis ignorât leur présence au camp avant d'être suffisamment éloigné de l'Égypte.

En effet, le roi n'avait pas été tenu au courant de cet enlèvement. Ses fidèles craignaient trop les scrupules de leur jeune souverain pour l'informer de leurs intentions. Or, il était indispensable d'éloigner Neb-Amon d'Hatchepsout, celui-ci veillant trop sur sa souveraine pour la laisser s'enliser dans un traquenard qu'ils avaient hâte de lui tendre.

Depuis le matin, Neb-Amon veillait un soldat victime d'une chute dans un feu allumé suite à une bagarre avec l'un de ses compagnons d'armes. Mais le médecin prisonnier était arrivé dans le camp avec juste sa sacoche médicale emplie de quelques remèdes et, pour l'instant, il n'avait guère le moyen de soigner le soldat qui lui présentait son dos brûlé.

— Nous resterons à Gaza le temps d'effectuer quelques accords avec les Judéens et les Babyloniens, fit Sennefer. Nous marcherons sur Damas dès que nous serons assurés de l'appui de ceux qui nous prêtent asile.

— M'avez-vous obtenu une audience personnelle avec le roi ? demanda sèchement Neb-Amon.

— Tel que je vous l'avais promis, je viendrai en personne vous chercher et je vous conduirai moi-même devant Sa Majesté Thoutmosis.

Neb-Amon jeta un œil sombre à l'homme qui l'avait enlevé pour le traîner jusqu'ici. Puis, sans insister davantage et ne se préoccupant plus de lui, il se pencha sur l'homme qui souffrait de ses brûlures.

— Ne bouge pas et reste couché sur le ventre. C'est encore le seul moyen de ne pas envenimer les brûlures que tu as sur le dos. Tu m'as l'air d'être un gaillard solide et s'il n'y a pas d'infection, tu seras sain et sauf dans quelques jours.

— Maître ! s'écria Nedjar en s'élançant vers Neb-Amon, j'ai réussi à réquisitionner deux jeunes soldats. Ils m'ont aidé à ramasser quelques feuilles de coloquinte. J'ai aperçu les racines de cette plante à travers les arbres qui pointaient en dehors du camp.

— Parfait, Nedjar. Avec la poudre de mandragore qu'il me reste, je vais pouvoir lui faire un cataplasme.

Il se tourna vers l'homme au dos brûlé.

— As-tu mal ?

Le soldat fit la grimace.

— Eh bien, demain tu ne sentiras plus rien.

Il ôta le pansement posé la veille et fit la grimace. Les brûlures laissaient une trace noirâtre et nauséabonde.

— As-tu déjà combattu ?

— Jamais.

— Alors, nous sommes tous deux des enfants. C'est la première fois que je suis dans un camp. Je n'ai jamais goûté la vie militaire. Mais j'avoue que la compagnie de vous tous ne me déplaît pas.

Il se mit à rire. Un rire sonore mêlé d'amertume et de soumission.

— Sans vous, je ne suis rien puisque mon travail est de vous soigner.

Le soldat voulut se retourner.

— Non, ne bouge pas avant que je t'aie administré un peu de cette potion calmante dont il me reste quelques gouttes.

Puis il lui fit boire le peu d'oxymel resté au fond du flacon. Après, qu'allait-il arriver ? Il n'avait plus aucun remède.

Posant ses yeux sur une échancrure dans le bois du chariot et par laquelle entrait les derniers rayons solaires, il essaya d'oublier l'image de Séchat et de Rekmirê qui, trop souvent, s'imposait à lui. Quant au détail qui concernait son enlèvement, c'était un souvenir sur lequel il refusait de s'attarder. Il se revit à nouveau sur le chemin entre son domicile et l'hôpital.

Trois hommes s'étaient précipités sur lui et avaient enveloppé brutalement sa tête d'un sac immense et noir. Neb-Amon s'était débattu, mais les hommes étaient forts et, lorsqu'ils avaient ôté le sac, il s'était retrouvé dans une cellule triste et nue où les hommes l'avaient ligoté et bâillonné.

Plus tard, ruminant son infortune, Neb-Amon avait eu l'égoïste satisfaction de voir Nedjar prisonnier à son côté.

Mais il ne pouvait s'empêcher de penser à sa famille et ne cessait de s'inquiéter. Avait-on appréhendé sa femme et son fils ? Étaient-ils en vie ? De telles questions lui ôtaient tout optimisme, d'autant plus que Sennefer ne lui adressait la parole que pour des questions médicales.

Neb-Amon se leva et observa l'étoile de Solthis à travers l'échancrure du chariot.

⁂

La tente du roi était dressée parmi celles des officiers de la charrerie royale. Un peu plus vaste que les autres, elle n'en était pas plus confortable. Une simple natte en grosse toile de lin composait la couche de Thoutmosis et un coffre en bois d'acacia enfermait quelques armes et quelques rouleaux de papyrus.

Dans le grand carré central aménagé qui servait d'entrepôt, chars, javelots, lances et poignards attendaient alignés, entassés, répertoriés par les scribes de l'armée, l'heure du combat.

Sennefer qui précédait Neb-Amon entra sous la tente royale. Il en ressortit aussitôt, le visage blanc et contrarié.

À peine eut-il disparu que Thoutmosis venait à la rencontre du médecin.

— Ne m'en veux pas, Neb-Amon et crois que j'étais en dehors de ce projet d'enlèvement sur ta personne. J'en suis très contrarié et je ne sais quoi faire.

Il fit quelques grands pas nerveux, saccadés, à l'opposé du médecin, et revint rapidement à lui, tendant les deux bras en signe d'amitié.

— Par tous les dieux du ciel ! jura-t-il, toute cette route dans l'ignorance complète. La traversée entière de l'Égypte jusqu'à Gaza sans savoir que tu étais prisonnier parmi les fantassins !

— Majesté, vous avez dit : « Je ne sais quoi faire ? »

— C'est exact.

— Alors, relâchez-moi afin que j'aille au plus vite retrouver ma famille, mon hôpital et mes malades.

— Tu peux partir si tu le désires. Mais ici, ta présence serait souhaitable. Nous risquons d'avoir beaucoup de blessés quand le combat aura commencé.

Il attendit sa réaction, mais le visage de son compagnon restait fermé.

— Je peux dépêcher un coursier à Thèbes qui préviendra ta famille. Mon corps d'armée dispose d'un excellent charrier, que tu connais d'ailleurs, qui fera l'aller et le retour en une demi-saison à peine.

Comme Neb-Amon se taisait, le roi reprit d'un ton affable :

— Nous serons juste à la moitié du deuxième mois d'akhit et Djenani sera de retour.

— Djenani !

— Tu ignorais donc que je l'avais enrôlé dans mon armée ?

— Depuis que mon épouse a quitté Bouhen, juste après l'épidémie, nous n'avions plus de ses nouvelles.

— C'est un ami remarquable, fidèle, intelligent, aussi bon scribe qu'il est excellent marin ou conducteur de char. Il m'apprend beaucoup et, en échange, je le monterai au plus haut grade de mon armée.

— En effet, jeta Neb-Amon d'un ton sec, c'est un garçon qui sait tout faire. J'ai eu l'occasion de l'apprécier tout comme vous.

— Je félicite la Grande Séchat de l'avoir recueilli sur son embarcation lors de son voyage de Thèbes à Bouhen. Je la remercie encore plus de me l'avoir fait connaître. Alors, veux-tu qu'il aille prévenir ton épouse ?

— Non ! Majesté, je veux rentrer. Si ma famille vous laisse indifférent, peut-être qu'un hôpital rempli de malades qui m'attendent ne vous laissera pas insensible.

— Certes pas. Ne me crois pas sans cœur. Mais, je te l'ai dit, ce camp sera dans quelques semaines bourré de mourants et d'infirmes qui, grâce à toi, pourront être sauvés.

— Mon hôpital aussi, fit Neb-Amon sèchement.

— Allons, j'ai entendu dire que ton assistant se révélait d'une compétence hors classe. Dis à Djenani que tu lui confies cet hôpital jusqu'à ton retour et que tu lui laisses le soin d'engager lui-même un assistant. Je réglerai tous les frais afférents à ces dépenses.

— Certes, quelque chose sonne juste dans votre requête, Majesté. En effet, mon épouse est fort occupée par son école et peut attendre mon retour. L'essentiel étant qu'elle sache que je suis en vie. Quant à mon fils, il vous admire tant qu'il sera ravi de me savoir à vos côtés.

Il leva les yeux au ciel.

— Il reste ma belle-fille, l'enfant du premier époux de ma femme. Elle appréciera que je sois en votre compagnie, quand je peux soigner les éventuelles blessures que la guerre pourrait vous faire.

Les yeux de Thoutmosis se plissèrent.

— Alors, tu restes !

— Non, car votre plan qui pourrait fonctionner est amputé d'un élément.

— Lequel ?

— La pharaonne Hatchepsout.

Thoutmosis crispa sa mâchoire inférieure et eut un rictus de colère.

— Encore elle !

— N'est-elle pas toujours Pharaon des Deux Égyptes ?

— Pas pour longtemps, Neb-Amon. Nous avons eu une explication la veille de mon départ. Elle sait que, dès mon retour, je réclamerai son abdication.

— Elle refusera et vous le savez.

— Peut-être n'aura-t-elle plus l'occasion de contester.

— Majesté, envisageriez-vous un acte sordide que les dieux vous reprocheraient quand votre âme ira les rejoindre ?

— Rien de tout cela, Neb-Amon. Car mes fidèles et mes conseillers, ceux qui travaillent pour moi depuis que je suis enfant, ont toujours agi dans mon dos en ce qui concerne mon élévation au trône.

— Ainsi, vous considérez que vous n'êtes pas responsable de leurs agissements ?

— Exactement.

Neb-Amon frotta son menton entre son pouce et son index. Depuis qu'il était prisonnier, il ne se rasait plus et une barbe épaisse et brune parsemée de fils grisonnants foisonnait sur ses joues et son menton.

— Si je trahis la reine aujourd'hui, je peux trahir demain mon roi. C'est un proverbe bien connu, Majesté.

— Je l'ai déjà entendu en d'autres termes, Neb-Amon. C'est Hatchepsout qui me l'a cité juste avant de partir. Elle me mettait en garde contre les espions de toutes sortes. Mais, en réalité, jeta Thoutmosis en soutenant le regard calme du médecin, qui te parle de trahir ? Ton hôpital est sauvé par ton assistant, ta famille est rassurée de te savoir à mon côté, la reine peut fort bien comprendre que tes aspirations de médecin aillent vers les blessés de guerre.

À nouveau, Neb-Amon se taisait. Ce jeune homme avait des dons extraordinaires.

— N'étais-tu pas médecin de Thèbes et n'exerçais-tu pas ton talent auprès des pauvres êtres qui gisaient dans les rues et les masures ? Serais-tu donc insensible devant un bras arraché, un pied emporté par le glaive, un dos cisaillé d'un coup de poignard, une poitrine percée par la pointe d'un javelot ?

Resterais-tu indifférent, Neb-Amon, devant une gorge tranchée, un crâne enfoncé ? J'ai une autre proposition à te faire.

— Je vous écoute, Majesté.

— Laisse partir Djenani. Qu'il aille prévenir ta famille et attends le premier combat. Après, tu rentreras si ton cœur te le conseille.

— Vous n'êtes pas qu'un homme d'armes, Majesté, vous avez de la dialectique et de la diplomatie. Je crois que votre futur règne ira très loin. C'est bon, j'attendrai les résultats de vos premiers combats.

⁂

L'affectation dans le corps d'armée de la charrerie royale se fit rapidement et Sennefer changea aussitôt d'attitude envers Neb-Amon. On lui alloua une tente fort confortable qu'il put partager avec son serviteur. On lui apporta des remèdes complémentaires, des appareils chirurgicaux, des linges propres, et tout contribua à ce que la bonne entente régnât au sein du camp. Ainsi l'avait décidé Thoutmosis.

Neb-Amon dut reconnaître l'exceptionnelle compétence du jeune homme à diriger son armée tout à la fois avec autorité, intelligence et justice.

Debout, dans l'ouverture de sa toile de tente, Neb-Amon vit arriver Djenani. Il lui tendit les bras.

— Mon frère, dit-il, je suis heureux que ce soit toi qui ailles prévenir ma famille. Reviens vite. Je ne sais encore si je resterai. En tout cas, je t'attendrai.

— Reste. Tu es fait pour soigner les soldats.

Neb-Amon se mit à rire. Il paraissait plus détendu depuis qu'il savait que son ami Djenani avait la mission de partir pour Thèbes.

— Je vais te remettre un pli pour Séchat. Si en route, des incidents en provoquaient la perte, dis-lui que je pense fortement à elle et que…

Djenani l'observait en silence, un sourire complice au bord des lèvres.

— Dis-lui que les soldats sont des êtres malheureux que l'on berne autant que les paysans qui n'ont jamais de terre à eux et à qui l'on promet quelques aroures qu'ils ne reçoivent jamais.

— Je lui dirai.

— Embrasse mon fils et dis-lui que je lui prépare une place auprès du roi. Mais qu'il apprenne avec acharnement ses lettres, ses sciences, ses mathématiques. Dis-lui qu'il doit être le plus savant, le plus juste, le plus droit de sa classe.

— Je lui dirai.

— Djenani !

Il tendit les bras à nouveau et reçut le jeune homme contre son buste dur. Puis, se tapant mutuellement le dos, ils s'écartèrent.

— Je veux que tu me rapportes des remèdes. Ceux de l'armée sont insuffisants. Je vais te faire une liste et tu la remettras à Keptah. Il me faut des narcotiques, des antiseptiques, des anesthésiques, des huiles pour préparer mes onguents, des graines pour composer mes poudres. Ici, à l'exception des extraits de pavot, ils n'ont rien d'autre. Les médecins de l'armée ne guérissent pas, ils calment les douleurs et l'opium est la seule chose qu'ils connaissent.

Djenani riait tant il était heureux de voir son ami rester.

— Je vais te rapporter tout ça et peut-être plus encore.

— Keptah saura quoi te fournir. Il te préparera les petits outils chirurgicaux indispensables. Je veux pouvoir sortir la pointe d'une flèche enfoncée dans les chairs sans que le blessé ne meure aussitôt.

Il grogna, toussa.

— Je veux réparer un genou cassé, une cheville démise, une épaule retournée. Je veux retirer le poignard planté dans les côtes d'un soldat sans provoquer l'hémorragie mortelle. Comprends-tu tout cela ?

Djenani acquiesça.

— Dis à Séchat que chaque nuit je regarderai l'étoile de Solthis et qu'à ce moment-là, je penserai à elle.

⁂

— Ce sera un fils !

Mérytrê passa sa main sur son ventre arrondi. Pourquoi Satiah préférait-elle ignorer sa propre taille trop tendue et ses seins plus gonflés qu'à l'habitude ?

— Il s'appellera comme son aïeul déjà bien lointain, Aménophis. Le deuxième ! assura Mérytrê.

— Et si c'est une fille ? rétorqua Satiah d'un ton ironique.

Mérytrê lui lança un regard sombre.

— C'est impossible, j'ai consulté un astrologue.

— Tu as vu Nakht ?

— Oui, affirma Mérytrê, convaincue.

— Et il t'a dit que tu aurais un fils ?

— Oui.

Satiah hocha la tête, dubitative. Un grand frisson la parcourut. Et si les rôles étaient inversés ? Dans ses bras, Mérytrê bercerait une fille et dans les siens, Satiah sourirait à son fils...

La jeune fille n'avait rien dit. Sauf à Keptah depuis qu'il était devenu son ami, son confident. Depuis qu'elle préparait elle-même les onguents qui calmaient, apaisaient, guérissaient.

Mérytrê bavardait plus joyeusement qu'à l'ordinaire. L'idée d'être mère lui plaisait. Elle le disait à qui voulait bien l'entendre, répétant sans cesse qu'il faudrait les meilleures nourrices à l'enfant et que, dès sa naissance, elle le montrerait au peuple afin qu'il sache qu'un jour il aurait le plus vaillant des pharaons.

Satiah n'écoutait plus le bavardage puéril de sa compagne et se mit à penser à son propre cas. Cet enfant-là avait été conçu le jour où Thoutmosis et elle avaient découvert le corps étendu du Grand Prêtre Hapouseneb. Ils avaient déposé Rekmirê à l'hôpital pour qu'il rentre avec son père. Puis ils étaient partis s'aimer dans les bosquets de papyrus où un lit de tendre feuillage les avait accueillis avec douceur.

Thoutmosis avait promis de l'épouser dès son retour. C'était inscrit depuis qu'ils étaient nés l'un et l'autre. Il fallait une Seconde Épouse au futur pharaon et personne ne trouverait à redire en la personne de Satiah.

Keptah qui partageait son secret n'avait certes pas ébruité la chose. La jeune fille en parlerait à sa mère lorsque son ventre commencerait à s'arrondir. Peut-être que ce jour-là, Neb-Amon serait revenu. Séchat était si triste depuis sa disparition qu'elle ne pouvait l'ennuyer avec ses propres problèmes. Satiah se préparait à devenir Seconde Épouse avec les joies, les souffrances et les conflits qu'une telle situation engendrerait.

Une Seconde Épouse doit se tenir à l'ombre du palais, même si Pharaon lui destine les meilleurs instants de son existence. Une Seconde Épouse ne peut s'élever vraiment que si les dieux lui donnent un fils. Alors, la lumière se fait en elle et elle peut entrevoir une vie acceptable.

Elle frissonna à nouveau.

— Majesté, fit la jeune servante, voici les princesses.

— Qu'elles entrent, lâcha Mérytrê d'une voix fluette.

Les trois jeunes filles se tenaient là devant elle et la jeune reine soupira d'aise. À présent, c'est elle qui dirigeait le harem de son époux. Les trois Syriennes dont les mères respectives avaient été, autrefois, ramenées du Mitanni pour conclure des marchés pacifiques entre l'Égypte et la Syrie devenaient de vraies beautés.

Elles s'inclinèrent bas devant la jeune reine et eurent un regard en coulisse pour Satiah.

— Relevez-vous, fit Mérytrê en poussant son ventre en avant pour mettre en évidence sa future maternité.

Menwi, la plus âgée, venait d'avoir dix-huit ans. Brune, élancée, les yeux verts et les pommettes saillantes, le pas souple et le geste onctueux, elle détaillait la reine sans rien dire.

— Majesté, fit Merti, la plus petite, en s'agenouillant aux pieds de Mérytrê, je suis heureuse que vous attendiez un enfant. Vous rappelez-vous lorsque nous nous amusions à trouver des noms, jolis comme des pétales de nénuphars ou des rameaux de papyrus ?

— Je m'en souviens, eh bien, celui-ci se nommera Aménophis, tout simplement. C'est un grand nom qui régnera un jour sur les Deux Égyptes.

— Majesté, votre époux ne régnera-t-il pas un jour ?

— Bien sûr que si, fit-elle d'un ton sec. Dès que Thoutmosis sera de retour et que le pays aura fêté sa gloire et sa puissance, il sera sacré pharaon.

Satiah réprima l'ironie de son sourire. Voici les seuls instants où sa compagne Mérytrê régnait en toute-puissance. Devant les femmes du harem ou les servantes qui papillonnaient autour d'elle. Elles étaient d'ailleurs de plus en plus nombreuses, car depuis qu'elle était enceinte, elle recrutait une nouvelle servante pour chacune des menues activités qu'elle accomplissait tout au long de la journée.

Satiah se retourna vers Menhet, la seule qui, à son avis, méritait quelques regards intéressés. Menhet était grande, mince, souple. Dans ses yeux noirs passait une grande fierté, celle qui resurgissait de ses ancêtres syriens auxquels sa mère n'avait jamais cessé de penser.

Menhet rêvait qu'un jour elle retournerait dans son pays pour épouser un chef d'armée, un soldat de son sang, un homme qui planterait en elle le germe d'un petit homme qui se battrait pour son pays.

Pourquoi Satiah sentait-elle en Menhet une force de caractère proche de la sienne ? Sa jalousie était-elle stupidement en cause ? Jamais Menhet n'irait geindre, jamais elle n'irait réclamer la présence du pharaon sur sa couche, puisqu'elle ne voulait pas de lui.

Satiah ferma les yeux. Elle savait comment les choses se passaient au harem. Menwi, Merti et les autres se plaindraient un jour de l'absence trop longue du pharaon dans leur lit et Mérytrê, la Grande Épouse royale laisserait tomber de ses lèvres indifférentes : « Que le pharaon prenne son plaisir avec ses concubines, il doit accomplir son devoir. »

Menhet l'observait sans rien dire. Satiah lui prit la main.

— Tu es de plus en plus belle.

La jeune Syrienne la remercia du regard, et Satiah décida que, plus tard, elle demanderait à Thoutmosis qu'elle reparte dans son pays. Cette fille n'était pas faite pour vivre dans un harem. Il y avait suffisamment de femmes destinées au plaisir du roi pour que le palais se passe de celle-ci.

— Comment fais-tu pour avoir de si beaux cheveux rouges ? fit Mérytrê en touchant les tresses serrées de la Syrienne.

— C'est du henné qui vient de mon pays, fit Menhet.

— Pourquoi ne m'en as-tu pas parlé ? Ce henné me paraît être d'une extraordinaire qualité. Est-ce le même que tu as passé sur tes lèvres ?

Satiah soupira. Elle sut qu'elle n'entrerait pas dans la conversation futile des jeunes femmes. Elle s'allongea sur l'épaisseur moelleuse des coussins pour aborder tranquillement les contours de ses rêves et de ses espoirs.

⁂

Séchat entra le pas pesant dans la classe où attendaient ses élèves. Depuis la disparition de Neb-Amon qu'elle ne s'expliquait toujours pas, elle n'avait plus l'esprit à la découverte d'éléments nouveaux qui pouvaient éveiller les dons de ses élèves. Elle enseignait avec des gestes, des mots atones et répétitifs. Par ailleurs Satiah, qui l'avait quittée depuis le départ des armées de Thoutmosis pour apprendre à préparer des remèdes à l'hôpital, semblait partager l'amitié de Keptah.

Pour Séchat, la présence permanente de sa fille aurait certes amoindri sa douleur. Mais, depuis son retour du Pays du Pount, Satiah était encore moins proche de sa mère.

Elle regarda le visage de son fils qui s'éveillait curieusement à tout. Chaque chose l'intéressait. Rekmirê était aussi doué pour les mathématiques que pour les sciences ou les lettres et, à présent, il conduisait un char avec maîtrise et tirait à l'arc avec une grande habileté.

Avant son départ, Thoutmosis lui avait offert un couple de petits chevaux arabes, rapides, nerveux, d'un noir si intense qu'aucune tache claire ne venait en perturber le pelage souple et soyeux. Destinés au combat, ces chevaux qui venaient presque de naître promettaient de belles victoires.

— Tu les attelleras à ton char. Dans trois ou quatre ans, ces chevaux seront capables de combattre. Alors, tu m'accompagneras, Rekmirê.

Les yeux de l'adolescent s'étaient mis à briller d'une lueur que Thoutmosis ne pouvait oublier.

— Rekmirê, à quoi penses-tu donc ? fit Séchat en soupesant le regard de son fils. Depuis que la clepsydre a entamé sa nouvelle heure, ton papyrus est vierge. Que t'arrive-t-il ?

Le jeune garçon baissa aussitôt la tête et se mit à noircir rapidement son feuillet. « Ciel ! se dit Séchat, il me fait penser à mes années d'école lorsque j'avais son âge. Il prend toujours le travail en retard et, à coup sûr, il est le premier à le rendre. » Elle se souvint alors des compliments que lui faisait le vieux maître

Parenefer, Grand Scribe de l'École du Palais au temps de Thoutmosis le deuxième, quand elle lui tendait ses devoirs, les meilleurs de la classe.

Rekmirê ne leva plus la tête tant l'inspiration semblait le saisir. De temps à autre, il plongeait son calame dans l'encre rouge et traçait la première lettre de sa ligne. Puis il reprenait le calame qui lui servait à écrire avec l'encre noire et poursuivait son devoir sans plus s'attarder.

Malgré son chagrin, Séchat sourit.

Elle s'efforça d'oublier la peine qui enserrait son cœur, mais le cours suivant ne lui apporta que lassitude et regret, et elle fut presque soulagée quand la clepsydre posée sur le grand coffre de la classe, au-devant de la statue de Thot, annonça la fin de la journée d'étude.

— Maman, peut-on passer par le kiosque du jardin ?

— Je suis lasse, Rekmirê, je voudrais rentrer.

— Puis-je rester alors ? Je te promets que je ne rentrerai pas très tard.

— Non ! Rekmirê, le jour baisse et je veux que ce soir tu me tiennes compagnie.

L'adolescent ne protesta pas. Il savait que sa mère était nerveuse, inquiète, malheureuse. Lui-même ne savait quoi penser de la disparition de son père. Depuis quelques jours, lui aussi commençait à désespérer. Certains disaient qu'il était sûrement mort. Le jeune garçon avait même entendu un mauvais plaisantin affirmer qu'il existait des hommes quittant volontairement leur foyer pour rompre avec une vie qu'ils n'aimaient pas.

Cette hypothèse lui glaçait le sang. Son père était incapable de commettre une action aussi basse. Mais alors une affreuse angoisse le prenait, et il songeait à nouveau à la mort.

Ils passèrent sous les immenses colonnes qui délimitaient les jardins de l'école et ceux du palais, puis contournèrent en silence le mur de l'enceinte dont l'une des grandes portes menait à l'annexe où leur maison s'apercevait derrière la rangée de sycomores qui pointaient haut leurs cimes dans le ciel.

Au bout de l'allée, une forme se dessina.

— Maman, regarde. On vient à notre rencontre. Qui est-ce ?

Derrière la silhouette élancée qui venait à grands pas, arrivaient en courant Cachou et Maâthor.

— Quel malheur se prépare-t-il encore ? murmura Séchat.

La forme se détachait peu à peu des deux servantes qui, malgré leurs pas précipités, n'arrivaient pas à la distancer.

— Mais ! Mais c'est…

— Maman, c'est Djenani. Que fait-il à Thèbes ?

Alors, Séchat sut que quelque chose allait se décanter et qu'elle allait enfin savoir. En un instant, elle s'attendit au pire comme au meilleur.

Ses pas heurtés la précipitèrent presque dans les bras de Djenani qui la reçut tendue, nerveuse, inquiète.

— Parle, parle, je t'en supplie !

— Grande Séchat ! Le roi Thoutmosis m'envoie te dire que ton époux le médecin Neb-Amon a été enlevé, sans qu'il le sache, la veille du départ des armées.

— Où est-il ?

— Il soigne les soldats.

Incrédule, Rekmirê avait la bouche ouverte et ne pouvait en tirer aucun son. Plus choquée encore, sa mère resta coite puis reprit le rythme de sa respiration.

— Il a été enlevé ! articula-t-elle.

— Il s'est réveillé ligoté dans un chariot à côté de Nedjar. C'est Sennefer qui a tout organisé. Je pense qu'en accord avec les autres conseillers ils ont voulu priver Hatchepsout de son plus grand protecteur.

Séchat s'était ressaisie. Elle se jeta contre Djenani et l'embrassa avec fougue.

— Oh ! Mes enfants ! Il me semble que je renais. Mon sang circule à nouveau et ma tête se remet à fonctionner normalement.

Elle se tourna vers son fils.

— Rekmirê, il faut trouver Satiah et le lui apprendre. Nous allons fêter cet événement qui m'ôte un poids considérable.

— Cachou, accompagne-le et revenez tous les deux avec elle. Pendant ce temps, je vais préparer un repas digne de cette nouvelle. Djenani, tu nous raconteras tout.

CHAPITRE XII

Bercée par les ombres des sycomores et des acacias en fleurs, la grande chambre de Mérytrê fourmillait de monde. Dignitaires, compagnes, servantes s'affairaient autour d'elle et menaient grand tapage. Il faut dire que tout s'annonçait sous les meilleurs auspices et que les visages étaient détendus. Les dieux d'Amon avaient prédit un enfant mâle et le vieil Antef qui, pour cent débens d'or, n'aurait pas voulu manquer l'instant où l'on annonçait le sexe de l'enfant, était aux côtés des médecins qui attendaient à l'extérieur.

Quand une partie des dignitaires fut arrivée, on annonça la venue d'Hatchepsout. Escortée de Nebetta la Grande Nourrice royale, de Séchat et de sa fille Satiah, de Baki l'épouse d'Amennheb, le Chef des archers parti en expédition aux côtés de Thoutmosis, la pharaonne Hatchepsout passa devant l'assemblée avec plus de dignité que d'enthousiasme au cœur, tant elle redoutait ce petit mâle.

Le vieux visage d'Antef qu'elle croisa au passage, creusé, ridé, aux joues décharnées et au crâne nu ciselé de ridules violacées, lui lança un regard à la fois cynique et satisfait. Le vieil homme escomptait à coup sûr l'arrivée d'un garçon pour mettre définitivement fin au règne d'une femme qui, disait-il, abusait des pouvoirs qu'un seul pharaon, unique maître de l'Égypte, avait le droit d'utiliser.

Passant devant lui, elle jeta ses yeux froids et déterminés sur Antef et fixa son regard qui n'avait plus de couleur tant il était usé. Immobile, rejetant ses maigres épaules en arrière au prix d'un gros effort, mais refusant toute inclination du buste, il soutint hardiment son regard en étirant ses lèvres minces dans un rictus qui ressemblait à un mauvais sourire. Hatchepsout y répondit par une immobilité complète, la tête assez haute encore pour braver l'Égypte entière. Chacun put y voir le violent désaccord qui les opposait.

Suivie par les dignitaires qui l'accompagnaient, elle pénétra dans la chambre de sa fille avec ses compagnes. Un instant, elle observa Mérytrê qui paraissait confiante. Allongée sous les draps de lin, elle était entourée de ses suivantes qui s'écartèrent aussitôt pour la laisser s'approcher.

Nebetta, la Grande Nourrice royale, choisie non pour allaiter l'enfant qui devait naître, car ce titre prestigieux n'avait aucun rapport avec l'allaitement que fournissaient les braves et bonnes filles de campagne engagées à cet effet pour nourrir les enfants royaux, se tenait courbée de façon étrange.

Séchat qui observait depuis quelque temps la position curieuse de Nebetta, pour le moins indigne d'une noble dame, se tourna vers Hatchepsout qui, les mains posées sur le front moite de sa fille, la regardait aussi. Elles échangèrent un coup d'œil inquiet. Puis, voyant Nebetta se redresser, elles reportèrent à nouveau leur attention sur Mérytrê qui commençait à geindre.

Entraînant Satiah avec elle, Séchat se retira silencieusement dans un angle de la pièce où d'autres femmes s'étaient déjà installées pour ne rien perdre du spectacle de l'accouchement royal. La mère était vêtue comme elle aimait le faire depuis quelque temps d'une robe assez ample, de la couleur limpide du ciel égyptien, retenue sur le côté droit par une fine bretelle. D'un air posé, elle observait l'assemblée.

Sa fille, dans une attitude réservée, se tenait auprès d'elle. Un fourreau blanc, étroit, translucide, dessinait à merveille ses jeunes formes qui laissaient si souvent rêveur Thoutmosis.

Tassées dans l'angle de la grande pièce avec les autres femmes, mère et fille réfléchissaient à de bien différents problèmes.

L'une pensait au déclin définitif de la pharaonne si Mérytrê mettait un fils au monde et aux effets fâcheux que cette naissance allait entraîner. Réactions gênantes non pour son époux, le médecin, qui semblait s'être attiré les bonnes grâces du futur pharaon, mais pour Satiah qui ne serait jamais qu'une Seconde Épouse.

Quant à Satiah, sa plaisante et gracieuse fille à qui elle avait légué sa farouche envie de vivre, elle n'entrevoyait que le retour de Thoutmosis et l'heure tant souhaitée où il prendrait dans ses bras musclés, pileux et forts, son corps élancé qui n'attendait que les délices de l'amour.

Certes, toute l'assemblée ici présente, y compris Antef et les dignitaires qui attendaient à l'extérieur de la chambre royale, pensait à l'évidence que l'on se préparait déjà à écrire dans les annales du palais. Si Mérytrê avait un fils – et Hatchepsout le savait – Antef et les nouveaux prêtres d'Amon s'empareraient de cet élément pour consolider la position de Thoutmosis. Si, au contraire, Mérytrê avait une fille, Hatchepsout aurait encore quelque répit avant de céder sa place à son neveu, dès son retour à Thèbes.

En regardant Satiah, Séchat vit qu'elle lui désignait Nebetta du regard. Elle avait repris sa position courbée, mais relevait la tête et, l'œil vague et imprécis, observait Hatchepsout. Qu'avait-elle ? Par tous les dieux d'Amon ! Ce n'était guère dans ses habitudes de se tenir ainsi.

Hatchepsout se tourna vers l'assemblée qui attendait dans la chambre et reçut les hommages qui lui étaient dus. Le silence ne dura que le temps des saluts échangés et lorsque la pharaonne se préoccupa de sa fille, les bruits reprirent de plus belle. Il fallut l'arrivée des trois accoucheuses royales pour que le calme revînt dans les appartements de Mérytrê.

Car, il était évidemment question d'appartements entiers. Salles diverses et chambres du palais étant toutes occupées par les membres d'une société de plus petite noblesse, dignitaires de province, sous-intendants et directeurs dont les fonctions les laissaient assez éloignés de Thèbes, venus avec leurs épouses pour célébrer la future naissance.

Dans la chambre royale, les trois matrones imposèrent le silence. Seul, le bourdonnement de quelques mouches, aussitôt chassées par les grandes palmes des servantes, se fit entendre.

— Qu'on cesse toute agitation inutile, ordonna l'une d'elles qu'on nommait « La Grande Génisse », car sans aucun doute sa renommée allait jusqu'au delta du Nil et, visiblement, elle prenait en main la direction des opérations.

À partir de cet instant, les accoucheuses n'acceptèrent que murmures et chuchotements.

Sur leurs injonctions brèves et précises, on apporta des bassines emplies d'eau et on les disposa près de la couche royale sur des braseros qui furent allumés en un clin d'œil. Ils permettaient de maintenir l'eau à une ébullition constante, mais provoquaient dans la chambre une touffeur un peu suffocante que plusieurs femmes ne purent supporter sans ôter quelques vêtements gênants.

Piles de linge blanc, coussins de soie, couvertures tissées dans le lin le plus fin, berceau d'osier, grandes fioles de natron pour éviter la propagation des microbes, rien ne manquait pour la venue de l'enfant.

Les médecins Mékyet et Seddy attendaient dans le couloir afin d'intervenir en cas de difficulté puisqu'à cette époque la loi égyptienne interdisait aux médecins d'intervenir lors des accouchements quand tout se passait bien.

Antef l'Intendant du Palais, Nekmin le Prêtre d'Amon et Menkeper l'Architecte royal restaient à proximité, l'œil et l'esprit en alerte, supputant déjà les avantages d'une telle naissance.

Quand les douleurs de Mérytrê se firent plus violentes et plus rapprochées, les bruits et les agitations qui, décidément, n'arrivaient pas à s'atténuer – ils avaient repris au premier cri de l'accouchée – se transformèrent en un long défilé de mots, tous murmurés en paris incertains. Qui une fille ! Qui un garçon ! Enfin, l'enfant tant attendu allait arriver.

Hatchepsout gardait son calme habituel. Depuis que des complots se tramaient sans cesse autour d'elle, l'empêchant de dormir et de se nourrir convenablement, sa maigreur ne laissait plus de doute. À présent, quand elle délaissait le lourd pectoral qui dissimulait son buste devenu frêle et ses épaules creuses, ses fines robes de lin laissaient entrevoir son corps affaibli. Aussi prenait-elle pour habitude de cacher sa menue silhouette dans une ample tunique blanche dont les pans retombaient souplement sur son corps.

Ainsi vêtue, seul son visage portait les signes de ses permanentes angoisses. Étirés à l'extrême par le savant maquillage, ses yeux n'arrivaient pas à masquer les cernes profonds qui les soulignaient, obstruant parfois la clarté de son regard. Le front qu'elle tenait toujours haut et dégagé, mais qui, autrefois, était lisse et blanc, avait deux rides profondes qui partaient à la dérive dans une chevelure que cachait une perruque coiffée toute en hauteur.

Son maquillage, peaufiné au-delà de toute mesure excessive, venait rehausser le peu de vaillance qui restait encore en elle. Elle se tenait près de sa fille, une main posée sur son front, l'autre sur son épaule. Sentant la présence réconfortante de sa mère, la jeune femme se crut autorisée à relâcher un peu sa réserve et se mit à gémir.

— Est-ce pour bientôt ? questionna la pharaonne en se tournant vers l'une des matrones qui s'était rapprochée, une pile de linges blancs entre les mains.

Plus carrée que les deux autres, mais plus petite aussi, le teint assez sombre et la pupille noire, bien que son visage parût le plus avenant des trois, Souti l'accoucheuse déclara :

— Cela ne devrait plus tarder, Majesté. Mais, à mon sens, il faut encore attendre une bonne heure.

— Peut-être deux, rétorqua « La Grande Génisse » en tâtant le ventre de l'accouchée au travers du drap de lin.

Mérytrê poussa un soupir las et résigné, puis se remit à gémir.

— Allons, ma fille, cet enfant va naître dans un instant. Calmez-vous et songez à tous ces gens qui vous observent, murmura-t-elle à l'oreille de Mérytrê.

Elle regarda en direction de sa vieille compagne Séchat, son amie d'enfance qui l'avait toujours soutenue, et la trouva trop éloignée d'elle.

— Viens, Séchat. Approche-toi. Nous allons accueillir ensemble le futur pharaon que ma fille va mettre au monde.

— À moins que ce ne soit une fille, Majesté ! ne put s'empêcher de rétorquer Séchat en s'avançant vers elle.

Leurs deux regards se rencontrèrent et la crainte qui s'échappa de l'une se transforma en doute chez l'autre.

À nouveau, Hatchepsout regarda sa fille qui grimaçait de douleur.

— Vite ! s'écria-t-elle. L'enfant menace de sortir.

D'un geste sûr, « La Grande Génisse » tâta le bas-ventre de la jeune femme et fit un signe négatif. Les contractions arrivaient à un rythme encore trop faible et trop irrégulier.

— Majesté ! Ce n'est pas encore pour le moment, jeta-t-elle en s'écartant de la couche de Mérytrê.

Hatchepsout soupira.

— Où est Néférouben ? murmura-t-elle à l'oreille de Séchat. Il devrait être aux côtés des médecins et je ne l'ai pas vu.

Séchat hocha la tête et eut un geste d'ignorance. L'absence du Sommelier royal n'en avait pas inquiété d'autres, puisqu'il manquait encore Djéhouty, Pouyemrê et Néhésy. Pourtant, elles jetèrent un bref coup d'œil sur Nebetta qui, dans un angle de la chambre, se tenait à présent le ventre à deux mains.

Séchat décida de percer l'énigme de cette affaire.

— Est-elle souffrante ? fit-elle en la désignant du doigt.

— Que les dieux d'Amon nous préservent d'une telle éventualité ! grogna Leïla, la troisième accoucheuse qui commandait à une servante de rallumer un brasero éteint.

— Si la Grande Nourrice royale se prend à présent pour la future accouchée, reprit à son tour Souti, la seconde sage-femme, nous ne sommes pas sorties d'affaire.

Le ton était assez ironique et montrait la banalité de l'incident. D'ailleurs, « La Grande Génisse » se plut à reprendre d'une voix non moins gouailleuse :

— Majesté ! Permettez-lui de sortir si elle ne peut supporter la vue d'un accouchement.

La pharaonne eut un geste agacé.

— Où est Néférouben ? questionna-t-elle sèchement.

— Personne ne l'a vu, Majesté, répondit Baki, sa suivante.

L'assemblée se tourna vers Nebetta dont l'attitude était de plus en plus courbée. Quand tous les regards furent fixés sur elle, la jeune femme ploya le corps en avant et, sans un cri, tomba sur le tapis, nez contre le sol.

Un hurlement général se fit entendre. Celui de Mérytrê, plus puissant encore, fut absorbé dans l'agitation générale. Elle releva son buste, mais les accoucheuses l'obligèrent à se rallonger.

— Vite, les médecins, cria Séchat en se précipitant à l'extérieur de la pièce.

— Les médecins ! répéta la pharaonne dont les mains commençaient à trembler.

— Ils arrivent, Majesté. Ils arrivent ! s'écria Baki.

En courant vers la porte, elle se heurta à Satiah qui, d'un pas de velours, s'était approchée de Mérytrê. Elle jeta ses yeux bleus sur elle, non pour la consoler de ses douleurs, mais pour mieux voir son visage apeuré. Elle était si près de sa compagne qu'elle frôlait les accoucheuses qui, inquiètes à présent, relevaient les draps pour observer le ventre distendu de leur patiente.

Quand Satiah croisa les yeux de Mérytrê, elle y jeta un défi d'une telle portée que l'autre faillit y répondre d'une voix menaçante. Mais elle se tut et se contenta de gémir. D'ailleurs, arrivaient déjà Hatchepsout, Séchat et Baki suivies des médecins affolés par l'étrange dénouement des choses, car à peine eurent-ils retourné le corps de Nebetta qu'ils en constataient la mort.

Tandis que l'agitation gagnait les pièces attenantes du palais et que les accoucheuses ne semblaient plus maîtriser leur besogne, faute d'un ordonnancement traditionnel qui échappait à leur contrôle, les deux médecins palpaient le corps qui ne respirait plus. Il était mauve, tendu, raide.

Prenant le parti d'ignorer la présence extrêmement rapprochée de sa rivale, Mérytrê cria encore. Un hurlement qui perça l'espace jusque dans les couloirs les plus éloignés du palais.

Puis, prenant conscience que, pour l'instant, Mérytrê vivait plus fort son mal physique que sa douleur mentale, Satiah s'écarta pour laisser les accoucheuses faire leur travail. Deux d'entre elles saisirent les bras de Mérytrê et les retinrent solidement fixés au-dessus de sa tête. Leïla, la troisième, releva haut ses jambes et tint ses cuisses écartées pendant qu'Hatchepsout, revenue au chevet de sa fille, balayait son front de ses doigts amaigris et tremblants.

Comment pouvait-elle ne pas frémir quand elle savait, à présent, que le poison qui lui était destiné avait été jeté dans la boisson qu'avait bue Nebetta ?

À nouveau, elle plongea sa main dans l'eau chaude qui grésillait sur le brasero allumé et, curieusement, ne ressentit aucune douleur. Au contraire, la brûlure calma son angoisse et elle tourna essentiellement son esprit sur l'accouchement de sa fille.

Penché sur le visage violet de Nebetta dont la bouche entrouverte laissait apparaître une mousse blanchâtre, chacun avait compris que Néférouben, le Grand Sommelier royal, avait voulu empoisonner Hatchepsout et que Nebetta avait goûté le breuvage qui ne lui était pas destiné.

Certes, l'agitation était à son comble et les accoucheuses ne pouvaient plus maintenir l'ordre et le silence. D'ailleurs, un autre travail les attendait, car Mérytrê s'affolait en sentant l'enfant remuer et descendre de plus en plus bas.

Pâle, Séchat ne savait plus qui regarder. Le pauvre corps tendu et mauve de Nebetta ou celui de Mérytrê qui s'apprêtait à mettre son enfant au monde.

Se pouvait-il qu'on voulût encore la disparition d'Hatchepsout ? Et, bien que Séchat fût à présent rassurée sur le sort de Neb-Amon, elle ne pouvait que trembler en observant le courage et la vaillance de sa compagne. Hatchepsout essayait de cacher son trouble en aidant les accoucheuses à lever sa fille afin qu'elle pût accoucher comme la vieille tradition le réclamait, sans hommes, accroupie sur le sol, les pieds posés sur les briques que l'on s'apprêtait à disposer en estrade.

Satiah paraissait totalement indifférente, absorbée par on ne sait quelle idée qui dévorait son esprit. Elle regarda distraitement les médecins observer le corps de Nebetta, puis se tourna vers Mérytrê qui continuait à pousser ses hurlements de bête fauve.

— Avait-elle besoin de ce contretemps ? grommela Souti l'accoucheuse en secouant la tête. Tout se passait pour le mieux.

— Un contretemps ! ne put s'empêcher de rétorquer Séchat, quand il s'agit d'un meurtre pur et simple.

— Que la déesse Hathor, la mère des accouchées, soit avec nous, lâcha « La Grande Génisse » d'un ton moralisateur. Notre travail est de mettre au monde cet enfant et rien d'autre ne nous en distraira.

— Ne nous inquiétons pas plus qu'il ne faut. Tout va bien, rétorqua Souti l'accoucheuse qui s'évertuait avec Leïla à soutenir Mérytrê hurlante et suante jusqu'à ce qu'elle arrivât sur les marches de briques.

La foule s'était dispersée, partagée en deux. En trois, même, car plusieurs femmes s'étaient éclipsées afin d'aller renseigner le reste du palais. Au centre de la chambre, une partie entourait Mérytrê qui, à moitié accroupie, s'apprêtait à laisser tomber l'enfant qui brûlait et déchirait son ventre.

Dans un angle de la pièce, là où s'était écroulée Nebetta, l'autre partie de l'assistance suivait les gestes et le regard des médecins qui, penchés sur le corps de la morte, essayaient d'en savoir plus. Mais comment calculer très précisément l'heure d'absorption du poison, la composition essentielle de la drogue et l'instant de l'arrêt du cœur ? Ils furent stoppés dans leurs réflexions par l'arrivée des pleureuses qu'un personnage bien intentionné avait dû commander.

— Dehors ! vociféra « La Grande Génisse » qui, les mains en coupe entre les cuisses de Mérytrê, attendait l'arrivée de l'enfant.

— Poussez, poussez plus fort, jeta Souti l'accoucheuse en essayant de la maintenir dans la position la plus droite possible.

Puis elle leva la tête et vit les pleureuses qui commençaient à psalmodier leurs incantations divines.

— Dehors ! vociféra à nouveau « La Grande Génisse », ulcérée qu'un tel comportement vînt bouleverser la naissance d'un futur pharaon d'Égypte. Que Seth, le dieu des crocodiles, dévore ces femmes sur-le-champ.

— Dieu d'Amon ! murmura Hatchepsout en soupirant, ma pauvre Nebetta n'a-t-elle donc pas droit aux traditions occasionnées par sa mort ?

La sentant désemparée, Séchat s'approcha d'elle et chuchota à son oreille.

— Plus tard, Hatty. Plus tard.

Hatchepsout la remercia d'un regard. Ce diminutif d'Hatty que son amie employait lorsqu'elles étaient enfants la réconforta. Dieu d'Isis ! Que la pharaonne aimait son prénom quand on ne l'appelait plus « Majesté ».

— Tu as raison, murmura-t-elle à son tour. Plus tard, nous nous occuperons de Nebetta.

Mais il était écrit au double destin de cette journée que la préoccupation de cette mort devait encore perturber cet instant. Car Mérytrê se mit à crier :

— Qui l'a tuée, Mère ? Qui l'a tuée ? Veut-on assassiner toutes les femmes de pouvoir ?

— Taisez-vous et concentrez-vous sur votre enfant, répliqua « La Grande Génisse » sans aucun souci du protocole.

— Allons, poussez plus fort, réitéra Souti l'accoucheuse. L'enfant vient. On aperçoit déjà le sommet d'un petit crâne duveteux.

Il faut dire qu'à cette époque, en Égypte, durant les accouchements, les sages-femmes étaient les maîtresses du monde. Les ordres qu'elles donnaient devaient être suivis à la lettre et nul ne pouvait les contrecarrer. Leurs pouvoirs dépassaient même ceux des praticiens.

— Les médecins, souffla Hatchepsout. Ils ne sont plus là.

— Ne craignez rien, Majesté, l'enfant arrive. Nous n'aurons pas besoin d'eux.

Souti et Leïla, les accoucheuses, obligèrent Mérytrê à se concentrer, car l'enfant ne glissait pas assez vite.

— C'est vous, Mère, qu'on a voulu supprimer. C'est vous ! s'écria Mérytrê. Pas une autre.

— Allons, calme-toi, ma fille. C'est une naissance qu'on fête, non une mort. Pousse et concentre-toi.

— Accroupissez-vous davantage.

Mérytrê ne criait plus. Elle suait et geignait. Quand elle posa son regard sur celui de Satiah, elle le trouva absent, indifférent, trop silencieux pour qu'elle y prît du plaisir. Alors, elle eut envers elle un sourire équivoque, conquérant, dominateur, en sentant que la tête de l'enfant glissait dans les mains de l'accoucheuse.

Entre elles deux, plus rien ne compta que l'immense défi qui les opposait. Mérytrê changeait soudain de tactique. L'image de Thoutmosis qui se glissait entre elles annula toutes ses craintes. Peu lui importait que la Grande Nourrice royale vînt d'être empoisonnée à la place de la pharaonne et que l'agitation de la chambre soit décuplée par les cris des pleureuses que l'on entendait plus loin dans les couloirs du palais.

À présent qu'elle allait enfanter d'un futur pharaon, pourquoi se soucierait-elle qu'une partie de l'Égypte se méfiât de l'autre ? Pourquoi s'inférioriser, se culpabiliser pour des qualités qu'elle n'avait pas et que Thoutmosis trouvait en Satiah, alors qu'elle tiendrait bientôt l'alibi le plus indestructible qui soit ?

Elles se mesurèrent encore du regard et Mérytrê sentit une fièvre la parcourir alors qu'on lui criait de pousser. Satiah perçut elle aussi une onde étrange la pénétrer. En une brève seconde, seul compta l'amour qu'elles avaient l'une et l'autre pour un jeune prince qui allait bientôt rentrer à Thèbes.

L'instant suivant, Mérytrê avait repris l'arrogance de son sourire envers sa compagne, mais celle-ci s'écarta sans plus se soucier d'elle pour s'approcher de sa mère qui discutait à voix basse avec Baki.

— Maman, murmura-t-elle, en se penchant discrètement sur Séchat, j'ai quelque chose à te dire.

Surprise, Séchat regarda sa fille.

— Est-ce bien le moment, Satiah ?

— Je ne sais pas si c'est l'instant adéquat, chuchota encore la jeune fille à l'oreille de sa mère, mais c'est celui-là que j'ai choisi pour t'en parler.

— Est-ce long ?

— Non.

Séchat se tourna vers elle et observa les yeux calmes et tranquilles de sa fille. Confiantes, les prunelles de Satiah ne dénotaient aucune angoisse, mais elles étaient piquées de cette petite lueur passionnée, un peu folle, qu'elle connaissait si bien quand elle ne voulait pas démordre d'une idée.

— Viens, fit-elle en s'éloignant d'Hatchepsout, de Baki et des accoucheuses. Je t'écoute.

— Maman, je suis enceinte.

Séchat ne broncha pas. Elle tourna son regard vers les accoucheuses. Dans une ou deux minutes, l'enfant serait expulsé complètement du ventre de sa mère. Déjà, la tête apparaissait tout entière.

— Ne t'inquiète pas, fit Séchat. Tu épouseras Thoutmosis dès qu'il sera rentré de son expédition.

— Je sais. Maman, je ne m'inquiète pas.

— Alors, qu'est-ce qui ne va pas ?

Elle regarda sa fille et vit qu'une légère crispation serrait ses lèvres joliment dessinées au henné.

— Dis-moi, Satiah, es-tu heureuse ?

— Loin de Thoutmosis, non !

— L'es-tu donc plus quand il est là, et que ta présence doit côtoyer celle de Mérytrê ?

— Oui, car c'est moi qu'il regarde.

Séchat soupira. Devait-elle regretter à nouveau le choix qu'elle avait fait autrefois ? Certes, sa décision de privilégier sa vie professionnelle au détriment de son enfant était la conséquence fatale de ce qui suivait. Si sa fille n'avait pas été placée au harem et qu'elle l'eût elle-même élevée, Séchat en aurait probablement fait l'épouse d'un haut dignitaire et Satiah n'aurait pas à se créer des frayeurs sur une position subalterne qu'elle commençait à refuser.

Mérytrê cria. Une ultime contraction la pencha en avant. Hatchepsout retroussa sa chemise plus haut. Son corps s'était un peu ployé en avant pour mieux observer le sexe de l'enfant qui allait sortir. « La Grande Génisse » commençait à grimacer de joie. Ses deux compagnes se crurent obligées de sourire elles aussi. Mérytrê cria encore. Ce fut la dernière plainte avant la fin. L'enfant sortait tout entier. « La Grande Génisse » reçut dans ses mains le gros garçon qui tombait, enveloppé du magma maternel. Le futur Aménophis II était né.

⁂

Avant que le retour de Thoutmosis soit annoncé, une rentrée glorieuse où le prince rapportait à nouveau les honneurs de la guerre, Satiah avait déjà organisé sa fugue. En ayant soupesé tous les effets et contourné chaque obstacle, du moins le croyait-elle, car sa grande jeunesse lui faisait oublier les points essentiels, elle avait décidé de partir avec Cachou.

Le chagrin qu'elle avait eu à ne pas en parler à Maâthor l'avait un instant retenue, mais le violent désir de partir mûrissait depuis trop longtemps en elle pour qu'elle lâchât prise aussi vite. Satiah savait que l'immense confiance que sa mère avait mise en sa fidèle servante l'aurait à coup sûr fait parler. Alors, pourquoi la tenir au courant d'un projet qui, à l'avance, était irrémédiablement voué à l'échec ?

En revanche, Cachou, qui n'était pas beaucoup plus vieille que Satiah, avait accepté d'emblée l'aventure. Quelques mots, quelques propos flatteurs avaient fait leur chemin dans l'esprit de la jeune esclave africaine qui, chaque fois que l'occasion se présentait, suivait sa maîtresse comme une ombre.

Certes, Satiah n'avait pas fait du théâtre pour rien et, dans cette histoire, son jeu était parfait, ses attitudes impeccablement étudiées et ses gestes aussi naturels que ceux qu'elle effectuait chaque jour. Quant à ses yeux, s'ils s'enthousiasmaient au moindre rappel de sa décision, ils ne s'attristaient qu'à l'idée de laisser seuls sa mère et Rekmirê.

Ces quelques instants de remords s'étouffaient pourtant assez vite lorsqu'elle pensait à la grande feuille de papyrus sur laquelle elle avait déjà tracé son message. C'était certes l'élan chaleureux, sincère d'une fille aimante pour sa mère, mais c'était plus encore un cri d'amour envers son bien-aimé qu'elle voulait rejoindre au plus vite.

Cachou, que Satiah avait tenue au courant depuis le début de son projet, avait ri et battu joyeusement des mains comme une enfant à qui l'on donne un jouet merveilleux. Cachou n'était pas compliquée et Satiah avait su ficeler parfaitement l'affaire. La jeune Africaine s'était laissé emporter par la séduction des mots et la couleur des propos avec des yeux étonnamment naïfs qui plaçaient tous les espoirs, même les plus précaires, au-devant de toute possibilité.

Tout était préparé, minuté, huilé jusqu'à l'infime détail qui rendait l'atmosphère inchangée, l'engrenage de la mécanique du temps et de ses rites infaillible. Le baiser que la jeune fille avait donné la veille à sa mère n'avait nullement attiré l'attention de celle-ci et quand Rekmirê lui avait raconté l'anecdote de l'essieu cassé de son char, Satiah avait écouté avec application, posant même les questions qui prouvaient l'intérêt qu'elle portait à l'histoire de son frère.

Quant à Maâthor, elle s'était juste étonnée de voir sa protégée s'endormir aussi tard. Depuis longtemps, Satiah aimait se lever tôt, courir en char le long du Nil et musarder avec ses chevaux favoris. Mais en revanche, elle ne se couchait jamais plus tard que le dernier rayon du jour, celui qui annonçait la douzième heure sur les clepsydres.

Mais, ce soir-là, un petit brin de paille enraya quelque peu le plan de Satiah. Maâthor était sur ses talons et semblait ne pas vouloir la lâcher, lui rappelant sans cesse ses devoirs et ses obligations du lendemain.

Quand chacun fut endormi, Maâthor la suivait toujours, s'étonnant du prétexte qu'elle avançait pour ne pas se coucher. Satiah dut lui faire absorber un peu d'hellébore et de gentiane dans la tisane qu'elle prenait chaque soir juste avant de s'endormir. Connaissant les doses, elle fit en sorte que sa servante ne puisse s'éveiller avant le premier rayon solaire.

Dès que Maâthor eut sombré dans les profondeurs d'un rêve bien étrange qui la laissait béate d'inconscience, Cachou sauta de sa paillasse pour préparer la sacoche qui devait enfermer les victuailles pour la route.

Il fallut encore que Rekmirê se relevât pour contrarier le bon ordonnancement du départ. Mais, les yeux embués de sommeil, l'adolescent ne s'étonna pas que sa sœur soit levée et se dirigea tranquillement vers le cabinet d'aisances pour se soulager. Aucun doute n'avait effleuré son esprit et la jeune fille avait poussé un tel soupir que son cœur en battait encore.

Enfin, tout était prêt. Satiah sentait sa tête bourdonner de mille petits bruits curieux. Son dernier geste avait été celui de laisser le papyrus à sa mère. Elle savait que Séchat comprendrait le motif qui la poussait à vouloir profiter du retour de Thoutmosis sans devoir le partager avec Mérytrê.

Elles étaient parties dans la nuit, alors que l'air soufflait une brise fraîche dans le feuillage des sycomores et des grands palmiers-dattiers qui bordaient l'allée de la résidence. Au loin, le lac bordé de marbre rose miroitait sous une lune qui plaquait ses reflets blanchâtres entre les nénuphars où quelques libellules folâtraient en silence, attendant que le soleil levât son premier rayon.

Pour éviter toute rencontre nocturne qui eût infailliblement brisé leur plan, elles passèrent par l'arrière de la maison, là où les potagers leur firent découvrir des ombres incroyablement étonnantes. Les concombres et les courgettes s'étalaient en ligne comme de grands serpents d'une affreuse noirceur et les oignons sortaient de terre comme de vilains petits monstres aux yeux blancs et inquisiteurs.

Quant aux melons, ils semblaient rouler d'énormes carcasses brunâtres qui n'avaient rien de commun avec la délicate couleur orangée qu'ils offraient en plein jour.

En passant entre les rangées légumières qu'un jardinier zélé avait tracées avec art, Cachou eut un sursaut, puis surmontant sa peur des ombres fantasques et mouvantes, elle arracha deux concombres et trois oignons qu'elle enferma dans la sacoche que portait sa mule. Quelques provisions de plus pour la route ne leur nuiraient pas.

Satiah se retourna. Les ombres la narguaient. Dieu d'Amon ! Que faisait-elle ? Où allait-elle ainsi à l'aventure ? Elle prit le temps d'observer une dernière fois la maison qui, à présent, se détachait au loin. Le chemin à travers le potager qu'elles suivaient les aidait considérablement. Aucun serviteur ne pouvait les voir.

Elle serra et tira la bride de sa mule qui piétinait alertement les belles et odorantes plates-bandes du potager. Assurément, c'était là un vrai carnage. Qu'allait dire le jardinier en voyant son travail ainsi saccagé ? Lui qui était si précautionneux, si attentif à la pousse de ses légumes !

Impuissante devant cet incident, elle soupira et entraîna sa mule sur le chemin extérieur qui commençait à se dessiner. La voie était libre. Le Nil présentait ses berges sous le meilleur aspect, éclairées par la luminosité d'une lune généreuse. Il n'y avait plus qu'à les suivre jusqu'au village prochain. Les gigantesques ombres avaient disparu pour faire place à un ciel criblé d'étoiles. Elles enfourchèrent leur mule et décidèrent d'avancer jusqu'à la moitié du jour suivant, là où l'heure est au zénith, quand il fait bon se reposer à l'ombre d'un vieux sycomore.

La route jusqu'à Memphis était longue et Satiah savait qu'il lui faudrait monnayer nourriture et gîte. Elle avait donc dissimulé quelques débens d'or soigneusement cousus dans ses vêtements et entouré ses poignets et ses chevilles de petits cercles d'argent, faciles à échanger pour le menu quotidien qu'elles devraient assumer.

Jusqu'à la tombée du jour suivant, les deux mules trottèrent à vive allure et les fugitives se retrouvèrent aux portes d'Abydos avant même d'être lasses. Leur seule inquiétude venait de la petite gourde d'eau qui se vidait trop vite. Satiah n'avait pas prévu le danger de la soif qu'affrontait tout voyageur. Elles avaient bu à grandes gorgées au lieu d'utiliser leur eau par doses réduites.

— Où allons-nous coucher ? fit Cachou, vaguement inquiète.

— Nous allons demander asile au temple. Regarde, il se tient là-bas, derrière la barrière des grands acacias que nous cache l'horizon qui tombe. C'est celui de Séthi Ier. Ma mère m'en a beaucoup parlé. Elle s'y est arrêtée autrefois.

Au nom de sa mère, Satiah eut un frisson et une larme perla à sa paupière. N'avait-elle pas été trop impulsive dans sa décision ? Il était encore temps de rebrousser chemin. Satiah soupira. Non ! Elle irait jusqu'au bout du choix qu'elle s'était imposé. Certes, sa mère allait se sentir seule et délaissée sans sa fille, d'autant plus qu'elle se tourmentait depuis la disparition de Neb-Amon retrouvé depuis peu, mais pour qui elle tremblait encore.

— Tu vois, Cachou, fit Satiah pour se donner du courage, c'est là qu'autrefois les rois Thinites de l'Ancien Empire vivaient et construisaient leurs nécropoles.

— Je ne les vois pas, fit Cachou en posant sur son front sa main en visière pour isoler l'horizon des stries orangées que le soleil couchant laissait traîner sur toute leur longueur.

— Regarde plus loin, Cachou. Le piémont rocailleux s'étend devant la falaise de l'Occident. Le temple se tient derrière la barrière des sycomores et les nécropoles sont installées tout au long de la roche.

Elles firent avancer leurs mules en direction du rocher qui s'élevait en larges colonnes arrondies dont la base se recouvrait de hiéroglyphes.

— Sais-tu, Cachou, remarqua Satiah, que Thoutmosis sera fier de moi quand je lui raconterai que j'ai visité la nécropole du dieu Osiris ?

Elles tressaillirent. Un bruit les fit se retourner. Satiah sauta de sa mule et la retint par la bride. Cachou l'imita. Les grandes colonnes commençaient à leur jouer le tour de l'affreux potager. Elles diffusaient des ombres effrayantes qui léchaient silencieusement leurs pieds qu'elles avaient chaussés de sandales de cuir souple pour parer aux longues marches.

Instinctivement, Satiah baissa les yeux. Une énorme langue noire vint s'enrouler autour de sa cheville. Elle cria.

— Cachou ! Ce n'est pas une ombre !

La jeune esclave se précipita sur Satiah et d'un coup de main agile écarta la tête du reptile qui serpentait autour de la cheville de sa compagne.

— Laissez-le, entendirent-elles dans leur dos.

Satiah n'osa bouger, mais Cachou se retourna et vit un homme de petite taille, vêtu d'une large tunique blanche dont l'une des épaules était découverte. Il avait le visage grave, un peu austère, et la main qu'il levait se tenait droite comme le symbole d'une justice à venir.

— Laissez-le, répéta l'homme, ces petits reptiles sont inoffensifs. Ils nous servent à éloigner les impies, les voleurs de tombes, les malfaiteurs de toutes sortes qui ne savent pas que leurs langues sont sans venin.

Satiah restait médusée, n'osant bouger et, voyant que Cachou ne lâchait pas sa prise, elle se retourna lentement, leva le visage sur l'homme et croisa son regard gris.

— Lâchez-le, je vous dis, réitéra l'homme d'un ton froid et calme qui n'admettait aucune réplique. Vous ne craignez rien.

Comme il lisait une grande frayeur dans les yeux des fugitives, il ajouta d'un ton moins austère.

— Faites-moi confiance, je suis le Grand Prêtre de ce temple.

Impressionnée, Cachou ôta sa main avec prudence. Libéré, le reptile s'enroula plus haut sur la jambe de Satiah et remonta sur sa cuisse nue que découvrait la courte tunique qu'elle portait.

Elle faillit crier, mais se retint. Sur elle, le reptile semblait à l'aise et l'homme ne faisait rien pour le retenir. Quittant sa cuisse et déroulant lascivement sa spirale, il grimpa à l'assaut de son buste. Le cœur de Satiah s'était arrêté, tout comme son souffle et sa respiration. Elle ferma les yeux et attendit. Les anneaux froids du reptile s'enroulèrent autour de son cou.

— Ne bougez pas. C'est inutile, fit le prêtre. Il va redescendre tout comme il est monté.

Cette fois, les jambes de Satiah commençaient à trembler. Cachou avança la main vers elle, mais la garda tendue, sans rien faire.

Le reptile s'attarda quelques instants, oscillant de la tête au-dessus de celle de Satiah. Sa langue pourpre allait et venait sans cesse dans un mouvement extrêmement rapide. Puis, se balançant encore quelques instants sur la chevelure de Satiah, il redescendit d'une façon identique en poursuivant le même trajet, traversant son buste, sa taille, ses cuisses, ses jambes. Quand il fut arrivé à ses chevilles, il glissa sur le sol et disparut lentement entre les colonnes de pierre.

— Vous êtes l'une et l'autre très courageuses, fit le prêtre en s'approchant d'elles.

Satiah ouvrit la bouche, prit sa respiration et Cachou abaissa sa main. Mais ni l'une ni l'autre n'osa émettre le moindre son. Elles se regardèrent un instant, puis de nouveau Satiah respira une grande bouffée d'air qui arrivait des bords du Nil comme un havre de sécurité et de splendeur. Soudainement, tout parut magnifique à Satiah.

— Vous êtes bien jeunes pour voyager seules. Où allez-vous donc ainsi ?

— À Memphis.

— À Memphis ! Et qu'allez-vous faire à Memphis ?

Satiah hésita. Elle ne pouvait révéler son nom au Grand Prêtre. Trop jeune, en effet, pour voyager seule en compagnie d'une esclave qui n'était pas plus vieille qu'elle, elles auraient été de suite ramenées à Thèbes après vérification de leur identité.

Satiah, on le sait, était une jeune fille hardie. Lorsqu'elle se laissait prendre au dépourvu, comme en cet instant où elle ne s'attendait pas si vite à cette question, elle prenait le parti d'en poser une à son tour.

— Grand Prêtre, pouvez-vous nous héberger cette nuit dans votre temple ?

Il ne parut pas surpris, mais son œil esquissa une petite frisure qui montrait que la demande était osée.

— Simplement une nuit, reprit Satiah assez précipitamment pour que le prêtre d'Abydos n'ait pas le temps d'opposer un refus. Je connais le roi Séthi Ier et l'époque de l'Ancien Empire auquel il appartient et je sais qu'il est le maître de ce temple. Je peux donc l'honorer de mes prières et lui donner l'un de mes bracelets d'argent en offrande.

Le prêtre dont la tunique de lin blanc enveloppait le corps entier, à l'exception de son épaule droite, haussa les sourcils et attendit. Puis il fit quelques pas comme s'il s'en retournait et revint subitement vers les jeunes filles. Son regard gris et métallique se planta dans celui de Satiah qui n'attendait qu'un mot pour reprendre la conversation.

Il observa avec attention sa jeune silhouette et la souligna d'un hochement de tête. L'adolescente lui tenait tête assez hardiment, mais son éducation semblait parfaite. Elle était propre d'aspect. Sa tunique blanche était tissée dans un lin pur et fin attestant la haute lignée de sa condition. Ses cheveux soyeux et souples étaient tirés en arrière et ses pieds chaussés de riches sandales étaient juste recouverts de la poussière du voyage qu'elle avait fait depuis la veille.

De toute évidence, il avait remarqué depuis longtemps les bracelets qui s'enroulaient autour de ses bras et de ses chevilles.

— Dis-moi ton nom, ma fille, si tu veux que le temple t'accueille et dis-moi pourquoi tu te rends à Memphis.

Cette fois, Satiah ne pouvait plus reculer. Fort heureusement, l'ébauche d'un plan lui vint à l'esprit. Une idée qu'elle n'avait pas concoctée à l'avance puisqu'elle devait passer pour une jeune orpheline partie rejoindre un membre de sa famille à Memphis.

Tout à coup, la vieille argumentation qu'elle avait mise au point depuis si longtemps lui parut complètement idiote. Une orpheline et sa servante à la recherche d'un oncle ! Quelle stupide idée ! Comment avait-elle pu être aussi sotte pour envisager un tel alibi ? Ses talents de comédienne l'aidèrent.

— Je suis Isis, la déesse, fit-elle en élevant les bras au ciel.

Il la regarda d'un œil narquois. Un pli presque invisible étira ses lèvres.

— Isis, la déesse ! Rien que cela.

— Bien sûr, Grand Prêtre, c'est mon nom de théâtre.

— Et ton vrai nom, quel est-il ?

— Je préfère le taire. Je l'ai promis à celui pour qui je joue les scènes du spectacle.

— Un spectacle ! Es-tu comédienne ?

— Oui, Grand Prêtre, et je dois jouer en public à l'arrivée des armées de Thoutmosis qui revient vainqueur des pays d'Asie.

— Et tes compagnons de théâtre ? Je ne vois que cette jeune Africaine.

— C'est Cachou, ma servante. Quant au reste de la troupe, il est déjà à Memphis et je dois la retrouver le plus vite possible.

— Alors, je te propose quelque chose. Les prêtres d'Abydos te nourrissent ce soir et t'abritent pour la nuit, toi et ta servante. En échange, après ton repas, tu nous joueras une ou deux scènes de ton spectacle.

— Bien sûr, s'écria Satiah. Et en l'absence des autres comédiens, Cachou peut me donner la réplique.

— Attention, ma fille. Nous t'hébergerons seulement si tu dis vrai. Mais si tu as menti, nous te livrerons à la police d'Abydos. Et, crois-moi, elle n'est guère clémente, car elle arrête beaucoup de violeurs de tombes pour qui la justice est impitoyable.

— Je sais.

— Tu risques de partir loin de ton pays, d'avoir le nez coupé, ou pis encore, de moisir dans la prison d'une mine de Coptos.

— Je sais, Grand Prêtre, mais je ne suis pas une pilleuse de tombes.

L'homme se dit qu'il avait été un peu trop loin dans l'éventualité des sanctions à venir, car ses lèvres esquissèrent un sourire et il reprit :

— Je vois que ta servante se cache le visage derrière son bras. Qu'a-t-elle à craindre ?

— Ne faites pas attention, Grand Prêtre, Cachou a très peur. Certes, elle sait attraper les reptiles, mais elle n'est pas habituée à voyager.

— Je ne comprends pas, jeune fille, fit le prêtre en plissant le front, les comédiens et leurs esclaves, du moins s'ils ont la chance d'en avoir, ont l'habitude de sillonner les routes.

— Bien sûr, Grand Prêtre, mais Cachou vient du pays du Pount. Elle est restée assez sédentaire. Et…

Elle s'arrêta subitement, consciente qu'elle en disait trop, intriguant ainsi le Grand Prêtre.

— Du pays du Pount ! Parlerais-tu de ces esclaves ramenés de l'expédition qu'a entreprise autrefois Sa Majesté, la pharaonne Hatchepsout ?

Satiah hésita. À présent, elle ne pouvait plus faire marche arrière.

— Oui, murmura-t-elle.

— Que fais-tu avec une esclave du Pount ? Elles ont toutes été destinées au palais de Thèbes.

— Cachou m'a été donnée en cadeau par ma mère.

— Et ta mère, d'où tenait-elle cette esclave ?

— Je ne sais pas, Grand Prêtre.

Satiah rougit. Certes, elle ne voulait pas s'engluer dans une suite de mensonges dont elle savait ne plus pouvoir sortir. Alors, elle tenta de s'en tirer par l'une de ses boutades pleines de séduction qu'elle avait pour habitude de lancer comme un atout lui permettant de gagner la bataille.

— Je vous en prie, Grand Prêtre, ne me questionnez plus. Attendez la scène de mon spectacle que je vous jouerai ce soir, dès que vous me l'aurez ordonné. Vous jugerez ensuite.

Il fut fait comme il fut dit, car ce petit prêtre ne semblait pas aimer les mensonges. Satiah et Cachou prirent un repas léger fait de lait caillé, de raisins et d'un gâteau au miel pour ne pas alourdir leurs gestes et leur esprit. Puis elles s'apprêtèrent à jouer la comédie, bien que Cachou tremblât à l'idée de se tromper dans les répliques qu'elle devait donner à sa compagne.

— Peu importe si tu te trompes, lui chuchota Satiah. Ils savent que la comédienne, ce n'est pas toi.

Devant une rangée de prêtres au crâne rasé, le regard suspicieux – l'un d'eux leur jetait même une étincelle carrément accusatrice –, elles durent s'incliner bas à terre, le buste ployé, les mains plaquées au sol.

Le lieu choisi à cet effet était la grande salle des offrandes. Au centre, une statue d'Osiris, le dieu des morts, trônait en puissance. Elle était sculptée dans un beau granit couleur de jaspe aux veines délicates et noires. À ses côtés, deux grandes urnes d'or recevaient les offrandes. Sur les murs blanchis à la chaux vive, des peintures représentaient la vie du roi Séthi Ier. Elles s'étalaient de bas en haut et forçaient étrangement le regard.

Le Grand Prêtre fit signe aux jeunes filles de se placer au centre du demi-cercle qu'ils venaient de former. Les prêtres d'Abydos s'étaient assis en scribe, mains posées sur les genoux, attendant que Satiah commençât son spectacle.

— Puis-je disposer d'une tunique longue, Grand Prêtre ? fit Satiah d'un ton tranquille. Celle que je porte ne convient guère au personnage que je dois incarner. On ne doit voir ni mes bras ni mes jambes.

— Fais comme si c'était une répétition.

— C'est impossible, fit la jeune fille en secouant énergiquement la tête. Une répétition doit se faire sans public.

Le Grand Prêtre fit un signe à son intendant pendant que son scribe personnel inscrivait le déroulement de la séance.

— Cette jeune fille est bien exigeante, constata-t-il d'une voix où la bonne humeur perçait pourtant. Apportez quelques-unes de mes tuniques. Je ne suis pas grand de taille et l'une d'elles pourra, sans doute, faire l'affaire.

Intendant et scribe s'affairèrent aussitôt et quelques minutes plus tard, ils présentèrent à Satiah un vêtement long et bleu qui semblait ne jamais avoir été porté.

— Cela ira, Grand Prêtre, fit-elle en l'enfilant directement sur sa tunique courte. À l'exception, peut-être, des manches qui ne me laissent pas assez d'aisance pour travailler avec les mains.

Mais d'un bond Cachou fut près d'elle, fit un large revers et l'affaire fut close.

Satiah se plaça au centre du demi-cercle, décidée à ne pas se laisser impressionner. Puis elle fit quelques pas, les yeux baissés, murmurant quelques mots pour créer un effet d'atmosphère. Enfin, elle leva le visage et ouvrit les lèvres. Mais elle resta quelque temps silencieuse, laissant son public en alerte.

Le regard en coulisse qu'elle glissa vers les prêtres lui apprit qu'ils avaient l'air favorablement impressionnés. Il fallait commencer. Lentement, elle éleva son bras, le coude à hauteur de l'épaule. Puis sa main balaya voluptueusement l'espace. Ainsi, elle allait jouer le rôle de la déesse, celui de sa compagne Méryet, morte en accouchant de sa petite fille laissée au harem pour y être élevée. Le rôle de la reine serait joué par Cachou. Dieu d'Amon ! Pourvu qu'elle n'écorche pas trop le répertoire de Satiah !

Sa voix se fit grave et chatoyante :

— *Ô déesse de l'amour, déesse de la vie, n'es-tu donc pas mortelle pour venir ici-bas jeter les fleurs de la gloire ?*

Elle abaissa son bras et entendit la petite voix de Cachou qui jetait :

— *Oui, déesse.*

Rassurée, elle reprit :

— *Si je hante vos nuits, c'est que le Dieu suprême est au-dessus de vous et que vos âmes viendront me rejoindre. Ah ! Reine divine, Pharaon immortel, l'Égypte t'écoute et s'incline devant toi. Toute l'Égypte t'ovationne. Réclame des offrandes pour tes déesses bien-aimées et des sacrifices pour les dieux qui te protègent.*

Elle se courba et chuchota :

— Prosterne-toi, Cachou.

Puis elle fit brusquement volte-face et se dressa devant l'un des prêtres, celui qui, d'un regard moqueur, l'avait regardée tout à l'heure. Élevant le ton, elle déclama :

— *Moi, la déesse, moi, Isis, je suis ton âme, ton esprit, ton masque et ta petitesse ne grandira que si tu me respectes, car je suis celle qui te permet d'amasser le blé que je sème et de boire le vin qui coule de ma coupe. Alors, écarte-toi de moi si tu ne peux me satisfaire. Le ciel de ma descendance ne te sera pas accordé.*

Dans le regard de celui qu'elle haranguait ainsi – il fallait dire qu'à présent elle improvisait totalement et c'était d'ailleurs mieux, car elle n'avait plus besoin des répliques de sa compagne qui tremblait à l'idée de lui répondre –, elle vit passer la surprise, puis la contrariété.

Le Grand Prêtre se leva.

— Ton talent est certain, jeune fille, mais ta déesse me paraît bien vengeresse. Isis n'est-elle pas plus clémente ?

— Seulement quand les êtres sont de bonne volonté.

— Parfait ! Petite. Tu nous as convaincus. C'est du théâtre ou je ne m'y entends pas.

Il se pencha vers son compagnon de droite et lui chuchota quelques mots. Ce dernier acquiesça de la tête.

— Nous sommes ravis de ton interprétation. Aussi, nous te demandons de jouer encore quelques soirs pour éblouir et charmer nos vieilles oreilles qui n'entendent que des hymnes et des incantations sans cesse répétés. Acceptes-tu ?

Éberluée par tant de sollicitude, Satiah ne sut quoi dire. Voici qu'elle venait d'en faire trop. Comment faire marche arrière à présent ?

— C'est que je dois être le plus tôt possible à Memphis afin de rejoindre la troupe qui est déjà sur place.

— Nous te donnerons, à toi et à ton esclave, un char et un conducteur qui te mènera directement là où tu dois aller. Es-tu contente ?

— Mais...

— Allons, ne discute plus, petite ! C'est ainsi et tu dois nous remercier. Tu voulais gîte et couvert, nous te l'offrons.

Elles passèrent une nuit agitée, tant Satiah craignait que ce temple ne les retienne plus longtemps que prévu. Mais, que dire à présent que le prêtre lui avait proposé un char et un conducteur qui ferait le voyage dix fois plus vite ?

Elle eut l'impression qu'un piège se refermait sur elle. Une sorte de filet doré avec des mailles si fines qu'elle risquait d'en rester prisonnière. De rage, elle frappa le sol du pied.

À l'issue du voyage, faudrait-il dire au conducteur qu'il n'y avait ni troupe, ni comédiens et que seul l'amour qu'elle portait à Thoutmosis était en cause ? Son mensonge découvert, devrait-elle rendre des comptes à la police de Memphis ?

Le lendemain, on leur fit absorber un potage de melon et un pâté de poivron et de courgettes hachées. Puis on vint lui annoncer que le Grand Prêtre voulait lui parler.

— As-tu bien dormi, jeune fille ?

— Oui, Grand Prêtre, répondit Satiah en s'inclinant.

— Alors, tu vas rester parmi nous. Nous te gardons en otage.

Satiah sentit ses jambes flageoler et son front s'embuer d'une petite sueur froide et désagréable.

— Mais, fit-elle, je suis vraiment comédienne. Je ne vous ai pas menti.

— Si, sur un point.

— Lequel ?

La jeune fille avait retrouvé son aplomb.

— Tu n'as jamais sillonné les routes. Tu viens de Thèbes où d'ailleurs tu n'es pas née.

— Je suis née à Bouhen.

— C'est exact. Et tu as été élevée dans le harem du palais de Thèbes.

— Pourquoi aurais-je été élevée dans le harem royal ? reprit Satiah avec plus d'aplomb qu'elle ne l'aurait cru.

Elle cherchait éperdument une autre façon de s'en tirer et elle ne trouvait, pour l'instant, que l'arrogance.

— Parce que ta mère était la Grande Scribe royale de la pharaonne Hatchepsout et que ses missions permanentes l'obligeaient à se déplacer.

— Qui vous a dit tout cela ?

— Ta mère. Oses-tu nier ?

Satiah eut un geste de colère.

— Ma mère ! Comment a-t-elle fait pour me retrouver ?

— C'est très simple. Elle se doutait que tu t'arrêterais à Negadah ou Abydos, ce sont les premières escales que tu étais censée faire. Tu ne pouvais aller plus loin.

— Elle m'a fait suivre.

— Presque. Tu oublies qu'il n'y avait que quelques heures de décalage entre le moment où ta mère a pris connaissance de ton message et celui où tu es partie.

La colère de Satiah s'atténuait. À quoi bon s'acharner sur le mauvais sort qui la poursuivait ? Elle soupira et se prit la tête entre les mains.

— Il me sera donc interdit de voir Thoutmosis avant la Grande Épouse ?

Le Grand Prêtre ne répondit pas et l'agressivité de Satiah reprit. Têtue, elle secoua la tête.

— Je ne veux pas rentrer.

— Ta mère est plus sage que toi, ma fille. Ce n'est pas ce qu'elle impose.

— Qu'exige-t-elle ?

— Que tu restes avec nous. Je te l'ai dit hier soir.

— Vous le saviez déjà ?

— Bien sûr, le messager de ta mère est arrivé juste avant toi.

— Alors, non seulement je ne pourrai pas accueillir le prince à Thèbes, mais il me sera interdit de le voir. Moi, la future Seconde Épouse ! éclata-t-elle.

— Allons, calme-toi. Ce n'est pas tout à fait ce que ta mère explique dans son message, dit-il en déroulant le papyrus qu'il avait enroulé dans la manche de sa tunique. Elle ne veut pas te brusquer ni te peiner. Les armées de Thoutmosis passeront ici et s'arrêteront au temple d'Abydos. Tu pourras l'y attendre et si tu le veux, nous préparerons ensemble les festivités de son retour.

⁂

Nakht, l'astrologue, se courba devant la pharaonne mais ses vieilles épaules, creusées par le temps, arrivaient à peine à se relever. Hatchepsout le regarda s'avancer. Elle ne voyait qu'un corps, haut et décharné, qui, se balançant malhabilement, n'était plus que l'enveloppe d'un squelette.

Nakht était revêtu d'une tunique longue, ample et propre mais dont la blancheur avait depuis longtemps laissé la place à la grisaille d'un vêtement trop usagé. Sa tunique était sommairement rattachée à la taille par une corde en fibre de papyrus au bout de laquelle était suspendu un ostraca en forme d'œil dont la pupille noire semblait se mouvoir.

Son crâne rasé, qu'autrefois il recouvrait d'une longue perruque tressée, était nu et offrait tout un sillage de veines apparentes qui venaient s'estomper sur son front haut et large.

— Relève-toi, Nakht, fit la pharaonne en venant vers lui, les mains tendues et le regard dispos, et dis-moi si tu as fait bon voyage.

— Vos hommes se sont montrés d'une extrême courtoisie envers ma vieille personne, répondit le vieil homme. Mais c'était un long parcours et je ne suis plus habitué à être ballotté ainsi sur les routes en proie au soleil qui lèche les vieux os avec voracité.

— Est-il donc si loin le jour où tu es venu à la cour de Thèbes pour la dernière fois afin de rendre hommage à ma mère, la reine Ahmosis ?

— Certes, Majesté, je venais pour honorer votre mère, mais accordez-moi aussi le privilège de dire que votre père a eu souvent recours à mes bons et loyaux services. Que le Grand Pharaon, premier des Thoutmosis, m'emporte chez Sobek le dieu des crocodiles si je mens.

— Ah ! Nakht. Je sais que tu dis vrai. Mon père était un pharaon grand et puissant. L'Égypte entière l'écoutait et le peuple l'acclamait.

Elle leva les yeux au ciel et eut un soupir qui retomba sur elle comme un murmure obstiné et tenace.

— Dis-moi, reprit-elle en abaissant son regard sur le vieil homme, suis-je aussi grande que mon père l'était ?

Le vieux Nakht plissa les yeux. Ils disparaissaient presque entièrement dans les plis usés de son visage.

— Certes, Majesté. Vous avez fait de Thèbes un site grandiose et prestigieux. Vous avez fortifié et enrichi les grandes villes d'Égypte, Edfou, Abydos, Denderah en sont le vivant témoignage. Vous avez rénové, bâti, construit, élevé des temples et des obélisques qui plaisent aux dieux. Vous avez érigé le plus grand sanctuaire qui soit à Deir el-Bahari, mêlant avec harmonie les dieux et la nature en utilisant la roche qui s'offrait à vous. Par le commerce, que vous avez su développer, vous avez donné du travail aux artisans et aux agriculteurs. Vous avez apporté la paix qui, plutôt que de détruire un peuple, le nourrit.

Satisfaite, la pharaonne acquiesça de la tête.

— Vous avez fait mieux encore, Majesté, poursuivit le vieux Nakht. Vous êtes revenue du pays du Pount couverte de gloire et de prestige.

Il redressa l'index de sa main et l'éleva au niveau de ses yeux.

— Aucun pharaon de votre dynastie n'avait pensé à enrichir l'Égypte autrement que par l'apport d'esclaves rapportés des pays conquis. Les dieux vous ont été favorables, Majesté, car votre cœur a préféré la paix à la guerre.

Il s'arrêta pour prendre une respiration qui sortait d'on ne sait où, tant ses lèvres étaient fermées et les narines de son nez pincées. C'est à peine s'il ouvrait la bouche pour parler.

— Les dieux m'ont été favorables, dis-tu ! Ne le seraient-ils donc plus ?

— L'ombre d'Osiris veille sur vous, Majesté.

— Ce qui veut dire ?

— Que l'ombre du prince veille aussi.

— Ah ! Nakht. Cela, je le sais et je n'ai pas besoin de toi pour me le confirmer.

— Majesté, seul le maître tout-puissant peut décider.

Hatchepsout eut un petit geste agacé et sa lèvre supérieure frémit comme une aile de papillon que l'on veut déloger d'une branche de tamaris en fleur. Nul n'avait besoin de lui dire que le maître tout-puissant décidait de tout. Elle retourna vers le sofa où, quelque temps plus tôt, elle était allongée.

— Allons, Nakht, ne me dis pas que tu refuses de m'aider.

— Majesté, je ne suis plus très rapide à présent. Je ne professe plus. Je me contente de regarder le ciel et les étoiles.

Songeant aux éventuelles prédictions que pouvait encore lui faire l'astrologue, Hatchepsout fit quelques pas vers lui.

— Allons, vieil astrologue. Veux-tu dire qu'à présent tu garderais pour toi ton savoir et tes expériences ?

Elle se plaça juste devant lui et planta ses yeux dans les siens. Il avait un regard usé, décoloré par le temps. Ses paupières étaient dépourvues de cils et, sous l'œil, la peau tombait en deux ou trois plis qui s'affaissaient comme ceux d'une figue séchée. Les bruits qu'on colportait sur le vieil astrologue disaient qu'il avait au moins cent ans d'âge.

— Il n'y a pas si longtemps, fit la reine, que par deux fois tu as sauvé mon amie Séchat.

— Sauvé !

— Ne l'as-tu pas aidée à retrouver sa fille Satiah dans les marais du delta ?

— En effet, je me souviens.

— Ne lui as-tu pas confié, un peu plus tard, les cartes du trajet allant jusqu'au pays du Pount qui ont permis à mes vaisseaux de se tirer d'affaire sur un océan que nous ne connaissions pas ? Indirectement, tu m'as aidée à rapporter les parfums qui plaisent tant à nos dieux.

Le vieux Nakht hocha la tête dans un signe affirmatif.

— Vieil homme ! Il n'est pas dans mes intentions de te laisser repartir, car tu dois me révéler des signes, des impressions, des certitudes.

— Vous voulez me séquestrer ? fit le vieil homme avec un sourire qu'il sut rendre suffisamment narquois pour déstabiliser la reine.

— Qui te parle de séquestration ? Tu seras installé comme un prince. Tu mangeras à ta faim et boiras à ta soif.

— À mon âge, je n'ai plus besoin de rien. L'esprit nourrit mon corps.

— Alors, je vais te présenter le problème sous un autre angle. Désormais, tu veilleras sur moi, car j'ai besoin de toi.

— Je ne peux rien faire pour vous, Majesté.

— Si, lança-t-elle d'un ton sec, et je t'ordonne de loger désormais dans la pièce contiguë à ma chambre. Elle est grande, claire, très spacieuse et, la nuit, elle ouvre sur les étoiles.

Puis elle se mordit violemment la lèvre inférieure comme pour s'éveiller d'un mauvais rêve et reprit d'un ton plus adouci :

— Qui te retient là-bas, dans ta masure ? Tu n'as plus de famille. Ta fille unique est morte avant toi.

— C'est vrai, il ne me reste plus que le ciel et les astres qui l'habitent.

D'un air assez dubitatif, Hatchepsout se prit le menton entre le pouce et l'index. Puis elle en caressa la pointe quelques secondes, geste qu'accomplissait autrefois son père lorsqu'il présidait les séances de conseils. Très jeune, Hatchepsout avait copié ce geste qui lui plaisait et, surtout, qui lui donnait de l'assurance lorsqu'elle s'attachait au menton la barbe postiche pour présider les assemblées de dignitaires.

À présent, à chacun de ses gestes, ses doigts blancs et amaigris s'agitaient nerveusement et semblaient ne plus avoir de repos depuis qu'on cherchait à la supprimer. L'index était recouvert d'une énorme turquoise enchâssée de perles de corail. De superbes fragments chatoyants et orangés qu'elle avait rapportés du Pount. Des coraux éblouissants qui se mêlaient étrangement à la couleur de la turquoise bleue et de la verte malachite.

— Attends, fit Hatchepsout, veux-tu te rafraîchir avant de parler ?

Sans attendre sa réponse, elle frappa dans ses mains et une jeune servante vint aussitôt, portant un plateau de boissons fraîches.

— Aïcha, fit Hatchepsout devenue soudain pâle et suspicieuse, est-ce bien du sirop d'acacia mêlé à du vin de Chypre que tu m'apportes là ?

— Oui, Majesté. Voulez-vous que je goûte ?

D'un geste las, Hatchepsout fit un signe affirmatif. Combien de ses servantes étaient déjà mortes empoisonnées pour avoir goûté avant elle les breuvages qu'elle prenait ! Même Nebetta, la Grande Nourrice royale, n'avait pas survécu à ce terrible sort.

Aïcha posa le plateau sur la table basse qui offrait des fleurs fraîches coupées soigneusement et dont les tiges étaient piquées en terre à côté d'une plante qui leur faisait de l'ombrage.

Délicatement, avec des gestes mesurés et un calme parfait qu'au passage la pharaonne admira, elle versa quelques gouttes sur les pétales des fleurs. Ce test avait été prescrit par Neb-Amon, le médecin. Quand les délicats pétales mouillés du breuvage se mettaient à friser légèrement, Hatchepsout ordonnait de jeter la boisson. Quand elles ne présentaient aucune ridule anormale, Aïcha pouvait goûter.

Hatchepsout et sa servante regardèrent attentivement le comportement des fleurs et virent qu'aucun symptôme tragique ne venait en perturber la fraîcheur et la beauté. Alors, elle se tourna vers Aïcha et jeta :

— Goûte.

Nakht s'approcha aussi vite qu'il le put et retint le bras de la servante.

— As-tu soif ?

Alors, Aïcha se mit à trembler. Certes, le test agissait neuf fois sur dix. Mais cette dixième fois avait emporté déjà deux de ses compagnes. Comme Nebetta, elles étaient mortes défigurées, violacées, déformées dans d'affreuses convulsions.

— As-tu soif ? répéta le vieil homme.

— Non, murmura Aïcha. Mais je dois boire.

De sa main décharnée, Nakht saisit la coupe et la tendit à la reine.

— Me faites-vous confiance ?

— Oui, puisque je t'ordonne de rester.

— Alors, bois.

Aïcha s'élança vers la coupe.

— Non ! s'écria-t-elle. Ne buvez pas, Majesté. Je dois goûter avant vous.

D'un geste sec, Hatchepsout repoussa Aïcha qui, de ses yeux effarés, regardait l'astrologue.

— Laisse-moi boire.

Puis elle se fit plus imprécise, plus douce, presque tendre, et, de sa main qui ne tenait pas la coupe, elle passa un doigt sur la joue satinée d'Aïcha.

— Allons, ne tremble plus. Mon destin s'accomplira comme il se doit.

Elle ferma les yeux et but d'un trait le liquide pourpre clair qui, dans sa gorge, eut un terrible goût de fiel.

Le corps fluet d'Aïcha tremblait comme une feuille d'acacia secouée par les grands vents de la crue montante et son visage hagard était tourné vers sa maîtresse. Cependant, les secondes qui passèrent ne révélèrent aucune trahison.

— Ce n'est pas par le poison que vous mourrez, Majesté.

Hatchepsout eut un las et interminable soupir qui vida ses poumons et éclaircit ses idées. Ah ! Dieu d'Horus, dieu mâle des pharaons ! Dieu dont elle avait usurpé la barbe, le fléau, la crosse et le fouet. Mourir par le poison la hantait à un tel point qu'elle ne pouvait plus rien absorber. Quitter le royaume de la terre avec un visage violacé, déformé et un corps monstrueusement enflé la terrifiait.

— Vous pouvez boire et vous nourrir sans crainte, affirma l'astrologue. Le poison ne détruira pas votre corps.

Quand, de sa propre initiative, il congédia la servante, Hatchepsout parut surprise, mais ne fit aucun mouvement pour retenir Aïcha.

— Allons, laisse-nous parler, petite. Tu reviendras plus tard lorsque j'aurai tout enseigné à ta reine.

— Veux-tu donc me dire autre chose ?

— Peut-être.

— Alors, suis-moi.

Par une porte que dissimulait une tenture de papyrus recouverte d'oiseaux et de fleurs, ils entrèrent dans une immense pièce ouverte sur un horizon sans fin. Deux grandes colonnes de marbre blanc enserraient un ciel criblé d'étoiles qui filait à l'infini. La Grande et la Petite Ourse semblaient se défier, mais ce soir-là, il aurait fallu à la pharaonne plus de concentration pour qu'elle vît d'elle-même ce que le vieil homme s'apprêtait à lui montrer.

Face à la grande ouverture qui donnait sur les jardins, avec en premier plan des sycomores et des tamaris diffusant des arômes incomparables, il y avait un grand cadran solaire en pierre blanche et des appareils d'astronomie pour étudier le ciel et les étoiles.

— Tout ceci est à toi, fit Hatchepsout en désignant la panoplie complète des instruments astrologiques qu'elle mettait à la disposition du vieil homme.

Sur le visage de Nakht, aucune satisfaction particulière ne parut, mais il entraîna tout de même Hatchepsout à sa suite :

— Depuis bien longtemps, je n'ai plus besoin d'appareils pour étudier les signes des astres.

Il lui fit lever le visage et jeta tranquillement :

— Regardez sur votre droite.

Hatchepsout redressa le buste et fixa les étoiles.

— Regardez, Majesté, à droite, le bras de Mars enserre la corne du Bélier. Il y a combat, lutte, affrontement, mais il n'y a pas de rencontre franche, d'explication loyale, directe. Regardez, le Bélier se rebiffe et Mars tourne son bras vers la gauche.

Hatchepsout écoutait, attentive et vigilante, mais elle ne voyait qu'une série d'étoiles toutes ressemblantes. C'est à peine si elle remarquait que certaines étaient plus grosses ou plus petites que leurs voisines.

— Voyez-vous cette traînée poussiéreuse qui termine l'étoile la plus grosse, celle qui jouxte la queue du Taureau et qui, par son extrémité, touche le pied du Grand Chien ? Elle débouche sur l'étoile la plus éteinte, la plus endormie. Celle-ci, vous ne pouvez la voir.

— Pourquoi ? Parce qu'elle ne brille plus ?

— Elle dort.

Hatchepsout savait qu'elle devait décrypter les termes de l'astrologue. C'était ainsi. Il ne lui dirait rien d'autre que des mots à double sens, des mots dont elle devait elle-même découvrir la signification.

— Elle est entrée dans un profond sommeil, poursuivit l'astrologue. Certes, elle a brillé autrefois, car il lui reste un point lumineux, là juste au centre, à la place du cœur. L'œil de Saturne juste au-dessus d'elle la protège et veille sur son repos.

— Connais-tu l'heure de son réveil ?

— Non, car c'est elle-même qui décidera de sa renaissance, comme elle a décidé de son assoupissement.

⁂

À l'aube du matin suivant, alors que des soldats de l'armée royale venaient d'annoncer l'arrivée du prince Thoutmosis aux portes de Memphis, Osiris, le dieu des morts, s'était saisi de l'âme du vieux Nakht. Il était mort sans bruit, couché sur la terrasse, face aux astres et aux étoiles qu'il avait étudiés durant sa longue vie.

Anéantie à l'idée de n'avoir pu profiter de la sagesse et de l'aide qu'aurait pu lui apporter le vieil astrologue, Hatchepsout médita sur ce nouveau coup du sort et décida de se relever une fois encore, serait-ce la dernière. Emplie de dignité, elle réclama pour son vieil ami Nakht un bel embaumement et des obsèques dignes de celles d'un prince.

Mais son esprit était tourmenté, car les armées de Thoutmosis avançaient sur Thèbes avec des menaces de plus en plus virulentes. Le prince voulait le trône et le peuple semblait le suivre. On disait que ses capitaines d'armes qui, lors de cette dernière expédition, s'étaient taillé une réputation à toute épreuve s'apprêtaient à détrôner Hatchepsout.

On ébruitait aussi que des servantes avaient été payées pour glisser dans sa couche des scorpions qui avaient l'art de ne s'éveiller qu'en sentant le corps de leur victime endormie tranquillement entre les draps de lin blancs et soyeux. Aussi, Hatchepsout dormait assise dans son grand fauteuil d'osier, un coussin calé dans le dos et les pieds allongés sur un tabouret.

On disait encore que des espions étaient à la solde d'Antef pour glisser sous la porte de sa chambre des cobras venimeux et suffisamment habiles pour se montrer au moment précis où leur langue acérée s'apprêtait à piquer leurs victimes.

Allongée aux pieds d'Hatchepsout qui, dans son fauteuil, surveillait et épiait plus qu'elle ne dormait, Aïcha couchait à même le sol, mais ne s'endormait que quand la fatigue la terrassait au point que ses yeux se fermaient malgré elle.

À l'arrivée du prince, les jours qui suivirent furent un tel délire que la foule commençait à s'agiter même dans les rues de Thèbes. Thoutmosis avait été acclamé à Memphis comme un pharaon. Ses armées ramenaient une telle quantité de trésors de guerre qu'il n'était plus possible de douter de la vaillance du futur maître d'Égypte. Esclaves, soldats, artisans, princesses et princes captifs suivaient en silence le flot des armées victorieuses, attendant que leur destin soit désigné par le futur pharaon.

Les villes du bord du Nil, Hermopolis, Thinis, Denderah, même Abydos où Satiah, disait-on, avait accueilli Thoutmosis en véritable Seconde Épouse, avaient fêté l'arrivée du vainqueur. À Thèbes, les festivités s'annonçaient gigantesques. Jamais encore le peuple n'avait vu une arrivée aussi triomphale. On avait réquisitionné chanteurs et danseuses du temple d'Amon, acrobates, jouteurs, musiciens de haute et de basse Égypte. On avait exercé les conducteurs de chars les plus renommés pour se mesurer dans des courses qui devaient se dérouler à l'intérieur des cours du palais de Thèbes.

Après les obsèques du vieux Nakht qui resta quarante jours dans le sel de natron pour la bonne conservation de son corps, après que l'on eut enlevé le liquide de sa cervelle et ôté les viscères de son corps pour être mis dans des canopes d'argile, après l'embaumement à l'huile de palme suivi de l'emmaillotement à multiples bandages de fines toiles de lin, Hatchepsout resta enfermée, songeuse et amère.

Mérytrê, la Grande Épouse, rayonnante comme elle ne l'avait jamais été, tenait son fils dans ses bras comme s'il était déjà pharaon avant même que son père eût reçu la couronne. Quant à Séchat, la Grande Scribe, trop impatiente d'attendre Neb-Amon à l'intérieur de sa maison, elle était déjà partie sur les rives du Nil pour accueillir son époux.

Délaissée par tous, Hatchepsout avait tout le loisir de réfléchir. Dans quelques jours, elle aurait à se battre plus farouchement encore contre les dignitaires qui, rentrés à Thèbes, avaient suffisamment mûri leur plan pour la faire disparaître. Antef reprendrait de l'assurance, bien qu'il n'en eût jamais perdu, et avec lui l'échec d'un plan en ramenait toujours un autre.

Hatchepsout le savait. Pour elle, il n'y aurait plus aucun répit, aucune lueur d'espoir. Seuls, les espions et les hypocrites tisseraient leur filet autour d'elle, l'enserrant chaque jour davantage. Même Aïcha ne suffirait plus à la protéger. Peut-être allait-on, d'ailleurs, la supprimer avant la pharaonne pour qu'elle ne fasse plus obstruction devant les pièges et les risques qu'encourait sa maîtresse.

Certes, Hatchepsout pouvait manger et boire sans crainte depuis que le vieux Nakht lui avait prédit qu'elle ne mourrait pas par le poison. Mais elle ne dormait plus, tant elle avait peur qu'on lui jetât à la face un scorpion ou qu'on glissât un cobra entre les lanières d'osier de son fauteuil.

La nuit, elle se plaçait souvent devant le ciel étoilé et cherchait à comprendre les paroles de Nakht. Elle en venait toujours à la même signification : l'astre brillant et vainqueur qui, en une nuit, était devenu une étoile endormie ! L'astre qui avait décidé de sombrer dans un sommeil profond pour resurgir au plus haut du zénith !

L'astre ! C'était elle, il n'y avait aucun doute. Nakht n'avait pas ménagé ses mots. Elle devait réfléchir en ce sens. À mesure que Thoutmosis approchait de Thèbes, elle en comprenait la signification, ce qui la faisait frémir. Que pouvait-elle faire d'autre ? S'opposer seule au prince qui, derrière lui, avait l'assentiment de tout un peuple applaudissant à grands cris ses victoires ? Fuir, pour ne pas recevoir une lame d'acier en plein cœur et mourir honteusement, plongée dans une mare de sang rouge, épais et visqueux ? Fuir ! Ce n'était pas là son tempérament et elle exécrait les lâches et les irresponsables.

L'astre endormi vu par Nakht dans le ciel était la seule issue. Elle ! La pharaonne serait l'étoile éteinte par son seul vouloir. Mais comment se procurer la dose de narcotique suffisante pour ne plus s'éveiller ?

Soudain, elle se rappela qu'Aïcha lui avait parlé de Lien d'Argent, l'une de ses juments personnelles qui devait mettre bas. Et, tout à coup, elle eut le pressentiment qu'elle tenait l'élément de sa délivrance.

Accompagnée d'Aïcha, elle se rendit aux écuries et demanda à voir la jument. Couchée sur le flanc, l'animal respirait calmement. De temps à autre, elle léchait tranquillement son pelage. Le poulain n'était pas encore prêt à sortir du ventre de sa mère. Lorsque Hatchepsout la regarda, elle eut un glissement du chanfrein vers elle et se mit à hennir doucement. Hatchepsout caressa sa crinière.

— Ah ! ma douce, murmura-t-elle, nous n'irons plus faire de promenades ensemble et tu tireras d'autres chars que le mien.

Quand elle vit le palefrenier près d'elle, elle regretta ses mots jetés à voix basse, car ils ne s'accordaient certes pas avec ce qu'elle s'apprêtait à lui dire. Mais il ne semblait pas l'avoir entendue, alors elle jeta d'un ton bref :

— Je vais aller au-devant de Thoutmosis et de son armée et je veux deux jeunes chevaux pour tirer mon char. Montre-moi les plus fougueux.

— Majesté ! Ce n'est pas prudent, fit le palefrenier.

— Je n'ai pas demandé ton avis, fit Hatchepsout, agacée. Allons, je veux voir le plus fou de tes chevaux.

Malgré le conseil que venait de lui donner le palefrenier, Hatchepsout vit s'allumer dans son œil une lueur vive et acérée qu'elle ne sut interpréter. Était-il lui aussi à la solde d'Antef comme la plupart des serviteurs ?

Elle darda son œil froid dans le sien. Le garçon d'écurie s'inclina devant elle, réfléchit quelques instants et l'amena vers un box à demi-fermé où un jeune cheval noir piaffait dans la paille fraîche qu'on avait jetée sous ses sabots.

— C'est Flèche d'Or, Majesté, fit le palefrenier en approchant l'animal qui se mit à hennir en reculant d'un bond. Il n'y a pas plus fougueux.

— Ce cheval me plaît, répliqua la reine. Il suffira de le calmer un peu la veille du départ. Nous lui donnerons de l'hellébore, juste ce qu'il faut pour l'apaiser avant de partir. Je vais m'en occuper moi-même.

— Majesté, ce n'est peut-être pas la peine. J'en ai toujours quelques feuilles avec moi que je mélange à leur avoine. Il arrive souvent que les chevaux aient besoin d'être calmés.

— Non. Je veux la potion que la Seconde Épouse fait absorber à ses chevaux et à ceux du prince. Celle dont les ingrédients ont été préparés par Neb-Amon, le médecin de mon hôpital. On dit que c'est un calmant efficace et qui n'ôte rien à l'énergie de l'animal.

Comme le garçon d'écurie la regardait avec une lueur étrange dans les yeux, un éclat qui n'avait rien de semblable à celui qu'il lui avait jeté tout à l'heure, elle poursuivit :

— Aïcha t'apportera la potion ce soir. Demain à l'aube, tu prépareras mon char léger. Je ne veux que Flèche d'Or pour me conduire.

Elle approcha la main du cheval mais, rétif, l'œil noir et la crinière vaporeuse, celui-ci fit un écart et rua vers le fond de son box.

⁂

En quelques minutes, tout le palais apprit que la pharaonne avait le soudain désir d'aller à la rencontre de Thoutmosis. Si elle n'avait eu autant d'amertume au cœur, Hatchepsout aurait été ravie de la réussite de son subterfuge.

Comme par hasard, sur le chemin de l'hôpital, elle rencontra Antef. Le vieil homme semblait l'attendre entre les colonnes d'albâtre blanches qui séparaient le palais des annexes diverses constituant l'ensemble de la résidence.

Petit, recroquevillé sur lui-même, il se tassa davantage en plissant les yeux sous ses sourcils blanchis par l'âge.

— Salut à vous, Pharaonne ! J'apprends que vous désirez rejoindre votre neveu sur le bord du Nil, au lieu de l'attendre…

— Enfermée dans mon palais, c'est exact, Antef, coupa nerveusement Hatchepsout. Cela te dérange-t-il ?

— Aucunement, Majesté. Quel parcours voulez-vous emprunter ?

— Cela ne te regarde pas, Antef.

Il eut un mauvais sourire. Elle poursuivit sans attendre :

— Et ne t'avise pas d'agiter plus qu'il ne faut mon cheval par tes pratiques hypocrites, je lui donnerai moi-même un calmant pour l'apaiser et je ferai examiner les roues et les essieux de mon char juste avant de partir. Le piège que tu cherches déjà à me tendre ne réussira pas.

Un peu à l'écart, Aïcha et deux autres jeunes servantes l'accompagnaient. Hatchepsout repoussa Antef de la main. Son corps était encore solide malgré l'aspect décharné qu'il offrait. Le geste qu'elle fit l'étonna tant elle dut le bousculer fort pour le faire reculer.

Il ne répliqua rien et rebroussa chemin. Mais au rictus qu'il esquissa sur ses maigres lèvres, Hatchepsout comprit qu'il devait être satisfait d'avoir pu entendre de sa propre bouche qu'à l'aube prochaine elle se servirait bien de son char.

Elle réprima un vertige qu'elle sentit venir à elle comme une ombre insidieuse et menaçante à l'idée que, bientôt, Antef sourirait de joie devant son corps définitivement endormi, et il fallut qu'Aïcha la soutînt quelques instants avant qu'elle puisse pénétrer dans la grande salle de l'hôpital.

L'assistant de Neb-Amon qui le remplaçait en son absence vint à elle et se courba comme il se devait, buste plié au sol et mains à plat.

— Relève-toi. Je veux que tu me donnes simplement la potion qui calme les chevaux lorsqu'ils sont trop excités. Je sais que Neb-Amon a préparé pour Satiah un mélange de plantes qui les apaise sans les diminuer physiquement. Tu m'en donneras une fiole.

— La voulez-vous maintenant, Majesté ?

Elle jeta un coup d'œil à l'ensemble de la grande pièce. Elle était claire, spacieuse et très aérée. De grandes ouvertures donnaient sur un jardin ombragé, tranquille et reposant, où les convalescents se réconciliaient avec la vie quotidienne.

La salle sentait le natron, mais Hatchepsout n'y prit pas réellement garde. Elle avait assisté à suffisamment d'embaumements pour ne plus être gênée, plus qu'il ne fallait, par cette odeur âcre et forte qui prenait à la gorge.

Sur les étagères étaient posés les bocaux emplis de diverses plantes, hellébore, pavot, mandragore, ciguë, pivoine et autres herbes régénérantes. Des pots en terre cuite renfermaient les extraits de roches diverses traitées en médecine. Ils étaient serrés les uns contre les autres, côtoyant les potions, les huiles calmantes et les fioles d'ingrédients qui servaient à apaiser et à soigner les corps malades.

À côté de cette grande salle où les médecins préparaient leurs remèdes, une autre pièce, plus immense encore, s'ouvrait elle aussi sur le jardin. C'était là que les malades placés sous surveillance étaient tous réunis. L'œil vigilant des quatre médecins qui se partageaient le travail ne cessait de surveiller les malades.

Un peu à l'écart, sur la gauche de l'ensemble hospitalier, se tenait le pavillon des opérés. Plus loin encore, une petite maternité avait été mise en place pour les nouveau-nés qui présentaient de graves difficultés à la naissance.

— Donne-moi ce calmant maintenant, je te prie. Aïcha ira le porter au garçon d'écurie qui s'occupe de Flèche d'Or.

Elle s'approcha du maître assistant hospitalier et, tendant la main pour saisir la petite fiole, elle jeta négligemment :

— Peut-on lui faire absorber la moitié du contenu ?

— Que non ! Majesté, vous le tueriez net.

Elle eut un sourire qu'elle s'efforça de réprimer.

— Souffrirait-il ?

Il secoua la tête et sourit à son tour.

— Cette potion n'est pas un poison, expliqua-t-il. Prise à l'excès, elle endort, mais ne fait pas souffrir.

— Elle endort ! Veux-tu dire définitivement ?

— Oui, Majesté. Mais le corps reste reposé et intact. Aucune marque vilaine, aucun signe monstrueux ne vient enlaidir le corps de l'homme ou de l'animal qui en a absorbé une trop forte dose.

Hatchepsout soupira. À présent, elle avait exactement ce qu'elle cherchait.

— C'est bien. Aïcha dira au palefrenier de lui en donner quelques gouttes.

— Dix suffiront, Majesté. Après, il serait préférable que votre suivante me restitue la fiole qui, d'ailleurs, sera encore presque pleine. Je ne voudrais pas que ce produit traîne entre n'importe quelles mains.

— Tu as raison, Aïcha te la rapportera.

⁂

Plus tard dans la nuit, il fallut qu'Hatchepsout versât avec attention quelques gouttes de la potion dans la boisson d'Aïcha pour que celle-ci ne la suivît pas là où elle voulait se rendre.

Hatchepsout avait choisi le lieu sacré de son enfance : le temple d'Amon, où elle avait passé ses jeunes années d'initiation divine en compagnie des dieux qui, sur terre, l'avaient tant aidée et protégée. Vingt années de règne pacifique allaient désormais consacrer sa vie terrestre.

Les yeux secs, le geste sûr, l'esprit enfin vidé de toute angoisse et de toute amertume, elle visita une dernière fois le sanctuaire d'Amon, celui d'Hathor et la salle des offrandes où, tant de fois, elle avait vu s'accumuler à foison des dons qui enrichissaient les prêtres du temple.

Puis, quittant les sanctuaires, elle traversa d'un pas tranquille la première salle hypostyle où son père le Grand Pharaon Thoutmosis avait fait tracer les éléments importants de sa vie. Hatchepsout éprouva un sentiment de joie, de sérénité. Les siens étaient inscrits sur les soubassements de son monument funéraire à Deir el-Bahari, là où sa momie allait reposer pour l'éternité.

Elle y avait fait tracer et dessiner tout ce qu'elle avait exécuté ici-bas, accompli dans la paix et l'harmonie du peuple. Les hiéroglyphes racontaient la construction de ses multiples temples et sanctuaires, l'agrandissement et l'embellissement de Thèbes, de Karnak et du site d'Amon, la rénovation des villes de province, l'élévation de ses obélisques, l'entreprise de ses voyages au Pays du Pount afin d'en rapporter les parfums qui plaisent aux dieux.

Oui ! Elle partait en paix, comme l'avait été son règne.

Elle s'arrêta quelque temps dans la salle du troisième pylône et releva la tête. Tout était gigantesque. Tout s'élevait en plein ciel, serein, paisible, comme si le terrestre et l'au-delà allaient se confondre dans une pure harmonie qu'elle seule pouvait admirer.

Elle poursuivit son chemin pour s'arrêter devant l'immense obélisque dont la pointe d'électrum lui servirait de dôme et le socle en granit de couche. Elle avait élevé ce premier obélisque juste avant la construction de son palais de Deir el-Bahari. Il semblait l'appeler sans la dominer, la préparer sans la tourmenter, la fondre dans l'éclat de sa pierre, la rehausser bien au-delà des autres pharaons.

Elle grimpa sur l'une des marches du socle de granit. Elle était large et spacieuse. Elle lui parut fraîche et douce, malgré la rugosité qui en formait la matière.

Levant les yeux sur le ciel étoilé qu'offrait une nuit paisible, elle prit la petite fiole et la porta lentement à sa bouche. Le contenu qu'elle but en une seule gorgée ne lui parut ni âcre ni sirupeux.

Elle se coucha, le dos calé sur le granit, les yeux fixés sur l'étoile éteinte que lui avait fait découvrir le vieil astrologue.

De son bon vouloir, Hatchepsout laissait la place à son successeur Thoutmosis le troisième.

AVERTISSEMENT

Cette suite d'ouvrages qui s'intitule Les Thébaines comporte six parties :

La Couronne Insolente *

De Roche et d'Argile **

Vents et Parfums ***

L'Ombre du Prince ****

La Seconde Épouse *****

Les Dieux Indélicats ******

Le récit est basé sur des faits historiques et la plupart des personnages, à l'exception des Thébaines, ont existé et portent leurs noms authentiques (que l'on trouve orthographiés différemment dans les ouvrages, selon les historiens).

Si les Thébaines ressortent de la pure fiction, on peut comprendre qu'avec une féministe au pouvoir, telle que la pharaonne Hatchepsout, et en l'absence de certitudes, elles aient pu exister et marquer leur histoire telle que je l'ai racontée.

Dans ce cas, le réel peut se mêler harmonieusement à la fiction, laissant rêver les lecteurs.

Composé par Facompo
à Lisieux, Calvados

Imprimé en Italie par
La Tipografica Varese S.p.A.
en février 2012

POCKET - 12, avenue d'Italie - 75627 Paris cedex 13

Dépôt légal : mars 2012
S21657/01